ATEŞ VE SU - 1

ATEŞ VE SU 1

Yazarı: İmran Tohumcu
Genel Yayın Yönetmeni: Meltem Erkmen
Editör: Elif Dinçer
Düzenleme: Dilara Kavaklıoğlu
Kapak Uygulama: Berna Özbek Keleş
Görseller: Trevillion Images / © Elisabeth Ansley

6. Baskı: Aralık 2017

ISBN: 978-605-173-067-7

YAYINEVİ SERTİFİKA NO: 34590

Baskı ve Cilt: Vizyon Basımevi
Beylikdüzü O.S.B. Mah. Orkide Cad. No:1/Z
Beylikdüzü / İSTANBUL
Sertifika No:28640
Tel.:(0212) 671 61 51

Yayımlayan:
Epsilon Yayınevi Tic. San. A.Ş.
Osmanlı Sk. Osmanlı İş Merkezi 18/4-5 Taksim / İstanbul
Tel: (0212) 252 38 21 Faks: (0212) 252 63 98
İnternet Adresi: www.epsilonyayinevi.com
e-mail: epsilon@epsilonyayinevi.com

Ateş ve Su 1

İmran Tohumcu

epsilon®

Hayattan aşkı isteyenlere, aşktan daha güzel; size kendinden fazla değer veren birini bulmanız dileğiyle...

Bölüm 1

Siyah ve beyaz bir araya gelince gri olur. Ateş ve Su bir araya gelince ise yok olur, buhar olur.

Melisa Özsoy

17 yaşında normal bir lise öğrencisiyim. Hayatın tozpembeden ibaret olduğunu düşünen, her masalın mutlu sonla bittiğine inanan, tüm kötülüklerin içinde mutlaka bir iyiliğin olabileceğini umut eden normal bir genç kızım. Zorluk nedir bilmem. Bu zamana kadar ailemin tek çocuğu olduğumdan dolayı el bebek gül bebek büyütülmüştüm. Anne-baba sevgisini fazlasıyla hissedip onlarla sayısız güzel vakit geçirmiştim. Üstüne üstlük birazcık da şımartılarak büyütüldüğümü göz önüne alırsak, sanırım genel olarak güzel bir çocukluk geçirmiştim.

Narin bir kızdım. Çok çabuk hastalanıp çok küçük şeylere üzülebilirdim. Hiç kimseye karşı kalbimde kin beslemezdim. Bir tek özürle herkesi affedebilirdim. Yine aynı şekilde birinin kalbini kırdığımı düşünürsem, hiç düşünmeden ben de ondan özür dilerdim.

Normal biri olduğumu düşünüyordum. Ama nedense bazen normal biri olmadığımı, aksine anormal biri olduğumu hissedip kendimce üzülüyordum. Çevremde birçok insan vardı. Her birini ayrı ayrı gözlemleyip yaşamlarını nasıl devam ettirdiklerini az çok görebiliyordum ve hayatımı onların hayatıyla kıyasladığımda gerçekten anormal biri olduğumu her defasında kendime ispatlıyordum. Yanlış anlaşılmasın. Çevremde birçok insan var derken arkadaş çevremin geniş olduğundan bahsetmiyorum. Çünkü öyle söyleyebilmek için öncelikle bir arkadaş çevremin olması gerekirdi ve benim gibi tek tabanca takılan bir kıza böyle bir şey söylemek oldukça garip kaçardı.

Benim tek arkadaşım, okuduğum kitaplardı. Oradaki insanlarla konuşurdum. Kendimi hikâyedeki karakterlerin yerine koyardım. Onlarla birlikte mutlu olup onlarla birlikte üzülürdüm. Biliyorum, bu yaptığım şey birazcık tuhaf ama böyle yapmak kendimi iyi hissetmemi sağlıyordu. Hem zaten normal biri olmadığımı da söylemiştim.

Oturduğum rahatsız koltukta yavaşça kıpırdandım. Şu anda bir belediye otobüsün içindeydim ve okula doğru yol alıyordum. Okulu ne çok sever ne de bazı öğrenciler gibi nefret ederdim. Benim için okulun anlamı arkadaş grupları oluşturup öğretmenlerle dalga geçmek değildi. Benim amacım ileride ailemi gururlandırabileceğim bir meslek sahibi olmaktı ve bu durumda şüphesiz ki okul benim için en iyi basamaktı.

Bakışlarımı otobüsün ortasındaki sarı direğe sıkıca tutunmuş kadına doğru çevirdim. Daha doğrusu gözüm bir anda o tarafta takılı kaldı. Küçüklüğümden beri bunu hep yapardım. İnsanların yüzünü inceleyip ne hissettiklerini kendimce tahmin etmeye çalışırdım. Mutlu mu, üzgün mü, yoksa düşünceli mi olduklarını anlamaya çalışırdım. Belki bu yaptığım şey, karşımdaki kişiyi oldukça rahatsız ediyor olabilirdi ama senelerdir vazgeçemediğim bir alışkanlığımdı bu.

Karşımda duran kadın oldukça düşünceli görünüyordu. Yaşı otuz küsur falan olmalıydı. Altında gri kalem etek, üzerinde ise iç çamaşırını belli eden beyaz bir gömlek vardı. Bu kıyafetler bana nedense bankacı birini anımsatmıştı ve eminim ki o mesleğin epey sorumlulukları olmalıydı. Kadın ona baktığımı fark ederek bakışlarını bana doğru çevirince göz göze geldik. Kahverengi iri gözleri bana ters ters bakıyordu. Hemen bakışlarımı farklı bir yöne çevirdim. Çünkü insanlarla göz teması kurmakta zaten ciddi anlamda zorluk çeken biriydim ve şimdi hiç tanımadığım biriyle göz göze gelmiş olmak beni rahatsız etmişti.

Yaklaşık yirmi dakikalık bir otobüs yolculuğu sonrasında okula varmıştım. Otobüsün basamaklarından inip kulağımda olan ama herhangi bir şarkının çalmadığı kulaklığı çantamın ön kısmına rastgele koydum. Bugün günlerden pazartesiydi. İkinci dönemin ilk okul günü. Dürüst olmam gerekirse benim için herhangi bir anlamı yoktu. Ama illa bir anlam yüklemek zorundaysam yeni bir dönem benim için sadece yeni ders konularından ibaretti.

Sınıfa girdikten sonra sırama yerleştim ve çantamı kenara bıraktım. En arka sırada oturuyordum. Sonuçta kimse konuşmak istemediği birini gözünün önünde görmek istemezdi, değil mi? Hayır. İnsanlar tarafından nefret edilen biri olduğumu düşünmüyordum ama yine de benden pek hoşlandıklarını sanmıyordum. Ben sadece kimseyle karşılıklı konuşmayı beceremeyen, iki kelimeyi doğru dürüst bir araya getiremeyenlerdendim. Bunun nedeni ise belki utangaçlığım, belki de yıllardır böyle olmamdı. Bilemiyorum.

"Ya inanmıyorum. Cidden girebilecek miyiz?"

"Evet tatlım, bu gece bara girebileceğiz. Ağabeyimin arkadaşı bizi alacak."

Burcu ve Gizem sınıfın kapısından içeri girip kendi sıralarına doğru yürümeye başlayınca bakışlarımı onlarda sabitledim. İkisi de okulun en popüler kızlarıydı. Gerek giyimleri, gerekse sosyal aktivitelerdeki başarıları herkes tarafından bilinip, sevilirlerdi.

"E bu harika. O zaman okuldan sonra hemen bir alışveriş merkezine gidip kendimize güzel birer elbise alalım." dedi Gizem.

Burcu onu başıyla onayladı ve kendi sıralarına yerleştiler.

Okulun en popüler kızları ile aynı sınıfta olduğum için kendimi sürekli eksik hissediyordum. Çünkü onlar oldukça yeteneklilerdi. Şarkı söyleyebiliyorlar, dans edebiliyorlar, birçok müzik aletini de ustaca çalabiliyorlar. E bir de güzellerdi. Taş gibi vücutları vardı ikisinin de. Ama ben öyle değildim ki. Bir kere bakımsızdım. Hayır. Pis bir kız kesinlikle değildim ama makyaj yapmazdım mesela. Boş günlerimi alışveriş merkezinde veya güzellik salonlarında geçirmezdim. Her gün kuaföre gitmezdim. Arkadaşlarımla buluşup sinemaya, tiyatroya veya herhangi bir kafeye bile gitmeyen ben, sanırım yalnız olmak konusunda lanetlenmiştim. Benim hayatım ev ve okul arasında geçerdi hep. Sanırım üniversiteye gidene kadar da öyle geçmeye devam edecekti.

Yine aynı ve sıradan geçen bir okul gününden sonra eve varmıştım. Dönemin ilk günü olduğundan öğretmenlerin bir kısmı gelmemiş, gelenler ise zaten ders anlatmayıp okul saatini doldurmaya bakmışlardı. Paralı bir okula gidiyordum. Maddi durumumuz o kadar iyi değildi ama ailem koleje gidersem daha iyi bir eğitim alacağıma inandıkları için öyle bir okula gitmemi tercih etmişlerdi. Oradaki insanların samimiyetine inanmıyordum doğrusu. Çünkü her biri zengin ailelerin değerli çocuklarıydı ve konuştukları on cümleden dokuzu pahalı markalar ile ilgiliydi. En azından bizim okul böyleydi. Belki de hiç arkadaşımın olmamasının nedenlerinden biri de buydu? Onların sohbet anlayışı bu denli sıkıcıyken ben onlarla sanırım on dakikadan fazla konuşamazdım.

Ayakkabılarımı çıkartıp okul çantamı yere bıraktıktan sonra -belki de fırlattım tam olarak bilemiyorum- üzerimdeki hırkayı portmantoya astım ve hızlı adımlarla odama doğru yürümeye başladım. Evimiz üç oda bir salondan oluşuyordu. Öyle merdivenleri olan iki katlı evlerden değildi. Hem zaten öyle evleri sadece dizilerde ve filmlerde görüyordum.

"Melisa şu çantanı gelir gelmez yere atmaktan vazgeç artık!"

Annemin sitem dolu sesi ile bakışlarımı mutfak kapısına doğru çevirdim. Bir elini beline koymuş, diğer elini de -sanırım bulaşık yıkıyor olmasından dolayı- havaya kaldırmıştı ve elindeki köpüklerin yere damlamamasına özen gösterip öfkeyle yüzüme bakıyordu.

"Ya anne. Sabah okula gidince tekrar almayacak mıyım zaten?" diye sordum. Saçma bir bahane sunduğumun farkındaydım. Ama belki işe yarardı?

Annem kaşlarını çattı. "Beni oraya getirme Melisa. Hemen çantanı yerden al ve bir yere as. Ben, sen gel dağıt diye mi evi toparlıyorum?" Tamam. İşe yaramadı. Annem başak burcuydu.

Haliyle titizlik onun en derin hücrelerine kadar işlemişti. Ne olurdu ki sanki bu kadar titiz olmasaydı? Veya ne bileyim başak burcu yerine oğlak falan olsaydı. Çünkü kendimden biliyorum o burçlar çok fazla titiz olmuyordu. E bence bir sakıncası da yoktu zaten.

"Of," diye mırıldanıp gözlerimi abartıyla devirdikten sonra yerde duran sırt çantamı bir hışımla elime aldım. "Oldu mu?" diye sorduğumda sesim sitem doluydu.

Annem ellerini dua eder gibi havaya kaldırdı. "Allah'ım sen şu kıza akıl fikir ver."

"Allah'ım sen annemi biraz daha az otoriter yap," diyerek anneme söylediği şeyle karşılık verdim ve hızlı adımlarla odama doğru yürümeye başladım. İçeriye girdiğimde ise kapıyı arkamdan kapatıp sonra da çantamı yere fırlattım.

Hayatım böyle ilerliyordu işte benim. Sabah okula gidip akşam eve gelirdim. Duruma göre bazen annemle biraz tartışıp daha sonra da hemen barışıp hiçbir şey olmamış gibi yaşamımıza devam ederdik. Ailemin tek çocuğuydum. Bazen keşke bir ablam veya ağabeyim olsun demiyor değildim. Çünkü bir yerden sonra anne-baba dışında bir başkasını arıyordu gözüm ve eğer öyle olsaydı hayatımın daha güzel olacağına inanıyordum.

Annem biraz otoriter bir kadındı. İstediği herhangi bir şeyin hemen olmasını arzu eder, söylediği şeylerin de hemen yapılmasını isterdi. Benim ise yaptığım her şeyi ergenliğime bağlıyordu. 'Tamam Melisa. Ergenlik dönemindesin ama şunu yapma, bunu yapma,' diyerek sürekli beni eleştiriyordu. 'Abur cubur yeme Melisa. Yüzünde sivilce çıkıyor. Çok yemek yemedin mi Melisa? Kilo alacaksın. Bilgisayar başından kalk Melisa. Ev işlerine yardım et Melisa. O telefonu bırak Melisa.' Her gün düzenli olarak bunları annemden işitiyorum. Bazen boğulmuyorum desem, sanırım yalan söylemiş olurdum. Çünkü gerçekten beni çok fazla sıkıyordu.

En azından babama göre. Babam kendi halinde takılan sesiz bir adamdı. Hiçbir şeye karışmazdı. Daha doğrusu evde olup biten, annemle benim aramda olan şeylere karışmazdı. Örneğin ev işleri ve temizlik yapmak ile ilgili. Onun dışında zaten babamı doğru dürüst göremiyordum ki. Çünkü kendisi bir polis memuruydu ve işleri gereği çok fazla evde duramıyordu. Sürekli bir suçlu peşinde, sürekli bir hırsız peşinde, kovalamaca içindeydi.

"Melisa gel sofrayı kur. Yemek hazır."

Nefesimi usulca dışarı verdim. Annemin sesi mutfaktan geliyordu ve adım kadar emindim, yemek falan hazır değildi. Çünkü her gün aynı şeyi yapıyordu. Üzerimdeki okul formasını oldukça yavaş hareketlerle çıkartıp yastığımın altında duran eşofmanlarımı üzerime geçirdikten sonra saçlarımı dağınık bir topuz yaptım. Tahminimce beş dakika kadar odamda oyalanmayı başarmıştım sanırım. Dışarıya çıktıktan sonra istemeye istemeye mutfağa doğru yürümeye başladım. Mutfaktan içeriye girdiğimde annemi ocağın üzerindeki tencereyle ilgilenirken buldum. Elinde bir kepçe vardı ve yemeği karıştırmakla meşguldü. E hani yemek hazırdı? Zaten bir kere yanılsam dişimi kıracaktım.

"Anne, yemek hazır dememiş miydin?"

Annem bakışlarını bana doğru çevirdi. "Sen sofrayı kur. Ben şimdi yemeğin altını kapatıyorum," dediğinde hızlı hızlı konuşmuştu ve üst üste dizilmiş tabaklar, onların içinde de çatal ve kaşıklar olan minik bir yığını tezgâhın üzerinden alıp elime tutuşturmuştu.

Gözlerimi devirdim. "Of. "

"Anneye of denilmez küçükhanım."

Mutfaktan çıkıp salona girdikten sonra elimdeki tabakları yemek masasının üzerine koydum. Babam haberleri izlemekle meşguldü ve oldukça yorgun olduğu gözlerinin baygın olmasından belli oluyordu. Kim bilir yine bugün nasıl tiplerle karşı karşıya gelmişti? Hırsız, kapkaççı, yankesici, uyuşturucu satıcısı ve daha nicesi. Onun için çoğu zaman endişe etmiyor değildim. Sonuçta yaşı artık eskisi kadar genç değildi ve ona bir şey olma korkusu kalbimin bir köşesindeki varlığını sürekli koruyordu.

Akşam yemeği yine her zamanki gibi klasik sorularla geçmişti. 'Günün nasıldı? Okul nasıldı? Arkadaş edinebildin mi?' falan filan. Ben de onlara, 'Bildiğiniz gibi' diyerek cevap verince her gün yaptığımız konuşmayı da bugün başarıyla tamamlamış olmuştuk. Yemeklerimizi yedikten sonra sofrayı çabucak toparladım. Bulaşıkları da makineye dizip çalıştırdıktan sonra odama girdim ve oyalanmadan yatağıma girip sırtımı yatağın başlığına yaslayarak ellerimi havaya kaldırdım.

"Allah'ım, lütfen Aras beni fark etsin. Lütfen lütfen lütfen. Beni sevsin, bana âşık olsun, bana değer versin. Ben sadece sevilmek istiyorum. İlk sevgilimin de Aras olmasını istiyorum. Biliyorum, bizim sevgili olmamız birazcık zor ama lütfen duamı kabul et. Amin..."

İnançları olan bir kızdım. Her gece dua eder ve kabul olacağına da tüm kalbimle inanırdım. Haliyle her gün ettiğim ve bugün de devam ettirdiğim duayı tekrar ettikten sonra yorganı iyice üzerime çekip gözlerimi kapattım.

Aras Güngör. Liseye başladığımdan beri hoşlandığım çocuk. Okulda pek fazla popüler değil. Ya da boş verin, kimi kandırıyorum. Onun soğukkanlı olması ve kimse ile ilgilenmemesi, özellikle de o ağırbaşlılığı okuldaki bütün kızların ilgisini çekiyordu. Onun o gizemli hali beni o kadar çok etkiliyordu ki. Bir keresinde cesaretimi toplayıp karşısına dikilmiştim. Ama bana bakan alaycı gözleri bütün cesaretimi kırıp yok etmişti. Ne diyeyim. Umarım günün birinde beni fark ederdi...

***

Ertesi sabah yağmurlu bir havayla güne başlamıştım. Bulutlardan süzülen yağmur damlaları yere temas edip dikkatli dinlendiğinde insanı cidden rahatlatan bir ses çıkartıyordu ve açıkçası bu ses benim hoşuma gidiyordu. Yağmuru severdim. Tıpkı karı ve diğer kış olaylarını sevdiğim gibi. Kalın kazaklar, sıcak içecekler, battaniyenin altında okunan sevilen bir kitap. Tüm bunlar benim kış mevsimini sevmem için geçerli nedenlerden sadece birkaçıydı ve daha sayabileceğim birçok neden olduğundan ben kış mevsimine âşıktım.

Bugün hava düne oranla biraz daha soğuktu. Bu yüzden okul süveterimin üzerine siyah bir polar giymeyi tercih ettim. Böyle iç tarafı yünlüydü ve beni sıcak tutacağını umut ediyordum. Hem zaten okulumuzun içi oldukça sıcak olduğundan üşüyeceğimi pek sanmıyordum.

Bahçeye genişçe göz gezdirdim. Bunu her zaman yapardım zaten ve ilginç bir olay gördüğümde hemen oraya odaklanıp dikkatimi oraya verirdim. Çünkü bunu yapmak benim için artık bir çeşit hobi olmuştu ve bu alışkanlığımı her geçen gün daha da çok benimsiyordum. Ama bugün havanın soğuk olduğundan olsa gerek bahçede çok fazla kimse yoktu. Böyle birkaç kişiydi ve onlar da her an içeriye girecek gibi duruyordu.

Bahçeyi amaçsızca taramaya devam eden gözlerim bahçenin en köşesindeki banklardan birine oturan ve eline aldığı kitabı büyük bir dikkatle okuyan Aras'ta sabitlenince gözlerimi iri iri açmadan edemedim. Çünkü kendisi çok fazla bahçeye çıkmazdı ve genellikle sınıfında oturmayı tercih ederdi. Ama bugün sanki etrafta kimsenin olmamasından dolayı memnunmuş gibi bahçedeki banklardan birine oturmuştu ve eline aldığı kitabı okumakla meşguldü. Ah. Bu çocuğun bu halleri bir gün beni öldürecekti.

Derin bir nefes alıp sakin olmaya özen gösterdim. Çünkü onu dün hiç görmemişken şimdi birkaç metre uzağımda olması heyecanlanmama neden olmuştu. Aras'ın üzerinde lacivert bir mont, saçlarında ise gri bir bere vardı. Şu anda öyle yakışıklı görünüyordu ki... normal hali de zaten çok fazla yakışıklıydı ama bugün biraz daha farklı görünmüştü gözüme.

Tam tamına on altı gündür onu görmüyordum ve acaba şimdi yanına gidip otursam nasıl tepki verirdi? Bunu denemeden bilemezsin, dedi iç sesim. Haklıydı.

Adımlarımı tereddütle Aras'a doğru ilerletmeye başladım. Kalp atışlarım yavaş yavaş hızlanmaya başlamıştı. Çünkü önceden de buna benzer bir şey yapmıştım ve o zaman Aras birkaç saniye gözlerimin içine bakıp daha sonra da yanımdan geçerek gitmişti. Umarım bu sefer de öyle olmazdı. Yoksa ikinci bir reddedilme vakasını kesinlikle kaldıramazdım.

Her bir adımım da biraz daha fazla hızlanan kalp atışlarım bankın yanına geldiğimde yerinden çıkacakmış gibi olsa da sakin olmaya özen gösterdim ve mümkün olduğu kadarıyla bankın en köşesine çekinerek oturdum. Çantamı kucağıma alırken kalbim göğüs kafesimden çıkacakmış gibi hızlı hızlı atıyordu.

Aras bakışlarını kitabından kaldırıp göz ucuyla bana doğru çevirdi. Birleşen gözlerimiz seslice yutkunmama neden olurken, "Merhaba," dedim bana bile yabancı gelen bir sesle. Sesim oldukça çekingen, oldukça kısık çıkmıştı.

Aras bakışlarını yüzümde gezdirdi. Ona bu kadar yakın olmam ve gözlerinin gözlerime sabitlenmiş olması heyecanlanmamı mümkünmüş gibi biraz daha arttırırken Aras elindeki kitabı kapattı. Meraklı gözlerim onun söyleyeceği 'merhaba' kelimesini sabırsızlıkla ve birazda heyecanla beklerken Aras herhangi bir cevap vermedi ve oturduğu yerden kalkıp okula doğru yürümeye başladı.

Biraz afallayarak, biraz da hayal kırıklığıyla ona baktım.

***

Yağmur damlaları hızla vücuduma temas edip beni ıslatmaya devam ederken otobüs durağına varmış olmanın rahatıyla derin bir nefes aldım. Okul ve otobüs durağı arasında çok fazla mesafe yoktu ama neredeyse tüm kıyafetlerim sırılsıklam olmuştu. Sırt çantamı sinirle yere bıraktım. Evden çıkmadan önce bir şemsiye almayı akıl etseydim şu anda bu vaziyette olmayacağımı çok iyi biliyordum. Ama nedense şemsiye almak hiç aklıma gelmemişti.

Çantamın içinde yankılanmaya başlayan telefonumun melodi sesi dikkatimi yere bıraktığım çantama vermeme neden olurken telefonumu almak üzere çantama uzandım. Kimin aradığını tahmin etmek zor değildi. Ya annem arıyordu ya da babam. Çünkü beni arayacak başka kimsem yoktu. Telefonun ekranına baktığımda yanılmadığımı gördüm. Annem arıyordu.

"Efendim anne?"

"Melisa, biz şimdi evde değiliz. Teyzen merdivenlerden düşmüş, sen de oraya gel."

"Ne?"

"Duydun, hemen oraya gel."

"Ya anne ben hiç gelmeyeyim."

"Melisa, dediğimi ikiletme. Teyzeni ziyarete gelip geçmiş olsun de."

"Of anne. Oraya otobüs nereden bulacağım şimdi?"

"Her şeyi biliyorsun. Bunun da yolunu bul, gel."

"Tamam anne."

"Çok oyalanma."

"Tamam."

Telefonu kapattım. Oraya gitmek için iki tane otobüse binmek zorundaydım ve maalesef ki bulunduğum duraktan o otobüs geçmiyordu. Nefesimi usulca dışarıya verip oturduğum yerden kalktıktan sonra yürümeye başladım. Mecburen meydandaki otobüs durağına gidecektim. Ama lanet olsun ki yağmur şiddetini biraz daha arttırmıştı. Bu durum beni iyiden iyiye biraz daha sinirlendirirken polarıma sıkıca sarıldım ve yürümeye devam ettim. Hasta olmak istemiyordum. Bu yüzden de hızlı hızlı yürürsem daha az ıslanacağı mı ümit ettim.

İnsanlarda aynı benim gibi hızlı hızlı yürüyüp yağmurdan kaçmaya çalışıyorlardı. Kimisi benim gibi şemsiye almayı akıl etmemiş, kimisi de şemsiye almayı akıl etmiş ama rüzgârın şiddetinden olsa gerek şemsiyeleri ters sönüp bir avizeye benzemişti. Dürüst olmam gerekirse bu görüntü normalde gülümsememe neden olurdu. Ama şu anda öyle üşüyordum ki dudaklarımı yukarıya kıvıracak halim dahi yoktu.

Adımlarım hızlı hızlı ilerlemeye devam edip bir an önce meydana varma isteğiyle dolup taşarken birdenbire dikkatimi çeken bir cüzdan, olduğum yerde durmamı sağladı. Ayaklarımın hemen önündeydi ve az önce yanımdan geçen adamın cebinden düşmüştü.

Eğilip cüzdanı elime aldım. Böyle siyah deri bir cüzdandı ve kalınlığına bakılırsa içi oldukça dolu olmalıydı. Bakışlarımı her şeyden habersiz yürüyen adama doğru çevirdiğimde cüzdanını düşürdüğünün henüz farkında olmadığını fark ettim. Ama eminim ki fark ettiği an sinirden deliye dönerdi. Bu yüzden adımlarımı hemen hareket ettirdim ve adamın izini kaybetmemeye özen gösterdikten sonra hızlı adımlarla yürümeye başladım.

"Hey?" diye seslendim öncelikle.

Sesim kalabalık bir caddenin ortasında olduğumdan dolayı zorlukla duyulabilecek cinstendi. Bu yüzden adamın beni duyduğunu sanmıyordum. Adımlarımı biraz daha hızlandırdım. "Bakar mısınız?" İnsanlara çarpa çarpa ilerliyordum ve arkamdan söylendiklerini duyuyor, ama adamı kaybetmek istemediğim için bir cevap vermiyordum.

"Hey, bayım?"

Adam ona seslendiğimden habersiz yürümeye devam edince adımlarımı biraz daha hızlandırdım ve neredeyse koşmaya seviyesine geldim. Çünkü adam oldukça hızlı ve büyük adımlarla ilerliyordu. Haliyle aramızdaki mesafeyi kapatmakta ciddi zorluk çekiyordum. "Bakar mısınız?" diye bağırdım bu sefer. Adamın siyah deri ceketinin kolunu tutmak zorunda kalmış, nihayet ona yetişmeyi başarmıştım. Nefes nefeseydim.

Adam bakışlarını bana doğru çevirdi. Yaptığı bu bir saniyelik hareket nedense bana bir dakika gibi ağır çekimde gelirken karşı karşıya geldiğim mavi-yeşil gözler bir anda afallamama neden oldu. Çünkü daha önce böyle göz rengi görmediğime emindim. Ve üstelik böyle bir adamın sokakta yürümesi de garibime gitmişti.

Adamın gözleri ne mavi ne yeşildi. Böyle turkuaz rengi gibiydi ama daha parlak, daha güzeldi. Şiddetle yağan yağmur adamın saçlarına, oradan da alnına düşüyordu ve alnından burnuna uzanan damlalar bir film sahnesinde başrol oyuncusu seyrediyormuşum gibi hissetmeme neden olmuştu. Yutkundum. Kirli sakalı, belirgin yüz hatları, düzgün bir burnu ve belirgin çene yapısı vardı. İki kaşının ortasında ise hafif belirgin olan bir damar vardı ve büyük bir ihtimalle sinirlendiği an o damar çok daha belirgin oluyordu.

"Evet? "

Kulaklarımı dolduran soğuk, bir o kadar da sert ses dikkatimi dağıtmaya yeterken gözlerimi hızlı hızlı kırpıştırdım. Adamı incelemeye öyle bir dalmışım ki sesi bir anda telaşlanmama neden olmuştu. "Şey... bu sanırım sizin," dedim. Sesim oldukça çekingen çıkmıştı.

Adam bakışlarını yüzümde gezdirdi. Sanırım ne demek istediğimi anlamamıştı ve o yüzden de dikkatle bir şekilde yüzüme bakıyordu. Gerçi ben de olsam, yolumu kesen ve daha sonra 'bu sanırım sizin' diyen birinin ne dediğini anlamazdım. Ama neyse. Konumuz bu değil.

Adam bakışlarını ona doğru uzatmış olduğum elime doğru indirdi. İrileşen gözleri ve ağzından çıkan sessiz bir küfrün ardından cüzdanını elimden alması birbirini takip eden saniyelerin içinde gerçekleşirken bu kadar hızlı olması birazcık şaşırmama neden olmuştu.

"Nereden buldun bunu?" Adam bakışlarını cüzdanından kaldırıp bana doğru çevirmişti. Ses tonu ise bulunduğumuz havaya adeta meydan okuyordu.

"Yerden," diyerek ona cevap verdim. "Birden ayaklarımın önüne düştü."

Adam bakışlarını çok kısa yüzümde gezdirdikten sonra tekrar cüzdanına odaklanıp içini açtı. Hayretle ona baktım. Çünkü ben bir teşekkür etmesini falan beklerken bu yaptığı şey resmen hırsız muamelesinden başka bir şey değildi.

"Merak etmeyin. İçinden bir şey almadım!" dedim. Ses tonumun iğneleyici çıkmasına özen göstermiştim - ki bence haklıydım.

"Onun için bakmadım."

"Neyse işte. " Ellerimi siyah polarımın cebinin içine koydum. "Bir dahaki sefere cüzdanınıza dikkat edin. Malum, etrafta özür dilemeyi bilmeyen birçok insan var. Benim yerimde cüzdanınızı getirmeyen biri de olabilirdi." Adamın bir şey demesini beklemeden yanından geçerek yürümeye başladığımda güzel laf soktuğumdan dolayı kendimi tebrik etim. Hem iğnelemiş, hem de yapmış olduğu odunluğu yüzüne vurmuştum. Eh. Bir taşla iki kuş.

"Dur bir dakika." Bileğimi kavrayan güçlü bir el adımlarımın otomatik olarak durmasına neden olurken adam önüme geçip yolumu kesti. "Al bunu," dedi. Cüzdanından çıkardığı bir miktar parayı bana uzatmıştı ve sanki çok normal bir şey yapıyormuş gibi bakışları ifadesizdi.

Gözlerimi kırpıştırdım. "Affedersiniz ama siz beni yanlış anladınız sanırım." Bileğimi adamın elinden sinirle kurtardım. "Ben bunu para için yapmadım!"

Adam omuzlarını silkti. "Bir iyilik yaptıysan karşılığını almalısın küçük kız. Hele ki bu iyiliği bana yaptıysan karşılığını vermek benim görevim."

"İstemez," deyip sesimi yükselttim. Bu ani çıkışım onu şaşırtmış gibi görünüyordu ama elimde değildi. Atalarımız boşuna dememiş cidden. İyilik yap, denize at.

"Hadi ama ufaklık. Beni uğraştırma." Bakışlarını vücudumda gezdirdi. "Belli ki lise öğrencisisin. İhtiyaçların olur." Adamın göz ucuyla da olsa vücudumu incelemesi her ne kadar utanmama neden olsa da ifademi korumaya özen gösterdim.

"Ben sadece insanlık namına cüzdanınızı size getirmiştim ama keşke getirmeseymişim. Çünkü yapacağınız şey sadece basit bir teşekkür etmekti. Ama siz onun yerine bana hırsız muamelesi yapmayı tercih ettiniz." Ses tonum nedense alıngan çıkmıştı.

"Sana hırsız muamelesi yapmadım ufaklık."

"Nedense bana tam olarak öyle geldi."

Adam usulca nefesini dışarıya verdi. Dudaklarının arasından

çıkan gri bir buhar etrafa yavaşça yayılırken bakışlarımı adamın dudaklarına indirmekten kendimi alıkoyamadım. Bir erkek için oldukça pürüzsüz dudakları vardı ve gerçekten dikkat çekiciydi.

"Karşılığını ödemek istiyorum."

"Üzgünüm ama bu isteğiniz ne yazık ki gerçekleşemeyecek." Bir an önce otobüs durağına gitmem gerekirken burada oyalanmam oldukça anlamsızdı. Hem zaten kararım kesindi. Her ne olursa olsun ondan para almayacaktım. "Ama eğer bir ışınlanma cihazınız varsa seve seve kullanabilirim. Çünkü şu anda fazlasıyla ihtiyacım var," diyerek konuşmaya devam ettim. Söylediğim şeyin saçma ve çocuksa olduğunu biliyordum ama teyzemlere oldukça geç kalmıştım. Bir şekilde oraya ulaşmalıydım.

Adam kaşlarını havaya kaldırdı. "Işınlama cihazı mı?" Şaşırdığı yüz ifadesinden belli oluyordu.

Omuzlarımı silktim. "Boş verin, hem zaten ben de öylesine söylemiştim. Acilen bir yere yetişmem gerek de."

Adam ifadesiz bakışlarını yüzümde gezdirdi. İfadesiz diyordum çünkü cidden öyleydi. "Işınlanma cihazım yok, hem zaten bildiğim kadarıyla henüz icat edilme aşamasında." Söylediğim şeyi saçma bulmuştu işte. "Ama seni ışık hızında istediğin yere götürebileceğim bir motosikletim var. Uyar mı?"

"Mo-motor mu?" Gözlerimi iri iri açtım ve şaşkın bir ifadeyle karşımdaki adama baktım. "Gerçek bir motosiklet mi? Hani iki tane tekerliği olan?"

"Evet, iki tane tekerliği olan."

Hızlıca düşündüm. Ne yapacağım konusunda oldukça kararsız kalmıştım. Yani hiç tanımadığım bir adamın motoruna öylece binmem kesinlikle doğru değildi ki. Ama teyzemlere de oldukça geç kalmıştım ve bir şekilde oraya ulaşmam gerekiyordu. Ne yapacağımı bilmiyordum.

"Şey, sana güvenme ihtimalim yüzde kaç?" Vereceği cevabı meraklı gözlerle bekliyordum çünkü vereceği cevap bir nebze beni rahatlatabilirdi. Sonuçta bir insan kendini herkesten iyi tanırdı ve vereceği olumlu cevap motoruna binmem için geçerli bir neden olurdu. Belki de bu şu anda benim uydurduğum bir şeydi. Bilemiyorum.

"Yüzde sıfır." Adamın yüzünde herhangi bir kas hareket etmemişti. Gözleri ifadesizdi ve gerçekten güven verici durmuyordu. "Ama sana zarar vermem, küçük kız. Sonuçta iyiliğinin karşılığını ödemek için bunu yapıyorum."

"Peki iyiliğinin karşılığını ödemek için bunu yaptığını göze alırsak bana vereceğin zarar yüzdesi?"

Adamın dudakları yukarıya kıvrılır gibi oldu. Ama gülümsemedi. "Yüzde yüz. "

Vermiş olduğu bu cevap tuhaf bir şekilde beni rahatlatırken derin bir nefes aldım. Nedense az önceki güven vermeyen bakışları şimdi bana güven verir gibi gelmişti. Belki de bu benim hayal dünyamın uydurduğu bir şeydi ama cidden böyleydi. "Peki, gidelim."

Yağmur damlaları hızını biraz daha arttırıp yerlere ıslak darbeler bırakmaya devam ederken sadece birkaç metrelik yürüyüşün ardından siyah, yarış motorlarına benzeyen bir motosikletin önünde durmuş, ben şaşkın bir ifadeyle motoru incelerken adamda bana bir tane kask uzatmıştı. Kaskı çekinerek elime alıp başıma geçirdim. Böyle şeyleri sadece filmlerde görmüştüm ve şimdi orada gördüklerime dayanarak kaskın altındaki kemeri sanki daha önce kullanmışım gibi ustaca kapatıp açılmamasını sağladım. Demek ki film izlemenin yararları da oluyormuş.

"Kollarını bana dolasan iyi edersin küçük kız. Zaten yan oturuyorsun, düşmen çok olası."

Adam motoruna yerleşmiş, ellerini direksiyonda sabitleyerek bakışlarını dikiz aynasından bana doğru çevirince o kaskının altında bile belli olan tuhaf mavi gözleri yutkunmama neden oldu. Adresi elimden geldiği kadarıyla ona tarif etmiştim ve az önceki uyarısında cidden haklıydı. Altımda okul eteğim vardı ve bu kıyafetle bacaklarımı iki yanımdan açarak oturamayacağıma göre yan oturmaya mecburdum. Gerçi altımda siyah mus çorabım vardı ama yine de öyle bir şeyi yapamazdım. Kollarımı çekinerek adamın beline doladım. Anında burnuma dolan parfüm kokusu tuhaf bir şekilde hoşuma giderken adam motoru çalıştırdı ve güçlü bir ses çıkartarak hareket ettirdi.

Yağmur yağmaya devam ediyordu. Şu anda yavru bir köpekten kesinlikle farkım yoktu ve gittikçe ıslanmaya devam eden kıyafetlerim ciddi bir hastalığın habercisiydi. Hava zaten rüzgârlıydı. Bizim şimdiki hızımız ise adeta rüzgâra meydan okuyordu. Öyle hızlı gidiyorduk ki, bu lunaparktaki korkunç bir oyuncağa binmekle eşdeğerdi. Kollarımı adama biraz daha doladım. "Lütfen biraz yavaşla," dedim. Etraftaki arabaların sesini bastırmak için bağırarak konuşmuştum ama adam sanki inadıma yaparmış gibi biraz daha gaza yüklendi.

"Lütfen..." deyip başımı adamın sırtına yasladım. Kollarım böyle ahtapot gibi onu sarmalarken başımda sıkıca yaslanmış bir vaziyetteydi ve kalp atışlarım deli gibi atıyordu. Adam ikinci uyarımı ciddiye alarak motoru birazcık yavaşlattı. Bu yaptığı şey tuhaf bir şekilde rahatlamama neden olsa da kollarımı sıkıca ona dolamayı bırakmadım. Şu anda oldukça yakışıklı birine sarılıyordum. Yakışıklı ve yetişkin birine. Liseli olmadığı kesindi. Bir ihtimal belki üniversiteye gidiyordu. Belki oradan da mezun olmuştu. Tabii okuyorsa...

Aradan on beş dakika kadar geçti. Teyzemlerin evinin önüne gelmiştik. Ama bu süre nedense bana on beş saat gibi gelirken kendimi bir hışımla motordan aşağıya attım. O kadar çok korkmuştum ki... Böyle şeyler kesinlikle bana göre değildi ve aklıma not: Bir daha motora binmek falan yok. Hızlı hızlı atan kalp atışlarım bir yana gittikçe daha çok üşüyen bedenim bir an önce sıcağa kavuşmak için sabırsızlanırken adımlarımı teyzemin evine doğru ilerletmeye başladım. Yağmur neyse ki artık dinmişti ve soğuk rüzgâr dışında bir kış belirtisi yoktu etrafta.

"Hey?"

Kulaklarımı dolduran soğuk ses hızlı hızlı yürüye adımlarımın durmasını sağlayıp bakışlarımı sesin geldiği tarafa doğru çevirmeme neden oldu. "Ne var?" diye sordum. Sesim tuhaf bir şekilde boğuk çıkmıştı ama nedenini şu anda sorgulayacak halim yoktu.

İsmini bilmediğim adam kollarını göğsünün altında birleştirdi. Bakışlarındaki alay eden ifade merak duygularımı yavaş yavaş harekete geçirirken başımın üzerinde hissettiğim ağırlık neden öyle baktığını anlamama neden oldu. Kaskı çıkartmayı unutmuştum! Yanaklarımı sıkılarak şişirdim. Ne kadarda salağım!

Kaskı beceriksiz bir hamleyle başımdan çıkardıktan sonra adama doğru tekrar yürümeye başladım. "Teşekkür ederim," dediğimde kaskı ona doğru uzatmıştım.

Adam ifadesiz bakışlarını korumaya devam etti. O da kaskını çıkartmıştı ve yağmurda ıslanan siyah saçları birazcık dağılmış bir vaziyetteydi. Adam, kaskı elimden alıp motorun arka kısmındaki yere koydu. Bu yaptığı şey tuhaf bir şekilde bana aşırı derecede havalı gelirken adam tekrar motoruna bindi ve anahtarı çevirip motoru çalıştırdı. Hayretle ona baktım. Çünkü insan bir şey falan söylerdi, değil mi?

"Önemli değil demeyecek misin?" Kaşlarımı havaya kaldırdım ve meraklı bir ifadeyle ona baktım. Adam başını bana doğru çevirip birkaç saniye gözlerimin içine baktı. Bu bakışma tuhaf bir şekilde utanmamı sağlarken adam hiçbir şey demedi ve gaza basarak gözden uzaklaştı.

Afallayarak arkasından bakakaldım. Ukala şey, ne olacak. Benim yerimde başkası olsaydı içi para dolu cüzdanını alıp kaçardı. Ama ben ne yaptım? Peşinden koşup cüzdanını sana verdim. Peki sen ne yaptın? Karşılığında bana bir önemli değil bile demedin. Aman. Çok da umurumdaydın. Beni buraya kadar getirdin ya. Zaten bir daha görmeyeceğim için seni kafama takacak değilim.

Bölüm 2

Birbirini kovalayan sıkıcı dakikaları saymayı bırakıp derin bir nefes aldım. Öğle arasındaydım. Kantindeki en köşede bulunan masaların birinde öylece oturup etrafa amaçsızca göz gezdiriyordum. Her zaman bu masada oturmayı tercih eder ve herkesten önce kantine inip bu masaya oturmaya özen gösterirdim zaten. Nedenini bilmiyordum. Belki diğer masalara göre en köşede olduğu için, belki de sandalyesi daha rahat olduğu için. Ama bildiğim tek bir şey varsa bu okuldan mezun olana dek bu masada tek başıma oturmaya devam edecek olmamdı.

Kantin çok fazla kalabalık değildi. On kişi falan anca vardı. Diğerleri ise okulun çevresinde bulunan lüks kafelerde oturmayı tercih etmişti. Okuldan gruplar halinde çıkıp orada buluşuyorlardı ve öğle arası bitene kadar da geldiklerini pek görmemiştim.

Bu oldukça güzeldi bence. Yani insanların bir arada olup vakit geçirmesi. Çünkü kalabalık ortamları severdim. Orada bulunan insanların gülüşmelerini, şakalaşmalarını ve birbirleriyle girdikleri komik diyalogları da. Ben hiçbir zaman bunlara dahil olamamıştım belki. Karşılıklı oturup bir arkadaşımla gülüşerek sohbet etmemiş, birileriyle şakalaşıp eğlenceli diyaloglara girmemiştim.

Ben her zaman bir köşede öylece durup, bunları yapabilen insanları imrenerek izleyen kişiydim. Onlara özenen ve onlar gibi olmak isteyen kişiydim. Neden bilmiyorum. Sanki birileriyle konuşup kendimi ifade etmeye çalışırsam beni istemeyeceklerini, istemeyip burun kıvıracaklarını düşünüyordum. 'Bu kızla muhabbet edilmez, veya bu kızla arkadaş olunmaz' diyeceklerini zannedip kendimi sürekli geri çekiyordum. Bu yüzdende onlar mı değişir, yoksa ben mi bilemiyorum ama bir taraf değişene kadar böyle yapmaya devam edecektim.

Elimdeki soğumuş olan tosttan bir ısırık alıp, oturduğum

yerden kalktım. Öğle arasının bittiğini haber veren zil birazdan çalacaktı. Öğrenciler ve onların tuhaf bakışları hazır ortalarda yokken bir an önce sınıfıma gidersem kendimi daha iyi hissedeceğimi bildiğimden, sınıfa doğru yürümeye başladım.

Ama kantinden çıkmak üzere yapmış olduğum hamle, burnumun bir gövdeye çarpmasıyla sendeleyip geriye doğru birkaç adım atmama neden olurken elimi refleks olarak burnuma götürüp karşımda beliren simaya özür dileyerek baktım. Canım çok fazla yanmamıştı. Hatta hiç yanmamıştı ama zaten sorun benim canımın yanıp yanmaması değil, kime çarptığımdaydı.

"Dikkatli ol."

İrileşen gözlerim ve aralanan ağzım karşımda bana ifadesizce bakan gözler yüzünden sessizce yutkunmama neden olurken şaşkın gözlerimi hızlıca kırpıştırdım. Aras. İfadesiz bir şekilde karşımda durup boş bakışlarını yüzümde gezdiriyordu ve şu anda hiç olmadığımız kadar yakın bir mesafedeydik. Arasın ifadesiz yüzüne karşı, ben aval aval onun suratına bakıyor olsam da önemli olan bu değildi. Çünkü Aras, benimle konuşmuştu. Bu ilk kez olan bir şeydi ve ben şu anda düşüp bayılabilirdim.

"Affedersin," deyip yutkundum "Ben, görmedim." Her gece onun için dua ediyordum. Birlikte olup, beni fark edeceğini ve sevgili olacağımızı hayal ediyordum. Ama şu anda bile kalp atışlarım normal seviyesinin üzerine çıkmışken daha fazlası, kesinlikle kaldıramayacağım türden bir şey olurdu.

Aras ifadesiz bakışlarını yüzümde gezdirdi. Gerçi onun ifadesiz gözleri bile bana şu anda mükemmel görünüyordu ya neyse. Aramızdaki mükemmel mesafe bir yana, Aras'la bakışmaya devam eden şaşkın gözlerim onun söyleyeceği cümleyi sabırsızlıkla beklerken, Aras herhangi bir şey demedi ve adımlarını harekete geçirip yanımdan geçerek yürümeye başladı. Olduğum yerde öylece kalakaldım. Çünkü söyleyeceği tek şey sadece basit bir merhabaydı ve bunu söylemenin o kadar da zor olduğunu sanmıyordum.

Ama ben bugün uzun zamandır fark edemediğim bir şey fark etmiştim. O da Aras'la aramızdaki azıcık boy farkıydı. Önceden sürekli bunu düşünüp Aras'ı gizli gizli göz hizasıyla ölçerek boy farkımızı anlamaya çalışıyordum ve sonuç her defasında farklı çıkıyordu. Ama bugün bunu bizzat gözlemleme fırsatı bulmuş, aramızdaki en fazla beş santimlik mesafeyi ayırt edebilmiştim. Eh. Bu da bir şeydi sanırım.

***

Yağmur damlaları başıma geçirdiğim polarımın şapkasına temas edip beni hızla ıslatmaya devam ederken havanın kararmak üzere olmasının tedirginliğini hissetmemeye çalışıp kollarımı göğsümün üzerinde birleştirdim ve yerimde zıplamaya devam ettim. Bu halimle bir deliyi anımsattığımı biliyordum ama umurumda değildi. Çünkü üşüyordum. Bedenim ise titremeye başlamıştı bile. Burnumun soğuktan kıpkırmızı olduğuna emindim ve bu halimle insanların hakkımda ne diyeceğini umursayacak değildim.

İki gündür fazlasıyla soğuk almıştım ve bu büyük bir hastalığın kapımı çalmak üzere olduğunun belirtisiydi. Ne atkım vardı ne de şapkam. Niye önlem almadıysam artık, cidden merak ediyorum. Zaten narin bir kızdım. İki tane dondurmayı bile üst üste yediğim an boğazımın şişmesine engel olamıyordum. Gerçi ben bunu umursamayıp her yaz üst üste dondurma yiyordum ama konumuz bu değildi. Aradan kaç dakika geçti, emin değilim. Okuldan çıktıktan hemen sonra hiç oyalanmayıp meydandaki otobüs durağına gelmiştim. İşlek bir caddeydi ve haliyle otobüslerin biri gelip, diğeri gidiyordu. Şu anda bile saydığım kadarıyla benim bineceğim otobüs haricinde tüm otobüsler iki defa gidip gelmişti.

Derin bir nefes aldım ve sakin olmaya özen gösterip adımlarımı hareket ettirdim. Saat epeyi geç olmuştu ve annemler eminim meraktan deliye dönmüşlerdi. Adımlarım hemen önümde duran ve yolcu bekleyen İETT'nin yanına geldikten sonra yolcu kapısının basamaklarından çıkmadan şoföre, bineceğim otobüsün neden gelmediğini sordum. Bilin bakalım yaşlı, göbekli şoför bana ne dedi?

"Senin bineceğin otobüs artık bu çevrede hareket etmeyecek."

Cidden harika! Ama aklıma not: Bundan sonra yağmur yağmasa bile eğer kış mevsimindeysek atkımı ve şapkamı yanıma almadan evden çıkmayacağım.

Kollarımı göğsümün üzerinde birleştirmeye devam edip ne yapacağımı bilmeyerek olduğum yerde öylece durmaya devam ederken telefon melodimin kendine ait zil sesi dikkatimi sırt çantama vermeme neden oldu. Eminim annem arıyordu. Geç bile kalmıştı.

"Melisa, kızım neredesin sen? Saat kaç oldu?"

"Ya anne zaten donuyorum bir dur."

"Ne oldu kızım söylesene?"

"Ya şey, benim sürekli bindiğim otobüs vardı ya hani. İşte o artık bu çevrede hareket etmeyecekmiş."

"Niye ki?"

"Ben nereden bileyim anne? Şoförler odasının başkanı mıyım?"

"Tamam tamam, sen şimdi panik yapma. Bir taksi bul hemen eve gel, parasını buradan öderiz."

"Başka çarem yok zaten."

"Hadi oyalanma dikkatli gel, ben babana durumu anlatırım."

"Tamam anne. Görüşürüz."

"Görüşürüz."

Telefonu kapattıktan sonra annemin de dediği gibi boş bir taksi beklemeye başladım. Hava kararmak üzereydi. Ama lanet olsun ki bir tane bile boş taksi yoktu. Bunun nedeni sanırım mesai saatine denk gelmiş olmamdı. Çünkü çoğu işyeri bu saatlerde paydos ediyordu ve ben şimdi nasıl eve gideceğimi bilmiyordum.

Sakin olmaya özen gösterip otobüs durağındaki banka oturdum. Islak değildi belki ama o kadar çok üşüyordum ki, titrememe engel olamamıştım. Üzerimde sadece siyah polarım vardı. Altımda ise okulumuzun ince eteğinden başka bir şeyim yoktu. Ama Allah'tan eteğimin altıma çorap giymeyi akıl etmişim de birazcık da olsa iyi hissediyordum. Yoksa cidden zatürre olup, erken yaşta öbür tarafa gidebilirdim - ki bu, hiç de isteyeceğim bir şey değildi.

Çünkü ben hep yaşlı bir kadın olarak sıcak yatağımda ölmek istiyordum. Böyle seksen, doksan yaşımda falan. Tabii öncesinde gerçek aşkımı bulup onunla sayısızca güzel ve unutulmaz anılarımızın olmasını istiyordum. Hem zaten benim en büyük ve tek hayalimdi. Gerçek aşkımı bulup onunla sonsuza dek yaşamak. Belki bu çocukça bir hayaldi. Asla gerçekleşmeyecek bir hayal. Ama ben gerçekleşeceğine tüm kalbimle inanıyordum ve gerçekleşmesi için elimden gelen her şeyi yapacaktım.

"Ufaklık?"

Kulaklarımı dolduran, hiç de yabancı gelmeyen ses, başımı hızla sesin geldiği tarafa doğru çevirmeme neden olurken dünkü motosikletli adamla göz göze gelmek ağzımı aralamama neden oldu. Cidden oydu. Soğuk bakışları, keskin yüz hatları ve tuhaf göz rengiyle o adam karşımdaydı.

"Şey... Merhaba," dedim. Sesim oldukça çekingen çıkmıştı. Konuşmadan önce ise yutkunmuştum. Çünkü şaşırmıştım. Hem de bir değil, tam tamına iki neden yüzünden. İlk neden, dün oldukça lüks bir motosiklet ile karşımda duruyor olmasıydı. Şimdi ise siyah, oldukça pahalı bir arabanın içindeydi ve bu beni şaşırtmıştı. Neydi ki bu adam böyle? İşadamı mı? Christian Grey gibi?

İkinci neden ise onunla yine bu saatte karşılaşmış olmamdı ve buna ilk nedenden daha çok şaşırmıştım. Çünkü tıpkı dünkü gibiydi. Aynı yerde ve yine aynı şekilde.

"Işınlanmayı mı bekliyorsun?" diye sordu adam. Ses tonunda alay eder gibi bir ifade vardı ama bakışları ifadesizdi. Daha doğrusu ifadesiz kelimesi onun için oldukça yumuşak kaçardı. Bakışları oldukça keskin ve sertti. Hiçbir şey yapmasa bile insanı korkutabilecek türdendi ve ben böyle insanlardan korkardım.

"Hayır. Taksi bekliyorum,"

"O cüzdanda benim için önemli bir şey vardı küçük kız," dedi adam. "Gerçi onu bana getirdiğin için dün karşılığını ödemiştim ama istersen seni evine bırakabilirim. Bu saatte boş bir taksi bulman oldukça zor."

Karşımdaki adama dikkatle baktım. Mantıklı düşünmem gerekiyordu. Belki çoğu zaman bunu yapamıyordum ama şimdi yapmak zorundaydım. Karşımdaki adamın yüzüne bakıldığında sert biri gibi görünüyordu. Kesinlikle güvenilmeyecek bir ifadesi vardı. Gerçi konuştuğunda da aynı sertlik yine devam ediyordu. Bu kadar olumsuz bir izlenimi bana çağrıştıran bir adamın arabasına binmem kesinlikle doğru olmazdı. "Şey, sağ olun. Ama taksiyle gideceğim," dedim. Sesimin kararlı çıktığını söylemek isterdim ama ne yazık ki öyle olmamıştı. Aksine oldukça kararsız çıkmış, sanki -ısrar edersen gelebilirim- demişim gibi çıkmıştı.

"Emin misin?"

"Hı-hı," deyip başımı yavaşça aşağı yukarı salladım. Aslında hiç emin değildim.

Adam hafifçe omuzlarını silkti. "Sen bilirsin ufaklık." Ses tonu -çok da umurumdaydın- demiş gibiydi ve böyle bir tepki kesinlikle beklemediğim türdendi. Bari bir kez daha sorsaydı.

"Bana ufaklık deyip durmayın. Ayrıca teklifiniz için teşekkür ederim ama siz de bilirsiniz ki yabancı insanların arabalarına öylece binilmez."

"Haklısın ufaklık," dedi adam beni onaylarken. "Bu yüzden teklifimi unut gitsin."

"O halde size iyi akşamlar," dedim. Üşüdüğüm için mi bilmem sinirle konuşup iğneleyici bir tını kullanmıştım.

Adam herhangi bir cevap vermeyip ifadesiz bakışlarını son kez yüzümde gezdirdikten sonra arabasının penceresini kapattı. Ardından gaza basıp önümden şimşek gibi geçerek karanlıkta ilerleyince refleks olarak bir adım geri attım ve şaşkın bir ifadeyle arkasından bakakaldım. Gerçekten gitmişti. Gerçi ne bekliyordum ki? Bana yalvarmasını mı?

Evet.

İç sesime gözlerimi devirdim. Tamam, adam yabancıydı

belki ama kaç saattir eve gitmek için bir taksi bekliyordum ve ortalarda maalesef ki boş bir taksi görünmüyordu. Hem zaten taksiciler de babamın oğlu değil ya, zarar veren her türlü zarar verebilirdi. Acaba binse miydim? Pişmanlık duygusunun bedenimi sarmalamasına izin verdim. Çünkü az önce ayağıma kadar gelen fırsatı resmen geri tepmiştim ve kim bilir kaç saat sonra eve gidecektim. Zaten korkmaya da başlamıştım. Bir sürü araba önümden geçip gidiyordu ve otobüs durağında benden başka kimse kalmamıştı. Oysaki genelde kalabalık olması gerekirdi.

Nefesimi usulca dışarı verdikten sonra etrafa tedirgin bir şekilde göz gezdirdim. Yağmur damlaları bir yana, araba kornalarının kulağı tırmalayan rahatsız edici sesleri şu anda her yer hâkimdi ve bu kadar gürültü benim hiç de sevdiğim bir şey değildi. Saçlarım başıma geçirdiğim polarımın şapkasına rağmen sırılsıklam olmuş ve tel tel ayrılmıştı. Zaten düz olan saçlarım iyice düz bir hal alıp halka filminin serilerinde oynamaya hak kazanmış gibi bir görünüm kazanmama neden olurken bu akşamın bir an önce bitmesini diledim.

"Hâlâ gelmek istemediğine emin misin?"

Başımı hızlıca sesin geldiği tarafa doğru çevirdim. Şu anda tir tir titrediğim için ağzımı aralayacak gücü kendimde bulamasam da daha sonra aralayacağımı aklıma not edip şaşkın bakışlarımı tuhaf göz rengi olan adamda gezdirdim. Cidden oydu. Geri gelmişti ve arabasını kaldırımın hemen yanına park edip, camını da az önceki gibi açarak ifadesiz gözlerle bana bakıyordu.

Yutkundum. "Şey." Oldukça kararsız kalmıştım. Ne cevap vereceğimi bilmiyordum. Ama kulaklarımı dolduran motorun güçlü sesi bir kez daha reddedersem adamın gideceğini ve tekrar gelmeyeceğini anlamama neden olurken, "Peki," diye mırıldandım yenilerek ve adımlarımı tereddütle hareket ettirip kaldırımdan aşağı inerek arabanın ön tarafından ilerlemeye başladım. Kararsızdım. Hatta yaptığım şeyi kesinlikle doğru bile bulmuyordum ama nedense bir diğer tarafım yaptığım şeyin sonucunun kötü olmayacağını haykırıyordu. Umarım öyle de olurdu.

Yolcu koltuğunun yanına geldikten sonra kapısını açtım ve içeriye girip ardından kapıyı kapattım. Sırt çantamı kucağıma aldığımda ise kendimi bir yabancının arabasında değil de, bir taksideymişim gibi motive etmeye başlamıştım. Çünkü böyle yaparsam kendimi daha iyi hissedeceğimi biliyordum.

Adam arabayı hareket ettirip sürmeye başladı. Arabanın içi oldukça sıcaktı ve bu beni mutlu etmişti. Çünkü adeta buz tutan bedenim şimdi hızla gevşiyordu ve bu gerçekten de rahatlatıcıydı.

Bakışlarımı adını bilmediğim ama beni iki gündür zor durumdan kurtaran adama doğru çevirdim. "Adresi şimdimi söyleyeyim yoksa yaklaşınca mı?"

"Yaklaşınca," diyerek kısaca cevap verdi adam.

Başımı aşağı yukarı sallamakla yetindim.

Tuhaf bir şekilde iki gündür beraberdik. Bu haliyle bende kuşku yaratmıştı. Aynı yerde ve aynı şekilde. Beni takip ediyor olma ihtimalini aklımdan geçirdim. Böyle gizli gizli. Gittiğim her yere giden ve sürekli peşimde olan bir sapık. Ama daha sonra bu ihtimali hızla silip eledim. Çünkü eğer öyle bir durum söz konusuysa şu anda hiç de güvende olmazdım ve bu düşünce bile korkmam için yeterliydi.

En iyisi gündelik muhabbet etmekti sanırım. Hem böylesi daha zararsız ve de daha normal olurdu. Üstelik yolculuk boyu da sıkılmamış olurduk. Ayrıca kim olduğunu da zaten merak etmiştim.

"Şey, acaba adın ne?" diye sordum öncelikle. Oturduğum koltukta ona doğru dönmüştüm ve meraklı bir ifadeyle vereceği cevabı bekliyordum. Sonuçta ilk olarak ismini öğrenmem daha mantıklıydı. Sert bir görüntüsü vardı. Nedense dış görünüşüyle özdeşleştirebileceğim bir tane bile isim aklıma gelmemişti.

"Konuşmasan olmaz mı?" dedi adam. Bakışlarını bana çevirmeden konuşmuştu. Başımı öne doğru eğdim. Evet, şu anda ıslak, yavru bir köpekten farkım yoktu ama konuşulmayacak kadar kötü göründüğümü bilmiyordum. Veya yüzüme bile bakılmayacak kadar.

"Özür dilerim," dedim mahcup bir ifadeyle.

Adam bakışlarını bana doğru çevirdi. "Neden?" diye sorduğunda tekrar önüne dönüp yola bakmaya devam etmişti. Zafer kazanmış gibi gülümsedim.

"Konuşmasan olmaz mı?" deyip onu taklit ettim. Sesimi aynı onun gibi yapmaya özen göstermiştim. Ve tuhaf, ama benzetmiştim de.

Adam bakışlarını tekrar bana doğru çevirdi. Yüzündeki tuhaf ifade söylediğim şeyi saçma bulduğuna anlamama neden olurken, "Şaka şaka," deyip hemen açıklama yaptım. "Sen hani az önce konuşmamamı istedin ya, ben de sandım ki şu anki görüntümden dolayı rahatsız oldun. Yoksa konuş elbette, ben mani olmak istemem."

Adam bakışlarını tekrar yola doğru çevirdi. O soğuk bakışlarındaki sert ifade bir yana, konuşmamayı istememesi aklıma türlü türlü şeyler getirirken düşünce diyarıma dalmaktan kendimi alıkoyamadım. Mesela kekeme falan olabilir miydi? Belki de konuşma zorluğu çektiği için susmayı tercih ediyordu ve bu yüzdende fazla konuşmuyordur? Aklıma gelen bu düşünce birdenbire üzülmeme neden olup bedenimin ona karşı acıma hissiyle dolmasına neden olurken eğer konuşturmayı başarırsam sorumun cevabını alabileceğime kanaat getirdim.

"Benim adım Melisa," dedim neşeyle. Hâlâ koltukta ona dönük durumdaydım ve meraklı bir ifadeyle yüzüne bakıyordum. Belki böylece o da kendini tanıtırdı ve ben de onun hakkındaki düşüncelerimi doğrulayabilirdim.

"Sormadım," diyerek tersledi beni adam. Tamam, vazgeçtim. Kendini tanıtmayacaktı.

"Radyoyu açabilir miyim?"

"Hayır."

"Peki klimanın ısısını arttırabilir miyim?"

"Hayır."

"Adın ne?"

"Ne önemi var?"

"Merak ettim."
"Etme."
Gözlerimi kırpıştırıp hayretle adama bakakaldım. Resmen kısa kelimeler kullanmaya yemin etmiş gibiydi ve uzun cümleler kurmuyordu. Ayrıca verdiği cevaplarla da sürekli beni terslemişti.
Konuşmadan da hiç zaman geçmiyordu ki. Zaten trafikteydik. Resmen santim santim ilerliyorduk ve bu adam işleri daha da can sıkıcı kılıyordu. Ben kalabalık ortamları severdim. Sürekli konuşmayı ve birilerine bir şeyler sormayı. Tamam, belki bunları normal hayatımda yapamıyor olabilirim ama biriyle karşı karşıya gelince -örneğin şimdiki gibi- susmak istemiyordum.
"Kahvaltılık helva sever misin?" diye sordum bu sefer. Amacım bir konu açmaktı ama ne yazık ki başarılı olduğumu söyleyemeyeceğim.
"Siyah zeytin mi, yeşil zeytin mi? Bari buna bir cevap ver."
Bay anti-konuşma, soğuk bakışlarını bana doğru çevirdi. Yüzünde sert bir ifade vardı. Kaşları ise hafif çatılmıştı. Yutkundum. Sanırım sinirlenmişti.
"Hep böyle saçma mı konuşursun sen?"
Hemen cevap verdim. "Sadece zaman geçsin diye uğraşıyorum. Ama sen maalesef hiç yardımcı olmuyorsun. Mesela ben yeşil zeytini daha çok severim."
Adam bakışlarını tekrar yola çevirdi. Öncesinde 'aman ne önemli' diye mırıldandığını duymuştum. Tamam, önemli bir bilgi olduğunu elbette savunmuyorum ama maksat muhabbet etmekti. Hem zaten insanlar bir araya gelince ne konuşur ki?
"Adını söylersen yol boyu hiç konuşmam?" dedim şirince. Tabii ki numara yapıyordum. Aramızdaki sessizliği bozmak için öne sürdüğüm bir bahaneydi sadece. Ama adını gerçekten merak etmiştim. Oldukça yakışıklıydı. Boyu da 1.80 vardı sanırım. Mavi ve yeşil arası olan tuhaf ama bir o kadar da güzel göz rengi bana nedense yabancı artistleri anımsatırken, düzgün Türkçesi bu düşüncemi anında alıp yok ediyordu.

"Nedense ufaklık bana pek inandırıcı gelmedin," dedi adam.

"Size yalan borcum yok," diyerek hemen kendimi savunmaya geçtim.

Adam bana yandan bir bakış attı. "Emin misin?" diye sorduğunda ses tonu şüphe eder gibiydi.

Başımı aşağı yukarı salladım. "Hem de hiç olmadığım kadar."

"Peki," deyip nefesini usulca dışarıya verdi adam. "Ama tek kelime ettiğini duyarsam seni arabadan atarım," diyerek konuşmaya devam ettiğinde ses tonu tehditkârdı. Gözlerimi iri iri açtım. Cidden beni bu havada dışarı atar mıydı? Atabilirdi. Sonuçta o bir erkekti ve ben erkeklere pek güvenmezdim.

"Anlaştık," dedim neşeyle ve ismini söylemesini merakla beklemeye başladım. Eğer yabancı bir isim söylerse -ki bence olası bir ihtimaldi- işte o zaman onu soru yağmuruna tutacaktım. Mesela yabancı olmasına rağmen nasıl bu kadar düzgün Türkçe konuşabiliyor?

"Ateş."

"Anlamadım?"

"İsmim bu, Ateş."

Adamın ifadesiz sesine karşı ben gözlerimi kırpıştırarak ona bakarken isminin ve karakterinin birbirine bu denli zıt olması şaşırmama neden olmuştu. Çünkü karakteri gözlemleyebildiğim kadarıyla buz gibi soğuk iken isminin Ateş olması cidden tuhaftı. Ama oldukça da güzel bir ismi vardı. Güzel ve farklı.

"Bir şey sorabilir miyim?" deyip oturduğum koltukta dik bir hal aldım.

"Az önce anlaşma yapmadık mı?"

"Ama çok merak ettim."

Ateş derin bir nefes aldı. "Sor bakalım geveze, sor. Ama daha sonra lütfen sus."

Gülümsedim. "Mantar sever misin?"

Ateş bana ters bir bakış attı. "Cidden bunu mu merak ettin?" diye sorduğunda ses tonunda hayret vardı. Başımı evet anlamında aşağı yukarı salladım. Çünkü gerçekten merak etmiştim.

"Severim," deyip kestirip attı.

Yüzümü buruşturdum. Çünkü o kayış gibi yemeğin neresini seviyor anlayamamıştım. Ama neyse. Konumuz zaten onun neyi sevip sevmediği değil, benim ona sormak istediğim diğer sorulardı. Hem hazır beni dinleyen biri karşıma çıkmışken -gerçi o da zoraki bir şekilde ama- yine de konuşmak istiyordum.

"Peki kaç-"

"Sus!" diye bağırdı Ateş. "Bu ne lan böyle cır cır cır. Tek bir kelime daha edersen hiç acımam seni dışarı atarım!"

Ateş'in aniden sesini yükseltmesi oturduğum koltuğa yavru bir kedi gibi sinmeme neden olurken onu sinirlendirdiğimi fark edip başımı hızlıca öne doğru eğdim. Belki de trafikte tıkalı kaldığımız için sinirlenmiştir, tam emin değildim ama yüz hatları cidden gerilmişti. Ama kaç yaşında, okuyor mu yoksa çalışıyor mu bunları da sormak istiyordum. Ama deminki uyarısında oldukça ciddiydi. Bir şey daha sorarsam kesin beni bu yağmurlu havada dışarı atardı. En iyisi susmaktı.

Şu anda bir yabancının arabasındaydım. Babam ve annem bunu bir öğrense eminim ki bu zamana kadar hiç işitmediğim bir azarı onlardan işitip, üstüne bir de ceza alırdım. Çünkü bana oldukça düşkündüler. Bu yaşıma kadar el bebek gül bebek büyütmüşlerdi. En ufak bir hastalığımda bile beni hiç yalnız bırakmayıp iyileşene kadar yanımda olmuşlardı. Bunun nedeni tek çocuk olmam mı yoksa başka bir şey mi bilemiyordum ama şu anki durumumu kesinlikle öğrenmemeleri gerekiyordu.

Aradan kaç dakika geçti, bilmiyorum. Ama trafik yavaş yavaş açılmaya başlamıştı ve bu kesinlikle iyi bir şeydi. Ateş'in uyarısından sonra ben hiç ağzımı açmamışken o da zaten konuşmayı sevmediğinden olsa gerek, hiç konuşmamıştı. Kekeme falan da değildi. Neden konuşmayı sevmiyordu, hiç anlamamıştım. Üstelik benim de konuşmama izin vermiyordu ve bu da ayrı bir garipti.

Ateş motosiklette olduğu gibi araba sürmekte de oldukça

iyiydi. Evimin adresini otobandan çıktıktan hemen sonra vermiştim ve onun dışında başka bir konuşma yapmadan beni kısa bir sürede evimin önüne kadar getirmişti.

Emniyet kemerimi çıkarttım. Arabanın içi oldukça sıcak olduğundan şimdi nasıl dışarıya çıkacağımı bilmiyordum ama sonsuza dek bu arabada yaşayamayacağımı biliyordum. Bakışlarımı ellerini direksiyonun üzerinde tutan Ateş'e doğru çevirdim. Bir an önce inmemi ve gaza basıp buradan gitmeyi istediği açıkça belliydi. Hah. Soğuk şey.

Umursamamaya çalıştım. "Teşekkür ederim, yani beni buraya kadar getirdiğin için," dediğimde sesimi ifadesiz tutmaya özen göstermiştim.

"Bu durum sana özel değil ufaklık," dedi Ateş bakışlarını bana doğru çevirirken. "Dünkü davranışın için ikinci bir karşılık diyelim." Göz kırptı.

Yaptığı bu hareket afallama neden olsa da, "Yine de teşekkür ederim," diyebilmeyi başardım.

Ateş bir cevap vermedi. Onun yerine ifadesiz bir şekilde yüzüme bakmayı tercih edince utandığımı hissettim. Sokak lambasının sarı ışığı Ateş'in yüzüne vuruyordu. Bir erkek için fazla uzun olan kirpiklerinin gölgesi elmacık kemiklerinin üzerine yansıyordu. Ne kadarda yakışıklıydı... "Bir şey demeyecek misin? " diye sordum. Çünkü dünde bu şekilde ona teşekkür etmiştim ve o herhangi bir cevap verme zahmetinde bulunmamıştı.

"Gereksiz yere konuşmayı sevmem," dedi Ateş ifadesiz bir sesle.

Hayretle ona baktım. Çünkü teşekkür eden bir insana 'önemli değil' demek ne zamandır gereksiz oluyor merak etmiştim. Ama zaten bu adam baştan aşağı tuhaftı ve düşüncelerinin de mantıklı olmasını beklemiyordum. Sonuçta herkesin kendine göre doğruları vardı. Kimine yanlış gelen, kimine doğru gelebiliyordu ve kimse bu gerçeği değiştiremezdi.

"Şey, kaç yaşındasın peki?" deyip alakasız bir konuya giriş

yaptım. Çünkü yaşıyla ilgili tahminlerim vardı ve o tahminlerimi doğrulamak istiyordum. "Nasıl olsa beni arabandan atsan da artık evimin önündeyim ve bir sorun olmaz," diyerek konuşmama devam ettiğimde pişkin pişkin sırıtmaktan kendimi alıkoyamamıştım.

Ateş tekrar arabayı çalıştırdı. Aniden irileşen gözlerim, kulaklarımı dolduran güçlü motor sesinden dolayı şaşkın bir hal alırken afallayarak ona baktım. "Kendini akıllı mı zannediyorsun?" diye sordu Ateş. Bakışları küçümser gibiydi ama ses tonu oldukça sertti.

Hemen yolcu kapısını açtım ve kendimi bir hışımla dışarıya attım. Anında soğuk havayla temas eden bedenim ufak bir titremeyle sarsılmama neden olsa da umursamadım ve başımı açık olan yolcu kapısından içeriye soktum. Yağmur yağmaya devam ediyordu.

"Okuyor musun peki onu söyle?" diye sordum ısrarla.

Ateş derin bir nefes aldı. "Beni sinirlendirmek için mi uğraşıyorsun sen?"

"Soru sormam seni sinirlendiriyor mu?"

"Sence?"

"Ya sadece evet veya hayır diyeceksin, niye bu kadar uzatıyorsun ki?"

Ateş gözlerini kapattı. Sakinleşmeye çalışır gibi bir hali vardı. Birkaç saniye sonra tekrar araladığında gözlerinin birazcık yumuşadığını fark ettim. "Evine git küçük kız," dedi usulca. Arka koltuğa uzandı ve eline bir şey alıp bana uzattı. "Bunu da al."

Şaşkın bakışlarımı uzattığı şemsiyeye indirdim. "Bu ne?"

"Bir şemsiye," dedi ifadesiz bir sesle. "Bu havalarda insanlar bunu kullanır."

"Yoksa bunu da cüzdanını sana getirdiğim için bir karşılık olarak mı veriyorsun?"

Ateş tebessüm etti. Hafif de olsa yukarıya kıvrılan dudakları onun yakışıklı yüzünü daha yakışıklı yapmıştı. Sanırım gülünce nefes kesici görünen erkeklerdendi. "Sanırım o yüzden veriyorum," dedi. "Hadi al."

Şemsiyeyi çekinerek elime aldım. Birazcık büyüktü. Hatta çok büyüktü. Bu zamana kadar kullandığım şemsiyelerle uzaktan yakından alakası yoktu. Bir kere rengi pembe değil, siyahtı.

"Teşekkür ederim," dedim ve gülümsedim.

Ateş cevap vermedi. Onun yerine tuhaf gözleriyle bana bakmayı tercih edince tekrar gülümsedim ve "İyi akşamlar," dedim. Verdiği şemsiyeyi açtım ve arkamı dönüp apartmana doğru yürümeye başladım. Babam dışında ilk kez bir erkek bana hediye veriyordu. Ve dolaylı da olsa ilk kez bir erkek beni düşünmüştü. Yüzümde beliren aptal gülümsemeye engel olamadım.

Apartmana girdikten sonra oyalanmadan asansöre bindim ve 3 yazan düğmeye basıp kapıların kapanmasını beklemeye başladım. Çok geçmeden bizim dairenin olduğu kata gelmiştim zaten. Adımlarımı kahverengi kapısı olan eve doğru ilerletmeye başladım. Ardından zile basıp bir an önce sıcakla buluşmayı sabırsızlıkla beklerken, umarım annem ve babam çok kızmaz, diye içimden geçirdim. Çünkü eve ilk kez bu kadar geç geliyordum ve nasıl tepki vereceklerini bilmiyordum. Kapı açıldı. Ardından görüş alanıma giren mavi gözler olduğum yerde öylece durmama neden olurken Aras'ın bizim evde ne işi olduğunu merak etmiştim.

Bölüm 3

Tam tamına beş dakika otuz yedi saniyedir Aras ve onun ailesi ile birlikte salondaki koltuklarda oturuyorduk. Otuz sekiz, otuz dokuz, kırk.

Eve geldiğimde Aras'ın kapıyı açması beni resmen şoka sokmuştu. Şaşırıp öylece kalakalmıştım. Annemin söylediğine göre Aras'ın babası ve benim babam meslektaşmış. Yani polis. Aynı merkezde çalışıyorlarmış. Ve bu akşam da ailecek bize yemeğe gelmişler. Bu da ikinci bir şoka girmeme neden olmuştu. Çünkü hoşlandığım çocuk resmen bizim evdeydi ve bu akşam ailesi ile birlikte bize yemeğe gelmiş olması kesinlikle beklenmedikti.

Üç sene. Tam tamına üç senedir hoşlanıyordum Aras'tan. Onu ilk gördüğümde okulun kantinindeydi. Bir masaya oturmuş, telefonuyla oynuyor ve çevresiyle hiç ilgilenmiyordu. Tekti, yanında kimse yoktu. Tıpkı benim gibi. O da benim gibi yalnız ve arkadaşsızdı. Aras'ı ilk gördüğümde kendime benzetmiş olsam da zamanla öyle olmadığını fark etmiştim. Aras istediği için yalnızdı. Ben ise seçme şansım olmadığı için. Hayat bazen bizlere fırsatlar verir. Kaderimize yön vermemiz için elimize fırsatlar geçer. Ben o fırsatın gelmesini bekleyenlerdendim. Ve geldiğinde de en iyi şekilde değerlendirmek isteyenlerden.

Aras şu anda hemen karşımdaydı. Tekli koltuğa oturmuş, babam ve kendi babasının arasında geçen muhabbeti dinliyordu. Ya da dinliyormuş gibi görünüyordu. Emin değilim. Bakışları ifadesizdi. Hatta biraz da bunalmış. Burada olmamak ister gibi bir hali vardı. Zaten onu tanıdığım kadarıyla bu tarz misafirliklerden hoşlanacak biri değildi.

"Eee kızım, senin okulun nasıl bakalım?"

Aysun Teyze -Aras'ın annesinin- sesini işitince bakışlarımı hızla ona çevirdim. Samimi bir ifadeyle yüzüme bakıyordu. "Şey, güzel. Yani idare ediyorum," dedim. Sesim epey çekingen çıkmıştı. Bunun nedeni karşımdaki kadının Aras'ın annesi olmasından kaynaklanıyordu elbette.

"Aras'la aynı sınıfta mısınız?"

"Hayır. Ben D şubesindeyim."

Aysun Teyze, "Anladım," diye mırıldanıp çayından bir yudum aldıktan sonra bakışlarını anneme çevirdi ve kendi aralarında konuşmaya başladılar. Aysun Teyze oldukça güzel bir kadındı. Aras'ın mavi gözlerini kimden aldığı belli oluyordu. Çünkü gözleri annesiyle tıpatıp aynıydı.

Göz ucuyla tekrar Aras'a baktım. Ama bakmaz olaydım. Çünkü Aras da bana bakıyordu. Yakalanmanın verdiği utançla hemen gözlerimi kaçırdım. Ona bakarken yakalanmak cidden çok utanç vericiydi. Acaba Aras beni tanımış mıydı? Benimki de soru. Her teneffüs onu dikizleyen kızı tanımayacak da kimi tanıyacak? Gerçi Aras'ın beni fark ettiğinden pek emin değildim ama...

"Melisa?" Babamın seslenişiyle bakışlarımı ona doğru çevirdim. "Efendim babacım?"

"Kızım istersen Aras'a odandaki kütüphaneni göster. Belli ki bizim sohbetten sıkıldı."

Aras mı? Benim odama mı?

Kalp atışlarım zaten hızlı hızlı atıyorken babamın isteği ile mümkünmüş gibi biraz daha hızlı atmaya başladı. Bu gece heyecandan ölmezsem başka bir gün ölmezdim herhalde. "Olur," deyip çekingen bir şekilde ayağa kalktıktan sonra Aras da tıpkı benim gibi -ama nasıl yaptıysa daha havalı bir şekilde- ayağa kalktı. İtiraz ememe sebebinden kendime herhangi bir pay çıkarabilir miyim?

Odama girdikten sonra kapıyı arkamızdan kapattım. Aras etrafa göz gezdirmeye başlamıştı bile. Fırsat bu fırsatken ben de doya doya onu izlemeye başladım. Aras şu anda benim odamdaydı. Sarı saçları, mavi gözleri, üzerine giymiş olduğu gri örme kazak ve bacaklarını saran siyah pantolonuyla şu anda hemen karşımda duruyordu. Lise 1'den beri her şeyine hayran olduğum çocuk sadece bir kaç adım uzağımdaydı ve bu gerçekti. Gerçi o beni hep görmezden gelmişti ama olsun.

"Neden yüzünü astın?" Aras'ın sesi aklımdaki düşünceleri yarıda keserken gözlerimi kocaman açıp ona baktım. O az önce bana soru mu sormuştu cidden? Bana?

"Şey, kurusun diye," dedim. Saçma bir şey söylediğimi sonradan fark etmiştim. Ama yine de bir umut onu güldürebilmeyi hayal ederken Aras herhangi bir tepki vermedi ve kütüphanemin yanına gitti. Komik bir espriydi bence. Ama sanırım doğru yerde kullanmamıştım.

"Grinin Elli Tonu?"

Aras eline aldığı, kapağında kravat resmi olan kitabı bana göstermek amaçlı sallayınca ne diyeceğimi bilemeyerek sustum. Kim bilir hakkımda ne düşünmüştü? Hayır. Okuduğum kitaptan kesinlikle utanmıyorum ama yine de hoşlandığım çocuğun o kitabı görmesini istemezdim.

"Ünlü bir kitapmış da. Ben de merak ettim."

Aras herhangi bir şey söylemeyip elindeki kitapla yatağıma oturunca heyecandan tırnaklarımı yemeye başladım. Her gece Aras için dua ettiğim yatakta şimdi bizzat kendisi oturuyordu ve bu rüya değildi.

"Bunu alabilir miyim?"

"Kitabı mı?" diye sordum şaşırarak.

"Evet."

Sessizce yutkundum. "Tabii..."

Aras elindeki kitabın kapağını açıp içine göz atmaya başlayınca kalbimin yerinden çıkacağını zannettim. "Tuhaf bir kızsın. Daha çok çocuk gibi. Ama kütüphanen de oldukça ciddi, yani güzel kitapların var. Ben senden bir Cin Ali serisi beklerdim doğrusu."

Aras'ın hakkımda söylediklerini hemen içimden tekrar ettim. Beni tuhaf buluyordu. Bir de çocuk. Ama kitaplarımı da beğendiğini söylemişti. Bir de ne demişti? Cin Ali serisi mi? Hemen kütüphanemin yanına gittim ve kapaklı yeri açarak üst üste dizli olan 14 tane kitabı elime aldım.

"Bahsettiğin kitaplar sanırım bunlar."

Elimdeki kitapları Aras'a doğru uzattığımda Aras'ın gülmeye başlaması ağzımın aralanmasına neden oldu. Şaşkındım. Çünkü onu güldürdüğüme inanamıyordum. Gerçi ben şu anda hiçbir şeye inanamıyordum ya neyse.

"Demek bir Cin Ali serin var?" Aras ona doğru uzattığım kitapları eline alıp incelemeye başlayınca anlık bile olsa parmak uçlarının tenime değmesi tüm bedenimin karıncalanmasına neden olmuştu.

"Şey, evet." dedim.

"Cin Ali'den Grinin Elli Tonu'na geçmek ağır olmadı mı?"

Başımı iki yana salladım.

Aras elindeki kitabı bir süre 'sırıtarak' inceledikten sonra bakışlarını bana doğru çevirdi. Öyle anlık bir bakış değildi. Bayağı, gözlerimin içine içine bakıyordu. Yutkundum. Hadi bakalım Melisa... Aras, Aras deyip duruyordun. Al sana Aras.

"Bu akşamdan okuldakilere bahsetme," dedi Aras farklı bir konuya geçiş yaparak. Bakışları ciddiydi.

"Bahsetmem," dedim ve başımı öne doğru eğdim. Sanırım benden utanıyordu ve bu yüzden de okuldakilerin bunu öğrenmesini istemiyordu.

"Beni yanlış anlama. Biliyorsun, okulda kimseyle arkadaşlık yapmıyorum ve senin evine geldiğim öğrenilirse yanlış anlaşılabilir." Doğru söylüyordu. Yani Aras gerçekten okulda hiç kimseyle arkadaşlık yapmıyordu ve şimdi beni uyarmakta haklıydı. Bu konudan bir an önce kurtulmak istercesine, "En sevdiğin yemek ne?" diye sordum. Arkadaşlık bağları hakkında konuşmak beni üzüyordu.

"Az önce söylediğim şeyi duydun mu?" Aras ciddi bir ifadeyle yüzüme bakıp bir cevap vermemi isteyince, "Evet duydum. Ben de sana en sevdiğin yemek ne diye sordum?" diyerek sorusuna soru ile karşılık verdim. Ama Aras bana tuhaf bir bakış attı. Omuzlarımı silktim. Herkes böyleydi işte. Birisi ile birazcık sohbet etsem bana tuhaf tuhaf bakıyordu.

"Boş ver," deyip elimi havada salladıktan sonra ayağa kalktım. "Sormadım farz et." Ben mi tuhaftım yoksa insanlar mı? İçimi sarmalayan hüzün bütün neşemi alıp yok ederken odamın kapısına doğru yürümeye başladım. Sanırım annemlerin yanına gitsem daha iyi olacaktı.

"Tavuk."

Odadan çıkmak üzere yapmış olduğum hamle Aras'ın sesiyle hava da asılı kaldı. Bakışlarımı ona doğru çevirdim. "Hı?" diye bir şeyler gevelediğimde Aras gülümsemişti.

"Ya senin?" diye sordu Aras. Az öncenin aksine bakışlarındaki sıcak ifade nedense kırılan kalbimi hemen onarırken dudağımı dişlerimin arasına aldım ve hızlı adımlarla yatağıma doğru yaklaşıp Aras'ın karşına oturdum. "Şey, ben en çok yaprak sarmasını severim. Peki en sevdiğin renk ne?"

"Kırmızı. Senin? "

"Mavi. En sevdiğin tatlı?"

"Imm ayrım yapmam, sen?"

"Sütlü tatlıları daha çok severim. En sevdiğin meyve?"

"Nektarin. Ya senin?"

"Erik ve çilek."

"En sevdiğim film türü?"

"Aksiyon. Sen?"

"Komedi ve romantik." Şu anda Aras'la benim yatağım da bağdaş kurarak oturmuş birbirimize sorular sorduğumuza inanamıyordum. O kadar çok mutluyum ki. Uzun zamandır ilk defa ailem dışında biriyle sohbet ediyordum. Ve bu kişi de Aras'tan başkası değildi. Hoşlandığım çocuk.

"Beni tuhaf mı buldun?" diyerek farklı bir konuya geçiş yaptım. Çünkü vereceği cevabı çok merak ediyordum. Benim için önemliydi.

Aras dürüstçe, "Biraz," dedi. Nefesimi sıkılarak dışarıya verdim. "Zaten herkes tuhaf buluyor."

"Neden?"

Omuzlarımı silktim. "Bilmem."

"Okulda kimsenin yanında görmedim seni?"

Nereden göreceksin ki? Sanki beni izliyorsun da... Bir dakika. Ya izliyorsa? Saçmalama Melisa niye seni izlesin ki? "Evet, okulda arkadaşım yok," dedikten sonra başımı mahcup bir şekilde öne doğru eğdim.

"Yok. Çünkü korkuyorsun. Birileriyle konuşup sohbet etmek, belki de dertleşmek istiyorsun ama konuşmanın bitmesinden korkuyorsun. Bu yüzden de sürekli soru soruyorsun."

'Yani sürekli soru sormamın nedeni bu muydu?' diye içimden geçirdim.

"Ama yapma. İnsanlara sürekli bir şeyler sorma. Çünkü bu onları sıkabilir. Hem zaten biriyle vakit geçirmeye başladığında en sevdiği yemeği de öğrenirsin, en sevdiği rengi de."

"Seni sıktığım için özür dilerim," dedim hızlıca.

"Sıkılmadım. Uzun zamandır bu kadar uzun sohbet ettiğim tek kişisin. Bu güzeldi." Aras konuşmasını bitirdikten sonra gülümsedi. Bir an ölecekmiş gibi hissettim desem yalan olmazdı. Çok yakışıklıydı.

"Melisa?"

Annemin sesi bakışlarımı Aras'tan çekmeme neden olurken başımı odamın kapısına doğru çevirdim. Aysun Teyze ile beraber kapının girişinden bize bakıyorlardı.

"Sohbetinizi bölmek istemem çocuklar ama kalkıyoruz." Aysun Teyze'nin söylediği cümle bedenimin büyük bir üzüntü ile kaplanmasına neden olurken Aras oturduğu yerden kalktı. Ne olurdu sanki biraz daha geç gitselerdi? Veya Aras bu gece bizim evde kalsaydı? Belki bu odada hatta aynı yatak... Tamam saçmaladım.

"Melisa bu hafta sonu kardeşimin düğünü var. Yani Aras'ın dayısının. Annenden izin aldım, senin de bizimle beraber düğüne gelmeni istiyorum."

Ben? Düğün? Aras?

Bakışlarımı hemen anneme doğru çevirdiğimde onaylamamı ister gibi kaş göz yaptığını fark ettim. Sanki o demese ben itiraz edecektim. Ama bir dakika. Şimdi Aras'ın da olduğu bir düğüne böyle gidemezdim ki. Önce kendime güzel bir elbise almam lazımdı.

"Şey... tabii olur," dedim.

"Aras yarın alışverişe çıkacak. İstersen sen de onunla beraber git kendine şöyle güzel bir elbise al."

Bakışlarımı Aras'a doğru çevirdim. Omuzlarını silkip fark etmez der gibi bakıyordu. Onun için fark etmeyebilirdi. Ama benim için öyle değildi. Onunla alışverişe çıkmak... Kesinlikle mükemmel olacaktı.

***

Ertesi gün Aras'la birlikte alışveriş merkezine gittiğimizde kendimi oldukça tuhaf hissediyordum. Biraz da çekingen. Çünkü daha düne kadar yanına gitmekten çekindiğim çocukla şimdi beraber ve de yan yana alışveriş yapıyordum. Bu haliyle garipti ve hâlâ idrak edebilmiş değildim.

Aras'la ilk önce D&R mağazasına girmiştik. Yeni çıkan kitaplara bir süre göz gezdirip raflara bakındıktan sonra oradan çıkıp erkek ve kadın kıyafetlerinin satıldığı bir mağazaya girdik. Aras kendine çok tarz bir ceket almıştı. Üstelik o ceketi ona ben seçmiştim. Bu o kadar harika hissettirmişti ki... Daha sonra bana elbise bakındık. Bahar sezonuna daha yeni girdiğimiz için birçok elbise raflardaki yerini almıştı. Dürüst olmam gerekirse bir ara seçemeyeceğimi zannetmiştim. Çünkü o kadar çok çeşit vardı ki. Ama Aras, tıpkı benim onun için seçtiğim gibi bana bir elbise seçerek beni bu zor durumdan kurtarmıştı.

Açık mavi, dizlerimin çok az yukarısında olan bir elbiseydi. Sırtında kalp şeklinde bir dekolte vardı ama o kadar abartılı olmadığı için göze çok çarpmıyordu. Onun dışında sade olan elbiseye resmen âşık olmuştum. Ya da onu Aras seçtiği için öyle hissediyordum.

Düğün günü oldukça erken uyanmıştım. Çünkü içim içime sığmıyordu. Dün yapmış olduğumuz alışverişin etkisinden bile hâlâ çıkamamışken bu akşam yine beraber olacak olmamız kesinlikle mükemmelin ötesindeydi. Odamdan çıktıktan sonra banyoya girip elimi yüzümü soğuk su ile yıkadım. Ardından saçlarımı da tepeden toplayıp rahat bir şekil verdikten sonra banyodan çıktım. Bugün mutluydum ve mutluluğumu da bir şekilde etrafa saçmak istiyordum. Bu yüzden de bugünlük kahvaltı sofrası bendendi.

Mutfağa girdiğimde ilk olarak çay suyunu ocağa koydum. Daha sonra ise buzdolabından çıkardığım kahvaltılıkları masaya götürdüm. Haşlamak üzere beş tane yumurtayı da ocağın üzerine koyduktan sonra mutfaktaki masaya oturdum ve ekmek dilimlemeye başladım.

Annem kesinlikle duygulanacaktı. Çünkü mutfakta pek iş yapmazdım. Genellikle tozları alıp evi süpürürdüm. Bir de bulaşıkları makineye dizerdim. Hem onları da zaten söylene söylene ve istemeye istemeye yaptığımdan yemek işleriyle genellikle hep annem ilgilenirdi. Ama bu, benim yemek yapmayı bilmediğimi göstermezdi. Çünkü çok güzel yemek yapardım.

Ekmekleri incecik dilimledikten sonra ekmek sepetini masaya götürdüm ve tekrar mutfağa girip haşlanmış yumurtaları sıcak suyun içinden çıkarttım. Belki arkadaş edinebilme konusunda pek başarılı değildim ama mutfakta ve ev işlerinde durumlar tam tersiydi.

"Rüya mı görüyoruz Murat? Şu anda mutfakta bir şeyler yapan kişi bizim kızımız mı?"

Annemin sesi bakışlarımı ona doğru çevirmeme neden olurken, "Hayır rüya değil," dedim ve gülümsedim. Babamla birlikte mutfağın kapısına yaslanmış, inanmayan gözlerle bana bakıyorlardı.

"Uğraşma benim kızımla Hülya. Marifetlidir benim kızım." Babamın iltifatı yüzümde kocaman bir gülümseme oluştururken adımlarımı babama doğru ilerlettim ve yanaklarına sulu bir öpücük bırakıp, "Günaydın," dedim. Sesim oldukça neşeli çıkmıştı.

"Günaydın güzel kızım."

"Bana öpücük yok mu?" Annem tek kaşını havaya kaldırıp

birazcık bozulmuş bir ifadeyle yüzüme bakınca, "Olur mu hiç öyle? Sana da günaydın annem," deyip kollarımı anneme doladım ve onun da yanaklarına sulu sulu öpücükler bıraktım. Güneş bugün daha mı güzel parlıyordu?

"Hadi siz içeri geçin. Kahvaltınız bugün benden."

Annem inanmayan gözlerle bana baktı. "Ne senden? Ne senden?" Şaşkın hali yüzümdeki gülümsemeyi daha çok genişletmişti.

"Hadi Hülya. Biz içeri geçelim." Babam araya girip annemi kolundan tutarak salona doğru sürüklemeye başlayınca tekrar işimin başına döndüm. Öncelikle haşlanmış yumurtaları özenle soymuştum. Daha sonra beyaz porselen bir tabağın içine koyup dilimledim. Üzerine zeytinyağı ile pul biber de döktükten sonra tabağı elime alarak mutfaktan çıktım ve salona girdim. Annem şaşkın bir ifade ile hâlâ masaya bakıyordu.

"Ne duydun da bize kahvaltı hazırladın?"

Omuzlarımı silktim. "Hiiç... Sadece içimden geldi."

"Senin?"

"Evet anne. Niye uzaylı birini evlat edinmişim gibi bakıyorsun ki?"

Annem çayından bir yudum aldı. Ardından, "Ne bileyim. Daha önce hiç görmedik de," deyince "Çok fazla alışmayın zaten," diyerek ona cevap verdim ve şirince sırıttım.

Kahvaltımız bittikten sonra masayı kurduğum gibi toparlayıp bulaşıkları da makineye dizdim. Kot bir pantolon, üzerime ise turkuaz rengi yarım kollu bir tişört giydikten sonra kuaföre gitmek için evden çıktım. Tabii babamdan bir miktar para koparmayı da ihmal etmemiştim.

Kuaföre geldiğimde aklım oldukça karışıktı. Nasıl bir model yaptıracağım hakkında hiçbir fikrim yoktu. Hem zaten ömrünün yarısını kuaförde geçiren genç kızlardan hiç olmamıştım ki. Sadece düğünlerde veya özel günlerde gelirdim kuaföre. Ama şimdi düşünüyorum da keşke biraz bilgim ve tecrübem olsaymış. O zaman belki nasıl bir model seçeceğim daha kolay olurdu.

"Size nasıl yardımcı olalım?"

Yirmili yaşlarındaki kızın sesi dikkatimi ona vermeme neden olurken, "Aslında aklımda hiçbir şey yok," diyerek cevap verdim. "Ben bu akşam bir düğüne gideceğim ve ona uygun bir şeyler yaparsanız sevinirim." Kız oldukça bakımlı görünüyordu. Saçları kırmızı ve pembe karışımıydı. Ne yalan söyleyeyim oldukça dikkat çekiciydi ve asla cesaret edemeyeceğim türdendi.

"Hmm... Elbiseniz yanınızda mı?" Elbiseyi yanıma aldığım için kendimi tebrik ettim.

"Evet," dedikten sonra elbiseyi sırt çantamdan çıkartıp kuaföre doğru uzattım. Adını bilmediğim kuaför, Aras ile beraber aldığımız elbiseyi dikkatle inceledikten sonra, "Üzerinizde görmemin bir sakıncası var mı?" diye sordu. Başımı iki yana salladım ve arka tarafa geçip elbiseyi üzerime geçirdim. Kuaför gülümseyerek beni inceledikten sonra, "Harika bir elbise. Size de çok yakıştı. Aklımda mükemmel bir fikir," diyerek beni sandalyeye oturttu. Acaba nasıl bir şey yapacak, diye içimden geçirmeye başladım. Aslında ne yapacağı o kadar da umurumda değildi. Aras beğensin yeter.

Yaklaşık bir buçuk saatin sonunda kuaför saçlarımı dalga dalga yapmıştı. Ardından da saçımın sağ kısmından bir tutamı örgü yapıp alnımın üzerinden geçirince saç işlemim bitmişti. İtiraf etmem gerekirse daha önce hiç böyle bir model yaptırmamıştım ve nasıl göründüğüm hakkında hiçbir fikrim yoktu.

"Çok güzel görünüyorsun Melisa. Gözlerinin rengi daha bir belirgin oldu." Adının Filiz olduğunu öğrendiğim kızın iltifatıyla gülümsedim. Umarım Aras da beğenirdi. "Teşekkür ederim." Ücreti ödeyip üzerimdeki elbise ile beraber kuaförden çıktıktan sonra meydana doğru yürümeye başladım. Zaman su gibi akıp geçmişti. Meydana vardığımda bazı insanlar sanırım üzerimdeki gece elbisesinden dolayı bana tuhaf bakışlar atıyordu ama umursadığım söylenemezdi. Hem zaten üzerimde siyah bir hırka vardı ve sırt dekoltemi görmüyorlardı. O yüzden çekinecek bir durum yoktu.

"U-ufaklık?"

Duyduğum tanıdık ses başımı panikle sesin geldiği tarafa doğru çevirip refleks olarak gözlerimi iri iri açmama neden olurken Ateş ile göz göze gelmek oldukça şaşırmama neden olmuştu. İşin tuhafı o da bana aynı şaşkınlıkla bakıyordu. "Ya da genç bayan mı demeliyim?" Ateş birkaç adım atıp hemen karşıma geçince yüzümde oluşan gülümsemeye mâni olamadım. Herhangi bir arabaya binmek için bir yerde beklesem Ateş ile karşılaşmam cidden tuhaftı.

"Komik olan ne?" diye sordu Ateş. Gülümsedim. "Hiiç... Şu anda boş bir taksi bulmaya çalışıyordum ve sen de birden karşıma çıkınca gülesim geldi."

"Hiç heveslenme ufaklık. Bu sefer seni arabama almayacağım," dedi Ateş. Gülümsemem anında kayboldu. Soğuk herif ne olacak. "Aman. Çok da umurumdaydın," dedim ve daha sonra yanından geçip yürümeye başladım. Neymiş, beni arabasına almayacakmış. Ben sanki senin o lüks arabana binmeye çok meraklıyım.

Sadece birkaç adım atan ayaklarım ben daha ne olduğunu anlamadan kolumu tutan güçlü bir el yüzünden olduğu yerde dururken Ateş beni kendine doğru çevirdi.

"Bu elbise ve bu saç? Öğrenci olduğunu sanıyordum." Ateş tek kaşını havaya kaldırmıştı ve soran gözlerle yüzüme bakıyordu. Kolumu bir hışımla elinden kurtardım. "Zaten bir öğrenciyim ve bu hazırlık bir düğün için. "

"Düğün ha?"

"Evet, düğün!"

"Kimin?"

"Bir arkadaşımın dayısı."

"Seni bırakmamı ister misin?"

"Hah! Hani arabana almayacaktın beni?"

"Saçların güzel olmuş." Ateş, omuzlarını silkti. "Bozulmasını istemem."

"Çok saçma bir bahaneniz var Ateş Bey? "deyip tek kaşımı

havaya kaldırdığımda Ateş, "Sen bilirsin. " diyerek ukalaca cevap verdi ve sırtını dönüp yürümeye başladı. Hah! Hem yolumu kesiyor hem de arkasını dönüp gidiyor muydu? Bir süre olduğum yerde öylece durup arkasından baksam da daha sonra ayaklarımı hareket ettirip koşarak Ateş'e yetiştim ve yanında yürümeye başladım. Ateş göz ucuyla bana bakıp sırıttı. Umursamadım ve kollarımı göğsümün altında birleştirip onun yanında yürümeye devam ettim. Ateş'le beraber sessiz sessiz yürüdükten sonra siyah, oldukça lüks bir arabanın önünde durduk. Bu diğer arabadan farklıydı. Allah aşkına bu adam neydi böyle?

"Bin." Ateş'in emriyle arabanın ön koltuğuna oturdum. Ateş de sürücü koltuğuna oturunca hemen başımı ona doğru çevirdim.

"Bu araba senin mi?" Sorduğum soru ile Ateş emniyet kemerini takıp, "Evet." diyerek ifadesiz bir sesle cevap verdi.

"Diğer arabana ne oldu?" Öyle çok merak ediyordum ki kim olduğunu ve ne iş yaptığını.

"Duruyor."

"Nesin sen? İşadamı falan mı?"

Ateş bakışlarını çok kısa bana doğru çevirdikten sonra tekrar önüne döndü. "Demek beni işadamı sandın, öyle mi?"

"Şey, evet," dedim. Yani böylesine pahalı arabalara başka türlü nasıl sahip olabilirdi ki?

"Değilim."

"Nesin peki? Bu araba ve diğer araba oldukça pahalı?"

Ateş derin bir nefes aldı. "Sürekli soru sormaktan bıkmaz mısın sen?" Sesinde sıkılmış bir ifade vardı. Hemen Aras'ın söyledikleri aklıma geldi. Belki insanlarla sürekli sohbet etmek istediğim için soru soruyor olabilirdim ama ben Ateş ile sohbet etmek istemiyordum ki. Ben onu merak ediyordum ve bu yüzden de soru sorup hakkında amaçsızca bir şeyler öğrenmek istiyordum.

"Kaç yaşındasın?"

Ateş sorumu duymazlıktan geldi.

"Beni arabana alan sensin. Müşteri memnuniyeti diye bir şey var, değil mi?"

"Kendini müşteri gibi mi hissediyorsun? Peki küçükhanım, ben ne oluyorum bu durumda? Senin saçma sorularını cevaplayan geri zekâlı mı?"

"Ya sadece kaç yaşında olduğunu söyleyeceksin. Niye bu kadar uzatıyorsun ki?" Ateş gözlerini yoldan ayırmadan arabayı sürmeye devam edince omuzlarımı silktim ve başımı cama yaslayıp dışarı bakmaya başladım. Onun yaşı çok da umurumdaydı! Hayır anlamıyorum. Cevap verse ne olacaktı sanki? İnci taksa incileri dökülecek diyeceğim ama öyle bir durumda söz konusu değildi ki.

"23."

Ateş'in ifadesiz sesi başımı camdan ayırıp ona doğru çevirmeme neden olurken, "Hı?" diye bir mırıltı çıkardım ağzımdan.

"Yaşım diyorum, 23."

Şaşkınlıkla gözlerimi kırpıştırdım. "Üniversitede mi okuyorsun yani?"

"Son senem."

"O zaman ailen çok zengin?"

"Bu nereden çıktı?" Ateş'in çenesi kasıldı.

"Zengin olmasalar bu arabalara sahip olabilir miydin?"

Ateş bakışlarını bana doğru çevirdi. Yutkundum. Gözleri çok kötü bakıyordu. "Bilmediğin şeyler hakkında yorum yapma ufaklık. Bütün mal varlığımı ben kendim kazandım. Ailemin desteği olmadan." Ateş son cümleyi dişlerinin arasından söylemişti. Sustum. Çünkü sanırım bu birazcık özel bir meseleydi ve susmak en iyi seçenekti.

Bir süre sessizce arabayla ilerledikten sonra yankılanmaya başlayan telefon melodim elimi hızlıca sırt çantamın fermuarına götürmeme neden oldu. Ardından fermuarı açarak telefonumu elime aldığımda arayan kişinin annem olduğunu fark edip hemen cevapla tuşuna bastım ve kulağıma götürdüm.

"Melisa saat kaç oldu? Hâlâ kuaförde misin?"

"Hayır anne kuaförden çıktım, eve geliyorum."

"Ah be kızım. Aras oğlum gelir birazdan. Ne diye erkenden halletmezsin ki işini?"

"Ne yapayım anne, anca işte."

"Tamam kızım, hadi dikkatli ol."

"Olurum anne," dedikten sonra telefonu kapattım ve Ateş'e döndüm. "Biraz daha hızlı gider misin?" Ateş herhangi bir cevap vermedi. Ama sağ eliyle vitesi arttırıp gaza biraz daha yüklenince sorumu onayladığını belli etmişi.

Bir süre sessiz sessiz arabayla ilerledikten sonra duyduğum mesaj sesi ile hemen elimde olan telefonumu kontrol ettim. Ama mesaj bana gelmemişti. Ateş vitesin yanında duran küçük bölmeden büyük ekranlı telefonunu eline alıp ekrana baktıktan sonra kaşlarını çattı.

"Küçük bir işim çıktı," dedi Ateş. Anlamayan gözlerle ona baktım. "Benimle bir yere geleceksin. Merak etme, seni vaktinde yetiştirebilirim." Ağzım Ateş'in bu isteği ile aralanırken ne cevap vereceğimi bilemedim. Ateş ile bir yere gitmek, öyle mi?

"Şey, hiç gerek yok. Ben bir taksiyle eve gidebilirim."

"Saçmalama Melisa. Bu saatte, bu kıyafetle seni yalnız bırakamam. Korkmana gerek yok. 5 dakika uğrayıp çıkacağız." Haklıydı aslında. Hava cidden kararmıştı ve ben bu elbise ile dışarı çıkarsam yanlış anlaşılabilirdim. Üstelik bu saatte yalnız başıma taksiye binmek de nedense korkmama neden oluyordu. Sanırım onunla beraber gitmekten başka çarem yoktu.

"Nereye gideceksin?" Kısa bir duraksamanın ardından, "Gideceğiz ki?" diye sordum.

"Endişe etmen gereken bir yer değil," dedi Ateş. Bir şey demedim. Nedense ona güveniyordum. Sert bir görüntüsü vardı belki, hatta o sertlik konuştuğunda aynen sesini de yansıyor olabilirdi ama yine de içimde ona karşı anlamsız bir güven vardı.

Araba bir süre sonra ustalıkla beton zeminin üzerine park edilince geldiğimizi anladım ve tereddütle arabadan aşağı indim. Böyle ıssız bir sokaktaydık. İn cin top oynuyordu.

"Korkma," dedi Ateş ve elindeki anahtarla arabasını otomatik olarak kilitleyip bana doğru yürümeye başladı. "Ben yanındayken sana bir şey olmaz."

"Burada ne yapacağız?" Ateş elini nazikçe belime koydu. "Sen değil, ufaklık. Ben yapacağım ve sen uslu uslu yanımda duracaksın. Anlaştık mı?" Belli belirsiz başımı salladım.

Ateş'le birlikte ıssız bir sokakta yürüdükten sonra depo gibi bir yere girdik. Duvarlarda siyah boyalar vardı ve siyah boyaların üzerinde de tuhaf tuhaf yazılar. Hatta resimler. Ne oldukları ilk bakıldığında belli olmuyordu ama birkaç saniyelik dikkatli bir bakışın ardından ne olduklarını ayırt edebilmiştim. İç içe geçirilmiş, daha doğrusu birbirlerine dolanmış, çıplak kız ve erkek resimleri.

Kalp atışlarım bulunduğum ortamın korkutuculuğundan ötürü gitgide daha çok hızlanmaya başlarken Ateş'le beraber merdivenlerden aşağı inmeye başladık. Ateş birkaç adım öndeydi. Ben ise şaşkın balık gibi etrafı incelemekle meşguldüm. Yabancı bir müzik sesi çoktan dolmuştu kulaklarıma ve bu her saniye gittikçe artan tedirginliğimi iyice arttırıyordu. Burada olmamalıydım.

İç sesim ilk kez doğru söylüyordu. Buraya gelmeyi kabul etmiş olmam aptallıktı.

Ateş'le beraber merdivenlerden tamamen aşağı indik. Ateş oldukça rahattı, buraya daha önce geldiği belliydi. Ama ben ne yazık ki onun gibi değildim. Kendimi diken üzerindeymiş gibi hissediyordum. "Bu taraftan." Ateş elini belime koyup beni bir yere yönlendirdi. Elinin vücuduma değmesi ensemde ufak bir ürperti hissettirmişti.

Şaşkın gözlerimi bir kez bile kırpmadan etrafı izlemeye devam ederken, Ateş ile demir parmaklıklardan oluşan siyah bir kapıdan geçip, içeri doğru ilerlemeye devam ettik. Ve ben olduğum yerde öylece kalakalıp yürümeyi bıraktım. Ayaklarım yere çivilendi.

Neresiydi burası? Ya da buraya verilen bir isim var mıydı?

İnsanlar kucak kucağaydı. Mekânın her köşesinde birileri vardı. Kalabalıktı ve her biri ayrı ayrı tehlikeli görünüyordu. İçeride gri bir duman hâkimdi. Etrafı buğulu gözlerle görüyordum ve görmemeyi dilerdim. Çünkü öpüşenler, kahkaha atarak gülenler, neredeyse tamamen çıplak olan kadınlar ve daha fazlası, şu anda hemen karşımdaydı ve bu hiç de alışık olduğum bir manzara değildi.

Ateş ile insanların arasından geçip tenha sayılabilecek bir yere geldiğimizde Ateş beni bir tabureye oturttu. "Burada bekle. Ben hemen geleceğim," dedi. Ses tonu emir verir gibiydi.

"Nereye?" diye hemen sordum. Paniklemiştim ve kendimi aşırı derecede tedirgin hissediyordum. Diken üzerindeymiş gibi. Beni burada bir başıma bırakamazdı.

"Buralardayım," dedi Ateş. "Merak etme. Gözüm üzerinde olacak." Bir cevap vermemi ister gibi yüzüme bakmaya başlayınca yutkundum. "Gitmesen?"

"Korkma ufaklık," dedi Ateş güven verir bir sesle. "Altmışa kadar say, çoktan gelmiş olurum."

"Peki," deyip kararsız bir şekilde mırıldandım. Burada değil altmış saniye, altı saniye bile durulmazdı. Ateş yanımdan ayrılınca ben de hemen saymaya başladım. Bir... İki... Üç... Dört... Hayatımda ilk defa bara geliyordum. Doğrusu, hiç de hayallerimdeki gibi değildi. Gerçi buraya bar denir mi orası da meçhuldü ama yine de iğrenç ötesiydi işte. Diziler de veya filmlerde hiç böyle değildi. Daha ışıklı, daha eğlenceli, ne bileyim böyle daha çok gidilesi gibiydi. Ama şu anda bulunduğum yer daha çok kaçılası gibiydi. Bir daha oradaki şeylere inanırsam ne olayım!

Beş... Altı... Yedi... Sekiz... Bir kadın sahnede şarkı söylüyordu şu an. Üzerinde fileli bir mayo vardı. Her yeri apaçık meydandaydı. Erkekler masalara oturmuş, ona bakıp ahlaksızca şeyler söylüyorlardı. Ama kadın bundan hiç de rahatsız oluyormuş gibi değildi. Hatta gayet memnun gibi görünüyordu.

Dokuz... On... On bir... Bakışlarımı Ateş'e doğru çevirdim.

Acaba burada ne işi vardı? Onu görebiliyordum. Karşısında iki tane adam vardı ve onlarla konuşuyordu. Gözleri, dediği gibi benim üzerimdeydi ama yine de yanımda olmasını tercih ederdim. Tamam, onu yeteri kadar iyi tanıyıp, ona güvenmem gerekli mi, bilmiyordum ama böyle bir mekânda ondan başka kimseye güvenemezdim. Açık ve net.

"Selam güzelim."

Kulağımın hemen kenarında hissettiğim içki kokan bir nefes başımı Ateş'ten çekmeme neden oldu. Yirmili yaşlarında, sarışın biriydi ve içmiş olduğu içkilerden olsa gerek ayakta zor duruyordu. "E-evet?"

Adam işaret parmağını alnımın üzerinde duran saç örgümde dolaştırmaya başladı. Buz kesildim. "Çok güzelsin. Seni daha önce burada görmediğime yemin edebilirim. Adın ne?" dedi. Yutkunmaktan kendimi alıkoyamadım. Bakışlarındaki ifade beni rahatsız etmişti. Üstelik fazlasıyla.

"Ne istiyorsun benden?" diye sordum, korkum sesime yansımadı demek isterdim ama maalesef yansımıştı. Neyse ki adam içkiliydi ve sesimdeki tınıyı ayırt edebilecek kadar bilincinde değildi.

Adam 32 diş gülümseyip sarı dişlerini gözler önüne serdikten sonra bir adım geri çekildi ve arsızca vücudumu inceledi. "Sence?" Bakışlarını takip ederek elbisenin ön kısmının açık olduğunu fark ettim. Elbise o kadar açık değildi, hatta buradaki kızların kıyafetlerini göz önünde bulundurunca hiç açık değildi ama bu adamın bakışları da iyi niyetli değildi. Üzerimdeki hırkaya daha çok sarılıp kollarımı göğsümün üzerinde birleştirdim.

"Rahat bırak beni," dedim ve bakışlarımı Ateş'e doğru çevirdim. Hâlâ karşısındaki adamlarla konuşuyordu. Gözleri benim üzerimdeydi ama ne fark ederdi ki? Gelip beni buradan almasını istiyordum.

"Hiç sanmıyorum güzelim," dedi adam gevşek gevşek ve üzerime eğildi. "Bu gece yatağımı ısıtmaya ne dersin?" Söylediği bu ahlaksız cümle beynime bir balyoz gibi indi. Beni ne sanmıştı ki? Oturduğum yerden sinirle kalktım. Yüzüne sert bir tokat atabilirdim belki. Ya da erkekliğine güçlü bir tekme. Ama bunları yaparsam işlerin daha çok karışacağını hissettim. Bu yüzden adamın yanından geçip bir an önce bu iğrenç yerden çıkmayı diledim. Lakin adam buna izin vermeyip kolumdan yakaladı beni.

"Bir yere mi gidiyorsun?" Sesinde alay eden bir tını vardı.

İfademi korumaya özen gösterdim. "Bırak beni!" Kolumu adamın elinden kurtarmayı denedim. Ama çok güçlüydü. Öyle bir kavramıştı ki kolumu, canımı acıtıyordu.

"Hadi ama güzelim. Bu kadar naza çekme kendini. Ne derler bilirsin? Fazla naz seks bıktırır." O cümlenin doğrusu öyle olmasa da adama sert bir bakış yolladım. "Sana beni bırak dedim!"

"Yeter ama." Ben daha ne olduğunu anlamadan adam iri ellerini omuzlarıma çıkartıp hırkamı aşağı doğru çekiştirmeye başladı. Üzerimden sıyrılan hırka gözlerimi iri iri açmama neden olurken adamı geri savurdum. "Bırak beni. İstemiyorum!" dedim. Gözlerim dolmuştu. Korku öyle bir kuşatmıştı ki bedenimi kendimi savunmasız hissediyordum.

"İstetiriz."

"Ya bıraksana!"

"Hadi ama yavrum. Bu kadar naz yeter."

Dehşetle adamı savurmaya çalışırken kolum başka biri tarafından kavrandı ve beni kendine çekti. Bu Ateş'ti. "Siktir git buradan!" dedi adamın gözlerinin içine bakarak. Gözleri buz gibiydi, soğuktu. Korkutucu görünüyordu. Diğer yandan savurduğu küfürdeki her harf ayrı ayrı tehdit kokuyordu.

"Ooo Arsoy." Adam sırıtarak başıyla selam verdi. "Sen de mi buradaydın?"

Ateş dişlerini birbirine bastırdı. Alnının üzerindeki damar belirginleşti. Onu bu denli sinir eden şeyi anlamamıştım. "Akşam akşam asabımı bozma benim. Siktir git." Dişlerinin arasından konuşmuştu. Nedense bu adamla daha önce bir husumeti olduğunu sezdim.

"Hay, hay," dedi adam alayla. "Kızı verirsen neden olmasın?"

"Kızımı istiyorsun?" diye sordu Ateş tehlikeli bir sesle.

Adam başıyla onayladı. "Evet, istiyorum. Onu verirsen canını yakmam ve sağlıklı bir şekilde buradan çıkmana izin veririm."

Ateş'in gözlerinde karanlık bir ifade belirdi. Onu tanıdığım kadarıyla bu cümlenin altında kalmaz, adamı güzelce benzetirdi. Ya da bilmiyorum. Adam öyle kendinden emin konuşmuştu ki belki de Ateş benim sandığım kadar güçlü değildi. Bu adam onu dövebilirdi.

Ateş bileğimi bıraktı. Tenimden ayrılan elleri bir boşluğa düşmüşüm gibi hissederken şaşkınlıkla Ateş'e baktım. Beni bu adama cidden vermezdi, değil mi? Bana bunu yapmazdı. Güvenimi boşa çıkartmazdı?

Adam şaşırmış gibi önce Ateş'e baktı. Sonrada bana. O da böyle bir şeyi beklemiyor gibiydi. Yine de elini havaya kaldırıp kolumu kavramak için bir hamle yaptığında Ateş daha evvel davranıp adamın yüzüne sert bir yumruk geçirdi. Adam geriye doğru sendeleyip dengesini bulmakta zorluk çekerken Ateş adamın yüzüne bir tane daha yumruk geçirdi ve onu yere düşürdü.

Sonrası hızla gelişti. Ateş adamın üzerine çıkıp sert yumruklarını yüzüne yüzüne geçirmeye başladı. Dudaklarının arasından dökülen küfürlerin biri bitip bir diğer başladı. Ben böyle afallayarak ve şaşkın bir ifadeyle Ateş'e bakmaya devam ederken müzik tamamen durdu ve herkes onların etrafına toplandı. Bir halka oluşturdular.

"Bugün maç var da bizim mi haberimiz yok?"

"Ateş'i maç dışında kavga ederken ilk defa görüyorum."

"Yerde yatan kişiye acıdım. Arsoy onu öldürecek."

İnsanların söyledikleri bir uğultu eşliğinde kulaklarımı dolduruyordu. Zaten hepsi bir ağızdan konuştuğu için ne dedikleri de pek anlaşılmıyordu. İnsanlar bir halka oluşturup Ateş ve o adamın etrafına toplanarak sanki çok güzel bir şey izliyorlarmış gibi keyifle kahkahalar atmaya başlayınca harekete geçmem gerektiğini fark ettim. Adamın yüzü kandan görünmüyordu. Bayılmıştı.

Kalabalığın arasından güçlükle geçmeyi başarıp ürkek adımlarımı Ateş'in yanında durdurduktan sonra, "Dur lütfen," dedim. Sesim ne kadar korktuğumu oldukça belli ediyordu. Gözyaşlarım ise akmak için hazırda bekliyordu. Ama o beni duymazdan gelip sert yumruklarını acımasızca adamın yüzüne yüzüne geçirmeye devam etti. Adamın bilinci artık kapanmıştı ve hareketsiz bir şekilde yerde yatıyordu. "Onu öldüreceksin," dedim. Bu cümleyi az öncekine göre daha sesli söylemiştim. Etrafta bulunan insanların sesi öylesine fazlaydı ki benim ince sesimin onların yanın da duyulması pek de mümkün değildi.

"Ateş, lütfen," dedim bu sefer. "Yalvarırım dur." Ağzımdan bir hıçkırık kaçtı. Ağlıyordum. Ateş sonunda adamı yumruklamayı kesti ve adamın üzerinden sinirle kalkıp bileğimi tutarak beni dışarı sürüklemeye başladı. Oldukça sinirliydi ve hızlı hızlı nefes alıyordu. Tüm bedeni sinirden kasılmıştı. Yüzü, çenesi, her yeri. Bir şey demedim ve ona uyum sağladım. Az önce yaşadıklarım o kadar korkutucuydu ki. O adam, bana yaklaşması, hırkamı çekiştirmesi ve en sonunda Ateş'in onu yumruklayarak bayıltması... Tüm bunlar kesinlikle bana göre değildi ve oldukça fazlaydı.

Barın kapısından çıktıktan sonra bileğimi Ateş'in elinden kurtarıp hızlı adımlarla yürümeye başladım. Zaten o da hemen bırakmıştı. Nereye gittiğimi bilmiyordum. Tek istediğim bir an önce buradan uzaklaşmaktı. Ama arkamdan yaklaşan adım sesleri Ateş'in peşimden geldiğinin habercisi olurken durmadım ve yürümeye devam ettim.

"Melisa, bekle."

Ateş yanıma gelip kolumu tutunca durmak zorunda kaldım. Gözyaşlarım yanaklarımdan süzülmeye devam ediyordu.

"Nesin sen? He? Kimsin? Beni ne diye buraya getirdin?"

"Önce sakin ol. "

"Ne sakini ya? Ne sakini? Niye böyle bir yere getirdin ki

beni?" Elimle Ateş'i geriye doğru ittirdim. Tekrar ve tekrar. Boş sokakta sadece benim ağlamaklı sesim yankılanıyordu. Ama elimde değildi. Hayatım boyunca hiç bu kadar korkmamıştım.

Ateş derin bir nefes aldı. "Bak ufaklık, arabada konuşuruz tamam mı?" Hâlâ hızlı hızlı nefes alıyordu.

"Konuşmak istemiyorum! Yalnız bırak beni!"

"Burada mı? Hiç sanmıyorum." Ateş bileğimi kavrayıp beni çekiştirmeye başladı. Adımlarım birbirine dolanıp tökezlense de Ateş bunu pek umursamadı. Elimle akmakta olan gözyaşlarımı sildim. Ağzımı aralayıp itiraz edebilir, arabasına binmek istemediğimi söyleyebilirdim. Ama diğer yandan burada kalmak tehlikeli olabilirdi. Az önceki olaydan sonra başka bir tehlikeyle burun buruna gelmem büyük bir olasılıktı.

Tekrar arabaya bindiğimizde gözyaşlarım ısrarla akmaya devam ediyordu. Arada da burnumu çekiyordum. Bunun Ateş'i kızdıracağını düşündüm ama sonra boş verdim. Başımı cama yasladım. Ateş arabayı çalıştırıp hareket ettirdi. Az önceki görüntüsü bir süre aklımdan çıkacakmış gibi değildi. Nasıl o kadar... gözüme korkutucu göründü ki? Tamam, zaten kibar biri olmadığını biliyordum ama az önce resmen vahşi bir hayvandan farksızdı. Vahşi ve tehlikeli.

Araba yaklaşık on beş dakika sonra evimin önünde durdu. Emniyet kemerimi çıkartıp hızla kapıyı açtım ve dışarı çıkmak üzere bir hamle yaptım. Ama diğer yandan bileğimi kavrayan bir el buna engel oldu.

"Seni korkutmak istemedim." Bakışlarımı ona doğru çevirip çevirmemekte kararsız kaldım. Beni korkutmak istemediğini söylemişti. Ama ben korkmuştum, hem de fazlaca. Bir cevap verip vermemekte kararsız kalırken ikinci seçeneği seçtim. Bileğimi Ateş'in elinden kurtarıp arabadan indim ve hızlı adımlarla apartmana doğru yürümeye başladım. İnerken yüzünün aldığı şekli görememiştim ama kaşlarını çattığına neredeyse emindim.

Zile bastım. Ardından açılan kapı ve görüş alanıma giren mavi gözler şaşırmama neden olurken Aras, "Nihayet." dedi. Sesinde yapay bir sitem vardı.

"Şey, ben, trafik vardı ve…" O ne zaman gelmişti ki?

"Tamam tamam. Geldin ya. Bir an önce çıkalım artık." Aras gülümseyip bakışlarını yüzümde gezdirmeye başlayınca ben de gülümsedim. "Elbette."

Annemlerle ayaküstü vedalaştık. 'Kendinize dikkat edin, içki içmeyin ve de Aras, Melisa sana emanet,' gibi birkaç nasihatin ardından evden çıkmayı başardık. Beraber apartmanın kapısına doğru yürürken zihnim az önce olanları düşünmekle meşguldü. Ateş'in o adamı sert yumruklarıyla etkisiz hale getirmesi gözümün önünden gitmiyordu. Apartmandan çıktık. Akşam rüzgârı anında yüzüme çarpıp saçlarımı savururken tam karşımda, arabasına yaslanmış ve Aras'la bana bakıyor olmakta olan Ateş şaşırmama neden oldu. Neden gitmemişti ki?

"Bunu arabada unutmuşsun ufaklık," dedi Ateş. Elinde tuttuğu sırt çantamı havaya kaldırmıştı ve ifadesiz gözlerle yüzüme bakıyordu. Aynı şekilde Aras da soran gözlerle bana bakıp, 'Bu da ne demek oluyor?' der gibi bakıyordu. Başımı Ateş'e doğru çevirdim. Ama onun bana değil de dikkatli bir şekilde Aras'ı süzdüğünü fark edince yutkunmaktan kendimi alıkoyamadım.

Bölüm 4

"Melisa uyandın mı?" diyerek mutfaktan seslenen anneme her ne kadar içimden 'Yok anne, ben hâlâ uyuyorum,' demek gelse de demedim ve onun yerine uysal evlat olmayı tercih edip, "Uyandım," diyerek cevap verdim.

"Kahvaltı hazır. Gel bir şeyler ye."

"Ya anne hiç yiyesim yok. Okulda yerim."

"Olur mu kızım öyle aç aç? Gel iki lokma ağzına bir şey at. Sonra yok kendimi iyi hissetmiyorum, yok gözüm kararıyor. Valla senin sızlanmalarını çekemem."

Annemin ısrarı ve kendi kendine söylenmesi gözlerimi devirmeme neden olurken istemeye istemeye mutfağa girdim ve masadaki yeşil zeytinlerden birini ağzıma attım. Portakal suyundan da birkaç yudum içtikten sonra, "Hadi ben kaçtım," dedim ve annemin arkamdan "Ne yedin ki?" demesini duymazlıktan gelip evden çıktım.

Bugün günlerden pazartesiydi. Okulun ilk günü. Dürüst olmam gerekirse okula gitmek hiç içimden gelmiyordu. Çünkü Aras'a karşı kendimi oldukça utanmış hissediyordum. Üstelik bundan sonra onun yüzüne bakabilir miyim, hiç de bilmiyordum.

O gece, -Ateş sırt çantamı verip gittikten sonra- Aras, 'O adamla ne işin var?' diye sormuştu. Her ne kadar neden böyle bir soru sordu bilmesem de ona bütün olanları en baştan anlamıştım. Tabii ki bar kısmı hariç. Çünkü oraya gitmiş olmayı ben bile daha kendim hazmedememişken, Aras'a söylemek... kesinlikle iyi olmazdı. Hem beni yanlış da anlayabilirdi zaten. Daha sonra Aras, "O Adamı gözüm hiç tutmadı," deyip beni uyarmıştı. Ben de, "Zaten bir daha görüşmeyiz," diyerek cevap vermiştim. Çünkü öyleydi. Tamam. Birkaç gündür tesadüf eseri karşılaşıp bir şekilde bir araya geliyorduk ama bundan sonra öyle bir şeyin olacağını sanmıyordum.

Düğüne gittiğimizde ise her şeyin mükemmel olduğunu söylemek isterdim. Ama ne yazık ki öyle olmamıştı. Çünkü Aras sağ olsun benimle hiç ilgilenmemişti ve öyle sap sap takılmama neden olmuştu. Gerçi onun da benden bir farkı yoktu aslında. Akrabalarıyla yapmış olduğu kısa sohbetler dışında o da tıpkı benim gibi düğün salonundaki yuvarlak masalardan birine öylece oturup, düğünün bitmesini beklemişti. Oysaki ben onunla slow bir parçada dans etmenin hayalini kurup öyle gitmişim.

Ama yine de güzel olan bir şey varsa oda Aras'ın düğün sonrası beni evime kadar bırakması olmuştu. Ta ki bana taksiden inmeden önce, "O adamla bir daha görüşme," diyene kadar. O an bana ne oldu bilmiyorum. Normalde olsa iyiliğimi düşündüğü için sevinçten havalara bile uçabilirdim ama o an dilim benden bağımsız bir şekilde hareket edip, "Sen ne karışıyorsun?" diye sormuştu. Aras da, "Haklısın. Ben neden karışıyorum ki? Benim için hiçbir şey ifade etmiyorsun sonuçta," deyince ben de ona, "Sen de benim için hiçbir şey ifade etmiyorsun," demiştim ve daha sonra da sinirle yanından ayrılmıştım.

İşte o gecenin üzerinden tam tamına iki gün geçti. Zaten hafta sonuydu ve bir karşılaşma hiç söz konusu olmamıştı. Ama şimdi okul vardı ve Aras'la karşılaşmak açıkçası beni tedirgin ediyordu. Nedeni yoktu. Ya da belki de vardı ama ben olmamasını istediğim için böyle diyordum. Emin değilim.

"Piştt."

Kulaklarımı dolduran yabancı bir ses aklımdaki düşüncelerin yarıda kesilmesine neden olurken başımı uyuşuk bir şekilde sesin geldiği tarafa doğru çevirdim. Ama karşı karşıya geldiğim kahverengi gözler tüm bedenimin anında tedirginlik ile kaplanmasına neden olmuştu. Çünkü bar da beni rahatsız eden sarışın adam şu anda hemen karşımdaydı ve sırıtarak bana bakıyordu.

"N'aber güzelim?"

Yutkundum. "Senin burada ne işin var?"

"Sakin ol güzelim," dedi adam. Hâlâ pis pis sırıtmaya devam ediyordu. "Yüzümün halini görüyor musun? Tüm bu izler senin yüzünden oldu." Gerçekten yüzünün çeşitli yerlerinde oldukça belirgin morluklar vardı ve cidden kötü görünüyordu. Ateş iyi benzetmişti doğrusu.

"Ne istiyorsun benden?" deyip omuzlarımı dik tutmaya özen gösterdim. Amacım şu anda olduğumun aksine cesur görünmeye çalışmaktı.

Adam ellerini cebine yerleştirip kendinden emin bir şekilde bana doğru yürümeye başladı. Sessizce yutkundum. Çünkü bakışları tıpkı o geceki gibi hiç de iyi niyetli durmuyordu. Adam başını yana yatırdı. "Ne istiyorum ne istiyorum? Buldum. Sanırım seni," dedi. Sırıtmaya devam eden yüzü ve ses tonundaki o mide bulandırıcı tını, cesur olamayacağımı fark etmeme neden olup adımlarımı hareket ettirmemi sağladı ve sırtımı dönüp arkama dahi bakmadan koşmaya başladım. Adamın arkamdan ettiği iğrenç küfrü duymuştum.

"Seni yakalayamayacağımı mı zannediyorsun?"

Adımlarımı mümkün olduğu kadarıyla hızlı ve aralıksız hareket ettirmeye özen gösterip ciğerlerimi komple havayla doldurmaya devam ederken adamın da peşimden geldiğini fark edip hızımı mümkün olduğu kadarıyla biraz daha arttırıp son sürat koşmaya devam ettim. Lanet olsun! Niye peşime takılmıştı ki. Saat henüz erken olduğu için etrafta ne yazık ki yardım isteyebileceğim hiç kimse yoktu. Belki tek kurtuluşum bir an önce meydana varmak olabilirdi ama adam öyle hızlı koşuyordu ki... Oraya gidene kadar dayanabileceğimi sanmıyordum. İğrenç, pislik herif. Nereden bulmuştu ki beni? Üstelik evime çok yakın bir yerde karşıma çıkmıştı. Kalp atışlarım zaten hızlı hızlı koştuğum için deli gibi atmaya başlayıp sıkışmaya başlamışken birdenbire belime dolanan güçlü bir kol çığlık atamama neden oldu.

"Buraya kadar güzelim," diyerek kulağıma doğru fısıldadı adam.

"Bırak beni," dedim ve kollarından kurtulmak üzere beceriksiz bir hamle yaptım. Ama adam beni bırakmak yerine kendini biraz daha bana bastırdı ve hareket etmemi tamamen engelledi. "Rahat dur. Hareket etmen beni sadece tahrik eder."

Olduğum yerde öylece kalakaldım. Çünkü tüm bedenim bu söylediğiyle anında donup kalmıştı.

"Aferin uslu kız." Adam nefesini boynuma doğru üfledi. "İşte böyle."

Korku ve tedirginlik her bir saniye bedenimi biraz daha ele geçirirken, "Bırak beni!" dedim.

"Bırakmak, bırakmak?" Adam kollarını biraz daha sıkılaştırdı. "Sanırım bunu yapamam. Senin yüzünden dün gece dayak yediysem bunun bir karşılığı olmalı, öyle değil mi? O yüzden şimdi benimle birlikte geliyorsun." Adamın sesindeki o iğrenç tını ve her konuştukça nefesini tam boynumun üzerinde hissetmem midemin bulanmasına neden olurken ayağımı kaldırıp adamın ayağının üzerine güçlü olduğunu düşündüğüm sert bir baskı yaptım ve ardından, "İmdaaat!" diye boğazım acıyacak şekilde bağırıp adamın kollarından kurtulmayı başardım.

Adam ilk önce, "Ah!" diye inledi. Ardından beklemediği bu hareket karşısında kaşlarını sinirle çatıp öfkeyle yüzüme bakmaya başlayınca onun verdiği tepkiyi umursamayıp hemen adımlarımı hareket ettirdim ve nereye gittiğimi bilmeden deli gibi koşmaya başladım. Kalp atışlarım hızlı hızlı çarpıyordu. Tek umudum bir insana rast gelmemdi ama sabahın bu saatinde, özellikle de benim oturduğum çevrede bu kesinlikle samanlıkta iğne aramaktan farksızdı.

Hızlı ve korkak adımlarım aralıksız bir şekilde ilerlemeye devam ederken tekrar belimde hissettiğim güçlü bir kol, adımlarımın durmasını sağladı. Ama bu sefer tek fark ilkinde olduğu gibi bedenim ayakta değil, tam tersi yere savrulmuştu.

"Bana bak sürtük." Adam öfkeyle konuşuyordu. "Şu yüzümün halini görüyorsun değil mi? Eğer senin yüzünden dayak yediysem bunun bedelini de fazlasıyla ödeyeceksin. O yüzden rahat dur. Şimdi benim evime gidiyoruz ve sen beni eğlendiriyorsun. Anlaşıldı mı?"

Ağzım ve gözlerim onun bu söyledikleriyle iri iri açılıp beni dehşete düşürürken ellerimden destek alarak yavaşça doğruldum ve asfalt üzerinde oturur bir pozisyon alıp mümkün olduğu kadarıyla kendimi geride tutmaya özen gösterdim. Onun evine gidip onu eğlendirmek... Kesinlikle komedi tarzı bir şeyler yapmayacağım açıkça ortadaydı. Hem adamın yüzündeki o mide bulandırıcı ifade bile bu olasılığı anında alıp yok edebilecek türdendi. Yutkundum. Çünkü şu anda yapabileceğim hiçbir şey yoktu ve ben çaresizlik tanımına en iyi örnektim.

"Ateş..." diye mırıldandım nefes nefese. "Ateş bunu öğrenirse seni öldürür," diye cümleme devam ettiğimde adamın sinirden gerilen yüz hatları anında gevşeyip yerine büyük bir sırıtışa bırakmıştı.

"Demek beni öldürür? Merak ediyorum da güzelim, Ateş ne zamandan beri kullandığı sürtüklere önem verir oldu?" Ses tonu alay eder gibiydi. Umursamadım ve ciddi gibi görünmeye özen gösterip, "Ben sürtük değilim," dedim dişlerimin arasından. "Ateş benim erkek arkadaşım ve bu yaptığını öğrendiğinde seni öldürmekten hiç çekinmez." Bu söylediğime ben kendimde şaşırmıştım. Çünkü böyle bir şeyi söylemek, üstelik sanki gerçekmiş gibi nereden aklıma gelmişti hiç bilmiyordum. Ama zaten şu anda da yapabileceğim daha iyi bir seçeneğim yoktu.

"Yalan söylüyorsun."

Başımı iki yana salladım. "Hayır. Ateş ve ben bir süredir sevgiliyiz."

Adamın yüzündeki o alay eden ifade yavaşça kaybolup yerini ciddiyete ve donuk bir ifadeye bırakmaya başlayınca söylediklerimin etkili olduğunu fark edip içten içe derin bir nefes aldım. Sanırım işe yarıyordu.

"O halde bunu kanıtla," dedi adam. Ses tonu meydan okurcasınaydı. "Eğer onunla gerçekten sevgiliysen bunu bana ispatla."

Gözlerimi iri iri açtım. Çünkü böyle bir şey kesinlikle beklemediğim türdendi. İspatlamak... bunu nasıl yapacağım hakkında en ufak bir fikrim dahi yoktu. "Nasıl olacakmış o?" diye sordum öncelikle. "Söylüyorum işte. Ateş ve ben sevgiliyiz. "

Adam alayla gülümsedi. "Sana inanmıyorum küçük sürtük. Ve nedense içimden bir ses de yalan söylediğini söylüyor. Ama sana bir fırsat. Eğer bu gece mekânda Ateş'le sevgili olduğunuzu ispatlayabilirsen sana dokunmam. Ama yok ispatlayamazsan..." Adam üzerime doğru eğildi. "İşte o zaman tekrar görüşürüz ve bu sefer istediğimi almadan seni bırakmam."

***

Okula vardığımda her ne kadar ilk dersi kaçırmış olsam da umursadığım söylenemezdi açıkçası. Çünkü aklım hâlâ başıma aldığım beladan nasıl kurtulacağımdaydı ve ne yapacağımı doğru dürüst bilmiyordum. Resmen köşeye sıkışmıştım. Aklımda birden fazla soru işareti vardı ve ben onlara nasıl çözüm bulacağımı hiç bilmiyordum. Örneğin, Ateş bana yardım eder miydi? Bu sorunun cevabını öyle çok merak ediyordum ki... Öncelikle okuldan sonra dün gittiğim bara gidecektim. Ve eğer şanslıysam Ateş'i orada bulup onunla bugün olanları konuşacaktım. Çünkü ondan başka çarem yoktu ve ben ona muhtaçtım. Umarım bana yardım ederdi. Yoksa ne yaparım, nasıl hareket ederim hiçbir fikrim yoktu.

"Selam."

Kulaklarımı dolduran tanıdık ses dalgın bakışlarımı sesin geldiği tarafa doğru çevirmeme neden olurken Aras'ın mavi gözleri ile karşı karşıya gelmem ağzımı şaşkınlıkla aralamama neden oldu. Cidden oydu ve şu anda karşımdaydı.

"Se-selam," diyerek oturduğum yerden çabucak toparlandım. Heyecanlanmıştım. Çünkü iki gündür onu görmememin yanı sıra şimdi okulda yanıma gelmiş olması ve bana selam vermesi kesinlikle beklemediğim türdendi.

"Oturabilir miyim?" diye sordu Aras. Sesinde samimi bir ifade vardı.

"Şey, tabii ki," diye mırıldandım ve bankta Aras için hemen yer açtım. Şu anda teneffüsteydik. Bahçedeki banklardan birine öylece oturmuş zamanın geçmesini bekliyordum. Elimde ise bitmiş bir kahve bardağı vardı. Bu halimle her ne kadar yalnız kız profili çizdiğimi bilsem de çok fazla umursadığım söylenilemezdi. Çünkü ben zaten yalnız bir kızdım.

"Dalgın görünüyorsun?" Aras hemen yanıma oturduktan sonra bakışlarını bana doğru çevirdi.

"Aa. Öyle mi? Hiç farkında değilim," deyip gülümsemeye çalıştım. Ama ne kadar başarılı olduğum tartışılırdı.

Aras tek kaşını havaya kaldırdı. Ardından şüpheli bir ifade ile yüzüme bakmaya başlayınca, "Valla iyiyim. Bir sorun yok," diyerek ona çabucak cevap verdim. Aslında büyük bir sorunum vardı. Çok çok büyük.

"Ben sana bir sorun var mı diye sormadım ki?"

Yutkundum. "Evet sormadın. Yani sorarsan diye bir sorun yok dedim." Biraz saçma bir cümle kurduğumun farkındaydım ama ne yapayım. Bugün adamın biri yoluma çıktı ve beni taciz etti. Daha sonra ona Ateş ile sevgili olduğumu söyledim. O da bana kanıtla yoksa elimden kurtulamazsın diyerek tehdit etti mi deseydim?

"Öyle diyorsan öyledir," dedi Aras. Ardından omuzlarını silkti.

Daha fazla üstelemediği için ona minnet dolu bakışlar attım ve farklı bir konuya geçmek istediğim için, "Nasılsın?" diye sordum. Her ne kadar başımda büyük bir bela olsa da, ben yine aynı geveze Melisa'ydım işte.

"İyi işte sen?"

"İyi," dedim ve omuzlarımı silktim.

"İlk ders yoktun?" Aras soran gözlerle yüzüme bakıp bir cevap vermemi ister gibi beklemeye başlayınca gözlerimi kırpıştırıp şaşkınlıkla ona baktım. Çünkü yokluğumu fark etmiş olması kesinlikle şaşırılacak bir durumdu. Aras yüzümdeki şaşkın ifadeyi fark edip, "Seninle konuşmak için sınıfına gelmiştim ama yoktun," diyerek açıklamada bulununca, "Neden geldin ki?" diye sordum. Her bir cümlesi gittikçe daha çok şaşırmama neden oluyordu. Gerçi benim şu anda Aras'la konuşmam, onun yokluğumu fark ettiğini söylemesi ve birkaç gündür onunla bir şekilde konuşmaya başlamış olmam da zaten normal bir durum değildi ya neyse.

Aras derin bir nefes aldı. "Melisa bak. O gece beni yanlış anladıysan özür dilerim. Ben seni üzmek istemedim. Sadece başına kötü bir şey gelmesini istemem."

"Neden?"

"Bilmiyorum. Ama o adam iyi biri değil. "

"Nereden anladın?"

"Bakışlarından," dedi Aras. "Gözler her şeyi anlatır Melisa. Ve ben bu konuda oldukça iyimdir. Ama nedense senin ne düşündüğünü anlayamıyorum. Gözlerin öylesine güzel ki, onların büyüsüne kapılmaktan ne hissettiğini çözemiyorum."

Şaşkınlıkla Aras'a bakakaldım. Söyledikleri ve şu anda yaşadığım şey kesinlikle gerçek olamazdı. İmkânsızdı. "Aras, ben-"

Aras gülümsedi. "Bir şey demene gerek yok. Hareketlerin zaten seni yeteri kadar ele veriyor. Mesela şu an yüzün kızardı. Bunun nedeni ne olabilir?" Yüzüm mü kızarmıştı cidden? Bedenimin sıcaklığına bakılırsa öyle olmalıydı. Utandığımı hissediyordum. O az önce bana, yani gözlerime iltifat etmişti. Büyüsüne kapılıyorum demişti ve en önemlisi ondan hoşlandığımı da bildiğini söylemişti. Ve bunu söylerken yüzünde bir hoşnutsuzluk değil, samimi bir ifade vardı. Aras bana karşı samimiydi. Üç senedir hoşlandığım çocuk gözlerimin büyüsüne kapıldığını itiraf etmişti. Bu cidden garip bir durumdu. Güzel bir gariplik.

***

Okuldan çıktıktan sonra geçen gece gittiğim bara gitmek üzere boş bir taksiye bindim. Her ne kadar taksici bana ters ters baksa da verdiğim adrese kısa bir sürede getirmişti beni. Ücreti ödeyip taksiden indikten sonra depoya doğru yürümeye başladım. Hava aydınlık olduğu için geçen seferki gibi fazla korkutucu değildi. Ya da zaten ben etrafa bakmamaya özen gösterdiğim için öyle olduğunu sanıyordum.

Issız sokakta ilerledikten sonra duvarları siyah boyayla kaplanmış depoya girdim ve merdivenlere yönelip aşağı indim. Duvardaki o iğrenç resimlere bakmamaya özen göstermiştim. Daha sonra anlam veremediğim demir parmaklıklara yöneldiğimde kapıda iki tane iriyarı adamla karşılaşmak hiç beklemediğim türdendi. Çünkü bunlar geçen gece yoktu. Veya vardı ama ben fark etmemiştim.

"Yolunu mu kaybettin ufaklık?" diye sordu sakallı bir adam. Sesinde alay eder gibi bir ifade vardı.

"Hayır. Birini görmeye geldim."

Adamlar birbirine bakıp gülmeye başladı. "Git buradan küçük kız. Burası senin için tehlikeli. Her an kurtlar kapabilir."

"Bakın," deyip derin bir nefes aldım. "Onu görmem gerek. İsmi Ateş. Lütfen izin verin."

Adamlar anında gülmeyi kesip birden ciddi bir hale büründü. "Ne yapacaksın onunla?" Sağdaki sakallı adamın sesinde merak vardı. E o da haklıydı. Benim gibi bir kızla Ateş'in ne işi olabilir ki?

"Özel."

"Ateş bey şu anda meşgul. Daha sonra gel." Adamın söylemiş olduğu bu cümle tuhaf bir şekilde kendimi rahatlamış hissetmeme neden olurken derin bir nefes aldım. "Bakın, önemli bir konu var ve benim hemen onunla konuşmam gerek."

Soldaki sakallı adam şüpheyle yüzüme baktı. "Önemli bir konu varsa neden telefon da konuşup bir yerde buluşmadınız?"

Hemen açıklama yaptım. "İyi de, Ateş 'in telefon numarası ben de yok ki. Bakın. Ateş'e gidip haber verin, zaten o da benimle konuşmak isteyecektir." Yani sanırım.

Adamlar birbirine baktı. Ardından bakışlarını bana doğru çevirip sağdaki olanı, "Peki... İsmin ne?" diye sorunca gülümsedim ve, "Melisa." diyerek cevap verdim. Ateş'in şu anda içeride olmasına garip bir şekilde çok sevinmiştim. Çünkü ona başka türlü ulaşmam imkânsızdı ve eğer onu burada bulamasaydım ne yapardım hiç bilmiyorum.

İri yapılı adamlardan biri içeri girip gözden kaybolunca diğer iri yapılı adam beni dikkatli bir şekilde süzmeye başladı. Bakışları rahatsız ediciydi. Başımı hemen farklı bir yere sabitledim ve içerideki adamın geri gelmesini beklemeye başladım. Umarım her şey güzel olurdu ve ben bu beladan kısa süre içinde kurtulurdum.

"Gel bakalım."

İçeriye girmiş olan sakallı adam bir süre sonra tekrar yanıma gelip eli ile geçmem için yol verince bakışlarımı hemen ona doğru çevirdim. "Dümdüz ilerle. Ateş Bey lobide seni bekliyor."

Dudaklarımı ısırmaya bırakıp başımı yavaşça aşağı yukarı salladıktan sonra böyle bir mekânda yalnız başıma olmamın tedirginliğini hissetmemeye çalışıp adımlarımı hareket ettirdim ve siyah parmaklıklardan geçip içeriye doğru yürümeye başladım. Etraf geçen geceye oranla oldukça sessizdi. Hatta hiç ses yoktu bile diyebilirim. Ama o gri duman bu sefer yerini havada uçuşan toz tanelerine bırakmıştı ve etrafa bu kadar tozun olmasına hiçbir anlam verememiştim.

Ateş'i görmem o kadar da uzun sürmemişti. Adamın da aynen dediği gibi L şeklindeki bir koltuğa oturmuştu ve elindeki içkiden bir yudum alıyordu. Derin bir nefes aldım ve çekingen adımlarla ona doğru ilerlemeye devam ettim. Şu anda burada bizden başka hiç kimse yoktu sanırım ve bu kendimi bir garip hissetmeme neden oluyordu.

"Şey, merhaba," dedim öncelikle. Sesim oldukça az çıkmıştı. "Ben şeyden geldim aslında. Öncelikle burada olmana çok sevindim. Çünkü seni başka bir yerde bulamazdım ve ulaşabileceğim herhangi bir telefonunda yoktu."

Ateş içkisinden bir yudum aldı ve ardından bakışlarını bana doğru çevirdi. İfadesiz ve o soğuk gözleri dikkatli bir şekilde bana bakıyordu ve ne hissettiğini anlayamıyordum. Yutkundum. "Bir şey demeyecek misin?"

"Bir şey demeye gelen sensin ufaklık."

"Evet ama nasıl söyleyeceğimi bilmiyorum. Aslında konuyu fazla uzatıp seni sıkmakta istemiyorum... "

Ateş, 'devam et' der gibi başıyla işaret verdi. Derin bir nefes aldım. "Bak. Belki beni deli sanabilirsin, hatta bu kız ne diyor da diyebilirsin ama ben deli değilim ve şey istiyorum. Sevgilim olmanı?" Kalp atışlarım yerinden çıkacakmış gibiydi. Karnıma ise tuhaf bir sancı girmişti. Böyle bir etkiyi yaratan sebebin ne olduğunu da merak etmiştim. Belki bir erkeğe çıkma teklifi ettiğimden, belki de o erkeğin Ateş gibi bir erkek olduğundan. Bilemiyorum.

Ateş gülümsedi. Başını geriye doğru atıp deri koltukla birleştirerek Adem elmasını ortaya çıkarttı. "Sevgili ha?" diye mırıldandı. Bunu sanki bana değil de daha çok kendi kendine soruyormuş gibiydi ve sesindeki o ifade söylediğim şeyi komik bulduğunu en iyi şekilde yansıtacak türdendi. Ateş, bakışlarını bana doğru çevirdi. Yüzünde hâlâ bir sırıtış vardı. "Senin adına üzgünüm ufaklık." Bakışlarını vücudumda gezdirdi. "Ama pek bana göre değilsin. Ben böyle daha çok kendi yaşıtlarımla takılmayı seviyorum. +20 falan."

Kısa süreliğine de olsa vücudumu dikkatlice tarayan gözleri utanmamı sağlamıştı. Ayrıca ona göre değilim de ne demekti? "Ya ama neden öyle diyorsun ki?" diye sordum yapay bir üzüntüyle. "Ben senin aşkından yanıyorum, hatta ölüyorum. Tabii ki gerçekten sevgilim değil. Numaradan."

Ateş tek kaşını havaya kaldırdı. "Anlamadım?"

"Geçen gece dövdüğün adam var ya? İşte o bugün karşıma çıktı ve beni taciz etti. Sen onu dövdün diye adam resmen beni suçlu tutuyor ve beni evine götürmek istediğini söyledi. Ben de o anlık korkuyla eğer bunu yaparsan Ateş seni öldürür dedim. O da bana neden diye sorunca ben de direkt sevgili olduğumuzu söyledim." Ateş tepkisiz kalarak beni dinlemeye devam edince boğazımı temizledim ve konuşmaya devam ettim. "Sonra bana dedi ki, bu gece Ateş'le sevgili olduğunu bana kanıtlarsan seni rahat bırakırım. Ama kanıtlayamazsan tekrar görüşürüz ve bu sefer elimden kurtulamazsın."

"Yani?" Ateş'in sesi umursamazdı.

"Yani mi?" deyip hayretle ona baktım. "Dediklerimi duymadın mı? Adam bizi sevgili olarak görmezse tekrar karşıma çıkıp bana zarar verecek." Ateş gram değişmeyen bakışlarıyla yüzüme bakmaya devam etti. Gözleri ifadesizdi. Hatta ifadesiz demek az kalırdı. Gözleri bomboştu.

Ateş, kadehindeki son yudumu içip boğazından geçmesine izin verdikten sonra oturduğu yerden kalktı ve barın çıkışına doğru yürümeye başladı. Gözlerimi kırpıştırdım ve hayretle ona bakakaldım. Cidden bu kadar vurdumduymaz mıydı?

"Bir şey demeyecek misin?" Peşinden koşup kolundan tutarak tam karşısına geçtim.

Ateş derin bir nefes aldı. "Bak ufaklık. Dün gece seni o piçin elinden kurtardım, çünkü buraya benimle birlikte gelmiştin ve kimse benim yanımda olana dokunamazdı. Ama şimdi her şey farklı. Özgürsün." Ateş yüzünü bana doğru yaklaştırıp fısıldadı. "Sana küçük bir tavsiye. Bir süre evden çıkmasan iyi edersin."

Ağzım Ateş'in bu denli umursamaz olmasından ve söylediklerinden dolayı kocaman aralanırken, "Bu belayı başıma sen sardın," dedim sinirle. "Eğer beni buraya getirmeseydin hiçbir şey böyle olmazdı! "

Ateş bakışlarını kapıya doğru çevirdi. Ben de o tarafa baktığımda az önceki iri yapılı adamları gördüm. Böyle her an birine saldırmak üzere hazırda bekliyor gibiydiler. Ama Ateş onlara gözü ile 'gidin' işareti yapınca adamlar ikiletmeden tekrar dışarı çıktılar.

"Neden sana yardım edeyim?"

"Çünkü bu belayı başıma sen sardın!"

"Bu benim sorunum değil ufaklık. Ben sadece seni buraya getirdim. Üzerindeki kıyafetle dikkat çeken sendin."

"Bana ufaklık deyip durma! Ben nereden bileyim başıma bunların geleceğini? Bilsem gelir miydim? Hem sen hani hiçbir şeye borçlu kalmazdın? Borcunu ödemeni istiyorum!"

"Hiç bir şeye borçlu değilim ufaklık."

"Borçlusun!"

"Değilim."

"Ya adam yolumu kesip beni taciz etti diyorum sana. Yardım etsen ölür müsün?" Gözlerim dolmaya başlamıştı. Sesim ise sonlara doğru azıcık çıkmıştı. Ama bu elimde değildi ki. Çünkü benim tek çarem Ateş'ti ve o şimdi bana yardım etmeyeceğini söylüyordu. Hatta beni umursamıyordu bile.

"Bu oyun devam edene kadar hiçbir erkekle konuşmanı istemiyorum," dedi Ateş. "Aras denilen oğlan başta olmak üzere. "

Öylece yüzüne bakakaldım. "Yani... Yardım edecek misin?" diye sordum şaşkınlıkla.

Ateş nefesini sıkılarak dışarıya verdi. "Edeceğim. "

Bir anda bütün yüzümü kaplayan gülümsemeye engel olamayıp tarifsiz bir sevincin tüm bedenime yayılmasına izin verirken kollarımı sevinçle Ateş'in boynuna doladım. "Çok, çok, çok teşekkür ederim," dedim neşeyle. Yardım edecekti...

Bölüm 5

Ateş'le anlaşma yaptığımıza hâlâ inanamıyordum. Yani ben en başta kabul etmez falan sanıyordum. Malum, kendisi pek bir soğukkanlıydı. Ama etmişti işte. Gerçi karşılığında ufak bir de şart koşmuştu ortaya ama sorun değildi. Çünkü istediği tek şey sadece erkeklerle görüşmememdi ve ben de zaten öyle erkeklerle takılan bir kız değildim. Bu yaşıma kadar da hiç olmamıştım.

Ama aklımı kurcalayan başka bir şey vardı. O da Ateş'in özellikle Aras'ın ismini vurgulayarak şart koşmuş olmasıydı. Sonuçta platonik de olsa benim Aras'a karşı bir takım duygularım vardı ve Ateş'in bunu sanki biliyormuş gibi özellikle şart koşması cidden garip bir durumdu. Ama olsun. Yapacağımız şey zaten o kadar uzun ömürlü değildi ve teklifini kabul etmemin herhangi bir zararı olduğunu düşünmüyordum.

Saçlarımı lacivert, lastik bir tokayla tepeden toplayıp mutfağa doğru ilerledikten sonra yüzüme şirin olduğunu düşündüğüm bir gülümseme yerleştirdim ve almam gereken izini annemleri şüphelendirmeden alabilmeyi dileyip mutfaktan içeriye girdim. "Yardıma ihtiyaç var mı?"

Annem tek kaşını şüpheyle havaya kaldırdı. "Ne istiyorsun Melisa?"

Beni bu kadar iyi tanıması birazcık tedirgin olmama neden olsa da üstesinde fazla durmadım ve "Şey..." dedim. "Bu akşam sınıfımızdan bir kızın doğum günü partisi var da. Beni de davet etti." Klasik, her kızın ailesine yalan söyleyeceği zaman öne sunduğu bir yalanı şu anda dile getirdiğimin farkındaydım. Ama ne yapayım. Aklıma çok daha yaratıcı bir fikir gelmemişti ve ben de bunu söyleyivermiştim.

"Sen ve bir arkadaşın öyle mi?" Annem şaşırmıştı. O da haklıydı tabii. Bu zamana kadar böyle bir şey için hiç izin almamıştım ki. Benim hayatım sürekli ev ve okul arasında geçerdi. Onun dışında değil bir arkadaşımla buluşmak, dışarıya gezmeye bile gitmezdim. O yüzden annemin şu anda büyük bir devlet meselesini öğrenmiş gibi yüzüme bakmasını o kadar da garipsememiştim.

"Evet anne. Bir arkadaşım. Biliyorum, daha önce böyle bir şey için izin almadığım için şaşırdın ama artık ben de insanlarla iletişim içine geçmek istiyorum." Aslında bir nevi doğru söylüyordum. Bu yaşıma kadar sürekli yalnız kalıp insanları kendimden soyutlamayı tercih etmişken bundan sonra belki de insanlarla daha iyi iletişim kurabilmem için ilk adımımı atabilirdim.

"Saat kaçta?"

"Akşam 9'da ama ben çok oyalanmam. 1 saat kadar dursam yeter."

"Sizin sınıfta öyle mi?"

"Eve anne."

Annem biraz düşünür gibi yaptı. Böyle bir elini beline, diğer elini tezgâha yasladı. Aklından ne tür şeyler geçirdiğini bilmiyordum ama annem kendince bir şeyleri tartıp ölçtükten sonra bakışlarını yüzümde gezdirip, "Peki," dedi. " Ama telefonunu kapatmak yok tamam mı? Her aradığımda ulaşacağım."

Kocaman gülümsedim. "Merak etme anne. Kapatmam." Sevinçle annemin boynuna atlayıp yanaklarına sulu sulu öpücükler bıraktıktan sonra koşarak odama gittim. Annem babamı bir şekilde ikna ederdi zaten. O yüzden benim ikinci kez -yalan söyleyerek- babamla da konuşmama hiç gerek yoktu.

Giysi dolabımın kapaklarını sonuna kadar açıp ne giymem konusunda seçim yapmaya başladım. -Hiç istemesem de- ne yazık ki bir bara gidiyordum ve oraya uygun giyinmem gerektiğini biliyordum. Ama bir diğer yanım oraya uygun değil de tam tersi giyinmem gerektiğini haykırıyordu. Sonuçta şu anda oraya gitme nedenim de giymiş olduğum kıyafetti.

Açık mavi, dizlerime kadar uzanan kolsuz elbisemi giysi dolabımdan çıkartıp üzerime geçirdikten sonra hafif plili olan eteklerini düzeltmeye başladım. Belimin en ince yerine takmış olduğum beyaz ince kemerden başka hiçbir detayı yoktu. Böyle sade bir elbiseydi ve bence güzeldi. Bar için fazla kapalı olduğunun farkındaydım. Ama geçen seferki gibi bir kazaya maruz kalmak istemiyordum. Bu yüzden de bu elbise beni bu akşam kesinlikle idare ederdi. Saçlarıma nasıl bir şekil versem diye düşünüp bir süre aynayla amaçsızca bakışıp kararsızlık diyarlarına daldığımda, güzelce tarayıp ardından da elbisemle aynı renkte olan mavi tacımı saçlarıma geçirmekte karar kıldım ve odamdan çıktım. Makyaj yapmayacaktım.

"Kızım?" Babam salona girmemle gözlüklerinin üzerinden bana bakıp eli ile oturmam için koltuğu işaret edince yüzüme tatlı olduğunu düşündüğüm bir gülümseme yerleştirdim ve adımlarımı krem rengi üçlü koltuğa doğru ilerletmeye başladım. İçimde adlandıramadığım garip bir his vardı. Böyle karnıma tuhaf bir sancı girmişti ve bunun nedenini bilmiyordum. Sanırım aileme yalan söyleyip gizli gizli işler çevirdiğim içindi ve bu yüzden şu anda böyle sancı çekiyordum. Ama ben de istemezdim ki böyle olmasını. Birkaç güne kadar normal ve aynı şekilde ilerleyen hayatım ben daha ne olduğunu anlamadan başıma aldığım bir belayla yavaşça değişip farklı bir boyuta geçmişti ve tüm bunlar planlanmadan olup, benim isteğim dışında gerçekleşmişti.

"Söyle babacım?" Koltuğa oturduktan sonra ellerimi kucağımın üzerine koydum ve gülümsemeye çalışıp babama bakmaya başladım.

"Annenin dediğine göre bir arkadaşının doğum günü partisi varmış?" Babam da tıpkı annem gibi şaşırmış görünüyordu. Derin bir nefes aldım. "Evet baba, ama söz çok geç kalmam. Böyle bir saat kadar dursam yeter."

"Daha önce böyle bir şey için izin istemediğin için haliyle biraz şaşırdık. Gitmek istiyorsan elbette gidebilirsin. Sana engel olacak değiliz. Ama vakitlice eve dönmek ve telefonunu kapatmamak şartıyla. Anlaştık mı?"

Babamın söylediği cümle ile zaten yüzümde olan gülümseme biraz daha genişleyip iyice yüzüme yayılırken oturduğum koltuktan sevinçle kalktım ve adımlarımı babama doğru ilerlettikten sonra kollarımı sıkıca ona dolayıp, "Çok teşekkür ederim baba," dedim. Onlara yalan söylediğim için kendimi tuhaf hissediyordum. Böyle suçlu gibi. Ama ne yapayım. Bunu yapmak zorundaydım. Yoksa o adam beni saplantı haline getirip daha kötü şeyler yapabilirdi ve ben böyle bir şeyin olmasını istemiyordum. Hem zaten ben şimdi kötü bir şey yapmıyordum ki. Sadece yapmış olduğum hatayı düzeltmek için ufak çaplı bir yalan söylüyordum hepsi bu kadar.

***

Soğuk hava tenime işleyip her geçen saniye beni biraz daha üşütmeye devam ederken bulunduğum yerin ürkütücülüğü görmezden gelerek sakin olmaya özen gösterdim. Hava kararmıştı. Müziğin sesi ise çoktan kulaklarıma dolup iğrenç kahkaha sesleriyle birleşince içeriye girmeden geri dönme isteğim iyiden iyiye tetikleniyordu.

Böyle yerler kesinlikle bana göre değildi. Aslına bakarsanız bence hiçbir kıza göre değildi. Çünkü etrafta baştan aşağı "Sana zarar verebilirim," diye adeta bağıran adamlar vardı ve sadece görünüşleriyle değil, bakışlarıyla bile bunu yansıtabilecek türdenlerdi. Ama bulunduğum yerin çoğunluğu ne yazık ki kızlardan oluşuyordu. Bunun nedeni onların da tıpkı zarar verebilecek türden insanlar gibi olmaları mı, yoksa zarar görmeyi bile bile göz önüne almaları mı, emin değilim.

"Melisa Hanım?" Kollarını karnının üzerinde birleştirmiş sakallı adam başı ile bana selam verdi. Onun sesiyle etrafı tedirgin bir şekilde izleyen bakışlarım hızla ona doğru çevrilirken bu adamın sabahki güvenlik görevlisi olduğunu fark ettim. Tek başınaydı ve yanında diğer sakallı adam yoktu. "İyi akşamlar," dedim. Sesim oldukça çekingen ve de ürkek çıkmıştı. Çünkü şu anda hiç olmadığım kadar tedirgindim ve kendimi diken üzerinde hissediyordum. Üstelik ha bire yanımdan geçip giden tuhaf kıyafetli insanları da göze alırsak... böyle hissetmem kesinlikle kaçınılmazdı.

Görevli karnının üzerinde birleştirmiş olduğu ellerini çözüp birini öne doğru uzattı. Sabahın aksine siyah demir parmaklıklardan geçmeme bu sefer izin verince derin bir nefes aldım ve sakin olmaya özen gösterip içeriye doğru tereddütle yürümeye başladım. Evden çıkmadan önce karnıma girmiş olan sancı yavaş yavaş katlanarak artıyordu ve bu gerçekten berbat bir histi. Çünkü böyle bir sancıyı daha önce hiç hissetmemiştim ve bu regl olduğum zaman meydana gelen sancının bir benzeri ama daha farklısıydı.

Adımlarımı yavaşça ilerletmeye devam edip gri dumanın hâkimiyet kurduğu yere doğru yürümeye devam ettim. Yüksek seste çalan müzik her yere hâkimdi ve bu kadar sesli müzik ellerimi kulaklarıma götürme isteğimi tetikliyordu. Çünkü dayanılmaz derecede fazlaydı ve bu kadar yüksek seste olmasına anlam verememiştim. Ürkek adımlarım yavaş yavaş içeriye doğru ilerleyip insanların bulunduğu yere artık vardığından hissettiğim berbat kokunun geçen geceden çok daha güçlü ve iğrenç olduğunu fark ettim. Kesinlikle dayanılmaz derecedeydi ve insanların neden böylesine iğrenç bir kokunun olduğu yere gelip eğlendiğini hiç anlamamıştım. Sonuçta daha ferah ve daha temiz mekânlar birçok yerde bulunmaktaydı ve buradan bin kat daha iyi olduğuna bahse girerdim.

Birbirleriyle iç içe girmiş olan insanlara bakmamaya özen gösterip bakışlarımı hemen sabahki lobiye doğru çevirdim. Bunu yaparken birkaç kişiyi aşmam gerekmişti. Sonunda görmek istediğim kişiyi gördüğümde rahatladığımı hissettim. Ateş tıpkı sabahki gibi yine L şeklindeki koltuğa yayılarak oturmuştu ve eline aldığı içki bardağındaki içkisini yudumluyordu. Üzerinde siyah bir tişört, alında ise yine aynı renkte bir pantolon vardı. Bakışları böyle dans pistinde dans eden insanların üzerindeydi ama hiçbirini umursadığı söylenilemezdi. Çünkü bakışları bomboştu ve öylesine bakıyor gibiydi.

Alnımın üzerine düşmüş olan minik bir saç tutamını kulağımın arkasına ittirdikten sonra adımlarımı çekinerek ona doğru ilerletmeye başladım. Ateş sanki karşısında duran kişinin ben olduğumu fark etmiş gibi bakışlarını bana doğru çevirince tuhaf gözleriyle karşı karşıya gelmek sessizce yutkunmama neden oldu. Çünkü bakışları -renkli ışıklar yüzünden mi bilmem- fazla donuk ve fazla soğuktu. İtiraf etmeliyim ki bu durum beni iyiden iyiye kasmıştı. Çünkü zaten böyle bir yerde olduğum için tedirgindim. Ateş de öyle bakarak beni iyice tedirgin ediyordu. Üstelik karnıma girmiş olan sancı sanki bilerek oluyormuş gibi iyice kendini belli etmişti ve ben şu anda kıvranmamak için resmen zor duruyordum. Sürekli konuşurdum belki. Alakasız sorular sorup insanlarla sohbet etmeye de çalışırdım. Ama bu denli ürkek ve çekingen olduğumu hiç ama hiç bilmiyordum. Belki de bu zamana kadar bunu anlayabileceğim bir fırsat elime geçmediği için şimdi fark etmiş olmam tuhafıma gitmişti. Bilemiyorum.

Ateş'le birkaç saniye bakışan çekingen gözlerim onun bir şey söylemeyeceğini anlayarak harekete benim geçmem gerektiğini anlamama neden olurken adımlarımı L şeklindeki koltuğa doğru ilerlettim ve aramıza ciddi bir mesafe koyarak Ateş'in yanına oturdum. Böyle L şeklinin kısa çubuğunda ben, uzun çubuğunda Ateş oturuyordu. Tabii ki o yayılarak, ben diken üstündeymişim gibi.

"Bir şey içer misin?"

Ürkek bakışlarım elimde olmadan insanların üzerinde dolaşıp onların yaptıklarını dehşetle izlememe neden olurken kulaklarımı dolduran soğuk ses bakışlarımı etraftan çekip sesin sahibine doğru çevirmeme neden oldu. Normal insanlar biriyle konuşmaya başladığında ilk olarak ne derler? Nasılsın, hoş geldin, n'aber, nasıl gidiyor ve benzeri... Ama Ateş ilk olarak ne içmek istediğimi sormuştu ve bu sorusu bile onun normal olmadığını en iyi türden yansıtacak türdendi.

Başımı sağa sola salladım. "Hayır. Teşekkür ederim." Burada kakaolu süt veya meyve suyu olmadığına emindim. Hem olsa bile böyle bir mekânda tercih edip asla içmezdim. Sonuçta hijyenik olmaması bir yana, içine her türlü şeyler katabilecek olmaları bile nedense bana hiç de imkânsız gelmiyordu ve bunu hissetmem bile buradan bir şey içmemem için kesinlikle yeterli bir sebepti.

Ateş daha fazla üstelemeyip elindeki kehribar rengi sıvıdan bir yudum almaya başlayınca ben de bakışlarımı tekrar etrafta gezdirdim. Aslında bunu yapmak midem açısından hiç de iyi bir seçenek değildi ama elimde olmadan gözüm etrafı taramak istiyordu. Örneğin bar şu anda oldukça kalabalıktı. Hatta yer tasarrufu yapmak için kucak kucağa olan duyarlı insanlar bile vardı (!) Gülüşenler, kahkaha atarak gülenler, dans edenler, birbirlerine içki içiren kızlı erkekli çiftler, hatta erkekler. Kısacası iğrenç kelimesine uyabilecek her çeşit insan şu anda buradaydı ve her birinin aynı yerde toplanması iğrenç artı iğrençti.

"Böyle oturacak mısın?"

Bakışlarımı Ateş'e doğru çevirdiğimde aynı ifadesizlikte ama sorusunun cevabını bekler gibi yüzüme baktığını fark ettim. Derin bir nefes aldım. Ardından alnımın üzerine düşüp diğer saçlardan bağımsızlığını ilan etmiş olan minik bir tutamı kulağımın arkasına ittirdim ve "Ne yapmamı bekliyorsun ki?" diye sordum.

"Böyle boş boş oturarak sevgili olduğumuzu kanıtlayamazsın." Ateş, bakışlarını üzerimde gezdirdi. "Zaten giydiğin elbiseyle de oldukça çocuksu görünüyorsun."

Bakışlarımı hemen elbiseme doğru çevirdim. Hiç de çocuksu durmuyordum bir kere! "Kusura bakma ama oramı buramı açıkta bırakan şeyler giymek pek adetim değildir," dedim. Hem zaten şu anda burada olma nedenim de giydiğim elbise yüzünden kaynaklanmamış mıydı?

"Affedersin ama ne diye buradasın o zaman?" Ateş'in sesi mesafeliydi. Hoş, ben ona mesafe yerine soğuk ve ifadesiz diyordum ya neyse.

"İşte, sevgili olduğumuzu ispatlamak için."

"Bir şey yapmayarak mı?"

Bir şeyden kastının ne olduğunu bilmiyordum. Yani ben buraya geldiğimde aklımda sadece annemlerden izin almayı başarıp akşam da dışarı çıkabilmek vardı. Bunu başarmıştım. Ama sonrası kesinlikle planlamadığım türdendi ve ne yapacağım hakkında en ufak bir fikrim dahi yoktu.

"Aslına bakarsan ben bilmiyorum." Yutkundum. "Yani ilk kez böyle bir yere geliyorum ve nasıl davranmam gerek hiçbir fikrim yok. Ama şey…" Ateş, ifadesiz gözlerle yüzüme bakmaya devam ediyordu. "Beni yönlendirebilirsin. Eminim sen benden çok daha tecrübelisindir ve nasıl davranmam gerektiğini bana söyleyebilirsin." Henüz birkaç gündür tanıdığım adamla şu anda karşılıklı oturup bana bir şeyler öğretmesini istemem... kesinlikle garip, bir o kadar da tuhaf bir durumdu. Sonuçta onu tanımıyordum. Kimdir, nedir hakkından en ufak bir bilgim bile yoktu ve ben neye dayanarak ondan yardım isteyip bir şeyler öğretmesini söylüyordum, bilmiyorum. Ama şu anda ona bir sebepten ötürü muhtaçtım. Üstelik bu muhtaçlık bana uygulamadığım takdirde zarar verebilirdi ve ben böyle bir şeyin olmasını hiçbir şekilde istemiyorum.

"Bana doğru yaklaş," dedi Ateş. Ses tonunda sıkıldığını belli eden bir ifade vardı. Böyle 'Ben başıma ne tür bir bela aldım?' dermiş gibiydi. Umursamamaya çalıştım "Neden?"

"Bak. Başında saçma bir bela var diye beni saçma bir oyuna sürükledin, ben de sana acıyıp kabul ettim. O yüzden beni daha fazla yormadan yapman gerekeni yap ve bana yaklaş. Yoksa bu saçma şeyden anında vazgeçebilirim. "

Ateş'in sesindeki o uyarıcılık ve gözlerimin içine bakıp tane tane konuşması telaş duygusunun anında bedenimi kaplamasına neden olurken çabucak oturduğum yerden doğruldum. "Hayır, hayır. Sakın vazgeçme." Ateş'in yanına kaydım. "Bak oturdum," dediğimde gözlerinin içine bakıyordum ve vazgeçmediğini belli edecek bir ifade bulmaya çalışıyordum. Çünkü ona muhtaçtım ve bana yardım etmesi gerekiyordu.

Ateş derin bir nefes aldı. Ardından elini omzuma atıp beni

biraz daha kendine doğru çekerek aramızdaki bir karışlık mesafeyi sıfıra indirince şaşkınlıkla gözlerimi kırpıştırıp ona baktım. Ama Ateş, benim bakışlarımı umursamadı ve içkisini içmeye devam etti. Ateş'in bir eli benim omzumdaydı ve bacaklarımız birbirine değdiğine, Ateş'in pantolonun kumaşını tenimde hissedebiliyordum. Gittikçe hızını arttıran kalp atışlarım şu anki durumdan kaçmak için etrafı taramaya başladığında bar taburesinde oturmuş ve şu anda da bana bakıyor olan adam gözlerimi iri iri açmama neden oldu. Çünkü o adam tacizcinin ta kendisiydi ve şu anda onunla göz göze gelmem anında telaşlanmama neden olmuştu.

"Tacizci barın orada," dedim.

Ateş benim bakışlarımı takip ederek bakışlarını bar bölümüne doğru çevirdi. Birkaç saniye orayla bakışan soğuk gözleri ardından bana doğru dönüp bana tepeden bakmaya başlayınca meraklı bir ifadeyle ne yapacağını beklemeye başladım. "Tamam," diye mırıldandı Ateş. Ardından kolunu biraz daha belime dolayıp beni iyice kendine doğru çekince bedenlerimizin bu denli birbirine değmesi yüzünden kendimi garip hissetmiştim. Yüzlerimizin arasında en fazla dört-beş santim vardı. "O halde oyun başlasın." Ateş yavaşça yanağımı okşamaya başladı. O mavi-yeşil tuhaf gözleri direkt olarak bana bakıp gözlerimi esir alırken yapmış olduğu bu hareket ve ona ilk kez bu kadar yakın olmam, sessizce yutkunmama neden olmuştu. Böyle sanki zaman şu an donmuş gibiydi. Saniyeler artık işlemiyormuş gibiydi ve ben öylece Ateş'e bakıyordum. Üstelik aynı dikkatle Ateş de bana bakıyordu.

"Şey..." Dudaklarımı aralayabilme gücünü kendimde bulduğumda yüzümü yavaşça geriye doğru çektim ve Ateş'in elinden kurtarmayı başardım. "Sanırım sevgili olduğumuza inandı. Ben artık gitsem iyi olur. "

Ateş ifadesizce yüzüme baktı. "Cidden sevgili olduğumuza inanmış olabilir mi?" Sesinde hafif bir hayret vardı. "Etrafına bir bak. Onların yaptıklarıyla bizim yaptığımız arasında fark yok mu sence?" Bakışlarımı çekinerek Ateş'ten çekip etrafa doğru çevirdiğimde insanların öpüştüğünü, kahkaha attığını, hatta bazı kızların yere uzandığını ve üstlerinde erkek olduğunu fark ettim. Onların yaptıklarıyla bizim az önce yaptığımız arasında elbette dağlar kadar fark vardı. Aksini hiçbir şekilde savunmuyorum. Ama ne yapayım? Ben daha önce hiçbir erkekle bu kadar yakınlaşmamıştım ve az önce yaptığımız şey benim için çok çok fazlaydı.

"Ne yapmamı istiyorsun ki?" Bakışlarımı Ateş'e doğru çevirdim. "Az önce bana sarıldın ve elini yanağıma koydun. Sevgili olmayan biri neden bunları yapsın?"

"Arkadaşlar, kardeşler, kuzenler. Bunlar da birbirine sarılabilir."

"Seni öpmemi bekleme," dedim telaşla.

Ateş alayla yüzüme baktı. "O kadar şanslı değilsin ufaklık. Sadece kollarımı beline dolamama izin ver."

Ben ona neden böyle bir şey istedi diye şaşkın bir ifadeyle bakarken Ateş, "Hadi," diyerek üsteledi. Sıkıldığı belliydi.

Sessizce yutkundum ve alnımın üzerine düşen saç tutamlarından birini kulağımın arkasına ittirip elbisemin açılmamasına özen göstererek sırtımı Ateş'in göğsüne yasladım. Anında hissettiğim sert göğsü bir kayaya yaslanmışım hissi yaşatırken, Ateş güçlü ellerini benim ince belime doladı ve iyice kendine bastırdı. Şu anda kendimi hiç olmadığı kadar kasılmış hissediyordum. Bedenim bir anda buz tutmuş gibiydi ve gözlerimi bile kırpmaya çekiniyordum.

Ateş eliyle saçlarımı bir arada toplayıp sol omzumun üzerine attı. Ardından kafasını boyun girintime koyup nefesinin tenime çarpmasına izin verince gözlerimi fal taşı gibi açtım. Ne yapıyordu bu? Ateş, burnunu boynuma sürttü. Ardından küçük bir öpücük kondurdu. Tekrar ve tekrar. "Kıpırdama sakın." Buz kesilen bedenim iyice kasılıp bir buz kütlesine dönüşmüştü. Şu anda onunla bu kadar iç içe geçmiş olmam, onun kollarının belimi etrafına dolanmış olması ve en çok da kalbimin yerinden çıkacakmış gibi olmasına neden olan dudaklarının boynumun üzerinde olması kesinlikle bayılacakmışım gibi hissetmeme neden olmuştu.

Yavaşça gözlerimi kapattım. Kulaklarımı dolduran yabancı müziğin sesi gittikçe kayboluyormuş gibiydi. İçerisinde olduğum iğrenç yer, Ateş'in boynuma yaptıklarıyla çoktan aklımdan uçup gitmişti ve ben sadece ona odaklanmıştım. Onun küçük öpücüklerine... Elimde değildi. Bedenimde daha önce hissetmediğim bir duygu dalgası dolaşıyordu ve bu duygu inanılmaz derecede heyecanlanmama neden olup daha önce hissetmediğim şeyleri hissetmemi sağlıyordu.

Bir süre sonra Ateş geri çekildi. Tenimden ayrılan dudakları sanki beynime bir alarm vermiş gibi yavaşça gözlerimi aralama neden olurken Ateş masanın üzerindeki içki bardağına uzanıp eline aldı ve uzun bir yudumun boğazından geçmesine izin verdi. "Şimdi gidebiliriz ufaklık."

Birkaç saniye ne dediğini algılayamayan beynim Ateş'in bana uzatmış olduğu eliyle ayağa kalkmam gerektiğini haykırınca çekinerek elimi Ateş'e doğru uzattım ve onun kemikli parmaklarının içine bırakıp ayağa kalktım. Lobiden inip insanların arasından geçerek birlikte barın çıkışına doğru yürümeye devam ettiğimizde gözüm birden bar bölümüne takıldı. Takılmamasını dilerdim. Çünkü tacizci hâlâ oradaydı ve üstüne üstlük onun da bakışları benden tarafaydı. Tacizci, başı ile bana selam verip pis pis sırıttı. Bu yaptığıyla onu tatmin edip, inandırmayı başardığımı anlarken tuhaf bir şekilde kendimi rahatlamış hissedip Ateş'le birlikte yürümeye devam ettim.

Arabaya bindiğimizde ilk işim hemen camı açmak olmuştu. Çünkü biliyordum ki ancak böyle gelebilirdim kendime. Soğuk hava yüzüme yüzüme çarpıp beni biraz da olsa iyi hissettirirken gözümün önüne barda olanlar geliyordu. Ateş bana sarılmıştı, öpmüştü ve en önemlisi de tüm bunlar benim için bir ilkti. Daha önce yapmadığım, hissetmediğim, yakınlaşmadığım kadarıyla bugün biriyle yakınlaşmamıştım ve üstelik bu adam benim hiçbir şeyimdi. Belki de kendimi kötü hissetmeme neden olan sebep de zaten buydu? Sonuçta sevgilim olmayan, üstüne üstlük doğru dürüst tanımadığım bir adamın bana bu denli yakınlaşmasına izin vermiş olmam kesinlikle doğru değildi.

"Camı kapat. Klimayı açacağım."

Kulaklarımı dolduran soğuk ses, aklımdaki düşünceleri yarıda keserken siyah tuşa basarak camı kapattım ve sırtımı krem rengi koltuğa yaslayıp bakışlarımı çekinerek Ateş'e doğru çevirdim. Gözleri aynı ifadesizlikteydi ve yola odaklıydı. Bu gece bana yardım etmiş olmasına karşılık ona teşekkür etmem gerektiğini ise biliyordum. Sonuçta benim onu tanımadığım gibi o da beni tanımıyordu ve bir teşekkürü hak ediyordu.

"Ben bu akşam için sana teşekkür ederim," dedim. "Sen olmasaydın ne yapardım hiç bilmiyorum. Çok sağ ol."

"Ben kimseye borçlu kalmam ufaklık," dedi Ateş. Ego yığını! İnsan bir 'rica ederim' der. Biraz daha nazik olamaz mıydı sanki? "Her neyse. Yine de teşekkür ederim. Sayende o tacizci artık beni rahatsız etmeyecek."

"Emin ol bunun olmasını ben de isterdim."

"Bu da ne demek şimdi?"

"Görüşmeye bir süre daha devam edeceğiz demek," dedi Ateş. "Belki tacizci dediğin o adam bundan sonra seni rahat bırakır. Ama şu anda sana yaklaşmak için birden fazla kişinin sabırsızlıkla beklediğine bahse girerim."

"Nasıl yani?"diye sordum dehşet içinde. "Ne demek birden fazla kişi?" Tacizci denen adamdan kurtulmuş olmama bile sevinemeden birden fazla insanın bana yaklaşmak için fırsat kolladığını öğrenmiş olmam kesinlikle beklenmedikti.

"Beni tanımıyorsun Melisa. Hakkımda hiçbir şey bilmiyorsun." Ateş derin bir nefes aldı. "O barda bana zarar vermek isteyip ama vermeye cesaret edemeyen kaç kişi var biliyor musun? Orada gördüğün tüm adamlar. Hepsi benden kendilerince nefret eder ve oraya gittiğimde yanımda gördükleri kızları takıntı haline getirip başına üşüşmeye başlarlar." Ateş alayla güldü. "Tabii ben bıraktıktan sonra."

Şaşkınlık ve dehşet içerisinde Ateş'in söylediklerini dinleyip idrak etmeye çalışırken dudaklarımı güçlükle hareket ettirdim. "Yani?"

"Yanisi ufaklık, hiç karşıma çıkmaman gerekirdi. Ama madem çıktın, oyuna bir süre daha devam edeceğiz."

"Peki oyundan sonra?" diye sordum hemen. "Ya o zaman karşıma çıkıp bana zarar verirlerse?"

"Çıkamazlar," diyerek kendinden emin bir şekilde cevap verdi Ateş. "Çünkü beni sürekli aynı kızla görmeye hiçbiri alışık değil."

Sürekli aynı kızla görmeye... Yani bu söylediğiyle benimle sürekli beraber olup vakit geçirmeye devam edeceğimizi söylemeye çalışmıştı. Üstelik bu süre ne kadar devam eder hiçbir fikrim yoktu ve etmeyeceği takdirde başıma kötü şeylerin geleceğini az önce bizzat söylemişti.

Ateş bana baktı. "Yarın seni bir yere götüreceğim, akşam sekizde hazır ol."

"Nereye?"

"Gidince görürsün."

Bir şey demedim. Sanırım yine bara gidecektik... Bu akşam evden çıktığımda başımdaki beladan kurtulacağımı sanmıştım. Gece ise başımı yastığa koyduğumda bundan sonra hayatımın sorunsuz geçeceğini düşünmüştüm. Ama şimdi işler tamamen farklı bir boyuta geçmişti. Çok daha büyük bir belayla burun burunaydım. Ateş'le vakit geçirmek. Onunla bir süre daha sevgili rolü yapmak... Beni neyin beklediğini kestiremiyordum. Ama aklımı kurcalayan başka bir şey vardı. Daha doğrusu ufak bir detay. O da Ateş'in "Beni tanımıyorsun, ve de hayatıma hiç girmemen gerek," demiş olmasıydı. Çünkü bunu söylerkenki yüz ifadesi bu zamana kadarki tüm yüz ifadelerinden çok daha farklıydı ve ben neden böyle söylemiş olduğunu merak etmiştim. Ama olsun. Bu sorunun cevabını nasıl olsa öğrenirdim. Malum, bir süre daha görüşecektik ve bu süre onu tanımam için de yeterli bir süre olabilirdi. Hatta ben şimdi bile onu tanımaya başlayabilirdim. Ki bence en doğal hakkımdı.

"En sevdiğin yemek ne?"

Ateş bana ters bir bakış attı. Bu bakış 'yine başlıyoruz' bakışının ta kendisiydi ve ben bunu artık öğrenmiştim. Tamam. Aniden farklı bir konuya geçmiş olmamı tuhaf bulmuş olabilirdi ama ben buydum ve bu yaşıma kadar da hep böyle olmuştum.

"Yaa sadece seni tanımaya çalışıyorum," dedim Ateş'in bir cevap vermediğini fark ettiğimde." Lütfen sorularıma cevap ver?"

Ateş bıkkınlıkla nefesini dışarı verdi. "İçinde et olan yemekleri daha çok seviyorum."

"Benim dolma," deyip gülümsedim. "Ama et de severim. Peki en sevdiğin renk?"

"Siyah," diyerek hiç düşünmeden cevap verdi Ateş.

"Benim mavi. Sormadın ama söyleyeyim dedim. Peki hangi takımlısın?"

"Galatasaray."

"Ben Beşiktaş. Peki ne iş yapıyorsun?"

"Başka soru." Ateş'in sesindeki o uyarıcılık... Derin bir nefes aldım. Ben bu sorunun cevabını merak ediyordum. Ama peki. Hazır sorularıma cevap veriyorken bu fırsatı iyi değerlendirmeliyim.

"Peki sevgilin var mı?"

"Yok."

Ateş'in verdiği cevap tuhaf bir şekilde gülümsememe neden olurken derin bir 'ohh' çekmekten kendimi alıkoyamadım.

"Çok mu sevindin?" diye sordu Ateş. Yüzünde alayla karışık ufak bir gülümseme vardı.

"Ne alaka ya?" deyip hemen kendimi savundum. "Ben sadece bir oyun oynuyoruz ve eğer sevgilin olsaydı kendimi tuhaf hissederdim. Yani sevinmedim." Ateş bir şey demedi. Ben de soru sormaya devam ettim.

"En sevdiğin mevsim hangisi?" İçimden bir ses kış diyeceğini haykırıyordu. Bunun nedeni birkaç gündür bende bırakmış olduğu izlenim mi yoksa kişiliğinin kış mevsimiyle aynı olup insanın tenini ürpertmesi mi, emin değildim.

"İlkbahar." Tamam, yanılmıştım.

"Benim kış. Çünkü kalın kazakları ve karı çok seviyorum. Peki sen neden ilkbaharı seviyorsun?"

Ateş nefesini sıkılarak dışarıya verdi. "Saçma soru sormak sende bir hobi mi? "

"Sorularımı saçma mı buldun? İyi ama ben sadece seni merak ediyorum. Yani şey. Aslında seni tanımıyorum ve neden merak ettiğime bir anlam veremeyebilirsin. Ama ben de zaten seni tanımak için soruyorum. Seni neden tanımak istediğimi soracak olursan ise..." Sustum. "Bilmiyorum. Yani ben hep soru sorarım zaten ve şu anda da yanımda sen varsın."

"Talih kuşu bana vurdu yani..." diye mırıldandı Ateş. Sesindeki o sıkıldığını belli eden ton zaten evime çok az bir yola kala dikkatimden kaçmazken bakışlarımı ondan çekerek cama doğru çevirdim ve sessiz olmaya özen gösterdim. Konuşmamı istemezse ben de konuşmazdım. Zaten onu tanıyabildiğim kadarıyla fazla konuşmayı sevmediğini fark etmiştim. Bunun nedeni o mükemmel soğuk adam kalıbına bir zarar verecek olması mı yoksa kişiliği mi bu yönde, henüz ayırt edememiştim. Ama içimden bir ses kişiliğinin böyle olduğunu haykırıyordu.

Araba bir süre sonra evimin hemen önünde durup kaldırımın kenarına ustaca park edilince emniyet kemerimi çıkarttım ve Ateş'e doğru döndüm. Elleri direksiyonun üzerindeydi ve bakışları benden tarafa değil karşısına odaklıydı. Umursamaya çalıştım. "Teşekkür ederim. Yani bu geceki yardımından dolayı."

"İn," dedi Ateş. Sesi buz gibi soğuktu. Söylediği bu iki harften oluşan kısa kelime nedense kaşlarımı çatmama neden olurken öfkeyle konuştum. "Bir ara saunaya gitmeni öneriyorum. Üzerindeki soğukluğu anca atarsın."

Bölüm 6

En arka sırada oturup edebiyat öğretmeninin anlattığı şeyleri hem dinleyip hem de not alırken önlü arkalı iki sayfa not aldığımı fark edip kalemi hareket ettirmeyi artık kestim. Elim farkında olmadan epey bir yorulmuştu ve ben hiç durmadan neden bu kadar çok not aldım bilmiyordum. Evde çok sık ders çalışmazdım. Ben daha çok dersi derste dinleyen öğrencilerdendim ve böyle yaparak lise üçüncü sınıfa kadar gelmeyi başarmıştım. Ders kitabındaki önemli yerleri renkli kalemlerle işaretlemek dışında not almak da benim vazgeçemediğim ve sürekli yaptığım şeylerdendi ve ben böyle yaparak sınavlarda gayet güzel notlar almayı başarabiliyordum. Böyle yapmayı seviyordum. Yani not almayı ve derslerde diğer öğrencilerin aksine telefonumla uğraşmak yerine dersi dinlemeyi. Çünkü bu bilgiler öğrendiğim takdirde ileride gireceğim üniversite sınavında bana oldukça faydalı olacaktı ve o sınavın ne kadar önemli olduğunun farkında olan herkes bence dersi dinleyip öğrenmeye özen göstermeliydiler.

Öğretmen dersin bitmesine yaklaşık beş dakika kala dün girmiş olduğumuz sınavların sonucunu okumaya başlayınca bakışlarımı ders kitabından kaldırdım ve öğretmene doğru çevirdim. Sınavım genel olarak iyi geçmişti. Zaten hiçbir zaman süper zekâlı bir öğrenci olmamıştım. Sınav ortalamalarım genellikle 50 ile 80 arasında olurdu. Çok sık beş almazdım. Ama çok sık bir de almazdım. Bir şekilde dengeleyip sene sonunda bir belge almayı başarıyordum ve bence bu idare ederdi sanırım.

"Melisa Özsoy, aferin. 85."

Öğretmenin beni tebrik etmesi ve aldığım not, yüzümde ufak bir gülümseme oluşmasına neden olurken alnımın üzerine düşen minik bir saç tutamını kulağımın arkasına ittirdim. 85, çok güzel bir puandı ve ikinci dönemin ilk sınavından böyle bir not aldığım için oldukça mutluydum.

Okulun bittiğini haber veren zilin ardından sınıftan çıkıp bahçeye indiğimde kulaklığımı kulağıma taktım ve müzik listeme girip dinleyebileceğim bir müzik aramaya başladım. Ama tam bu sırada bahçenin ortasında gördüğüm tanıdık ve mükemmel yüz, müzik listemi herhangi bir şarkı açmadan kapatmama neden oldu. Aras... Yanında sivil giyinmiş üç kız, iki tane de erkek vardı. Kim oldukları hakkında hiçbir fikrim yoktu doğrusu. Kızların ikisi esmer, biri sarışındı ve doğruyu söylemek gerekirse sarışın olan çok fazla güzeldi. Böyle uzun sarı saçları beline kadar bukle bukle dökülmüştü ve yüz hatları tıpkı bir Barbie bebek gibiydi. Erkekler ise Aras kadar yakışıklı olmasalar da idare ederlerdi işte.

"Melisa?"

Aras, arkadaşlarına eliyle 'bekleyin burada' deyip adımlarını bana doğru ilerletmeye başlayınca gülümseyip ona baktım. "Selam." Aras tam karşıma geçince, "Selam," diyerek ona karşılık verdim.

"Nasılsın bugün?"

"İyi. Ya sen?"

Aras omuzlarını silkti. "Fena değil. Gel, seni arkadaşlarımla tanıştırmak istiyorum."

Aras herhangi bir cevap vermemi beklemeden bileğimden tutarak beni arkadaşlarının yanına doğru çekiştirmeye başlayınca elinin bileğimin etrafına dolanmış olmasının şaşkınlığı yüzünden gözlerimi hızlıca kırpıştırdım. Çünkü böyle bir şey kesinlikle beklemediğim bir hareketti. Aras çok geçmeden beni arkadaşlarının yanına getirdikten sonra elini bileğimden çekti ve beni onlara tanıtmak istercesine elini bana doğru uzattı. "Bu Melisa. Okuldaki tek arkadaşım," dedi. Ses tonu oldukça samimiydi.

"Merhaba Melisa. Aras'ın bizim dışımızda biriyle arkadaşlık yaptığını bilmiyorduk. Epey kafa bir kız olmalısın?" Adını bilmediğim kumral çocuğun söylediği şey ile hafifçe gülümsedim. Ben ve kafa bir kız olmak mı? Hiç sanmıyordum.

"Melisa bunlar da çocukluk arkadaşlarım. İzmir'den geldiler. Bu Zeynep." Zeynep kibarca elini bana doğru uzatınca ben de kibarca elini sıktım.

"Bu Esra."

"Memnun oldum."

"Ve bu da Tuğba." Sarışın, o Barbie bebek gibi dediğim kız ile tokalaşmak üzere elimi ona doğru uzattığımda, kız elimi havada bırakarak kendimi tuhaf hissetmeme neden oldu. Tamam, çok güzelsin ama biraz insanlık öğrensen hiç fena olmazdı! Aras, Tuğba'ya ters bir bakış attı. Ardından bakışlarını ondan çekerek gruptaki bir erkeğe yönlendirdikten sonra, "Neyse. Bu Kerem," dedi. Az önce bana 'kafa kız olmalısın' diyen çocuğun ta kendisiydi.

"Ve son olarak bu da Ali."

"Memnun oldum."

Ali ile de kibarca tokalaştıktan sonra gülümsedim. Daha önce hiç bu kadar kişi ile aynı anda tanışmamıştım ve benim için değişik bir tecrübe olmuştu. Değişik ve güzel bir tecrübe. Sonuçta insanlarla iletişim kurup onlarla iç içe olmayı severdim.

"Bu akşam bize yemeğe geliyor muşsunuz?" Aras soran gözlerle yüzüme bakıp sadece ikimizin duyabileceği bir seste konuşunca başımı yavaşça evet anlamında salladım. Annem sabah kahvaltıda Aras'ların evine gideceğimizi söylese de, ben gitmek istemediğimi, ders çalışmam gerektiğini söylemiştim. Elbette bu koca bir yalandı. Bu akşam Ateş'e söz vermiştim. Nereye olduğunu bilmesem de onunla gidecektim.

"Evet. Annem ve babam geliyor," dedim ve özür dileyerek Aras'a baktım. Elimde onun evine gitmem için bir fırsat vardı ve ben şimdi o fırsatı geri tepiyordum. Ne kadar tuhaf.

"Sen gelmiyor musun?"

"Benim ders çalışmam lazım."

Aras tek kaşını havaya kaldırdı. "Ders?" Şüpheyle yüzüme bakıyordu. Aynı okulda ve aynı sisteme tabii olduğumuz düşünülürse bu sıralar çalışılması gereken hiçbir dersin olmadığını biliyordu. Şu anki sorgulayıcı ifadesi de bu yüzden olmalıydı.

"Evet, ders."

"Bu kadar önemli olan dersin hangisi olduğunu merak ettim açıkçası. Sonraki gün çalışamaz mısın?" diye sordu Aras. Evlerine gitmem için ısrar mı ediyordu? Ama her ne olursa olsun kararım kesindi. Ne yapacağımı çoktan düşünmüştüm. Bu akşam onlara gitmeyecektim. "Sanırım ben bugün çalışsam daha iyi olacak."

***

Annem çok hoş, vişne çürüğü renginde, dizlerine kadar uzanan bir elbise giymeyi tercih ederken, babam mavi bir gömlek altına ise siyah bir pantolon giymeyi tercih etmişti. Hazırlıkları hâlâ devam ediyordu ve benim ise kalbim şu anda deli gibi çarpıyordu. Çünkü onlardan gizli bir şekilde dışarıya çıkacak olmam, daha önce yapmadığım, hatta yapmanın yanından bile geçmeyecek türdendi ve ben şimdi hem tedirgindim, hem korkuyordum, hem de aşırı derecede heyecanlıydım. Bu kadar duyguyu aynı anda yaşamayı nasıl başardım bilmiyorum ama aynen böyle hissediyordum kendimi.

"Kızım gelmek istemediğine hâlâ emin misin?" Annem su damlası şeklindeki yeşil küpelerini kulağına takarken aynı zamanda da aynadan bana bakıyordu.

"Evet anne eminim," dedim. Sesim oldukça kararlı çıkmıştı. "Siz ikiniz baş başa gidin babamla. Ve hatta hazır böyle güzel giyinmişken sinemaya falan da gidin." Sonuçta eve ne kadar geç gelseler benim için o kadar avantajlı olurdu.

"Melisa haklı Hülya. Ali'lerden çıktıktan sonra seninle güzel bir filme gidelim. Özledim yahu." Babamın söylediği cümle ile annem gülümseyip çantasını eline aldı. "Çok güzel olurdu ama Melisa'yı evde yalnız bırakmak hiç içime sinmiyor. "

Gözlerimi devirmemek için kendimi zor tuttum. Sinsin işte. Ne vardı sanki bunda? "Merak etme anne. Kapıyı güzelce kilitlerim ve delikten bakmadığım müddetçe kimseye açmam. Hem kırk yılın başında çıkıyorsunuz bence tadını çıkartın."

Annem şüpheyle beni süzdü. Ardından söylediklerimi mantıklı bulmuş olacak ki, "Peki," diye mırıldandı ve bakışlarımı babama doğru çevirdi. "Ama romantik bir filme gideceğiz, baştan söyleyeyim. "

"Tamam, tamam. Hele bir gidelim de orada bakarız."

Şu anda içimden dans edip deli gibi tepinmek gelse de yapmadım ve onun yerine sadece gülümseyip, "Hadi size iyi eğlenceler," dedim. Onlar şimdi Aysun Teyzelerde 3 saat kadar kesin otururlardı. 2 saat de film dersek, 5 saat kadar vaktim vardı ve bu süre bana yeter de artardı bile.

Annem ve babam evden çıktıktan sonra koşarak odama girdim ve giysi dolabımın yanına gidip kapaklarını sonuna kadar açarak beyaz elbisemi elime aldım. Bu elbiseyi giyeceğimi zaten dün akşam kararlaştırmıştım ve haliyle seçim yapmama şimdi hiç gerek yoktu. Üzerimdeki kıyafetleri hızlıca çıkartıp oyalanmadan elbisemi üzerime geçirdikten sonra plili eteklerini düzeltmeye başladım. Böyle dizlerimin birazcık yukarısında, kolsuz sade bir elbiseydi ve hiç dekoltesi yoktu.

Makyaj masamın önüne oturdum. Günlük hayatımda hiç makyaj yapmamam, makyaj yapmayı bilmediğim anlamına gelmezdi çünkü çok güzel makyaj yapabiliyordum. Öncelikle maşa yardımı ile saçlarımı dalga dalga yapıp saç spreyi ile de bozulmamasını sağladım. Ardından dudaklarıma pembe rujumu sürüp, gözlerime ince bir eyeliner çektikten sonra yanaklarıma da renk vermesi için pembe bir allık sürdüm ve saç ile makyaj işini sonlandırdım.

Aynadaki aksim bence gayet hoş görünüyordu. En azından Ateş'in bana bu akşam 'ufaklık' diyeceğini sanmıyordum. Çünkü şu anda en az 19 yaşında gibi görünüyordum ve hiç de çocuksu değildim. Acaba Ateş beni nasıl bir yere götürecekti? Dürüst olmam gerekirse şu anda deli gibi heyecanlıydım. Çünkü Ateş gibi bir erkeğin, oldukça yakışıklı bir erkeğin, beni bir yere davet etmiş olması ve bu akşam beni evimden alacak olması kesinlikle rüya gibiydi. Onu ilk gördüğümde bile yabancı film artistlerine benzetmiştim. Çünkü uzun boyu ve kaslı vücudu bir yana, oldukça yakışıklı yüzüyle tıpkı onlardan biri gibiydi ve şimdi o adam benim numaradan da olsa sevgilim olup, bu akşam da beni bir yere davet etmişti.

Pencerenin önündeki heyecanlı bekleyişimi devam ettirip Ateş'in gelmesini beklemeye devam ettiğimde görüş alanıma giren siyah, tanıdık araba sanki çok mümkünmüş gibi iyice heyecanlanmama neden oldu. Elimi kalbimin üzerine bastırdım. Bunun sebebi evden gizlice çıkacak olmam mı yoksa başka bir şey mi bilmiyordum. Duvardaki saat 20.00'ı gösteriyordu. Ateş gibi bir adamın bu kadar dakik olması birazcık tuhafıma gitse de fazla üzerinde durmadım ve beyaz küçük çantamı elime alarak evden çıktım. Umarım her şey istediğim gibi olurdu ve bu gece sorunsuz geçerdi. Ne istediğimi tam olarak bilmesem de bu gecenin güzel sonlanmasını tüm kalbimle istiyordum.

Apartmandan çıktıktan sonra kalbimin göğüs kafesimden çıkacakmış gibi olmasını görmezden geldim ve adımlarımı ilerletmeye devam ettim. Ateş arabasının kapısına yaslanmıştı ve elindeki sigarayı dudaklarının arasına sıkıştırmış, uzunca bir nefes alıyordu. Üzerinde yine siyah bir tişört ve aynı renk pantolon vardı. Tuhaf ama ona böyle giyinmeyi yakıştırıyordum.

Ateş, geldiğimi fark ederek bakışlarını bana doğru çevirdi. Mavi-yeşil gözleri ilk önce yüzümde olsa da daha sonra aşağı doğru inip, giymiş olduğum elbiseyi incelemeye koyulurken ben de vereceği tepkiyi beklemeye başladım. En azından gideceğimiz yere uygun giyindiğimi söylemesini isterdim. Ateş, beni göz ucuyla süzdü. Ardından bakışlarını benden çekerek elindeki sigaraya doğru çevirince moralimin bozulmasına müsaade etmedim ve gülümsemeye çalışıp, "Selam," dedim. Beni övüp, güzel bulduğunu söylemesini elbette beklemiyordum.

"Selam," dedi Ateş elindeki sigaradan bir nefes almadan hemen önce.

"Nasılsın?" Sesim oldukça neşeli çıkmıştı. Neden bilmiyorum. Şu anda anlamsızca mutluydum... Ateş neredeyse bitmek olan sigaradan son bir nefes daha aldı. Sigaranın dumanı onun dudaklarının arasından çıkıp karanlık havayla karışınca etrafta yayılan duman nedense bana ağır çekimde gibi gelmişti. Ateş herhangi bir cevap vermedi. Sürücü koltuğunun kapısını açıp arabadaki yerini alınca sorumu cevapsız bırakmış olmasını görmezden gelip yolcu koltuğundaki yerimi aldım. Soğuk şey ne olacak!

"Kemerini bağla."

Ateş'in arabaya biner binmez söylediği, daha doğrusu emrettiği bu cümle nefesimi sıkılarak dışarıya vermeme neden olsa da söylediğini yaptım ve kemerimi bağlayıp Ateş'in arabayı çalıştırmasını beklemeye başladım. Sanki o söylemese ben bağlamayacaktım.

Ateş arabayı hareket ettirip sürmeye başladı. Nedense yine sessizliğin hâkim olacağı bir yolculuk yaşayacakmışız gibi hissederken öyle olmamasını dileyip kucağıma aldığım beyaz çantamın kenarlarıyla oynamaya başladım. Umarım bir sürpriz olup da annemler bu akşam eve erken dönmezdi yoksa benim için tam bir felaket olurdu. Böyle şeyleri filmlerde görünce çok normal bir şeymiş gibi izliyordum ama gerçekten yaşayınca hiç de normal olmadığını fark etmiştim. Yani ben sonuçta onlardan izinsiz, üstelik akşam vakti, üstelik doğru dürüst tanımadığım bir adamla dışarıya çıkmıştım ve öğrenince beni tebrik edip aferin demelerini hiçbir şekilde beklemiyordum.

Bakışlarımı Ateş'e doğru çevirdim. Büyük bir dikkatle önüne bakmakla meşguldü ve bu kadar sessizlik canımın sıkılmasına neden olmuştu. Hayır. Durduk yere bu sefer konuşmayacaktım ama yani, kim bilir şu an nereye gidiyorduk? Benim en azından onunla ilgili bir bilgi almam en büyük hakkımdı. Sonrasında zaten susardım.

"Biz şimdi nereye gidiyoruz?" deyip direkt konuya giriş yaptım. Çünkü Ateş'i kısa bir süredir tanıyor olsam da konuşma kurallarına uyup 'Nasılsın? Bugün neler yaptın? Günün nasıldı?' gibi sorularımı cevapsız bırakacağını az çok öğrenmiştim.

"Bir parti,"

"Nasıl bir parti? Böyle filmlerdeki gibi olanlardan mı?"

"Gidince görürsün."

"Sen neden söylemiyorsun ki?"

"Gereksiz yere konuşmayı sevmediğimi söylemiştim."

"Ama bu gereksiz değil ki. Sadece beni bilgilendirmeni istiyorum."

Ateş nefesini sıkılarak dışarıya verdi. "Normal bir parti, oldu mu?" Sesinde sitem eder gibi bir ifade vardı. Ama ne yapayım? Daha önce hiç gitmediğim bir yer hakkında bilgi almak en doğal hakkımdı.

"Oldu," deyip gülümsedim ve ardından başka bir konuya geçiş yaptım. "Peki ne iş yaptığını neden bana söylemiyorsun?" Kırmızı ışıkta durmuştuk.

"Çünkü seni ilgilendirmez," diyerek terslercesine cevap verdi Ateş. Araba şu anda hareket etmiyordu ama yüzünü bana doğru çevirmeye tenezzül bile etmemişti. Hah. Çok da umurumdaydı senin o yakışıklı yüzünün bana doğru çevrilmiş olması.

"Neden beni ilgilendirmez?" deyip inadına bir soru daha sordum. Ateş bakışlarını bana doğru çevirdi. Hafif çatılmış olan kaşları onu birazcık sinirlendirdiğimi anlamama neden olurken Ateş, "Sen sürekli soru sormaktan bıkmaz mısın?" diyerek soruma soru ile karşılık verdi. Üstelik sesi de azarlar gibiydi.

"Soru sormak sanki ayıp bir şey mi? Ben sadece merak ediyorum hepsi bu. Ne olur sanki sen de cevap versen?"

Yeşil ışık yanınca Ateş arabayı tekrar hareket ettirdi. Meraklı gözlerim ağzından çıkacak herhangi bir cümleyi, bir kelimeyi bekliyordu. Ama Ateş bir şey diyecekmiş gibi durmuyordu. Ben de başımı cama yasladım. Bu adam tam bir konuşma düşmanıydı. Açık ve net.

Bir süre sonra araba taşlı bir yoldan geçerek sakin bir yerde durunca geldiğimizi anladım ve emniyet kemerimi çıkarttım. Aynı şeyi Ateş'in de yaptığını fark edince yolcu kapısını açarak dışarıya çıktım ve geldiğimiz yeri incelemeye başladım. Bir villanın önündeydik. Kocaman, beyaz bir villanın. Kulaklarımı dolduran müziğin sesi ile partinin bu evde olduğunu anlarken bakışlarımı Ateş'e doğru çevirdim.

"Gel." Ateş'in isteği ile ona doğru yaklaşıp tam yanında durduğumda giymiş olduğum topuklu ayakkabılar sayesinde boylarımızın neredeyse birbirine eşit olduğunu fark ettim. En azından önceden olduğu gibi ona alttan bakmıyordum.

"Kimseyle konuşmanı istemiyorum," dedi Ateş. "Sadece yanımda dur. Tamam mı?"

Bu isteğine herhangi bir anlam verememiş olsam da buraya onunla beraber geldiğim için isteğini kabul ettim ve başımı aşağı yukarı sallamakla yetindim. Ateş herhangi bir şey söylemedi. Adımlarını hareket ettirip yürümeye başlayınca ben de peşine takıldım ve geldiğimiz yeri inceleyerek yürümeye başladım. Ev beyaz bir renkteydi. Büyük camları, büyük bir terası ve büyük bir de bahçesi vardı. Bahçenin her yerinde çok güzel renkli ışıklandırmalar bulunurken bunun bu akşam için özel olduğunu anlamıştım. Böyle mavi, kırmızı, yeşil ve daha birçok rengin bulunduğu çok güzel ışıklandırmalar her yerdeydi. Hayranlıkla ve biraz da beğeni dolu gözlerle etrafı incelemeye devam ederken ayağımın bir anda çimlerin arasına gömülüp sendelenmesine mani olamadım. Ama neyse ki son anda Ateş'in koluna yapışmayı akıl edip yere düşmekten kendimi alıkoyabilmiştim.

"Daha yürümeyi bile beceremiyorsun." Ateş'in sitem eden sesine karşı herhangi bir şey söylemedim. Çünkü çok nadir zamanlarda topuklu ayakkabı giyerdim ve haliyle alışık olmadığım bir şey olduğu için düzgün yürümeyi beceremiyordum.

Ateş elimi tuttu. Ardından adımlarını hareket ettirip yürümeye başlayınca parmaklarının parmaklarımın üzerinde olmasının şaşkınlığı afallamama neden olmuştu. Çünkü şu anda Ateş gerçekten elimi tutuyordu ve bunu yaparken hiç tereddüt edip düşünmemişti bile.

Açık olan villanın kapısından içeri girdik. Ben hâlâ şaşkınlığımı üzerimden atamamışken Ateş de hâlâ elimi tutarak yürümeye devam ediyordu. Fazla üstünde durmamaya özen gösterdim.

Çünkü biliyorum ki öyle yaparsam tüm geceyi şaşkın bir balık gibi geçirirdim ve ben böyle bir şey olsun istemiyordum. Ateş'le beraber kırmızı loş ışığın bulunduğu bir yere girdik. Müzik son ses açıktı ve insanlar dans ediyordu. Herkes oldukça iyi giyinmişti ve onlara uyum sağladığım için kendimi tebrik ettim.

"Ateş?"

Yanımıza gelen esmer bir kız kollarını sıkıca Ateş'e dolayıp sarılmaya başlayınca Ateş'le yürümeyi bırakmak zorunda kaldık. Çünkü kız birden Ateş'in üzerine atlamıştı ve sanki uzun zamandır görmüyormuş da daha yeni görüyormuş gibiydi.

"Nerelerdesin sen ya?" Kız geri çekildi. Gülümseyerek Ateş'e bakmaya başladığında ben de onu incelemeye başladım. Üzerinde siyah, ultra mini bir elbise vardı. Yüzü o kadar güzel değildi ama vücudu... Göğüsleri neredeyse tamamen açıktı ve bu kızın kim olduğunu merak etmiştim. Ateş, kızın kulağına eğildi. Bir şeyler fısıldayıp geri çekilince kız dudağını ısırıp gülümsedi ve daha sonra da yanımızdan ayrıldı. Ne dediğini o kadar çok merak etmiştim ki...

Ateş bileğimden tutup tekrar yürümemi sağlayınca mecburen adımlarımı hareket ettirmek zorunda kaldım ve beni yönlendirmesine izin verdim. Etrafta bir sürü garson vardı. Kimisinin elinde içecek tepsileri, kimininkinde de atıştırmalık yiyecekler vardı. Allah'tan burası diğer iğrenç bar gibi bir yer değildi de kendimi diken üzerindeymişim gibi hissetmek zorunda kalmamıştım.

"İçecek bir şeyler ister misin?" Ateş'le tenha diyebileceğim bir köşede durduğumuzda bakışlarımı etraftan çekip Ateş'e doğru çevirdim.

"Şey, gördüğüm kadarıyla bütün içecekler alkollü. Meyve suyu da olmadığına göre bir şey içmesem daha iyi," dedim.

Ateş ifadesiz bakışlarını yüzümde gezdirdi. "İçki içmez misin?"

Hayretle ona baktım. "Hayır tabii ki. Hem çok zararlı hem de öyle bir şey yaparsam ailem beni kesin eve almaz."

Ateş'in dudakları yukarıya kıvrılırdı. Ama öyle çok büyük

değil. Sadece minicik bir gülümsemeydi. "Seni çok sıkan bir ailen var anlaşılan?"

"Yo, öyle değil aslında," deyip hemen ona cevap verdim. "Sadece tek çocuk olduğum için bana fazla düşkünler, hepsi bu."

Ateş ifadesiz bakışlarını yüzümde gezdirdi. "Her neyse. Meyve suyu sanırım dolapta olacaktı. Neli istersin?"

Şaşkınlıkla gözlerimi kırpışırdım. "Nasıl yani? Sen nereden biliyorsun ki?"

Ateş alayla güldü. "Çünkü şu anda benim evimdesin ufaklık." Afallayarak ona baktım. Bu kocaman ev sahiden onun muydu? Ateş yanımızdan geçen bir garsonu durdurup müziğin sesini bastırmak için kulağına eğilerek bir şeyler söyledi. Ardından bakışlarını tekrar bana doğru çevirip ifadesiz gözlerini gözlerime sabitleyerek, "Yiyecek bir şeyler de ister misin? Sandviç falan?" diye sorunca başımı hayır anlamında iki yana salladım. Garson yanımızdan ayrıldı. Her ne kadar şu anda acıkmış olsam da yiyecek bir şey istemediğim için oldukça memnundum. Çünkü Ateş'ten yemek istemem bence ayıp olurdu.

"Burada tek başına mı kalıyorsun?"

"Evet," diyerek cevap verdi Ateş.

"Peki ailen?"

Ateş'in gözlerindeki o her zaman var olan ifadesizlik artık alışmaya başladığım bir görüntü olmuştu. Ama şu an ki... Mavi-yeşil gözleri resmen birden kararmıştı. Korkutucu görünüyordu.

"Benim ailem yok."

***

Ateş'in "Bir yere kaybolma, ben birazdan geleceğim," deyip yanımdan ayrılmasının üzerinden yarım saat geçmişti. Nereye gittiğini merak ediyordum. Garsonun benim için getirmiş olduğu -alkolsüz- meyve suyundan beri ortalarda yoktu. Ailesi hakkında sormuş olduğum soruya verdiği cevap birazcık tuhafıma gitmişti. Çünkü o cümleyi söylerkenki yüz ifadesi oldukça garipti ve nedense ben ailesinin ölmüş olduğunu düşünmüyordum. Gerçi bu kanıya da nereden vardım, onu da bilmiyorum ama Ateş'in ailesiyle arasında bir takım sorunlar olduğunu hissedebilmiştim. Çünkü ona bir kere daha ailesiyle ilgili bir şey sorduğumda çenesi kasılıp bana sinirle cevap vermişti.

"Selam."

Hemen karşımda beliren ve yüzlerindeki sevimsiz ifadeyle bana bakmakta olan üç kız, bakışlarımı etraftan çekip onlara doğru çevirmeme neden oldu. "Selam?" dedim. Bu kızları tanımadığıma emindim.

"Ay demek konuşmayı da biliyorsun, ilginç." Kıvırcık saçlı kızın söylediği bu cümleyle diğer iki kız gülmeye başladı. Bakışlarında eğlenir bir ifade vardı ve ben bu ifadeye hiçbir anlam verememiştim.

"Siz kimsiniz?"

"Ben kim miyim?" Kıvırcık saçlı kız düşünür gibi yaptı. "Gerçekten öğrenmek istiyor musun? " Sesindeki o kibir aşikârdı. İnsanı sinir edebilecek türdendi.

Derin bir nefes aldım. "Benimle konuşacaksanız eğer, evet istiyorum?"

"O halde bir düşüneyim... Ateş'in sevgilisi?"

Kızın kendinden emin çıkan sesi şaşkınlıkla gözlerimi kırpıştırmama neden oldu. Afallayarak ona bakmaktan kendimi alıkoyamadım. Çünkü böyle bir cevap kesinlikle beklemediğim türdendi ve ben oldukça şaşırmıştım.

"Çok mu şaşırdın ufaklık? Kıyamam," deyip dudaklarını büzdü kız. Evet şaşırmıştım. Çünkü Ateş'in bana yalan söylemesi gerçekten şaşırılacak bir durumdu. Üstelik bana 'sevgilim yok' dediğinde oldukça kesin ve net konuşmuştu. Ama şimdi karşımda bir kız vardı ve bana tam aksinin olduğunu söylüyordu.

"Ateş'in seninle ne işi var bilmiyorum. Mutlaka aranızda bir çıkar var ama seni uyarıyorum. Ateş'ten uzak dur!"

"Bu seni ilgilendirmez," dedim. "Ateş bana sevgilisi olmadığını söyledi ve demek ki Ateş'in zevkleri değişmiş. Çünkü biz sevgiliyiz."

Kızlar alayla güldü. "Cidden sana inanmamızı beklemiyorsun, değil mi? Çünkü bahsettiğin kişi Ateş Arsoy." Düz saçlı olan kızın sorusuyla bakışlarımı ona doğru çevirdim. Ateş Arsoy dediğinde sanki bir başbakandan bahsediyormuş gibiydi. Tuhaf.

"İnanıp inanmamak size kalmış. Ateş benim erkek arkadaşım ve biz bir süredir birlikteyiz." Sesim öylesine kendinden emin çıkmıştı ki bu halime ben bile şaşırmıştım. Ama aksini söyleyemezdim. Çünkü doğruyu söylediğim takdirde bu kızların o bardaki insanlara bunu duyurmayacağını bilemezdim.

"Boşu boşuna yalan söyleme çünkü gerçekten komik duruyorsun. Ateş'le aranda ne var, hadi söyle bize. Söz, aramızda kalacak." Kıvırcık saçlı kız beklentili gözlerle yüzüme bakıp vereceğim olumsuz cevabı bekliyordu. Bana neden inanmamakta bu kadar ısrarcı olduğunu anlayamasam da derin bir nefes aldım. "Hiçbir şey yok. Ateş benim erkek arkadaşım."

Kızlar gülümseyerek birbirlerine baktılar. Bana inanmadıkları o kadar belliydi ki... "Cidden komiksin. Ateş'i tanımasak belki sana inanırdık. Ateş Arsoy gibi mükemmel ve acımasız bir boksörün seninle ne işi olsun ki? Sen onun eğleneceği bir kız bile olamazsın. Ateş'in kendine göre kriterleri vardır ve sen o kriterlerin çok çok altında kalıyorsun."

Şaşkınlık... Ağzım ve gözlerim kulaklarımı dolduran boksör kelimesinden dolayı aralanıp irice açılırken afallayarak karşımdaki kıza bakakaldım. Yani Ateş cidden bir boksör müydü? Böyle ringde maç yapan ve rakibini öldüresiye dövenlerden? Tabii ya. O gün tacizciyi barda döverken o yüzden biri, "Ateş'i maç dışında ilk kez kavga ederken görüyorum," demişti. Bu yüzden bana ne iş yaptığını söylememişti. Bu yüzden o tacizciyi kolaylıkla etkisiz hale getirebilmişti. Sırf bir boksör diye ne iş yaptığını benden gizleyip, öğrenmemi istememişti.

"Ne oluyor burada?"

Ateş öfke saçan gözlerini karşımdaki kızlara doğru yönlendirip sinirli bir ifadeyle onlara bakmaya başlayınca kıvırcık saçlı kız alt dudağını sarkıttı. "Bir şey olduğu yok sevgilim. Biz de senden bahsediyorduk. Ona ne kadar mükemmel ve acımasız bir dövüşçü olduğunu anlatıyordum..."

Ateş dişlerini birbirine bastırıp sessiz bir küfür mırıldandı. "Defolun buradan!" Bunu bağırarak söylese belki bu kadar korkutucu görünmezdi ama şu anda adeta tıslayarak konuşmuştu ve bu hali bağırmasından çok daha beterdi.

"Ama neden?" Kıvırcık saçlı kız dudaklarını büzüp Ateş'e doğru yaklaşarak kollarını onun boynuna dolamak üzere bir hamle yapacakken Ateş kızın ellerini sertçe yere indirdi. "Sana defol dedim." Her harfe baskı yaparak konuşuyordu. "Tekrar etmeyeceğim."

Kızın o sevimsiz suratı, Ateş'in öfkeyle konuşmasından dolayı bembeyaz olup kirece dönerken kıvırcık saçlı kız adımlarını hareket ettirerek yanımızdan ayrıldı. Tabii arkasından diğer o iki kız da. Ateş'in neden ona bu kadar kızdığını ve bu denli sinirlendiğini anlayamamıştım. Çünkü ben hâlâ onun hakkında öğrenmiş olduğum bilgiyi hazmetmeye çalışıyordum.

Ateş bileğimi tuttu. Parmakları adeta bir kelepçe gibi bileğimin etrafına dolanıp beni birden çekiştirmeye başlayınca adımlarımın birbirine dolanıp, sendelenmesine mani olamadım ve son anda yere düşmekten kendimi alıkoyup Ateş'in beni sürüklemesine izin verdim. Sanırım parti artık bitmişti.

Arabaya bindiğimizde emniyet kemerimi bağladım ve Ateş'in arabayı çalıştırıp hareket ettirmesini beklemeye başladım. Gözlerinde anlam veremediğim bir sinir vardı ve bedeni de böyle kasılmış gibiydi. Acaba o kız yüzünden mi böyle olmuştu? Veya onlara ikimizin sevgili olduğunu söylediğim için? Aklıma her türlü ihtimal geliyordu ve ben mantıklı bir cevap almadan rahat edemeyecektim. Oturduğum koltukta Ateş'e doğru döndüm. "En sevdiğin tatlı ne?" Amacım bana kızgın olup olmadığını anlamaya çalışmaktı. Ateş'in bir cevap vermemesi bana kızgın olduğunu anlamama neden oldu. Gerçi normalde de sorularımın çoğunu cevapsız bırakıyordu ama nedense bu akşam bana kızgın olduğu için cevap vermiyormuş gibi gelmişti.

"Şey, uğurlu bir sayın var mı?"

Ateş yine cevap vermedi.

"Peki en sevdiğin ülke hangisi?"

Cevap yok.

"Neden benden sakladın?" deyip asıl öğrenmek istediğim konuya direkt giriş yaptım bu sefer. Ama Ateş'in zaten kasılmış olan çenesi benim sorumla sanki mümkünmüş gibi biraz daha kasılırken iyi bir konuya giriş yapmadığımı hemen anlamıştım.

"Çünkü öğrenmen bir şeyi değiştirmezdi." Ateş'in sesi bıçak kadar keskindi. Evet, haklıydı. Öğrenmem hiçbir şeyi değiştirmezdi ama yine de öğrenmiş olurdum.

"Bence bu çok güzel bir şey." Ateş göz ucuyla bana bakınca omuzlarımı silktim. "Kimse sana zarar veremez. Kendini koruyabilirsin. Herkes senden çekinir ve eminim oldukça da saygı görüyorsundur."

Ateş bir şey demedi. Onun yerine sadece dudaklarını hareket ettirip bir şeyler mırıldanmayı tercih edince neden öyle düşündüğünü merak etmiştim. Çünkü bence boksör olmak çok güzel bir şeydi. "Emin ol, o kadar da zevkli değil."

"Ne zamandan beri yapıyorsun peki bu boks şeyini?" Oturduğum koltukta tamamen Ateş'e doğru dönmüştüm ve meraklı bir ifadeyle vereceği cevabı bekliyordum.

Ateş nefesini usulca dışarıya verdi. "Dört senedir."

"Profesyonel misin peki, yoksa genelde dayak yiyip rezil olanlardan mı?" Ateş göz ucuyla bana bakıp sırıttı. Eğlenmekten yoksun bir gülümsemeydi ama oldukça anlam yüklü olduğunu söyleyebilirim.

"Tayland'a hiç gittin mi peki?"

"Evet."

Şaşkınlıkla ona bakakaldım. "Oha! Kafes dövüşü de mi yapıyorsun?"

"Arada sırada."

Yüzümde bir anda gülümseme oluştu. "Geçen gün Tayland'dayım baba. Adama bir koydum. Çene buradan buraya."

Ben arabada kahkaha atmaya başlayınca Ateş yüzünü buruşturarak bana bakıyordu. "Bak bir de bu var. Sen vurursun dikiş atarlar, ben vururum toprak atarlar."

Ateş'in yüzündeki o garip ifade her saniye biraz daha artıp artık susmam gerektiğini anlamama neden olurken, "Özür dilerim," dedim. Hâlâ gülmeye devam ediyordum. "Bu taklidi yapacağım aklına hiç gelmezdi. Ama bence rakiplerine kullanmalısın."

Ateş bir şey demedi. Yüzündeki o tuhaf ifadeye bakılırsa ya yaptığım taklidi saçma bulmuştu, ya da yapmış olduğum taklidi doğru dürüst yapamadığım için öyleydi. Ama ne yapayım. Bir anda bokstan falan bahsedince, hele de Tayland'dan. Aklıma direkt Turabi gelmişti. Sonuçta bu yazı tamamen Survivor izleyerek geçirmiştim ve etkilenmem oldukça normaldi.

Bir süre sonra araba evimin önünde durunca emniyet kemerimi çıkarttım ve Ateş'e doğru döndüm.

"Ben her şey için sana teşekkür ederim. Daha önce bir partiye gitmemiştim."

"Hoşuna gitti mi bari?"

"Eh işte," deyip gülümsedim. "Lunaparkı tercih ederdim ama bu da fena değildi."

Ateş ne ifade ettiğini anlayamadığım tuhaf gözleriyle yüzüme bakmaya başlayınca bu bakışma tuhaf bir şekilde utanmama neden olmuşu. "Ben artık gitsem iyi olur," deyip kapıyı açtım.

"Biraz daha kalamaz mısın? " Ateş'in sesindeki o tını... Bakışlarımı şaşkınlıkla ona doğru çevirdim. Böyle bir şeyi neden istediğini merak etmiştim. "Şey." Yutkundum. "Ben bu gece aslında evden gizlice çıktım. Annemler yokluğumu anlamadan tekrar eve girmem gerek. Yoksa sonuç benim açımdan hiç de iyi olmaz."

Ateş gülümsedi. Gözlerine ulaşmayan, minik bir gülümsemeden başka bir şey değildi. Ama yine de ona yakışan harika bir gülümsemeydi. "Gizlice, öyle mi?"

"Hı-hı," deyip çekinerek başımı aşağı yukarı salladım. Neden çekindiğimi bilmiyordum ama bu çocuğun bende tuhaf etkileri vardı.

"Pekâlâ, git o zaman," dedi Ateş. Onun ifadesizliğe geri dönmüş olan yüzüne karşı ben gülümsemeye çalışıp arabadan aşağı indim ve başımı kapıdan uzattım. "İyi geceler," dedim. Ateş, herhangi bir şey söylemek yerine öylece gözlerimin içine bakınca yine utandığımı fark ettim ve bir cevap vermeyeceğini anlayıp kapıyı kapatarak tuhaf bir duygu dalgasıyla apartmana doğru yürümeye başladım.

Ateş'in beni buraya getirdiği ilk günü hatırlıyordum. O gün, "Amaan. Bir daha zaten nerede göreceğim ki?" deyip omuz silkmiştim. Ama şimdi bir daha nerede göreceğim dediğim adam numaradan da olsa benim sevgilim olmuştu ve belli bir süre daha hayatımda olmaya devam edecekti. Çantamın içinden çıkardığım anahtarla evin kapısını açıp içeriye girdiğimde lambalarımızın hâlâ kapalı olması derin bir nefes almama neden oldu. Çok şükür ki annemler hâlâ gelmemişti ve benim bu ufak çaplı kaçamağım fark edilmeden eve gelmeyi başarabilmiştim.

Bölüm 7

Öğretmenin akıllı tahta üzerinden anlattığı konuları ders kitabından takip edip aynı zamanda da önemli yerlerini yeşil fosforlu kalemle çizmeye devam ettiğim sırada, aklım ister istemez dün geceye gidiyordu. Evden gizlice çıkmış olmam, Ateş'le beraber bir partiye, onun evine gitmiş olmam ve en önemlisi de benim yine onunla bir arada olmam hâlâ inanılmazdı. Üstelik ben bunu hangi cesaretle yapabildim onu da hiç bilmiyordum.

Kişiliğime ve karakterime oldukça ters bir durumdu gizli işler çevirmek. Hele hele anne ve babama yalan söylemek kesinlikle bana göre değildi. Ama ben dün gece doğru bir şey yapmış olmasam da tuhaf bir şekilde eğlenmiştim. Tamam. Ateş belki benimle o kadar ilgilenip, üzerime titrememişti ama ben yine de güzel bir vakit geçirmiştim. Hem zaten oraya gittiğimde de Ateş'in benimle ilgileneceğini düşünerek gitmemiştim. Çünkü kısa bir süredir onu tanıyor olsam da birisiyle, üstelik benim gibi birisiyle ilgileneceğini sanmıyordum.

Öyle ya da böyle sorunsuz bir gece geçirmiştim işte. Annem, sabah kahvaltıda, Araslar'ın evinde çok eğlendiklerini, oradan çıktıktan sonra babamla beraber sinemaya gittiklerini ve biraz da yürüyüş yaptıklarından falan bahsetmişti. O bunları anlatırken ben kendimi biraz garip hissetmiş olsam da, yine de dün geceki gizli kaçamağımı anlamadıkları için Allah'a şükrediyordum.

Teneffüs zilinin çalmasıyla öğretmen sınıfı terk edince ben de kitaplarımı toparlayıp sırt çantamın içine koymaya başladım. Okul yine aynı ve sıkıcı bir şekilde son bulmuştu. Üstelik Aras da bugün okula gelmemişti ve ben bugün iki kat sıkılmıştım. Çünkü onunla konuşamasam bile yine de onu uzaktan izlemek keyifliydi. Ama sanırım hâlâ arkadaşları burada olduğu için onlarla vakit geçirmeye devam ediyordu ve bu yüzden bugün okula gelmeyip beni farkında olmadan sıkıcı bir günle baş başa bırakmıştı.

Aras'ın üç sene önce İstanbul'a taşındığını biliyordum. Babasının tayini buraya çıkmıştı ve onlar da İzmir'den ayrılıp buraya gelmişlerdi. Yeni bir çevreden başka bir çevreye gitmenin ne kadar zor olduğunu ben de Ankara'dan buraya geldiğimde anlamıştım. Bu yüzden Aras'ın arkadaşlarına bu kadar değer vermesini o kadar da garipsemiyordum.

Eve geldiğimde annem ortalarda görünmüyordu. Gidebileceği yer seçeneklerden bana en mantıklı gelen 'alışveriş' beynimde dolanmaya başlarken, oyalanmadan kendi odama girdim ve üzerimdeki okul formasından kurtulmaya başladım. Odam o kadar büyük değildi. Tek kişilik bir yatak, giysi dolabı, iki komodin, bir makyaj masası ve de benim en çok sevdiğim bölüm olan kütüphane bölmem vardı. Orayı babam kendi elleriyle yapmıştı. Benim kitap okumayı ne kadar çok sevdiğimi biliyordu ve bunun beni sevindireceğini bildiğinden odama öyle bir bölme yapmıştı. Kitap okumak ve müzik dinlemek benim en çok sevdiğim ve de en vazgeçemediğim alışkınlıklarımdandı. Bu son günlerde pek fazla kitap okuyamadığımın farkındaydım ama bu gece buna bir son verip en son okumakta olduğum kitabı devam ettirecektim.

Üzerime mavi bir tişört, altıma da gri renk eşofmanımı giydikten sonra şarj aletine takılı olan laptopumu elime aldım ve yatağımın üzerine oturup internete girdim. Neyi arayacağımı tam olarak düşünmediğim için şu anda aklımda net bir fikir yoktu ama aklıma ilk gelen şeyi yapmak üzere kollarımı sıvadığımda Google aramaya 'boksör' yazmakta karar kıldım ve çıkan sonuçlara biraz merakla biraz da tereddütle göz gezdirmeye başladım.

İlk olarak görsellere girmiştim. Yüzlerce fotoğraf tek tek sırasıyla karşımda belirmeye başlarken bazı fotoğraflar çoktan gözlerimi iri iri açmama neden olmuştu bile. Böyle yüzleri kanlar içinde olan adamlar, rakibini ringin arasına sıkıştırıp kafasına baskı yapanlar, birbirlerini yumruklayanlar ve daha nicesi şu anda görüş alanımdaydı ve daha fazlası da aşağı indikçe görüş alanıma girmeye devam ediyordu. Acaba Ateş de tıpkı bu adamlar gibi miydi? Yani onların yapmış oldukları gibi mi birilerini yumruklayarak ve acımasızca saldırarak etkisiz hale getiriyordu? Ama yok. Ateş'in bu kadar ileri boyutta ve işin acımasızlığına kaçarak boks yaptığını sanmıyordum.

Tamam. Ateş, bu konu hakkında bana pek bir bilgi vermediği için boksun hangi alanında yer aldığını bilmiyordum. Hobi olarak mı yapıyor, kendini eğitmek adına mı yapıyor, vakit geçirmek için mi yoksa daha başka bir nedenden dolayı mı boks yapıyordu, ne yazık ki bilmiyordum ama gönlüm sadece hobi olarak yapmasından yanaydı. Aksini düşünmek istemiyordum.

"Melisa, neredesin?"

Annemin sesi, dikkatli bir şekilde ekrandaki fotoğrafları incelemekte olan bakışlarımı ekrandan ayırmama neden olurken, "Odamdayım," diyerek cevap verdim ve fotoğrafları incelemeye devam ettim.

"Gel yardım et. Kollarım koptu."

"Bir dakika anne."

"Ne bir dakikası? Sana hemen buraya gel dedim."

Annemin sinirli çıkan sesi gözlerimi devirip "Of," diye mırıldanmama neden olurken Google'dan çıkarak laptopu kapattım ve istemeye istemeye odamdan çıkarak annemin yanına gittim. Ne güzel Ateş'in mesleğiyle ilgili araştırma yapıyordum. Ne vardı ki sanki beni çağıracak?

"Geldim işte. Ne var?" Odamdan çıkıp evin kapısına doğru ilerlediğimde annemin elinde birden fazla market poşeti olduğunu fark ettim. E ben demiştim işte kesin alışverişe gitmiştir diye.

"İki saattir sana sesleniyorum, duymuyor musun? Gel al şu poşetleri." Annem elindeki poşetleri bana doğru uzatınca adımlarımı ona doğru ilerlettim ve hızlı olup hemen odama gitmek istercesine poşetlerin hepsini birden elime alıp mutfağa doğru yürümeye başladım. Poşetleri tezgâhın üzerine bıraktım ve hızla mutfaktan çıktım. "Hadi ben odamdayım." Annem kaşlarını çatınca derin bir nefes aldım ve ona doğru döndüm. "Yine ne oldu?"

"Aysun Teyzenler İzmir'den misafirleriyle beraber bu akşam bize çay içmeye gelecekler. Hadi git sen de üzerine doğru dürüst şeyler giy. El alemin karşında bizi rezil etme."

Annemin söylemiş olduğu cümlenin içinde her ne kadar 'Aras' ismi olmasa da ben onun söylediğini direkt olarak, 'Araslar bu akşam bize gelecek' olarak algılamıştım ve haliyle şaşkın bir tepki vermekten kendimi alıkoyamamıştım.

"Cidden mi?" diye sorup annemin onaylamasını istedim.

"Yok. Şaka yapıyorum."

Annemin söylenmesini görmezden geldim. "İyi hoş da bu nereden çıktı şimdi? Siz zaten dün akşam onlarda değil miydiniz?"

"Niyesi mi var kızım? Davet ettik onlar da kabul etti. Tabii sen insan içine çıkmaya çıkmaya tüm bunları unuttun. Ama sana söylüyorum Melisa, bu sefer değil ders çalışma, uzaya gideceğini söylesen yine izin vermem. Bu ne yahu? Azıcık insan içine çık."

"Ben zaten kimin içinde yaşıyorum anne?"

Annem kaşlarını çattı. "Sen bize hayvan mı diyorsun? Valla alırım ayağımın altına."

"Ben öyle bir şey demedim, tamam mı? Sen kendi ağzınla insan içine çıkmıyorsun falan deyince ben de ben zaten kimin içinde yaşıyorum dedim. Hepsi bu." Gözlerimi abartıyla devirdikten sonra mutfaktan çıktım ve somurta somurta odama girdim. Tamam. Aras'ın bize geleceği için oldukça mutluydum ama o benimle hiç ilgilenmezdi ki şimdi. Çünkü arkadaşları yanında olacaktı ve onlar varken benimle ilgilenmesi anca rüyamda gerçek olurdu. Ama yine de olsun. Sonuçta ben bu akşam Aras'ı görebilecektim ve bugün görmemiş olmanın acısını çıkartacaktım.

Giysi dolabımın kapaklarını sonuna kadar açtım. Bu akşam için giyebileceğim uygun bir kıyafet arayan kararsız gözlerim pembe çiçekli elbisemde karar kılarken elbiseyi askıdan aldım ve üzerimdeki rahat eşofmanlarımdan kurtulup elbiseyi giyinmeye başladım. Dizlerimin hizasında, üst kısmı dar, etek kısmı bol olan elbiselerdendi ve bence gayet hoştu.

Sıra saçlarımdaydı. Saçlarıma nasıl şekil vermem konusunda bir süre kararsızlık diyarlarına dalıp amaçsızca aynayla bakışırken güzelce tarayıp daha sonrada dağınık bir atkuyruğu yapmakta karar kıldım. Yüzüme ise makyaj yapıp yapmamam konusunda kararsız kalırken hafif bir allık, rimel ve dudaklarıma canlılık vermesi için çilekli parlatıcımı sürdüm. Sanırım güzel olmuştum.

Günlük hayatımda hiç makyaj yapmazdım. Daha doğrusu yapmayı gereksiz bulurdum. Çünkü doğallık ve duruluk benim için her zaman daha güzel bir seçenekti. Tamam, belki renk vermesi için arada sırada allık veya diğer makyaj ürünlerini kullanabilirdim ama dediğim gibi doğallık her zaman tercihim olan seçenekti. Bu yüzden özel günler ve düğün gibi günler dışında hiç makyaj yapmazdım. Hem zaten anneme göre de tenim çok güzelmiş. Böyle pürüzsüz ve de yumuşak bir tene sahipmişim. Öyle şeylerden pek anlamadığım için tenimin nasıl olduğunu bilmiyorum ama bildiğim bir şey varsa o da benim yaşımdaki diğer kızların ergenlik sivilceleri hâlâ yüzlerindeki varlığını sürdürürken benim öyle olmamasıydı. Bunun nedeni yüzümü her gün yıkayıp, temizliğe önem vermem mi yoksa genetik bir durum mu, bilemiyordum.

Gayet güzel ve de normal geçen akşam yemeğimizden sonra babamlarla beraber salona geçip koltuklara oturarak misafirlerimizin gelmesini beklemeye başladığımızda yine o heyecan dalgası yavaş yavaş bedenimi ele geçirmeye başlamıştı. Çünkü Aras benim platoniğimdi ve onun ikinci kez evime gelecek olması haliyle heyecanlanmama neden oluyordu. Malum, Aras daha geçen haftalarda yüzüme bile bakmıyordu. Ama şimdi değil yüzüme bakmamak, hem benimle konuşmak için teneffüslerde yanıma geliyordu hem de ailelerimiz arkadaş oldukları için birbirimizin evine gidip geliyorduk. Gerçi ben henüz onların evine gidememiştim ama ne fark eder ki? Annem ve babam gitmişti ve onlar demek ben demek sayılırdı.

"Melisa bak seni uyarıyorum, onlar gelince odaya kaçmak falan yok. Otur biraz sohbet et."

Annemin otoriter ve bir o kadar da uyarıcı sesiyle bakışlarımı ona doğru çevirdim. "Denerim."

"Denerim mi?" Annem bakışlarını babama doğru çevirdi. "Murat bir şey desene şu kıza Allah aşkına. Ne o öyle, yabani gibi insan içine çıkmıyor?"

"Tamam Hülya abartma. Odasına falan gitmeyecek benim kızım." Babam gurur duyan gözlerle bana bakınca gülümsedim ve başımı evet anlamında salladım. Eğer sıkılıp kendimi fazlalık gibi hissetmezsem zaten gitmezdim.

"Hep sen şımarttın bunu zaten. Yok yani. İnsan görünce kaçmakta neyin nesi? Biz öyle miydik? Anne ve babamız nereye giderlerse biz de peşinden gidip onlara ayak uydururduk. Ama küçükhanım değil bize ayak uydurmak, evimize gelen misafire bile çıkmıyor."

"Bu zamana kadar hangi misafire çıkmadım anne?" Sesim oldukça baygın çıkmıştı.

"Necla Teyzen ve ailesi, Ahmet Amcan ve onun ailesi, Hayriye Teyzenler, Emine Ablanlar, Mehmet Amcanlar, babanın neredeyse bütün meslek arkadaşları. Daha sayayım mı?"

Kollarımı göğsümün üzerinde birleştirdim. "Ne olmuş yani? Onlar da sıkıcı sohbetler yapıp beni bunaltmasaydı."

"Allah'ım sen bana sabır, şu kıza da akıl fikir ver."

Annemin söylenmesini görmezden geldim. Çünkü ben bir türlü kendimi ona anlatamıyordum. O sürekli insanlardan kaçtığımı ve onlarla konuşmak istemediğimi sanıyordu. Ama öyle değildi işte. Hatta tam tersiydi. Ben insanlarla bir arada oturmayı ve onlarla konuşmayı çok severdim. Üstelik onların da benimle konuşması beni memnun ederdi. Ama bu zamana kadar sürekli kendimden büyük ve de olgun insanlarla bir arada olduğum için bundan artık sıkılıp, daha çok böyle kendi yaşıtlarımla beraber olmayı istiyordum. Annem de işte bunu yanlış anlayıp, yanlış yorumluyordu.

Kap zilinin çalmaya başlamasıyla ortamdaki konuşma dağılınca annem ve babam oturdukları yerden kalktılar. Ben de onlarla beraber ayağa kalktığımda elbisemin eteklerini düzeltmeye başlayıp kırışan yerlere elimle müdahale etmeye başladım. Öyle çabuk kırışan kumaşlardan değildi ama yine de oturunca birazcık kırışmıştı.

Annem kapıyı açmaya gitti. Ben ve babam salonda kalmayı tercih edip misafirlerimizin gelmesini beklemeye başladığımızda yüzüme samimi görünmesini umduğum ufak bir gülümseme yerleştirdim. Sonuçta ifadesiz ve buzdan heykelmiş gibi görünmek istemezdim.

"Hoş geldiniz."

"Ah hoş bulduk Hülyacığım,"

"Murat yok mu?"

"Olmaz olur mu? İçeride. Buyurun." Annemin sesini ta buradan duyabilmiştim. Aynı şekilde Aysun Teyze ve Ali Amca'nın da. Gittikçe gerilmeye başlayan bedenimi sakinleştirmek adına derin bir nefes alıp sakin olmaya özen gösterdiğimde bu akşamın güzel sonuçlanması için içimden dua ettim. Ali Amca salondan içeriye girdi. Babama oranla gayet genç görünümüyle hemen karşımda belirip babama doğru ilerlediğinde babam da ona doğru yürümeye başlayıp tokalaşmaya başladılar.

Babam ve Ali Amca tokalaşıp kafaların birbirleriyle tokalaştırmaya başlayınca yüzüme yerleştirdiğimi ufak gülümseme Aras'ın salondan içeri girmesiyle yavaş yavaş daha da belirginleşmişti. Aras'ın üzerinde mavi bir tişört, altında ise siyah, bacaklarını sarmalayan bir pantolon vardı. Yine her zamanki gibi mükemmel görünüyordu. Bakışları salona girer girmez anında benimle birleşince utandığımı hissederek bakışlarını hemen ondan kaçırdım. İzmir'deki arkadaşları da sırayla salondan içeriye girmiş, etrafı inceleye inceleye yürümeye devam ediyorlardı.

Kızlar ve erkekler olarak gayet sportif giyindiklerini fark ettim. Hepsi birbiriyle uyum içerisindeydi ve ben bunu kıskanmıştım.

"Selam." Aras, hemen karşıma geçip bakışlarını yüzümde gezdirdi.

"Hoş geldiniz," deyip gülümsedim. Şirin görünmeye özen göstermiştim.

"Baktım sen gelmedin, ben de sana ders olsun diye cümbür cemaat herkesi buraya getirdim."

Gülümsedim. "Şey, olsun. Yani hiç sorun değil. Tekrar hoş geldiniz."

Aras da gülümsedi. "Ee n'aber?"

"İyiyim ya sen?"

"İyi." Aras, ellerini cebinin içine koydu. Herkes birbiriyle tokalaşıp selamlaşmakla meşguldü. "Melisa biz aslında hiç durmayacağız. Düşündük ki belki seni de alıp buradan bir yerlere gidebiliriz?"

"Anlamadım? Nereye?"

"Bilmiyorum. Henüz karar vermedik ama bir yerler bulunur. Ne dersin?"

"Şey, bilmem ki. Yani babamlara sormam lazım önce."

"Sen o işi bana bırak." Aras gülümseyip kendinden emin bir şekilde babama doğru ilerlemeye başladı. Biraz meraklı, biraz da -daha önce böyle bir şey yaşamadığım için- tereddütlü bakışlarım Aras ve babamda dolaşmaya başlayınca Aras elini babama doğru uzattı.

"İyi akşamlar Murat Amca."

"İyi akşamlar evladım. Nasılsın?" Babam da hiç beklemeden Aras'ın elini sıkmıştı.

"İyiyim, sağ olun efendim. Siz?"

"Ne olsun işte, uğraşıp duruyoruz."

"Ben aslında sana bir şey soracaktım Murat Amca. Biz çocuklarla bu akşam dolaşmak için plan yaptık. Eğer senin de iznin olursa Melisa'yı da bu akşam evden çıkartmak istiyorum?"

Babam bana baktı. "Gitmek istiyor musun kızım?" Tıpkı babam gibi tüm bakışlar bana doğru çevrilmişti. "Şey, istiyorum," deyip çekingen bir şekilde cevap verdim.

"O halde peki," dedi babam ve ardından bana moral verircesine gülümsedi.

"Tamam ama çok geç kalmayın, ben merak ederim. Melisa sen de telefonunu sakın sessize alma. Her aradığımda ulaşabileyim."

Babamın aksine annemin söylediği cümleyle olmayan karizmam yerle bir olurken dudaklarımı sessizce hareket ettirip, "Peki," diye mırıldandım. Ardından Aras ve diğer çocuklardan izin isteyerek odama gittiğimde çantamı, kot ceketimi ve de telefonumu elime aldım ve çocuklarla beraber evden çıktık.

"Ee nereye gidiyoruz?" Adının Zeynep olduğunu hatırladığım kız heyecanlı görünüyordu.

"Valla İstanbullu olanlara sormak lazım." Ali gülümsedi. "Eminim onlar hangi mekânların daha eğlenceli olduğunu biliyordur."

Bakışlarımı Aras'a doğru çevirdim. Çünkü uzun bir süredir İstanbul da yaşamama rağmen benim pek fazla bildiğim yer yoktu. Hele hele eğlenceli bir mekân, hiç ama hiç yoktu.

"Gece kulübüne gidelim diyeceğim ama hepimiz eksi on sekiziz." Esra dudaklarını büzdü. "Keşke biraz daha büyük olabilseydik. O kadar çok merak ediyorum ki öyle yerleri."

Gülmemek için kendimi zor tuttum. Ben de bir zamanlar onun gibiydim. Gece kulüplerini ve barların gerçekte nasıl yerler olduğunu deli gibi merak edip tahminde bulunurdum. Ama gidip gördüğümde hiç de göründüğü gibi yerler olmadığını bizzat fark etmiştim.

"Ne gece kulübü kızım ya. Annen baban seni bana emanet etti, valla bozuşuruz. Otur oturduğun yerde."

"Aman. Gören de sanki gerçekten gece kulübüne gittiğimi sanır. Ben sadece keşke gidebilsek demiştim. Ama yanımda sizin gibi ergenler var oldukça anca rüyamda gidebilirim. "

"Tamam çocuklar, yeter," dedi Aras. "Benim bildiğim birkaç

tane mekân var ama onlar da gündüzleri açık oluyor. "

"E ne yapacağız o zaman?" diye sordu Tuğba. Üzerinde askılı bir tişört, altında ise kot bir şort vardı. Bu havada böyle giyinmesine hiçbir anlam verememiştim açıkçası.

"Sinemaya gitsek?"

Tüm bakışlar az önce gece kulübüne gitmek istediğini söyleyen ama şimdi tamamen farklı bir seçenekle karşımıza gelen Esra'ya doğru dönünce herkes başıyla onay verdi ve hep birlikte sinemaya doğru taksiyle yol almaya başladık.

Daha önce hiç bu kadar kalabalık bir arkadaş ortamında bulunmamıştım. Üstelik bu arkadaş grubu bizzat benim hoşlandığım çocuğa aitti ve ben onunla vakit geçiriyor olabilmeyi bile hâlâ idrak edememişken arkadaş grubuna dahil olmak cidden tuhaf, birazcık da garip bir durumdu. Yani hoşlandığım çocuğun arkadaş grubuyla bir şeyler yapıyor olmam kesinlikle aklımın ucuna bile gelmezdi. Gerçi benim aklıma sadece Aras'la sevgili olabilmeyi düşünmekten başka hiçbir şeyi gelmiyordu ama yine de yavaş yavaş kendi yaşıtlarımla takılmaya başladığım için kendimi garip bir şekilde iyi hissediyordum.

Umarım bu böyle devam ederdi. İnsanlar benimle konuşmaktan sıkılmayıp, bana bir şeyler sorduğunda onlara düzgünce cevap verebilirdim. Çünkü bazen alakasız konuştuğumu ve bunun da karşımdaki kişileri sıktığını fark edebiliyordum ve bu beni gerçekten üzüyordu... Alışveriş merkezine geldiğimizde diğer çocuklar birkaç adım önde, Aras ve ben yan yana yürüyorduk. Önceden düşüp bayılabileceğim bir yakınlıktaydık ve bu gerçekten garipti.

"Ne tür bir filme girmek istersin?"

"Hiç fark etmez."

"Bizimkiler eminim korku filmini tercih edecektir," dedi Aras. "Korku filmleriyle aran umarım kötü değildir?"

Aras soran gözlerle yüzüme bakmaya başlayınca başımı yavaşça sağa sola sallayıp, "Değil," diyerek cevap verdim. Aslında vermek zorunda kaldım. Çünkü dilim benden bağımsız hareket etmişti ve onu durduramamıştım. Korku filmi demişti Aras. Ben korku filmlerinden nefret ederdim. Şimdi ne diye korkmadığımı söylemiştim ki sanki? Ama olsun. Çocuk şimdi beni korkak bir kız zannedip, olmayan ilişkimizi sonlandırabilirdi ve ben bunun olmasını asla istemezdim.

Sinema bölümüne geldiğimizde herkes tıpkı Aras'ın da dediği gibi vizyonda olan bir korku filmini tercih etmişti. Aralarında fikrini söylemeyen tek kişi bendim ama zaten benim de fikrim o kadar önemli değildi çünkü afişteki fotoğrafı görür görmez Ali denilen çocuk çoktan biletleri satın almaya gitmişti. Tamam, sakindim. Zaten karanlık bir ortam olduğu için gözlerimi kapatsam kimse korktuğumu fark etmezdi ve ben bu akşamı bir şekilde geçirmeye başarabilirdim. Yani umarım.

"Ee Melisa, kendinden bahsetsene biraz?"

Etrafı kaçamak bir şekilde incelemekte olan gözlerim Kerem'in sorusuyla bakışlarımı ona doğru çevirince anlamadığımı belli ederek ona baktım. Ne bahsedecektim ki?

"Şey, bahsedebileceğim pek bir şeyim yok aslında. Sıradan bir kızım." Kerem tek kaşını havaya kaldırdı.

"Nasıl yok? Kapalı bir kutu gibisin ve ben seni merak ediyorum. Anlat işte. Nelerden hoşlanırsın mesela? Aras'la nasıl tanıştınız? Sevgilin var mı?"

Sessizce boğazımı temizledim. "Aras'la okulda tanıştık. Yani zaten aynı okuldayız. Bir akşam ailecek bize yemeğe gelmişlerdi ve öyle konuşmaya başladık." Hepsi dikkatle beni dinliyordu. "Onun dışında kitap okumayı ve müzik dinlemeyi seviyorum. Böyle işte," deyip omuzlarımı silktim ve konuyu kapatmaya çalıştım.

"Gerçekten sıradan bir kızmışsın." dedi Tuğba ve gözlerini devirdi. Neden böyle yaptığını anlayamamıştım.

"Eğer Aras seninle arkadaşlık ediyorsa demek ki kafa dengi bir kızsın. Biz kafa dengi insanlara bayılırız. Peki sevgilin var mı? Yani eğer bizim gruba dahil olacaksan bu sorunun cevabını bilmemiz gerek?" Zeynep'in hızlı hızlı konuşması ve sormuş olduğu soru, ne cevap vereceğimi bilmeyerek birkaç saniye sessiz kalmama neden oldu. Evet dersem, doğru değildi. Hayır dersem, tuhaf bir şekilde öyle de demek istemiyorum. Derin bir nefes aldım. Ardından dudaklarımı doğruyu söylemek için araladığımda bir başka ses buna engel oldu.

"Evet."

Tanıdık ses başımı hızlıca sağ tarafa doğru çevirmeme neden olurken Ateş'le göz göze gelmek resmen afallamama neden olmuştu. Cidden oydu. Kömür rengi saçları, mavi-yeşil gözleri ve keskin yüz hatlarıyla hemen karşımda ve hatta yanı başımdaydı.

"Sevgilim." Ateş üzerime eğilip yanağıma küçük bir öpücük kondurarak beni kendine doğru çekince gözlerimi iri iri açıp olduğum yerde öylece kalakaldım. Onun burada ne işi vardı? İşin tuhafı diğer çocuklar da aynı benim gibi şaşkın bir ifadeyle Ateş'e bakıyordu.

"Cidden sevgilin bu mu?" Tuğba'nın ve diğer kızların hayran olmuş bir ifadeyle Ateş'i süzmeleri garip bir şekilde beni rahatsız edince bakışlarımı Ateş'ten çekerek onlara doğru çevirdim ve "Evet," diyerek cevap verdim. Sesim öylesine kendinden emin çıkmıştı ki görende cidden sevgili olduğumuzu sanırdı.

"Yuh. Türk mü peki?" diye sordu Zeynep şoke olmuş gibi. Ses tonu öylesine komikti ki bir an gülesim gelmişti.

"Evet, Türk," diyerek ona cevap verdim.

Zeynep elini Ateş'e doğru uzattı. "Merhaba. Benim adım Zeynep," dedi. Sesi oldukça heyecanlı çıkmıştı. Sanki ünlü biriyle tanışıyormuş gibiydi ama Ateş ne ünlüydü ne de başka bir şey. Sadece boksördü. Yani tanıdığım kadarıyla öyleydi... Ateş, ona uzatılan ele ifadesizce baksa da daha sonra elini havaya kaldırıp Zeynep'le tokalaştı. "Ateş."

Diğer kızlarla da aynı şekilde tokalaştıktan sonra bakışlarını bana doğru çevirdi. "Demek bana haber vermeden sinemaya geldin, öyle mi ufaklık?" Ateş'in ferah nefesini kulağımın hemen kenarında hissedince yutkundum. "Şey, hiç fırsatım olmadı," dedim. Sesim çok az çıkmıştı. "Sen niye buradasın?"

Kızlar hayran olmuş bir ifadeyle Ateş'e bakmaya devam edip yüzlerindeki sırıtmaya engel olamazken erkeklerden hiç ses çıkmadığını fark edip bakışlarımı onlara doğru çevirdim. Her biri tıpkı kızların da yapmış olduğu gibi Ateş'i süzüp onu incelemekle meşguldü. Ama Aras diğer erkeklerden tamamen farklı olarak bakışlarını Ateş'te değil de benden tarafa sabitlemişti ve anlam veremediğim bir ifadeyle bana bakıyordu. Bakışları sertti ama ona öyle bir bakışı yakıştıramadığım için 'ifadesiz' tanımını kullanmak istiyordum.

"Almam gereken birkaç parça kıyafet vardı," dedi Ateş. Bunu sadece ikimizin duyabileceği bir sesle söylemişti.

"Hmm," diye mırıldandım ve bakışlarımı Ateş'in yüzünde gezdirip acaba cidden doğru mu söylüyor yoksa yalan mı söylüyor diye içimden geçirdim. Sonuçta İstanbul'da birçok alışveriş merkezi vardı ve bizim bu akşam burada karşılaşmamız tam bir tesadüf olmuştu.

Sinemaya doğru ilerlemeye başladığımızda Ateş'in de bize katılmak istemesi sanki çok mümkünmüş gibi beni iyice heyecanlandırmaya yetmişti. Çünkü bu kesinlikle beklenmedikti ve ben bu akşamı Aras'la geçireceğimi sanırken, numaradan da olsa sevgilimle geçirdiğime inanamıyordum. Üstelik Ateş, benim yanıma oturmak istediği için kendi biletini Zeynep'le değiştirmişti ve bana itiraz etme hakkı vermeden hemen yanıma oturmuştu. Hepimiz de zaten neredeyse aynı sıradaydık.

Işıklar kapandı. Reklamlar ve vizyona girecek olan yeni filmlerin fragmanları sırayla ekranda oynatılmaya başlarken bedenim de aynı şekilde gittikçe gerilmeye başlıyordu. Çünkü bir korku filmine girmiştik ve benim gibi korkak bir kızın en son izleyeceği türden filmdi bu. En son Ankara'daki kuzenlerimle beraber gitmiştim ve o da üç sene önce, bir daha gitmeye tövbe ettiğim bir film olmuştu. Ama gelin görün ki yine bir korku filmindeydim ve Ankara'da olduğu gibi korktuğumda sarılıp, saçlarını çekiştirebileceğim kuzenlerim yanımda yoktu. Belki bunu Ateş'e yapabilirdim ama nasıl bir tepki vereceğini bilmediğim için bu fikri şimdilik eleyebilirdim. Şimdilik.

"Sana o çocukla görüşmeyeceksin dememiş miydim ben?"

Dev ekranda oynatılmaya devam eden fragmanları izlemekle meşgul olan gözlerim, Ateş'in kulağıma çarpan nefesiyle bakışlarımı ona doğru çevirmeme neden olurken soran gözlerle yüzüme baktığını fark ettim.

"Ben görüşmedim ki," dedim çabucak. "Onun ailesi ve benim ailem arkadaş. Bu akşam da bize çay içmeye geldiler." Yutkundum. "Hava bugün sence de çok güzel değil miydi?"

Ateş karanlıkta bile belli olan ifadesiz gözleriyle yüzüme bakmaya devam etti. "Soruma cevap ver ufaklık. Neden onun yanındasın?"

"Yağmur da yağmadı bugün. Annem de zaten bunu fırsata çevirip bugün alışverişe gitmiş. Bir görsen var ya bir sürü şeyler almış."

"Melisa!"

"Keşke havalar hep böyle olsa değil mi? Ne güzel hayvanlarda üşümez hiç. Zaten mart ayı da yaklaştı. Kim bilir kaç tane kedi hamile kalıp kediler ailesinin nüfusunu arttıracak. Sen kedi sever misin?"

Ateş kaşlarını çattı. Gözlerindeki ifadeden ne hissettiğini az çok tahmin edebiliyordum. Onu geçiştirdiğimden dolayı sinirlenmişti. Ateş, "Sonra ufaklık," dedi ve bakışlarını benden çekip dev ekrana sabitledi. Sesindeki o tını resmen tehdit doluydu. Hah. Çok korktum. Sanki o istedi diye tüm istediklerini yapmaya mecburum. Daha çok beklerdi.

Film başladı. Oyuncuların ismi ve yönetmenin adı filmin korkutucu müzik sesi eşliğiyle ekrandan yavaş yavaş geçmeye başlayınca gözlerimi sıkıca kapattım ve oturduğum koltuğa iyice sinip aklıma başka şeyler getirerek filmi düşünmemeye çalıştım. Çünkü biliyordum ki düşünürsem gözlerimi aralardım, gözlerimi aralayınca da filmi izlemeye mecbur kalıp günlerce etkisinden çıkamayarak yorganın altında uyumak zorunda kalırdım. Ki ben böyle olmasını istemiyordum.

Salonda çığlık sesleri yükselmeye başladı. Henüz beş dakika bile olmamışken bu seslerin çıkması yaptığım şeyi iyi ki yaptım diye içimden geçirmeme neden olurken çok mu korkunç diye düşünmeden de edemedim. Gerçi afişteki kızın suratı bile filmi izlemeden önce insanın tüyleri diken diken yaparken filmin ilk beş dakikasında çığlık seslerinin yükselmesi o kadar da garip değildi.

"Madem izlemeyeceksin, ne diye buradasın o zaman?" Ateş'in nefesini kulağımın kenarında hissedince, "Şey, canım hiç film izlemek istemiyor," dedim.

"Bu yüzden de gözlerini mi kapatıyorsun yani?"

"Evet, ne olmuş? Kapatamaz mıyım?"

"Yoksa korkuyor musun ufaklık?"

Ateş'in sesindeki o alay eden tını gözlerimi hızla açıp ona bakmama neden oldu. Tıpkı sesinde olduğu gibi yüzünde de alay eden bir ifade vardı. Kaşlarımı çattım. "Ne alakası var ya? Sadece canım film izlemek istemiyor hepsi bu. Sırf onlar istedi diye girdim zaten." Ateş şu anda öylesine yakındı ki bana yüzlerimizin arasında neredeyse hiç mesafe yoktu diyebilirim. Ateş, geri çekildi. Ardından oturduğu koltuğa tekrar yayılmaya devam edince bana inanmasını ümit ederek derin bir nefes aldım ve bakışlarımı dalgınlıkla ekrana doğru çevirdim. Ama tam bu sırada dudaklarımın arasından dökülen tiz bir çığlık, korkuyla gözlerimi iri iri açmama neden olurken kanlar içindeki bir kızın bir başka kızı bıçakladığını gördüm.

Ateş, gülümsedi. Onu umursamayıp gözlerimi tekrar kapattığımda bu sefer elimi de gözlerimin üzerine bastırmıştım ve az önce gördüğüm korkutucu sahneyi hemen unutmaya çalışmıştım. Onların hepsi numara ve makyajdan ibaret. Gerçekte öyle bir şey yok. Sırf insanları korkutmak için çekilen aptal filmlerden başka bir şey değil.

"Ufaklık?" Ateş'in nefesini tekrar kulağımın kenarında hissedince, "Hı?" diye mırıldandım. Gözlerimi elbette açmamıştım.

"Şu anda saçma bir hareket yaptığının farkında mısın?"

"Evet."

Ateş bir cevap vermedi. Tekrar önüne döndüğünü zannedip gözlerimin üzerindeki ellerimi yavaşça indirip gözlerimi araladığımda Ateş'in hâlâ bana baktığını fark edip birazcık utandım.

"Niye öyle bakıyorsun?"

Ateş'in yüzünde anlam veremediğim bir ifade vardı. Haliyle bu bilinmeyen ifade beni meraklandırmaya yeterken Ateş herhangi bir cevap vermedi ve soğuk gözlerini benden çekip dev ekrana bakmaya devam etti. Bakışları öyle normaldi ki ekrana karşı. Sanki çizgi film izliyormuş gibi rahat ve boştu. Tuhaf adam, ne olacak!

Bakışlarımı iki koltuk yanımda oturan Aras'a doğru çevirdim. Hayalim bu akşamı onunla beraber geçirmekti ama gerçekte öyle olmamıştı. Ateş geldiğinden beri bir kere bile onunla konuşmamıştım ve hakkımda ne düşündüğünü ister istemez merak etmiştim. Aras kollarını göğsünün altında birleştirmiş ifadesizce ekrana bakıyordu. Aras'ın hemen yanında ise Tuğba oturuyordu. O da korkmadan ekrana bakıyorsa ben de pekâlâ bakabilirdim. Yani sanırım...

Başımı yavaşça ekrana doğru çevirdim. Karanlık ve de boş bir sokak görüş alanıma girip bir süre hareketsizce ekranda görünmeye devam ederken aniden yüzü gözü kana bulanmış ve gözleri de bembeyaz olan bir kızın ekranda belirmesiyle dudaklarımın arasından dökülen güçlü bir çığlığa hiçbir şekilde engel olamadım. O kadar korkutucuydu ki... Kalbim korkudan çok hızlı atıyordu ve sanki yerinden çıkacakmış gibiydi. Az önce gördüğüm sahne kesinlikle birkaç gün aklımdan çıkacakmış gibi değildi ve ben hemen, şimdi, buradan çıkmak istiyordum.

"İyi misin?" Ateş'in sorusu ile başımı hızlıca iki yana salladım. İyi değildim. Küçüklükten beri böyle şeylerden hep korkardım ve ben neden şimdi buradayım, bilmiyordum.

"Korku filminde ağlayan ilk insan olarak tarihe geçmelisin ufaklık. Ciddiyim." Ateş'in sitem edercesine söylediği cümleyi umursamayıp ellerimi yanaklarıma götürdüğümde gerçekten ıslak olduklarını fark ettim. Ağlıyordum. Ama elimde olan bir şey değildi ki.

Salonda tekrar çığlık sesleri yükselmeye başladı. Otomatik olarak ben de onlarla beraber çığlık attım. "Çı-çı-çıkmak istiyorum," dediğim de gözlerim hâlâ sıkıca kapalıydı ve birkaç damla gözyaşı yanaklarımdan süzülmeye devam ediyordu.

"Şu an çıkamayız," dedi Ateş. "Biraz bekle, ara verilince çıkarız." Başımı hemen iki yana salladım. Ben şimdi çıkmak istiyordum. O korkunç müzik seslerini daha fazla duymak istemiyordum. Oturduğum yerden ayağa kalktım. Ama tam bu sırada arkamdaki kişiler söylenmeye başlamıştı.

"Hey!"

"Otursana ya!"

"Seni mi izleyeceğiz?"

Ateş oturduğu yerden bir hışımla ayağa kalktı. Karanlıkta bile belli olan çatılı kaşları sinirlendiğini anlamama neden olurken çekinerek elini tuttum. "Lütfen gidelim," dediğimde sesim yalvarır gibi çıkmıştı. Ateş bir süre tepkisiz kaldı. Ama benim gittikçe hızlanmaya devam eden gözyaşlarım sanki ona bir alarm vermiş gibi olurken Ateş, onun çekinerek tuttuğum elimi sıkıca kavradı ve beni insanların arasından geçirerek çıkışa doğru sürüklemeye başladı. Öyle ortalarda oturmadığımız için çok geçmeden birkaç kişinin önünden geçerek çıkış kapısına varıp dışarıya çıkmayı başarmıştık zaten.

Salonun kapısından çıkmamızla beraber dışarıdaki ışık bir süredir karanlığa alışan gözlerimi hızlıca kırpıştırmama neden olurken Ateş elimi bir hışımla bıraktı ve birkaç adım ilerleyip elini saçlarının arasına daldırdı.

"Tam bir baş belasısın. Senin yüzünden bir avuç piç sürüsünden küfür yedim. Ne vardı sanki biraz daha bekleseydin?" Ateş kendi kendine söylenip öfkeyle konuşmaya başlayınca başımı öne doğru eğip ellerimi önümde birleştirdim.

"Özür dilerim. Ben sadece böyle şeylerden çok korkarım."

"Madem korkuyorsun niye girdin o halde?"

"Şey, bilmiyorum," deyip burnumu çektim. İnsanların beni korkak bir kız gibi tanımalarını istemediğim için girmiştim aslında ama bunu ona söyleyemezdim. Ateş bana doğru yaklaşıp çenemi tuttu. Çenemi kavrayan başparmağı ve işaretparmağı gözlerimin direkt olarak onun tuhaf gözlerine odaklanmasına neden olurken, bir kez daha onunla bu denli yakın olmamız tuhaf bir şekilde heyecanlanmama neden olmuştu.

"Gözyaşlarını saçma şeyler için akıtma ufaklık. Ve sana bir tavsiye daha, hiç kimse için ağlama." Ateş'in yüz ifadesi de sesi de oldukça ciddi görünüyordu. Gerçi o her zaman öyleydi ama bu sefer daha bir ciddi görünmüştü gözüme. Başımı yavaşça aşağı yukarı salladım. Zaten öyle her şeye ağlayan kızlardan olmamıştım. Ama bazen hoşuma gitmeyen ve beni üzen şeyler olunca elimde olmadan ağlayabiliyordum. Ve bu benim isteğim dışında gerçekleşiyordu.

Ateş elini çenemden çekip adımlarını hareket ettirerek yürümeye başlayınca gözyaşlarımı elimin tersiyle silip ben de onun peşine takıldım ve arkasından yürümeye başladım. Aras'a salondan ayrıldığımı haber verememiştim ama çıktığımızda muhakkak bizi görmüş olmalıydı.

Ateş yukarıya çıkan yürüyen merdivenlere yöneldi. Belki kafası karışmıştır diye içimden geçirip onu uyarmam gerektiğini fark ettiğimde adımlarımı birazcık daha hızlandırarak ona yetiştim ve hemen yanında durmayı başarabildim. Alışveriş merkezi bir iki saat içerisinde kapanacak olmasına rağmen oldukça kalabalıktı ve kimse dışarıya çıkacakmış gibi görünmüyordu.

"Bu merdiven üst kata çıkıyor," dedim bilgilendirmek istercesine. Ama sesim az önce ağladığım için biraz tuhaf çıkmıştı. Ateş benim söylemiş olduğum şeyi duymazdan gelip yürüyen merdivene binince ben de onun peşinden merdivene binip bakışlarımı onda tutmaya devam ettim. O ise benim aksime önüne bakıyordu.

"Gerçekten bak. Bu merdiven üst kata çıkıyor," dedim tekrar.

Ateş alayla yüzüme baktı. "Ben de zaten aşağı indiğimizi sanıyordum," dedi. Sesi de bakışları gibi alay eder gibiydi. Hah!

"Hatırlatmak isterim ki çıkış alt katta," dedim bu sefer. Sesimi onun gibi ifadesiz tutmaya özen göstererek konuşuyordum. "Biz niye üst kata çıkıyoruz ki?"

"Ben de sana hatırlatmak isterim ki buraya seninle sinemaya girmek için gelmedim. Almam gereken bir şey var dediğimde ciddiydim."

"Nedir?" diye sorup hemen bilgi almak istedim. Ama Ateş'in zaten benim sorularımı yanıtsız bırakmak gibi bir huyu olduğundan yine öyle olması elbette kaçınılmazdı.

Ateş çok geçmeden bir mağazaya girdi. Erkek ve de kadın kıyafetlerinin satıldığı mağazanın önünde birkaç saniye oyalanıp vitrindeki yabancı modeli amaçsızca incelediğimde bunun ne kadar gereksiz olduğunu fark edip hemen adımlarımı hareket ettirdim ve Ateş'in peşine takılmaya devam ettim. Ateş erkek kabanlarının satıldığı bir yere doğru ilerliyordu. Adımları neyi aradığından oldukça emin gibiydi ve hiç etrafa bakınmadan direkt olarak kabanların satıldığı yere gitmişti. Ben olsam etrafa bakınmaktan ihtiyacım olan şeye anca yarım saat kadar sonra varırdım. Mağaza o kadar kalabalık değildi. Beş on kişi anca vardı. Bu yüzden kendimi garip bir şekilde rahat hissederken genç kız kıyafetlerinin satıldığı bölüme doğru ilerleyip askılara ve raflara göz gezdirmeye başladım.

Bu markanın ürünlerini oldukça seviyordum. Hem tarzdı, hem de giyildiğinde insanın üzerinde cidden hoş görünen parçalar vardı. Giysi dolabımın yarısı da zaten bu markanın kıyafetleriyle doluydu ve ben bundan oldukça memnundum. Adımlarımı fayans zeminde ilerletmeye devam edip askılara göz gezdirmeye devam ettiğimde aynı zamanda hoşuma giden kıyafetlerin de etiketlerine bakıyordum. Çünkü belki uygun bir fiyat görürsem harçlıklarımı biriktirip daha sonra gelip alabilirdim.

Bir mankenin üzerine giydirilmiş salaş krem rengi bir kazakla içine kombin yapılan kareli bir gömlek elimi yine kazağın yakısına asılmış olan etikete götürmeme neden olurken fiyatın oldukça uygun olması kaşlarımı merakla havaya kaldırmama neden olmuştu. Çünkü fiyatı cidden oldukça uygundu ve daha sonra kesinlikle gelip alabileceğim türdendi.

"Sevdin mi?"

Ateş'in sesiyle bir anda telaşlanmaktan kendimi alıkoyamadım. Hemen arkamdaydı. "Şey, evet."

Ateş herhangi bir şey demeyip mankenin üzerindeki kombinin aynısını askıdan alıp adımlarını hareket ettirerek yürümeye başlayınca aralanan ağzıma ve irileşen gözlerime engel olamayıp ben de peşinden yürümeye başladım.

"Ne yapıyorsun?"

Ateş bir cevap vermedi. Adımlarımı biraz daha hızlandırıp kolunu tutarak önüne geçtim bu sefer. "Sakın onu satın alacağını söyleme."

Ateş yine bir cevap vermedi.

"Bak. Ben bu kazağı sen satın al diye sevdiğimi söylemedim. Sadece sordun ve ben de dürüstçe cevap verdim."

Ateş kasanın önüne gelip elindeki erkek kabanını ve az önce benim -harçlıklarımı biriktirerek alacağımı planladığım- kazak ve kareli gömleği kasanın önüne bırakınca kaşlarımı çatmaktan kendimi alı koyamadım. Beni yanlış anlamıştı resmen. Oysaki ben sadece sevdiğimi söylemiştim. Satın almasını değil.

"575 TL, efendim."

Kasadaki görevli kızın söylediği sadece üç parça için oldukça yüksek fiyat gözlerimi iri iri açmama neden olurken Ateş gram umursamayıp cüzdanından çıkardığı kredi kartıyla ödemeyi yaptı. Ardından mağazanın markasının yazdığı poşetleri eline alıp adımlarını hareket ettirerek yürümeye başladığında kaşlarımı iyice çatıp ben de peşinden ilerlemeye başladım. Kızın arkamızdan, "Yine bekleriz efendim," dediğini duymuştum. Ben de olsam üç parça kıyafet için bu kadar para veren müşteriyi seve seve beklerdim herhalde.

"O kazağı ve gömleği alacağımı sanıyorsan yanılıyorsun." Kollarımı göğsümün üzerinde birleştirmiştim ve somurtarak

Ateş'e bakıyordum.

"Abartma ufaklık," dedi Ateş. Sesi uyarıcıydı. Ama gram umurumda değildi.

"Bir şey abarttığım yok benim. Sana onları istemediğimi söylemiştim."

Ateş bir şey demedi. Ben de kaşlarımı biraz daha çattım. "Hem sen benim neyimsin ki bana bir şeyler alabiliyorsun? İsteyen oldu mu?"

Ateş adımlarını hareket ettirmeyi bırakıp bakışlarını bana doğru çevirdi. O soğuk gözleri birkaç saniye gözlerimde oyalanırken ben de kaşlarımı çatmış ona bakıyordum. Ki bence haklıydım. Ateş, "Sen bilirsin," diye mırıldandı. Ardından adımlarını birkaç adımlık uzağımızdaki çöp kutusuna doğru ilerlettiğinde elindeki poşetlerden birini umursamazca çöp kutusuna attı ve daha sonra adımlarını hareket ettirmeye devam edip yürümesini sürdürdü.

Şaşkınlıkla ona bakakaldım. Daha az önce para ödediği şeyi öylece atmış mıydı yani? Cidden pes!

Hemen adımlarımı hareket ettirdim. Ardından çöp kutusundaki poşeti sinirle elime alıp Ateş'e yetiştiğimde, "Sadece paran boşuna gitmesin diye kabul ediyorum," dedim ve somurtarak yanında yürümeye devam ettim. Ateş bir tepki vermedi. Hem zaten bu hiç de umurumda değildi. Arabaya bindiğimizde ilk olarak emniyet kemerimi bağladım. Ateş de sürücü koltuğuna geçince hiç oyalanmadan arabayı hareket ettirdi ve sürmeye başlayıp ışıklı caddelerde ilerlemeye başladı.

Hayatımda ilk defa güzel diyebileceğim bir gece geçirmiştim. Kendi yaşıtlarımla bir arada olup sinemaya giderek ilk kez normal hayatımdan farklı bir şey yapmıştım. Ama onda da benim saçma korkum galip gelmişti. Ne vardı sanki korkak bir kız yerine cesur bir kız olabilseydim? O zaman bu akşamı çok daha güzel geçirebilirdim.

"Bu saatte onunla ne işin vardı?" Sessizliği bozan Ateş bakışlarımı yoldan ayırıp ona doğru çevirmeme neden olurken hayretle ona bakmaktan kendimi alı koyamadım. Çünkü her zaman ben yapardım bunu.

"Dediğim gibi onun ailesi ve benim ailem arkadaş," dedim. Az önce yaptığı şeyi unutmadığım için sesimi ifadesiz tutmaya özen göstermiştim. "Bu akşam bize çay içmeye gelmişlerdi ve daha sonra da dışarı çıktık işte."

"Sizin aranızda ne var peki?"

"Hiçbir şey yok."

"Yapma ufaklık. Onun adını duyduğunda nasıl heyecanlandığını görebiliyorum. Ve o çocuğun beni yanında görünce nasıl sinirlendiğini de fark ettim. Birbirinizden hoşlandığınız ortada. Eski sevgilin mi?"

Şaşkınlıkla ağzımı araladım. Ben ve Aras birbirimizden mi hoşlanıyoruz?

"Yanlış gözlem Ateş Bey. O benden hoşlanmıyor. Yani öyle bir şey olsaydı hissederdim. Ve hayır, eskiden falan da sevgili değildik. Hiç sevgili olmadık. "

"Onu seviyorsun, değil mi?"

Omuzlarımı silktim. "Evet, seviyorum."

"O halde neden sevgili değilsiniz?" Ateş'in sorusu üzerine başımı öne eğdim. "Dediğim gibi o beni sevmiyor."

Ateş bir şey demedi. Ben de daha fazla konuşmak istemediğim için başımı cama yasladım. Bir süre sonra araba her zamanki gibi kaldırımın yanına ustaca park edilince emniyet kemerimi çıkarttım ve daha sonra kucağımdaki poşeti ve çantamı elime alarak Ateş'e doğru döndüm. "Beni o salondan çıkardığın için, her ne kadar hiç istemesem de aldığın kazak ve gömlek için, bir de beni buraya kadar getirdiğin için teşekkür ederim. "

"Bilmem farkında mısın ufaklık, seni her evine getirdiğimde bana teşekkür ediyorsun?"

Omuzlarımı silktim. "Bir sakıncası mı var?"

"Hayır ama bu kadar fazla teşekkür etme," dedi Ateş.

"Neden?"

"Nedeni yok. Sadece küçük bir tavsiye."

Başımı kararsız bir şekilde yavaşça aşağı yukarı salladım.

"Bu arada iki gün ortalarda olmayacağım. Kimsenin sana dokunacağına ihtimal bile vermem ama sen yine de kendine dikkat et. Olur mu?"

"Dövüşün mü var yoksa?" diye sorup hemen bilgi almak istedim.

"Evet," dedi Ateş kısaca.

Neden bilmiyorum ama içimde garip bir şey hissettim.

"Sen de kendine dikkat et o halde. Rakibinin gözlerinin içine bak ve ne hamle yapacağını tahmin et. Sonrası zaten gelir."

Ateş gülümsedi. "Çok bilgilisiniz bakıyorum da?"

"Şey, evet. Yani bazen boks maçı izliyorum ve adamların gözlerinden ne hamle yapacağını anlayabiliyorum. Bence sen de öyle yap. Gerçekten faydasını görebilirsin."

"Demek anlayabiliyorsun?"

"E-evet."

Ateş yüzünü yavaşça bana doğru yaklaştırmaya başladı ve aramızda sadece birkaç santimlik mesafe bıraktı. "Peki benim de şu anda ne düşündüğümü anlayabiliyor musun?" Ateş bakışlarını dudaklarıma doğru indirince beni öpmek istediğini anlayıp sessizce yutkundum. Beni öpmek mi?

"Şey, ben sanırım gitsem iyi olur." Arabanın kapısını açıp hızlıca aşağı indiğimde kalbimin göğüs kafesimden çıkacakmış gibi atmasını görmezden gelip kapıyı ardımdan kapattım ve hızlı adımlarla eve doğru ilerlemeye başladım. Biraz daha onunla öyle kalsaydık belki de ilk öpücüğümü alacaktım...

Bölüm 8

Kısık seste çalmakta olan şarkı kafenin içinde usulca yankılanmaktaydı. Oturduğum sandalyede başımı öne eğmiş, siyah saçlarımın yüzümü tamamen örtmesini sağladığımda gerginliğim her geçen saniye artıyordu. Gergindim, ama diğer yandan heyecanlıydım da. Aras'ın okuldan sonra beni bir kafeye davet etmiş olması beklemediğim bir şeydi çünkü.

"O adamla sevgili olduğunu neden bana söylemedin?" Aras biraz merakla, biraz da ciddi bir ifadeyle yüzüme bakıp sorusunun cevabını duymak ister gibi beklemeye başlayınca, ne cevap vereceğim konusunda tereddütte düştüm. Ona her şeyi anlatabilir miydim? Anlatsam, anlayışla karşılar mıydı? Ona karşı güvenim sonsuzdu ama beni yanlış anlama ihtimali de vardı. Ve bu ihtimal susmam için yeterliydi.

"O adamla olan ilişkini ailen öğrenir diye benden sakladın, değil mi?" Aras'ın sunduğu ihtimal doğruydu. Ailemin bunu öğrenmesini istemiyordum. Ama benim ona anlatmama nedenim ailemin öğrenip öğrenmemesi değildi.

"Aras bak, aslında öyle değil," dedim.

"Yapma Melisa." Aras sırtını sandalyenin başlığına yasladı. "Ailen senden yaşça büyük biriyle ilişkin olduğunu öğrenip karşı çıkar diye bunu gizli tutuyorsun işte."

"Öyle değil, gerçekten bak," dedim hızlıca.

"Ya nasıl?" Aras kaşlarını havaya kaldırınca nefesimi usulca dışarı verdim. Belki ona anlatmak o kadar da kötü bir seçenek değildi. Hem belki beni yanlış anlamaz, bana destek olurdu? Arkadaş olarak kalmaya devam ederdik. Etmese de sorun değildi zaten. Nasılsa ondan önce de arkadaşım yoktu, yine olmaması benim için bir şey değiştirmezdi.

"Anlatacaklarımın aramızda kalacağına söz verirsen söylerim?"

Aras omuzlarını silkti. "Oradan bakılınca laf taşıyan birine mi benziyorum?" Hayır anlamında başımı salladım. Aras okul gömleğinin kollarını dirseklerine kadar kıvırmıştı. Dışarıdaki güneşle aynı renk olan saçlarını yine özenli bir rampa yapmıştı ve çok yakışıklı görünüyordu. Her zamanki gibi. Bakışlarımı onun üzerinde gezdirmekten vazgeçtikten sonra, "Ateş ve ben sevgili değiliz," dedim. "Sadece öyle görünmek zorundayız."

Aras kaşlarını havaya kaldırdı. "Bu da ne demek şimdi?"

"Bak." Derin bir nefes aldım. "Epey uzun bir hikâye ama Ateş'le gerçekten sevgili değiliz. Bunu bilmen yeterli."

"Vaktim var. Dinleyebilirim," dedi Aras. Bakışları mantıklı bir açıklama duymak ister gibiydi.

"Peki," diye mırıldanıp nefesimi usulca dışarıya verdikten sonra Aras'a her şeyi en başından anlatmaya başladım. Bazı yerlerde gözleri irileşip bazı yerlerde gözleri kısılmıştı ama bunu pek fazla göz önünde bulundurmamıştım açıkçası.

"Sen tek başına bir bara gittin ve en kötüsü hiç tanımadığın bir adamla sevgili rolü yaparak insanlara gövde gösterisi mi yaptın?" Aras hayretle yüzüme bakıyordu. Dudakları hafif aralanmış, gözleri irileşmişti.

"Yapmak zorundaydım," deyip hemen kendimi savundum. "Yoksa o tacizci peşimi bırakmazdı."

"Babana anlatabilirdin?"

"Aklıma gelmedi mi sanıyorsun sanki? Bir kız çocuğu olarak ona böyle bir şey söyleyemezdim ki. Adamcağız hayal kırıklığına uğrardı."

Aras başını iki yana salladı. "Bilemiyorum Melisa. O adamı gözüm hiç tutmadı. Başındaki beladan kaçıp ona sığınıyorsun ama onun da doğru kişi olduğunu düşünmüyorum." Sustu. "Daha 17 yaşında bir lise öğrencisisin. Doğru ve yanlışı ayırt edemeyecek kadar küçük... Umarım bu beladan en kısa zamanda kurtulursun." Aras masanın üzerinde duran elimi tuttu. "Bu süre zarfında herhangi bir konuda yardıma ihtiyacın olursa ben buradayım. Hiç çekinme, olur mu?"

Elimin üzerindeki eli şaşkınlıkla gözlerimi kırpıştırmama neden olsa da güçlükle konuştum. "Teşekkür ederim."

Kafeden çıktıktan sonra otobüs durağına doğru ilerlemeye

başladım. Güneş batmak üzereydi. Turuncu kızıllık yavaşça kaybolup yerini karanlığa armağan ediyordu. Aras'la konuşmak benim için farklı bir deneyim olmuştu. Daha önce hiçbir arkadaşımla anlaşıp da kafeye gitmemiştim. Aras'ın beni bir arkadaş gibi dinlemesi, bir arkadaş gibi tavsiyelerde bulunması nedense hoşuma gitmişti. Eskiden onunla bu gibi anları hayal ettiğimde ikimizi sevgili olarak düşünüyordum. Ama bugün de fena değildi. Onunla arkadaş olabilmek güzeldi.

Dikkatimi tam karşımdan gelen kalabalık bir grup çekti birden. Gülüşüp, kahkaha atıyorlardı. Kızlı erkekli bir gruptu ve hepsi mutlu görünüyordu. Acaba bir gün ben de onlar gibi olabilecek miyim, merak ediyordum. Belki arkadaş edinmek o kadar zor bir şey değildi ama yanında gerçekten kasılmadığım ve rahat olduğumu hissettiğim bir arkadaş edinmek sanırım o kadar da kolay değildi. Örneğin, karşımdaki grup buna en anlık örnekti. Hepsi birbirine karşı gayet samimi gibi duruyordu. Sanırım bu bir nevi birinden hoşlanmak gibi bir şeydi. Nasıl ki birinden hoşlandığında çok mutlu olup kendini onun yanında iyi hissediyorsun, gerçek arkadaş edindiğin zamanda bu durum aynı şekilde oluyordu. Veya bu düşünce, bu zamana kadar 'arkadaş' kavramını tatmadığım için şu anda uydurduğum bir şeydi. Emin değilim.

"Piştt."

Zihnimdeki düşünceler birinin bana seslendiğini fark etmemle yok oldu. Başımı hızlıca sesin geldiği tarafa doğru çevirdim. Ama bana bakmakta olan kahverengi gözler korkuyla gözlerimi iri iri açmama neden oldu. Tacizci... Yanı başında duran iki tane adamla hemen karşımdaydı. O iğrenç sırıtışı ise her zamanki gibi yüzündeydi.

"Beni özledin mi güzelim?" Tacizci ellerini cebine yerleştirip bana doğru bir adım atınca gerildiğimi hissettim. Bakışlarındaki ifade bir yana, hemen yanında duran adamlar beni korkutmaya yetmişti.

"Ne istiyorsun?" diye sordum korkumun sesime yansımamasını umarak. Şu anda kalabalık bir caddedeydik. Bağırsam, birçok insanın dikkatini çekebilirdim. Eğer adamın aklı varsa bana dokunmazdı. Değil mi?

"Sence ne istiyor olabilirim?" Adam üzerime doğru yürümeye başlayınca otomatik olarak geri gitmeye başladım. "Git buradan yoksa çığlık atarım,"

"Elbette atarsın," dedi adam alayla. "Olması gereken de bu. Ama-" Adam gözlerini gözlerime dikti. "Yerinde olsam bunu denemezdim. Çünkü bu yaptığın beni kızdırır. Ve bil diye söylüyorum ben kızdığımda hiç de iyi şeyler olmaz."

"Ateş bu yaptığını duyarsa seni öldürür!" Meydan okurcasına söylediğim bu cümle adamı gülümsetti.

"Acaba?" dedi alayla ve arkadaşlarına baktı. "Sizce gerçekten bunu yapar mı çocuklar?"

Esmer olan cevap verdi. "Yataktan çıkmayı başarırsa bir ihtimal."

Tacizci bana baktı. "Duydun değil mi? Ateş beyimiz dün akşam boks maçına çıktı. Ama rakibi hayli güçlü olunca maç onun aleyhine bitti ve yenildi." İçimde bir şeylerin parçalandığını hissederken adam konuşmaya devam etti. "Ve bil bakalım maçtan sonra ne yaptı?" Adam genişçe gülümsedi. "Mekâna bir kızla geldi. Onu kucağına oturtup boynunu sömürürcesine öpünce biz de dedik ki, bu sevgilisiyle ayrılmış, gelip onu bir ziyaret edelim?" Adam yapay bir üzüntüyle bana baktı. "Çok düşünceli bir davranış, değil mi?"

Bir el sanki boğazımı sıkıyormuş gibi hissettim. Kıskançlık, korku, aldatılma. Bana söz verdiği halde bir kızla o bara gittiğine inanamıyordum. Bilmiyor muydu böyle yaparak beni tehlikeye atacağını? Beni umursamadığını biliyordum ama bu denli düşüncesiz davranabileceğine ihtimal vermemiştim.

Adam bileğimi kavradı. "Neyse, bu kadar muhabbet yeter. Sen şimdi benimle beraber geliyorsun ve en başından beri istediğim şeyi bana veriyorsun." Korkudan bacaklarım titremeye başlarken adam tehditkâr bir ifadeyle bana baktı. "Ağzını açarsan, canını yakarım, haberin olsun," dedi.

Sessizce yutkundum. Canımı yakar mıydı cidden? Etrafta bu kadar insan varken buna cesaret edebileceğini sanmıyordum ama yine de belli olmazdı. Ne yapacağımı hızlıca düşünmeye başladım. Beni götürmesine izin veremezdim. Ölürüm, yine de onlarla gitmezdim. Tek bir seçeneğim vardı. O da boğazımı acıtacak şekilde bağırıp yardım istemekti. Yarın ne olur bilemem ama şimdilik beni başka bir şey kurtaramazdı. "İmdaaat!" diye bağırdım boğazımı acıtacak bir şekilde. Bileğimi kelepçe gibi sarmalayan güçlü el, attığım çığlıkla anında gevşeyip geri çekilirken tacizci telaşla etrafına bakındı. İnsanlar ne olduğunu merak eder gibi bize bakıp şüpheli gözlerle bizi süzmeye başlayınca tacizcinin yanındaki iki adam koşarak uzaklaştı. Tacizci, "Sen," dedi dişlerinin arasından. Sinirlenmişti. Geriye doğru birkaç adım attım. "Bu adam beni kaçırıyor, yardım edin!" dedim bağırarak. Kalabalıktan uğultu sesleri yükselmeye başlarken bir polis sireni duydum. Tacizci, "Sikerim böyle işi!" deyip tehditkâr bir ifadeyle bana baktıktan sonra tabanları yağladı ve hızla koşmaya başladı.

Nefesimi usulca dışarı verdim. İnanlar meraklı bir ifadeyle bana bakıyorlardı. Kiminin yüzünde endişe vardı kimi de sadece ne olduğunu anlamaya çalışır gibiydi. Tacizcinin çekiştirmesinden dolayı yere düşen çantama doğru ilerleyip elime aldım. Şimdilik kurtulmuş sayılırdım. Ama ya yarın yine karşıma çıkarsa? O zaman bugünkü gibi şanslı olmayabilirdim. Gidip Ateş'le konuşmam gerekiyordu. Eğer bana haber vermeden aramızdaki anlaşmayı bitirmişse, ben de başımın çaresine bakardım. Durumu babama anlatırdım. Kızıp, onları hayal kırıklığına uğrattığımla ilgili bir ton şey söyleyeceklerini tahmin edebiliyordum ama başka bir seçeneğim yoktu.

Ateş'i iki gündür görmüyordum. Belki bu iki gün içinde benimle yaptığı anlaşmanın saçma olduğunu fark edip kendini başka kızların kollarına bırakmıştı. Gerçi ne yaptığı, kiminle olduğu umurumda bile değildi. Beni deli eden şey sadece beni zor duruma düşürmesiydi. Az kalsın o tacizci beni götürecekti ve sonra kim bilir neler yapacaktı. Böylesine sorumsuz davrandığı için ondan nefret ediyorum. Bari bir anlaşma yaptık, sonuna kadar dayanmayı becerseydi!

***

Ertesi sabah otobüse binip Ateş'in evine doğru ilerlemeye başladığımda nasıl tepki vereceğini bilmediğimden, aklım birazcık karışıktı. Beni görürse kızar mıydı? Veya onu evinde bulabilecek miydim? Evde değilse o iğrenç bara gitmek zorunda kalacak mıyım? Eğer anlaşmamızı bana sormadan bitirdiyse ben ne yapacaktım? Aklımda o kadar çok soru vardı ki. Tüm bunlara çözüm bulmadan kesinlikle rahat edemeyecektim.

Yaklaşık yarım saat sonra Ateş'in kocaman villasının önüne gelmeyi başardığımda hafızamın güçlü olmasından dolayı kendimi tebrik ettim. Sonuçta buraya sadece bir kez gelmişim ve karıştırmam olası bir ihtimaldi. Gerçi bu semtte böyle bir evi karıştırmak leblebinin içinde fındığı ayırt edememek gibi bir şeydi ya neyse. Ev, civardaki evlere oranla hem büyük, hem de oldukça şatafatlıydı.

Bahçe kapısından geçtikten sonra tuhaf bir şekilde temposunu arttıran kalp atışlarımı görmezden gelip eve doğru ilerlemeye devam ettim. Geçen sefer etraf karanlık olduğu için fark edememiştim ama bahçenin sonunda kocaman bir havuz vardı. Gerçi böyle bir evin havuzu olmasa zaten şaşardım. Evin bahçesi tıpkı küçük bir ormanı anımsatıyordu. Çeşit çeşit, bir sürü güzel çiçek vardı. Evin kapısına geldikten sonra zile bastım. Çok geçmeden kapı açılınca ellili yaşlarında oldukça sevimli bir kadın görüş alanıma girdi. Annesi olabilir miydi?

"Merhaba," deyip gülümsedim ve bir saç tutamını kulağımın arkasına ittirdim.

"Merhaba kızım. Kime bakmıştın?"

"Şey, Ateş?" Kadın bakışlarını vücudumda gezdirip anlam veremediğim bir ifadeyle beni tarayıp süzdükten sonra eliyle geçmem için yol verdi.

"İsminiz nedir? Geldiğinizi haber vereyim."

Ateş'in evde olması beni rahatlatmıştı. "Melisa," dedim.

Kadın merdivenlere yönelip gözden kaybolunca dudağımı stresten dolayı dişlerimin arasına alıp beklemeye başladım. Umarım evine geldiğim için bana kızmazdı. Bana kalsa telefon edip gelmeden haber verirdim ama Ateş'in telefon numarası bende yoktu. Almak da hiç aklıma gelmemişti. Bir süre sonra kadın merdivenlerden aşağıya indi.

"Çok özür dilerim küçük hanım ama Ateş bey uyuyor," dedi. Başka biri olsa yalan söylediğini düşünebilirdim ama bu kadın öylesine iyi birine benziyordu ki doğru söylediğine kanaat getirdim.

"Bakın, onunla konuşmak için bugün okula gitmedim. Devamsızlık sınırı zaten oldukça az ve ben başka gitmezlik yapamam. Ateş'le konuşmam lazım. Lütfen izin verin, yanına gideyim."

"Dediğim gibi kızım, uyuyor."

"Lütfen," deyip yalvaran gözlerle kadına baktım. "Onunla konuşmam lazım."

Kadın kararsız kalmış gibi bana baktı. "Söz veriyorum çok uzun sürmez," dedim ısrar ederek. Kadın,"Peki madem," deyip başını anlayışla sallayınca gülümsememe engel olamadım. "Çok teşekkür ederim," dedim ve merdivenlere yönelip koşarak üst kata çıkmaya başladım.

Bir koridor belirdi önümde. Uzun, sağında ve solunda beyaz kapılan olan bir koridor. Toplamda yedi tane kapı vardı ve hangisi Ateş'in odası merak etmiştim. Bir evde yedi oda olmasına alışık değildim. Herhangi bir kapıyı rastgele açtım. Oldukça lüks eşyalarla dekore edilmiş bir odaydı. Burası boştu, hemen kapattım. Başka bir kapıyı açtığımda buranın bir banyo olduğunu fark ettim. Benim odamın iki katı genişlediğinde bir banyo... Kapıyı kapatıp diğer odalara yöneldim. Bir kapıyı daha açtım. Yine boş bir oda. Geriye dört kapı kaldı. Herhangi birini rastgele açtığımda görüş alanıma gri ve siyah ağırlıklı bir oda girdi. İçeriye doğru birkaç adım atıp etrafa göz gezdirdim ve tanıdık bir sima hemen gözüme ilişti. Ateş, yüz üstü yatağa uzanmış, derin bir uykudaydı.

Çekinerek yanına yaklaştım ve yatağın kenarına oturdum. Yüzünde yara izleri vardı. Dudağının hemen kenarında kurumuş kan lekesi, kaşının üzerinde yarıklar, göz altları da birazcık morarmış gibiydi. Bu manzara nedense içimde bir şeylerin burkulmasına neden oldu.

Onu izlemeyi bırakıp odasına göz gezdirdim. Odası, benim odama oranla fazlaca büyük ve ferahtı. Duvarlar soluk gri rengindeydi. Yatağın hemen karşısında LCD televizyon vardı. Televizyonun üzerinde ise bir kütüphane. Ateş gibi bir adamın ne tür kitap okuduğunu merak etmiştim. Fantastik? Şiir? Dünya klasikleri? Nedense net bir kategori düşünemedim. Buraya neden geldiğimi kendi kendime hatırlattıktan sonra etrafı incelemekten vazgeçip elimi yavaşça Ateş'in omzuna koydum ve hafifçe dürtükledim.

"Ateş?"

Ateş hiçbir tepki vermedi.

"Ateş?" deyip ilkine göre birazcık daha hızlı sarstım.

Ama yine bir tepki vermedi.

Uykusunun bu denli ağır olması yüzümde minik bir gülümseme oluştururken, "Ateş, uyanır mısın lütfen?" deyip ricada bulundum. "Sana söylemem gereken bir şey var." Ateş herhangi bir uyanma belirtisi göstermeyip uykusuna aralıksız devam edince oflayıp biraz daha hızlı sarstım. "Ateş?"

Ateş gözlerini araladı. Nihayet diye mırıldanıp nefesimi usulca dışarı verirken Ateş, "Ne işin var senin burada?" diye sordu. Sesi ifadesiz ya da soğuk değildi. Ses tonu ilk kez farklıydı. Yorgun gibi.

"Şey..." deyip yutkundum. "Senin yüzünden peşime takılan tacizci var ya hani? İşte o dün karşıma çıktı. Üstelik yanında iki tane de adam vardı ve beni zorla götürmeye kalkıştılar. Ama Allah'tan kalabalık bir caddedeydim de paçayı son anda kurtardım."

Ateş öylece yüzüme baktı. Yüzündeki baygın ifadeye bakılırsa beni umursamadığı açıkça belliydi.

"Bir şey demeyecek misin?" diye sordum.

"Ne dememi istiyorsun?" Ateş'in sesi uykuluydu.

"Şey... ben bilmiyorum ama korkuyorum. O adam az kalsın beni arabasına bindirecekti ve ben hiçbir şey yapamadım." Kaşlarımı çattım. "Ama hepsi senin yüzünden!"

Ateş başını iki yana salladı. "Hayır ufaklık. Benim yüzümden değil. O gece o elbiseyle dikkat çeken sendin."

"Ben onu mu diyorum be!" Sesimi yükselttim. "Dün değil ondan önceki gün barda bir kızı kucağına alıp öpmüşsün! Zaten o da seni başkasıyla görünce karşıma çıktı. Aramızdaki anlaşmayı unutup nasıl bir kızı öpersin?" Sesimi farkında olmadan yükseltmiştim. Ama konumuz benim sesimi yükseltip yükseltmemem değildi. Nasıl benimle bir anlaşma yaptığı halde başka bir kızı öper? Hem de kucağına alarak!?

Ateş gülümsedi. "Kıskandın mı yoksa?"

Ağzımdan, "Hah!" diye bir ses çıkardım. Ben onun neyini kıskanacaktım ki?

"Dövüşü mü kaybettin?"

"Ne saçmalıyorsun sen?"

"Yüzün diyorum. Desenli halı gibi. Yenildin mi?" Ateş'in çenesi kasıldı. Gözlerinden karanlık bir ifade geçti. Onu sinirlendirdiğimi fark ettim.

"Hayır, kaybetmedim," dedi Ateş dişlerinin arasından.

Konuyu değiştirmek için hemen başka bir soru sordum."-Peki ne olacak şimdi?" Ateş gözlerimin içine baktı. Saniyeler yavaşça işledi, işledi... Sonra Ateş yatağa iyice gömülüp yorganı üzerine çekince şaşkınlıkla ona baktım.

"Hey, kime diyorum ben?" Bu ne vurdumduymazlık? Adama senin yüzünden başım belada diyorum ama o arkasını dönüp uyuyor!

"Çıkarken kapıyı kapat ufaklık," dedi Ateş. Öylece ona baktım. Basbayağı kovuyordu beni. Yataktaki yastıklardan birini elime aldım ve hiç düşünmeden Ateş'in kafasına geçirdim. Yaptığım hareket karşısında Ateş hızla yataktan doğruldu ve yastığı elimden çekip aldı.

"Ne yaptığını zannediyorsun sen?"

"Rakibin kel miydi?"

"Ne?"

"Diyorum ki rakibin kel biri miydi?" Ateş bir cevap vermeyip gözlerimin içine bakmaya başlayınca konuşmaya devam ettim. "Başımdaki beladan beni kurtarmanı istiyorum. Başka kimseden yardım isteyemem. Babam ve annem öğrenirse gerçekten çok üzülürler ve ben onları üzmek istemiyorum. Lütfen bir yolunu bul ve o adamı başımdan defet."

"Evet kel biriydi," dedi Ateş, ne söylediğini ilk önce anlamasam da sonra anladım.

"Eminim iğrenç mayo tarzı bir kıyafet giymiştir?" Ateş onaylarcasına başını sallayınca gülümsedim.

"Bir konudan hızlı bir şekilde başka bir konuya geçmenden ve sürekli soru sormandan nefret ediyorum." Ateş'in bu itirafı karşısında omuzlarımı silktim. Zaten bu yüzden hiç arkadaşım yoktu.

"Yardım edecek misin?"

"Etmiyorum desem ne yapacaksın?" Bir anda içimi bir korku sardı.

"Sanırım babamdan yardım istemek zorunda kalırım ve onları böyle bir duruma düşürdüğüm için beni cezalandırırlar. Belki amcamın yanına gönderirler. Bilemiyorum," dediğimde sesim az az çıkmıştı.

"Tamam, sana yardım edeceğim. Şimdi çık odamdan, uyumak istiyorum." Ateş'in söylediği şeyle girdiğim yoğun duygulardan çıkıp gülümsedim.

"Gerçekten mi?" diye sordum emin olmak için. Ateş bir şey demeden tekrar yatağına uzandı. Bana yardım edecekti!

"Yaşasın!" diye bağırdıktan sonra ellerimi sevinçle birbirine çırptım. "Çok teşekkür ederim!" Koşarak odadan çıktım. Merdivenlerden indikten sonra mutfak diye tahmin ettiğim yere girdim.

Kapıyı bana açan tatlı teyze, ocağın başında yemek pişiriyordu.

"Merhaba." Kadın yerinden sıçradı. "Çok özür dilerim. Amacım sizi korkutmak değildi." Kadın elini kalbinin üzerine götürüp tatlı tatlı gülümsedi. "Önemli değil kızım. Birden gelince korktum sadece. Bir şey mi istemiştin?"

"Aslında Ateş sanırım biraz hasta. Ben ona çorba pişirmek istiyorum." Kadın şaşkınlıkla bana bakınca neden böyle şaşırdığını merak etmiştim doğrusu.

"Merak etmeyin, yemeklerle aram iyidir. Mutfağınızı batırmam," dediğim de kadın içten bir şekilde gülümseyip, "Yok kızım ondan değil. Ben sadece daha önce böyle bir durumla karşılaşmadım da o yüzden şaşırdım," dedi.

Kadının söylediği şeye pek anlam verememiştim. Ama üstesinde de durmayıp Ateş için tavuk çorbası yapmaya koyuldum.

İsminin Ayşe olduğunu öğrendiğim tatlı teyzeyle birlikte güzel bir tavuk çorbası pişirmiştik. Tadına bakmak için kaşığı tencereye daldırdığımda oldukça lezzetli olduğunu fark edip memnun olmuş bir şekilde gülümsedim. Çorbayı kâseye koyduktan sonra küçük bir tepsiyle beraber merdivenlere yönelip Ateş'in odasına girdim.

Sırtı bana dönük bir şekilde uyuyordu. Tepsiyi yatağın yanındaki komodinin üzerine koyduktan sonra derin bir nefes alıp Ateş'in omzuna dokundum.

"Ateş?"

"Hı?" Onun bu haline gülümsedim. "Hadi uyan."

"Sen gitmedin mi?" Ses tonu uykuluydu.

"Hayır gitmedim ve sana çorba yaptım. Kalkıp bunu içmezsen seni rahat bırakmam ve soru yağmuruna tutarım." Ateş bana doğru döndü ve grileşmiş gözlerini yüzümde gezdirdi. Gerçekten hastalanmıştı.

"Senden böyle bir şeyi kim istedi?"

"'Ne kadar çabuk iyileşirsen bana o kadar çabuk yardım edersin. Şimdi kalkıp bu çorbayı içiyor musun, yoksa aklımda biriktirdiğim soruları sana sormaya başlayayım mı?"

"Git başımdan Melisa. Rahat bırak beni." Ateş tekrar gözlerini kapatınca kaşlarımı çatıp, "Sen bilirsin," diye mırıldandım.

"En sevdiğin tatlı ne?"

"Hobilerin neler?"

"Fobilerin neler?"

"Etten sonraki favori yemeğin ne?"

"Neden bu kadar soğuksun?"

"Ayşe Teyze ve kocası ne zamandır burada yaşıyor?"

"Bahçen çok güzel, çiçekleri sen mi diktin?"

"Havuzun olduğuna göre yüzme de biliyorsundur?"

"Evi sen mi dekore ettin?"

"Yeter lan!" Ateş art arda sorduğum soruları sert sesiyle bölünce bir anda sustum.

"Başımı şişirdin lan dır dır dır! Ver şu çorbayı içeyim de bir an önce git." Zafer kazanmış gibi gülümseyerek tepsiyi Ateş'in kucağına bıraktım.

"İçtiğini görmeden gitmem." Ateş sessiz bir küfür mırıldandı. Ama ne dediğini duymamıştım. Ateş, çorbayı içmeye başlayınca dudaklarımı ısırıp vereceği tepkiyi merakla beklemeye başladım. Umarım beğenmiştir.

Ateş herhangi bir yorum yapmadan çorbayı yarıya kadar indirdi.

"Bu kadar yeter. Şimdi lütfen defol!" Normalde beni evinden kovduğu için kırılırdım ama hastalığına verip bir şey demedim.

"Sadece dört kaşık içtin ama. Ben bu çorba için ne kadar uğraştım biliyor musun? Hepsini bitirmeden gitmem." Ateş kaşlarını çatıp bana baktı. Yüzüne bakıldığında ne kadar yorgun ve uykusuz olduğunu görebiliyordum ama bu çorba onu kendine getirecekti.

"Geriye doğru yaslan," dedim. Ateş söylediğim şeyi duymamış gibi yüzüme bakınca, "Hadi," diye üsteledim. Ateş yatağın başlığına yaslanınca bağdaş kurup çorbanın içindeki kaşığı elime aldım.

"Aç ağzını."

"Hem yüzsüzsün. Hem de çenesi düşüksün," dedi Ateş. Sesi azarlar gibiydi.

"Çok konuşmada ağzını aç." Ateş ağzını araladı. Çorbayı yavaşça ona içirirken arada üfleyip çorbayı soğutmaya çalışıyordum. Ateş ise öylece yüzüme bakıyordu. Sonunda çorba bittiğinde tepsiyi elime alıp ayağa kalktım.

"Artık beni rahatsız etme." Ateş yorganı başına çekince bir şey demeden odasından çıkıp mutfağa gittim. Ayşe Teyze, kocası Ahmet Amca'yla beraber mutfaktaki masada oturuyordu. Öğrendiğim kadarıyla Ayşe Teyze evin yemeği ve temizliği ile ilgileniyormuş. Kocası ise bahçe işleriyle.

"Ah, bitirdi mi Ateş oğlum çorbasını?" Ayşe Teyzenin şaşkınlıkla sorduğu soru üzerine gülümseyip başımı evet anlamında salladım.

"Karnı doyduğuna göre şu ilaçları da ona götüreyim." Ayşe Teyze ayaklanınca hızla yanına gidip elindeki ilacı ve suyu elime aldım.

"Ben götürürüm," dediğimde Ayşe Teyze gülümsedi. Ateş'i uykusundan etmek oldukça hoşuma gitmişti. Kim bilir şimdi beni görünce ne tepki verecekti?

Ateş'in odasına girdiğimde onu sırtüstü uykuya dalmış bir şekilde gördüm. Ne ara uyumuştu ki? Gülümsedim ve elimdeki suyu ve ilacı komodinin üzerine bırakıp yatağın kenarına oturdum. Ateş'in dudakları hafif aralanmıştı. Ama kaşları normalde de olduğu gibi çatıktı.

Elimi havaya kaldırıp Ateş'in omzuna koydum. "Ateş?" Biliyorum benden oldukça sıkılmıştı.

"Ateş bak ilaçlarını getirdim. Hadi kalk iç."

Ateş hiçbir tepki vermeyerek sırt üstü uzanmaya devam edince omzunun üzerindeki elimi tekrar hareket ettirip onu sarstım. "Ama bunları içmezsen iyileşemezsin ki. Bak, bir yerde okumuştum. Hasta olan insanlar eğer-"

Ben daha ne olduğunu anlamadan Ateş beni hızla sırt üstü

yatağa yatırıp bedenimi kendi bedeni ve yatağın arasına hapsedince gözlerimi kocaman açıp afallayarak ona baktım.

"Demek beni uyutmayacaksın, öyle mi? Peki, biz de eğlenceli başka şeyler yaparız o zaman." Ateş yüzünü bana doğru yaklaştırıp dudaklarımızın arasında milimlik bir mesafe bırakınca kalbimin yerinden çıkacağını zannettim.

Bölüm 9

İlk öpüşme. Her kızın, eminim en özel anılarından biridir. Hatta hayalini kurduğu büyülü bir an. Şahsen benimki öyleydi. Hayalini çok fazla kurmamıştım ama gerçekleşeceği anı merakla bekliyordum. Acaba benim ilk öpüşmem nerede olacaktı? Nasıl olacaktı? En önemlisi de ne zaman olacaktı? Bu düşünceler zihnimin kuytu bir köşesinde dolanıp duruyordu.

Eğer bugün Ateş üzerimden kalkmasaydı ilk öpüşmemi yaşayacaktım. O sözleri söylerken oldukça ciddi görünüyordu çünkü. Hatta dudaklarımızın arasında milimlik mesafe kalınca ben de öpüşeceğimizi sanmıştım. O büyülü anın gerçekleşeceğini... Ama Ateş birden üzerimden kalkıp o anı mahvetmişti. Benim hayalini kurduğum büyülü anı silip bir anda yok etmişi. Ben de bunun üzerine herhangi bir şey dememiş ve koşarak odasından çıkmıştım. Kalbim yerinden çıkacakmış gibiydi. Öylesine hızlı, öylesine gürültülü atıyordu ki daha önce hiç böyle hissettiğimi hatırlamıyorum. Evet, kabul. Ateş oldukça yakışıklı ve karizmatik bir adamdı. O soğuk tavırlarına rağmen çoğu kızın ilgisini çekebilecek türden biriydi. Ama benden de tam tamına altı yaş büyüktü! Normal bir zamanda karşılaşsak ona abi bile diyebilirdim. Ama neden içimde ona karşı adlandıramadığım bir his, bir duygu vardı ki?

"Melisa, gel sofrayı kur."

Annemin sesi ile zihnimdeki düşüncelerden sıyrılıp mutfağa gittim. Tezgâhın önünde, tişörtünün kollarını dirseklerine kadar kıvırmış, salata yapıyordu.

"Al şu tabakları sofraya götür," dedi. Gözü ile işaret ettiği yerden tabakları elime aldıktan sonra salona gittim. Babam her zamanki gibi tekli koltuğuna kurulmuş, uykulu gözlerle haberleri izliyordu. Tekrar mutfağa girdiğimde annem salatayı tamamlamış, üzerine sıvı yağ döküyordu. Bakışlarını bana çevirince bir anda endişelendim. Bakışları şüpheliydi. Neden bana öyle bakıyordu ki?

"Senin yüzüne ne oldu?" Annemin sorusu ile, "Ne olmuş anne?" dedim hızlıca.

"Ne olmuşu mu var kızım? Domates gibi kıpkırmızı. Hasta mı oluyorsun sen?" Annem elinin tersi ile alnıma dokundu. Soğuk teni irkilmeme neden olmuştu.

"Ya anne ellerin buz gibi."

"E ıslak da o yüzden. Neyse ki ateşin yok. Hadi ekmekleri al da içeri gidelim." Annem mutfaktan çıkınca arkasından bakakaldım. Ateşim yokmuş.

Her zamanki gibi sessiz ve normal geçen akşam yemeğimizden sonra sofrayı toparlayıp bulaşıkları makineye dizdim. Annem ve babam salonda televizyon seyrediyordu. Onların yanına gidip babamın yanındaki yerimi aldım.

"Okul nasıldı kızım? Bildiğim kadarıyla sınavlarında başladı." Sehpanın üzerinde duran meyve tabağındaki bir dilim elmayı alıp ağzıma götürdüm.

"İyiydi işte baba. Bildiğiniz gibi. Sınavları da elimden geldikçe hallediyorum." Babam verdiğim cevaba memnun oldu, gülümseyip saçlarıma öpücük kondurdu. "Aferin benim akıllı kızıma. Seni böyle görünce öyle gururlanıyorum ki. Merkezde ne gençler var bir bilsen..." Tebessüm edip şirince babama baktım. Belki bu sıralar onlara çokça yalan söylüyordum ama yine de onu utandıracak bir şey yaptığımı düşünmüyorum.

"Hele bu sıralar yasa dışı dövüş yapanlarla uğraşıyoruz. Bu hafta kaç yere baskın yaptık, artık sayısını ben bile unuttum."

"Onlar hâlâ devam ediyor mu yahu? " Annemin sorusu ile babam nefesini usulca dışarıya verdi. "Etmez olur mu? Oldukça ilgi görüyorlar." Alayla güldü. "E tabii parası da iyi." Bir anda aklıma Ateş gelmişti. Acaba onun yaptığı da bu yasa dışı dövüşlerden mi?

"Peki yakaladıklarınızı ne yapıyorsunuz baba?"

"İşin komik tarafı hiçbir şey yapamıyoruz. Sadece ifadelerini alıp, evlerine geri yolluyoruz. Onlar da birkaç gün sonra yine aynı şeyleri yapmaya devam ediyorlar. Ne adalet ama!" Babamın yüzündeki ifadeden hoşnut olmadığını anlamıştım. Oldukça rahatsız gibi duruyordu. Gerçi babam hep böyleydi. O adaleti, dürüstlüğü severdi. Böyle yasa dışı olayları görünce ister istemez canı sıkılıyordu.

"Neyse, benim uykum geldi hadi size iyi geceler." Ayağa kalkıp önce babamı, daha sonrada annemi yanaklarından öptükten sonra odama gittim. Kendimi sırtüstü yatağa attığımda gözümün önüne ister istemez Ateş geliyordu. Bu sabah olan şey, bana yaklaşması, dudaklarımızın neredeyse birbirine değecek olması. Ve ben onunla karşılaşınca nasıl tepki vereceğimi bilmiyorum.

***

Sıradan bir kızdım. Sıradan hayatım, sıradan bir kişiliğim, sıradan ailem vardı. Fazlasının benim hayatımda yeri yoktu. Bu zamana kadar bir düzen doğrultusunda ilerleyen hayatım, hâlâ aynı şekilde ilerlemeye devam ediyordu. Ertesi sabah okula gittiğimde matematik öğretmeni Selim Hoca benimle konuşmak istediğini söylemişti. Sabah okula geldiğimde söylediği bu cümle, öğle arasında hayat bulacaktı ve ben öğle arasına kadar her türlü ihtimali düşünmeden edememiştim. Bilmeden yanlış bir şey mi yapmıştım?

Öğle arası olunca sınıftan çıkıp öğretmenler odasına gittim. Kapıyı tıklarken artan gerginliğim öğretmenlerin bana bakan gözleriyle iyice gün yüzüne çıksa da Selim Hoca gülümseyerek, "Geliyorum Melisa," dedi. O böyle deyince kendimi biraz daha iyi hissettim. Bakışlar benim için gerçekten çok önemliydi. Birisi bana kötü bakıyorsa kendimi kötü hisseder, güzel ve samimiyetle bakarsa iyi hissederdim.

"Seninle neden konuşmak istediğimi merak ediyorsundur?" Selim Hoca kaşlarını havaya kaldırınca başımı evet anlamında salladım. Otuzlu yaşlarında, esmer bir adamdı. Okulda sert mizaçlı biri olarak bilinse de benim açımdan öyle değildi. Ciddi ve otoriterdi sadece.

"Son günlerde sen de fark etmişsindir ki derslere pek katılmıyorsun? Bu sadece benim dersimle alakalı değil. Diğer öğretmen arkadaşlarım da senin için aynı şeyi söylüyor." Öğretmenlerin benim hakkımda toplanıp bir şeyler konuşması garip hissetmeme neden oldu. Başımı öne eğip saçlarımın yüzümü kapatmasını sağladım. Ne diyebilirdim ki? Haklıydı.

"Sen akıllı bir kızsın Melisa. Nasıl bir öğrenci olduğunu bilmesem böyle bir konuşma yapmazdım." Duraksadı. "Ailenle mi bir sorunun var?"

"Hayır hocam." Başımı yerden kaldırdım.

"Öyleyse buna bir an önce son ver. Ben seni eskisi gibi derslerime katılırken görmek istiyorum. Anlaştık mı?" Selim hocanın sorusu üzerine başımı salladım.

Okuldan çıktığımda Aras'la beraberdik. Yan yana yürüyorduk. Bazı kızların gözü bizim üzerimizdeydi ve kıskanç bir ifadeyle bize bakıyorlardı. 'Okulun iki sessiz tipi yan yana.' Eğer bir okul gazetemiz olsaydı eminim Aras'la manşetleri süsleyen ilk haber olurduk.

"Dünkü görüşmeniz nasıl geçti?" Aras'ın sorusu üzerine hafifçe omuzlarımı silktim.

"Bana yardım etmeye devam edecek."

"Yani hâlâ numara yapmaya devam edeceksiniz?"

"Şey, evet ama çok yakında aramızdaki şey bitecek," dedim. Aras'a dün Ateş'in yanına gittiğimi anlatmıştım. Tabii gitmeme neden olan şeyi de. Bana hak vermemişti ama kızıp yadırgamamıştı da.

"Onun yanında olduğun her saniye tehlike içindesin Melisa. Bunu biliyorsun, değil mi?"

"Tehlike falan yok Aras." Yürümeyi bırakıp gözlerinin içine baktım. "Aksine, onun yanında olmazsam tehlike içinde olurum. O pis tacizci, Ateş'ten korkuyor."

Aras bir şey demedi. Birlikte okulun kapısından çıktığımızda karşımda Ateş'i görmeyi hiç beklemiyordum doğrusu. Siyah arabasının kapısına yaslanmıştı ve ifadesiz gözlerle bana, pardon hemen yanımdaki Aras'a bakıyordu.

"Onun burada ne işi var?" Aras'ın sorusu ile bakışlarımı ona doğru çevirdim. Az önceki samimi ifadesi artık yoktu. "Ben, bilmiyorum," diyerek açıklama yaptım. Ama Aras çoktan Ateş'e doğru yürümeye başlamıştı bile.

"Bana bak Ateş misin her nesin. Bu kız henüz 17 yaşında. Gidip kendi yaşıtlarınla takılsana sen. Ne diye bu kızı rahatsız ediyorsun?" Aras, Ateş'in karşısına dikilince oldukça cesur göründüğünü fark ettim. Okuldaki bazı öğrenciler Ateş ve Aras'a kaçamak bakışlar atıyordu.

"Sen kim oluyorsun?" diye sordu Ateş. Gram yerinden hareket etmemiş, arabasına yaslanmaya devam ediyordu. Bakışları ifadesizdi. Yüzündeki solmuş yara izleri nedense içimin burkulmasına neden oldu. Kötü görünüyordu.

"Arkadaşıyım," dedi Aras.

"Sevgilisi olsan da umurumda olmazdı zaten. Melisa şimdi benimle geliyor." Ateş bakışlarını bana doğru çevirdi. Öyle bir bakıyordu ki sanki hayır dersem dövecekmiş gibiydi. Döver miydi? "Arabaya geç Melisa."

"Bu kız senin malın değil. Ona emir veremezsin!" Aras sinirle konuşunca Ateş bakışlarını benden çekip Aras'a çevirdi. "Bana bak sarı oğlan, benim asabımı bozma. O şimdi benimle beraber geliyor."

"İstemediği takdirde yapabileceğin hiçbir şey yok." Gerginlik her saniye biraz daha artarken devreye girmem gerektiğini fark edip çekinerek Aras'ın elini tuttum. Aras bana şaşkın bir şekilde baksa da görmezden geldim ve onu çekiştirmeye başlayıp Ateş'in bizi duymayacağına kanaat getirdiğim bir yerde durdum. "Aras, ben, şey... lütfen bana kızma olur mu? Gitmem lazım. Gidip bir an önce bu meseleyi bitirmem lazım. Söz veriyorum bugünü telafi edeceğim."

"Gitmek zorunda değilsin," dedi Aras.

"Biliyorum ama gitmeliyim." Aras derin bir nefes aldı. "Peki git." Memnun olmadığı her halinden belli oluyordu. "Anlaşılan beni dinlemeyeceksin."

Ateş'in yanına doğru yürümeye başladım. Kendisi çoktan arabaya binmişti bile. Ön koltuğa yerleştiğimde emniyet kemerimi bağladım. Ateş hiç beklemeden gazı kökledi ve arabayı hareket ettirdi. Şöyle bir bakıldığında sinirli gibi görünüyordu ama o her zaman böyle değil miydi zaten?

"Nereye gidiyoruz?"

"Cehennemin dibine!" Sinirliydi. Ama en azından cevap vermişti.

"İsmin Ateş diye, böyle laflar söyleyince havalı olmuyorsun," dedim. Ateş bakışlarını bana doğru çevirdi. Öfke saçan gözleri beni korkutmaya yeterken başımı hemen cama doğru çevirip dışarı bakmaya başladım. Konuşmamı istemiyorsa konuşmazdım. O kadar da yüzsüz değilim.

"İn." Ateş'in sesi ile arabanın durduğunu fark ettim. Kapıyı açıp dışarı çıktım. O iğrenç bara geldiğimizi fark edince yüzümü buruşturdum. Buradan nefret ediyordum. Kim bilir yine niye gelmiştik?

"Yürü." Ateş yürümeye başlayınca adımlarımı hareket ettirip peşine takıldım. Ama öyle hızlı yürüyordu ki. Onun bir adımı benim üç adımıma eşitti. "Yavaş olsana ya. Bu ne acele?" Ateş cevap vermeden barın içine girdi ve her zamanki yerine doğru ilerledi. Nihayet ona yetişmeyi başardığımda Ateş'in çoktan lobiye oturduğunu ve eline aldığı içki bardağını kafasına diktiğini fark ettim. Peki. Oyunu onun kurallarına göre oynayalım o halde. Bakışlarımı etrafta gezdirdim. Çok fazla kalabalık değildi. Muhtemelen saatin henüz erken olmasından dolayı böyleydi. Ama yine de iki elin parmak sayısından daha fazla kişi şu anda buradaydı. Adımlarımı Ateş'e doğru ilerletmeye başladım. Sanki kötü bir suç işlemişim gibi öfkeyle yüzüme bakıyordu. Ne yapmıştım ki?

"Kucağıma gel," dedi Ateş aniden. Söylediği şeye hiçbir anlam veremedim. "Pardon?" Ayakta öylece durmuş, Ateş'in yüzüne bakıyordum. Ne diye onun kucağına oturacakmışım ki?

"Bir oyun oynuyorsak kurallarına göre hareket etmelisin," dedi Ateş. "Sevgili olduğumuzu öyle bir sarılmayla kimseye ispatlayamazsın." Sesi azarlar gibiydi. Gözlerimi ondan kaçırdım.

Ama tam bu sırada hem tacizcinin hem de başka adamların bize baktığını fark ettim. Derin bir nefes aldım. Sakin olmalıydım. Hem sakin hem de güçlü. Başımdaki beladan kurtulmak istiyor muyum? Kesinlikle evet. Alnımın üzerine düşen saç tutamını kulağımın arkasına ittirdikten sonra çekinerek Ateş'in kucağına oturdum. Kalp atışlarım anında hızlanmıştı. Öyle garip hissediyorum ki kendimi.

"Yan değil ufaklık, bacaklarını aralayarak otur." Durdu ve ekledi. "Ata biner gibi."

"Ama eteğim var?" Bunu aslında bir kaçış yolu olarak söylemiştim. Çünkü o şekilde kucağına oturmak istemiyordum. Ama doğruydu. Altımda okul eteğim vardı ve bu şekilde oturmam pek mümkün değildi.

"Ben onu kapatırım," dedi Ateş. Bakışları gözlerimdeydi ve aramızdaki mesafe çok azdı. Gözlerini ilk kez bu kadar yakından görüyordum. Fazla güzeldi. Büyüleyiciydi. "Ama-" İtiraz etmek için mantıklı bir neden ararken Ateş, "Hadi," diyerek üsteledi. Sesi sinirli değildi. Aksine, ilk kez normaldi ve şaşırmıştım. Daha az önce beni azarlamamış mıydı bu adam? Ateş'in dizlerinin üzerinden kalktım. Ateş sırtını oturduğu koltuğun başlığına yaslayarak daha rahat bir pozisyon aldı. Çekinerek bacaklarımı iki yandan ayırarak tekrar kucağına oturduğumda kalbim deli gibi çarpıyordu. Eteğim yukarı doğru çıkmıştı. Şu anda ata biner gibi Ateş'in kucağına oturmuştum ve birden fazla duyguyu aynı anda hissediyordum. Ateş içkisinden büyük bir yudum aldı. "Kollarını boynuma dola,"

"Neden?"

"Beni ikiletme de dediğimi yap."

"Ama eteğim." Ateş içki bardağını masaya bıraktıktan sonra ellerini eteğimin ucuna götürdü. "Şimdi dediğimi yap." Eteğimin açılmamasını umarak kollarımı boynuna doladım. Kalbim öylesine hızlı atıyordu ki. Şu an bulunduğum yer ve yaptığım şey... "Başını yerden kaldır." Ateş'in isteği ile başımı yavaşça yerden kaldırdım ve onun mavi-yeşil gözlerinin içine baktım.

Yüzlerimiz birbirine oldukça yakındı. Hatta çok yakındı. Yutkundum.

"Şimdi senden son bir şey istiyorum." Kaşlarım endişeyle havaya kalkarken kalbimde gümbür gümbür atıyordu. Ne isteyecekti ki? "Başını boynuma götürüp orayı öp," dedi Ateş. Ağzım "O" şeklini alırken, "Yapamam," dedim hızlıca. Sevgilim olmayan birine böyle yaklaşamazdım.

"Bunu yaparsan benim olduğunu kanıtlayacaksın. Böylelikle kimse sana yaklaşmayacak," dedi Ateş. "Hem merak etme." Alayla güldü. "Beni bir öpücükle etkileyemezsin." Hah! Böyle bir durumdayken bile egosunu tatmin etmekten çekinmiyordu. Kendini beğenmiş, ne olacak! Tamam. Bunu yaparsam belki tacizci peşimi bırakabilirdi ve ben de rahat ederdim. Ama yapmazsam başladığım yere geri dönmek zorunda kalırdım. Ama ben ne yapacağımı bilmiyordum ki. Daha önce kimseyle öpüşmemiştim bile. "Çok düşünmedin mi?" Ateş'in sesi ile zihnimdeki düşünceleri bir kenara bırakıp ona baktım. Ne yapacağımı cidden bilmiyordum. Ateş başını geriye doğru yasladı. Pürüzsüz boynu sadece birkaç santimlik uzağımdaydı. Yavaşça üzerinde doğruldum. Ateş'in elleri hâlâ eteğimin uç kısımlarını tutuyordu ve bu yüzden açılacağını sanmıyordum. Dudaklarımı boynuna bastırdım. Ne yapacağımı bilmediğim için aklıma gelen şeyi yapmaya koyuldum.

Dudaklarımı yavaşça hareket ettirip ilk olarak M harfini çizer gibi boynunda gezdirmeye başladım. Daha sonra dudağımı belli bir uzunlukta boynundan aşağıya doğru indirip düz bir çizgi çizdim. Çizginin en başından sağa doğru bir çizgi daha çizdikten sonra ortasına ve sonuna da dudaklarımla birer çizgi çizip E şeklini yaptım. L harfini de yavaşça Ateş'in boynuna çizerken duraksadım. Çünkü Ateş'in nefes alışverişleri hızlanmıştı. Dudaklarımı tekrar boynuna değdirip düz bir çizgi daha çektim. Çizginin üzerine nokta koymak içinde dilim ile küçük bir dokunuş yaptıktan sonra İ harfini de tamamladım. Tam bu sırada Ateş, "Siktir," diye inledi. Kıvrak bir şekilde S harfini de yaptıktan sonra A harfini de ustaca yapıp geri çekildim. Ateş gözlerini kapatmış hızlı hızlı nefes alıyordu. Sanırım durduğumun farkında bile değildi. Bir süre sonra gözlerini açtığında şaşkınlıkla ona bakmaya başladım. Gözleri öylesine koyulaşmış ki... Neydi peki onu böyle yapan? Benim beceriksiz öpüşlerim mi?

"Ne yaptın sen bana?" Ateş'in sesinde hayret vardı. "Şey... adımı yazdım," dedim çekinerek. Ateş öylece yüzüme baktı. Ne düşündüğünü tahmin etmek imkânsızdı. Düşünceleri, yüzünün ardından gizliydi. Şaşkın bir hali vardı ama ne için şaşırdığını bilmiyordum. Ateş içkisini tek dikişte bitirdikten sonra beni kucağından indirdi ve elimden tuttuğu gibi dışarı çıkarttı. Bu süreçte bir kez bile yüzüme bakmamıştı. Kötü bir şey mi yapmıştım? "Arabada bekle. Ben beş dakikaya gelirim," dedi. Arabasının anahtarlarını elime verdikten sonra bir şey söylememe fırsat vermeden kendisi tekrar bara girdi. Ne olduğunu anlayamamıştım. Elimdeki anahtarla arabanın kilidini açtıktan sonra ön koltuğa geçip Ateş'i beklemeye başladım. Acaba içeride bir şey unutmuş olabilir mi?

Dediği gibi aradan neredeyse beş dakika geçtikten sonra Ateş arabaya geldi ve bir şey demeden gazı kökledi. Saçları az önceki haline göre biraz dağılmış gibiydi. Nefes alış verişleri de sanki hızlıydı.

"İçeride ne yaptın?" Oturduğum koltukta ona doğru dönüp soran gözlerle beklemeye başladım. Vereceği cevabı öyle merak ediyorum ki... Normalde de onunla ilgili şeyi merak ederim ama bu seferki farklıydı. Çok merak ediyordum.

"Gerçekten bilmek mi istiyorsun?"

"Evet?" diyerek hiç düşünmeden cevap verdim.

"Bana ne yaptın bilmiyorum," dedi Ateş anlam veremediğim bir ses tonuyla. "Az önce hiç olmadığım kadar tahrik oldum ve-" Duraksadı. "Daha önce bu kadar kolay olmamıştı." Ateş'in söylediği bu cümle bende suçluluk duygusu uyandırırken, "Özür dilerim, be-ben gerçekten ne yaptığımı bilmiyordum. Sadece adımı yazdım," dedim hızlıca.

"Bir şey bilmediğin öyle belli ki."

Başımı öne eğdim ve saçlarımın yüzümü kapatmasını sağladım. Yanaklarımın ısındığını hissedebiliyordum. Onu tahrik etmek... Bu kelimeyi işitmek, üstelik ondan, karnıma sanki bıçak saplanmış gibi hissettirmişti. Bu acı vermiyordu. Sadece... Saplandığını hissedebiliyordum o kadar. Garip bir şeydi. Sessiz geçen yirmi dakikalık bir yolculuğun sonunda araba durdu. Sırt çantamı sapından kavrayıp çekingen bir ifadeyle Ateş'e baktım. Elleri direksiyonun üzerindeydi, gözleri ise benden tarafta. Mavi-yeşil gözleri buz gibi soğuktu.

"Anneannem yarın İstanbul'a geliyor," dedi. "Kendisi oldukça yaşlı ve bilirsin, ufak tefek hastalıkları var. Telefonda bana kız arkadaşımla tanışmak istediğini söyledi."

Anlamayan gözlerle ona bakınca Ateş nefesini usulca dışarı verdi. "Yarın akşam onunla tanışmanı istiyorum."

"Ben mi?" diye sordum işaretparmağımı kendime yönlendirerek.

"Evet, sen," dedi Ateş ifadesiz bir sesle. "Ben nasıl başındaki beladan kurtulman için seninle sevgili rolü yaptım, yarın sen de aynısını yapacaksın." Onunla sevgili rolü yapmak? Hem de ailesinden biri ile tanışacak kadar? Heyecanlanmam normal mi?

"Yarın akşam altı gibi hazır ol."

"Pardon?" dedim kaşlarımı havaya kaldırarak. "Kabul ettiğimi söylediğimi hatırlamıyorum?"

"Ben de senden rica ettiğimi hatırlamıyorum." Ukala, kendini beğenmiş!

"Annemlerden izin alabilirsem gelirim," dedim.

"Valla bir yolunu bul ufaklık. Yoksa seni kaçırmak zorunda kalırım." Ciddi olup olmadığına baktım.

"Neden ben? Yani etrafında eminim bir sürü kız vardır?"

"Etrafımda anneannemin karşısına çıkartabileceğim bir kız maalesef yok."

"Ama beni çıkartıyorsun?"

"Sen o kızlardan farklısın." Gülümsedim.

"Bunu bir iltifat olarak algılamalı mıyım?"

"Ne olarak algılarsan algıla," dedi Ateş. "Yarın akşam altıda hazır ol da."

"Tamam," dedim kabul ederek. Bencil bir kız değildim. Bu yaşıma kadar hiç olmamıştım. Eğer birisi bana iyilik yapmışsa, karşılığını vermekten asla gocunmazdım. Ve şimdi Ateş... Bana bir iyilik yapmıştı. Karşılığında ise istediği şeyi yapmaktan başka çarem yoktu.

Bölüm 10

Salondan gelen konuşma seslerine, arada gülüşme sesleri de eşlik edip kulaklarımı doldurmaya devam ederken bulaşıkları makineye dizmeyi tamamlayıp ellerimi kurulamaya başladım. Saat öğleden sonrayı gösteriyordu. Güneş, ışınlarını etrafa saçmış, neşeyle gülümsemekteydi. Teyzemlerdeydim. Hafta sonu olduğu için annemle sabah kahvaltıya gelmiştik. Evi, bizim eve on beş dakikalık araba mesafesinde olsa da işi gereğiyle çok sık görüşemiyorduk. Sürekli meşguldü ve bir şeylerle ilgileniyordu. Kendisi otuzlu yaşlarında, güzel ve alımlı bir kadındı. Bir şirkette asistan olarak çalışıyordu. Başarılıydı ama buna rağmen henüz evlenmemişti.

Mutfaktan çıkıp salona gittim. Annem ve teyzem bıraktığım gibi gülüşerek muhabbet etmeye devam ediyorlardı. Genellikle kız kardeşler anlaşamaz diye bir kavram vardır ama bu kavram, teyzem ve annem için geçerli değildi. Şu ana kadar bir kez bile kavga ettiklerini görmemiştim.

"Ah, teyzesinin bir tanesi. Gel şöyle otur." Teyzem koltukta benim için yer açınca yanına oturdum. Elini omzuma atıp hemen bana sarıldı. "Büyümüş de, teyzesinin mutfağını mı temizlemiş?"

"Teyze," dedim yakınır bir sesle. "Bana çocuk muamelesi yapmasan? Artık on yedi yaşındayım."

"İstersen kırk yedi yaşında ol," dedi teyzem gülümseyerek. "Benim için her zaman 'deyze' diye ortalarda dolaşan küçük kız olarak kalacaksın." Gözlerimi devirdim. Bahsettiği şeyi dört yaşında falan yapıyordum. O zaman dilim doğru dürüst kelimeleri söyleyemiyordu bile. Ama kendisi her fırsatta bundan bahsetmekten gocunmazdı.

Uzanıp sehpanın üzerindeki bisküvilerden birini elime aldım. Bisküviyi dudaklarımın arasına yerleştirdiğimde zihnim dün Ateş'in söylediklerini düşünmeye koyuldu. Bu akşam

Ateş'in anneannesi ile tanışacaktım. Henüz anneme bundan bahsetmemiştim gerçi ama izin vereceğini temenni ediyordum. Hoş, bir yanım, keşke izin vermese de gitme diye haykırıyordu ama. Bilmiyordum. Aklım açıkçası karışmıştı. Bir yanım gidip elimden gelenin en iyisini yapmam gerektiğini söylüyordu, bir diğer yanım gitmemem gerektiğini. İkileme düşmüştüm.

"Abla, sence de Melisa gittikçe bana benzemiyor mu?" Teyzem alıcı gözle bana baktı. "Baksana, simalarımız aynı." Onun sesiyle zihnimdeki düşünceleri bir kenara bırakıp gülümsedim.

"Sen Melisa'nın yaşındayken bu kadar güzel miydin canım?" Annem bana baktı. "Benim kara kuzumun bir eşi benzeri daha yok."

"Öyle olmasına öyle," dedi teyzem. "Ben Melisa'nın yaşındayken daha kiloluydum." Yüzünü buruşturdu. "Yüzüm sivilceden görünmezdi."

"Ben sana diyordum ama önüne gelen her kremi sürme diye. Bak. Yüzünde hâlâ o sivilcelerin izleri var,"

"Aman abla," Teyzem gülümseyerek bana baktı. "Annen gençken hiçbir şey sürdürmezdi yüzüme. Doğallık diye diye ömrümü tüketti. Sana da karışıyor mu?"

Gülümsedim. "Biraz,"

"Elbette karışırım," dedi annem hemen. "Kızımın güzel yüzünü mahvetmesine izin verecek değilim ya."

"Abartmayın anne," dedim gülümseyerek. "Nerem güzel benim?"

"A-aa." Teyzem ağzını araladı. "O ne biçim soru öyle? Senin gözlerinin varlığı yeter, güzelim benim," Omuzlarımı silktim. Gözlerimin varlığı? Ben de zaten sadece gözlerimin güzel olduğunu biliyordum. Yüzüm, güzel sıfatının yanından bile geçmezdi. Çillerim vardı, tenim soluktu, ön dişlerim öndeydi ve gülümserken tıpkı bir tavşan gibi görünüyordum. Sanırım Allah hediye olarak bana sadece gözlerimi vermişti.

Annem babama telefon edip akşama teyzemlere gelmesini söyledi. Hep beraber güzel bir yemek yiyelim diye. Tüm akrabalarımız Ankara'daydı. İstanbul'da sadece biz bizeydik. Teyzem de babam da işleri gereğiyle buradaydılar. Ben Ankara'da doğmuştum. İlkokulu bitirene kadarda oradaydım. Babam o zamanlar Ankara'da görev yapıyordu çünkü. Sonra tayini çıktı. Hep beraber İstanbul'a geldik. Bir şehirden başka bir şehre taşınmak herkesin kolay alışamadığı bir şeydi. Benim de öyle olmuştu. Çocukluk arkadaşım, ya da okuldan arkadaşım yoktu ama benimle yaşıt olan kuzenlerimden ayrılmak beni hayli üzmüştü.

***

Anneme bir arkadaşımın doğum günü partisi var diye yalan söyleyip akşam için izin istedim. Geçen gün de aynı yalanı söylediğim için annem biraz şüphelenir gibi olsa da teyzemin desteğiyle izin koparmayı başardım. Eve geldikten sonra kendimi aceleyle banyoya attım. Saat akşamın beşi olmak üzereydi ve henüz hazırlanmanın yanında bile geçmiyordum. Geç kalacaktım! Ah, olamaz. Üzerimdeki kıyafetlerden hızlıca kurtulduktan sonra sıcak suyun altına girdim. Bedenimi ve saçlarımı üç kez köpükledim. Yaklaşık on beş dakikanın sonunda banyodan çıktığımda bedenimi havluya dolayıp koşarak odama gittim.

Giysi dolabımı açıp giyeceğim elbiseyi askıdan aldım hemen. Dün gece karar vermiştim. Bu yüzden elbise seçimi yaparak ekstra vakit harcamamıştım. Giyinmeye başladım. Elbise açık pembe, dizlerimin bir karış üzerinde olan yarım kollu bir elbiseydi. Etek kısımları hafif plili olduğu için bedenime fazla yapışmıyordu. Zaten o tarz elbiseleri de hiç sevmiyordum.

Makyaj masamın önüne oturdum. Maşa yardımı ile öncelikle saçlarımı dalga dalga yaptım. Lüleler halindeki dalgalar omuzlarıma dökülmüştü. Elimle biraz kabarttıktan sonra makyaj yapmaya koyuldum. Hafif bir allık, rimel, dudaklarıma da canlılık vermesi için kirazlı parlatıcımı sürdükten sonra hazırdım.

Aynadaki aksime baktım. Görüntüm güzel miydi? Emin değilim. Saçlarımı yapmıştım, güzel bir elbise giymiştim, yüzümü renklendirmiştim ama sanki... Bir şey eksik gibiydi? Ne olduğunu bilmiyorum. Kararsız bir yapım vardı. Bir şeyi birileri üst üste söylerse ancak o zaman kabullenirdim. Bu inat değildi. Ya da başka bir şey. Değişik bir şeydi ve bu değişiklik kötü bir değişiklikti. Bu huyumu hiç sevmiyordum.

Saat altıyı gösterirken zil çaldı. Odamdan çıkıp kapıyı açmaya gittim. Her adımım kalp atışlarımı bir kat daha hızlandırıyordu. Kapının yanına geldiğimde elimi kulpa götürüp aşağı indirdim. Ve açar açmaz mavi-yeşil bir çift gözle karşı karşıya geldim.

Arabaya bindiğimizde heyecanım gitgide artmaya başladı. Sanki bir el boğazımı sıkıyor gibiydi. Neden böyle hissettiğimi hiç bilmiyorum. Altı üstü yaşlı bir kadınla tanışacaktım, bu denli heyecanlanmam anlamsızdı. Ama belki de heyecanlanmama neden olan asıl şey o yaşlı kadının, Ateş'in ailesinden biri olmasıydı?

"Hasta mısın ufaklık? Arabaya bindiğimizden beri tek kelime etmedin?" Sessizliği bozan Ateş bakışlarımı camdan çekip ona çevirmeme neden oldu. Üzerinde gri bir yarım kollu vardı, altında ise siyah bir kot. Saçlarının ön tarafını havaya kaldırmıştı ve yüzü, saçları böyleyken daha güzel görünüyordu.

"Yo, iyiyim," dedim bakışlarımı onda gezdirmekten vazgeçerek. Aslında kocaman bir yalandı bu. İyi falan değildim. Kalbim deli gibi çarpıyordu.

"Bu sessizliğinin nedeni anneannem mi yoksa?" Ateş bana kısaca baktıktan sonra tekrar önüne döndü. Yüzünde alayla karışık bir gülümseme vardı.

"Niye öyle olsun ki?" diye sordum şüpheyle. "Yani olması için bir sebep mi var?"

"Var," dedi Ateş gülümseyerek. Durdu ve ekledi. "Anneannem cadının tekidir."

"Harbiden mi?"

"Harbiden," dedi Ateş. Sesinde eğlenir gibi bir hava vardı. Heyecan duygusu hızla geri çekilip yerini korkuya armağan etti. Zihnimdeki görüntü tatlı ve güler yüzlü bir kadından ibaretti. Aksi, düşünmek bile istemeyeceğim bir şeydi. Ama şimdi... Ateş öyle olmadığını söylüyordu.

"Çok mu huysuz yani?"

"Çok huysuz."

Sessizce yutkundum. Gerçi ben ne bekliyordum ki? Böyle bir torunu varsa tatlı bir kadın olmasını beklemem aptallıktı zaten. "Ya Ateş, ben gelmeyeyim?" dedim. "Valla bak. İndir sen beni şu ileride." Yalvaran gözlerle Ateş'e bakmaya başladığımda Ateş'in gülümsemesi genişledi ve yüzünü kapladı. "Olmaz," dedi. "Bir kere çıktık yola. Sonunu getirmemiz lazım."

"Sen bensiz devam ettir o yolu. Ne olur bak. Sanırım ben yapamayacağım,"

"Artık çok geç ufaklık,"

"Ya geç falan değil. Lütfen indir beni. Anneannene kız arkadaşım ölmüş de. Ciddiyim. Evine almaya gittim ama komşuları bana öldüğünü söyledi de. Gıda zehirlenmesi falan diyebilirsin?"

Ateş gülümsedi.

"Gülmesene ya!" diye çemkirdim yüzüne karşı. "Ben burada ecel terleri dökeyim, senin yaptığına bak!" Kollarımı göğsümün üzerinde birleştirdim. Belli ki indirmeyecekti! Nefesimi usulca dışarı verdim. Güzel düşünürsem her şey güzel olabilirdi. Değil mi?

Benim açımdan epey gergin geçen yirmi beş dakikalık araba yolculuğundan sonra Ateş arabayı durdu. Sakin olmaya özen gösterdikten sonra kapıyı açtım ve aşağı indim. Elbisemin etekleri birazcık kırışmıştı. Elimi eteğin uçlarına götürüp silkeler gibi düzeltmeye başladığımda Ateş güldü. "Ne var?" deyip bakışlarımı ona doğru çevirdim.

Ateş dudaklarını birbirine bastırdı, gülümsemesini durdurmaya çalışır gibiydi. "Yok bir şey. Yürü bakalım," dedi. O önde ben arkada ilerlemeye başladık. Birlikte evin önüne geldiğimizde iyiden iyiye korkmaya başlamıştım. Acaba koşmaya kalksam, Ateş beni yakalayabilir miydi? Elbette yakalardı! Ateş zile bastı.

Çok geçmeden Ayşe Teyze gülümseyerek kapıyı açınca, -keşke anneannesi Ayşe Teyze olsaydı- diye içimden geçirdim.

"Anneannem salonda mı?"

"Hayır Ateş oğlum. Mutfakta yemekleri kontrol ediyor." Gözlerim kocaman açılırken Ateş keyifle gülümseyip yürümeye başladı. Kadın yemeklere bile karışıyorsa kim bilir beni nasıl zor duruma düşürecekti. Ateş'in peşinden gidip ona yetiştim ve birlikte salondaki koltuklara oturduk. Yan yanaydık. Bakışlarımı ona çevirdim. "Bence hâlâ şansım varken ben gideyim? Ne dersin?"

"Çeneni kapa ve rolünü adamakıllı oyna derim."

"Ya of! Elime yüzüme bulaştırıp her şeyi mahvederim şimdi ben. Ne anlarım ki rol yapmaktan?"

Ateş gözlerini bana dikti. "Oscar'lık bir performans beklemiyorum zaten, normal davran yeter."

"Kolaydı san-"

"Ateş?"Cümlem tok bir sesin araya girmesiyle havada asılı kaldı. Bakışlarımı hızla sesin geldiği yöne çevirdim. Bu, oydu. Tahmin ettiğim gibi beyaz saçları olan, altmışlı yaşlarında, oldukça bakımlı bir kadın karşımda duruyordu. Bakışlarındaki otoriter hava bile ilk saniyede göze çarpıyordu.

"Sultanım?" Ateş anneannesinin yanına gidip elini öpünce şaşkınlıkla ona bakakaldım. Ateş? El öpme? Ağzım balık gibi aralanırken Ateş bana baktı. "Tanıştırayım, bu Melisa. Benim kız arkadaşım," dedi. Son cümleyi baygın bir sesle söylemişti. Anneannesi bakışlarını bana doğru çevirip beni süzmeye başladı. Gözleri fazla dikkatliydi ve beni tepeden tırnağa tarıyordu.

"Demek kız arkadaşın bu?"

"Evet," dedi Ateş. Sonra bana baktı. "Gelip anneannemin elini öpse Melisa." Ateş'in isteğiyle oturduğum yerden kalktım ve anneannesinin yanına gittim. Normalde olsa zaten hiç düşünmeden öperdim ama şu anda çok karmaşık duygular yaşıyordum. "Merhaba efendim." Eğilip kadının elini öptüm. Alnımı da değdirmeyi ihmal etmemiştim tabii.

"Merhaba," dedi kadın ve bakışlarını dikkatli bir şekilde yüzümde gezdirdi. "Hasta mısın kızım sen? Yüzün kıpkırmızı?"

"Şey, yok. Ben iyiyim. Sadece biraz sıcakladım da." Kadın gülümsedi ve eli ile koltukları işaret etti. Hep beraber koltuklara oturduğumuzda kadının dikkatle beni süzdüğünü fark edip oldukça gerildim.

"Eee anlat bakalım kızım. Neler yapıyorsun?"

"Şey, ben okuyorum." Ateş ve anneannesi birbirlerine bakıp gülümsediler.

"Onu zaten biliyorum kızım. Kimlerdensin, nerelisin onlardan bahsetmeni istiyorum?" Her ne kadar içimden Seferoğulları'ndanız demek gelse de, demedim.

"Ankaralıyız ama uzun bir süredir İstanbul'da yaşıyorum. Sadece yaz tatillerinde Ankara'ya gidiyoruz. Ailemin tek çocuğuyum. Babam polis, annem ev hanımı. Ve şey, lise üçe gidiyorum."

Kadın memnun olmuş gibi gülümsedi. "Peki bizim bu deli oğlanla nerede tanıştınız?" Kadın soran gözlerle bana bakınca bakışlarımı Ateş'e doğru çevirdim. Belki bana yardımcı olur diye. Ama o oldukça rahat bir şekilde koltuğa yayılmış bana bakıyordu. Uyuz!

"Tamamen tesadüf eseri efendim. Torununuz cüzdanını yere düşürmüştü, ben de insanlık namına peşinden gittim ve cüzdanı ona teslim ettim. Gerçi karşılığında bana hırsız muamelesi yaptı ama..."

"Hırsız mı?" deyip hızla lafımı kesti Ateş. "Sadece içinde önemli bir kart vardı ve düşürüp düşürmediğimden emin olmak istedim. Ve hatırlatırım ufaklık, o gün işimi gücümü bırakıp seni teyzenlere götürmüştüm?"

"Hah! Bunu sana ben teklif etmiştim bir kere. Ve ne olmuş götürdüysen? Sayemde bir işe yaramış oldun."

"Sen mi teklif ettin? Doğru ya. Karşıma geçip ışınlama cihazına ihtiyacın olduğunu söylediğini unutmuşum."

"Ne olmuş sanki? O an aklıma gelen tek mantıklı şey oydu."

"Nedense buna hiç şaşırmadım." Kollarımı göğsümün altında birleştirip Ateş'e kötü kötü bakmaya başladım. O da aynı şekilde bana bakıyordu. Tuhaf bir bakışma aramızda uzayıp gitti. Ve bu bakışma akşam yemeğinde de aynen devam etti.

Tekrar salona geçip koltuklara yöneldiğimizde anneannesi Ateş'i durdurdu. "Hadi bakalım, sen biraz dışarı çık," dedi.

"Sebep?" Ateş'in sorusuyla anneanne bana baktı. "Melisa kızımla biraz özel konuşmak istiyorum," dedi. Özel mi? Ateş bakışlarını bana doğru çevirdi. Ona 'gitme' der gibi baktım. Ama o sanki inadıma yaparmış gibi sırıttı ve salondan çıktı. Pislik!

Anneanne ile beraber koltuklara oturduk. Yan yanaydık ve yakından daha tatlı göründüğünü fark ettim. Yemyeşil gözleri vardı. Çok güzeldi. "Öncelikle torunumun sevgilisiyle ilk defa tanışıyorum kızım. Başta tereddüt etmiştim. Karşıma terbiyesiz, oturmasını kalkmasını bilmeyen bir kız çıkaracak diye. Ama doğrusu beni şaşırttı. Yüzüne karşı söylediğimi düşünme sakın, sen belli ki aile terbiyesi almış, hanım hanımcık bir kızsın." Kadın gülümsedi. "Ateş ile aranda biraz yaş farkı var sanırım. Ama bizim zamanımızda da hep böyleydi. Hatta Ateş'in dedesi ve benim aramda tam on dört yaş vardı." Kadının söylediği şey ile gözlerim kocaman açıldı. 14 yaş mı? "Belli ki çok şaşırdın kızım. Ama ben bunun zararını hiç görmedim. Aksine, hep bir avantajdı benim için. Ondan küçük olduğum için beni sürekli koruyup sahip çıktı. Şimdi diyeceksin ki bu kadın niye bana bunları anlattı? Gördüm kızım, gördüm. Ateş'in gözlerinin içinde huzuru ve mutluluğu gördüm. Sana bakışındaki merhameti gördüm. Eminim sana kibar davranmıyordur? Onu ben büyüttüm kızım. Annesi ve babası sürekli yurt dışında iken ona ben baktım. Ateş, anne ve babasının arasındaki bazı sorunlar yüzünden hırçın bir çocuk oldu. Ama bu onun kalbinin güzelliğini değiştirmez. Torunum benim için çok kıymetli Melisa, ona iyi bak olur mu? Var yok sebepten tartışmayın kızım. Birbirinizi sevin, sahip çıkın."

Karmaşa. Neden bilmem kadının söyledikleri beni hüzünlendirmişti. "Ben ne diyeceğimi bilmiyorum. Umarım her şey çok güzel olur," dedim ve tebessüm ettim.

Anneanne gülümsedi. "Her şey senin elinde kızım. Torunumu mutlu etmek senin elinde." Belki gerçekten sevgili olsaydık onu mutlu etmek için her şeyi yapardım ama öyle değildi işte. Ateş benim sevgilim değildi ki.

"Hadi ama ne konuşuyorsunuz böyle?" Ateş içeri girdi. Sesinde sıkılmış bir tını vardı. Anneanne ile beraber ona bakıp gülümsedik. Anneanne ellerimi tutmuştu. Ateş bakışlarını birleşmiş olan ellerimize indirdi. Kaşları usulca havaya kalkarken yüzü şaşkın bir hal aldı. Anneannesiyle beni bu şekilde görmeyi beklemiyordu sanırım.

Evden çıkıp arabaya bindik. Başımı cama çevirmiş, anlamsız bir gülümseme yüzümde belirmişti. Ateş'in anneannesi düşündüğüm gibi biri çıkmamıştı. Gayet sevimli, gayet şefkatliydi ve kanım hemen ona ısınmıştı. Tıpkı babaannem gibiydi, bana onu anımsatmıştı.

"Eve hemen dönmek zorunda mısın?" Ateş'in sorusuyla bakışlarımı camdan çekip ona çevirdim.

"Niye sordun?"

"Seni bir yere götürmek istiyorum," Kaşlarım usulca havaya kalkarken merak duygusu hızla bedenimi sarmaladı. "Bara mı?"

"Hayır," dedi Ateş.

"Ya nereye?"

"Gidince görürsün." Bakışlarımı arabanın içindeki saate çevirdim. Dokuza çeyrek vardı. "Aslında annemden ona kadar izin aldım, eğer o saate kadar gidip gelebilirsek gelirim?"

Ateş alayla güldü. "Gerçekten izin aldın mı?" Bana yandan bir bakış attı. "Beni yine evden kaçmışsındır diye düşündüm."

Ağzımı eğerek cevap verdim. "Ha-ha."

Ateş'in gülümsemesi yüzüne yayıldı. Eliyle vitesi arttırıp gaza biraz daha yüklendi ve arabayı ışıklı caddede ilerletmeye devam etti. Güven... Daha yeni yeni tanımaya başladığım bu adama güvenmem normal miydi? Ya da içimde ona karşı adlandıramadığım bir güven duygusunun dolaşması? Ateş tarafından sanki hiç zarar görmezmişim gibi hissediyordum. Bu his öyle kuvvetliydi ki tüm bedenimi kuşatmıştı. Ben Ateş'e güveniyordum.

Araba kalabalık bir caddede durdu. İnsanlar sokakta, araba motorlarının rahatsız sesi etraftaydı. Hava kararmıştı ve sokak lambaları devreye girmişti. Ateş arabayı vale diye tahmin ettiğim birine verdikten sonra ifadesiz gözlerle bana baktı. "Ne?" diye sordum bakışlarından bir şey anlamayarak. Akşam soğuğu tenime çarpıyordu. Üzerimde ince bir elbiseden başka bir şey yoktu ve üşüdüğümü hissedebiliyordum. Keşke bir ceket falan almayı akıl edebilseydim.

"Yanıma gel ufaklık," dedi Ateş. O kaldırımın üzerinde, ben ise yolcu kapısının yanındaydım. Adımlarımı hareket ettirip yanında durdum. Ateş elini belime koydu. Elinin varlığını vücudumda hissetmek ensemde bir karıncalanma hissi yaratırken Ateş adımlarını hareket ettirdi ve yürümeye başladı. Tabii ben de onunla beraber. Başım onun omzuna denk geliyordu. Üstelik bu topuklu ayakkabılara rağmendi. Normalde aramızda gözlü görülür bir fark vardı. Resmen ona alttan bakıyordum.

"Hoş geldiniz Ateş Bey," Gece kulübü diye tahmin ettiğim yerin kapısına gelince iki tane iri yapılı adam ellerini karınlarının üzerinde birleştirip Ateş'i selamladı. Seslerinden, duruşlarına kadar Ateş'e saygı duydukları belliydi. İri cüsselerine rağmen Ateş'e saygı duyuyorlardı. Ateş bu kadar önemli biri miydi yani?

Ateş bir cevap vermedi. Kendinden emin bir ifadeyle yürümeye devam ettiğinde omzumun üzerinden adamlara bakıp, "Hoş bulduk," dedim ve el salladım. Zavallı adamların kendilerini ezik gibi hissetmesini istememiştim. Adamlar gülmeye başladı. Ateş onlara ters bir bakış atıp anında ciddi bir hale bürünmelerini sağladıktan sonra bana baktı. Gözleri buz gibiydi, soğuktu. Yanlış bir şey yaptığımı anlayıp utandığımı hissettim ve hemen başımı öne eğdim. Ateş'le içeri girdiğimizde dışarının aksine karanlık bir ortam olduğunu fark ettim. Önümüzde uzun bir koridor vardı. Duvarlar; kırmızıydı ve üzerinde birçok tablo vardı. Koridorda kimse yoktu. Bakışlarımı Ateş'e çevirdim. Bara gitmeyeceğimizi söyleyip beni neden bir gece kulübüne getirdiğini merak ediyordum.

"Neden buraya geldik?" Yüksek seste çalan müziğin sesini bastırmak için bağırarak konuşmak zorunda kalmıştım.

"Nedeni yok," dedi Ateş ifadesiz bir sesle.

Kaşlarımı havaya kaldırdım. "Nasıl yani?"

"Basbayağı." Durdu ve ekledi. "Bir nedeni yok. Öylesine geldik."

Yürümeyi bıraktım. "Öylesine mi?"

Ateş bana baygın bir bakış attı. "Önemli bir planın mı vardı yoksa?"

"Hayır ama..." Ne diyeceğimi bilemeyerek susmak zorunda kaldım. Beni bir yere götüreceğini söylediğinde heyecanlanmıştım. Belki ilk kez güzel vakit geçirebileceğimiz, eğlenceli bir yere gideriz diye. Bir lunapark mesela? Ama sonra gece kulübüne geldiğimizi anladım. Hayal kırıklığı yaşamadım desem yalan olurdu ama sonra aklıma, peşime takılan tacizci geldi. O buradadır ve bizi beraber görüp sevgili olduğumuza artık kanaat getirir diye düşündüm. Ama şimdi Ateş tüm bunların olmadığını söylüyordu. Sebepsiz yere buradaydık.

"Yürü hadi." Ateş elini belime koyunca geri adım attım.

"Bir yere gideceğimizi söylediğinde ben bir amacın olduğunu düşünmüştüm?"

"Amaç?" Ateş bana doğru bir adım attı. Aramızda üç-dört adımlık mesafe vardı. O yaklaştıkça ben geri gidip aramızdaki mesafeyi korumaya çalıştım. Ta ki sırtım duvara değene kadar. "Bir amaç mı istiyorsun?" Mavi-yeşil gözleri soran gözlerle bana bakınca sessizce yutkundum. Sorduğu sorudan dolayı değil ama. Aramızdaki mesafenin kısalığı yüzündendi. Ve tabii nefesini yüzümde hissettiğimden dolayı. Aramızda hiç mesafe yoktu. Benim sırtım duvara değiyordu, Ateş ise üzerime eğilmişti. Bizi dışarıdan gören biri kesinlikle yanlış yorumlayabilirdi.

"İki haftadır sevgiliyiz," dedi Ateş. "Bu senin için geçerli bir amaç değil mi ufaklık?"

"Bir kere o gerçek değil," dedim hemen. Nefes alış verişlerim hızlanmıştı. Ateş gülümsedi ve ellerini duvara yasladı. Bedenimi kendiyle duvar arasına sıkıştırdı. Yüzlerimiz yakındı. Hatta çok yakındı. "Ama bunu kimse bilmiyor ufaklık?" Ateş'in ferah nefesini yüzümde hissedince sessizce yutkundum.

"Bi-bilmeleri mi gerek? Hem biz biliyoruz ya."

Ateş üzerime eğildi ve fısıldayarak konuştu."Sadece ikimizin bileceği başka şeylerin de olmasını ister misin?" Sesindeki o tını, bedenimin karıncalanmasına neden olmuştu. Resmen titremiştim. Ateş de bunu fark etmiş olacak ki gülümsedi ve geri çekildi. Elimi tutup beni yürütmeye başladı. Kalbim deli gibi çarpıyordu. Bedenimin ısındığını hissedebiliyorum. Hatta kulaklarımın bile. Bu yakınlaşma beklenmedikti.

Ateş'le uzun bir koridorda yürüdükten sonra merdivenlerden yukarı çıktık. El eleydik. Kalbim az önceki yakınlaşmamızdan dolayı hâlâ hızlı hızlı atıyordu. Ateş'le beraber açık duran bir kapıdan içeri girdik. Renkli ışıklandırmalar gözlerimi kırpıştırmama neden olmuştu. Fazla ışık vardı. Tıpkı fazla yüksek seste müziğin olması gibi. Boştaki elimi gözüme götürüp ışıklara karşı siper ettim. Zaten üç-dört adımlık yürüyüşün ardından ışıklara alışmış, yürümeyi de bırakmıştık.

Ateş'le beraber dört tane erkeğin ve de üç tane kızın olduğu bir masanın önünde durunca bakışlarımı L şeklindeki koltukta oturan kişilerin üzerinde gezdirmeye başladım. Yirmili yaşlarında, kızlı erkekli bir gruptu. Giyimleri gayet düzgündü. "Ooo Ateş Bey gelmiş arkadaşlar." Bizi ilk fark eden sarışın bir erkek olmuştu. Onun bu söylediği cümle ile bütün bakışlar bize, sonra bana, oradan da Ateş'le birleşen ellerimize çevrilince birden gerildiğimi hissettim.

Ateş boş bir yere oturdu ve sırtını koltuğa yasladı. Bakışlarını bana dikti. "Otur," dedi hemen yanını işaret ederek. Onun bu emriyle istediği yere oturdum. Herkesin gözü benim üzerimdeydi ve anlam veremediğim bir ifadeyle bana bakıyorlardı. Erkekleri geçtim, kızların bakışları oldukça rahatsız ediciydi. Dikkatliydiler ve baştan aşağı beni süzüyorlardı. Bu gece ne çok maruz kalmıştım birileri tarafından incelenmeye!

"Kim bu fıstık, Ateş?" Başımı öne eğip elbisemin etekleriyle oynadığım için bu soruyu kim sordu, bilmiyordum. Ama bir erkek sesiydi. "Ah bir de utangaç. Yazık." Bu da bir kız sesiydi. İğneleyici tınıyı hemen ayırt edebilmiştim.

"Buraya Melisa hakkında konuşmaya gelmedim. İşinize bakın," dedi Ateş. Sesi uyarı doluydu.

"Tamam abi ne kızıyorsun? Sadece tanışmak istemiştik," dedi birisi. Ateş masadaki içki bardaklarından bir tanesini eline alıp büyük bir yudum içtikten sonra, "Başını kaldır Melisa," dedi. Sadece benim duyabileceğim şekilde kulağıma fısıldamıştı. Başımı yavaşça yukarı kaldırdım. Herkes hâlâ bana bakıyordu. "Bu Doğukan," diyerek gözüyle masanın başında oturan esmer bir çocuğu işaret etti Ateş. "Memnun oldum." dedim ve tebessüm ettim. Aynı şekilde çocuk da gülümseyip, "Ben de," deyince kendimi birazcık daha rahat hissetmiştim. Çocuğun yüz hatları, esmer olmasına rağmen yumuşaktı. Genelde esmer erkekler sert bir görünüme sahip olur, Ateş gibi, ama Doğukan öyle değildi. Güler yüzlü birine benziyordu.

"Bu Kuzey."

"Memnun oldum," dedim. O da tıpkı ilk çocuk gibi gülümseyerek karşılık vermişti. Kumraldı. Boy olarak Ateş'le eşit gibi duruyordu. Gözleri kahverengiydi ve Ateş kadar olmasa da yakışıklı bir çocuktu.

"Bu Güney." Çocuğun saçları kömür gibi siyah, gözleri ise elaydı. Vücut olarak Ateş'ten daha kalıplı, daha iriydi. Hatta şöyle bir bakıldığında bu masadaki tüm erkeklerden daha iri yapılıydı.

"Memnun oldum."

"Bu da Batuhan." Sarışın olan çocuk gülümseyip elini bana

doğru uzatınca hiç düşünmeden elini sıktım ve "Memnun oldum," dedim. Diğerlerinin aksine bir tek o elini uzatmıştı. Samimi ve sıcakkanlı birine benziyordu.

"Ben de," dedi Batuhan ve elini geri çekti. "İsimlerimiz fazla uyumlu değil mi? Eğer dalga geçeceksen ya şimdi geç ya da ebediyen sus."

"Şey," deyip alnımın üzerine düşen bir saç tutamını kulağımın arkasına itekledim ve Ateş'e baktım. Dalga geçmek hiç aklıma gelmemişti. "Yani evet biraz uyumlu ama..." Ne diyeceğimi bilmediğim için susmak zorunda kalırken Batuhan geniş bir gülümsemeyle gülümsedi. "Tamam, tamam. Zorlama kendini. Öylesine söylemiştim zaten," dedi.

Tanışma faslı nihayet bitince derin bir nefes aldım. Herkes anlayabildiğim kadarıyla iyi birine benziyordu. Yani Ateş'le ilk gittiğim bardaki insanlardansa bunlar daha samimi ve daha düzgün insanlardı. Ateş, masadaki erkekler dışında üç tane de kızla tanıştırmıştı beni. Söylediğine göre Kuzey, Güney ve Doğukan'ın sevgilileriymiş. Kızlar oldukça güzeldi ama bana olan bakışları hiç de sevimli değildi. Sanırım benden pek hoşlanmamışlardı. Umursamadım. Çünkü bir daha görmeyeceğim kızların benim hakkımdaki düşünceleri o kadar da umurumda değildi.

Bir süre sonra masadaki herkes kendi aralarında konuşmaya daldı. Kızlar kızlarla. Tabii arada sevgileriyle. Ateş de arkadaşı olduğunu öğrendiğim kişilerle konuşuyordu. Bir ara muhabbetlerine kulak kabarttığımda 'geçen hafta barda Batuhan denilen çocuğa laf atan bir adımın cezasını kestikleri, bir daha laf atmaya cesaret edemeyeceği' hakkında konuştuklarını fark etmiştim. Cezadan kasıtlarının hiç de masum olmadığını anlayabilmiştim.

Acaba saat kaç olmuştu? Anneme on da evde olurum demiştim. Şu saate kadar aramama nedenini merak ediyordum. Çoktan arayıp beni soru yağmuruna tutması gerekirdi. Başımı öne eğmiş, elbisemin etekleriyle oynarken yatağımda olmayı istediğimi fark ettim. Uykum gelmişti. Müziğin sesi de başımı ağrıtmıştı.

"Ne düşünüyorsun?" Ateş'in kulağıma çarpan nefesiyle bakışlarımı hızla ona doğru çevirdim. Bir anda konuşunca korkmuştum. "Şey, hiçbir şey," dedim. Ateş bana yandan bir bakış attı. 'yeme beni' bakışının ta kendisiydi. Nefesimi usulca dışarı verdim. "Aslında birazcık sıkıldım," diyerek itiraf ettim.

Ateş gözlerimin içine baktı. Mavi-yeşil gözlerinde anlam veremediğim bir dikkat vardı. Bir süre gözlerimin içine baktıktan sonra Ateş, "Dans etmek ister misin?" diye sordu. Gözlerimi kocaman atım. "Gerçekten mi?" Şaşırmıştım. "Yani ikimiz mi? Sen ve ben? Dans mı edeceğiz?"

"İster misin, istemez misin?" deyip sorusunu tekrarladı Ateş.

"İsterim!" dedim neşeyle. Onunla dans etmek... Elbette isterdim.

Ateş, içkisini tek dikişte bitirip ayağa kalktı. Elini bana doğru uzatınca hâlâ şaşkın bir ifadeyle ona bakmaya devam ediyordum. Çünkü Ateş gibi bir adamın dans etmesi kesinlikle beklenmedikti. Elimi çekinerek uzatıp ayağa kalktım. Yüzümde aptal bir sırıtış vardı.

"Nereye abi?" İsmini hatırlamadığım çocuğun sorusu ile Ateş beni yanına çekip elini belime koydu.

"Dans pistine," dedi.

Masadaki herkesin yüz ifadesi anında değişip yerini şaşkınlığa bıraktı. "Sen mi?" diye sordu sarışın olan çocuk. İsmi Batuhan'dı sanırım. "Dans pistinde dans eden erkeklere küfür eden kişi şimdi oraya mı çıkıyor?" Ateş dans pistinde dans eden insanlara küfür mü ediyordu?

"Benim dans edeceğimi düşünmediniz herhalde."Ateş'le beraber merdivenlerden aşağı inip dans pistinin oraya vardığımızda etrafıma bakınmaktan kendimi alıkoyamadım. Herkes delicesine dans ediyordu ve müziğin ritmine ayak uydurmuşlardı. Dışarıdan bakılınca fazla kolay görünüyordu. "Başla bakalım," dedi Ateş. Kollarını göğsünün üzerinde birleştirmişti ve bana bakıyordu. Tekrar etrafıma bakındım. Renkli ışıklar insanların yüzlerinde dolanıyordu. Fazla kalabalıktı ve ben sanırım yapamayacaktım. "Vazgeçtim," dedim bakışlarımı Ateş'e doğru çevirerek. "Dans etmek istemiyorum."

"Oyun mu oynuyorsun benimle?" Sinirlenmişti. Bunu kaşlarını çatmasından anlamıştım.

"Ha-hayır. Sadece bilmiyorum. Yukarıdan bakılınca gayet kolay gibi gelmişti ama şimdi yapamam," dedim çabucak.

Ateş kollarını çözüp bana doğru bir adım attı. Ellerini belime koyması daha sonra yüzünü bana doğru yaklaştırması birbirini takip eden saniyeler içinde gerçekleşirken ellerimi havaya kaldırıp onun boynuna doladım."Müziğe ayak uydur," dedi Ateş sakin bir sesle. Nefesini saçlarımın üzerinde hissetmiştim. Bir süre ne yapacağım konusunda kararsız kalsam da daha sonra başımı Ateş'in göğsüne yaslayıp adımlarımı yavaşça hareket ettirmeye başladım. Şu anda hareketli bir parça çalıyordu ama benim yaptığım slow bir parçada edilen danstan başka bir şey değildi. Ateş ne yaptığımı anlayınca belimde olan ellerini biraz daha sıkılaştırıp beni kendine bastırdı. İtiraz etmemesi hoşuma gitmişti. Gülümsedim ve onun adımlarına uyum sağlamaya özen gösterdim. Şu anda büyük bir kalabalığın ortasındaydık ama sanki sadece ikimiz varmış gibi hissediyordum. Yüksek seste çalan müziğin sesi sanki artık kaybolmuş, sadece Ateş ve ben varmışız gibi hissediyordum. Bu his tuhaf bir şekilde çok güzeldi. Ateş'in kollarında olmak, başımı onun göğsüne yaslamak, kokusunu burnumda hissetmek çok ama çok güzeldi.

Ateş'in arkadaşlarıyla vedalaşıp arabaya bindiğimizde kendimi oldukça yorgun hissediyordum. Saat epeyi geç olmuştu. Normal bir zamanda bu saatlerde yatmak için hazırlanırdım. Ama şimdi, bir gece kulübünden çıkmış ve eve daha yeni girmek üzere yola koyulmuştum. Oturduğum koltukta biraz kıvrılıp başımı daha rahat bir pozisyonda tuttum. Gözlerim kapanmak üzereydi. Arabanın için fazla sıcaktı ve bu iyice mayışmamı sağlıyordu. "Çok mu yoruldun?" diye sordu Ateş. Başımı aşağı yukarı sallamakla yetindim. Görüp görmediğinden şüpheliyim. Konuşmaya bile halim yoktu. Gözlerimi kapatmadan önce içimden sadece tek bir şey geçirdim. 'Umarım annemler çok kızmaz.' Saat onu geçiyordu. Nasıl tepki vereceklerini kestiremesem de şu anda istediğim tek şey uyumaktı.

Hissettiğim soğuk havayla üşüdüğümü hissettim. Rüzgâr bir tokat gibi bedenime çarpıyordu. "Neredeyiz?" diye sordum. Sesim uykulu ve mırıldanır gibi çıkmıştı.

"Kucağımdasın ufaklık," dedi Ateş. Bir hareketlilik hissettim. "Ve şimdi de benim evime gidiyoruz." İyice ona sokulup başımı göğsüne yasladım. Ne dediğini pek anlayamamıştım. Uykunun derin kollarına dalmadan önce hatırladığı son şey burnumu dolduran ferah yağmur kokusuydu.

Bölüm 11

Mutfakta salatalık doğramaya devam ederken belimde hissettiğim ellerle panik olup hızla arkamı döndüm. Aras. Mavi gözleri daha önce görmediğim bir ifadeyle parıldıyordu. "Burada ne yapıyorsun?" diye sordum. Sesim oldukça meraklı çıkmıştı. Aramızda neredeyse hiç mesafe yoktu.

"Hadi ama Melisa, benden hoşlandığını kabul etme vakti gelmedi mi?" Aras ellerini belime dolayıp beni kendine doğru çektikten sonra yüzünü yüzüme yaklaştırmaya başladı. "Yapma lütfen," deyip kendimi hızla geriye çektim. Ama Aras bunu umursamadı ve dudaklarını dudağıma değdirmek üzere bir hamle yaptı. "İstemiyorum!" diye bağırdım. Ama Aras çoktan dudaklarını dudaklarıma bastırmıştı bile...

Gözlerimi araladığımda az önce gördüklerimin bir rüya olduğunu fark edip derin bir nefes aldım. O kadar gerçekçiydi ki... Yüzüm, boynum, saç diplerim resmen ter içinde kalmıştı. Yutkundum. Boğazım kurumuş bir çölden farksızdı ve bir bardak suya ihtiyacım vardı. Yattığım yerden doğrulmak üzere bir hamle yaptım. Gidip su içmem, daha sonrada elimi yüzümü yıkamam gerekiyordu. Ancak böyle gelebilirdim kendime. Ama kalkmak üzere yaptığım hamle başarısız sonuçlandı. Çünkü bedenim birisi tarafından sıkıca sarmalanmış bir vaziyetteydi. Telaşla gözlerimi iri iri açtım. Başımın altında bir kol vardı. Ayrıca aynı kol belimi de sıkıca kavramıştı. Bacaklarım birinin bacaklarının arasındaydı ve... başımı hızlıca sağ tarafıma doğru çevirdiğimde Ateş ile burun buruna geldim. Güçlü bir çığlık attım. Onun burada ne işi vardı?

Ateş hızlı bir şekilde yattığı yerden doğrulup etrafına bakındı. Uykulu gözleri bir atmaca gibiydi ve olası bir tehlikeyi hedefliyordu. "Ne oldu?" diye sordu Ateş telaşla. Üzerinde hiçbir şey yoktu ve onun o şekilde olması aklıma hiç de iyi şeyler getirmiyordu.

"Senin burada ne işin var? " diye sordum sorusuna soruyla karşılık vererek.

"Niye çığlık attın?"

"Niye buradasın?"

"Soruma cevap ver?"

"Asıl sen soruma cevap ver. Neden aynı yataktayız?"

Ateş bakışlarını yüzümde gezdirdi. Derin bir nefes alıp tekrar yatağa uzanınca sandığı gibi bir tehlikenin olmamasından ötürü rahatlamış gibi görünüyordu. Ama konumuz onun ne düşündüğü değildi. Onun neden burada olduğuydu. Üstelik yarı çıplak! "Ben de bir şey oldu sandım," dedi Ateş uykulu bir sesle. "Uyu hadi. Saat daha çok erken."

Hayretle ona bakakaldım. Uyumak mı? "Ne demek uyu? Uyu ne ya? Benim burada ne işim var? Senin üstün neden çıplak? Biz neden yan yanayız? Niye aynı yatakta yattık? Annemler... İnanmıyorum! Kesin beni evlatlıktan reddedecekler."

"Kızım bir nefes al," dedi Ateş. "Kimse seni reddetmeyecek!"

"Nasıl reddetmeyecek? Ben dün gece eve gitmedim eve! Annem de babam da eminim ortalığı ayağa kaldırmıştır." Elimi alnıma götürüp sıvazladım. "Kesin başıma kötü bir şey geldi sanıp perişan olmuşlardır."

"Reddetmeyecekler çünkü ben dün annene haber verdim. Bir arkadaşında kaldığını sanıyorlar." Anlamayan gözlerle Ateş'e bakınca Ateş konuşmaya devam etti. "Dün gece arabamda uyuyakaldın. Saat zaten on bire geliyordu, ben de ailene açıklama yapma diye aldım seni buraya getirdim."

"Annemle telefonda sen mi konuştun?"

"Hayır," dedi Ateş uykulu bir sesle. "Yoldan geçen bir kızı durdurdum ve konuşması için rica ettim."

"Nasıl yani?" diye sordum onun uykulu olmasını umursamayıp." Annem de hemen inandı mı?"

Ateş, 'Hı-hı' diye mırıldandı. Gözlerini kapatmıştı. İtiraf etmem gerekirse uykulu iken daha tatlı görünüyormuş. Nerede o soğukkanlı konuşma düşmanı adam? "Çok saçma," dedim bakışlarımı ondan çekip yatak örtüsüne sabitleyerek. "Annem böyle bir şeye hayatta inanmaz. Beni telefona istemedi mi yani?"

Ateş derin bir nefes alıp yataktaki yastıklardan birini kollarına arasına aldı. "Annen bir an önce telefonu kapatmaya çalışıyordu," dedi. Durdu ve gülümsedi. "Sanırım dün akşam sana bir kardeş yapıyorlardı,"

Ağzım ve gözlerim anında kocaman aralanırken öylece Ateş'e bakakaldım. Söylediği şey... Çok ahlaksızcaydı!

"Şimdi kapa çeneni ve yat, zıbar," dedi Ateş.

Nefesimi usulca dışarı verdim. En azından ailem beni reddetmeyecekti. Onlara ciddi bir açıklama yapacağımın farkındaydım ama yine de çok kızacakları bir durum yok gibiydi. Öyle görünüyordu. Üstelik Ateş'in de söylediklerine bakılırsa dün geceyi dışarıda geçireceğimi bildirmek için bir kız yeterli olmuştu. Ama tüm bunlar burada olmam için geçerli bir neden değildi. Bakışlarımı Ateş'e çevirdim. Gözlerini kapatmış, dudakları düz bir çizgiydi. Belki uyanıkken masum sıfatının yanından bile geçmezdi ama şimdi öyle değildi. Masum ve savunmasız bir şekilde hemen yanı başımdaydı. Ve uyurken çok daha güzel görünüyordu. Birden dikkatimi Ateş'in omzu çekti. Omzunun üzerindeki dövme... Alev şeklinde bir dövme vardı. Sol göğsünün tamamını kaplayan, büyük bir alev dövmesiydi. Fazla havalı duruyordu. Biraz daha dikkatli inceledim dövmeyi. Vücudunun sol tarafı sanki alevler arasında kalmış gibiydi. Siyah lekeler sol omzunu kuşatmış, hâkimiyet kurmuştu. Acaba yaptırırken canı çok yanmış mıydı?

"Delici gözlerini vücudumdan çek ufaklık. Dikkatimi dağıtıyorsun." Ateş'in sesiyle bakışlarımı telaşla onun yüzüne çıkardım. Gözleri hâlâ kapalıydı ve uyumaya çalışıyordu. Benim ona baktığımı nasıl fark etmişti ki? Ayrıca ne demek delici göz? Benim mi gözlerim deliciydi? Söylenmek üzere ağzımı araladım. Ama birden dikkatimi üzerimdeki tişört çekince ağzımı aralamaktan vazgeçtim. Bu tişörtün benim olmadığına emindim. En son üzerimde başka bir kıyafetin olduğuna da. Bakışlarımı tekrar Ateş'e doğru çevirdiğimde 'umarım aklımdaki şeyi yapmamıştır' diye içimden geçirdim. Yapmamıştır değil mi?

"Sen," dedim işaret parmağımı ona yönlendirerek. "Bu tişörtü bana sen mi giydirdin?" Ateş dudaklarını yukarı kıvırıp tek gözünü araladı. Hayır ama ya! "Lila rengi hiç tercihim değil ufaklık. Ama bundan sonra o rengi görünce aklıma hep sen geleceksin." Ateş'in sesinde eğlenir gibi bir ifade vardı. Utancımdan yerin dibine girmek istiyordum. Beni iç çamaşırlarımla gördüğünü bilmek... çok utanç vericiydi. Hele hele şu anki yüz ifadesi? Yerin dibine girme isteğiyle dolup taşmama neden olmuştu.

"Pis sapık!" dedim sesimi yükselterek. "Sen beni ne hakla soyuyorsun? Böyle bir hakkı sana kim verdi? Hem neden biz aynı odada ve aynı yatakta yattık?"

Ateş derin bir nefes alıp gözlerini araladı. "Bütün uykumun içine ettin!" dedi. Sesi sitem doluydu. "Birincisi ufaklık, o elbiseyle yatsaydın elbisen yukarı kıvrılırdı ve ben göreceğimi yine görürdüm. İkincisi ben yatağımdan başka bir yerde yatmam. Bu yüzden geceyi burada geçirdim." Ben göreceğimi yine görürdüm derken? Hızlı bir şekilde yataktan kalkıp etrafıma bakınmaya başladım.

"Ne arıyorsun?"

"Elbisemi."

Ateş eliyle büyük bir giysi dolabını işaret etti. Kollarını başının altına koymuştu ve ne yaptığımı anlamaya çalışır gibi bana bakıyordu. Bacaklarımın çıplak olmasını görmezden gelip adımlarımı Ateş'in işaret ettiği yere doğru ilerlettikten sonra giysi dolabının kapaklarını açtım. Burnuma anında buram buram Ateş'in kokusu gelmişti. Belli ki onun giysi dolabıydı. Gözüme ilişen pembe elbisemi oyalanmadan askılıktan alıp giysi dolabını tekrar kapattıktan sonra bakışlarımı Ateş'e doğru çevirdim.

"Ne?" diye sordu Ateş. Sanki anlamamıştı.

"Çık da giyineyim," dedim. Zaten dün geceyi birlikte sarmaş dolaş uyuyarak geçirdiğimiz için fazlasıyla utanmıştım, bir de şimdi onunla tartışma yaşayarak daha fazla yüzüne bakmak istemiyordum. Acaba dün giydiğim elbiseyi üzerimden nasıl çıkartmıştı? Veya çıkartıp beni iç çamaşırlarımla görünce ne düşünmüştü. Of. Ne saçma bir düşünce bu. Bana ne onun ne düşündüğünden? Aptal iç ses.

"Hadi ama güzelim. Dün her şeyi zaten gördüm. Utanmana gerek yok." Güzelim mi? Ateş'in ses tonundaki muzipliğe aldırmadan gözlerimi kırpıştırıp ona baktım. Bana güzelim demesi bir yana zaten her şeyi gördüm de ne demek oluyordu?

"Ne demek her şey?" diye sordum korkarak. Lütfen iç çamaşırlarımı da çıkarmış olmasın. Lanet olsun. Şu anda üzerimdeler mi, onu bile hissetmiyordum. Acaba elimle kontrol etsem beni yanlış anlar mı?

"Yüzde doksan diyelim. İç çamaşırlarına dokunmadım." Derin bir nefes aldım. Bir nebze de olsa rahatlamıştım. "Hadi giyin," dedi Ateş konuşmaya devam ederken. Yüzünde muzip bir gülümseme vardı. Bakışları ise vücudumda dolaşıyordu.

"Tabii ki hayır," dedim ona hayretle bakarken. "Çık dışarı."

"Burası benim odam ufaklık. İstediğimi yaparım. Ve şu anda dışarı çıkmak gibi bir niyetim yok." Resmen beni sinir etmek için uğraşıyordu. Üstelik başarılı da oluyordu. Kaşlarımı çatıp ona doğru yaklaştım ve bileğini kavradım. "Burası senin odan olabilir ama beden benim bedenim. Ben de sana onu göstermek istemiyorum," dedim Ateş'i yataktan kaldırmak için çekiştirirken. Ama öylesine güçlüydü ki. Milim yerinden oynamıyordu.

"Bak sen."

"Öyle."

"Ama ben dün bedenini gördüm. Onu ne yapacağız?"

"Sil at hafızandan! Bir daha da hiçbir kızı uyurken soyma!" dedim sinirle ve bir sonuca varamayacağımı bilsem de onu çekiştirmeye inatla devam ettim.

Ateş güldü. "Yalnız hafızamdan atamayacağım kadar güzel görüntüydü." Ateş hızlı bir hareketle beni kendine doğru çekip altına aldı. Bu kadar hızlı olması ve bedenimi bu denli kolay esir altına alması gözlerimi kırpıştırmama neden olmuştu. Sadece birkaç salise içinde bunu yapması tuhaftı. "Bana ne yapıyorsun Melisa?" diye sordu Ateş anlam veremediğim bir sakinlikle.

"Ne yapıyormuşum?" Sesim nefes nefese çıkmıştı.

"Tuhaf şeyler. Daha önce hissetmediğim şeyler."

"Şikâyetçi misin bundan?"

"Bilmiyorum," dedi Ateş ve mavi-yeşil gözlerini yüzümde gezdirdi. Yakından çok daha büyüleyici görünen gözlerine hayranlıkla baktım. Kalp atışlarım temposunu arttırmıştı. Neden böyle hissediyordum ki sanki? Ateş, elini çıplak bacağımın üzerine götürüp yavaşça okşadı. Anında kasılan bedenim beklenmedik bu hareket karşısında beni şaşkına çevirirken Ateş bir an bile bakışlarını benden ayırmadan karnımın üzerine kadar yukarı çıkan tişörtü aşağı indirdi. Eli yukarıya çıkana kadar bir kez bile tenimden ayrılmamıştı. Sessizce yutkundum. Ateş üzerimden kalkıp odanın içindeki banyoya girince tuttuğum nefesimi serbest bıraktım. Kalbim hızlı hızlı atıyordu ve yanaklarımın ne kadar ısındığını hissedebiliyordum. Elimi sakinleşmek için kalbimin üzerine götürüp derin bir nefes aldım. Göğsüm heyecandan hızlı hızlı inip kalkıyordu ve sanki kilometrelerce koşmuş gibiydim. Oysaki bu sadece Ateş'in etkisiydi. Ateş Arsoy etkisi.

Bir süre boş boş yatağın üzerinde oturduktan sonra ayağa kalkıp odanın içindeki aynanın karşısına geçtim. Nasıl göründüğümü merak ediyordum. Üzerimdeki tişörte baktım önce. Belli ki Ateş'in tişörtüydü. Bende kısa bir elbise gibi durmuştu. Saçlarım düşündüğüm gibi korkutucu değildi. Sadece birazcık kabarmıştı ve o da o kadar kötü görünmüyordu. Yanaklarım ise domates gibi kıpkırmızıydı. Aynadaki tuhaf halime gülümsedikten elbisemi giyinmeye başladım. Daha sonra Ateş'in tişörtünü üzerimden çıkartıp katladıktan sonra yatağa oturdum. Bir süre sonra banyonun kapısı açıldı. Panikleyerek arkamı döndüm. Ateş beline bağladığı beyaz havluyla hemen karşımdaydı. Vücudunda su damlaları vardı ve alev dövmesini şimdi daha iyi görebiliyordum. Tamam, etkilenmedim dersem yalan söylemiş olurum. Oldukça etkileyici bir görüntüydü. Biscolata reklamındaki erkekler gibi görünüyordu. Ama Ateş onlardan çok daha yakışıklıydı.

"İncelemen bittiyse giyinebilir miyim?" Ateş el havlusuyla saçlarını kurulayıp aynı zamanda da anlam veremediğim bir ifadeyle bana bakmaya başlayınca bakışlarımı karın kaslarına indirmemeye özen gösterip gözlerine baktım. "Ben senin nereni inceleyeceğim be!" dedim. Daha sonra odadan çıktım. Sırtımı kapıya yaslayıp derin bir nefes aldım. Kalbim neden sanki dışarı çıkacakmış gibi atıyordu ki? Ya da neden vücudum alev alev yanıyordu? Bedenim alışık değildi böyle şeylere. Allak bullaktı. Bir dakika önce normal olan kalp atışlarımın bir dakika içinde hızlanması, ya da bedenimin ısısı normal seviyede iken birden hat safhaya çıkması garipti. Çok garip.

Koridorun sonundaki banyoya doğru yürümeye başladım. Geçen sefer geldiğimde banyonun orada olduğunu öğrenmiştim. İçeri girdim. Musluğu açıp soğuk su ile yüzümü defalarca yıkadıktan sonra aynadaki aksime baktım. Yanaklarımda hâlâ hafif kızarıklık vardı. Ama az önceki kadar dikkat çekmiyordu. Banyodan çıkıp alt kata inmek üzere merdivenlere yöneldim. Son basamağa üç-dört basamak kala Ateş'in anneannesi ile göz göze geldim. Kadının normal olan bakışları beni görmesiyle havaya kalkıp şaşkın bir ifadeye bürünürken dudağımı dişlerimin arasına aldım. Dün akşam burada olmam yeterli değilmiş gibi bir de sabahın köründe burada olmam, üstelik aynı kıyafetle, kadın kim bilir hakkımda ne düşünmüştü.

"Melisa, demek buradaydın? Ne güzel bir sürpriz." Siz onu bir de bana sorun.

"Nasılsınız efendim?" Merdivenlerden inip ona doğru yaklaştım ve utanarak elini öptüm.

"İyiyim kızım sen nasılsın?"

"İyiyim. Teşekkür ederim." Kadın gülümseyerek yüzüme bakıyordu. Bakışlarında anlam veremediğim bir parıltı vardı. "Ayşe Hanım kahvaltıyı hazırlıyor. Sen de bize katılacaksın değil mi?" Kahvaltıya mı? Sanırım bir süre ne Ateş'in ne de onun anneannesinin yüzüne bakabilirdim.

"Çok teşekkür ederim efendim ama-"

"Tabii ki katılacak."Ateş merdivenlerden inip yanımıza gelince ona baktım. Saçları ıslaktı. Üzerine siyah bir tişört geçirmişti.

"E bu harika! Gideyim de Ayşe Hanım'a söyleyeyim, Melisa kızım için taze portakal suyu sıksın." Ateş'in anneannesi salondan çıkınca bakışlarımı Ateş'e doğru çevirdim. "Benim okula gitmem gerekiyor," dedim.

"Kahvaltıdan sonra bırakırım." Ateş'in verdiği cevapla ağzımdan bir, "Hah," sesi çıktı. "Neden sen bırakıyor muşsun? Ben kendim gidebilirim."

"Unuttun mu ufaklık, biz sevgiliyiz," dedi Ateş. Elini omzuma attı. "Ve ben sevgilimi yalnız göndermem." Ciddi olup olmadığını anlamak için Ateş'e baktım ama gayet ciddi görünüyordu. Ah, öyle mi? Keşke her şeyi ona göre yapsaydı. Mesela bana daha kibar davranmakla işe başlayabilirdi? Ama nerede...

"Kızım hadi başlasana. Yoksa beğenmedin mi?" Anneannenin sorusu ile başımı hızlıca iki yana salladım. Nasıl beğenmem? Kahvaltı sofrasında yok yoktu resmen. "Hayır-hayır. Her şey mükemmel. Ben sadece hangisinden başlayacağım onu düşünüyordum," dedim. Kadın verdiğim cevaba memnun olmuş gibi gülümseyip çayından bir yudum alınca ona tebessüm ederek karşılık verdim.

"Çay mı içmek istersin kızım, yoksa portakal suyu mu?" Ayşe Teyze'nin tatlı sesi ile sorduğu soru üzerine gülümsedim. Nasıl sevimliydi bu kadın. Bakışlarımı ne içtiğine bakmak için göz ucuyla Ateş'e doğru çevirdim. Çay içiyordu. Sanırım ben de çay istesem iyi olurdu.

"Süt verin ona," dedi Ateş. Alayla yüzüme bakıyordu.

Kaşlarımı çattım. "O sütü sen iç. Ben portakal suyu içeceğim!" Portakal suyumu? Az önce çay içmek üzere karar vermemiş miydim ben?

"Ben sütü en son iki yaşımda içtim ufaklık."

"Imm." Dirseklerimi masaya koydum. "Akıl yaşın hâlâ 2 olduğuna göre demek ki yakın bir sürede içmişsin."

"Yakın bir zamanda içtiğim doğru. Ama içme amacım senin ima ettiğin gibi süt içmek için değildi." Ateş göz kırptı. "Anlarsın ya?" Hayretle ona bakakaldım. İma ettiği şey... üstelik anneannesinin yanında... Terbiyesiz adam ne olacak! Ateş'le birbirimize kötü kötü bakmayı sürdürürken anneanne, "Çocuklar yeter!" diyerek bizi uyardı. Sesi oldukça otoriter çıkmıştı. İlk başlatan kendi torunuydu ama!

Kahvaltımız oldukça sessiz geçmişti. Arada sırada Ateş'le birbirimize attığımız kötü bakışları saymazsak herhangi bir şey olmamıştı. Anneanne de anlam veremediğim bir şekilde sessiz olmayı tercih etmiş, ilk tanıştığımız gündeki gibi beni soru yağmuruna tutmamıştı. Açıkçası böylesi daha iyiydi. Doyduğumu anladığım zaman oturduğum yerden kalkıp bakışlarımı anneanneye doğru çevirdim. "Ellerinize sağlık," dediğimde Ateş'e bakmamaya özen gösteriyordum.

"Gidiyor musun kızım?" Anneanne de benim gibi ayağa kalkınca yanına yaklaşıp elini tuttum."Lütfen rahatsız olmayın siz. Okula gitmem gerek," diyerek açıklama yaptım.

"Tamam güzel kızım, git okuluna. Ama yine gel, olur mu?"

"Elbette gelirim," dedikten sonra eğilip anneannenin elini öptüm ve daha sonra çantamı alıp evin kapısına doğru yürümeye başladım. Ateş beraber gideceğimizi söylemişti ama bir umut belki unutmuştur diye düşündüm. Hızlı hızlı yürüyüp bir an önce evden çıkmayı diledim. Neden bilmem onunla konuşmak istemiyordum. Evden çıkıp taşlı yolda yürümeye başladığımda arkamdan gelen ayak sesleriyle tüm umutlarım çöpe gitmişti. Ona doğru döndüm. "Ne var? Ne geliyorsun? Gitsene içeri." Yüzüne doğru bağırarak konuşmuştum.

"Seni okula bırakacağım," dedi Ateş benim aksine gayet sakin bir sesle. "Tabii üstüne değiştirmen için evine uğradıktan sonra."

"İstemiyorum," deyip hızla karşı çıktım.

"İsteyip istememen umurumda değil." Ateş kolumu tutup beni çekiştirmeye başlayınca, "Bıraksana kolumu ya," diye sızlanmaya başladım. Ama bu ona elbette engel olmadı. Birlikte arabaya binip evime doğru yol almaya başladığımızda kollarımı göğsümün üzerinde birleştirdim.

"Bezelye," dedim birden. Amacım bir muhabbet açıp yol boyu sıkılmamaktı.

"Ne?"

"Diyorum ki bezelye." Ateş ne dediğimi anlamak ister gibi bakışlarını bana doğru çevirince, "Canım bezelye yemeği çekti," diyerek ona cevap verdim. Ateş bana ters bir bakış attı. Umursamadım. "Sen bezelye sever misin?"

"Yok, ben anladım," dedi Ateş. "Saçma soru sormak sende bir hobi."

"Bezelyeyi saçma mı buluyorsun?"

"Ben seni kastediyorum." Ateş'in sesindeki iğneleme, kaşlarımı çatmama neden oldu. Ben mi saçmaydım? Ona cevap vermek üzere dudaklarımı araladım. Ama benden daha önce davranan üçüncü bir ses susmamı sağladı. Ateş'in telefonu çalıyordu. Ateş vitesin yanındaki bölmeden telefonunu alıp kulağına götürdü.

"Ne var?" diyerek cevapladı. Nedense bu şekilde açmasına hiç şaşırmamıştım. Ateş bir süre karşı tarafı dinledi. "Ne zaman, çok az, iyi konuş, tamam bakarız, yarım saat sonra."

Ateş telefonu kapatıp tekrar vitesin yanındaki küçük bölmeye bırakınca bakışlarımı onda gezdirmeye devam ettim. Kimle konuşmuştu bilmiyorum ama konuşurken yüzü gerilmişti. Belli ki hoşuna gitmeyen bir haber almıştı.

"Yarım saat sonra nereye gideceksin?" diye sordum ona bakmaya devam ederken.

"Seni ilgilendirmez," deyip beni tersledi Ateş.

"Unuttun mu şekerim, biz sevgiliyiz," dedim sinir bozucu bir sesle. Madem o yapabiliyordu, ben de yapabilirdim. Değil mi? Ateş bakışlarını bana doğru çevirdi. Böyle bir cümle söylememi beklemiyor gibiydi.

"Bu akşam boks maçı var," dedi. Gözlerinde anlam veremediğim bir ifade vardı. Sinir ya da soğukluk değildi. Bambaşka bir ifadeydi bu. Daha önce görmediğim bir ifade.

"Gidecek misin peki?"

"Elbette gideceğim." Onu boks ringinde biriyle dövüşürken düşünmek neden bilmem içimde bir şeylerin burkulmasına neden olmuştu. Ya rakibi çok güçlü biri çıkar da Ateş'i döverse? Üstelik izlediğim birkaç boks maçında dövüşçülerin ne kadar acımasız olduklarını da biliyordum. Acımasız ve tehlikeli olduklarını.

"O zaman ben de geleceğim."

"Rüyanda belki,"

"Lütfen?"

"Olmaz Melisa," dedi Ateş kesin bir sesle. "Orası sana göre değil. Tehlikeli."

"Ama sen yanımda olacaksın?" Ateş bir cevap vermedi. "Lütfen, lütfen, lütfen?"

"Hayır dedim!"

"Ateş, lütfen. Söz veriyorum başını bir derde sokmam. Bir köşede durur seni izlerim?"

"Hayır!"

"Lütfen?" dedim alt dudağımı sarkıtarak.

Ateş nefesini usulca dışarı verdi. Arabayı kenara çekip kaldırımın kenarına park etti. "Bir şartım var," dedi.

"Kabul!" deyip gülümsedim hemen.

"Önce şartımı öğren. Eğer gerçekten kabul edersen gelebilirsin." Kalp atışlarım heyecandan hızlı hızlı atmaya başlayınca, "Tamam?" dedim ve sunacağı şartı beklemeye başladım.

"Bu gece maçı ben kazanırsam... " dedi Ateş doğrudan gözlerimin içine bakarak. "Boynuma Ateş yazacaksın." Durdu ve ekledi. "Dudaklarınla..." Ağzım böyle bir şartı beklemediğinden ötürü şaşkınlıkla aralandı. Yeniden onu öpmek, yeniden ona yaklaşmak, en önemlisi de Ateş'in yeniden bunu istemesi... Beklenmedikti.

Yan yana dizilmiş yüzlerce sandalye her yerdeydi. Duvarlarda her an düşecekmiş gibi görünen gazete kâğıtları vardı. Duvarlar siyah boyayla boyanmıştı. Salon fazlasıyla büyüktü ve ortadaki ring salonun büyüklüğüne yakışacak türdendi. Kocamandı. "Burada mı dövüşeceksin?" diye sordum hayretle. Ben daha küçük ve temiz bir yer beklerken burası kesinlikle beni şaşırtmıştı. Yerde sigara izmaritleri, bitmiş içki şişeleri ve daha ne olduğunu bilmediğim kutular vardı. Bir çöplük gibiydi adeta. Ama diğer yandan boks maçı için tüm ambiyans burada var gibiydi.

"Evet," diyerek cevap verdi Ateş ve yürümeye devam etti. Tabii ben de peşinden. Yerdeki çöp yığınlarına basmamaya özen gösteriyordum. Aynı zamanda soru sormayı da ihmal etmiyordum. "Çok fazla kalabalık olur mu?"

"Beş yüze yakın insan gelecek." Gözlerimi kocaman açtım. Böyle bir sayı duymayı beklemiyordum açıkçası. Elli, yüz, belki ama beş yüz, aşırı büyük bir sayıydı.

"Peki zor olmaz mı o kadar kişinin gözü önünde dövüşmek?"

"Hayır,"

"Şey, bir şey sorabilir miyim?"

"Sanki hiç yapmadığın şey," diye homurdandı Ateş.

"Neyse soruyorum. Ailen... Onlar bu yaptığın şeyi biliyor mu?" Ateş yürümeyi bırakıp bana doğru döndü. Çenesi kasılmıştı. Aynı şekilde kaşlarını da çatmıştı. Sanırım yanlış bir soru sormuştum. Ama ne yapayım. Ailesini çok merak ediyorum.

"Bak Melisa. Karışmaman gereken şeylere burnunu sokuyorsun, yapma." Ateş'in sesi uyarıcıydı. Fazla uyarıcı. Başımı tamam anlamında sallamakla yetindim. Aklıma not. Bir daha o söylemeden ailesiyle ilgili hiçbir şey sormayacaktım.

Ateş'le beraber bir süre daha yürüdükten sonra kahverengi kapısı olan bir odadan içeriye girdik. Kızlı erkekli bir grup şu anda karşımdaydı ve erkekler kum torbasını yumruklamakla meşgulken kızlar da ip atlamak ve adını bilmediğim bir spor aletini kullanmakla meşguldü. "Ooo, Ateş bey gelmiş." Bizi ilk fark eden esmer bir adamdı. Yumrukladığı kum torbasının yanından ayrılıp bize doğru yürümeye başlayınca bakışlarımı çekinerek etrafta gezdirdim. Diğerleri de yaptıkları işi bırakmış, bize bakıyorlardı.

"N'aber abi? Haberleri aldık, bu akşam maça çıkıyormuşsun?" Esmer adam, Ateş'in omzuna fazla sert olmayan bir yumruk attı.

"Taner Abi geldi mi?" diye sordu Ateş adamın sorusunu yanıtsız bırakmayı tercih ederek.

"Daha değil." Adam bakışlarını bana doğru çevirdi. "Bu kız kim?"

"Melisa," dedi ifadesiz bir sesle Ateş.

Adam, "Melisa?" deyip Ateş'e baktı. Açıklama ister gibi bir hali vardı. Ama Ateş'ten daha fazla detay alamayacağını fark edince bakışlarını tekrar bana doğru çevirdi. "Memnun oldum. Semih," dedi ve elini bana doğru uzattı. Vücudu aşırı derecede kaslı olsa da kahverengi gözleri sıcacıktı. Elimi ona doğru uzatıp tokalaştım. "Ben de," dedim. Üzerindeki askılı tişörtten dolayı kol kaslarının ne kadar belirgin olduğunu görebiliyordum. Sporcu olduğu belliydi.

"Her neyse." Ateş gömleğimin arkasından tutup beni kendine doğru çekti. Elim, yaptığı bu ani hareketle Semih'in parmaklarının arasından çıkmak zorunda kaldı. Saçlarım alnımın üzerine düşmüştü. "Taner Abi gelene kadar ısınalım." Semih de benim gibi anlam veremeyerek Ateş'e baktı. Bu ani hareketlerine ne zaman alışacaktım kim bilir?

Ateş, adının Semih olduğunu öğrendiğim adamla beraber art arda dizili olan kum torbalarının yanına gideli yaklaşık on beş dakika oluyordu. Beni -rahatlıkla görebileceği- bir sandalyeye oturtup daha sonra da gözünün önünden bir an bile olsun ayrılmamamı tembihlemişti. Zaten aklı olan biri burada tek başına durmazdı. Ateş'in altında siyah bir kapri vardı. Üstünde ise kolsuz, siyah bir tişört. Kum torbasını ölümüne yumrukluyordu ve yumrukları aşırı derecede sertti. Bir an kum torbasının yerinde olduğumu hayal ettim. Sanırım ikinci yumruğu göremeden öbür tarafa gitmiş olurdum.

Ateş'in düzgün vücudu fazla dikkat çekiciydi. Kol kasları hayli belirgindi. Üstelik Ateş'in şu anda dağılmış siyah saçlarını ve hızlanan nefes alış verişlerinden dolayı aralanan dudaklarını da bu tabloya eklersek kesinlikle nefes kesici görünüyordu. Hem zaten sadece benim tarafımdan değil. Şu anda bulunduğum yerde beş tane daha kız vardı ve onlarda hayranlıkla Ateş'e bakıyorlardı. Oysaki biz gelmeden önce her biri ip atlayıp farklı şeylerle ilgileniyordu. Şimdi neden ona bakıyorlardı ki?

Sırt çantamdan telefonumu çıkarttım. Dünden beri hiç kontrol etmemiştim. Ekranına baktığımda bir tane mesaj, iki tane de çağrı olduğunu fark ettim. Çağrılar babamdan idi. Dün akşam aramıştı. Mesaj ise Aras'tan. İlk önce mesaja baktım.

Kimden: Aras Güngör
Mesaj: Bugün okula gelmedin. Ben iyi misin diye merak etmiştim.

Okul... Devamsızlığım kaç gün olmuştu kim bilir? Aras'a cevap yazdım.

Mesaj: İyiyim. Yarın okula geldiğimde konuşsak olur mu?

Mesaj bölümünü kapattım. Babamı arayıp aramamakta kararsızlığa düştüğümde en iyisinin akşam yüz yüze konuşmak olduğu kararına vardım. Zaten dün akşam aramıştı. Eminim o da sesimi duymak içindi. Çok önemli bir şey olduğunu sanmıyorum.

"Selam." Hemen yanımdaki sandalyelere oturan kızlar bakışlarımı onlara çevirmeme neden oldular. Gülümseyerek bana bakıyorlardı.

"Selam?" deyip şüpheyle onlara baktım.

"Nasılsın canım?"

"İyi?"

"Ay çok tatlı. Sen Ateş'in kuzeni misin?" Ateş'in kuzeni derken?

"Şey, hayır?"

"Şeyma, kızı sıkboğaz etme. Belli ki bir tanıdığı işte." Sarışın bir kız elini yanağıma çıkartıp sıktırdı. "Baksana nasıl da sevimli,"

"Gerçekten öyle," deyip sarışın kıza destek çıktı bir kız. Bu samimiyetleri ve yanağımı sıkmaları beni şaşırtmıştı. Yüzümü geri çekip sarışın kızın parmaklarından kurtardım. "Ben sanırım Ateş'in yanına gitsem iyi olur," dedim. Oturduğum yerden kalktım ve kırışan elbisemi düzeltmeye başladım.

"Ama tatlım Ateş şu anda Semih'le beraber arka tarafta. Biraz bekle istersen?" Bakışlarımı hemen kum torbalarının olduğu yere çevirdim. Gerçekten gitmişti. Ne ara? Hem hani beni hiç gözünün önünden ayırmayacaktı?

"İstersen bizimle beraber barfiks çekebilirsin? Ya da ip atlamayı seviyorsan-"

"Saçmalama Ebru. Kızın üzerinde elbise var. Bu kıyafetlerle barfiks çekemez ki."

"Ah. Doğru. O halde o da ip atlar?" Adının Ebru olduğunu öğrendiğim kız bakışlarını bana doğru çevirdi. "İp atlamak ister misin?" Soran gözlerle bana bakınca, "Şey, hayır. Ben sanırım Ateş'i beklesem daha iyi," dedim ve adımlarımı çabucak hareket ettirip kum torbalarının yanına gittim. Beni burada yalnız bıraktığına inanamıyordum. Üstelik bir haber bile vermeden gitmişti.

Kum torbalarının olduğu yere geldiğimde bakışlarımı etrafta gezdirdim. Şu anda antrenman salonundaydık. Tıpkı ringin olduğu yer gibi burası da fazla büyüktü. Salonun çeşitli yerlerinde kızlı erkekli gruplar vardı. Kimisi boks topuna vuruyordu, kimisi mekik ya da şınav çekiyordu, kimisi de bilmediğim başka hareketler yapıyordu. Erkekleri anlarım da, kızların burada ne işi var merak etmiştim. Tamam, kızların sporcu olmasını asla yadırgamıyorum ama böyle bir mekânda olmaları hayli garipti.

Bakışlarımı insanların üzerinden çekip hemen önümdeki kum torbasına doğru çevirdim. Ateş az önce gayet kolay görünen bir şekilde yumruklayıp kum torbasını sallandırabiliyordu. Acaba ben de yapsam başarılı olur muyum? Daha önce hiç kum torbasına yumruk atmamıştım ve açıkçası şimdi denemek istiyordum. Bakışlarımı birisi bana bakıyor mu diye etrafta gezdirdim. Herkes kendi alemindeydi. Bu durum beni içten içe memnun ederken sağ elimi yumruk yaptım ve siyah renkli kum torbasına sert olduğunu düşündüğüm bir hamle yaptım.

Ah! Elimin acısıyla yüzümü buruşturmaktan kendimi alıkoyamadım. Hani bu kum torbasıydı? Resmen içinde taş vardı!

"Yumruğunu sıkmadan vurursan canın acır ufaklık." Ateş ellerini belimin etrafına dolayıp aramıza hiç denilecek kadar az bir mesafe koyduktan sonra çenesini omzumun üzerine koydu. Bedenimin kasıldığını hissettim.

"Hadi, bir daha dene," dedi Ateş. Tatlı nefesi kulağıma çarpmıştı. Güçlükle yutkundum. "Şey, istemiyorum," dedim aramızdaki mesafeyi göz ardı etmeye çalışarak. Gerçi bu çok zor oluyordu ama en azından deniyordum.

"Hadi," diye üsteledi Ateş. Belimin etrafına doladığı ellerinden birini elime çıkartıp yumruk yapmamı sağladı. "Şimdi vur." Ateş'in oluşturduğu yumruk olan elime baktım. "Ama bu şey çok sert," dedim sitem ederek. Ateş gülümsedi. Ferah nefesi yanağıma çarpmıştı. "Evet, fazla sert. Bu yüzden yumruğunu sıkman gerektiğini söylüyorum ya."

"Eğer bileğim kırılırsa bana sen bakarsın, söyleyeyim." Ateş bir cevap vermek yerine gülümsemeyi tercih edince bakışlarımı karşımdaki kum torbası isimli kaya torbasına doğru çevirdim. Birden gözüme daha büyük gelmişti sanki. Yumruğumu iyice sıktım. Yapabilirdim. Tırnaklarımı avucumun içine sıkıca gömdüm ve parmak boğumlarımın sararmasını sağladım. Elimi havaya kaldırdım. Ateş'in yapmamı istediği takdirde yumruğumu sertçe kum torbasına doğru geçirdiğimde bu sefer elim ilkinde olduğu kadar acımamıştı. "Hmm, bu daha iyiydi sanki?" diye mırıldandı Ateş.

"Ne sankisi be? Süper yumruk attım!" dedim.

Ateş güldü. "Şimdi ikili yapmanı istiyorum. Sağ ve sol." Gülümsedim. Nedense bunu yapmak hoşuma gitmişti. Ateş'in antrenörlüğünde kum torbasına vurmak zevkliydi. Başımı tamam anlamında salladım. Ateş'in kolları hâlâ belimin etrafını sarmalamıştı ama hiç rahatsız olmuyordum. İki yumruğumu da aynı anda sıktım. Daha sonra Ateş'in dediği gibi sağ ve sol olacak şekilde kum torbasını yumrukladığımda çok hafif de olsa kum torbasının kıpırdadığını hissetmek, neşeyle gülümsememe neden olmuştu.

"Ateş gördün mü? Kum torbası hareket etti!" Ateş'e doğru döndüm ve sevinçle yüzüne baktım. "Görmez miyim? Biraz daha sert vursan patlayacaktı." Ateş'in sesinde alay eden bir tını vardı ama o da gülümsüyordu. Omzuna yumruk attım. "Ya dalga geçme. Bak istersen bir daha vurayım sen de gör."

Ateş'in bir cevap vermesini beklemeden kum torbasına doğru döndüm ve ellerimi yumruk yapıp tırnaklarımı avucumun içine gömdüm. Daha sonra sert olduğuna inandığım bir yumruğu kum torbasına geçirip aynısını diğer elimle de yapacağım sırada Ateş bileğimi sıkıca kavradı ve beni çekiştirmeye başladı."Bu kadar yeter," dedi anlayamadığım bir ciddiyetle.

"Ne oldu birden?" Adımlarım birbirine dolanıyordu ve yürümekte zorluk çekiyordum.

"Bir nedeni yok. Daha fazla kum torbasına yumruk atmayacaksın." Ateş'in sesi bıçak kadar keskindi.

"Neden ama? Ne güzel yumrukluyorduk?" Ateş beni antrenman salonundan çıkartıp bir koridora soktu. Yürümeyi bırakıp bakışlarını bana doğru çevirdi. Kaşlarını çatmıştı ve gözlerinde anlayamadığım bir sinir vardı. "Güzel, öyle mi? Her yumruk attığında elbisenin yukarıya çıkması ve etraftaki piç kurularının sana bakıp hayal dahi edemeyeceğin adi düşüncelere dalması cidden güzel mi?"

"Be-ben fark etmedim," deyip hızlıca kendimi savundum. Birilerinin bana baktığını bilmiyordum.

"Ben de fark etmedim," dedi Ateş gözlerimin içine doğrudan bakarak. "Zaten seni çıkartma nedenim de bu. Eğer fark edecek olursam akşamdan önce birçok kişinin canını yakarım." Durdu ve ekledi. "Uslu dur."

Bölüm 12

Güneş neredeyse batmak üzereydi. Ateş ise beni geçen gece tanıştırdığı arkadaşlarının yanına bırakıp maçtan önce son antrenmanları yapmak üzere yanımdan ayrılmıştı. Böyle bir yerde olduğum için zaten tedirginken bir de Ateş'in yanımda olmaması iyice tedirgin ediyordu beni. "İki saat oldu," dedim hatırlatmak istercesine. "Gidip baksak mı?"

Batuhan elini omzuma atıp sıvazladı. "Merak etme. O şu anda antrenman yapıyor," dedi. Cevap vermedim. Çok merak ediyordum şu anda ne yaptığını. İki saattir bir kere bile görememiştim. O kum torbası olayından sonra beni kendine ait olan bir odaya götürmüştü. Dinlenme odasıymış ve sadece ona aitmiş. Zaten odaya girdikten birkaç dakika sonra arkadaşları gelmişti ve beni onlara emanet edip gitmişti. O saatten beri ortalarda yoktu.

Saat yaklaşmaya başlayınca gittikçe daha çok tedirgin olduğumu hissettim. Ateş'i biriyle kavga ederken görmüştüm ama şimdi çok daha farklıydı. Bir ringde olacaktı örneğin. Etkisiz hale getirmesi gereken bir rakibi ve kazanması gereken bir maç vardı. Aradan yaklaşık on beş dakika kadar bir süre geçti. Bu süreçte yüzlerce insan yerlerini almaya devam ediyordu. Ateş'in de dediği gibi beş yüze yakın insan vardı. Gelmeye de devam ediyorlardı. Bu şehirde böyle bir yerin olduğunu bilmiyordum açıkçası.

Hakem ringe çıktı. Kalp atışlarım olacakları tahmin edebildiğinden dolayı hızlı hızlı atmaya başlarken hakem siyah mikrofonu ağzına doğru yaklaştırıp konuşmaya başladı. "Beyler ve bayanlar. Öncelikle hepiniz hoş geldiniz." Yankılanmaya başlayan alkış ve çığlık sesleri ellerimi hemen kulaklarıma götürmeme neden olmuştu. Gerçekten çok kalabalıktı ve insanlar adeta delirmiş gibiydi."Merakla beklenen gece nihayet geldi. Şimdi sessiz olun. Çünkü birazdan bağırmak için ses tellerinize ihtiyacınız olacak." Hakemin gülümseyerek söylediği cümleye insanlar kahkaha atarak karşılık verince gerçekten gerildiğimi fark ettim. Burada olmamalıydım.

"İlk olarak kendisini kaplan diye adlandıran yeni dövüşçümüzü çağırmak istiyorum." Hakem daha anonsunu tamamlayamadan kalabalıktan "Yuh!" sesleri yükselmeye başladı. Kimisi başparmağını aşağı doğru indirip onu onaylamazken kimileri de, "Evine git!" diye bağırıyordu. Hemen yanımda oturan Ateş'in arkadaşları da dahil.

Derin bir nefes aldım. Buraya gelmeyi kendim istemiştim ve sonuçlarına katlanmalıydım. Bu bir lunaparktaki korkunç bir oyuncağa binmek gibiydi ve oyuncak durana kadar rahat nefes almak bana haramdı. Bu gecenin bir an önce bitmesini istiyorum.

"Ve şimdi de her biriniz tarafından oldukça sevilen... " Kalabalıktan "Oooo," nidaları yükselmeye başladı. "Bir süredir aramızda olmayan ve 'yenilmez' lakabı ile de tanıdığınız..." Başımı ringe ulaşmak için geçilen kapıya doğru çevirdim. "Ateş Arsoy'u ringe çağırıyorum!" Deli gibi atan kalbim sanki mümkünmüş gibi onu görünce daha da hızlanmaya başlayınca insanlar deli gibi ellerini çırpıp tezahürat yapmaya başladılar. Ateş'in altında, kum torbasını yumrukladığı zaman giymiş oldu siyah kapri vardı. Üzerinde ise hiçbir şey. Yine nefes kesici görünüyordu. Yine fazla yakışıklıydı.

İnsanlar deli gibi alkışlayıp Ateş'i desteklediklerini belirtecek şekilde tezahürat yapmaya devam edince üzerimdeki şaşkınlığı bir kenara bıraktım ve ellerimi birbirine çırpıp, "Voov!" diye bağırmaya başladım. Yabancı yabancı insanlar Ateş'i destekliyorsa -üstelik çoğunluğu kız olan kalabalık- benim de desteklemem farz sayılırdı. "Bu maçı sen kazanacaksın," dedim deli gibi bağırarak. "Sen bir numarasın. En iyisisin! Ateş'in rakibi olan adam, in oradan aşağı. Ateş seni çok fena döver."

Hemen yanımda oturan Ateş'in arkadaşlarının bana sırıtarak bakmalarını umursamayıp numaradan da olsa sevgilimi desteklemeye devam ettim. Ellerimi ağzımın kenarlarına koydum ve sesimi Ateş'e duyurmak için delicesine bağırmaya başladım. Bu kadar kişi arasında beni duyması imkansızdı gerçi ama yinede onu desteklemek için bağıracaktım. "Ateş Arsoy bir numara! Ateş Arsoy bir numara! Voov! Şampiyon Ateş olacak! Diğer adam sana güle güle. Benim sevgilim en iyisi!"

"Melisa, sus artık." Ateş'in arkadaşları gülmekten yarım yamalak konuşunca bakışlarımı onlara doğru çevirdim. Ellerini karınlarının üzerine koymuş kahkaha atıyorlardı. Umursamadım. Hem neden duracakmışım ki? O benim numaradan da olsa sevgilimdi. Elbette destekleyecektim.

Hakem kuralları anlattı ve iki taraf formalite gereği tokalaştı. İşte maç başlıyordu. Şöyle bir baktığımda karşı taraftaki pabucumun kaplanı en fazla otuz yaşında biri gibi duruyordu. Saçları uzundu ve atkuyruğu yapmıştı. Hah. Tipsiz adam ne olacak. Ama Ateş öyle miydi? Gerek vücudu olsun gerekte ringdeki asil duruşu olsun, onu ezer geçerdi. Hakem elini havaya kaldırıp boynuna astığı düdüğü öttürdükten sonra maç başladı. Karşı taraftaki adam elini kolunu sallayıp Ateş'e bir şeyler söylüyordu. Fazla hareketliydi. Aradaki mesafeden dolayı ve tabii insanların çığlık seslerinden dolayı ne dediğini anlayamamıştım. Ama Ateş onun söylediği cümleye sinirlenmiş gibi duruyordu. Ani bir saldırıyla rakibini ringin köşesine sıkıştırıp ardı ardına sert yumruklarını adamın yüzüne geçirmeye başladı. İnsanlar delirmiş gibi çığlık atıyordu.

"Hadi Ateş!"

"Bu galibiyet senin!"

"Bitir onun işini!"

Ateş rakibini yere yatırıp oldukça sert bir şekilde tekmelemeye başlayınca adamın ağzından gelen kan gözlerimi kocaman açmama neden oldu. Ateş tıpkı bir kum torbası yumruklar gibiydi. Sanki karşısındaki kişi insan değil de cansız bir varlıkmış gibi davranıyordu. Adam neredeyse bayılmak üzereydi.

"Bu zamana kadar gelmiş geçmiş en kısa galibiyet olacak,"

dedi Kuzey. Karşısındaki manzaradan gayet memnun gibi duruyordu. Tıpkı yanındaki diğer arkadaşları gibi. "Bu çok acımasızca," diye mırıldandım sessizce ve bakışlarımı korkarak tekrar ringe çevirdim. Karşımdaki Ateş beni korkutmaya yetmişti. Fazla ürkütücü görünüyordu.

Ateş, sert tekmelerini adamın karnına karnına geçirip bedeninde güçlü darbeler bırakmaya devam ederken adam artık kendi savunmayı bırakıp hareketsiz bir şekilde yerde yatmaya başladı. Bayılmıştı. Gözlerimin dolmaya başlaması normal değildi. Evet, o adamı hiç tanımıyordum belki ama yine de ortada bir sebep yokken yüzünün kandan görünmemesi doğru değildi. Ateş'in böyle bir şey yapması doğru değildi. Benim burada olmam doğru değildi.

Kulaklarımı dolduran hakemin düdük sesiyle maçın tamamlandığını anladım. Gözlerim dolmuştu. Yaşlar akmak için hazırda bekliyordu. İnsanlar ise sevinçle kahkaha atıp tezahürat yapıyordu. Hepsi gecenin sonucundan memnunmuş gibi görünüyordu. Ben ise korkmuş bir şekilde öylece Ateş'e bakıyordum. Hızlı hızlı nefes alıp veriyordu. Ateş, ringin kırmızı ve beyaz iplerinin arasından geçti. Kalabalığa göz gezdiren bakışları çok geçmeden benim gözlerimle birleşince Ateş beni şaşırtan bir şey yaptı. Gülümsedi ve göz kırptı. Arka tarafa doğru ilerlerken öylece ona bakakaldım. Zaten sert bir adam olduğunu biliyordum ama bu kadarı... hayal bile edemeyeceğim türdendi.

İnsanlar gayet memnun bir ifadeyle alanı terk etmeye başlayınca ben de Ateş'in arkadaşları ile beraber arka taraftaki odaya gittim. Ateş odada yoktu. Duş alıyordu.

"Eee Melisa? Nasıl buldun bakalım maçı?" diye sordu adının Güney olduğunu hatırladığım çocuk. Ela gözleri merakla vereceğim cevabı bekliyordu. "Bilmem ki. İyiydi sanırım," dedim fazla ayrıntıya girmeyerek. Başım yere doğru eğikti ve parmaklarımla oynuyordum.

"İyi mi? Ateş'in en kısa sürede kazandığı maça sadece iyi mi diyorsun?" Batuhan'ın sesinde hayret vardı.

"Üstüne gitme Batuhan," dedi Kuzey. Sessiz kalmayı tercih ettim. Hem zaten yeterince korkmuşum. Bir de maç hakkında iltifat mı edecektim? Korkunçtu, acımasızcaydı, doğru değildi işte. Böyle desem kim bilir hakkımda ne düşünürlerdi? Daha önce birçok kez boks maçı izlemiştim. Genelde gece yarısından sonra, belirli kanallarda veriliyordu ve uyku tutmadığı zamanlarda arada rast geldiğim oluyordu. Orada olan boks maçlarının kurulu bir oyun üzerine olduğunu sanıyordum. Sırf şov için yapıldığını. Ama adamlar öyle gerçekçi vuruyorlardı ki birbirlerine bunu nasıl yaptıklarını merak ediyordum. Ve bugün bizzat bir boks maçına şahit olmuştum. Hem de canlı canlı. Beklentim tıpkı televizyondaki şov için yapılan boks maçları gibi olması değildi elbette ama böylesini de hiç beklemiyordum. Belki de bu yüzden fazla etkilenmiştim. Bilemiyordum.

Aradan yaklaşık on dakika kadar bir süre geçince odanın içinde bulunan banyonun kapısı açıldı. Bu süreçte ben tek bir kelime bile etmezken Ateş'in arkadaşları gece hakkında iltifat yağdırıp durmuşlardı. Korkutucu gece hakkında güzel iltifatlar... "Tebrik ederim lan. Yine siktin geçtin ortalığı."

"Mükemmel bir maçtı kardeşim."

"Abi çok kısa olmadı mı? Biraz daha dövseydin?" Arkadaşları Ateş'in boynuna atlayıp sarılmaya başlayınca bakışlarımı yerden kaldırıp onlara doğru çevirdim. Her birinin yüzünde geniş bir gülümseme vardı. Ateş dahil. Ateş'in üzerinde siyah bir tişört, bacaklarında ise yine aynı renk pantolon vardı. Belli ki kıyafetlerini içeride giymeyi tercih etmişti. Ateş'in bakışları beni buldu. Mavi-yeşil gözleri nedense ilk kez beni rahatsız ederken başımı hızlıca öne eğdim. Daha önce beni korkuttuğu anlar olmuştu ama şimdi daha farklısını hissediyordum. Gözlerine bile bakmaya çekiniyordum.

"Sen bir şey demeyecek misin?" diye sordu Ateş. Ne diye bilirdim ki? Tamamen hayal kırıklığı içindeydim. Hayır anlamında başımı salladım. "Sanırım biraz korktu," dedi biri. Bu cümleyi kimin söylediğini ayırt edememiştim ama doğru bir tespit yapmıştı.

"Dışarı çıkın," dedi Ateş. Nefesini sıkılarak dışarıya üflemişti. Sert sesi sayesinde çocuklar ikiletmeden hemen dışarı çıkınca Ateş'le yalnız kalmak beni tedirgin etmişti. Ateş bana doğru yaklaşıp karşımda durdu. "Başını yukarıya kaldır," dedi. Omuzlarımı silktim. "Hadi ama ufaklık." Ateş'in sesi sitem eder gibiydi. "Neyin var?"

"Hiç-hiç bir şeyim yok," dedim. Ateş, elini çeneme koyup bakışlarımızı birleştirdi. "Melisa, bana yalan söyleme. Sorun ne?" Ateş'in sesi uyarıcıydı. Derin bir nefes aldım. "Şey... benim biraz tuhafıma gitti," dedim dürüstçe. "Yani tamam, senin sert bir yapın olduğunu biliyordum ama bu kadarını hiç tahmin etmemiştim."

"Benden korktun mu?"

"Evet," deyip başımı tekrar öne eğdim. O adama acımadan attığı yumruklar hala gözümün önündeydi. Nasıl korkmam ki? Gözlerinin bir anda karardığını görmüştüm.

"Korkma," deyip başımı tekrar yukarıya kaldırdı Ateş. "Sana zarar vermem."

"Ama o adama verdin?" dedim azıcık çıkan sesimle. Çünkü öyleydi. O adama hiç acımadan vurmuştu. Hatta bilincinin kapanmasını sağlamıştı. Adamın hareketsiz duran bedeninin ringde öylece duruşu hala gözümün önündeydi. Şimdi bana zarar vermeyeceğinin ne gibi bir garantisi olabilirdi ki?

Ateş gülümsedi. "O adam pisliğin teki güzelim. Kendini onunla mı bir tutuyorsun?" Güzelim... Ateş bunu ikinci kez söylüyordu. "Hayır ama..." Ateş'in gözlerinin içine baktım. "Beni güzel mi buluyorsun?" Farklı bir konuya geçiş yapmam onu şaşırtmışa benzetiyordu.

"Eh. İdare edersin," dedi. Sesinde alay eden bir ifade vardı. Kaşlarımı çattım ve sağ elimi yumruk yapıp hiç düşünmeden Ateş'in karnına geçerdim. Karın kasları düşündüğümden de fazla sertti. "Ah!" diye inledi Ateş. "Senin elin bu kadar ağır mıydı?" Yüzünü buruşturmuştu ve acıyla bana bakıyordu. "Ne sandın?" deyip çenemi havaya kaldırdım. "Eee bir şey demedin? Beni güzel mi buluyorsun?"

"İdare edersin dedim ya." Ateş'in sesi sitem eder gibiydi. Omuzlarımı silktim ve başımı öne eğdim. Haklıydı çocuk. Ben güzel bir kız değildim ki. Zorla güzel dedirtecek halim yoktu. Zaten onun ağzından 'güzelim' kelimesini duymak bile çok güzel hissettirmişti.

Ateş kollarını belimin etrafına doladı. "Güzelsin." Beklemediğim bu hareket beni şaşırtsa da "Ne kadar güzel?" deyip detay istedim.

"Güzel işte."

"Çok mu, az mı?"

"İstersen sabrımı zorlama."

"Ama sen de doğru dürüst cevap ver."

"Güzelsin," dedi Ateş her harfe vurgu yaparak. "Azı çoğu benim tabirlerim arasında yer almaz." Kollarımı Ateş'e dolayıp sarıldım. Başımı göğsüne yasladım. Bu cevap da benim için yeterliydi.

"Bu arada," dedi Ateş kulağıma doğru fısıldarken. "Sen beni ne güzel destekliyorsun öyle?" Dudağımı dişlerimin arasına aldım. "Sen duydun mu ki?" Ateş gülümsedi. "Senin cırtlak sesini duymamak mı? Sanırım bu imkânsız ufaklık."

Ateş'in beni evime bırakıp gitmesi yarım saat kadar oluyordu. Evden içeriye adımı atar atmaz annem beni mutfağa çekiştirip dün gece -evinde kaldığım arkadaşım hakkında- bir ton soru sormuştu. Ben de ona inanmasını ümit ederek bir ton yalan sıralamıştım. Normal olan yüz ifadesi neyse ki konuşmanın sonuna kadar kendini korumuştu ama alttan alttan bir şeylerden şüphelendiğini sezebilmiştim.

Ertesi sabah kantinden aldığım çikolatayı ders zili çalmadan yiyip bitirerek sınıfıma doğru ilerlerken arkamdan gelen tanıdık sesle yürümeyi bırakıp bakışlarımı sesin sahibine doğru çevirdim. Özenli rampa saçları, mavi gözleri ve üzerindeki eşofman takımıyla Aras hemen karşımdaydı. İlk dersleri beden eğitimi olmalıydı. "N'aber?" diye sordu Aras karşıma geçerek.

"İyi, sen?" deyip omuzlarımı silktim ve gülümsedim. Artık onunla konuşurken fazla gerilmiyordum. Tuhaf bir şekilde kendimi rahat hissediyordum. "İster misin?" Elimdeki çikolatayı Aras'a uzattım. Aras bakışlarını elimdeki çikolataya indirip gülümsedi. Daha sonra uç kısmını eliyle bölüp ağzına atınca biracık şaşırarak ona baktım. Benim ısırık aldığım yeri koparmıştı. Böyle bir şey yapmasını beklemiyordum.

"İdare eder," dedi Aras sorduğum soruya cevap vererek. Bir yandan da ağzındaki çikolatayı yutmaya çalışıyordu. "Ben aslında sana bir şey sormak için geldim." Kaşlarım soracağı şeyi duymak için havaya kalkarken Aras konuşmaya devam etti. "Eğer işin yoksa bugün okul çıkışı bir şeyler yapalım mı diyecektim?"

"İkimiz mi?" diye sordum şaşkınlıkla.

"Evet?"

"Şey… " Alnımın üzerine düşen minik bir saç tutamını kulağımın arkasına itekledim. "Aslında bu sıralar dışarı çıkabileceğimi pek sanmıyorum."

"İstemezsen sorun değil," dedi Aras. Bozulduğu her halinden belliydi.

"Yok yok," dedim hemen. "İstememekle alakası yok. Ben sadece bu akşam dışarı çıkamam. Ama istersen sen bize gelebilirsin?" Kahretsin! Onu evime davet etmekte neyin nesiydi?

"Emin misin?"

Başımı salladım.

"Tamam o zaman."

Aras ile ders zili çalana kadar koridordaki duvara yaslanıp sohbet etmeye başladık. Dün okula neden gelmediğim hakkında ve Ateş'le olan beraberliğimin devam edip etmemesi hakkında. Aras iyi bir dinleyiciydi. İyi bir akıl hocası ve iyi bir destekçi. Ve sanırım iyi bir arkadaş...

Son dersin sonlarına doğru telefonuma gelen bir mesaj merak duygularımı harekete geçirdi. Mesaj Ateş'tendi. 'Okuldan sonra bir yere ayrılma,' demişti. Nedenini sorup, üst üste mesaj atarak ondan bilgi almak istesem de bana ikinci bir mesaj atma zahmetinde bulunmamıştı. Nedense bu tavırları artık bana normal geliyordu. Yavaş yavaş onu tanımaya, çözmeye başlamıştım. Okuldan çıkıp Ateş'i görebilmek için etrafıma bakındığımda tanıdık siyah arabası hemen gözüme ilişti. Bu Ateş'in iki numaralı arabasıydı. Fazla gösterişli ve havalıydı. Adımlarımı arabaya doğru ilerletip içeri girdikten sonra kapıyı kapatıp bakışlarımı hemen Ateş'e çevirdim.

"Yalnız çok vaktim yok. Ne diyeceksen hemen de, eve gitmem lazım?"

"Emniyet kemerini bağla," dedi Ateş bana bakmadan.

"Bir yere mi gideceğiz?" Ateş arabayı çalıştırdı. "Evet." Arabayı sürmeye başlayınca birkaç saniye ona bakakaldım. Yine nereye gidiyorduk ki? Benim eve gitmem lazımdı. "Nereye gidiyoruz?" diye sordum açıklama duyma isteğiyle. Ateş pürdikkat önüne bakıyordu ve benim sorumu hiç de önemsemiş gibi görünmüyordu.

"Bir şey soruyorum? Nereye götürüyorsun beni?" Ateş bir cevap vermedi. Sesimi yükselttim. "Her defasında beni böyle alıkoyamazsın!"

"Koyarım," dedi Ateş nihayet konuşmayı tercih ettiğinde.

"Koyamazsın!" Ne sanıyordu bu adam kendini?

"Öyle bir koyarım ki..."

"Bak." derin bir nefes aldım. "Zaten dün gece dışarıda kaldığım için annemler benden şüphelenmeye başladı. Beni götüreceksen evime götür, yoksa indir şurada bir yerde ben kendim gideyim."

"Ben götürürüm," dedi Ateş sert bir ifadeyle. "Ama önce gitmemiz gereken başka bir yer var."

"Neresiymiş orası?"

"Az sabret, birazdan göreceksin." Birazdan göreceksin, birazdan öğreneceksin... Nefesimi sıkılarak dışarı verdim ve başımı cama çevirip dışarı bakmaya başladım. Bu adam tam bir zorbaydı!

Sessiz geçen kısa bir yolculuğun sonunda Ateş arabayı hareket ettirmeyi kesti. Karşımdaki manzara beni şaşkına çevirmeye yeterken neden bir uçurumun kenarına geldiğimizi merak etmiştim. Karşımda ucu bucağı görünmeyen bir deniz vardı. Masmaviydi ve güneş ışınları üzerinde parıl parıl parıldıyordu. Büyüleyiciydi. Diğer yandan da ürkütücü. İn cin top oynuyordu adeta.

"Neden buradayız?" diye sordum bakışlarımı karşımdaki manzaradan çekip Ateş'e çevirdiğimde. Aklıma herhangi bir fikir gelmemişti açıkçası. Ateş cevap vermedi. Onun yerine sürücü koltuğunun kapısını açarak dışarı çıktı. Daha sonra arka koltuğun kapısını açarak tekrar oraya oturunca anlamayarak ona bakmaya devam ettim.

"Kafayı falan mı yedin acaba? Ne diye oraya oturdun?" Ateş ellerini geriye doğru götürüp esnedi. Bakışlarını bana doğru çevirdiğinde gözlerinde anlayamadığım bir ifade vardı. "Kucağıma gel," dedi sakin bir sesle. Gözlerimi kırpıştırıp ona bakakaldım. Kucağına mı?

"Neden?" Şu anda tenha kelimesinin tanımına en uygun olan yerdeydik ve ben yavaş yavaş korkmaya başlamıştım.

"Bir anlaşmamız vardı ufaklık, hatırladın mı?" Ateş soran gözlerle bana bakınca yutkundum. Maalesef ki öyle bir anlaşmamız vardı. Kalp atışlarımın yavaşça temposunu arttırdığını hissettim. Ah şu çenem yok mu benim. Kapatmayı bir becersem başıma daha az iş gelirdi.

"Ya şey, onu yapmasak?" diye sordum. Sesimin tatlı çıkmasına özen göstermiştim. Neden bilmem kalbimin yerinden çıkacağını hissediyordum. Öylesine hızlı atıyordu ki...

"Bir anlaşma yaptıysak uymak zorundasın ufaklık." Ateş bacaklarını araladı. "Gel şimdi." Bakışlarındaki o ifade ve sesindeki tını... Bu adam beni utandırmak için bilerek mi böyle etkileyici konuşuyordu ki?

"Onun yerine başka bir şey yapsam?" Kaşlarımı ümitle havaya kaldırdım. "Mesela kurabiye? Ben çok güzel kurabiye yaparım?"

"Buraya gel,"

"İstersen senin için pasta da hazırlayabilirim?"

"Ufaklık," dedi Ateş sabrının kalmadığını belli eden bir sesle. Yavaş yavaş sinirleniyordu. Mecburdum, verdiğim sözü yerine getirecektim. Çekinerek oturduğum yerden kalktım. Lanet olsun! Eteğimin altına neden bugün çorap giymemiştim ki? Sakin olmaya özen gösterip el freninin üzerinden dikkatli bir şekilde geçerek Ateş'in kucağında, ata biner gibi oturdum. Başımı öne doğru eğip ona bakmamaya özen gösterdim. Kalbim yerinden çıktı çıkacaktı. Onun pantolonunun kumaşını bacaklarımda hissetmek, en beteri de kalçamın hemen altında duran o şeyin varlığını bilmek bayılacakmış gibi hissetmeme neden oluyordu.

"Aferin... şimdi kollarını boynuma dola." Derin bir nefes alıp söyleneni yapmak üzere kollarımı kaldırdım ve Ateş'in boynuna doladım. Aramızdaki mesafe şimdi sıfıra inmişti. Gövdem onun gövdesine değiyordu ve kaya gibi sert olan göğsünü hissedebiliyordum. Kokusu çoktan burnuma dolmuştu. Baştan çıkartıcı, erkeksi bir kokusu vardı. Sertti ama öte yandan derin derin içine çekilesiydi. Yağmur. Evet, onun kokusunu tanımlayan kelime buydu.

"Başla bakalım," dedi Ateş ve kafasını geriye doğru attı. Onun sesindeki sakinliğe rağmen ben tam tersi şeyler hissediyordum. Heyecandan bayılabilirdim. Yavaşça Ateş'in kucağında doğrulup dudaklarımı boynuna bastırdım. Öncesinde derin bir nefes alıp yutkunmayı elbette ihmal etmemiştim. Boynu pürüzsüzdü. Kokusunu şimdi daha iyi alabiliyordum ve bu koku sanki bedenimi yakıp geçiyordu. Aslında beni yakan tek kişi zaten belliydi. Ateş Asoy.

İlk önce A harfini yapmaya başladım. Dudaklarımı kıvrak bir şekilde Ateş'in boynunda gezdirip ismindeki harfleri oraya çiziyormuş gibi bastırdığımda Ateş'in nefes alış verişlerinin hızlandığını duydum. Arabanın içinde sadece ikimizin nefes alış verişleri duyuluyordu. Sonra T harfini yaptım. Dudaklarım kıvrak bir şekilde Ateş'in boynunda gezmeye devam ederken E harfini çizmeye başladım. Çizmek, biraz garip bir terimdi aslında. Ben sadece ağzıma görünmez bir kalem almış, o kalemi Ateş'in boynunda gezdirir gibi yapıyordum. Ş harfini çizmeye başladım. Öncelikle dudaklarımı kıvrak bir şekilde Ateş'in boynunda gezdirip önce S harfini yaptım. Daha sonra dilimin ucunu Ateş'in boynuna bastırıp noktası diye varsaydığım küçük bir dokunuşu oraya kondurduğumda Ateş, "Ah!" diye inleyip beni kendine bastırdı. Ateş'in sesi tam anlamıyla boğuk çıkmıştı. Göğsü hızlı hızlı inip kalkıyordu. İşin tuhafı benim de ondan bir farkım yoktu. "Alfabenin tüm harflerini içeren bir isim istiyorum," diye fısıldadı Ateş ve ellerini bacaklarımı üzerine koydu. Diz kapaklarımın yukarıları olan yerlerinde ellerini dolaştırıp beni her seferinde biraz daha kendisine bastırdığında sessizce yutkunup inlememek için kendimi zor tutmuştum.

"Melisa," dedi Ateş nefes nefese. "Efendim?" dedim. Benim de ondan hiçbir farkım yoktu.

"Seni öpmek istiyorum." Ani itirafı kalbimin sıkışmasına neden olurken Ateş yüzünü bana doğru yaklaştırmaya başladı. Olduğum yerde öylece durdum. Ama arabanın içinde yankılanmaya başlayan telefon melodim telaşla geri çekilmeme neden olmuştu. Sadece birkaç milimlik mesafe kalmıştı dudaklarımızın buluşması için."Hassiktir!"Ateş'in ettiği küfrü duymazlıktan gelip ön koltukta, çantamın içinde olan telefonuma uzanıp ekrana bakmadan hemen cevapla tuşuna bastıktan sonra kulağıma götürdüm.

"Melisa, neredesin sen?" Annem...

"Anne ben şey, yoldayım ve eve geliyorum."

Ateş, "Acaba?" deyip muzip bir şekilde gülümsedikten sonra dudaklarını boynuma bastırdı ve tüy kadar yumuşak dokunuşlar bırakarak öpmeye başladı. Gözlerimin kapanmasına engel olamıyordum.

"Okulun çoktan dağılmadı mı?"

"En fazla yarım saat oluyordur anne. Ayrıca trafik var, anca geliyorum." Ateş'in dudakları tıpkı bir vakum gibiydi. Öylesine işini biliyordu ki... dudaklarını yaramaz bir şekilde boynumda gezdiriyordu.

"Hem Aras oğlum telefon açtı. Bize gelecekmiş. Neden haber vermiyorsun kızım? Kek falan pişirirdim."

"Ya anne ne bileyim ben. Hiç aklıma gelmedi. Hem Aras yabancı mı? Keke falan gerek yok. Ah!" Boynuma geçirilen dişler ağzımdan güçlü bir inleme sesi çıkardı. Ateş beni ısırmıştı.

"Kızım ne diye bağırıyorsun?

"Arı. Boynumu bir arı ısırdı da!" deyip Ateş'e kötü kötü baktım. O da aynı şekilde bana bakıyordu.

"Ah kızım. Arının ne işi var boynunda? Neyse, hadi oyalanma."

"Tamam anne, görüşürüz." Telefonu sinirle kapattım.

"Hayvan herif! Ne diye boynumu ısırıyorsun? " Elimi boynuma bastırdım. Cidden canım yanmıştı.

"O Aras denen it ne diye senin evine geliyor?" diyerek benim sorumu yanıtsız bıraktı Ateş. Kaşlarını tek bir çizgi olacak şekilde çatmıştı ve mavi-yeşil gözlerini gözlerime sabitlemişti.

"Nereden it oluyormuş?" diye sordum sinirle. "Ayrıca sana ne?"

"Ne demek sana ne? Yaptığımız anlaşmayı unutuyorsun galiba. Hiçbir erkekle, özellikle de Aras'la görüşmeyeceğini sana söylemedim mi?" Ateş'in sesi oldukça tehlikeliydi. Lanet olsun ki böyle bir cümleyi söylemişti!

"Söylediysen ne olmuş yani?" deyip çenemi havaya kaldırdım.

"Ne mi olmuş? Kızım bak." Ateş çenemi tuttu. Yüzünü yüzüme yaklaştırmıştı. Nefesini tenimde hissediyordum. "Beni sinirlendirme."

Ağzımdan, "Hah!" diye bir ses çıkardım. "Dağdan inmiş bir ayıdan farkın yok!" Sinirle Ateş'in kucağından kalkıp ön koltuğa oturduktan sonra kollarımı göğümün üzerinde birleştirdim. Hayır, anlamıyorum. Ona ne ki evime kimin gelip gelmeyeceğinden? Sanki gerçekten sevgilim de. Kıskanıyor olabilir miydi? Ama bu da Ateş'e epey bir zıt cümle olacaktı.

Beni eve bıraktığında çantamı elime alıp kapıyı açtım ve hemen aşağı indim. Yol boyu ikimiz de konuşmamıştık. Birbirimize sanki yabancıymışız gibi davranmıştık. Kapıyı arkamdan kapattıktan sonra Ateş'in yüzüne bakmamaya özen gösterip apartmana doğru yürümeye başladım. Hala sinirliydim ona. Hangi hakla boynumu ısırabiliyordu? Üstelik orada iz bıraktığına da eminim ve bir özür bile dilememişti benden. Gerçi zaten özür dilemesini falan da beklemiyordum.

Apartmana doğru ilerlemeye devam ederken karşı karşıya geldiğim tanıdık yüz, adımlarımın durmasına neden oldu.

"Eve yeni mi geliyorsun?" diye sordu Aras. Sesinde garip bir tını vardı.

"Şey, evet," deyip başımı aşağı yukarı salladım. "Canım birazcık gezmek istedi de."

Aras verdiğim cevaba karşı gülümsedikten sonra elini omzuma attı."Bilseydim ben de seninle beraber gelirdim. Neyse, hadi içeri geçelim." Aras'ın elini omzumun üzerinde hissetmem beni şaşkına uğratsa da ifademi korumaya özen gösterip, "Peki," diye mırıldandım ve Aras'la beraber apartmana doğru yürümeye başladım. Ta ki kolumun ani bir şekilde çekiştirilip, sağ tarafa doğru savrulmasına dek.

"Ateş?" dedim hayretle. Onun gitmiş olması gerekiyordu.

"Evet Melisa, Ateş. Sevgilin." Ve sonra dudaklarını dudağıma bastırdı.

Bölüm 13

Ertesi sabah, kahvaltı masasına oturduğumda bakışlarımı annemde gezdirdim. Ona sormak istediğim bir soru vardı. Daha doğrusu fikrini almayı istediğim bir şey. Sonuçta o benim annemdi ve vereceği cevap zihnimi kurcalayan detayları alıp yok edebilirdi. Buna fazlasıyla da ihtiyacım vardı. Aklımın bir şeylere takılması beni her şeyden soyutluyordu çünkü.

"Anne sana bir şey sorabilir miyim?" Annem ağzına bir parça ekmek götürürken bana baktı. "Ne hakkında?" Bir yandan ağzındaki şeyi yutmaya çalışıp bir yandan da bana soran gözlerle bakınca gülümsedim. "Şey ya, çok önemli değil. Ben sadece biriyle sevgili olmak için arada en fazla ne kadar yaş farkı olması gerekir, onu soracaktım." Merak ediyordum çünkü. Daha önce bir ilişki deneyimim olmamıştı. Eğer olur da bir gün olursa, aramızda kaç yaşın olması doğru olur onu bilmek istiyordum. Mesela altı olabilir miydi?

"Neden sordun?" Annem şüpheli gözlerle bana bakıp tek kaşını havaya kaldırdı.

"Merak ettim," deyip hemen ona cevap verdim. Aklına bir kurt düşmesini istemezdim.

Annem çayından bir yudum aldı. "Valla kızım bizim zamanımızda altı-yedi normal karşılanıyordu. Ama şimdiki gençler biraz tuhaf, hepsi kendi yaşıtını istiyor."

"Sen boş ver şimdiki gençleri," dedim elimi havada sallayıp. "Genel olarak cevap ver bana? Arada en fazla kaç yaş olmalı?" Annem düşündü. "Taş çatlasın üç," dedi. "Hem zaten öbür türlü anlaşamazlar ki."

"Ya anlaşıyorlarsa?" dedim meraklı gözlerle anneme bakarak. Yani Ateş ile benim aramda altı yaş vardı ve biz gayet iyi anlaşıyorduk. Çoğu zaman birbirimizi sinir ediyorduk gerçi ama genel olarak aramız iyiydi. Eğer gerçekten sevgili olsaydık iyi anlaşabilirdik.

"Melisa bak doğru söyle, sen biriyle mi berabersin?" Annem kaşlarını çattı. "Yoksa senden büyük mü?"

"Anne saçmalama," dedim hemen. "Kimse ile beraber değilim." Numaradan olan ilişkimi saymazsak yani.

"Eğer olur da bana söylemezsen-"

"Valla değilim," deyip annemin lafını hemen yarıda kestim. Şüpheli gözlerle bana bakıp doğru söylediğimden emin olmaya çalışıyordu. Annemin hisleri kuvvetliyi. Ve ben bunu bildiğim için hemen oturduğum yerden kalktım. "Neyse hadi ben çıkıyorum," dedim. Ve sonra annemin arkamdan söylenmesini umursamayıp aceleyle evden çıktım.

***

Nefes almak... Her canlının düzenli olarak yaptığı bir eylemdi. İstese de istemese de bunu yaparlardı ve yapmadıkları takdirde sonuç kaçınılmazdı. Ölürdü. Ama bana kalırsa nefes almak ikiye ayrılırdı. Birincisi gerekli olan nefes. Her zaman yaptığımız... İkincisi ise zihnimizi meşgul eden şeylerden kurtulmak için ihtiyacımız olan nefesti. Bazen insanlar yalnız kalmayı, kafalarını dinlemeyi ister. Huzurlu bir yere gitmeyi ve birkaç gün dünyadan soyutlanmayı. Çünkü hayatlarında bir şeyler ters gitmeye başlamıştır. Düzenleri sarsılmış, beklenmedik olaylarla karşı karşıya gelmiştir ve bu yüzdende bir süreliğine de olsa kafalarını dinlemeyi tercih etmişlerdir. İşte o ikinci türlü olan nefesti. Her insanın bazen nefes almaya ihtiyacı vardı.

Geldiğim yere baktım. Bir parktaydım. Öylece bir banka oturmuş, karşımdaki çocukları seyrederken yüzümde belli belirsiz bir tebessüm vardı. Çocuklar anne-babaları yanlarında, parktaki oyuncaklara dünyanın en güzel şeyleriymiş gibi bakıyorlardı. Onlar açısından elbette öyle olmalıydı. Onların en kötü şeyi bile salıncağa bindiklerinde başlarında bekleyen bir başka çocuğa salıncağı vermek istememesiydi.

Evden erken çıktığım için henüz okul saatime vardı. Geldiğim park zaten okuluma yakın bir yerdeydi. Uzun zamandır buraya gelmemiştim ve şimdi düşünüyorum da keşke gelseymişim. Belediye, parkı inanılmaz güzelleştirmişti çünkü. Renk renk çiçekler, parkın ortasında büyük bir fıskiye, yenilenmiş oyuncaklar ve oturak yerleri. Her şey çok güzeldi.

Bacağıma bir şeyin dokunduğunu hissettim. İrkilip hemen yere baktığımda küçük bir erkek çocuğuyla göz göze geldim. "Abla beni şuna bindirsene?" diye sordu. En fazla beş-altı yaşında olmalıydı. Konuşması aşırı derece de sevimliydi. Eliyle işaret ettiği yere baktığımda boş bir salıncağı gösterdiğini fark ettim.

"Ona mı binmek istiyorsun?" diye sordum.

Çocuk başını salladı. "Evet, evet, ona binmek istiyorum."

"Kiminle geldin buraya?" Annesi ya da babası bir yerlerde olmalıydı.

"Abimle geldim." Çocuk eliyle kaydıraktan kayan birini işaret etti. On yaşında vardı yoktu çocuk.

"O senin ağabeyin mi?"

"Evet ama o beni sallamıyor. Hep kaydırakta kayıyor." Çocuk dudaklarını sarkıtınca ne kadar sevimli göründüğünü fark ettim. "Ben seni sallarım," dedim. Çocuk kocaman gülümsedi. Beraber salıncakların yanına gittik. Onu salıncağa oturtup emniyet bölmesini de kapattıktan sonra yavaşça sallamaya başladım. Çocuk salıncağın zincirlerini kavramış, ayaklarını balık gibi çırpıyordu.

"Adın ne bakalım senin?"

"Emir Berke." Çocuk bağırarak cevap verince gülümsedim.

"Peki Emir Berke, parka sadece ağabeyinle mi geldin?"

"Hayıır." Çocuk yine bağırarak cevap verdi. "Annem ve babam da burada." Elini bir yere yönlendirdi. "İşte oradalar." İşaret ettiği yere baktığımda bir kahvaltı salonunu gösterdiğini fark ettim. Sanırım onlar orada kahvaltı ederken çocuklarını oyun oynasınlar diye parka göndermişlerdi.

Telefon melodim çalmaya başladı. Emir Berke'yi sallamayı bırakıp polarımın cebinden telefonumu aldıktan sonra ekrana baktım. Kalp atışlarım ufaktan temposunu arttırmaya başlarken telefonu cevapladım. Zihnim dün gece beni öptüğünü hatırlayınca yanaklarım kızarmaya başlamıştı.

"Alo?"

"Neredesin sen? Birazdan ders zili çalacak, ortalarda yoksun?"

"Ben biraz hava almak istedim. Sen neredesin ki?"

"Okulunun önünde."

"Aa, öyle mi?"

"Sen neredesin?"

"Bir parkta."

"Yalnız mı?" Ses tınısı garipti. Şüpheci...

"Hayır."

"Kiminlesin?"

"Seni ilgilendirir mi?"

"İlgilendirir. Şimdi cevap ver, kim var yanında?"

"Bir çocuk, ismi Emir Berke,"

"Emir Berke?" dedi Ateş anlam veremediğim bir sinirle.

"Evet, bir problem mi var?"

"Hayır, bir problem yok. Parkın adresini söyle oraya geliyorum."

"Nedenmiş?"

"Melisa beni sinir etme de adresi söyle!?"

"Bana bağırma!"

"Melisa." Ateş dişlerinin arasından konuştu. "Hemen adresi söylemezsen, ciddiyim çok kötü olur."

"Beni tehdit mi ediyorsun?"

"Ne anladıysan artık. Söyle?"

"Okulun alt sokağındaki park."

"Sakın bir yere ayrılma." Ateş telefonu yüzüme kapatınca kaşlarımı çattım. Hödük!

Emir Berke'yi ailesine teslim ettikten sonra az önce oturduğum banka oturup Ateş'in gelmesini beklemeye başladım. Kim bilir yine niye gelmişti? Saat henüz erkendi ve onu daha önce bu saatte uyanıkken görmemiştim. Gerçi benim Ateş hakkında birçok bilmediğim, görmediğim şeyler vardı ya. Bir süre sonra yanıma bir oturdu. Başımı sağa çevirdiğimde mavi-yeşil bir çift gözle karşı karşıya geldim. Sinirli görünüyordu.

"Nerede o?" Kimi kastettiğini anlamak için birkaç saniye sessiz kaldım. "Emir mi?"

"Adı her neyse işte, gitti mi?"

"Gitti," dedim.

"Yeni mi tanıştın? Daha önce adını senin ağzından duymamıştım?"

"Bugün tanıştık," dedim. "Yanıma gelip kendisini salıncakta sallamamı rica etti. Ben de kırmayıp kabul ettim." Ateş kaşlarını havaya kaldırdı. "Salıncak mı?" Başımı salladım. "Evet, niye şaşırdın ki?" Ateş gözlerimin içine baktı. "Hiç." Bakışlarını kaydıraktan kayan çocuklara çevirip onlara bakmaya başlayınca ben de bakışlarımı onda gezdirdim. Üzerinde siyah bir yarım kollu vardı. Saçları özensizdi. Tarak değmediği belliydi. Ama ne var ki bu model bile ona yakışıyordu.

"Neden buradasın?" diye sordum bakışlarımı onda gezdirmekten vazgeçerek.

"Yapacak başka bir işim yoktu,"

"Bu yüzden de buraya mı geldin yani?"

"Seninle vakit geçirmeyi seviyorum," dedi Ateş ifadesiz bir sesle. "Bu yüzden buradayım."

Şaşkınlık. "Gerçekten mi?"

Ateş cevap vermedi. Bakışları karşıya odaklı, kaydıraktan kayan çocuklarda dolaşırken yüzümde aptal bir sırıtış belirdi. Ateş benimle vakit geçirmeyi seviyordu. Her ne kadar geçirdiğimiz vakit eğlenceli olmasa da yanımda olmaktan memnun olduğunu dile getirmişti.

"Ben de seninle vakit geçirmeyi seviyorum," diye itiraf ettim gülümseyerek.

Ateş cevap vermedi.

"Yani tamam, çok fazla eğlenceli bir adam olduğunu söyleyemem ama senin yanında kendimi iyi hissediyorum. Ayrıca güvende. Sanki kimse bana zarar veremezmiş gibi." Gülümsedim. "Sanki sen benim süper kahramanımsın da beni tüm kötülüklerden korurmuşsun gibi." Alnımın üzerine düşen bir saç tutamını kulağımın arkasına ittim. "Ve şey, bazen de sanki gerçekten sevgiliymişiz gibi hissediyorum ama yanlış anlama."

Ateş bana baktı. Mavi-yeşil gözleri sanki kalbime dokumuş gibiydi. Kalp atışlarımın hızlandığını hissettim. Bu itirafı dile getirmemeliydim. Özellikle Ateş'in yüzüne karşı söylememeliydim. Neden söyledim ki sahi? "Öyle hissetme," dedi Ateş ifadesiz bir sesle. "Sonunda üzülen sen olursun."

İçimde bir şeylerin parçalandığını hissettim. "Zaten öylesine söylemiştim." Ben ve onun gerçek anlamda sevgili olamayacağımızı elbette biliyordum. O prens ise ben ancak prense gizli hayranlık duyan sıradan bir kız olurdum. Daha fazlasının olması rüya gibi bir şey olurdu herhalde.

"Bak ufaklık," dedi Ateş gözlerimin içine bakarak. "Ben senin hayallerini süsleyecek olan adam değilim. Aksine, ben senin kâbuslarına girecek olan adam olabilirim sadece. Ben sevgiye inanmıyorum. Aynı şekilde aşka da. Benim ilişkilerim hep kısa süreli olur." Sustu ve ekledi. "Bir tek geceye sığacak kadar kısa. Anlıyor musun? Gerçek bir ilişkinin benim hayatımda yeri olmaz."

Şaşkınlıkla ona bakakaldım. "Neden sevgiye ve aşka inanmıyorsun?" Diğer söylediklerini kulak ardı etmiştim. Belki tartışmaya cesaretim olmadığından belki de bazı şeylerle şu anda yüzleşmekten korktuğum için.

"Çünkü öyle duyguların bu dünya üzerinde hissedilemeyeceğini biliyorum." Ateş'in cevabı netti.

"Bence yanlış düşünüyorsun," deyip hemen ona cevap verdim. Hangi insan sevginin varlığına inanmazdı ki? "Sevgi de aşk da kanıtlanmış şeylerdir. Mesela bir sürü ünlü aşk var, onlara ne diyeceksin?"

Ateş alayla güldü. "Demek kanıtlanmış şeyler, öyle mi? İnsanlar birbirine sadece değer verir ufaklık."

"Leyla ile Mecnun, Kerem ile Aslı, Ferhat ile Şirin. Sen şimdi bu efsane aşkların aslında olmadığını mı söylemeye çalışıyorsun?"

"Olmadığını direkt olarak söylüyorum."

Hayretle ona baktım. Çok saçma düşünüyordu. Aşk da sevgi de vardı. Kanıtlanmıştı. İnsanlar birbirini sever, âşık olur, sevdiklerinin yanında kalpleri hızlı hızlı atıp, heyecanlanırdı. Ne bileyim mutlu olup sürekli gülümserlerdi. Ama Ateş tüm bu duygulara inanmadığını ve üstelik olmadığını iddia edip saçma bulduğunu kesin bir dille söylemişti. Kesinlikle ama kesinlikle yanılıyordu.

"Bence yanlış düşünüyorsun," dedim. "Belki sen henüz âşık olmadığın için bu duyguların hissedilemeyeceğine inanıyorsun ama hisseden insanlar var."

Ateş güldü. "Sen hissediyor musun?" Gözleri gözlerime bakarken ne diyeceğimi bilemedim.

"Ben aşka ve sevgiye inanıyorum. Hatta benim en büyük hayalim gerçek aşkımı bulup onunla sonsuza dek yaşamak. Çok zor olduğunu biliyorum ama yine de bulacağıma inanıyorum. Benim bir tane defterim var mesela. Mor kapaklı, ajanda tipi bir şey. Eğer gerçek aşkımı bulursam o deftere onunla ilgili yazılar yazacağım. Özelliklerini, birlikte geçirdiğimiz güzel anıları, ikimize ait şeyleri ve aklıma gelen her şeyi. Ve sonra o defteri kızıma vereceğim. Nasıl ki bazı ailelerde anneler, nesilden nesile bir eşyayı taşır, kızlarına hediye eder, ben de aynısını kızıma yapacağım."

Ateş öylece yüzüme baktı. Gözleri ne hissettiğine dair bir ipucu vermiyordu. Anlattıklarımı komik bulmuş olabilir miydi? Ama gözlerinde minicik bile alay belirtisi yoktu. Ciddiydi hatta. "Bir çocuğunun olmasını istiyor musun gerçekten?" Sorusu üzerine başımı utanarak öne eğdim. "İstiyorum," dedim. Hangi kız istemezdi ki kendisine benzeyen bir kızı olmasını? Ya da âşık olduğu adamın gözlerini taşıyan bir oğlu olmasını? "Sen istemiyor musun yoksa?"

"Ben çocuklardan nefret ederim." Öylece ona baktım. Çocuklardan nefret etmek... Hoş, bu adam aşka ve sevgiye de inanmıyordu. Çocuk istememesi o kadar da garip değildi.

"Şey, artık kalkalım mı? Ders zili birazdan çalacak." Çantamın sapını omzuma asıp Ateş'e bakmaya başladım.

"Ben senin hayalini kurduğun adam değilim," dedi Ateş ciddi bir ifadeyle. Beklemediğim bu cümlesi öylece ona bakmama neden oldu.

"Hayalini kurduğum bir adam yok zaten," dedim. Gece başımı yastığa koyduğumda âşık olacağım kişiyi düşünüyordum ama yüzünü hiç zihnimde canlandıramıyordum. Gerçi bir süredir gözümün önüne Ateş'ten başka kimse gelmiyordu ama...

"İyi," dedi Ateş.

"İyi," dedim ben de.

"Benimle olursan üzülürsün. Mor kapaklı defterine ikimizle ilgili bir tek güzel şey bile yazamazsın."

"Nereden biliyorsun?"

"Kendimi biliyorum ufaklık. Kendimi tanıyorum."

"Bazı şeyleri yaşamadan bilemezsin ki," dedim. Belki söylediğim bu cümleyle ona alttan alttan 'benimle sevgili ol' diyordum ama söyledikleri çok saçmaydı.

"Bazı şeyleri yaşamadan da bilirsin," dedi Ateş.

"İyi." Oturduğum yerden kaktım. "O zaman sana ileriye yönelik planlarında başarılar. Ben okula gidiyorum, sen de artık saçma düşüncelerinle ne yaparsan yap." Arkamı dönüp yürümeye başladım. Ben sinirlendiren neydi bilmiyorum. Ateş'e karşı hissettiklerimi dile getirmem ve onun bana karşılık vermemesi mi? Tamam, ondan hoşlanıyordum. Ona karşı ilk günden beri tuhaf bir çekim hissediyordum. Soğuk tavırlarından, bana bağırmasından, kaba biri oluşundan bile hoşlanıyordum. Ve ben onun da bana karşı ufak da olsa bir şeyler hissettiğini düşünmüştüm. Aptalca ama bir umut, öyle bir düşünce içine dalmıştım.

"Bu da ne demek oluyor?" Ateş kolumu kavrayıp beni kendine çevirdi. Kaşları çatılmış, alnının üzerindeki damar hafifçe belirmişti. Omuzlarımı dikleştirip cevap verdim. "Artık seninle görüşmek istemiyorum demek oluyor. Bitti artık, tamam mı? Aramızdaki saçma ilişkiyi sonlandırıyorum!"

"O heriflerin başına üşüşmesi umurunda değil yani?"

"Evet, değil," dedim. "Hem zaten artık beni rahatsız edeceklerini sanmıyorum. Bizi kaç kere birlikte gördüler. Eminim bu onlar için yeterli olmuştur."

"Ya olmadıysa?"

"Eğer olmamışsa o zaman babamdan yardım isterim tamam mı? Eminim bana senin gibi aptal düşüncelere sahip birinden daha çok yardım eder!"

"Babanın bu durumu hoş karşılayacağını pek sanmıyorum,"

"Sen benim babamı nereden tanıyorsun da onun hakkında fikir üretebiliyorsun? Evet, babam bana çok kızar belki ama sonra anlayışla karşılayıp bana yardım eder. Yani artık sana muhtaç değilim. Şimdi bırak kolumu ve bir daha karşıma çıkma." Kolumu sertçe Ateş'in elinden kurtarıp yürümeye başladım. Gözlerim dolmaya başlamıştı. Beklemediğim bu konuşma ve karar... kalbimin sızladığını hissediyordum.

"Ol lan," diye bağırdı Ateş arkamdan. "Gerçekten sevgilim ol."

Yavaşça ona döndüm.

"Yalandan bir beraberlik yaşayacağımıza gerçek bir beraberlik yaşayalım. Sonunda biterse de gerçek bir ayrılık."

Ağzım ve gözlerim şaşkınlıkla aralanırken yaşadığım şeyin rüya olma ihtimalini düşündüm. Ben ve Ateş mi? Gerçek bir ilişki mi? "Yani sen bana çıkmamı teklif ediyorsun?" Sesimdeki şaşkınlığı gizleyememiştim. Nasıl gizlerim? Söylediği şey beklenmedikti.

"Ne olarak anlarsan artık. Denemeye var mısın?" Ateş soran gözlerle bana bakınca şaşkınlığımı yüzümden attım. Gülümsedim ve adımlarımı hızla ona doğru ilerlettim. "Varım!" Kollarımı sevinçle Ateş'in boynuna doladım. Mutluluk ayak tırnaklarımdan saç diplerime kadar ulaşmış, kuşatmıştı. Kalbim deli gibi çarpıyor, karnımda kelebeklerin uçtuğunu hissediyordum. Ateş kollarını belime dolayıp başını saçlarımın arasına gömdü. Yüzümdeki kocaman gülümseme, mümkünmüş gibi iyice genişlerken sıkıca Ateş'e sarılıp kokusunu derin derin içime çektim. Şu anda yaşadığım şey bir rüya değildi. Gerçekti. Ateş ve ben gerçekten sevgiliydik!

"İlk sevgilimin odun biri olacağını hiç tahmin etmezdim," dedim gülümseyerek.

"Ben de ilk sevgilimin senin gibi biri olacağını hiç tahmin etmezdim." Ateş'in söylediği cümle ile geri çekilip ona baktım. Gülümsüyordu. "Ne demek benim gibi? Ne varmış ki ben de?" dedim.

"Hiçbir şey güzelim, hiçbir şey. Şimdi... madem artık gerçekten sevgilimsin, bundan sonra dediklerimi harfiyen yapacaksın. Anlaştık mı?"

Başımı aşağı yukarı salladım. "Anlaştık."

"Seninle çok sık görüşemem. Ama görüştüğümüz de tıpkı iki sevgili gibi vakit geçireceğiz?" Yanaklarımın ısındığını hissettim. İki sevgili gibi vakit geçirmek... Utanarak başımı salladım.

"Ve son olarak. Bana sakın bağlanma ufaklık. Değer ver, ilgi göster ama sakın bağlanma. Bu ilişki bir deneme üzerine kurulu. Sadece deneyeceğiz. İşin sonunda eğer ayrılırsak üzülüp acı çekmeni istemiyorum." Denemek. Ateş ile olunca bu bile bana çok güzel gelmişti. "Peki," diye mırıldandım sadece. Nasıl isterse öyle olsun. Ona bağlanmamak için her şeyi yapacaktım. Ve bu süreçte ben de onun fikirlerini değiştirecektim. Evet, bunu yapacaktım. Benimde adım Melisa ise sevgiye ve aşka inanmayan bu adamı her iki duyguya da inandıracaktım.

Ateş beni okuluma bıraktıktan sonra gitti. İşleri varmış. Ne olduğunu sorup onu sıkboğaz etmek istemediğim için sessiz kaldım. Arabadan inmeden önce Ateş yanağıma masum denilecek bir öpücük bırakmıştı. Öpücüğü çok küçüktü ama tenimi karıncalandırmaya fazlasıyla yetmişti. Onun dudaklarını yanağımın üzerinde hissetmek sihirli bir dokunuş gibiydi. Benim Ateş ile olmam ise rüya gibi. O ve ben gerçekten biz olmuştuk. Onu ilk gördüğümde bunların olacağını nereden bilebilirdim ki?

Akşam eve gittiğimde gün boyu yüzümde olan gülümsememem hala varlığını koruyordu. Dışarıdan bakılınca ne kadar aptal göründüğümün farkındaydım ama umurumda değildi. Zile bastım. Ayaklarımı hafifçe havaya kaldırıp sanki yerimde zıplıyormuş gibi yaparken kapı açıldı. Annem kaşlarını çatmış bana bakıyordu.

"Bir sorun mu var?" diye sordum gülümsememem yavaşça silinirken.

"İçeri geç Melisa!" Annem oldukça sinirli görünüyordu. Bir anlam veremedim. Ayakkabılarımı çıkartıp salona girdiğimde babamı ayakta volta atarken buldum. O da kaşlarını çatmış, patlamaya hazır volkan gibi duruyordu. Ne olmuştu ki?

"Baba bir sorun mu var?"

Babam öfkeli gözlerini bana dikti. "Sorun ne, biliyor musun? Sorun senin bizi kandırmam, bizi salak yerine koyman!" Babamın sesini yükseltmesi beni ürkütmüştü. "Ne yaptım ki?"

"Ne mi yaptın? Bir de bilmiyormuş gibi mi yapıyorsun?" Babam bağırdı. "Bir serseriyle ilişkin olduğunu daha ne kadar saklamayı planlıyordun?"

Bedenimi kaplayan korkuyla yutkundum. Nasıl öğrenmişlerdi? "Baba özür dilerim, ben söyleyecektim ama-"

"Özür falan dileme! O adamla artık görüşmeyeceksin!"

"Baba bak, nasıl öğrendiniz bilmiyorum ama yemin ederim Ateş kötü bir adam değil."

Baban sinirle bana baktı. "Kötü biri değil mi? O adam..." Sustu. "Yasa dışı işler yapıyor! Sen nasıl olur da öyle biriyle beraber olursun?"

"Evet ama inan kalbi çok temiz..."

"Kalbi temizmiş! O serseriyle artık görüşmeyeceksin Melisa. Duydun mu beni? O itle konuştuğunu duymayacağım!"

"Ama baba,"

"Sakın tek kelime etme. Konu kapandı. O adam hayatına nasıl girdiyse şimdi de tıpış tıpış çıkacak!"

Bölüm 14

Hayatımda ilk defa birini gerçekten sevdiğimi fark etmiştim. Daha önce Aras vardı ama hayır. Ona karşı hissettiğim duygular hoşlanmaktan başka bir şey değildi. Geçiciydi. Belki Ateş olmasaydı Aras'a olan yetersiz hislerim devam edecekti ama artık Ateş vardı ve şimdi her şey daha farklıydı. Daha netti. Duygularımdan emindim. Ateş'i seviyordum ve o yağmurlu günde peşinden gitmekle hayatımın en anlamlı şeyini yaptığımın farkındayım. En özel şeyini.

"Anlaşıldı mı?" diye sordu babam. Sinirlendiği için hızlı hızlı nefes alıp veriyordu. Onu ilk kez böyle görmüştüm. Aslına bakarsanız ben ailemle ilk kez tartışma yaşıyordum. Hem de ilk sevgilim hakkında.

"Baba, anne. Sizi kandırdığım için çok özür dilerim ama o gerçekten kötü biri değil." Ateş'ten ayrılamazdım. Henüz değil, şimdi değil. Her şey daha yeni yeni başlamışken böyle olamazdı.

"Sen hangi ara böyle sorumsuz oldun Melisa? Bize karşı o çocuğu mu savunuyorsun?" diye sordu annem. Bunun sorumsuz olmayla alakası yoktu. Ben sadece doğruyu söylüyordum. Onun kötü biri olmadığını biliyordum.

"Bu zamana kadar sizi üzecek hiçbir şey yapmadım. Bundan sonra da yapmam. Ama biz sevgiliyiz."

Babam elini alnına götürüp ovuşturdu. Sinirliydi, hem de çok fazla. Neden bu kadar tepki gösterdiklerini hâlâ anlayamasam da onu ilk kez bu kadar öfkeli görüyordum. "O çocuktan derhal ayrılacaksın, duydun mu beni? Bir daha yan yana geldiğinizi duymayacağım!"

Başımı öne eğdim. "Bunu yapmak istemiyorum." Sevgilim hakkında ailemle tartışma yaşayacağım aklımın ucundan bile geçmezdi. Mutlu olacaklarını, kalbimin kapılarını açtığım kişiyi onların da seveceğini düşünmüştüm. Çünkü onların beni her konuda destekleyeceklerine inanırdım. Ama demek ki öyle değilmiş.

"Yapmak istemiyor musun?" Babamın sesinde öfkeyle karışık bir hayret vardı. "Kızım bir sokak serserisiyle beraber olmaya devam edecek ve ben de buna izin vereceğim, öyle mi?" Babam başını iki yana salladı. "Odana git Melisa. Bu konu hakkında daha fazla konuşmak istemiyorum. O serseri ile artık görüşmeyeceksin!"

"Ama baba-"

"Odana git Melisa!"

"Ne derseniz deyin. Ben Ateş'i seviyorum ve sırf siz istediniz diye ondan ayrılmayacağım!" Hızlı adımlarla salondan çıkıp odama gittim. Son cümleyi söylerken babamın yüzünde beliren ifade beni ürkütmeye yetse de pişman değildim. Ben Ateş'i seviyordum ve her şey daha yeni başlamışken ondan ayrılamazdım. Aklımı kurcalayan tek bir soru vardı. Nasıl öğrenmişlerdi?

***

Ertesi sabah uyandığımda annemin bir ton lafını işitmek zorunda kaldım. Beni öyle sıktı ki, kavga edip evden sinirle çıktım. Okula vardığımda ilk işim Aras'ı bulmaktı. Eğer o söylediyse gerçekten elimden çekeceği vardı. Onu uyarmıştım. Aileme söyleme, diyerek uyarıda bulunmuştum. Mazereti ne olursa olsun yaptığı şeyin telafisi yoktu. Onun yüzünden ailemle aram açılmıştı! Okulun giriş kapısından içeri girdiğimde etrafa göz gezdirdim. Herkes kendi arkadaş grubu ile gülüp konuşuyordu. Ama benim aradığım yüz onların arasında yoktu. Adımlarımı 11-A sınıfına doğru ilerlettim. Orada da yoksa evine giderdim. Evet, bunu yapardım. Aras'ın sınıfının önüne geldiğimde derin bir nefes alıp içeri girdim. Sınıfta sadece dört öğrenci vardı. Aras içeride değildi.

Tamam, sakindim. Sonuçta zilin çalmasına daha vardı. Eğer gelmezse evine gider konuşurdum. Okulun bahçesine çıkıp banklardan birine oturdum. Kollarımı göğsümün üzerinde kavuşturup sinirli bir bekleyiş içine girdim. Acaba Ateş, ailemin düşüncesini öğrenirse nasıl bir tepki verirdi? Sırt çantamdan telefonumu çıkartıp Ateş'i aradım. Dördüncü çağrının sonunda telefonu cevapladı.

"Hmm?" Ateş'in uykulu bir şekilde homurdanması tebessüm etmeme neden oldu.

"Uyuyor muydun?"

"Sence?"

"Şey... sanırım uyuyorsun. Ben sadece ne yapıyorsun diye aramıştım?"

"Öğrendin işte. Şimdi kapatıyorum, çok uykum var."

"Ya uyuma. Hem bu saatte uyunulur mu?"

"Melisa ben senin gibi liseli değilim. Erken kalkmamı gerektiren bir şey yok."

"Hah! Liseliymiş. İyi git zıbar!" Telefonu sinirle yüzüne kapattım. Hödük şey, ne olacak! İnsan ilk günden sevgilisiyle böyle mi konuşur? Tamam, biliyordum. Ateş kolay bir erkek değildi. Öyle canımlı cicimli konuşacak, romantik sürprizler yapacak, seni seviyorum diyecek biri kesinlikle değildi. Peki ben öyle olmasını mı isterdim? Sanırım bunu bilmiyordum...

Okulun giriş kapısında Aras'ı gördüğümde oturduğum banktan kalkıp ona doğru yürümeye başladım. Yanına vardığımda ifadesizce yüzüme bakıyordu.

"Okulun arkasına geçelim mi?" diye sordum. Okulun arkası dedim çünkü eğer beni aileme şikâyet eden Aras ise hiç iyi şeyler olmayacaktı.

"Olur." Aras ile arka tarafa doğru yürürken zil çaldı. Ama umurumda değildi. Okulun arka tarafına geldiğimizde Aras'ın tam karşısına geçtim. "Aileme sen mi söyledin?" Konuya pat diye girdiğimin farkındaydım.

Aras nefesini sesli bir şekilde dışarı verince ona bakmaya devam ettim. "Ben söyledim," dedi. Bu iki kelime hayal kırıklığı yaşamama neden olmuştu. Evet, Aras'ın söylediğini düşünüyordum ama belki o yapmamıştır diye ümit ediyordum.

"Beni ne kadar zor bir duruma düşürdün, biliyor musun sen? Dün ailemle ilk defa tartıştım."

"Senin iyiliğin için."

"Senden böyle bir şey istemedim Aras! Ben doğruyu ve yanlışı ayırt edebilirim!"

"O yüzden mi o adamla sevgilisin? Gerçekten çok iyi ayırt ediyorsun..." Ateş'i 3 haftadan daha uzun bir süredir tanıyordum. Soğukkanlı olması, konuşmayı sevmemesi, bir de dövüşçü olmasından başka kötü bir özelliğini görmemiştim. Peki neden etrafımdaki herkes onu dünyanın en kötü insanı olarak görüyordu?

"Bak, bir cevap bile veremiyorsun. Çünkü gerçekleri göremeyecek kadar körsün."

"Ben gerçekleri görebiliyorum, tamam mı? Asıl göremeyen sizsiniz!"

"O adam seni bıraktığında üzülen taraf sen olacaksın Melisa." Aras'ın söylediği cümle ile duraksadım. Cidden Ateş beni öylece bırakır mıydı? Ateş'in sevgilisi olduğunu iddia eden kız ne demişti? Ateş'in tipi değilsin, aranızda kesin bir çıkar var.

"O adamın yanında kardeşi gibi duruyorsun. Ne kadar makyaj yaparsan yap, bu gerçeği değiştiremezsin."

"Eğer Ateş beni terk ederse bu benim sorunum olur. Kimseyi ilgilendirmez!"

"Ben de, ailen de seni düşünüyoruz."

"Düşünmeyin!" diye bağırdıktan sonra arkamı dönüp hızlı adımlarla yürümeye başladım. Hayat ne kadar saçmaydı. Uzun süredir hoşlandığım çocuk ile şimdi böyle bir konuşma yapmam, bir zamanlar beni fark etmesi için dua etmem, şimdi ise bu hale gelmemiz tuhaftı.

Sınıfa girdiğimde öğretmenden özür dileyip sırama oturdum. Kitaplarımı çantamdan çıkarttıktan sonra dersi dinlemeye koyuldum. Artık ne kadar anlayacaksam... Okul bittiğinde sınıftan çıkıp koridorda yürümeye başladım. Girdiğim hiçbir dersi anlamamıştım!

"Melisa?" Adımı duyduğumda başımı sesin geldiği yöne çevirdim. Aras elindeki kitabı rulo yapmış, bana doğru yürüyordu.

"Evet?"

"Seni evine bırakayım mı diyecektim?"

"Aras bak..."

"Melisa lütfen. Ben sadece senin iyiliğini düşündüğüm için öyle davrandım. Arkadaşlığımızın zedelenmesini istemiyorum."

"Peki," dedim yenilerek. Aras gülümsedi.

***

Akşam yemeğimiz oldukça sessiz geçmişti. Ne babam ne de annem tek kelime etti. Ama ben bu sessizliğin altından bir şey çıkacağını biliyordum. Hem de çok iyi. Bulaşıkları makineye dizdikten sonra mutfaktan çıktım. Odama doğru ilerlerken annemin salondan seslenmesi ile adımlarımı oraya doğru ilerlettim.

"Geç, otur." Annem eliyle kanepedeki boş yeri işaret edince derin bir nefes alıp oturdum. "Ne yaptın bugün?" Hadi ama anne, konuyu nereye getireceğini ikimiz de çok iyi biliyoruz.

"Bildiğiniz gibi," dedim ifadesiz bir sesle.

"O çocuk ne oldu?" Annem tek kaşını havaya kaldırınca bakışlarımı ona diktim. "Sabah konuştuk, uyuyordu."

"Ne demek uyuyordu? Dalga mı geçiyorsun bizimle?"

"Hayır geçmiyorum. Aradım ve uyuduğunu söyledi." Babam kaşlarını çatıp bana baktı. "Mesaj atarak da görüşmek istemediğini söyleyebilirdin?" Babamın söylediği cümle ile bakışlarımı yere çevirdim. Belki şimdi söyleyeceğim şeye kızacaklardı ama sonra hak vereceklerini biliyorum.

"Baba, ben onunla görüşmeye devam etmek istiyorum." Sesim çok az çıkmıştı. Sanki bir suç işlemişim de suçumu kabul ederken utanıyormuş gibi. Ama şöyle bir gerçek var ki ben ne suçumdan ne de suçumu devam ettirmekten utanıyordum.

"Ne demek devam etmek istiyorum? Dün akşam bu konunun çözüldüğünü düşünüyordum?"

"Çözülmedi. Ben Ateş ile görüşmeye devam edeceğim." Babam oturduğu yerden kalktı. "Yani bizim sözümüzü dinlemiyorsun?"

"Baba bak... Öyle değil,"

"Ne öyle değil? Düpedüz bizi karşına alıyorsun! Ama peki. Madem sen bizi dinlemeyip, sözümüzü hiçe sayıyorsun, biz de seni dinlemeyiz. Yarın akşam Ankara'ya gidiyoruz." Ankara mı? Babam salondan çıkınca şaşkınlıkla gidişini seyrettim. Hep beraber Ankara'ya gitmek de ne demek oluyordu?

Bakışlarımı anneme çevirdim. "Anne, şaka mı bu?"

"Sakın ağzını açma Melisa. Bu sefer sınırı aştın!"

"Ya ne sınırı? Sadece biriyle beraberim hepsi bu. Niye bunu bu kadar büyütüyorsunuz?" Oturduğum yerden kalkıp koşar adımlarla odama girdim. Gözyaşlarım akmaya başlamıştı. Ne olursa olsun Ankara'ya gitmeyecektim!

***

Ertesi sabah uyandığımda okul kıyafetlerimi giyip odamdan çıktım. Mutfağa girdiğimde annemi kahvaltı masasında otururken buldum.

"Günaydın." Annemin birçok duyguyu içererek söylediği bu kelimeye karşı, "Günaydın," diyerek cevap verdim.

"Okula gitmezsin diye düşünüyordum?"

"Neden gitmeyecekmişim?"

"Dün akşam konuşmuştuk. Bu akşam Ankara'ya gidiyoruz. Baban ve ben iki gün kaldıktan sonra tekrar İstanbul'a döneceğiz,"

"Ya ben anne? Beni öylece bırakacak mısınız?"

"Bunu sen istedin, Melisa. Biz başına bela gelmesin diye uğraşıyoruz. O adamın yasa dışı dövüş yaptığını biliyor muydun?" Bütün kelimeler tükenmişti sanki. Ne söylersem söyleyeyim bir faydası olmayacaktı.

"Afiyet olsun." Masadan kalkıp mutfaktan çıktım.

"Kaç kaç. Nasıl olsa bugün son günün." Annemin arkamdan seslenmesini umursamadan evden çıktım. Gerçekten bugün Ankara'ya gidecek miydim? Peki Ateş? Gideceğimi öğrenince nasıl tepki verirdi? Belki de sevinirdi. Sonuçta sürekli konuşmamdan rahatsız oluyordu kendisi.

Okula vardığımda kimseye, daha doğrusu Aras'a görünmeden sınıfa gitmek istiyordum. Benim iyiliğim için bile olsa, onun yüzünden Ankara'ya gidiyordum! Öğle arasında sınıftan çıkıp kantine indim. Saçma ama buranın sucuklu tostunu bile özleyecektim... Kantinden aldığım sucuklu tost ve ayranla boş bir masaya oturdum. Öğrencilere göz gezdirdim. Her biri mutlu görünüyordu. Sanki hiçbir dertleri yokmuş gibiydi. Telefonuma gelen mesaj sesiyle ayranın içindeki pipetle oynamayı bırakıp mesajı açtım. Mesaj Ateş'tendi. Okulun önünde olduğunu haber veriyordu.

Oturduğum masadan kalkıp kantinden çıktım. Onu sadece bir gündür görmüyordum. Ama neden bilmem, özlemiştim. Okulun giriş kapısından çıktığımda, Ateş'i arabasına yaslanmış bir şekilde buldum. Üzerinde gri tişört, altında ise siyah kot vardı. Adımlarımı ona doğru ilerlettiğimde bakışları beni buldu.

"Selam," dedim. Sesimdeki heyecanı gizleyememiştim. Onu her gördüğümde kalbimde kelebekler uçuşuyormuş gibi hissediyordum.

"Selam."

"N'aber? "

"İdare eder," diye mırıldandı Ateş ve sürücü koltuğuna doğru yürümeye başladı. Acaba o da beni özlemiş miydi? Ateş, sürücü koltuğuna oturunca ben de ön koltuğa oturup kapıyı kapattım.

"Ateş, benim sana bir şey söylemem lazım?"

"Gideceğimiz yerde söylersin." Ateş arabayı çalıştırınca gözlerimi kocaman açıp ona baktım. Bir yere gitmezdik, değil mi?

"Okulum daha bitmedi ki." Ateş bana ters bir bakış attı. Yani bu demek oluyordu ki, itiraz etme. Peki. Nasıl olsa bugün son günümdü. Devamsızlık yapsam da çok sorun olmazdı.

"Nereye gidiyoruz?"

"Gidince görürsün,"

"Çok uzak mı peki?"

"Yarım saat." Arabanın içindeki saate baktığımda 13.05 olduğunu fark ettim. Akşama kadar sanırım gidip gelebilirdik. Gidelim o halde... Başımı koltuğa yaslayıp Ateş'e döndüm. Profilden bile mükemmeldi.

Araba bir süre sonra durunca geldiğimizi anladım. Ahşap, iki katlı bir evin önündeydik. Arabadan inip etrafa bakınırken Ateş arabayı kilitleyip, "Gel," dedi.

"Neden buradayız?" diye sorarak adımlarımı Ateş'e doğru ilerlettim. Ama kendisi bana bir cevap vermedi ve evin kapısını açıp içeri girdi. Birini ziyarete gelmiş olabilir miydik? Bunun cevabını içeri girerek öğrenebilirdim. Açık olan kapıdan içeri girdim. Ahşap eşyalar her yere hâkimdi. Kapıyı kapattıktan sonra, "Ateş?" diye seslendim. Etrafta görünmüyordu. Nereye gitmişti ki? Salon diye tahmin ettiğim yerde krem rengi koltuklar vardı. Duvarlarda çeşitli tablolar ve odanın ortasında da şömine vardı. Adımlarımı merdivenlere doğru ilerlettim ve üst kata çıktım. Aralık duran kapıyı fark ettiğimde oraya doğru yürüdüm ve içeri girdim. Ateş pencereden dışarı bakıyordu.

"Neden buradayız?" diye sordum adımlarımı ona doğru ilerleterek.

"Yalnız kalmak için." Ateş'in sesi ifadesizdi. Yanına gittiğimde elinde bir tane sigara olduğunu fark ettim. Kemikli parmaklarının arasına sıkıştırdığı sigaranın ucundaki kül yere düşecekmiş gibi duruyordu.

"Şey... bir sorun mu var?" dedim biraz çekinerek. Ateş'in gözlerinde garip bir ifade vardı çünkü. Böyle hüzünlü gibi... Ateş sigarasını içine çekti. "Uyuyalım mı?" Bakışlarını bana çevirince kalp atışlarım hızlandı. Daha önce de beraber uyumuştuk ama o zaman gerçekten sevgili değildik ki.

"Şey... aslında bilmem ki." Başımı öne eğdim. Beni utangaç bir kız zannedebilirdi ama ben zaten öyleydim. Ateş elimi tutup yürümemi sağladı. Ses çıkarmadım ve ona itaat ettim. Birlikte odanın içinde bulunan yatağa oturduğumuzda kalbimin çıkacağını sandım. Ateş sağ kolunu yana doğru açtı. Beni kollarının arasına almak istediğini anladım ve bir kedi gibi hemen oraya sokuldum. Yağmur kokusu burnumu doldururken derin derin içime çektim...

"Ateş?"

"Şş."

Ateş beni susturdu. Ama söylemek zorundaydım. Başımı Ateş'in göğsünden kaldırıp yüzüne baktım. "Ailem seni, daha doğrusu bizi öğrenmiş," dedim. Ateş gözlerini kapatmaya devam etti. "Ve senin ne iş yaptığını da." Ateş susmaya devam edince kaşlarımı çattım. Ben ona ailem seni öğrenmiş diyorum, o ise uyumaya devam ediyor!

"Kime diyorum ben ya! Ailem ayrılmamızı istiyor!" diye bağırdım bu sefer. Ateş gözlerini açtı. Bakışları ifadesizdi. Öylece birbirimizin yüzüne bakarken, "Bu akşam Ankara'ya gidiyorum," dedim. Sesim az öncekine göre azıcık çıkmıştı.

"Gideceksin yani?" Ateş'in sorusu ile başımı öne eğdim. "Aslında gitmek istemiyorum. Hem de hiç. Hatta dün kavga bile ettik ama onlar benim ailem. Başka çarem yok ki,"

Ateş hızlı bir hareketle beni altına aldı. Şaşkınlıkla gözlerimi kırpıştırıp ona baktım. "İstemiyorsan gitmezsin." Ateş'in nefesini yüzümde hissedince ne cevap vereceğimi bilemedim. Şu an yüzlerimiz öylesine yakındı ki...

"Ama ne yapabilirim ki? Onlardan kaçacak değilim ya."

"Bir süre benimle beraber burada kalabilirsin?" Onunla aynı evde kalmak mı?

"Babam çok üzülür," dedim. Neden bilmem, annemden ise onun üzülmesi kendimi daha kötü hissetmeme neden oluyordu.

"Eğer gidersen de sen üzüleceksin,"

"Sadece ben mi?"

"Başka kimin üzülmesini istiyorsun?"

"Şey, yani, belki sen de?" Ateş gülümsedi. Ama bu gülümseme gözlerine ulaşmayan, küçük bir gülümsemeden başka bir şey değildi. "Belki," dedi. Belki mi? Yüzümün asılmasına mani olamadım. Ne bekliyordum ki sahi?

"Yapamam," diye mırıldandım sessizce. "Onlar benim ailem ve onları üzemem. Akşam eve gitmediğimde meraktan deliye dönerler."

"Büyük bir ihtimalle öyle yaparlar," dedi Ateş ve bakışlarını yüzümde gezdirdi. "Ama gitmek istemiyorsan yapacak başka çaren yok."

"Evet ama yine de yapamam..."

Ateş yüzünü bana doğru yaklaştırdı. Zaten aramızdaki azıcık mesafe, iyice kısalıp ufalırken dudakları dudağıma değecekken durdu. Alnını alnıma yaladı. "Seni kaçırıyorum Melisa. Hiçbir yere gidemezsin," dedi. Kalbim deli çarpmaya başladı. Kendi isteğiyle bir yere gelen ve daha sonrada kaçırıldığını duyan ilk kişi olarak tarihe geçmeliydim sanırım.

***

Gözlerimi araladığımda yumuşacık bir yatakta tek başıma yattığımı fark ettim. Yanım boştu. Odayı sadece dışarıdan gelen sokak lambası aydınlatıyordu. O da çok hafifti, sadece önümü görebileceğim kadar etkiliydi. Yattığım yerde doğrulup etrafıma bakındım. Ateş yoktu, gitmişti. Panik duygusu birden bedenimi kuşatınca üzerimdeki yorganı atıp ayaklarımı yere bastım. Ailem çoktan aramaya başlamıştır beni... Yataktan çıktıktan sonra kapalı olan kapıyı açıp alt kata indim. Lambalar yandığı için etraf aydınlıktı, ama bu yine de korkmama engel değildi. Bu kocaman evde bir başıma olmak beni fazlasıyla ürkütmeye yetiyordu. Yalnız mıydım sahi?

"Ateş?" diye seslendim tedirgin bir sesle. Gözlerim etrafa genişçe göz gezdirirken bir hiçle karşı karşıya gelmek, Ateş'in evde olmadığını anlamama neden oldu. Gerçekten bu evde bir başımaydım. Salondaki kahverengi koltuğa oturup bacaklarımı kendime çektim. Belki de bakkala gitmişti? Eğer telefonumu yukarıda unutmasaydım arar, nerede olduğunu öğrenirdim ama telefonum yukarıdaydı. Ve şimdi gidip almaya cesaretim de yoktu. Mecbur, onun gelmesini bekleyecektim.

Pencereden dışarı baktım. Hava tam anlamıyla kararmış,

etrafı karanlık bir görünüme sokmuştu. Ailemin beni çoktan aramaya başladığına emindim. Babam kesin tüm polis teşkilatını ayağa kaldırmış olmalıydı. Acaba çok sinirlenmiş miydi? Ya annem? Eminim o da öfkesinden deliye dönmüştü. Ben de istemezdim böyle olmasını ama bana yapacak daha iyi bir seçenek bırakmamışlardı ki. Biraz daha anlayışlı olsalardı onları bırakıp buraya gelmezdim.

Kapıdan gelen tıkırtı sesleri ile oturduğum yerden hızlıca kalktım. Korkulu gözlerle aralanan kapıya bakarken görüş alanıma giren Ateş derin bir nefes almama neden oldu. Hırsız da olabilirdi sonuçta. "Neredeydin?" diyerek Ateş'e doğru yürüdüm. Elinde market poşetleri vardı.

"Yiyecek birkaç şey aldım." Poşetlerin bir kısmını elime aldıktan sonra mutfağa doğru yürümeye başladım. Ateş de arkamdan geliyordu. "Niye haber vermeden gittin?"

"Uyandırmak istemedim." Ateş beni mi düşünmüştü? Yüzümde beliren minik bir tebessüme engel olamadım. Mutfaktan içeri girip poşetleri yere bıraktıktan sonra Ateş'e döndüm.

"Sence ailem çok kızmış mıdır?"

Ateş de elindeki poşetleri yere bıraktı. "Tepkileri umurumda değil ufaklık,"

"Ne demek umurumda değil?" dedim. Böylesine umursamaz olması beni deli ediyordu!

Ateş eğilip poşetleri karıştırmaya başladı. "Gitmek istemediğini söyledin, ben de sana yardım ettim." Doğruldu. "Hepsi bu kadar." Ateş elindeki kesekâğıtlarıyla tezgâha ilerleyince öylece ona baktım. "Sen var ya, bu dünyadaki en umursamaz kişisin!" dedim. Mutfaktan çıktım. Doğru bir karar mı verdim, bilmiyordum. Er ya da geç ailem ile yüzleşecektim. Ya o zaman işler daha da çıkmaza girerse?

Şöminenin karşısındaki büyük mindere oturup dizlerimi kendime çektim. Kollarımı bacaklarımın etrafına dolarken yanan ateş anında ısıtmıştı bedenimi. Ateş, mutfakta yemek pişiriyordu. Bıçağın doğrama tahtasına değerken çıkardığı sesi işitebiliyordum. Usta bir aşçı gibi bıçağı hızlı hızlı hareket ettiriyordu. Ateş hakkında bilmediğim bir bilgi. Ateş, yemek yapmayı biliyordu. Yani sanırım...

Şöminedeki ateşe baktım. Daha önce hiç şömine görmemiştim. Sadece televizyonda, zengin evlerinde. Şömine bana kış mevsimini hatırlatıyordu. Âşık olduğum mevsimi, karı, soğuğu, Noel Baba'yı... Küçüklüğümden beri hep merak etmişimdir. Noel Baba neden sadece şömineli evlere geliyor diye. Bunu anneme sorduğumda bana, "Noel Baba'nın evi çatı katında," demişti. O zamanlar küçük bir çocuk olduğum için bu cevap beni tatmin etse de asıl cevabın bu olmadığını ilerleyen zamanlarda anlamıştım.

"Ne düşünüyorsun?" Ateş'in sorusu ile bakışlarımı hızla ona çevirdim. Yanıma oturmuş, yanan şömineye bakıyordu. "Noel Baba," dedim aklımdakini aynen dile getirerek. Ateş bakışlarını bana çevirince konuşmaya devam ettim."Yani Noel Baba neden sadece şömineli evlere geliyor, bunu düşünüyordum."

Ateş'in dudakları yukarı kıvrıldı. "Noel Baba'ya inanıyorsun yani?" Sorusu üzerine başımı evet anlamında salladım. "Gerçek olmasa neden her yıl taklit edilsin ki?"

"Gel buraya ufaklık." Ateş kollarını açınca hiş düşünmeden oraya sokuldum. Başımı göğsüne yaslayıp kokusunu içime çektim. Öyle güzel kokuyordu ki... Ateş, saçlarımı okşamaya başladı. Gözlerimi kapatıp anın tadını çıkarttım ben de. Şöminenin çıkardığı ses ile büyülü bir an yaşıyorduk adeta. Bir süre sonra Ateş geri çekilip bakışlarımızı birleştirince gözlerinin ne kadar mükemmel göründüğünü fark ettim bir kez daha.

"Annem ve babam İstanbul'a geliyor," dedi Ateş. Sesi ifadesizdi. Bu yüzden mi bugün dalgındı? Ailesi dönüyor diye...

"Ne güzel," dedim tebessüm ederek.

"Güzel, öyle mi?" Başımı onaylarcasına sallayınca Ateş nefesini usulca dışarı verip şömineye baktı. "Onları tanımıyorsun Melisa," dedi anlam veremediğim bir ifadeyle.

"Nasıl yani?" diye sordum.

"Soyadlarımız dışında ortak bir noktamız yok."

"Anlatmak istersen dinlerim?"

Ateş tebessüm etti. Bu gülüş içten bir gülümsemeydi. "Belki sonra." Anlayışla başımı salladım.

Ateş ile onun hazırladığı -oldukça lezzetli olan- yemeği yedikten sonra tabakları mutfağa götürdüm. Şöminenin karşısında yemiştik. Yemek boyunca Ateş sessizliğini korumuştu. Ben de ilk kez bir farklılık yaparak tek bir kelime bile etmemiştim.

"Uykun geldi mi?" diye sordu Ateş tekrar yanına oturduğumda. Başımı hayır anlamında salladım. Ateş, "Güzel," diye mırıldandı. Az ilerimizde duran büyük mindere uzanıp onu yanımıza çekti ve üzerinde oturduğumuz minderle birleştirdi. "Gel bakalım buraya." Ateş, mindere uzandı. Bir kolunu başının altına, diğer kolunu da uzanmam için yana açınca utanarak ona yaklaşıp kolunun üzerine uzandım. Bedenim ona dönük olsa da elimi göğsünün üzerine koymaya çekinmiştim.

Bakışlarımı Ateş'in yüzünde gezdirdim. Yüzlerimiz çok yakın olduğu için yakışıklı yüzünü rahatlıkla görebiliyordum. Sakalları hafif uzamıştı. Esmer teni şöminede yanan ateşten mi bilmem, inanılmaz güzel görünüyordu. Mavi-yeşil gözleri ise parlak, olağanüstü güzellikteydi. Kusursuzdu. Ateş gerçekten çok yakışıklı bir adamdı. Benim gibi sıradan bir kızının onunla birlikte olması güzel bir rüyanın gerçeğe dönüşmesi gibi bir şeydi.

"Ben iyi bir adam değilim Melisa," dedi Ateş gözlerimin içine bakarak. "Adım gibi lanetli, cehennemde yanmak için yaratılmış biriyim."

"Ateş-" deyip onu susturmaya çalışacak oldum. Ama müsaade etmedi.

"Benim hayatımda güzelliklerin yeri yok. Etrafımdaki herkes çirkin, herkes kötü. Herkes menfaat için yaşıyor. Biraz daha yükselmek, biraz daha saygı duyulan biri olmak, biraz daha para kazanmak için acımasızca birlerini çiğniyor." Sustu. "Ben de onlar gibiyim ufaklık. Onlar ne kadar acımasızca ben onlardan daha acımasızım. Hiç acımadan masum birinin canını yakabilirim örneğin ve inan bunu yaparken azıcık bile vicdan azabı duymam. Umursamam bile. Ama sen... Senin hayatıma girmiş olman benim düzenime aykırı. Sen masumsun, temizsin, kötülüğe dair hiçbir iz yok kalbinde. Sonunda seni üzmekten korkuyorum."

"Aslında ben de o kadar iyi biri sayılmam. Anneme ve babama karşı geldim?"

Ateş iç geçirdi. "Senin bir kötülük olarak gördüğün bu şeyi dışarıda yüzlerce genç kız yapıyor. Üstelik sürekli."

"Onlar biraz tuhaf," dedim omuzlarımı silkerek. "Ben onlar gibi değilim ki. Ben sana güveniyorum ve beni üzmeyeceğini biliyorum."

"Bu kadar emin olma," dedi Ateş sertçe. "Ben bile kendime güvenmezken senin güvenmen doğru değil."

"Ama güveniyorum işte," dedim. "Hani cüzdanını düşürdüğün gün, sana güvenme ihtimalim yüzde kaç diye sormuştum ya? Sen de bana yüzde sıfır demiştin. İşte ben o an bile sana güvenmiştim Ateş. Bana zarar vermeyeceğine adım kadar emindim."

Ateş bir şey demedi. Sadece gözlerimin içine bakıp aramızda uzun bir sessizlik oluşturmayı tercih edince ben de ona uyum sağladım. Gözlerinin içine bakıp mükemmel renk tonunu hafızama kazıdım. Derine, daha derine.

"Sen nasıl bir kızsın?" diye sordu Ateş aramızdaki sessizliği bozarken. "Nasıl bu kadar mükemmel olabiliyorsun?" Mükemmel kelimesi yanaklarımı ısındırmaya yeterken Ateş yüzünü bana yaklaştırdı. Dudaklarımızın arasında milimlik mesafe kalınca başımı hemen geri çektim. "Sanırım benim uykum geldi," dedim hızlıca.

"Bence gelmedi."

"Yok yok geldi." Elimi ağzıma götürüp numaradan esnedim. "Gördün mü bak? Gözümden uyku akıyor." Kalp atışlarım yavaşça hızlanmaya başlayınca Ateş yüzlerimizin arasındaki mesafeyi açıp gözlerimin içine baktı.

"Benden korkuyor musun Melisa?"

"Korkmuyorum," dedim dürüstçe.

"O zaman izin ver, şeker pembesi dudaklarının tadına bakayım." Kalbimin teklediğini hissettim. Dudaklarımın tadına bakmak? Şeker pembesi dudaklarımın tadına bakmak? Gözlerimi usulca kapattım. Az önce onunla öpüşmek istemeyen güdülerim şimdi tam aksi düşüncelere dalmaya başladı. Onunla öpüşmek... İstiyordum.

Sıcak bir dokunuş örttü dudaklarımı. Ensemde bir karıncalanma, karnıma bir kramp girmiş gibi hissettim. Ateş'in dudaklarını dudaklarımın üzerinde hissetmek inanılmaz bir duyguydu. Ellerimi Ateş'in omuzlarının üzerine koydum. Öpüşleri oldukça nazikti. İlk seferki gibi değildi. Yavaşça öpüyordu beni. Sanki tadını çıkartmak istermiş gibiydi. Dudaklarımı yavaşça kıpırdattım. Nasıl karşılık vereceğimi bilmiyordum, onun dudaklarının ritmine uymak, mantıklı tek seçenekti. Öyle yaptım. Yavaş ritmi işimi kolaylaştırıyordu.

"Melisa?" Ateş geri çekilince nefes almam gerektiğini fark ettim.

"Efendim?" dedim nefes nefese.

"Beni sakın bırakma."

"Bırakmam."

Dudaklarımız tekrar birleşince gözlerimi sıkıca kapattım. Ellerimi boynuna dolayıp öpücüklerine beceriksizce karşılık vermeye başladım. O anda tüm hislerim çekilmiş, her şey yok olmuş gibiydi. Ben ve Ateş vardık sadece. İkimiz, ben ve o. Ateş hızlı hızlı öpüyordu beni. Verdiğim söz, onda bir şeyleri harekete geçirmiş gibiydi. Kalbimin kanatlanıp uçacağından korkuyordum.

Bir süre sonra Ateş geri çekildi. "Yarın uzun bir gün olacak, uyusak iyi olur," dedi. Sırtüstü mindere uzanınca hiç kıpırdamadan durdum. Göğsüm hızlı hızlı inip kalkıyor, aralanmış dudaklarım, Ateş'in dudaklarından kopmuş olmanın etkisini taşıyordu. Bir süre ikimiz de hiçbir şey demeden öylece durduk. Nefeslerimizin düzene girmesini bekledik. Bana oranla Ateş'in nefes alış verişleri daha normaldi gerçi ama... Sonra başımı yavaşça Ateş'e doğru çevirdim. Gözlerini kapatmış, öylece uzanıyordu. Başımı çekinerek onun göğsüne koydum. Ateş bir tepki vermeyince elimi de göğsünün üzerine koyup gözlerimi kapattım. "İyi geceler," dedim.

"İyi geceler ufaklık." İyice Ateş'e sokulup huzurlu bir uykunun kollarına kendimi bıraktım. Bu gece ailem olmadan geçirdiğim ilk geceydi. Artık her yıl anar mıyım yoksa lanetler miyim, yaşayıp öğrenecektim.

***

Ertesi sabah uyandığımda belim sıkıca kavranmıştı. Bacaklarım Ateş'in bacaklarının arasında, yüzüm onun boyun girintisindeydi. Kolunu yavaşça üzerimden çektim. Ateş uykulu bir şekilde homurdandı ama neyse ki uyanmamıştı.

"Ateş?" Yanağına masum bir öpücük bıraktım. Uyanmadığını fark edince, "Hadi uyan sabah oldu," dedim. Gram kıpırdamamıştı yerinden. Üzerimdeki yorganı atıp ayağa kalktım ben de. Madem uyanmadı, bari güzel bir kahvaltı hazırlayayım. Banyoya girip elimi yüzümü soğuk su ile yıkadım. Aynadaki görüntüm fena sayılmazdı. Bir de dişlerimi fırçalasaydım... Beyaz kapaklı dolabı açıp raflara göz gezdirdim. Şampuan, tıraş köpüğü, losyon, jilet, saç spreyi derken en sonunda kullanılmış bir diş fırçası dikkatimi çekti. Bu ev Ateş'in olduğuna göre bu fırça da onundur diyerek diş fırçasını elime aldım. Macunu güzelce üzerine yaydıktan sonra dişlerimi fırçalamaya başladım. Neden bilmem, hiç ama hiç iğrenmemiştim.

Banyodan çıktıktan sonra merdivenlerden aşağı inip mutfağa girdim. Ateş'in dün akşam getirdiği torbalardan yiyecekleri çıkardıktan sonra masayı hazırlamaya koyuldum. Çay, sucuklu yumurta, peynir, tost, yeşil zeytin, Nutella... Gayet güzel bir sofra olmuştu.

Mutfaktan çıkıp salona girdim. Ateş yüzüstü dönmüş, derin bir uykuda uyumaktaydı. Gülümsedim ve yanına gittim.

Minderin kenarına oturduktan sonra onu incelemeye başladım. Mükemmel yüz hatları vardı. Gözleri hafif çekik, dudakları ise uykuda olduğu için hafif aralanmıştı. Sanki dejavu yaşıyormuşum gibiydim. Üzerine eğilip dudaklarına küçük bir öpücük bıraktım. Neredeyse değdirmemiştim bile. Ama bu kalp atışlarımın hızlanmadığı anlamına gelmiyordu. Tekrar bastırdım dudaklarımı. Ağzıma yoğun bir şekilde sigara tadı gelmişti. İğrendim mi? Kesinlikle hayır. Dudaklarımı tekrar onun dudakları ile birleştirip alt dudağını öpmeye başladım. Öylesine güzel bir his ki... Alt dudağım çekiştirilince panikle geri çekildim. "Sabah sabah canın yaramazlık mı istiyor senin?" Ateş'in sorusu ile sessizce yutkundum. "Şey... hayır. Ben sadece seni uyandırıyordum," dedim nefes nefese.

"Uyandırma yöntemini sevdim ufaklık." Ateş sıcak dudaklarını benimkilere bastırdıktan sonra geri çekildi. "Kahvaltıyı burada mı yapalım yoksa dışarıda mı?"

"Ben aslında kahvaltıyı mutfağa hazırlamıştım?"

"Tamam, elimi yüzümü yıkayıp geliyorum o halde." Ateş ayağa kalktı ve merdivenlere yöneldi. Ben de mutfağa girip ocağın üzerindeki küçük demliği elime aldım ve çayları doldurmaya başladım. Her ne kadar çay içmeyi sevmesem de bugün içmek istiyordum. Son kez masaya göz gezdirdim. Çay kaşıklarının olmadığını fark edince hemen çekmeceden iki tane çay kaşığı aldım ve masadaki çay bardaklarının yanına bıraktım. Şimdi her şey tamamdı.

Ateş altına giydiği siyah kapri ile mutfaktan içeri girince hayranlıkla ona baktım. Üzerinde hiçbir şey yoktu ve bana kas gösterisi yapıyordu. Sol göğsündeki dövme apaçık ortadaydı. Fazlaca dikkat çekiyordu.

"İncelemen bitti mi?" Ateş'in sesi ile bakışlarımı vücudundan çekip gözlerine çevirdim. Çoktan masadaki yerine oturmuştu. "Dövmen çok güzel," dedim. Ateş herhangi bir cevap vermedi ve ağzına siyah bir zeytin attı.

"Ne zaman yaptırdın?"

"On beş yaşımda."

Gözlerimi iri iri açtım. "O yaştaki çocuklara dövme yapıyorlar mı?"

"Hayır."

"Ama sen yaptırmışsın?"

Ateş bana uyarıcı bir bakış attı. Hemen başımı öne eğip yerime oturdum. On beş yaşında dövme, ha? Ben o yaşımda ders çalışıp sınavlardan nasıl yüksek not alırım onu planlıyordum.

İncecik dilimlediğim ekmekten ufak bir parça koparıp sucuklu yumurtadan bir lokma aldım. Oldukça lezzetli olmuştu. Ateş de aynı benim gibi ekmeğini yumurtaya batırdıktan sonra ağzına götürdü. Vereceği cevabı meraklı gözlerle beklemedim dersem yalan söylemiş olurdum. Bir 'Ellerine sağlık,' işitmek beklemiştim açıkça. Ama Ateş bir cevap vermedi. Sucuklu yumurtayı silip süpürdükten sonra masadan kalkıp üst kata çıktı. Tek kelime etmemişti. O konuşmayınca, haliyle ben de hiç konuşmamıştım.

Bulaşıkları çabucak yıkadıktan sonra kahvaltılıkları buzdolabına yerleştirip masayı da güzelce sildim. Merdivenlere yönelip üst kata çıktığımda banyodan gelen su sesleri ile Ateş'in duş aldığını anladım. Yatak odasına girdim ve kendimi sırtüstü yatağa attım. Üzerimde Ateş'in tişörtü vardı. Tişörtün yakasını kaldırıp burnuma götürdükten sonra kokusunu içime çektim. Mükemmel kokuyordu.

Gözlerimi kapattığımda aklıma annem ve babam geldi. Kim bilir şu an ne yapıyorlardı? Babamın bütün teşkilata haber verdiğine emindim. Er ya da geç bulacaklardı beni. İnşallah çok kızmazlardı. Ben onları üzmek hiç istemezdim ki. Ama keşke Ateş'e bir fırsat verselerdi. Beni dinleyip, onunla tanışmayı kabul etselerdi. O zaman hiçbir şey böyle olmazdı. Yatak odasının kapısı açılınca zihnimdeki düşünceleri bir kenara bırakıp yattığım yerde doğruldum. Ateş, ıslak saçları ile karşımda duruyordu. Kıyafetlerini sanırım banyoda giymişti.

"Sıhhatler olsun," dedim ve yüzüme tatlı olduğunu düşündüğüm bir gülümseme yerleştirdim.

"Sağ ol." Ateş saç kurutma makinesini prize taktı. Hızla yataktan kalkıp ona doğru yaklaştım ve makineyi elime aldım. Ateş soran gözlerle bana bakınca, "Ben yapmak istiyorum," dedim. Sevgilimle yapacaklarım listesinde yer alıyordu bu saç kurutma işi.

Ateş omuzlarını silkip saç kurutma makinesini elime verdi. İki yazan düğmeye bastım ve makineyi çalıştırdım. Elimi havaya kaldırıp Ateş'in saçlarını kurutmaya başladığımda bir sorun vardı. Boyum tam olarak yetmiyordu!

"Ateş?" diye seslendim. Bağırmak zorunda kalmıştım.

"Ne var?"

"Birazcık eğilsene, yetişemiyorum." Ateş'in dudakları yukarı kıvrıldı. Bunu karşımızdaki ayna sayesinde görebiliyordum. Neyse ki itiraz etmedi ve yere diz çöktü. İşim şimdi daha kolay olmuştu. Aynadaki görüntümüze baktığımda gülümsedim. Ateş makineden gelen sıcak rüzgâr yüzünden gözlerini kısmış, yüzünü buruşturmuştu. Öyle tatlıydı ki... 5 dakika oldu veya olmadı Ateş'in saçları kurumuştu. Makineyi kapatıp dolabın üzerine koyduktan sonra prize yaklaşıp fişi çıkardım. Ama belimin etrafında hissettiğim eller olduğum yerde durmama neden oldu. Ateş yanağını yanağıma sürttü. Gözlerimi kapattım. Onun kolları arasında olmak çok güzeldi. Eşsiz, tarifsiz. Ateş beni kendine çevirdi ve alnını alnıma yasladı. "Hep yanımda kal. Hiç gitme." Ateş sessizce mırıldanınca başımı tamam anlamında salladım. Kalmamam için bir sebep yoktu ki.

"Gitmem."

Sonra sustuk. Gözlerimizi kapatıp öylece durmaya başladık. Onun elleri yanaklarımın üzerinde, benim ellerim onun ellerinin üzerindeydi. Bir kameranın bizi bu şekilde çekmesi için neler yapmazdım.

Zil çaldı. Panikleyerek geri çekildim. "Kim geldi?"

"Korkma." Ateş bana 'sorun yok' bakışı attıktan sonra odadan çıktı. Ya bizi buldularsa? Ben de Ateş'in peşinden çıkıp merdivenlerden aşağı indim. Adımlarımı ürkekçe atıyordum.

Son basamaktan da indikten sonra duyduğum tanıdık ses bedenimi büyük bir korkuyla kapladı.

"Kızımın burada olduğunu biliyorum! Çekil şuradan!" Babam içeri girmeye çalışırken bakışları beni buldu. Öyle sinirli görünüyordu ki.

"Baba?"

"Melisa!" Babam içeri girince arkasından dört tane de polis memuru girdi.

"Yürü gidiyoruz buradan." Babam kolumu sıkıca kavrayınca gözlerimin dolmasına mani olamadım.

"Baba lütfen..."

"Melisa, sana yürü dedim! Evde konuşacağız!"

"Gelmek istemiyorsa gelmez." Ateş'in söylediği cümle ile babam sinirli bakışlarını ona çevirdi.

"Seninle de görüşeceğiz! Kızımı zorla alıkoyduğun için hakkında tutuklama kararı çıkardım." Gözlerim korku ile kocaman açılırken Ateş güldü. Nasıl bu kadar rahat olabiliyor ki?

"Götürün şu serseriyi!" Babam polis memurlarına emir verince, "Hayır!" dedim hızlıca. Bütün bakışlar bana çevrildi. "Ben kendi isteğim ile geldim," diyerek konuşmaya devam ettiğimde babam öfkeli bakışlarını bana çevirdi. "Kendi isteğinle, öyle mi?" Başımı yavaşça salladığımda babam kolumu sıkıca kavrayıp, "Yürü!" dedi. Dişlerinin arasından konuşmuştu. Ayaklarım benden bağımsız hareket edince evden çıktık. Babam beni polis aracına atıp kapıyı kapattı. Şimdi ne olacaktı?

Bölüm 15

Yol boyu ne babam ne de ben tek kelime etmiştik. Öfkeliydi ve öfkesini hâlâ korumaktaydı. Yüzü kaskatıydı. Kaya gibi bir ifade vardı yüzünde. Daha önce görmediğim bu ifadesi beni korkutmaya yetiyordu. Yolculuk boyunca hâkim olan sessizliğin uzun süre devam etmesini her ne kadar çok istesem de, bunun olmayacağını ne yazık ki biliyorum. Ciddi bir konuşma yapacaktık ve sonuç ne olur, tam olarak kestiremiyordum. Azar işiteceğime emindim.

Eve girdiğimizde annem çatılı kaşlarıyla bizi karşıladı. Bir günlüğüne de olsa evden kaçmıştım ve annemin benim için ne kadar çok endişelendiğini biliyordum. Yine de bunu gizlemekte oldukça başarılıydı. Onlarla tartışmak istemiyordum. Bu yüzden adımlarım hızlı bir şekilde odama doğru ilerletmeye başladım. En azından bunu denedim ama babamın uyarıcı sesi buna engel oldu. "Salona geç Melisa!" Yürümeyi kestim. Babamın sesi oldukça sert çıkmıştı. Gerçekten çok sinirliydi. Onlardan kaçamayacağımı bildiğim için itiraz etmedim ve söyleneni yaptım.

Ben tekli koltukta otururken annem elini beline koymuş, ayakta duruyordu. Babam ise çatılı kaşları ile bana bakıyordu. Salonda rahatsız edici bir atmosfer vardı. Boğuluyormuş gibi hissediyordum. Önceden eğlenceli muhabbetlerin yankılandığı bu salonun şimdi bu hale gelmesi garipti.

"Gerçekten bizi terk edip o serseriye mi kaçtın?" Babamın gözlerinde hüzün, merak ve öfke vardı. Ben aslında onlardan kaçmamıştım ki. Sadece Ankara'ya gitmek istemiyordum o kadar. "Bizi hayal kırıklığına uğrattın Melisa. Sana olan güvenimizi kırdın." Annemin sözleri kalbimi paramparça ederken gözümden akan yaşı hızlıca sildim.

"Anne, lütfen... Ateş kötü biri değil. Onu tanısanız bütün önyargılarınızdan kurtulacaksınız." Öyleydi çünkü. Ateş iyi bir adamdı. Ateş'in nasıl bir adam olduğunu benim gözümden görseler onlar da çok sever, verdikleri tepkinin gereksiz olduğunun farkına varırlardı.

"Önyargı mı? O herif adi bir pisliğin teki. Yasal olmadığı halde sokak dövüşü yapıyor. Ne için peki? Biraz daha fazla para kazanmak için!" Bu doğru değildi. Hem Ateş'in paraya ihtiyacı yoktu ki. Yeteri kadar parası vardı onun. Ateş zengin bir adamdı.

"Baban haklı Melisa. O adam iyi biri değil. Sana zarar verebilir."

"Anne lütfen," dedim yalvaran gözlerle ona bakarak. Ne olurdu sanki daha duyarlı olsalardı? "Bu zamana kadar sizi üzecek, kıracak veya endişelendirecek hiçbir şey yapmadım. Ben ona inanıyorum. Bana zarar vermez. Lütfen ona bir fırsat verin." Gözümün önüne Ateş geldi. Polis aracına binerken yüzüne bakamamıştım. Ne hissettiğini, ne düşündüğünü merak ediyordum. Bana öfkelenmiş olabilir miydi?

Sanki başka çaren vardı.

İç sesim haklıydı. Bir yanda babam diğer yanda ise ailemin serseri olarak gördüğü sevgilim. Ne tarafa gidersem gideyim birini ardımda bıraktığım için üzülecektim. Ki üzülmüştüm de zaten.

"Biz senin iyiliğini düşünüyoruz," dedi annem. "Baban o adam hakkında detaylı bir araştırma yaptı ve gördüklerini bir bilsen verdiğimiz tepkide ne kadar haklı olduğumuzu anlardın. O adam kötü biri Melisa. Anladın mı, kötü."

Başımı iki yana salladım. "Onu seviyorum anne. Siz aksini iddia etseniz de o kötü biri değil."

"Baban onun hakkında araştırma yaptı diyorum sana, duymuyor musun? Her şey ayan beyan ortada! O adamla bir daha görüşmeyeceksin!"

"Hayır anne, görüşeceğim!" Bağırmıştım.

"Görüşmeyeceksin Melisa!"

"Onu seviyorum anne," dedim gözyaşlarımın arasından. "Siz ne derseniz deyin, ne yaparsanız yapın, onunla görüşmeye devam edeceğim, tamam mı? Hayatımda ilk kez birine karşı bir şeyler hissediyorum. Onun yanında mutluyum. Ankara'ya mı yollarsınız beni? Yollarsanız yollayın! Nasılsa yine evden kaçarım. Ama bu sefer beni bu kadar kolay bulamazsanız!"

Annem hayretle bana baktı. "Bu zamana kadar uslu bir kız çocuğuydun sen. Sözümüzden çıkmayan, bir dediğimizi iki yapmayan kızımızdın. Ne değişti şimdi?" Annemin sorusunu düşündüm. Gerçekten ne değişmişti?

"Sanırım büyüdüm," dedim. Annem ve babam birbirlerine baktılar. Kısa bir bakışımdan sonra bakışları tekrar beni buldu. "Odana git Melisa. Biraz düşünmemize izin ver." Düşünmek. Umarım cidden öyle yaparlardı. Düşünüp, verdikleri tepkinin aslında büyük olduğunun farkına varırlardı.

***

Ertesi sabah uyandığımda güneş ışığı bütün odamı aydınlatıyordu. Ruh halimle pek özdeşleşmeyen bu hava nedense benim için sisli bir havadan farksızdı. Odamdan çıkıp banyoya girdim. Elimi yüzümü soğuk su ile yıkadıktan sonra aynadaki aksime baktım. Gözaltlarım hafifçe çökmüş, tenim de sararmıştı. Bunun nedeni çok geç yatmamdı. Dün gece düşünceden düşünceye atlamış, birçok şeyi zihnimde canlandırmıştım. Ateş, ailem, ailemin tepkisi, son günlerde boşladığım derslerim. En son zihnimin patlayacağını hissettiğimde uykuya dalmıştım.

Banyodan çıktım. Annem mutfakta olmalı ki takır tukur ses geliyordu mutfaktan. Odama girdikten sonra kapıyı kapatıp giysi dolabımı açtım. Okul formam ütülenmiş bir şekilde askılıkta duruyordu. Formamı üzerime geçirdikten sonra aynanın karşısına geçip saçlarımı taradım. Lacivert tacımı da başıma takıp geriye ittirdikten sonra hazırdım.

Mutfağa doğru yürürken annemin ne tepki vereceğini de merak ediyordum. Umarım hâlâ kızgın değildi bana. Öfkesinin bir nebze de olsa yatıştığını ümit ettim ve derin bir nefes alıp mutfağa girdim. Annemin sırtı bana dönüktü ve tezgâhın önünde bir şeylerle uğraşıyordu. "Günaydın," dedim.

"Günaydın." Annemin sesi neşeli değildi ama öfkeli de değildi. İfadesiz? Sanırım aynen böyleydi. Masadaki yerime oturup parmaklarımla oynamaya başladım. Acaba dün akşam odama gittikten sonra babam ve annem ne konuşmuşlardı arkamdan? Belki de beni bir yatılı okula göndermeye karar kılmışlardı? Annem de masadaki yerine oturunca bakışlarımız birleşti. "Anne ben gerçekten-"

"Melisa lütfen sus. Yaptığın şeyin hiçbir telafisi yok." Annem konuşmamı yarıda kesince başımı öne eğdim. Zaten ne söyleyeceğimi de bilmiyordum ki.

"Dün akşam babanla uzun uzun konuştuk. Sen bizim tek göz ağrımızsın. Belki yaptıklarımız sana doğru gelmiyor ama biz de senin iyiliğini düşünüyoruz." İç geçirdi. "Ankara'ya gitmiyorsun."

Şaşkınlık... Öylece kalakaldım. Ankara'ya gitmiyor muydum? Ne değişmişti? Tamam, bu zaten kendimce verdiğim bir karardı ama annemden işitmek bana biraz garip gelmişti.

"Ama..." Annem derin bir nefes aldı. "Bu bizim için zor bir karar oldu ama madem sen onu tanımamızı istedin, kabul ediyoruz. O adamı en kısa zamanda akşam yemeğine çağır. Hatta bu akşam." Gözlerimi iri iri açtım.

"Akşam yemeği mi?" Bu kadar çabuk olmasını beklemiyordum doğrusu.

"Evet. Baban bir an önce tanışmak istiyor onunla." Ne diyeceğimi bilemedim birkaç saniye. Ateş'in bu gelişmeyi nasıl karşılayacağını merak ediyordum. "Teşekkür ederim anne." dedim sonunda. Oturduğum yerden kalkıp sevinçle annemin boynuna sarıldım. Tüm tartışmalara rağmen böyle bir adım atmaları çok güzeldi. Yanaklarına sulu sulu öpücükler bıraktım annemin. "Dur deli kız." Annem yüzünü benden kaçırmaya çalışınca yanaklarına peş peşe öpücük kondurmaya devam ettim. Sonunda geri çekildiğimde o da benim gibi gülümsüyordu.

"Bu kadar sevinme Melisa. Sadece yemek yiyeceğiz." Omuzlarımı silktim. Öyle ya da böyle tanışacaklardı işte. Onunla yüz yüze gelip, konuşacaklardı. Ve gecenin sonunda onu sevme ihtimalleri bence yüksekti. Yani sanırım.

***

Okula vardığımda taksiciye parayı uzatıp arabadan indim. Öğrenciler yavaş yavaş okula doğru yürüyorlardı. Giriş kapısından girdiğimde etrafa kısaca göz gezdirdim. Aras her zaman oturduğu bankta tek başına oturuyordu. Adımlarımı ona doğru ilerletip yanı başında durdum. Geldiğimi fark etmemişti.

"Merhaba." Aras başını bana doğru çevirip gülümsedi.

"Merhaba, otursana." Aras'ın isteği ile çantamı kucağıma alıp yanına oturdum. "Naber?"

"Fena sayılmaz, sen?"

"İyi sayılır." Duraksadım. "Aslında şey, annem ve babam Ateş'i bu akşam yemeğe davet etti. Biraz gerginim açıkçası." Aras mavi gözlerini kocaman açıp bana baktı. Şaşırmakta haklıydı tabii.

"Murat Amca ve Hülya Teyze'de büyük gelişme var." Gülümsedim. "Ama bir sorunum var." Aras kaşlarını merakla havaya kaldırıldı.

"Bu yemek işinden Ateş'in haberi yok." Söylemeye de çekiniyorum. Nasıl karşılayacağını kestiremiyorum çünkü. Ya bana sinirli ise? Belki de kızgındı? Ama ben onu bırakmak istememiştim ki. Babam zorla bindirmişti arabaya. Hazır ailem de birazcık yumuşamışken Ateş'in bu akşamki yemeğe kesin katılması lazımdı.

"Bir an önce haber vermelisin," dedi Aras. Kolaydı sanki.

"Ya gelmek istemezse?" diye sordum her ihtimale karşı.

"O adam senin sevgilin değil mi? Ailenle tanışmaya da gelmeyecekse, ne diye ortalarda biz sevgiliyiz diye dolaşıyor?"

"Öyle ama-"

"Öylesi böylesi yok Melisa. Sana birazcık değer veriyorsa bu akşam o yemeğe gelir." Gözlerimi kapattım. Ateş bana değer veriyor muydu ki? Hiçbir fikrim yoktu. Beni incitmekten korktuğunu dile getirmişti ama değer verdiğini... Henüz bunu işitmemiştim ondan. Gözlerimi araladım. "Haklısın," diye mırıldandım. Dile getirmemiş olsa bile eğer Ateş bana değer veriyorsa bu akşam o yemeğe gelirdi.

***

Okuldan çıktıktan sonra kulaklığımı kulağıma takıp yürümeye başladım. Ateş'e henüz haber vermemiştim. Daha doğrusu verememiştim. Neyi beklediğimi ben de bilmiyorum. Belki de beni reddetmesinden korkuyordum? Olası bir ihtimaldi. İçimde garip bir his vardı çünkü. Ateş'e söylediğimde beni reddedecekmiş gibi hissediyordum. Ve tuhaf bir şekilde bu his inanılmaz derecede güçlüydü.

Kulağımda Rihanna'nın o kadifemsi sesi yankılanırken kulaklığımın biri tarafından çıkarılması, irkilmeme neden oldu. Ufak bir çığlık atıp panikle arkama döndüm. Gün boyu aramaya çekindiğim kişi hemen karşımda, ifadesiz gözlerle bana bakıyordu. "Şey, sen miydin?" Elimi kalbimin üzerine bastırdım.

"Başka birini mi bekliyordun?"

"Hayır," dedim çabucak. "Sadece seni görmeyi beklemiyordum. Şaşırdım."

"İyi." Ateş sağ kolumu kavradı. "Şimdi yürü bakalım. Seni bir yere götüreceğim." Ateş beni çekiştirmeye başlayınca, "Nereye?" diye sordum hemen. Bir cevap vermedi. Ben de daha fazla sorgulamadım ve ona itaat ettim. Zaten benim de ona söylemem gereken bir şey vardı. Ateş beni arabasına bindirdikten sonra kendi de sürücü koltuğuna geçip arabayı çalıştırdı. "Nereye gidiyoruz?"

"Emniyet kemerini bağla." Ateş beni duymazdan gelince kaşlarımı çattım. Emniyet kemerimi bağladıktan sonra Ateş'e baktım tekrar. "Bağladım. Şimdi söyle hadi? Nereye gidiyoruz?"

"Hoşuna gidecek bir yere,"

"Bir lunaparka mı?"

Ateş bana ters bir bakış attı. "Hayır."

"Ya nereye?"

Ateş arabayı hareket ettirdi. "Gidince görürsün."

Kollarımı göğsümün altında birleştirip camdan dışarı baktım. Bir yere gidemezdik. Ailem bu akşam bizi yemeğe bekliyordu ve hazır beraberken, gidebileceğimiz tek yer benim evimdi. "Sana bir şey söylemem lazım," dedim. Ateş bir cevap vermedi. "Ama öncelikle senden çok özür dilerim. Benim yüzümden polisler-"

"Senin bir suçun yok!" Ateş'in sert sesi arabada yankılanınca oturduğum koltuğa sindim. Sinirlenince ne kadar korkunç göründüğünü biliyor muydu acaba?

"Devam et." Ateş'in isteği ile derin bir nefes alıp konuşmaya devam ettim.

"Aslında ben hiç gitmek istemedim ama o benim babam ve ondan kaçamazdım. Ve şey... Ailemle dün uzun uzun konuştuk ve sonunda seninle tanışmayı kabul ettiler. Hatta bu akşam seni yemeğe bekliyorlar." Nefesini tuttum. Ateş 'in vereceği cevabı heyecanla beklerken Ateş sesli bir kahkaha koyu verdi. Şaşkınlıkla ona baktım. Öyle sesli gülüyordu ki sanki ona fıkra anlatmışım gibiydi. Şaşkın gözlerle ona bakmaya devam ederken Ateş arabayı kenara çekip durdurdu. Bakışlarını bana çevirdiğinde hâlâ gülümsüyordu. "Sen ciddi misin Melisa?" Ateş 'in sorusu ile başımı yavaşça evet anlamında salladım.

"Ah benim saf sevgilim." Ateş güldü. "Demek ailen benimle tanışmak istedi?"

"Evet?"

Ateş iç çekti. "Üzgünüm ama ailen ne yazık ki benimle yemek yiyemeyecek. Çünkü gelmeyeceğim." Kalbimin parçalandığını hissettim. "Neden?" diye sordum geçerli bir neden sunmasını beklerken.

"Çünkü bu işler önce akşam yemeği ile başlar daha sonra da nikâh masasında bitmesi ile arzulanır. Kusura bakma ama ben tüm bunlar için çok gencim." Hangi işler? Ayrıca ne nikâh masasından bahsediyor bu?

"Sana diyorum ki ailem seninle tanışmayı kabul etti."

"Ee?" Ateş'in sesi umursamazdı.

Kaşlarımı çattım. "Ne demek ee? Ben ailemi defalarca karşıma aldım. Hatta sırf bu yüzden evden bile kaçtım ve senin şu söylediğine bir bak! Bana hiç değer vermiyorsun, değil mi?" Sesim benden bağımsız yükselip arabanın içinde dolup taşarken Ateş gözlerimin içine baktı. "Vermiyorum," dedi meydan okurcasına. Söylediği tek kelime kalbimi paramparça etmeye yetmişti. Hatta belki artmış... Ateş bana değer vermiyordu. Bunu kendisi itiraf etmişti üstelik. Bütün salaklık bende ki, benden hoşlandığını düşünmüştüm. Aptal Melisa!

Arabanın kapısını sinirle açıp dışarı çıktım. İnerken yüzüne bakmamıştım. Gözlerim dolu doluydu ve ben onun yanında ağlamak istemiyordum. Beni güçsüz bir kız sanmasını istemiyordum. Kapıyı sertçe kapatıp arabaya ufak da olsa bir hasar verdiğimi umut ettikten sonra soğuk rüzgâra aldırmadan hızlı hızlı yürümeye başladım. Aptal Aptal Aptal! Tek istediğim ailemle tanışması, onlarla yemek yemesiydi. Benim tüm uğraşlarıma rağmen onlarla kısa da olsa vakit geçirmesi... Ama o tüm bunları azıcık bile umursamadığını söylemişti. Üstelik bana değer bile vermediğini söylemişti. Bunu işitmek ailemle yemek yemek istememesinden daha çok acıtmıştı kalbimi.

Yaklaşık on beş dakika sonra eve gelmiştim. Gözyaşlarımı son kez elimle silip kendime çekidüzen verdim. Ağladığım belli oluyordu ama yapacak bir şey yoktu. Zile bastım. Bir süre sonra kapı aralandı ve annem görüş alanıma girdi. "Hoş geldin." Kısa bir duraksamanın ardından, "Ne oldu sana?" diye sordu telaşla.

Ayakkabılarımı çıkartmaya başladım. "Yok bir şey,"

"Ne demek yok? Kızım ağlamışsın, ne oldu?"

"Anne yok bir şey dedim işte, babam geldi mi?"

"Markete kadar gitti. Malum akşama misafirimiz var." Bir bilse Ateş 'in gelmeyeceğini... Eminim sevinçten göbek atardı. "İyi, ben odamdayım," dedim. Daha sonra adımlarımı hareket ettirip annemin bir şey demesini beklemeden odama gittim. Kapıyı ardımdan kapatır kapatmaz çantamı sinirle yere attım.

"Aptal Melisa!" diye söylenmekten kendimi alıkoyamıyordum. Gerçekten Ateş'in bana değer verdiğini nasıl düşünmüştüm? O soğukkanlı adam benim neyime değer verebilirdi ki? Ben kimdim? Benim gibi basit bir kızla onun sevgili olması bile yeterince tuhaftı. Okul formamı yırtarcasına çıkardıktan sonra eşofmanları mı üzerime geçirdim. Hâlbuki bu akşam güzel bir elbise giymeyi planlamıştım! Beyaz, sade, güzel bir elbise. Bu akşam için özenecektim. Aslında Ateş için özenecektim ve beni beğenmesi için elimden geleni yapacaktım. Ailemle de tanışacakları hem. Her şey güzel olur diye ümit etmiştim. Ama şimdi görüyorum da aptal bir düşünce içine dalmaktan başka bir şey yapmamışım.

Bir süre sonra odamdan çıktım. Gerçek, gün gibi meydandaydı çünkü. Ateş bu akşam yemeğe gelmeyecekti ve bunu aileme bildirmekten başka çarem yoktu. Belki bu yaptığımla ailem düşüncelerini destekleyip, haklı çıktıklarını dile getireceklerdi ama dediğim gibi bir başka seçeneğim yoktu. Salona girdim. Babam televizyon izliyordu. Annem ise belli ki mutfaktaydı. Babamın bakışları beni buldu sonra. Yüzünde şaşkın bir ifade oluşmuştu. E haklı tabii, kim sevgilisinin davetli olduğu bir akşam yemeğine eşofman ve dağınık bir topuzla katılır ki?

"Kızım bu ne hal? Neden hazırlanmadın?" Çünkü sevgili sevgilim bu akşam yemeğe teşrif edemeyecek babacım. Derin bir nefes aldım. Sonra ağzımı aralayacak gibi oldum ama bu sırada çalmakta olan kapı zili buna engel oldu. Kim gelmişti? Babam oturduğu yerden hızlıca kalkıp bana doğru yaklaştı. Onu tanımasam bu tanışmayı gerçekten çok istediğini düşünürdüm ama ne olursa olsun ilk defa sevgilimle tanışacaklardı. Heyecanlanması normaldi. Tabii gelen kişi Ateş olsaydı...

"Sanırım o geldi," dedi babam. "Kızım ne diye üzerine günlük kıyafetlerinden birini giymedin ki?"

"Endişelenme baba," dedim umursamaz bir tavırla. "Gelen kişi Ateş de-"

"Merhaba efendim." Tanıdık ses cümlemi yarıda kesince

bakışlarımı hızla salonun girişine çevirdim. Ve şaşkınlık tüm bedenimi o an ele geçirdi. Ama nasıl? Ateş hemen karşımda, gülümseyerek bana bakıyordu. E hani gelmeyecekti? Daha yarım saat önce böyle söylememiş miydi?

Ateş, babama doğru yaklaştı ve tokalaşmak için elini uzattı. "Ateş," dedi şaşırtılacak derecede kibar bir sesle. Babam ifadesiz bakışlarını Ateş'in yüzünde gezdirdi. Sonra elini kaldırıp Ateş'in elini sıktı ve "Murat," dedi. "Melisa'nın babası."

Ateş güldü. "Memnun oldum."

Babam ve Ateş arasında tuhaf bir bakışma geçti. Sonra babam, "Neyse sofraya geçelim," diyerek eliyle yemek masasını işaret etti. Herkes yemek masasına ilerlerken ben hâlâ girdiğim şoktan çıkamamıştım. Bana gelmeyeceğim dediği halde gelmesi de ne demek oluyordu? Üstelik düzgün giyinmesi de beni şaşırtmıştı. Mavi bir tişört, siyah bir pantolon. Hani genelde siyah tişört giyen soğuk adam? Oyun mu oynuyordu benimle?

Sofraya oturduk. Annem çorbaları doldurmakla meşgulken hiç kimse ağzını açıp tek kelime etmiyordu. Sinir bozucu bir sessizlik vardı ve umarım bu sessizliğin altından bir şey çıkmazdı. Umarım. Ateş'in bakışları beni buldu sonra. Tam karşımda oturuyordu. Bedenimin kasıldığını hissettim. Yüzünde muzip bir gülümseme vardı ve bakışları da eğlenir gibiydi. Tamam, eşofman ve dağınık topuz pek de hoş bir görüntü değildi ama geleceğini söyleseydi daha özenli bulabilirdi beni. Bu halime razı olsun artık.

Annem çorbaları kâseye doldurma işini bitirdikten sonra yerine oturdu. "Afiyet olsun," dedi babam buz gibi bir sesle. Yüzünde otoriter bir ifade vardı ve bu ifadenin hedefi Ateş'ten başkası değildi. Babam sanki bir düşmanına bakarmış gibi bakıyordu Ateş'e. Daha tanışalı ne kadar oldu ki Allah aşkına? Hani tanışma yemeğiydi bu? Kaşığımı elime aldım ve çorbamı içmeye başladım. Bakışlarım bir Ateş'te bir babamda, arada da annemde dolaşıyordu. Hepsinin sessiz olması gerçekten can sıkıcıydı. Gerçi bir tartışma yerine sessizlik çok daha iyiydi ama...

"Ee Ateş? Kendinden bahset biraz?" Annemin sorusu üzerine Ateş ona baktı. Oldukça rahat görünüyordu. "Ne duymak istiyorsunuz?" Hadi ama! Böyle dik başlı cevap vermesi eksi puan kazandırırdı bize. Daha uysal, daha efendi davranmasını keşke ona söyleseydim. Babam sandalyesinde doğrulup ellerini masaya koydu. Bakışları Ateş'in üzerindeydi.

"Ailen, eğitim, iş?" Babamın tane tane söylediği kelimelere karşı Ateş sadece gülümsedi.

"Ailem Amerika'da yaşıyor. Eğitim, üniversite son. İşimi de zaten biliyorsunuz." İlk defa ailesiyle ilgili bir soruyu sinirlenmeden ve bağırmadan cevaplamıştı. Yani ben ona ailesiyle ilgili bir şey sorsam beni bakışlarıyla öldürüyordu.

"Sen ona iş mi diyorsun?" Babam sesini yükseltince mahcup bakışlarımı Ateş'e çevirdim. Şu anda tek isteğim Ateş'in alttan alması ve gecenin sorunsuz bitmesiydi.

"Para kazandıran her şey benim için iştir."

"Yasal olmayan şeyler ne kadar para kazandırırsa kazandırsın, hiçbir zaman gerçek bir iş olmaz evlat."

"Size göre belki."

Babam sinirli bakışlarını Ateş'in üzerinde gezdirdi. "Fikir ayrılıklarına her zaman saygı duyarım ama senin uğraştığın şeyin bir fikir ayrılığı bile yok!"

"Birini öldürmüşüm gibi konuşuyorsunuz,"

"Sanki bir fark varmış gibi." Babam öfkeyle soludu. Gerginliğin gittikçe artacağını hissedince devreye girmem gerektiğini fark ettim. "Tatlı ister misiniz?" diye sordum. Henüz ana yemeği bile yememiştik ama başka türlü dikkatleri üstüme çekebileceğimi sanmıyordum. Masadaki herkes bana tuhaf bir bakış attı. Umursamadım ve oturduğum yerden kalkıp çabucak salondan çıktım. Çıkarken arkamda derin bir sessizlik bırakmıştım. Ortamın gerginliğini birazcık da olsa dağıttığım için kendimi tebrik ettim.

Mutfağa girdim. Annemin hazırladığı tatlı tabaklarını tepsiye koyduktan sonra mutfaktan çıktım. Salondan çıt çıkmıyordu. Hâlâ bıraktığım gibiydiler.

"Tatlılar da geldi." Sesimin neşeli çıkmasına özen göstermiştim. Masadaki herkesin bakışları beni bulunca gülümseyip tabakları sırası ile herkesin önüne bıraktım. Ateş'in tatlısını verirken Ateş bana tuhaf bir bakış attı. Soğuk ya da ifadesiz değildi. Sinirlenmiş gibiydi. O bakışı gördükten sonra tüm moralim altüst olmuştu. Ateş bu akşam yemeğe geldiğine pişman olmuştu işte.

Tatlılar bittikten sonra Ateş ayaklandı. "Ben artık kalkayım," dedi. Oturduğu sandalyeden kalkınca ben de onunla birlikte ayağa kalktım. "Gidiyor musun?" Gereksiz soruma karşı Ateş bir cevap vermedi ve babama baktı. "Kızınız benimle beraber diye endişe ediyor olabilirsiniz ama sizi temin ederim ona bir zarar vermeyeceğim."

Babam öfkeyle Ateş'e baktı. Bir şey söyleyecek gibi oldu ama sonra dişlerini birbirine bastırmakla yetindi.

"Umarım," dedi annem iğneleyici bir sesle.

"Neyse, iyi akşamlar." Ateş adımlarını hareket ettirince peşinden gidip ona eşlik ettim. "Ateş?" Evin kapısına geldik.

"Bir şey söylemek zorunda değilsin ufaklık." Ateş kapının kulpunu aşağı indirip kapıyı açtı. "Ailem için özür dilerim," dedim mahcup bir ifadeyle.

Ateş doğruca yüzüme baktı. "Neşeli bir akşam yemeği olmayacağını zaten biliyordum."

"Neden geldin o zaman? Hem zaten sen bana gelmeyeceğini söylememiş miydin?"

"Öyle söylemiştim ama sonra caydım." Ateş gülümsedi ve göz ucuyla arkamı işaret etti. "Şurası senin odan mı?" Başımı işaret ettiği yere çevirdim. "Evet," diyerek cevap verdim.

"Görmek isterdim." Yanaklarım anında ısındı. "Değer veremediğin biri için bu akşam buraya geldiğin için teşekkür ederim," dedim konunun farklı yerlere sapmamasını dileyerek.

"Belki bir gün?"

"Anlamadım?" Ateş gülümseyip bana doğru bir adım attı ve aramızdaki mesafeyi sıfıra indirdi. Nefeslerimiz birbirine karışırken, "Belki bir gün odanı görürüm," diyerek fısıldadı.

"Belki," dedim aramızdaki yakınlığı göz ardı etmeye çalışarak.

"Alır mısın ki beni odana?"

Gülümsedim. "Niye almayayım ki?"

"Bilmem. Bakarsın canım yaramazlık yapmak ister?"

Kıpkırmızı kesildim. "Sen yaramazlık yap da, sonra annem gelip ikimizi de terlikten geçirsin."

Ateş güldü. "Sana değer vermiyorum derken ciddi değildim Melisa. Sana değer veriyorum. Hatta değerden daha fazlası."

"Fazlası derken sevgi mi?" diye sordum umutla. Bu sorunun cevabını çok merak ediyordum. Ateş'in beni sevdiğini dile getirmesini çok, çok istiyordum çünkü. Ateş bir şey söylemek için ağzını açtı ama daha sonra vazgeçip sıcak dudaklarını benimkiler ile birleştirdi. Bir anda tüm dünya durmuştu sanki. Zaman, saatler işlemeyi bırakmıştı. Dudaklarımı çekinerek kıpırdatıp ona karşılık vermeye başladım. Gözlerimi sıkıca kapatmış, ellerimi ne ara onun göğsüne koyduğumun farkında değildim. Ateş beni dışarı çıkarttı ve sırtımı asansörün kapısına yasladı. Elleri ince belime sıkıca kavrayınca kendimi ona bastırıp ellerimi boynunda birleştirdim. Ateş elini eşofman üstümün içine soktu. Soğuk teni ürpermeme neden olmuştu. Nefes almak için geri çekildiğimizde Ateş alnını alnıma yasladı.

"Bilmiyorum Melisa. Ne olduğunu bilmiyorum," dedi. Bir insan ne hissettiğini nasıl bilemezdi ki? Yani ben Ateş'i sevdiğimi biliyorum. Belki çok uzun bir ilişkimiz olmadı ama duygularımdan emindim.

"Sorun değil Ateş. Ben beklerim," dedim nefes nefese. Göğsüm hızlı hızlı inip kalkıyordu. Ateş içten bir şekilde gülümseyip burnuma küçük bir öpücük kondurdu. "İyi geceler ufaklık. Güzelce uyu, yarın seninle işimiz var," dedi. Merak duygularım harekete geçerken, "Ne işi?"diye sordum.

"Yarın görürsün." Ateş dudağıma küçük bir öpücük bıraktıktan sonra geri çekilip asansörün düğmesini bastı.

"Şimdi söylesen?" diye sordum tatlı tatlı gülümseyerek.

"Yarın." Ateş'in sesi netti.

Asansör gelince Ateş asansöre bindi ve bana baktı. "Rüyanda beni gör sevgilim," dedi. Muzipçe gülümseyip bana göz kırpmıştı.

"Ona rüya değil kâbus denir," dedim göz kırpmasından inanılmaz etkilenirken.

"Senin dilin mi uzadı?" Ateş tek kaşını havaya kaldırınca, "İyi geceler," dedim ve gülerek içeri girdim. Yüzümde aptal bir sırıtış vardı. Bir insanı aynı gün içinde hem üzüntüye sokup hem de mutlu eden tek insan varlığına Ateş Arsoy denilirdi sanırım.

Bölüm 16

Dün gece benim için farklı bir tecrübe olmuştu. Ateş benim ilk sevgilimdi. İlk öpücüğümü ondan almıştım. İlk defa onunla sarılarak uyumuştum ve ailemle de tanışan ilk kişi yine oydu. Ben onunla birçok ilkimi paylaşmıştım. Kalp atışlarım sadece onun yanında ritmini kaybedip hızlı hızlı atıyordu, yanaklarım sadece onun söylediği bir sözle kızarabiliyordu ve bedenim sadece onun temasıyla titriyordu. Pişmanlık? Hayır. İlklerimi onunla yaşadığım için mutluydum ve iyi ki diyordum. Belki Ateş benim hissettiklerim gibi benimle 'ilk' diye adlandırabileceği bir şey yaşamamıştı ama bu hiç yaşamayacağı anlamına gelmezdi ya. Belli mi olur, belki günün birinde o da benimle beraber bir ilk yaşardı? Mesela sevgisini itiraf edeceği ilk kişi ben olurdum?

Saçlarımı atkuyruğu yaptıktan sonra aynadaki aksime son kez göz gezdirip odamdan çıktım. Mutfaktan içeriye girdiğimde annemi gazete okurken bulmuştum. Dün geceden sonra nasıl davranış sergileyecek merak ediyordum. "Günaydın anne," dedim neşeli sayılacak bir dille. Daha sonra masadaki yerime oturduğumda annem elindeki gazeteyi katlayıp ifadesiz bakışlarını bana dikti. Bu bakışların altında çok şeyin gizli olduğunu biliyordum. Gazete masanın köşesindeki yerine aldı.

"Melisa-" Annem derin bir nefes aldı. "Bak, sırf sen istedin diye o adamı akşam yemeğine davet ettik ama gördün işte. Yaptığı terbiyesizlikler göz ardı edilecek boyutta değil." Ağzımdan bir 'hah' sesi çıkardım. Cidden terbiyesizlik yapan kişi Ateş miydi yoksa ona sürekli küçümser bakışlar atan ailem mi?

"Anne, yapma lütfen. Çocuk masaya oturduğundan beri babamla birlik olup bakışlarınızla onu ezdiniz."

"Bize karşı o adamı mı savunuyorsun sen?" Annem sesini yükseltince bir cevap vermedim. Çünkü sinirlendiğinde gerçekten tehlikeli olabiliyordu. Onun yerine başımı öne eğdiğimde annem konuşmaya devam etti. "O adam kaç yaşında?" diye sordu imalı bir sesle.

"23," dedim. Sesim azıcık çıkmıştı. Çünkü annem için bir eksi daha kazanmıştık.

"Belliydi zaten. Peki kızım sen kendinden büyük birisiyle mutlu olacağına inanıyor musun?" Annemin sesi sakindi. En azından şimdilik. Peki ben mutlu olacağımı düşünüyor muydum?

"Abartılacak kadar büyük bir yaş farkımız yok ki. Hem eskiden insanların arasında 10 yaş bile normal karşılanıyormuş." Özellikle Ateş'in anneannesi ve dedesinin arasındaki yaş farkını düşünürsek bizimki gayet normaldi bence.

"Bak işte kendi ağzınla söyledin, o söylediğin eskidendi," deyip hızla cevap verdi annem.

"Anne lütfen. Ateş'le şu ana kadar hiç sorun yaşamadık." En azından yaşıyla ilgili.

"Bu yaşamayacağınız anlamına gelmez."

"Evet ama şimdilik her şey yolunda. Ne olur sanki birazcık bana destek olsan?"

"Destek mi? O serseriyle beraber olman için mi? Unut bunu Melisa. Zaten dün akşam evimize gelmesi bile yeterince büyük bir şeydi. Ama o ne yaptı, babanın sorularına ukala ukala cevap vermeyi tercih etti. Sen de bize karşı onu savunuyorsun ya, sana da helal olsun."

"Benim kimseyi savunduğum falan yok anne," dedim karşı çıkarak. "Sadece siz çok fazla tepki gösteriyorsunuz."

"Biz mi çok fazla tepki gösteriyoruz? Kusura bakma ama ben kızımın bir serseriyle birliktelik yaşamasına müsaade etmem. Aynı şekilde baban da etmez."

Oturduğum yerden ayağa kalktım. "Siz ne derseniz deyin, ben Ateş'le beraberim, tamam mı? İster karşı çıkın, ister çıkmayın." Annemin yüzünde oluşan sinirli ifadeyi görmezden gelip mutfaktan çıktım. Tek istediğim birazcık anlayıştı. Çok mu şey istiyorum?

***

Öğrenciler öğretmen gelene kadar her zamanki ayaküstü muhabbetlerini yaparken ben boş gözlerle onlara bakıyordum. Kimisi gülüşüyor, kimisi bir şeyler konuşuyordu. Önceden vaktimin tamamını onları incelemekle geçirirken son günlerde bunu yapmadığımın farkına vardım.

"Melisa, pilot kalemin var mı?" Omzumun üzerine dokunan el bir anda irkilmeme neden oldu. Arkama baktığımda onun Ali olduğunu fark ettim. "Mavi var, olur mu?"

"Olur olur," dedi Ali ve gülümsedi. Kalemliğimden mavi renkteki pilot kalemi elime alıp ona doğru uzattıktan sonra tekrar önüme döndüm.

Ateş'le dün geceden beri hiç konuşmamıştım. Acaba ailem hakkında ne düşünmüştü? Veya bir şeyler düşünmüş müydü? Şahsen ben onun ailesini çok sevmiştim. Tamam, sadece anneannesi ile tanışmıştım ama yine de sevmiştim işte. Keşke Ateş'in anne ve babası ile de tanışma şansım olsaydı. O kadar çok merak ediyordum ki nasıl insanlar olduklarını... Mesela Ateş en çok kime benziyordu? Hem Ateş ne demişti? Ailem yakında Amerika'dan dönüyor. Belli mi olur? Belki Ateş beni onlarla tanıştırırdı ve ben de bütün merakımı giderirdim.

Aradan ne kadar süre geçti bilmiyorum ama sınıf kapısının tıklaması ile bütün bakışlar o yöne çevrildi.

Öğretmen oturduğu sandalyede dik bir hal aldıktan sonra, "Girin," dedi.

Yakasındaki karttan nöbetçi öğrenci olduğu belli olan kız içeriye girdi ve konuşmaya başladı. "Dersinizi böldüğüm için özür dilerim hocam. Müdür bey bir duyuru yapmamı istedi."

Öğretmen elini onay verir gibi öne doğru uzatınca nöbetçi öğrenci bize doğru döndü. "Arkadaşlar, ileride meslek seçmemiz daha kolay olsun diye müdür bey bir sonraki teneffüste sizleri Sancaktar Üniversitesi'ne götürmek istiyor." Nöbetçi öğrenci cümlesini bitirdikten sonra sınıfta uğultular oluşmaya başladı.

"Oha, üniversite gezisi mi?"

"Eminim taş gibi çocuklar vardır."

"Müdür kırk yılda bir, doğru bir şey yaptı."

Yapılan yorumlara gözlerimi devirip öğrencinin sınıftan çıkışını izledim. Sancaktar Üniversitesi'ni duymuştum. Özel, bir o kadar da başarılı bir üniversiteydi. Müdür gerçekten ilk defa doğru bir şey yapıyordu.

Teneffüs zili çalınca bütün öğrenciler koşuşturarak sınıftan çıktılar. Neden bu kadar heyecan yaptıklarını anlayamamıştım. Altı üstü bir okul gezisiydi. Onların ardından gözlerimi devirip kitaplarımı çantama koydum ve sınıftan çıktım. Aras hemen sınıfın önünde, duvara yaslanmış, karşımda duruyordu. Adımlarımı ona doğru ilerletip, "Selam," dedim. Geldiğimi fark edince gülümseyip, "Selam," diyerek karşılık verdi.

"Üniversite gezisi varmış?" Aras'ın söylediği cümleye başımla onay verip, "Öyleymiş," dedim. "Özel Sancaktar Üniversitesi."

"Zenginlerin okulu," deyip cümlemi tamamladı Aras. Gülümsedim. Evet, öğrencilerin tamamı neredeyse zenginlerden oluşuyordu. Şu işadamlarının çocukları türünden. Eğer zengin değil de sıradan bir aileye sahipsen burs sayesinde girebilirdin. Tabii ezilmeyi göze alabiliyorsan.

Otobüs 20 dakika içinde kocaman bir binanın önünde durdu. Otobüsün kapıları açılınca önden Aras, arkadan da ben aşağı indim. Gerçekten çok büyük bir üniversiteydi. Üç tane bina yan yanaydı. Bahçesi oldukça güzel ve canlı görünüyordu. İlkbaharda olduğumuzdan olsa gerek bahçedeki renk renk çiçekler büyüleyiciydi. Bahçede oturakların yanı sıra çimenlerin üzerinde kocaman minderler de vardı. Ama işin tuhafı neden etrafta hiç kimse yoktu?

"Bu taraftan çocuklar." Müdürün el işareti ile hep beraber okulun içine doğru ilerledik. Büyük bir kapıdan içeriye girdikten sonra hayranlıkla etrafı incelemeye başladım. Önümüzde kocaman bir koridor vardı. Yerdeki fayansların tertemiz olması hemen dikkatimi çekmişti. Duvarlarda bazı tablolar vardı. Başımı yukarı kaldırdığımda tavan ve yer arasındaki büyük mesafe şaşırmama neden olmuştu.

Müdürün önderliğinde yürümeye devam ederken bize bir adam bir de kadın eşlik etti. Okulun sahipleriymiş. Okulun tarihi ve olanakları hakkında yapılan uzun konuşmadan sonra bize sınıfları gösterdiler. Gerçekten okulun büyüklüğüne yakışır büyük sınıflar vardı. Kendimi burada bir öğrenci olarak hayal ettim de, harika olurdu!

"Neden sınıflar boş?" Meraklı bir öğrencinin sorusu üzerine okul sahipleri gülümsedi. "Bütün öğrenciler şu anda ödev teslimi yapıyor da o yüzden." Sarışın kadının verdiği cevapla sınıfların neden boş olduğu anlaşılmıştı.

Aradan bir saat kadar süre geçti. Girdiğimiz her sınıfta uzun uzun konuşmalar yapıldı. Sıkılmak değil de, elimi yüzümü yıkamaya ihtiyacım vardı. Bu yüzden adımlarımı hareket ettirip öğrencilerin arasından geçerek sınıftan çıktım. Koridorlar hâlâ bomboştu.

Çok geçmeden koridorun sonundaki elbiseli kız figürü dikkatimi çekti. Oraya doğru ilerledim ve kızlar tuvaletine girip kapıyı arkamdan kapattım. Beyaz fayanslar her yere hâkimdi. Yerde, lavaboda, duvarlarda. Demek ki özel okulların tuvaletine bile özen gösteriyorlardı.

Aynanın karşısına geçip nasıl göründüğüme baktım. Açıkçası halim içler acısıydı. Saçlarım dağılmış, yanaklarım da kızarmıştı. Saç lastiğimi çıkartıp dağınık saçlarımı elimle düzelttim. Görüntüm biraz daha iyi bir hal almıştı. Elimi yüzümü soğuk su ile yıkadıktan sonra yüzümü peçeteyle kuruladım ve tuvaletten çıktım.

Az önce boş olan koridorda şimdi öğrenciler vardı. Demek ki ödev teslimi bitmişti. Bakışlarımı üniversiteli öğrencilerin üzerinde gezdirdim. On sekiz yaşından büyük her türden öğrenci vardı. Bazı kızlar öyle açık giyinmişlerdi ki. Tamam, üniversitede sivil giyinmek serbestti ama bu kadar açık giymeleri de normal değildi. Bazı kızlar cidden abartmıştı. Bakışlarım öğrencilerin üzerinde dolaşırken bir yandan da adımlarımı hareket ettiriyordum. Ama çarptığım sert bir cüsse hareket eden adımlarımın durmasına neden oldu.

"Önüne baksana!" dedi bir erkek sesi. Bakışlarımı çarptığım kişiye çevirdim. Tanıdık bir yüz görmek ağzımın aralanmasına neden oldu.

"Batuhan?"

"Melisa?" O da en az benim kadar şaşkın görünüyordu.

"Senin burada ne işin var?" Batuhan'ın sorusu ile, "Asıl senin burada ne işin var?" diyerek sorusuna soru ile karşılık verdim.

"E ben burada okuyorum." Gözlerimi iri iri açtım. Batuhan burada okuyorsa o zaman Ateş de burada okuyor olmalıydı. Ateş özel Sancaktar Üniversitesi'nde mi öğrenciydi yani?

"Ben de okulumla beraber geldim. Gezi amaçlı."

"Ha sen şu liseden gelen öğrencilerle berabersin?"

Başımı onaylarcasına sallayınca Batuhan gülümsedi. "Şansa bak. E o zaman madem buradasın, gelmişken bir Ateş'i de gör istersen. Bugün biraz gergindi, belki seni görünce sevinir." Biliyordum işte. Ateş de burada okuyordu. Bir dakika. Gergin mi?

"Neyi var?"

Batuhan omuzlarını silkti. "Ateş'in gergin olması için her zaman bir nedeni vardır." Haklıydı. "Sınıfı bir üst katta koridorun sonunda. Az önce ödev tesliminden çıktık, sınıfına gitmiş olmalı."

"Şey... sanırım ben onu görmesem daha iyi." Batuhan tek kaşını merakla havaya kaldırdı. "Nedenmiş o?" Çünkü onu utandırmak istemiyorum.

"Bir nedeni yok," dedim.

Batuhan 'anlat' der gibi yüzüme baktı. Nefesimi usulca dışarı verdim. "Şu halime bir baksana," dedim elimle kıyafetlerimi işaret ederek. "Üzerimde bir lise üniforması var. Saçlarım dağılmış. Görüntüm ise zaten içler acısı. Bu kılıkla Ateş'in karşına çıkarsam onu utandırırım." Etraftaki öğrenciler Ateş ve benim sevgili olduğumu öğrenseler eminim Ateş utanırdı benden.

Onun yanına daha güzel, daha seksi biri yakışırdı. Ben değil! Benim gibi sıradan, basit bir kız değil.

Batuhan bir süre ifadesizce yüzüme baktıktan sonra sesli bir kahkaha koyuverdi. Belini öne doğru eğip iki büklüm oldu ve elini dizine vurdu. Öyle sesli gülüyordu ki etraftaki bütün öğrenciler dönüp bize bakmaya başladı. "Cidden Ateş'in senden utanacağını mı düşünüyorsun?" Başımı yavaşça sallayınca Batuhan, "Ah," dedi ve doğrulup yüzüme baktı.

"Bak fıstık. Ateş değil bu okuldaki öğrencileri, bu dünyadaki hiç kimseyi umursamaz. Eğer seninle sevgiliyse bunu kimseden saklama ihtiyacı duymaz." Batuhan öyle emin konuşmuştu ki sanki kendinden bahsediyordu.

"Yine de ona görünmesem daha iyi," dedim. Öyleydi çünkü. En azından üzerimde biraz daha iyi kıyafetler olsaydı bir ihtimal gidip görünürdüm ama bu halde yapamazdım.

"Hayır, itiraz kabul etmiyorum." Batuhan eliyle geçmem için yol verdi. "Git ve sevgiline görün."

Bahane sundum. "Aslında benim arkadaşlarımın yanına gitmem lazım. Birazdan okul otobüsü hareket edecek."

"Emin misin?" Batuhan tek kaşını havaya kaldırınca, "Eminim," diyerek cevap verdim.

"Peki. Öyle istiyorsan." Batuhan sağ elini bana doğru uzatınca hiç düşünmeden elini sıktım. "Sonra görüşürüz o zaman?"

"Elbette," dedim ve gülümsedim. Batuhan da yeşil gözlerini kısarak gülümseyince tanıdık bir ses işittim.

"Melisa?"

Başımı panikle sesin geldiği tarafı çevirdim. Ateş şaşkın bir ifade ile bize, daha doğrusu bana bakıyordu. Yüzünde şaşkınlığın resmi vardı. Kaslı vücudu, Batuhan ve bana doğru yaklaşınca yutkundum. Bu kadar mükemmel görünmek zorunda mı? Ateş yanımıza vardığında bir bana bir de Batuhan'a bakmaya başladı. Açıklama ister gibi bir hali vardı.

"Bizde senin yanına gelecektik." Batuhan gülümseyerek bana bakınca, "Evet," diyerek onu doğruladım.

Ateş gözlerini bana dikti. "Sen git Batu," dedi. Sesi oldukça sertti.

"Tamam. Size iyi eğlenceler." Batuhan bana göz kırptıktan sonra yanımızdan ayrıldı ve uzun koridorda yürümeye başladı.

Bakışlarımı Batuhan'dan ayırıp Ateş'e çevirdiğimde sinirli bir şekilde bana baktığını fark ettim. Tam ağzımı açıp sorun ne diyecektim ki Ateş bileğimi kavrayıp beni çekiştirmeye başladı.

"Ne yapıyorsun ya? Bıraksana kolumu." Etraftaki öğrenciler tuhaf bir şekilde bize bakmaya başladılar.

"Ateş sana bırak dedim. İnsanlar bize bakıyor!" Ateş beni duymazdan gelmeye devam etti. Sızlanmamın boşuna olduğunu bildiğim için kıpırdanmayı kestim ve ona uyum sağlayarak yürüdüm. Koridorun en sonuna geldiğimizde Ateş sırtımı soğuk duvara yasladı. Bunu yaparken kibar davranmadığı için canım acımıştı. Kaşlarım çattım. İşin tuhafı o da aynı şekilde bana bakıyordu.

"Ne işin var burada?" Ateş yüzüme doğru tıslayınca hayretle ona baktım. Cidden derdi bu muydu? Benim neden burada olmam?

"Olamaz mıyım?" deyip meydan okudum.

"Olamazsın!" diye bağırdı Ateş. Kalbimin burkulduğunu hissettim. Ateş'in benden utanacağını biliyordum işte.

"Özür dilerim," diye mırıldandım.

"Dileme. Benden özür falan dileme! Söylesene, okuluma gelip beni kontrol etmekte neyin nesi?" Ağzım şaşkınlıkla aranırken, "Kontrol etmek için gelmedim ki," dedim. Nasıl böyle düşünür? "Okulumuz gezi amaçlı bizi buraya getirdi."

"Ne gezisi?"

"Okul gezisi. İleride üniversite seçimimizde yardımcı olması için."

"Sen şu liselilerle mi geldin?" diye sordu Ateş. Bakışları sakinleşmiş gibiydi.

"Evet, onlarla geldim ve şimdi de onlarla gidiyorum!" Ateş'in yanından geçip sinirle yürümeye başladım. Anlamadan dinlemeden bana kızması canımı sıkıyordu! Ben onu niye kontrol edeyim ki? Telefon etmeye bile çekiniyordum müsait değildir diye. Ama beyefendi hemen bağırsın çağırsın. Biraz sinirli biraz da kırılmış bir şekilde yürümeye devam ederken çarptığım sert bir cüsse geriye doğru sendelememe neden oldu. Hadi ama. Bugün ne çok çarpıştım böyle!

"Dikkat etsene liseli." Karşımda kızlı-erkekli bir grup vardı. Ve ben en önde duran çocukla çarpışmıştım.

"Özür dilerim. Görmedim." dedim bir an önce yoluma devam etmek isteğiyle.

"Vay, özür dilemeyi de biliyorsun demek? İlginç." Çocuğun söylediği şeye grubu sesli bir kahkaha attı. Bu kahkaha beni küçümsediklerini belli eden bir kahkahanın ta kendisiydi. Dalga geçiyorlardı benimle. Komik bir şey mi söylemiştim? Altı üstü bir özür... Elimin içinde sıcak bir dokunuş hissettim. Başımı sağa doğru çevirdim. Ateş elimi sıkıca kavramıştı ve karşımızdaki gruba öfkeli bir şekilde bakıyordu.

"Kız sizden özür diledi. Niye uzatıyorsunuz?" Ateş'in sesi demir gibi sertti.

Karşımızdaki çocuk şaşkınlıkla Ateş ve benim birleşen ellerimize baktıktan sonra seslice yutkundu. "Abi şey, ben öylesine söylemiştim," dedi. Sesinde korku tınısı vardı. Bakışlarımı ondan çekip gruptaki diğer kişilere çevirdiğimde hepsinin ağzının beş karış olduğunu fark ettim.

"İyi. Bir dahaki sefere sevgilimle nasıl konuşacağına dikkat et." Çocuk gözlerini pörtletip Ateş'e baktı. Aynı şekilde benim de ondan hiçbir farkım yoktu. Sevgili olduğumuzu söylemişti. Hem de hiç çekinmeden, utanmadan. Şok olmuştum.

Ateş sert bakışlarını son kez çocuğun üzerinde gezdirdikten sonra yürümemi sağladı. İtiraz etmedim ve ona itaat ettim. Hem nasıl itiraz ederdim ki? Ateş benden utanmamıştı. Sevgili olduğumuzu söylerken azıcık bile çekinmemişti.

Okuldan çıktığımızda yüzümde kocaman, aptal bir gülümseme vardı. Nedeni olmayan, anlamı olmayan bir gülümsemeydi. Nedeni olmayan mı dedim? Elbette bir nedeni vardı.

Ateş benden utanmamıştı. Ateş benden utanmamıştı. Bahçeden geçip otopark olduğunu tahmin ettiğim yere geldiğimizde Ateş beni son model siyah arabasına bindirip kapıyı kapattı. Kendi de sürücü koltuğuna oturunca gülümseyerek ona baktım.

"Neye sırıtıyorsun sen?" diye sordu Ateş gülümsememe hiçbir anlam veremediğini belli eden bir sesle. Onu duymazlıktan geldim ve oturduğum yerden kalkıp hızlı bir şekilde Ateş'in kucağına oturup kollarımı sıkıca ona doladım. "Seni seviyorum Ateş, hem de çok," dedim. Bunu ona ilk kez söylüyordum ve neden bilmem söylemek iyi hissettirmişti.

"Seviyorsun demek?" diye sordu Ateş. Kollarımı biraz daha ona doladım. "Evet seviyorum. Hemde çok, çok, çok." Şu anda ata biner gibi onun üzerinde oturuyordum. Normal bir zaman diliminde utanacağım bir yakınlıktan çok daha fazla yakındık ama umursamadım.

"Normaldir," dedi Ateş. "Yani ben de olsam benim gibi bir adamı severdim." Sesinde kibirli bir ifade vardı. Geri çekilip ciddi olup olmadığına baktım. Gülümsüyordu. "Pisliksin," dedim ben de onun gibi gülümseyerek.

"Biliyorum."

"Uyuzsun."

"Arada yaptığım oluyor tabii."

"Gıcıksın."

"Bunu da yapıyor olabilirim."

"Zorbasın."

"Öyleyim."

"Ve ben seni çok seviyorum." Dudaklarımı Ateş'in dudaklarına bastırdım. Bir anlık deli cesaretiyle yaptığım bu şeye karşı Ateş dondu kaldı. Beklemiyordu böyle bir hamleyi. Aslına bakarsanız ben de beklemiyordum. Yine de dudaklarımı hareket ettirip onu öpmeye başladım. Hafif aralık olan dudaklarını, kendi dudaklarımla birleştirip iç içe geçirirken Ateş şaşkınlığından kurtulup bana karşılık vermeye başladı. Karşılık vermesi neden bilmem hoşuma giderken kollarımı biraz daha boynuna dolayıp kucağından kalkarak onu öpmeye başladım. Ama Ateş kalkmama izin vermedi. Kollarını belime doladı ve beni kendisine bastırdı. Bu sefer donup kalan bendim...

"Biraz daha kucağımda oturmaya devam edersen hiç iyi şeyler olmayacak," dedi Ateş anlayamadığım bir tonla.

Yutkundum. "Kalkayım ben o zaman." Kalkmak üzere bir hamle yaptım ama Ateş buna engel oldu. "Bekle," dedi. Anlamayarak ona baktım. Ateş'in yüzünde garip bir ifade vardı. Nefes alış verişleri hızlanmıştı. Birkaç dakika sonra Ateş kalkmama izin verdi. Oturduğum yerden -Ateş 'in kucağından- hızlı bir şekilde kalkıp ön koltuktaki yerime oturduktan sonra başımı cama doğru çevirdim. Kalbim göğüs kafesimi delip geçecekmiş gibi hızlı hızlı atıyordu. Bedenim de bilmediğim bir his dolaşmaya başlamıştı. Korku gibi ama öte yandan değil, daha farklı bir his. Ateş arabayı çalıştırıp hareket ettirdi. Kim bilir nereye gidiyorduk?

Bölüm 17

Toprak yolda beş dakika kadar yürüdükten sonra altında su akan tahta bir köprüden geçtik. Köprü, görünüm olarak gökkuşağı şeklindeydi ve uzun süre önce yapılmış olmalı ki biraz eskimişti. Şu her adım attığında beşik gibi sallanan köprüler var ya? İşte aynen öyleydi. Yine de dikkatli bir şekilde geçmeyi başarmıştık. Ateş elimi tutsaydı belki daha az korkardım ama Ateş elimi tutmak gibi bir kibarlıkta bulunmamıştı.

"Orman?" dedim niye burada olduğumuzu anlamaya çalışarak. Etrafta görebildiğim tek şey uzun kavak ağaçlarıydı. Onun dışında pek bir şey yok gibiydi ve ben niye buradayız, merak ediyordum.

Ateş, başı ile onaylamakla yetindi sadece. Yüzüme bakma tenezzülünde bile bulunmamıştı. Sanki yorulacaktı! Bir şey demedim. Nasılsa birazdan öğrenirdim. Buraya gelmemizin bir nedeni illa ki olmalıydı. Yoksa gündüz saatinde niye bir ormana gelmiş olalım ki?

En son bir ormana geçen sene gitmiştim. Ailemle piknik yapıp güzel vakit geçirmiştik. Gerçi ben ailemle beraberken hep güzel vakit geçirirdim. Beni severlerdi, değer verirlerdi ve bunu fazlasıyla dışarıda yansıtırlardı. En azından babam daha çok yansıtırdı. Dışarıdan bakan biri bazen annemin bana karşı üvey evlat muamelesi yaptığını görebilirdi. Ama bazen.

Ateş'le beraber ağaçların arasından geçerek yürümeye devam ettik. Bacaklarıma minik minik şeyler batıyordu. Dikenli bitkilerdi sanırım. Bilseydim bugün böyle bir yere geleceğimizi, eteğimin altına çorap giyerdim. "Bu taraftan," dedi Ateş ve elimi tutup beni bir yere yönlendirdi. Bakışlarımı etraftan çekip hemen birleşen ellerimize çevirdim. Deminden beri tökezleye tökezleye yürümeme rağmen elimi tutmamışken şimdi tutması beklenmedikti. Hoşuma giden bir beklenmedik. Gülümsedim ve ona uyum sağladım.

Kuşların cıvıltısı vardı etrafta, güneş ise bütün parlaklığını etrafa saçmıştı. Hava çok güzeldi. Tam piknik yapmalıktı. Peki biz piknik yapmak için mi buradaydık? Nedense bunu sormayıp birazdan bizzat öğrenmeyi tercih ettim. Eğer piknik yapacaksak bu Ateş'le beraber geçireceğimiz ilk güzel vakit olacaktı ve bugünün tarihini bir yere not etmeyi ihmal etmemeliydim. Sonuçta kaç kere onunla piknik yapmak için elime fırsat geçebilirdi ki?

Bir süre sonra Ateş yürümeyi bıraktı. "İşte geldik," dedi. Nereye geldiğimizi anlamak için etrafa bakındım ama gördüğüm manzara yine aynıydı. Ağaçlar.

"Burada ne yapacağız?"

Ateş sağ elini havaya kaldırıp işaret parmağını bir yere yönlendirdi. "Şurayı görüyor musun?"

Uzun bir ağaç dışında bir şey göremiyordum doğrusu. "Evet. Bir ağaç?" Ateş başını iki yana salladı. "Sadece ağaç değil ufaklık."

Hemen cevap verdim. "Uçma özeliği mi var yoksa?"

Ateş güldü. Diğer gülümsemeleri gibi eylemde değildi. Hafif de olsa gözlerine ulaşan bir şekilde gülümsemişti. "Bekle." Ateş adımlarını hareket ettirip yürümeye başladı. Meraklı bakışlarım onun üzerinden bir an olsun ayrılmazken Ateş az ilerimizde duran bir merdiveni yerden kaldırdı. Merdivenle birlikte bana doğru yaklaştı ve merdiveni ağacın gövdesine dayadı. Kendi boyunun iki katı olan bir merdivendi. Ne kadarda güçlüydü.

"Gel bakalım." Ateş derin bir soluk alıp, aynı zamanda yanına gitmemi ister gibi bana bakmaya başlayınca adımlarımı hareket ettirip yanına gittim. "Çık," dedi merdiveni kastederek.

Öylece yüzüne baktım. "Niye?"

"Çünkü buraya bunun için geldik."

"Ağacın tepesine çıkmaya mı?" Bu adam kesinlikle normal değildi. Aklını kaçırmıştı muhtemelen. Tamam, düşününce iki sevgilinin ağaca çıkması romantik gözükebilirdi ama gerçekte olunca hiç de öyle değildi. Ağacın gövdesinde karıncalar vardı.

Hem de yüzlerce. Bacaklarımın onlar tarafından ısırılmasını istemiyordum.

"Evet," dedi Ateş. "Eğer dikkatli baksaydın yaprakların arasındaki ağaç evi fark ederdin."

"Ağaç ev mi?" Başımı hemen yukarı kaldırıp bahsettiği evi görmeyi hedefledim. Cidden dediği gibi bir ağaç ev olabilir miydi yukarıda? Masallardaki gibi. Çok geçmeden tahta, kulübe tarzı bir ev görüş alanıma girdi. Gözlerimi kırpıştırdım. "Gerçekten orada," dedim biraz şaşkınlık, biraz da hayranlıkla. Yeşil yaprakların arasındaki kahverengi ev harika görünüyordu.

"Artık çıkacak mısın?" Ateş sıkılmış görünüyordu. Bakışlarımı ona çevirdim ve sordum. "Tamam ama ya düşersem?" Olası bir ihtimaldi çünkü. Ağaç dallarının beni taşıyabileceğini nereden bilebilirdim ki?

"Ben seni tutarım," dedi Ateş.

"Gerçekten tutar mısın?" Kalp atışlarımın hızlandığını hissettim. Eğer düşecek olursam Ateş beni tutacaktı, yani bana zarar gelmesine müsaade etmeyecekti. Beni koruyacaktı. Yüzümde aptal bir gülümseme oluştu. Ateş bana güzel bir şey söylediğinde ne çok beliriyordu bu gülümseme. Oysa ortada güzel diye nitelendirilecek bir sözcük bile yoktu. Olsun ama. Ateş'in ağzından çıkan her cümle, kırıcı olmadığı sürece benim için sevgi sözcüğü gibiydi. Aşkım, canım, hayatım, olmasa da olurdu. Ateş'le birlikte olmayı başarabileyim, o bana yeterdi.

Sağ bacağımı çekinerek ilk basamağa attım. Merdiven ahşaptı ve sağlam görünüyordu. Kırılacak gibi değildi ama bendeki sakarlıkla dünyanın en sağlam merdiveninden bile düşmem olasıydı. Diğer bacağımı ikinci basamağa attım. Ama sonra aklıma gelen düşünce durmama neden oldu. Eğer ben önden çıkarsam Ateş arkamdan gelirdi ve mahrem yerlerimi görme ihtimali vardı - ki ben bugün okul eteğimin altına çorap giymemiştim. Hızlı bir şekilde aşağı inip ayaklarımı yere bastım. Böyle bir şeye asla izin vermezdim.

Ateş anlamayarak yüzüme baktı. "Neden indin?" Çünkü sana bacak şov yapacak değilim.

"Önden sen çıksan daha iyi," dedim. Ateş bir süre yüzüme baktı, sonra anlamış olacak ki gözlerini devirip merdivene yöneldi. Kusura bakma ama her ne kadar seni çok sevsem de bacaklarımı gösteremezdim.

Ateş önden ben arkadan merdivene çıkmaya başladık. Dikkatimi Ateş'in kalçası çekti. Eğer az önce inmeseydim aynı manzarayı o görecekti. Tam bir Rezillik. İyi ki inmiştim.

Ağacın yaprakları altımızda kalana kadar Ateş'le tepeye kadar çıktık. Ve işte orada. Ağaç ev şu anda tamamıyla görüş alanıma girmişti ve harika görünüyordu. Çok şirin, bir o kadar da mükemmeldi. Ateş elini bana doğru uzattı. Güçlü kolu beni tek seferde yukarı çekince, "Teşekkür ederim," dedim ve gülümsedim. O ifadesizdi ama buna zaten artık alışmıştım. Hayranlıkla etrafa baktım. Şu an yerden kim bilir ne kadar yüksekteydik. Manzara öyle enfes ki... Tıpkı Edward'ın Bella'yı çıkardığı ağacın tepesi gibiydi. Büyüleyici, kusursuz, mükemmel.

"Nasıl buldun?" Etrafı izlemeyi bıraktım ve bakışlarımı Ateş'e çevirdim. "Mükemmel, harika, hatta harika ötesi!" dedim hayran hayran karşımdaki manzaraya bakarken. Ateş de gülümsedi ve elini ağaç evin kapısına yönlendirdi. "Hadi içeri geçelim."

Ateş, ahşap kapıyı açtıktan sonra eliyle geçmem için yol verdi. Kim bilir içerisi nasıldı? Adımlarımı dikkatle hareket ettirip açık olan kapıdan içeri girdim. Her yer tahtadandı - ki elbette öyle olacaktı. Yerde minderler vardı. Ev o kadar büyük olmadığı için başımı eğmek zorunda kalmıştım. Zaten yüksek tavanlı bir ev beklemiyordum. Ateş de benim gibi içeri girdikten sonra kapıyı kapattı.

"Buraya benim dışımda gelen ilk kişisin." İtirafı karşısında dudağımı ısırdım. İlk defa beni getirmişti bu mükemmel yere.

"Bu kadar özel miyim yani?" diye sordum heyecanla.

"Burada olduğuna göre?" Ateş'in üstü kapalı cevabına karşı tebessüm ettim. Buraya onun dışında gelen ilk kişiysem elbette özel olmalıydım. Değil mi?

Bakışlarımı evin içinde dolaştırmaya başladım. İnceleyecek pek bir şey yoktu gerçi. Şirin, minik, ahşap bir odaydı hepsi bu. Eğer bir on santim kadar kısa olsaydım bu evde daha rahat hareket edebilirdim. Dikkatimi siyah bir kutu çekti sonra. Oraya doğru ilerledim ve kutunun yanına bağdaş kurarak oturdum. Kutuyu açmak üzere bir hamle yapacaktım ki omzumun üzerine dokunan bir el buna engel oldu.

"Sevdin mi burayı?" Ateş'in nefesi saçlarımın arasına çarptı. Şu anda hemen arkamda, sert göğsü sırtıma değiyordu. Kutunun üzerinde duran elimi geri çektim. "Çok," dedim aramızdaki mesafenin yakınlığından pek etkilenmemeye çalışarak. Başarılı oluyor muydum? Keşke olabilseydim. İşin içinde Ateş ve ona ait bir şey varsa bende her şey altüst oluyordu. Duygularım karışıyordu. Biraz daha iradeli olabilmeyi isterdim. Biraz daha güçlü. Ama ben buydum ve korkarım hep de bu olarak kalacaktım. Güçsüz, zayıf.

"Burayı sen mi yaptın?" Yavaşça Ateş'e doğru döndüm ve bakışlarımızı birleştirdim. Mavi-yeşil gözlerine oldukça yakındım. Çok yakındım ve bu rengi zihnime kazıyabilmem için hali uygun bir zamandı.

"Ben yaptım," dedi Ateş.

"Ne zaman?" diye sordum merakla.

Ateş elini yanağıma çıkartıp usulca okşama başladı. "Üç sene önce," dedi. Dokunduğu yerin alev aldığını hissettim. Hemen kendimi toparladım. "Zor olmadı mı evi ağacın tepesine çıkarman?"

"Pek sayılmaz," dedi Ateş. "İlk önce yerde evin iskeletini yaptım. Sonra da onu ağaca yerleştirip etrafını döşedim. Görünenin aksine kolaydı."

"Anladım," diye mırıldandım. Anlattığı kadarıyla cidden kolay gibi görünüyordu ama bunu deneyip bir de o şekilde değerlendirmek gerekirdi. Belki bir gün Ateş'le beraber ikinci bir ağaç ev yapardık? İkimizin yaptığı, ikimize ait bir ev. Kulağa ne kadar da romantik geliyordu.

Ateş tebessüm etti ve yüzünü bana doğru yaklaştırmaya başladı. Hemen geri çekildim. "Şey... bu ev depreme dayanaklı mı peki?"

Ateş sorduğum soru üzerine gülümsedi. "Deneyip görmeye ne dersin?" Kıpkırmızı oldum. Ağzımı aralayıp bir şey diyemeden Ateş dudaklarını dudağıma bastırdı. Gözlerimi sıkıca kapattım. Onunla öpüşmek henüz alışamadığım bir şeydi. Aslında öpüşmek henüz alışamadığım bir şeydi ve daha yarım saat önce onu öpen kişi olduğumu hatırlamak garibime gitmişti. Ne ara bu kadar yakınlaşmıştık?

Ateş yanağımın üzerindeki elinin baskısını biraz arttırıp dudaklarıma sert baskılar uygulamaya başladı. Dudakları aceleciydi ve hızlı hızlı öpüyordu beni. Sanki günlerdir su içmeyen birinin günler sonra suya kavuşması gibi... Elimden geldikçe ona karşılık vermeye çalıştım. Yerinden çıkacakmış gibi olan kalbime rağmen dudaklarımı ona uyum sağlayabilmesi için hareket ettirdim.

Ateş üzerime eğildi ve yere uzanmamı sağladı. Bu süreçte dudaklarını bir an bile dudaklarımdan ayırmamıştı. Şu an bulunduğum yer, yaptığım şey, kolları arasında olduğum adam... Her şey öylesine mükemmeldi ki. Bunları hak edecek ne yaptım, merak ediyordum. Benim yerim burası değildi, veya Ateş'in kolları. Bir şeyler yanlış gibiydi, bu tabloda bir şeyler eksik gibiydi. Ne olduğunu biliyordum. Ben. Çünkü Ateş daha iyilerine layıktı. Benim gibi sıradan, basit bir kız onun için doğru kişi değildi. Acaba Ateş'te farkında mıydı bunun?

Nefes almak için birbirimizden ayrıldık. Ateş sağ elini gömleğimin içine sokup belimi kavradı. "Dur demen yeterli," dedi, bir yandan da bana devam edip etmemeyi istiyor muyum diye bakıyordu.

"Ya demezsem?"

Nefes nefese sorduğum soru üzerine Ateş gülümsedi. "Biz de durmayız." Dudaklarını tekrar dudaklarıma bastırınca yeniden gözlerimi kapattım. Dünyanın durduğunu, her şeyin ağır çekimde ilerlediğini hissettim. Sadece ikimiz vardık sanki. Ben ve o. Ateş ve Melisa.

Ateş dudaklarını çeneme, oradan boynuma indirdi. Dudakları işini çok iyi biliyordu. Daha önce hissetmediğim şeyleri şu anda hat safhada hissediyordum ve bu dayanılır gibi değildi. Karnım ağrımıyordu, ama ben şu anda deli gibi kıvranmak istiyordum. Bir yerim acımıyordu, ama ben şu anda inlemek, bağırmak istiyordum. Neydi tüm bunları bana hissettiren? Ateş'in öpücükleri mi?

Ateş elini bacağımın üzerinde gezdirmeye başladı. "Ateş," dedim nefes nefese. Dur, yapma diyemiyordum. Bir şey buna mani oluyordu. Sanırım dersem beni bırakmasından korkuyordum. Ve bu korku sözcüklerimi yutmama nedendi.

Ateş ona seslendiğimden habersiz elini bacağımın üzerinde gezdirmeye, dudaklarını boynuma bastırmaya devam etti. Çığlık atıp inlemek istiyordum! Yaptıkları dayanılır gibi değildi. Ateş resmen altında kıvrandırıyordu beni.

Ateş'in hayal meyal okul gömleğimin düğmesini dişiyle koparttığını gördüm. Şu anda öylesine kendimden geçmiştim ki yanlış görmem olasıydı. Göğsümün hemen üzerinde baştan çıkarıcı sıcak dokunuşlar hissettim. Birbirine bastırdığım dudaklar artık kendini tutamadı. "Ateş, ah!" dedim haykırır bir sesle.

Ateş beni duymadı. Dudaklarını ara vermeden boynumda gezdirmeye devam etti. Bu cidden çok farklı bir histi. Öpüşmeye hiç ama hiç benzemiyordu. Boynumu öpmesi beni kendimden geçiriyordu adeta.

"Ateş, lütfen," dedim nefes nefese. Ellerim onun omzundaydı ve onu geri ittiriyordu. En azından bunu yaptığımı sanıyordum ama Ateş'in milim yerinden kıpırdamadığını var sayarsak pek etkili olduğumu söyleyemezdim.

Ateş başını yukarı kaldırıp bana baktı. Gözleri koyulaşmıştı. Mavi-yeşil gözleri şimdi laciverte dönüşmüştü ve korkutucu görünüyordu. Her zaman alışık olduğum göz renginin farklılaşması beni korkutmuştu.

"Bir daha söyle?" dedi Ateş nefes nefese.

"Neyi?" Zihnim şu anda işlevini yitirmişti.

"Adımı. Adımı bir kez daha söyle?"

"Ateş..." dedim hızlı hızlı nefes alıp verirken. Ateş de aynı benim gibiydi. Hızlı hızlı nefes alıp veriyordu. Tek fark benim göğsüm hızla inip kalkarken Ateş'in göğsü normaldi. Ateş gözlerimin içine baktı birkaç saniye. Sonra üzerimden kalktı. "Uyuyalım," dedi. Kesinlikle harika bir fikirdi.

Ateş, katlanmış, yerde duran battaniyeyi eline alıp yanıma geldi. Onunla göz teması kurmamaya özen gösterdim. Az önceki yakınlaşmamızdan dolayı hayli utanıyordum çünkü. Ateş iki tane minderi yan yana koydu sonra. Elindeki battaniyeyi de minderlerin üzerine bıraktıktan sonra kendi de mindere oturdu. "Gel." Sesi emir verir gibiydi.

Oturduğum yerden kalkıp Ateş'in yanına gittim ve mindere oturdum. Ateş sırtını bana döndü ve battaniyenin bir köşesini üzerine örttü. O kadar az almıştı ki üzerine sadece bacaklarını kapatabilmişti. Bulunduğumuz yerden mi bilmem içerisi biraz soğumuştu. Onun üşümesine göz yumacak değildim. Mindere uzandım. Battaniyeyi kaldırıp ikimizin de üzerine eşit bir şekilde örttükten sonra sırtımı ona döndüm ve gözlerimi kapattım.

Aklım ve kalbim öylesine karışıktı ki. Karman çorman olmuştu her şey. İçimde bir yerde bir şeyler birbirine girmiş, savaşıyor gibiydi. Ateş bana karşı ne hissediyor veya bir şeyler hissediyor mu bilmiyordum. Bunu bilmeyi her şeyden çok isterdim. Günün birinde beni bırakmayacağını bilmeyi çok isterdim. Emin olmayı, ona inanmayı çok isterdim.

Belimin etrafında bir kol hissettim. Ateş beni kendine doğru çekti ve başını saçlarımın arasına gömdü. Onun sıcaklığını hissedebiliyordum. Nefesinin saçlarımın arasına çarpışını hissedebiliyordum. Ateş beni sevmiyor olabilirdi. Ama bu hiç sevmeyeceği anlamına gelmezdi.

***

Bacaklarım, kollarım, bedenim. Her yerim Ateş tarafından

sarmalanmış bir vaziyette iken gözlerimi araladım. Kim bilir ne zamandır bu şekilde uyuyorduk. Hem saat kaç olmuştu?

Uykulu bir ses ile, "Ateş?" deyip yerimde kıpırdandım. Sırtım onun kaslı vücuduna yapışmış gibiydi. Aramızda mesafeye dair bir şey yoktu. Neden bu kadar sıkı sarılıyordu ki sanki?

"Ateş uyan." Havanın kararıp kararmadığını göremiyordum. Eğer karardıysa bu sefer işim bitti demekti. Annemlere ne diyecektim?

Ateş'in kollarından çıkmayı denedim tekrar. "Ya uyansana!" Azıcık bile yerinden oynatamamıştım. Öyle güçlüydü ki onun karşısında hiçbir şansım yoktu. Derin bir nefes alıp kıpırdanmayı kestim. Belli ki böyle uyanmayacaktı. Ben de başka bir yol denemeye karar verdim.

Boğazımı acıtacak şekilde bağırdım. "İmdat! Ölüyorum. Yardım edin!"

Ateş kollarını hızlı bir şekilde belimden çekip yattığı yerden doğruldu. Gözleri bir tehlike var mı diye etrafı tararken gülmeye başladım. Öyle tatlı görünüyor ki şu an... Ateş güldüğümü görünce bana baktı. "Numara mı yaptın?" diye sordu şok olmuş bir halde.

Uzandığım yerden doğruldum. "Aslında numara sayılmaz. Cidden öleceğimi zannettim bir an. O kadar sıkı sarsılıyorsun ki yapacak başka seçenek bırakmadın bana."

Ateş homurdandı. "Öyle bir bağırdın ki. Gerçekten bir şey oldu sandım."

Şaşkınlık... Gerçekten bir şey olduğu için endişelenmiş miydi bana? Gülümsedim.

"Komik olan ne?" diye sordu Ateş aksi bir sesle.

"Hiç," deyip bakışlarımı yere indirdim. Ortada bir komiklik değil, hoşuma gitmişlik vardı. Keşke benim için her zaman endişelenseydi.

Ateş sol bileğimi tutup beni kendine çekti. Kolları bir anda beni sımsıkı kavrarken, "Ne yapıyorsun?" diye sordum panikleyerek.

"Beni kandırdığın için sana küçük bir ceza veriyorum," dedi Ateş. Ceza mı? Ateş kollarını sıkıca belime dolayıp bacaklarımı kendi bacakları arasında mahsur etti.

"Ya bırak beni," deyip sızlanmaya başladım. "Ne yapıyorsun?"

"Sevgilime sarılıyorum," dedi Ateş muzipçe ve mümkünmüş gibi biraz daha sarıldı. "Bir saat dolmadan kollarımın arasından çıkamazsın."

"Bir saat mi?" Şok oldum. "Cidden bir saat boyunca böyle mi duracağız?"

"Hı-hı." Görmüyordum ama gülümsediğine adım kadar emindim.

"Ya kafayı mı yedin? Ben burada boğulmak üzereyim sen bir saat böyle durmaktan bahsediyorsun!"

"Hala ciyak ciyak konuşabildiğine göre bence gayet iyisin."

"Sensin ciyak! Bari kollarını gevşet. Gerçekten çok sıkı."

"Hayır."

"Ateş ya bırak. Bak terlerdim." Gerçekten alnımda birkaç damla ter oluşmuştu. Derdi neydi bu adamın?

"Kulağa seksi geliyor."

Afalladım. "Tamam, söz. Bir daha öyle şakalar yapmayacağım."

"Elbette yapmayacaksın," dedi Ateş. "Bu iki oldu, üçüncüde ciddiyim çok kötü yaparım."

"Ya daha ne yaparsın? Zaten birazdan öleceğim."

Ateş güldü. "Hadi tamam. Eğer benden özür dilersen kollarımdan çıkabilirsin." Hiç düşünmeden cevap verdim. "Özür dilerim."

"Ne için özür diliyorsun sevgilim?" Ateş resmen oynuyordu benimle. Ama benim de adım Melisa ise ona bunu ödetirdim.

"Hiçbir şey olmadığı halde bağırıp seni korkuttuğum için."

Ateş kollarını üzerimden çekti. Hızlı bir şekilde yattığım yerde doğrulup sinirli bakışlarımı Ateş'e çevirdim. Beyefendi gülümsüyordu!

"Şu halime bak." Saçlarımı elimle geri ittirdim. "Su içinde kaldım!" Lanet olsun ki terlemiştim. Sırtımın bile ıslak olduğunu hissedebiliyordum.

Ateş bakışlarını alnıma, boynuma, oradan da göğsüme indirdi. "Gerçekten terlemişsin..." dedi kısık bir sesle. Bakışları birden değişmişti.

"Şey, artık gitsek iyi olur," dedim.

Ateş bakışlarını yüzüme çıkardı. "Tamam. Ama önce gömleğini kapatsan iyi olur. Oranın ıslak olduğunu bilmek... Kontrolümü kaybetmek istemiyorum."

Nefes alışverişlerim hızlanırken bakışlarımı yavaşça göğsüme indirdim. 3 tane düğmem açıktı. Hemen elimi gömleğimin yakasına götürüp kapattım.

Ateş ağaç evin kapısını açtıktan sonra eliyle geçmem için yol verdi. Adımlarımı çekinerek ona doğru ilerlettim ve ağaç evden çıktım. Ateş de benim ardımdan dışarıya çıkınca önden ben arkamdan da o merdivenden indik. Ayaklarım yere temas edince derin bir nefes aldım. Yukarıda yaşadıklarımız güzel bir rüyadan başka bir şey değildi. Gerçek dünyaya tekrar hoş geldim.

***

Ertesi sabah uyandığımda hava yağmurluydu. Yorganı üzerimden attıktan sonra yataktan çıktım ve banyoya girdim. Elimi yüzümü soğuk su ile yıkadıktan sonra dişlerimi de fırçalayıp banyodan çıktım. Tekrar odama girdiğimde eşofmanlarımdan kurtuldum ve okul kıyafetlerimi giymeye başladım. 2 haftadır hava güzel olduğu için eteğimin altına çorap giymiyordum ama bugün giymek zorundaydım. Çünkü hava yağmurluydu. Siyah külotlu çorabımı bacaklarımdan geçirdikten sonra aynanın karşısına geçip saçlarımı taradım.

Başka bir işleme ihtiyaç duymadığım için çantamı alarak odamdan çıktım. Annem salondaydı.

"Günaydın,"

Annem başını izlediği sabah programından çevirip bana baktı. "Günaydın kızım. Kahvaltıyı mutfağa hazırladım. Git ye sen."

"Okulda bir şeyler yerim anne, hadi görüşürüz."

Annemin bir şey demesini beklemeden salondan çıktım. Siyah deri montumu üzerime geçirdim. Atkımı ve şapkamı da taktıktan sonra hazırdım. Bugün hava gerçekten soğuktu ve hazırlıksız giyinip üşütmek istemiyordum.

Okula vardığımda taksiciye parayı uzattım ve arabadan aşağı indim. Öğrenciler yağmurdan dolayı koşarak okula giriyorlardı. Onların bu hali, gülümsememe neden olmuştu. Çantamı omzuma asıp hiç de aceleci olmayan adımlarla okula doğru yürümeye başladım. Ben yağmuru, soğuğu, kış mevsimini sevenlerdendim. Farklı bir sevgi besliyordum kış mevsimine karşı. Herkes yağmur yağdığında koşarak damlalardan kaçardı. Ben öyle değildim. Yağmur yağdığında altında durmak, ıslanmak, sevdiğim bir şeydi. Narin olan bedenime rağmen... Kış mevsiminde üst üste hasta olurdum. Annem ve babam ise bu durumdan hiç hoşnut değillerdi. Soğuk hava birazcık içime dolsa günlerce yataktan çıkamazdım. En azından küçükken daha çok hasta oluyordum ama şimdi de hasta olmadan geçirdiği bir kış mevsimi yoktu. Bu yüzden ailem kışın üzerime daha çok titriyorlardı. Narin bir kızdım. Ama buna rağmen kış mevsiminde kar yağdığında hiç kimse beni evde tutamazdı.

Öğle arasında kantine indim. Bir ayran ve tost alarak boş bir masaya oturduğumda şimşekler usulca çarpıp gökyüzünde yankılanıyordu. Neyse ki bu sesler beni korkutmuyordu. En azından etrafımda insanlar varken. Onun dışında yalnız kaldığımda işitsem, kesinlikle yorganın dışına burnumu bile çıkartamazdım.

Aras bugün okula gelmemişti. Merak edip aramıştım ama telefonu kapalı olduğu için ulaşamamıştım. Eve gittiğimde tekrar arayacağımı kendi kendime tembihledim. Neden gelmediğini merak etmiştim çünkü.

Tostumdan bir ısırık alıp onu çiğnemeye başladığımda kantinin girişinde gördüğüm tanıdık yüzler öksürmeme neden oldu. Pek tanıdık sayılmazlardı ama onları yine de tanıyordum.

Ateş'in beni bir akşam götürdüğü gece kulübün de tanışmıştım bu kızlarla. Yanlış hatırlamıyorsam arkadaşlarının sevgilileriydi. O zaman hepsinin üzerinde mini elbiseler vardı. Şimdi ise gayet sportif bir şekilde karşımda duruyorlardı.

Ne işleri vardı ki burada? Acaba Ateş'e bir şey mi olmuştu?

"Selam." Sarışın kız gülümseyerek karşıma geçti.

"Selam?"

"Oturabilir miyiz?" Esmer olan kızın sorusu ile başımı evet anlamında salladım. Şaşkınlığımı hâlâ üzerimden atamamıştım.

"Demek okulun burası ha? Fena sayılmaz." Bu da iki numaralı esmer kızdı. Okulum hakkında yaptığı yoruma aldırış etmedim.

"Sen şimdi bu kızlar neden buraya geldi diye merak ediyorsundur?" diye sordu sarışın kız. Evet, merak ediyordum. "Biz aslında buraya seninle tanışmaya geldik. Ben Maya." Kız kibarca elini uzatınca, "Memnun oldum," dedim şüpheli gözlerle ona bakarak.

"Ben Nazlı,"

"Memnun oldum."

"Ben de Sinem,"

"Memnun oldum."

Kantindeki herkes meraklı gözlerle bizim masaya bakınca başımı öne eğdim. 3 tane taş gibi kızın arasında ben çok basit duruyordum tabii.

"Ee Melisa, lise zor mu?" Maya'nın sorusu ile başımı yerden kaldırıp onunla göz göze geldim. "İdare ediyorum." Kızların hepsi içten bir şekilde gülümsedi.

"Bu arada ben Kuzey'in sevgilisiyim. Nazlı Doğukan'ın Sinem de Güney'in."

Nazlı pembe ojeli ellerini masaya koydu." Ateş'in de artık sevgilisi olduğuna göre aramızdaki tek sap Batuhan." Masada sesli bir kahkaha koptu. Benim dışımda hepsi gülümsemişti.

Maya bana baktı. "Melisa merakımı hoş gör ama Ateş ve sen gerçekten sevgili misiniz?" Maya ciddi bir ifade ile sormuştu bu soruyu. Hatta son kelimeyi sessizce söylemişti. Neden inanmak istemiyorlar ki bizim sevgili olduğumuza?

"Evet. Öyleyiz," dedim.

Kızlar birbirlerine baktılar. "Bak, biz seni üzmek istemiyoruz. Sen çok tatlı bir kıza benziyorsun ama Ateş, yani o bizce seni sevmiyor." Maya'nın söylediği cümle kalbime bir ok gibi yerleşti. Ben zaten biliyordum ki Ateş'in beni sevmediğini. Ama yine de birinden duymak acıtmıştı.

"Hey hey. Lütfen ağlama." Ağlıyor muydum?

"Ah Maya ne diye böyle bir şey söylüyorsun ki?"

Gözlerim dolmaya başlayınca ellerimi gözüme bastırdım ve ağlamamak için özen gösterdim.

"Neden böyle düşünüyorsunuz?" Sonunda dudaklarımı hareket ettirebilmiştim. Maya, önce Nazlı ve Sinem'e baktıktan sonra bakışlarını tekrar bana çevirdi.

"Ben Ateş'le liseden beri tanışıyorum. Zaten Kuzey'le de orada tanışıp sevgili olduk. Ateş ve Kuzey, diğer çocuklarla beraber çok yakın arkadaştı. Yedikleri içtikleri ayrı gitmez, her zaman birlikte vakit geçirirlerdi. Gerçi şu sıralar araları biraz açık ama... Sonra lisede bir kız vardı. Adı Melek. Bana kalırsa şeytanın ta kendisiydi ama. Her neyse, Melek Ateş'in çocukluk aşkıydı. İlkokulda, ortaokulda, lisede, yani anlayacağın her zaman beraberlerdi. Melek bütün kızların özendiği, erkeklerin ise hayali olan bir kızdı. Güzeldi ve oldukça da yetenekliydi. Ateş de herkes gibi onu seviyordu, hem de çok fazla. Mesela Melek her sabah altıda koşuya çıkardı. Ateş de onu evinin önünde beklerdi ve sırf beraber vakit geçirebilsinler diye o saatte uyanıp sabah koşusu yaparlardı."

Ateş'in âşık olduğu biri? Ateş'in çok sevdiği biri? Ateş'in çocukluk aşkı?

Sırt çantamdan telefonumu çıkartıp Ateş'i aradım. Dördüncü çağrının sonunda telefonu cevapladı.

"Hmm?" Ateş'in uykulu bir şekilde homurdanması tebessüm etmeme neden oldu.

"Uyuyor muydun?"

"Sence?"

"Şey... sanırım uyuyorsun. Ben sadece ne yapıyorsun diye aramıştım?"

"Öğrendin işte. Şimdi kapatıyorum, çok uykum var."

"Ya uyuma. Hem bu saatte uyunur mu?"

"Melisa ben senin gibi liseli değilim. Erken kalkmamı gerektiren bir şey yok."

Kalbimin acıdığını hissettim. Oysa ki ben ona önemli bir şey diyecektim o gün. O kız için her gün sabahın köründe kalkarken benim için uykusunu bile bölmemişti. Ateş beni hiç sevmeyecekti işte. Hiç!

"Melisa, bak özür dilerim ama biz bunları bilmelisin diye düşündük." Maya üzgün gözlerle bana bakınca başımı iki yana salladım. "Sorun değil. Gerçekten." Maya tebessüm etti.

"Hem zaten Ateş artık seninle birlikte."

"Tabii ya. Üzülmeni gerektiren hiçbir şey yok."

Gülümsemeye çalıştım. Ama içimden gülmek değil hüngür hüngür ağlamak geliyordu. Dakikalarca, saatlerce, hiç durmadan ağlamak. Ateş'in bir başka kıza güçlü duygular hissettiğini öğrenmek beni sarsmıştı. En derinlerden, en içten. Ateş o kıza karşı hâlâ bir şeyler hissediyor olabilir miydi? Sanırım bunun olmasına dayanamazdım. Bunu öğrenmeye, işitmeye, görmeye.

***

Bir deniz kenarına gidip saatlerce orada durmanın hayalini kurdum tüm gün. Denizi izleyip düşüncelerimi ona aktarmanın. Belki de biraz kafamı dağıtmanın? Lakin okuldan çıktığımda Ateş'i karşımda görmek düşüncelerimi yok etmeye yetti. Siyah arabasına yaslanmış, elinde bir dal sigara vardı. Okuldan çıkan öğrencileri umursamazca süzüyordu.

Bakışları beni bulunca elindeki sigarayı yere attı ve bana doğru yürümeye başladı. Üzerinde siyah, deri bir mont, altında ise yine aynı renk pantolon vardı. Onunla konuşmak istemediğimi fark ettim. Hatta onun yüzünü bile görmek istemiyordum. İncinmiştim ve beni inciten Ateş'in geçmişiydi. Geçmişte tutkunu olduğu bir kızı öğrenmekti. Bir süre bunu hazmedemeyecektim sanırım.

Ateş karşıma geçti. "Neden geldin?" Sesim buz gibi soğuk çıkmıştı dudaklarımın arasından. İlk kez böyle konuşuyordum onunla. Ama şu an için bunu düşünecek değildim.

"Sevgilimi özledim." Ateş kaslı kollarını benim küçük bedenime dolayınca gözlerimi kapattım. Yaptığı bu sarılma beklenmedikti. Ellerim hareketsizce iki yanımda durunca hiç düşünmeden konuştum. "Ateş ben seni çok seviyorum. Sen de beni sever misin?" Biraz çekinerek biraz da tereddütle sorduğum soru üzerine Ateş geri çekildi ve bakışlarımızı birleştirdi. Vereceği cevabı merakla bekliyordum...

Bölüm 18

Ateş Arsoy

Karşımdaki kum torbasına iki saattir ara vermeden yumrukluyordum. Yumruk az kalırdı gerçi. Deşiyordum. Evet, aynen öyle. Kum torbasını patlatmak ister gibi deşiyordum. Üstelik parmak boğumlarımın sızladığını hissediyordum ama şu an için duracak değildim. Bu hafta sonu önemli bir maçım vardı ve yenilmemek için saatlerce antrenman yapmak zorundaydım çünkü. Antrenman yapmak; dinç olmamı sağlıyordu. Dinç olunca kendimde oluyordum ve kendimde olunca da karşıma çıkan tüm rakiplerimi ezip geçiyordum.

"Ateş, yeter artık. Yarın devam edersin."

Sağ, sol. Sağ, sol. Sert yumruklarım kum torbasını geriye doğru sendelemeye devam ederken durmadım ve ful konsantre işime devam ettim. İşimi tutkuyla yapıyordum. Yaparken zevk alıyordum. Dövüşmeyi seviyordum ve bu husus hakkında en iyisi olmak istiyordum. Keza bunun için şu an çalışıyordum zaten. Antrenörümün bu durumdan pek memnun olmadığını biliyordum. Zaten onun ne dediği değil, benim ne yapmak istediğim önemliydi. Ben istediğim işe bakardım. Bir başkasının zırvalamalarına değil.

Aradan bir saat kadar daha süre geçti. Son bir tekme daha atıp antrenmanı sonlandırdım ve yerde duran su şişesini kafama diktim.

"Bu maç çok önemli, biliyorsun değil mi?"

"Biliyorum," demekle yetindim. Çıktığım her maç önemliydi. Önemsiz maçları zaten dikkate bile almazdım. Çünkü önemli maç demek daha çok para, daha güçlü rakip, daha eğlenceli dövüş demekti. Bir maçta olmasını istediğim üç özellik de zaten buydu.

"İyi. O zamana kadar bir delilik yapıp kendine zarar verme."

Taner ağabey hem koçluğumu yapıyordu hem de eski boksörlerden biriydi. Kendisi kırklı yaşlarında profesyonel bir sporcuydu ve ona saygı duyardım.

Zarardan kastı maç öncesi başka bir dövüşe katılıp hasar almamdı. Yapmadığım iş değildi doğrusu. Yapmıştım ve yaparken hayli de zevk almıştım. Peş peşe iki gece maça çıkmak zevkliydi. Çünkü bu; iki kat para, iki kat dayak yiyen adam, iki kat daha eğlence demekti. Gerçi para o kadar umurumda değildi. Ben daha çok işin eğlence ve dövüş kısmıyla ilgileniyordum. "Denerim." Boks ringinden aşağı inip arka tarafa doğru yürümeye başladım. Bana ait olan odaya girdikten sonra kapıyı arkamdan kapattım.

Saatlerdir antrenman yapan biri olarak güzel bir duşa kesinlikle hayır demezdim. Şu anda bana cazip gelen en iyi şey ılık bir duştan başkası değildi.

15 dakika sonra duştan çıkıp odama girdim. Giysi dolabından çıkardığım kıyafetleri üzerime geçirdikten sonra saçlarımın ıslak olmasını umursamadan benim için tahsis edilen odadan çıktım. Taner Abi çoktan gitmiş olacak ki ortalarda görünmüyordu.

Duvardaki saate sabitlendi gözüm. 18.01'i gösteriyordu. Bugünlük yapacak başka bir işim olmadığına göre Melisa'yı okulundan almaya gidebilirdim. Gerçi direkt eve gitsem daha iyi olacağının farkındaydım ama Melisa'yı almaya gitmek, nedeni bilinmez daha cazip gelmişti bana.

Arabama atlayıp gazı kökledim. Yağmur bardaktan boşalırcasına yağıyordu. Ne sikim vardı da bugün yağdı sanki? Kış mevsiminden nefret ediyordum. Soğuk havadan, ıslak kıyafetlerden. Aynı şey yaz mevsimi içinde geçerliydi. En iyisi ilkbahardı. Ne sıcak, ne soğuk.

Yine de yağmur damlalarının cama çarparken oluşturduğu ses rahatlatıcıydı. Kimse bunun aksini iddia edemezdi. Ederse büyük yalan söylerdi. Yağmuru dikkatle dinleyince insanın havası değişiyordu birden. Sanki daha olgunca düşünceler kuruyordu? Bu benim defalarca yaptığım bir şeydi ve kesinlikle işe yararlılığını onaylayıp tasdik ediyordum.

Kırmızı ışık yanınca arabayı durdurmak zorunda kaldım. Yağmur şiddetini biraz daha arttırmıştı.

Bir anda aklıma Melisa ile karşılaştığım gün geldi. Gülümsedim. O gün de hava yağmurluydu. Soğuktan iki büklüm olmuş, tir tir titreyerek karşımda duruyordu. Yavru bir kedi gibiydi. Hatırladığım kadarıyla üzerinde ince, siyah bir polar vardı. Havanın soğuk olduğunu bildiği halde neden daha kalın şeyler giymez ki bir insan?

İnatçı...

Doğru. Melisa hayatımda gördüğüm en inatçı, en dikbaşlı kızdı. Ve ben sanki daha aklı başında biri yokmuş gibi onunla sevgiliydim. Tabii ki sürekli konuşmasını da unutmamak lazım. Ah! O nasıl bir çene öyle? Hiç mi yorulmuyordu?

Şimdi Melisa'nın yanına gidiyordum. Onu görmek bazen gerçekten can sıkıcı olabiliyordu. Hatta çoğu zaman beni bunaltıyordu. Öyleyse şimdi neden onun yanına gidiyorum? Tamam, onu görmek için geçerli bir bahanem yok ama olması da gerekmez zaten. O benim sevgilim. Onu görmek için bir sebebe neden ihtiyacım olsun ki? Elbette gideceğim.

Yeşil ışık yandı. Zihnimdeki düşünceleri bir kenara bırakıp arabayı tekrar hareket ettirdim. Neyse ki sandığım kadar trafik yoktu. Yollar boştu.

Arabanın içindeki saat 18.27'i gösterdiğinde okulun önüne varmıştım. Kim bilebilirdi ki ilk sevgilimin bir lise öğrencisi olacağını? Birkaç ay önce dönüp bakmaya bile tenezzül etmeyeceğim bir kızı şimdi okulundan almaya gelmiştim. Hayat tuhaf.

Arabadan aşağı inip soğuk havanın yüzüme çarpmasına izin verdim. Okulun bittiğini haber veren zil az sonra çalacaktı. Bu süre zarfında cebimden çıkardığım sigara paketini elime aldım ve içinden bir tane sigara çıkardım. Boş boş beklemek can sıkıcıydı.

Sigarayı dudaklarımın arasına yerleştirdim. Siyah, kare bir

çakmakla ucunu yaktım ve içime çektim. Hayır, keş değildim. Ama sigara içmek kafamı dağıtıyordu. Ve benim çoğu zaman kafamı dağıtmaya ihtiyacım vardı. Dağıtmazsam, durup bir şeyleri düşünsem, zarar verirdim. Etrafımdakilere, kendime. En çok da kendime.

Sigarayı sonuna kadar içip bitirdikten sonra izmariti yere attım ve ayağımın ucuyla yanan ateşi söndürdüm. Tam bu sırada zil çalmıştı.

Liseliler yavaş yavaş çıkmaya başladılar. Önümden geçip gidenleri göz ucuyla süzerken yüzümü buruşturmaktan kendimi alıkoyamadım. Hepsi büyüdüğünü sanan aptal ergenden başka bir şey değildi benim gözümde. Yetişkin olanlara özenen bir yaş grubu. Cidden zavallıydılar. Bir süre sonra çantasını omzuna asmış, paytak paytak yürüyen sevgilim görüş alanıma girdi. Tebessüm ettim. Ayağı bir taşa takılıp düşer gibi oldu. Tebessümüm genişleyip gülümsemeye dönüştü. Doğrulup öfkeli gözlerle taşa baktı. Sanki taşın bir suçu varmış gibi. Gülümsemem sırıtışa döndü. Bu kız beni güldürebiliyordu. Bir şey yapsa da yapmasa da dudaklarım onun yanındayken sıklıkla yukarı kıvrılıyordu.

Melisa'nın bakışları beni buldu. Gözleri irileşip şaşkın bir ifadeye büründü. Arabama yaslanmaktan vazgeçip ona doğru yürümeye başladım. Ama o, ona yaklaştığımı görünce kaşlarını çattı. Pek umursamadım. Kim bilir yine o küçük aklından neler geçiriyordu?

"Neden geldin?" diye sordu Melisa karşısına geçtiğimde. Hadi ama güzelim. Senin için buralara geliyorum ve sorduğun soru bu mu?

"Sevgilimi özledim," dedim muzip bir tavırla ve çatık kaşlarını umursamayıp kollarımı ona doladım. O kadar küçüktü ki. Kollarımın arasında resmen yavru bir kedi gibi kalıyordu. Küçük kedi. Benim kedim.

Melisa nefesini usulca dışarı verdi. "Ateş ben seni çok seviyorum. Sen de beni sever misin?" Ani sorusu bende kısa bir şaşkınlık yarattı. Sevmek mi? Geri çekilip bakışlarımızı birleştirdim. Kaşlarını havaya kaldırmış bir cevap bekliyordu benden. Hadi ama. Ona bu tarz şeylere inanmadığımı söyledim. Nereden çıktı bu soru?

"Aşka ve sevgiye inanmadığımı söylemiştim ufaklık." Onu incitmek istemiyordum. Cidden istemiyordum ama o bana bu tarz sorular sormaya devam ederse incitebilirdim. Ben aşk adamı değildim. Aynı şekilde sevgi adamı da. Eğer benden beklentisi bu yöndeyse gidip kendine başka birini bulmalıydı. Kesinlikle ama kesinlikle istediği adam olamazdım.

Melisa başını yere eğdi. "Özür dilerim," diye mırıldandı. Sesi mırıldanır gibi çıkmıştı dudaklarının arasından. Bu hareketiyle fazla masum görünüyordu. Nefesimi usulca dışarı verdim. Aramızda yok yere bir tartışma çıkmasını istemiyordum. Bu yüzden bileğini tutup çekiştirdim. "Gidelim."

Arabamın yanına geldiğimizde Melisa'yı ön koltuğa dikkatli bir şekilde oturtup kapıyı kapattım. Ben de sürücü koltuğundaki yerimi alınca önce klimayı açtım ve daha sonra arabayı çalıştırıp hareket ettirdim.

Sevgiymiş. Asıl adı değer vermekti bunun. İnsanlar birbirine değer verir, verdiği değer kadar davranış sergiler ve verdiği değer kadar onunla ilgilenirdi. Bu her konuda böyleydi. Sekste, evlilikte, sevgililikte, her şeyde. Ama insanlar bunu daha sevimli görünsün diye sevgi ve aşk olarak adlandırmıştı. Oysa her iki kalıbın da kelime manasının ilk sırasında insanların birbirine verdikleri değer vardı.

Melisa'nın sessiz olması dikkatimi çekti. Tamam, fazla konuşması hoşuma gitmiyordu ama böyle sessiz olması da canımı sıkıyordu. Ben onun konuşmasına alışıktım, suspus olmasına değil.

Sonunda dayanamadım. "Çorap giymişsin?" dedim. İki haftadır eteğinin altına bir şey giymiyordu. Sinir olmuyorum dersem koca bir yalan söylemiş olurdum. Sinir oluyordum. Zaten kısacık eteği var, ne diye önlem amaçlı çorap giymez ki?

Melisa başını yasladığı camdan ayırıp bana çevirdi. "Hava bugün soğuk ve yağmurlu ya, o yüzden." Konuşurken sesi titremişti. Ne olmuştu bu kıza şimdi?

"O halde her gün Allah'a yağmur yağdırması için dua edeceğim." Melisa kaşlarını havaya kaldırdı. "Nedenmiş?"

"Çünkü ağızlarından salya akıtan erkekler etrafta dolaşırken senin onlara bacak şov yapman pek isteyeceğim bir şey değil." O ince ve biçimli bacakları her erkeğin ilgisini çekecek boyuttaydı. Düzgün ve uzundular. Lanet olsun! İtiraz etmeyeceğini bilsem kısa kıyafetler giymesini yasaklayacaktım ama sözümü dinlemeyeceğini biliyordum. En azından şimdilik umursamıyormuş gibi görünürsem ileride kısıtlamama bir şey diyemezdi. Şimdilik.

"Ne bacak şovu be? Ben kimseye şov falan yapmıyorum!" Melisa cırladı. Ha şöyle güzelim. Konuş, bağır, başımın etini ye.

"Sen yapmadığını sanıyor olabilirsin," dedim bakışlarımı çok kısa ona çevirerek. "Ama erkekler senin düşüncelerini bilemez, değil mi?"

"Erkeklerin sapık düşünceleri umurumda değil."

"Ama benim umurumda."

Melisa bir şey demek üzere ağzını araladı ama sonra vazgeçerek sustu. İyi de yaptı. Bu konunun uzayıp can sıkıcı bir boyuta geçmesini istemiyordum.

Usta sürücülüğüm sayesinde kısa bir süre içinde Melisa'nın evinin önüne geldim.

"Bıraktığın için teşekkür ederim." Melisa kucağına aldığı okul çantasıyla oynayınca bakışlarımı onda gezdirdim. Doğal saç rengi, zayıf vücudu, ince bacakları ve bütün utangaçlığıyla hemen karşımda duruyordu.

"Sorun değil."

Melisa bakışlarını bana doğru çevirdi. Bu zamana kadar birçok mavi gözlü kız görmüştüm ama hiçbiri Melisa'nınki kadar parlak ve canlı değildi. Güneş vurmuş deniz gibi ışıl ışıldı gözleri. İşte onu benim gözümde farklı yapan bir özellik daha.

"Ben gidiyorum o zaman?" Bir öpücük bile vermeden mi? Oysaki geçen gün kucağıma çıkıp dudaklarımı öptüğünde nasıl şaşırtmıştın beni. Saf kız. Beni nasıl tahrik ettiğini bilse öyle yapar mıydı acaba? Onu arabanın arka koltuğuna yatırıp kıyafetlerini parçalamamak için zor tutmuştum kendimi. Bir de üzerimde tepinmez mi...

"Veda öpücüğü?" deyip tek kaşımı havaya kaldırdım. Kucağıma çıkmasa da bir öpücüğü hak ediyordum.

Melisa omuzlarını silkti. "İçimden gelmiyor."

Kaşlarımı havaya kaldırdım. "Nasıl yani?"

"Duydun işte. Bazen seni çok öpmek istiyorum ama şimdi istemiyorum." Melisa konuşmasını bitirdikten sonra arabanın kapısını açtı. Bazen beni öpmek istediğini itiraf ettiği için gururlanayım mı yoksa şimdi öpmek istemediğini söylediği için kızayım mı bilemedim.

"İyi akşamlar."

Kapının kapanma sesiyle üzerimdeki şaşkınlıktan sıyrılıp Melisa'ya baktım. Bir cevap bile vermemi beklemeden çıkıp gitmiş miydi? Beklese, ben de ona iyi akşamlar derdim. Ya da hayır. Demezdim ama yine de bekleseydi iyi olurdu.

Melisa sırt çantasını omzuna asıp yavaş hareketlerle eve doğru yürümeye başladı. Bakışlarımı gökyüzüne çevirdim. Yağmur dinmişti ama havanın hâlâ soğuk olduğuna bahse girerdim. Bu kızın derdi üşüyüp hasta falan mı olmak?

Arabamın kornasına bastım üst üste. Melisa sıçrayarak bana baktı. Korkmuştu belli ki.

Umursamadım ve elimi havaya kaldırdım. İşaret ve orta parmağımı kullanıp hızlı yürümesini işaret ettikten sonra dudaklarımı da 'hızlı git' diye oynattım. Ve Melisa'nın bana verdiği tepki gözlerini devirmekten başka bir şey değildi. Ama akıllı kızım söylediğimi yaptı ve koşar adımlarla apartmana girdi. Memnun olmuşçasına gülümsedim.

Hayır, onu düşünmüyordum. Sadece... Koruyordum. Evet yaptığım şey tam olarak buydu. Korumak.

***

Arabamı bizim çocuklarla takıldığım barın önüne park edip aşağı indim. Girişteki korumalar beni görür görmez ellerini karınlarının üzerinde bağlayıp, "Hoş geldiniz Ateş Bey," demişti. Onları sadece başımla selamlamakla yetindim.

Karanlık koridordan geçip merdivenlerden aşağı indikten sonra gri dumanın hâkim olduğu yere ulaştım. İtiraf etmem gerekirse burayı diğer lüks kulüplerden daha çok seviyordum.

Çocuklar her zamanki büyük locada oturuyorlardı. Adımlarımı onlara doğru ilerlettim ve en başa oturdum.

"Beklemiyorduk?"

Kuzey soran gözlerle bana bakınca, "Salla," diye mırıldandım. Masadaki içki bardağı dikkatimi çekince kimin olduğunu umursamadan elime aldım ve büyük bir yudumun boğazımdan geçmesine izin verdim.

"Antrenman nasıldı?"

"Aynı."

"Bol ter, bol efor yani?"

"Öyle de denilebilir."

Bakışlarımı dans eden insanların üzerinde gezdirmeye başladım. Hep aynı manzaraydı. Birbirleriyle iç içe geçmiş kızlar ve erkekler. Dikkatimi Batuhan çekti sonra. Yanına aldığı iki kızla dans edip onlara şebeklik yapıyordu.

"Hatırlatın da bir ara şu çocuğa beyin nakil ettirelim," dedim. Çocuklar gülmeye başladılar. Hepsi delikanlı, sırtımı dönebileceğim mert insanlardı. Geçen gece bir olay yüzünden tartışıp kavga etmiştik ama hepimiz o olayı unutup önümüze bakmayı tercih etmiştik. Ailelerimiz yakın olduğu için çocukluktan beri hep birlikteydik. Çocukluk arkadaşıydık en nihayetinde. Acısıyla tatlısıyla yılları devirmiştik.

İçkimi yudumlarken masaya gelen esmer bir kız bakışlarımı ona çevirmeme neden oldu. Tam karşıma dikilmişti hatun.

"Ateş? Gerçekten sensin!"

Kız beklemediğim bir şey yaptı. Kucağıma çıkıp kollarını

boynuma doladı. Sıkı sıkı sıktı boğazımı. Bacaklarımın üzerine atlarcasına oturduğu için acıyla inledim. Ne sanıyordu lan bu kız kendini? Elimle onu omuzlarından tutup geri ittirdim. Şimdi onu tanıdığımı fark etmiştim. Sanırım bir kez birlikte olmuştuk. Ya da iki?

"Ben bir süredir buralarda yoktum. Seni gördüğüme öyle sevindim ki. Eğer bu gece işin yoksa bana gidelim mi?" Büyük ağzını yaya konuşması... Kesinlikle bu kızı tanımıştım. Ağzı iyi iş görüyordu doğrusu.

Kuzey, Doğukan ve Güney meraklı gözlerle bana bakmaya başladılar. Aldırış etmedim. Bu geceyi bu kızla geçirmek iyi olabilirdi. Hatta harika olurdu. Bedenim gevşer, rahatlardı. Kaç gündür o işi yapmıyordum zaten. Her gece yatağına bir kız atan Ateş Arsoy iki haftadan daha uzun bir süredir kimseyle birlikte olmuyordu. Şok, şok, şok.

"Hayır," dedim kızın sevimsiz yüzüne bakarak.

Adını hatırlamadığım kız dudaklarını büzdü. Ne kadar itici olduğunu fark ettim. Giydiği kısacık şort ve sutyen tarzı üst dışında dikkat çekici bir özelliği yoktu. Burada kıyafetlerin dikkat çekiciliğinden bahsetmiyorum tabii. Kıyafetlerin açıkta bıraktığı yerlerin özelliğinden bahsediyorum.

"Ama neden?"

"Çünkü seni istemiyorum. Yeterince açık mıyım?"

"Ama o gece seni tatmin ettiğimi söylemiştin?" Sahiden söylemiş miydim? O anki zevkle ağzımdan çıkmış olabilirdi.

"Kaybol," deyip sinirli bakışlarımı kıza yolladım. Kız kucağımdan kalkıp hızla yanımdan uzaklaştı. İtiraf etmeliyim ki güzel kalçaları varmış. Onunla neden ikinci kez birlikte olduğumu şimdi anladım.

"Abi valla helal olsun." Doğukan beni takdir etti. "Yengemiz seni iyi adam etmiş." Bunun Melisa'yla bir ilgisi yoktu. Sadece onu aldatmak istemememle alakası vardı. Arada fark vardı. İçki bardağını kafama diktim. Çok fark vardı.

Batuhan masaya gelip kendi yerine oturdu. "Geberdim lan. İki turist kızı kafalayacağım diye yapmadığım şebeklik kalmadı."

"Başarılı oldun mu bari?" diye sordu Kuzey. Batuhan kendinden emin bir şekilde gülümsedi. "Kaçar mı?" Her arkadaş grubunda gereksiz biri vardır ya hani? Bizim gruptaki gereksiz kişi de Batuhan'dı. Dürüstlüğünden asla şüphe etmezdim ama biraz daha ağırbaşlı olmasını tercih ederdim. Birazdan biraz daha fazlası da olabilir.

"Eee Ateş? Sevgilinle aran nasıl?"

"İyi," deyip kestirip attım.

Batuhan ellerini masaya koyup bana doğru eğildi. Yine ne saçmalayacaktı kim bilir? "Hiç seks yaptınız mı?" Tahminimde elbette yanılmadım.

"Saçmalama," dedim sertçe. "Yapmadık tabii ki!" Böyle bir soruyu nasıl sorabilir ki? Melisa daha küçük bir kız çocuğuydu. Ufacıktı, ufaklıktı. Bu yaşta, biriyle birlikte olursa ömrünün sonuna kadar pişmanlık içinde kıvranırdı. Bunu ona yapamazdım. Bu kötülüğü hak etmiyordu.

Çocuklar verdiğim cevaba şaşırmış olacak ki aval aval suratıma bakmaya başladılar.

"Ne?" deyip bir şeyler söylemelerini istedim sinirle.

Kuzey konuştu. "Abi yanlış anlama ama sen seks hayatına düşkünsündür. Yani o kızla birlikte de olmuyorsan neden sevgilisin?"

"Onunla seks yapmadığım, yapmayacağım anlamına gelmez," dedim.

Çocuklar gülümsedi. Şimdi olmasa bile Melisa'yla bir gün birlikte olacaktım. Ve o günün gelmesi için şimdiden sabırsızlanıyorum. Hem de deli gibi.

"Melisa tatlı bir kız," dedi Batuhan. "Ben şahsen ona ısındım. Ama Melisa'nın senin hoşlandığın tiplerle uzaktan yakından alakası yok. Ve sen buna rağmen onunla sevgili olmaya devam ediyorsan... Bence onu seviyorsun."

Alayla gülümsedim. Ben Melisa'yı seviyorum, öyle mi? Komik. "O tarz şeylere inanmadığımı biliyorsunuz?"

"İnanmadığın, hissetmediğin gerçeğini değiştirmez."

Gülümsemeyi kestim. "Melisa sadece sevgilim. Sevdiğim biri değil."

"Test yapmaya var mısın lan?" Batuhan meydan okurcasına yüzüme baktı.

"Varım," dedim. Nasıl olsa sonuç benim açımdan olumlu olacaktı.

Batuhan işaret parmağını bir yere yönlendirdi. "Barın çıkısındaki şu adamı görüyor musun?" Bakışlarımı işaret ettiği yere çevirdim. Esmer, bizim yaşlarımızda bir adamdı. "Eee?"

"Karşındaki mini etekli kızı da görmüşsündür?" Evet, adamın kucağındaydı.

"Şimdi o kızı Melisa olarak düşün," dedi Batuhan.

Çenemin birden kasıldığını hissettim. Kızın suratını göremiyordum ama saçları tıpkı Melisa'nın saçı gibiydi. Bu yüzden gözümün önüne gelmesi daha kolay olmuştu.

"O adamın ellerini Melisa'nın kalçasında hayal et..."

Sinirli bakışlarımı hızlı bir şekilde Batuhan'a çevirdim. Nereye varmaya çalışıyordu bu ibne? Ve Ah! Gözümün önüne tarif ettiği manzara gelince yanağımın içini ısırdım. Bedenimin ısısı birden artmıştı.

"Bana değil onlara bak," dedi Batuhan sırıtarak. Söylediğini yaptım ve bakışlarımı tekrar o adama çevirdim. Kız bacaklarını iki yandan açıp adamın kucağına oturmuştu ve boynunu öpüyordu.

"Şimdi... o kızı Melisa olarak canlandır gözünde. O adamın kucağında, ona sürtünüp, adamın erkekliğini harekete geçirirken... "

Tarif edilen manzara gözümün önüne gelince sağ elimi kaldırıp çenemi sıvazladım. Bedenimde tuhaf bir his dolaşıyordu. Daha önce yaşamadığım bir his. Sinirimi bozan bir his. Sol bacağım ritmik bir şekilde sallanmaya başladı. "Ettim," dedim tıslayarak.

"O kızın, yani Melisa'nın ağzını adamın pe-"

Oturduğum yerden sinirle kalktım. "O cümleyi devam ettirsen seni öldürürüm!" Ettiğim tehdit karşısında çocuklar şaşırmış bir ifadeyle bana baktı. "Abi, tamam. Otur bir," dedi Güney. Öfkeyle Batuhan'a bakmaya devam ettim. "Sikeyim senin testini!"

Adımlarımı hareket ettirip yürümeye başladım. Bedenim öfkeden kasım kasım kasılmıştı. Öfkeden kudurmak? Öyle de denilebilirdi. Barın çıkış kapısına doğru yürürken az önceki adam dikkatimi çekti. Hemen karşımda, Melisa diye hayal ettiğim kızı kucağına almış bacaklarını okşuyordu. Kanın beynime fırladığını hissettim. Derin bir nefes aldım. Sadece önüme bakıp bardan çıkmak üzere kapalı kapıyı iteledim. Ama bir anda ne olduysa, geri döndüm ve bar taburesinde oturan adamı yakasından tutup ayağa kaldırmamla, deminden beri sıktığım sert yumruğumu yüzüne geçirmem bir oldu.

"Ne oluyor lan?"

Adam kanayan burnuna elini bastırdı. Yerde bana bakarak bir cevap vermemi bekleyince öfkeli bakışlarımı az önce adamın kucağında olan kızda gezdirdim. Makyajlı bir yüz, kahverengi gözler, çıkık elmacık kemikleri. Melisa'yla uzaktan yakından alakası yoktu. Adamın sorusunu yanıtsız bıraktım ve yanından geçip bardan çıktım. Temiz hava yüzüme çarpınca kendimi biraz daha iyi hissetmiştim. En azından artık birini öldürmek istemiyordum.

Arabama atlayıp gazı kökledim. Vücudumun hâlâ patlamaya hazır bir bomba olması normal değildi. Hiç ama hiç değildi. Piç Batuhan! Hangi siktiğimin aklıyla öyle düşünceleri beynime yerleştirir ki? Bunu yaparken ne bok düşünmüştü?

Gaza yüklendim. Melisa'nın bir başka adamın kucağında olması... Biraz daha bastım gaza. O şeker pembesi dudaklarını bir başka adamın boynuna bastırması... Biraz daha. Kalçasını bir adamın erkekliğinin üzerinde gezdirmesi... Biraz daha ve biraz daha. Sinirim hat safhaya ulaşıp yükselirken arabayı ani bir fren yapıp durdurdum. Geldiğim yere baktım. Burada olmamalıyım. Burada olmam doğru değildi. Ama ben Ateş Arsoy'dum. Benim hayatımda doğrulara yer yoktu.

Kontağı kapattıktan sonra arabadan aşağı inip otomatik kilitle kapıları kilitledim. Bakışlarımı binaya doğru çevirdiğimde lambaların kapalı olduğunu fark ettim. Saatin gece yarısını çoktan geçtiğini göz önünde bulundurunca normaldi gerçi. Apartmandan içeriye girdim. Kapı aralıktı.

Oyalanmadan asansöre bindim ve 3. kata çıkmak için düğmeye bastım. Kapılar kapanırken ben de aynada kendime baktım. Saçlarım hafif dağılmıştı ama genel olarak görüntüm oldukça iyi görünüyordu. Asansör durunca aynaya bakmaktan vazgeçip kapının açılmasını bekledim. Sürgülü kapı otomatik olarak açılınca asansörden indim ve Melisa'nın evine doğru yürüdüm. Sadece beş adım sonra varmak istediğim yere varmıştım.

Karşımda -büyük ihtimalle kilitli- bir çelik kapı duruyordu. Elimi pantolonumun arka cebine götürüp küçük çakıyı elime aldım. Zorlanmadan açacağıma neredeyse emindim. Çakıyı anahtar deliğine götürüp hareket ettirmeye başladım. Bir süre kilidin yuvası ile oynadım. Bunu yapmayı amcam öğretmişti. Genelde amcalar yeğenlerine daha yararlı şeyler öğretirlerdi ama amcam bunu bana öğrettiğinde aynen şöyle demişti. "Büyüdüğünde çok işine yarayacak." Dediği gibi de olmuştu. Bu öğrettiği oyunbazlık pek çok kez işime yaramıştı. Doğru noktaya dokunmamla kapı aralandı.

Sessizce içeriye girdim ve kapıyı arkamdan aynı sessizlikte kapattım. Melisa'nın odasına doğru yürümeye başladım. Büyük bir ihtimalle uyuyor olmalıydı ama yine de birkaç saat yanında durmak istiyordum. Melisa'nın odasına geldikten sonra kapı kolunu aşağı indirdim. Yavaşça kapıyı araladım. İçeriyi bir gece lambası değil dışarıdan gelen sarı sokak lambası aydınlatıyordu. Ve bir dakika... Melisa uyumuyor mu?

İçeri girip kapıyı sessizce kapattım. Melisa dizlerini kendine çekmiş yatağında oturuyordu. Başını ise bacaklarının üzerine koyduğu için henüz fark edememişti beni. Yavaşça ona doğru yaklaştım. Neden uyumamıştı ki?

Sağ elimi havaya kaldırıp saçlarını okşamak için hamle yap-

den dudaklarımı onun sıcak dudaklarıyla birleştirdim. Şeker yemiş gibi tatlıydı dudakları. Yavaş ve kontrollü olmam gerektiğini kendime hatırlattım. Dudakları öylesine lezzetliydi ki kendime hâkim olamamaktan endişe ediyordum çünkü.

Melisa çekinerek bana karşılık vermeye başladı. Ellerimi bel boşluğuna bastırdım ve üzerine biraz daha eğildim. Melisa kollarını boynuma doladı. Birkaç haftadır seks yapmadığımdan olsa gerek onu feci halde istiyordum. Dudaklarımı çenesine, oradan boynuna doğru yol izleyip öpmeye başladım. Teni bir bebek gibi yumuşak ve pürüzsüzdü. Kokusu başımı döndürüyordu. Neydi kokusu? Bir çiçek... Melisa çiçeği. Adıyla aynı kokuyordu.

Melisa'nın nefes alış verişleri hızlandı. Ah bebeğim. Bir de benim halimi düşün. Pembe eşofman üstünü uçlarından tutup yukarı çektim ve başından sıyırıp rastgele bir yere attım.

"Ateş..." Melisa bir şiir okuyormuş gibi adımı fısıldayınca, "Söyle?" dedim. Bakışlarımı göğüslerinden çekip zar zor gözlerine çevirdim.

"Şey, uyuyalım mı?" Sesi masumdu. Fazla masumdu. Kahretsin! "Olur," diyerek hoşnutsuzca cevap verdim ve üzerinden kalktım. Melisa hemen ayağa fırlayıp yere fırlattığım eşofman üstünü giydi. Yorganı havaya kaldırdım ve altına girdim. İkimizin de sığabildiği bir yatak olduğu için memnun olmuştum. Melisa utanarak yatağa girdi. Sağ kolumu uzanması için açtım. Melisa dudağını ısırarak kolumun üzerine yatınca diğer kolumu da ona dolayıp iyice kendime bastırdım ve saçlarının kokusunu içime çektim.

Onun kokusunu seviyordum.

Ona sarılmayı seviyordum.

Onunla uyumayı da seviyordum.

"İyi uykular Ateş." Melisa küçük elini göğsümün üzerine koyup başını boyun girintime yerleştirdi. "İyi geceler," dedim soğuk bir sesle. Onu biraz daha öpebilseydim iyi bir gece geçirebilirdim ama küçükhanım durmamı emretmişti. Durmamı!

Onu öpememek, dilediğim gibi dokunamamak cidden can sıkıcıydı. O benim sevgilimdi. Sevgilim. Melisa da kendini kasmasa öpücüklerimden zevk alacağına emindim ama altımda kasım kasım kasılıyordu. Çekiniyor mu yoksa korkuyor mu emin değildim ama her şeye rağmen bu kız beni mutlu ediyordu. Kısa ve öz. Ona dokunurken kısıtlı davransam da beni mutlu ediyordu.

Ve eğer sevgi diye bir şey gerçekten var olsaydı sanırım Melisa'yı severdim.

Bölüm 19

Ertesi sabah uyandığımda belimi kavrayan güçlü bir kol ya da bacaklarımı bacaklarının arasına sıkıştıran bir Ateş yoktu yanımda. Gitmişti ve giderken sadece kokusunu bırakmıştı yanımda. Mis gibi kokan ferah yağmur kokusunu. Sanırım dediği gibi benimle uyuduktan birkaç saat sonra kalkıp gitmişti. Oysaki sabah uyandığımda onu yanımda görmeyi ne çok isterdim. Güne onun güzel yüzünü görerek başlamak harika olurdu. Tabii ailemin onu benim odamda görmesi her şeyi altüst edebilirdi ama benimki sadece bir istekti. Olmasını istediğim ama olmayacağını bildiğim bir istek.

Odamdan çıktım. Annem her zamanki gibi mutfakta olmalıydı. Musluktan akan suyun şırıltılı sesini işitebiliyordum çünkü. Adımlarımı uyku sersemliğiyle banyoya ilerlettim. İçeriye girdiğimde beyaz kapıyı arkamdan kapatıp lavabonun yanına yaklaştım. Aynadaki görüntüm; kızarmış bir burun, ağlamaktan şişen gözlerden başka bir şey değildi. Dün gece Ateş'i gördüğüm zaman ağlamaya bir son verip, daha fazla gözyaşı akıtmamıştım ama öncesinde akıttığım yaşların izlerini hâlâ taşımaktaydım.

Elimi yüzümü defalarca yıkadıktan sonra banyodan çıktım. Odama girdim. Giysi dolabımı açıp askılıkta asılı olan okul formamı elime aldıktan sonra giyinmeye başladım.

Dün gece Ateş'in neden evime geldiğini merak ediyordum. Bana senden alacağım bir öpücük vardı demişti ama nedense ben öyle olmadığını biliyordum. Ateş dün gece başka bir nedenden dolayı yanıma gelmişti ve bunu gizlemeye özen göstermişti. Asıl sebebi öğrenmek istiyor muydum? Bundan pek emin değildim açıkçası ama meraklı yanım daha ağır basıyordu. Kim bilir? Belki arkadaşları onun bir zamanlar âşık olduğu kızdan haberdar olduğumu ona söylemiştir ve o da bu yüzden yanıma gelmiştir?

Öğrendiğimi bilse ne yapardı acaba? Bu konuyu benimle

tartışıp açıklamada bulunur muydu? Yoksa hiçbir şey söyleme gereğinde bulunmaz mıydı? Peki ben hangisinin olmasını isterdim? Benimle tartışmasını mı yoksa bir yorum yapmamasını mı? Sanırım bilmiyordum.

Formamı giydikten sonra aynanın karşısına geçip saçlarımı taradım. Genlerden olsa gerek saçlarım; tıpkı anne ve babamınki gibi dümdüzdü. Çoğu zaman başka bir işlem uygulama gereği duymuyordum. Tıpkı bugün duymadığım gibi. Saçlarımın güzel göründüğüne kanaat getirdikten sonra sırt çantamı elime alıp odamdan çıktım. Mutfağa girdiğimde annemi suyun içine nohut koyarken buldum. "Günaydın."

"Ah. Kalktın mı kızım? Sana da günaydın."

Masadaki yerime oturup bir tane yeşil zeytini ağzıma attım. "Anlaşılan akşama nohut var?"

"Ne zamandır yapmıyordum, özlemişim." Annem tezgâhın üzerini güzelce kurulduktan sonra karşımdaki yerine oturup sıcak çayından bir yudum aldı. Bakışlarını dikkatli bir şekilde yüzümde gezdirmeye başlayınca bir şey söyleyeceğini anladım. "Melisa, bak. Dün konuşmak istemediğini söyledin, bir şey demedik. Ama şimdi anlat bakalım dün neden ağlıyordun?" Elbette yanılmadım. Dün Ateş'in yanından ayrılıp eve geldiğimde koşar adımlarla odama girip kapıyı da ardımdan kilitlemiştim. Annemin ve babamın gözyaşlarıma şahit olmasını istememiştim ama anlaşılan o ki şahit olmuşlardı.

"Üzgün değildim ki," dedim, sesimin tatlı çıkmasına özen göstermiştim. Üzgündüm. Hatta çok üzgündüm. Ateş ve başka bir kızın bir zamanlar birlikte olduğunu öğrenmek canımı acıtmıştı. Bu gerçek, kalbimin ikiye bölündüğünü hissetmeme neden olmuştu. Onunla daha yeni yeni ilişkiye başlamışken birinin gelip bunu yarıda keseceği ihtimali beni huzursuz ediyordu. Hem de fazlasıyla.

Annem, 'ben bunları yemem' bakışlarını attı. "Çok önemli bir şey değil," dedim ben de. Ona öğrendiklerimi anlatamazdım. Ben bile henüz bu bilgiyi hazmedememiştim.

Dün gece defalarca bu konu hakkında kafa yorup, bir şeyler yapmayı düşünmüştüm. Ama hiçbir sonuç benim açımdan tatmin edici olmamıştı. Ateş'e sorsam, eskiden birtakım duygular hissettiğin kıza karşı hâlâ içinde bir şeyler var mı desem, o da bana olumlu bir cevap verse, bunu kaldıramamaktan korkuyordum. Üstelik deli gibi. Kendimi tanıyordum çünkü, kendimi biliyordum. Kaldıramazdım ve o gerçeğin altında ezilirdim.

Eğer Ateş başka bir kızı tercih ederse ben aldığım yarayla onları uzaktan izleyen kız olurdum. Fazlası değil.

"Yoksa Ateş'ten ayrıldın mı?" Zihnimdeki düşüncelerin sesini annemin heyecanlı sesi kıstı. Bakışlarımı onda gezdirdim. Evet desem kalkıp göbek atacakmış gibi bir hali vardı.

"Hayır anne. Ayrılmadık," dedim.

"O halde o çocuk seni üzüyor?" diye ihtimal sundu annem. "Yoksa sana istemediğin şeyler mi yaptırıyor?"

"Hayır anne," dedim hızlıca. "Bana zorla bir şey yaptırmıyor. Lütfen artık onu kötü biriymiş gibi görmekten vazgeçer misin?"

Annem yüzünü astı. "Zaten seni doğuran da büyüten de o. Sen hep onu savun. Biz kimiz ki?" Annem oturduğu yerden kalktı ve tezgâhın yanına gitti. Konuşurken sesinde incinmiş bir tını vardı. Sanırım farkında olmadan kalbini kırmıştım. Gücendirmiştim onu. Hızlı bir şekilde ayağa kalkıp kollarımı anneme doladım.

"Özür dilerim anne. Lütfen öyle deme. Ben seni de babamı da çok seviyorum. Ama siz de biraz daha iyimser olup Ateş'i sevseniz?" Geri çekilip annemle bakışlarımızı birleştirdiğimde küçük bir çocuk gibi ümitle vereceği cevabı beklemeye başladım.

Annem nefesini usulca dışarı verdi. "İyi madem. Senin için deneriz," dedi. "Sanki aksini söyleyince dinliyorsun da bizi..." Homurdanmasını umursamayıp kollarımı tekrar anneme doladım. "Çok, çok, çok teşekkür ederim!" dedim. Geri çekilip annemin yanaklarına sulu sulu öpücükler bıraktım. "Sen harika bir annesin." En azından deneyeceklerdi. Bu da bir şeydi.

***

Okula vardığımda ilk işim Aras'ı bulmak oldu. Belki onunla konuşsam kendimi daha iyi hissedebilirdim. Aras bu son günlerde benim akıl hocam gibi bir şey olmuştu. Onun fikirleri bana mantıklı geliyordu ve ben o fikirler doğrultusunda ilerlemeyi seviyordum. Yaşına göre oldukça mantıklı düşünüyordu. Beni doğru yönlendiriyordu. Kim bilir? Belki de bir zamanlar bu yüzden seviyordum onu.

Aras dün okula gelmemişti. Başına bir şey gelmiş olma ihtimali beni huzursuz ederken bahçeye genişçe göz gezdirmeye devam ettim. Eğer bugün de okula gelmemişse evine gider ne olduğunu öğrenirdim. Evet, bunu kesinlikle yapardım. Dikkatle etrafa bakındım. Gülüşüp konuşan kızlı erkekli gruplardan başka bir şey görememiştim. Aras bahçede değildi. Belki de erken gelmiş ve sınıfa gitmişti.

Bu düşünce bana mantıklı gelince adımlarımı okul binasına doğru ilerletip içeri girdim. 11-A sınıfı 2. kattaydı. Üst kata çıktım. Ders zili çalmadığı için öğrencilerin büyük bir kısmı bahçedeydi. Bu yüzden başka bir sınıfa girme cesaretinde bulundum ve kapalı olan kapıyı açıp içeri girdim. Ve girer girmez Aras görüş alanıma girdi. Memnuniyetle gülümsedim. Aras başını sıranın üzerine koymuş oturuyordu. Belki de uyuyordu. Sessiz adımlarla ona doğru yaklaştım ve tepesine dikildim. Sınıfta hiç kimse yoktu. Aklıma gelen sinsi fikri uygulamak üzere Aras'ın kulağına eğildim ve... "BOM!" diye bağırdım.

Kahkaham boş sınıfta yankılanmaya başlayınca Aras panikleyerek başını yukarı kaldırıp bana baktı. Gözleri yorgun görünüyordu. Teni sapsarıydı ve yüzü de duvar kadar ifadesizdi.

Gülmeyi kestim. "Aras sen hasta mısın?"

Aras burnunu çekti. "Biraz grip olmuşum."

Kendimi suçlu hissettim. "Ben çok özür dilerim. Bilmiyordum," dedim çabucak. Kahretsin! Ne diye çocuğun kulağına bağırdım ki?

Aras önemli değil der gibisinden bana baktı. "Tamam, sorun değil." Sırasında yana kaydı. "Gel otur. Ayakta kalma," dedi.

Öyle bitkin görünüyordu ki dokunsam yere düşecekmiş gibiydi. Cidden çok hastaydı. Çantamı çekinerek sıranın üzerine koyup benim için açtığı yere yavaşça oturdum.

"Keşke bugün gelmeseydin."

"Düne oranla bugün daha iyiyim aslında," dedi Aras. "Zaten yeterince devamsızlık yaptım."

"Yine de bir izin kâğıdı alsaydın keşke?" Hasta olduğu yüzüne bakılır bakılmaz anlaşılıyordu. Teni sararmıştı, gözleri de ufalıp küçülmüştü. Yatıp dinlenmesi gerekirken okula gelmesi doğru değildi.

"Dert etme. İyiyim ben."

Elimi Aras'ın alnına değdirdim. Sıcaktı. Çok sıcaktı hatta. "Cayır cayır yanıyorsun Aras. Bu mu senin iyi halin?"

"Melisa." Aras başını geri çekti. Elim onun alnından ayrıldı. "Annem gibi konuşmaktan vazgeçer misin? İyiyim işte."

"Peki," dedim kabul ederek. "Okul çıkışı gidip sıcak bir çorba iç o halde. Yoksa daha kötü olursun."

Aras gülümsedi. Dudakları çok hafif yukarı kıvrıldı. "Çok düşüncelisin ama çorbayı kim pişirecek?"

Ah. Nasıl unuturum. Aras'ın annesi benim annem gibi ev hanımı değildi ki. Kendisi bir moda evinde çalışıyordu. Çorbayı Aras da yapmayacağına göre... "Ben ne güne duruyorum?" deyip tek kaşımı havaya kaldırdım. Sonuçta o benim arkadaşımdı ve yardıma fazlasıyla ihtiyacı vardı. Arkadaşlar böyle günlerde birbirine yardım etmezse başka hangi gün ederdi ki?

Aras'ın yüzün şaşkın bir ifade aldı. "Sen mi?" Şaşkınlığı sesine de yansımıştı.

"Evet, ben," dedim. "Beğenemedin mi?"

"Bilmem. Daha kötü olmam, değil mi?"

"Ha, ha." Alayla güldüm. "Parmaklarını yerken bu söylediğini hatırlatacağım."

"Eğer zehirlenmezsem ve parmaklarımı yememe fırsat kalırsa, peki hatırat."

"Aşk olsun. Seni zehirleyeceğimi mi düşünüyorsun?"

Aras gülümsedi. "Sen ciddi ciddi okuldan sonra bana mı geleceksin?"

"Evet ama şimdi düşünüyorum da vazgeçtim. Sen seni zehirlemeyecek birini bulsan daha iyi olur." Başka biri olsaydı çorbama laf ettiği için alınır, gücenirdim ama Aras deyince hiç alınmamıştım.

"Tamam, gel," dedi Aras sırıtarak. "Hiç çorba içmemektense seninki daha iyidir."

Ona tehdit dolu bir bakış attım. "Biliyor musun? Sırf böyle söylediğin için bile seni zehirleyebilirim."

Aras güldü. "Tamam, özür dilerim."

***

Nihayet bütün dersler bitince kitaplarımı çantama koydum ve oturduğum yerden kalktım. Bir sonraki hafta sınav haftası olacağı için öğretmenler epey bir zorluyordu bizi. Test, test, test. Sözeller tamam ama sayısalım bu seneden itibaren berbat bir hal almıştı. Hiçbir şey anlamıyordum. Haliyle testlerde de en düşük puanlardan birini alıyordum. Matematikten hiç mi bir şey anlamaz insan? Sayıların yerine harfler gelene kadar gayet iyi anlıyordum oysa.

Okul binasından çıktığımda Aras'ı giriş kapısına yaslanmış, kollarını göğsünün altında birleştirmiş olarak buldum. Hasta olduğu için üzerindeki mavi polara sıkıca sarılmış, kendini ısıtmaya çalışıyordu. Onu bu soğukta daha fazla bekletmemek için adımlarımı hızlıca ona doğru ilerlettim.

"Hadi gidelim."

Aras beni görünce gülümsedi.

Birlikte taksiye bindik. Eskiden hoşlandığım çocukla bir arada olmam tuhaftı. Onun evine gidiyor olmam ise daha tuhaftı. Gerçi ben artık Aras'tan hoşlanmıyordum ki. Onu iyi bir arkadaşım olarak görüyordum. Aras'ın da beni o şekilde gördüğünü düşünürsek hiçbir sorun yoktu.

Taksici kısa sürede bizi Aras'ların evinin önüne getirdi. Okula on beş dakikalık bir mesafedeydi. Parayı ödeyip aşağı indik. Bir siteydi ve tüm binalar beyaz renkteydi. Aras'la onların apartmana girdiğimizde asansörlerin olduğu tarafa doğru yürüyüp içine girdik. Eskiden olsaydı düşüp bayılacağım bir mesafe kadar yakındık birbirimize ama şimdi azıcık bile heyecanlanmamıştım. Gayet normal hissediyordum kendimi.

Asansör durunca otomatik kapı açıldı ve Aras'la birlikte dışarı çıktık. Aras cebinden çıkardığı anahtarla evin kapısını açınca onu beklemeye başladım. Çok geçmeden kapıyı aralayınca Aras geçmem için elini uzattı. "Gel bakalım,"

Birlikte içeriye girdiğimizde her yerin beyaz eşyalarla dekore edilmesi hemen dikkatimi çekti. Ev oldukça ferah ve temizdi. İnsanın içi açılıyordu resmen. İşin içinde beyaz olunca nasıl açılmasın ki zaten? Aras keyfime bakmamı söyleyip beni mutfağa bıraktı. Kendisi de ayakta daha fazla duramayacağını söyleyip odasına çıktı. Onu anlayışla karşıladım ama ilk defa geldiğim bir evde şimdi ne yapacaktım ki ben?

Geneli beyaz olan ferah mutfağın ortasında durmuş ne yapacağımı düşünürken okul çantamdan telefonumu çıkarıp annemi aradım. En iyisi ilk önce onu arayıp burada olduğumu haber vermekti. Sonra yapmam gerekeni yapardım.

Üçüncü çağrının sonunda annem telefonu cevapladı.

"Melisa?"

"Anne ben Aras'ların evindeyim. Hasta olmuş ve ona çorba pişirecek kimse yok. Ben de gelip kendim yapayım dedim?"

"Aras mı?"

"Evet anne, Aras. Bir görsen çocuk kılını kıpırdatamıyor."

"Melisa bak doğru söyle. Gerçekten Aras'ların evinde misin?"

"Evet anne. Yemin ederim bak. İstersen uyanınca Aras'a da sorabilirsin. Ben eve biraz geç gelsem sorun olur mu?"

"İyi madem. Çok gecikme yine de, ben babana durumu anlatırım."

"Dokuz gibi gelirim zaten."

"Tamam kızım, Aras'ın anne ve babasına selam söyle."

"Söylerim, görüşürüz."

Telefonu kapattım ve çorba pişirmek üzere kolları sıvadım. Annem Aras'ın adını duyunca nasıl da hemen izin verdi. Aynı şeyi Ateş için isteseydim yine böyle yapar mıydı acaba? Hem Ateş demişken... Kim bilir şu anda ne yapıyordu? Telefonumda hazır elindeyken rehbere girip Ateş'in numarasına tıkladım. Ama daha sonra vazgeçip telefonu mutfaktaki masanın üzerine bıraktım. Biliyorum, ona trip atmam oldukça gereksizdi, -sonuçta ortada hiçbir şey yoktu- ama yine de bir kızı sevdiğini bilmek kötü hissettiriyordu. Çok, çok kötü.

Beyaz buzdolabının kapağını açtım ve açar açmaz ağzım 'O' şeklini aldı. Dolap öylesine doluydu ki başka bir şeyin daha sığması mümkün değildi. Ne çok yiyecek vardı böyle... Yiyecekleri karıştırmamaya özen gösterip benim için gerekli olan malzemeleri elime aldım. Aras'a tavuk çorbası pişirecektim. Bunu yapmayı babaannem öğretmişti ve güzel yaptığımı düşünüyordum. Umarım Aras da beğenirdi.

Aşağı yukarı 1 saat sonra çorbam hazır hale geldi. Gerçi tencere, kepçe, sıvı yağ gibi malzemeleri bulmam biraz zaman kaybetmeme neden olsa da çorbam nihayet hazır olmuştu. Hem ilk defa geldiğim bir evde gerekli olan malzemeleri nasıl hemen bulabilirdim ki?

Çorbayı kâseye doldurduktan sonra küçük bir tepsiye koyup mutfaktan çıktım. Aras'ın odası üst kattaydı. Adımlarımı üst kata ilerlettim. Aras'ın odasına gelince tepsiyi yere bırakıp kapıyı açtım. Büyük ihtimalle uyuyordu. İçeriye girdiğimde yanılmadığımı gördüm. Aras sırt üstü uyumaktaydı.

Tepsiyi yatağın yanındaki komodinin üzerine bıraktıktan sonra bakışlarımı Aras'a çevirdim. Üzerine örttüğü beyaz yorgana sıkıca sarılmıştı. Sarı saçları biraz dağılmış olsa da yine çok tatlı görünüyordu... Tabii ki benim sevgilim kadar değildi. Aklıma Ateş'in hasta olduğu gün geldi. O da tıpkı Aras gibi derin bir uykuda uyuyordu. Aynı çorbayı ona da pişirmiştim. Ama neden bilmem ona pişirdiğim zaman daha keyifli, daha neşeliydim. Tıpkı Ateş'in karakteri gibi!

Zihnimdeki düşünceleri bir kenara bıraktım ve elimi havaya kaldırıp Aras'ın omzuna dokundum. Çorbayı soğumadan içse iyi olurdu.

"Aras, hadi uyan," deyip yavaşça dürtükledim. Aras derin bir uykudaydı. Ona seslendiğimi işitmemişti. "Aras?" dedim tekrar. "Bak çorban soğuyacak."

Aras gözlerini araladı. "Melisa? " Aras'ın sesi mırıldanır gibi çıkmıştı.

"Benim. Hadi kalk da çorbanı iç."

Aras başını onaylarca sallayıp yatakta doğrulmaya çalıştı. Acı çekiyor gibi yüzünü buruşturduğunu fark ettiğimde kalkmasına yardım ettim ve sırtını yatağın başlığına yaslamasını sağladım. Aras bana minnet dolu bakışlar attı. Ona gülümseyerek karşılık verdim ve oturduğum yerden kalktım. Komodinin üzerinde duran küçük tepsiyi elime aldıktan sonra tekrar yatağın kenarına oturdum ve kaşığı çorbaya daldırdım.

Kaşığın içine birazcık çorba koyduktan sonra yavaşça Aras'ın ağzına götürdüm. Üflemedim çünkü o kadar sıcak olmadığını biliyordum. Aras ağzını aralayınca ilk kaşığı ona içirdim. Vereceği tepkiyi merakla beklerken, "Bir şey anlamadım," diyerek hayal kırıklığına uğrattı beni. Nasıl bir şey anlamaz?

Derin bir nefes alıp ikinci kaşığı Aras'a içirdim. "Imm," diye mırıldandı. "Hey bak. Bu sefer tadını anladım." Kaşlarımı merakla havaya kaldırdım. Umarım beğenir. Umarım beğenir.

"Tuhaf ama, güzel olmuş."

Yüzüme zafer gülümsemesi yayılmasına izin verdim. Aynı zamanda da -ben demiştim- bakışları atıyordum karşımdaki hasta ama bir o kadar da tatlı gözüken çocuğa.

Aras hiç sızlanmadan kâsedeki tüm çorbayı afiyetle bitirdi. Ben de tepsiyi mutfağa indirdikten sonra çıkan bulaşıkları çabucak yıkayıp tezgâhı kuruladım. Sonuçta başka birinin evindeyim ve ortalığı dağıtmam doğru olmazdı.

Mutfaktaki işim bitince tekrar üst kata çıktım ve açık olan kapıdan içeriye girdim. Aras bıraktığım gibi yatağın başlığına yaşlanmış oturuyordu.

"Altı üstü tepsiyi aşağıya bırakacaktın?" Aras soran gözlerle bana bakınca, "Bulaşıkları da hallettim," diyerek ona doğru yaklaştım ve yatağın kenarına oturdum.

"Ne gerek vardı ki?"

"Olsun ya boş ver. Azdı zaten," dedim ve bakışlarımı etrafta gezdirdim. Odanın geneli kırmızı ve siyah renkli eşyalarla dekore edilmişti. Hem asildi, hem de odayı ağır bir görünüme sokmuştu. "Çok güzel bir odan varmış," dedim. Eskiden -Aras'tan hoşlandığım zamanlar- hep hayal ederdim. Acaba odası nasıl diye. Ve şimdi buradaydım.

"Sağ ol. Sevdiğim iki rengi birleştirdim ve böyle bir oda ortaya çıktı."

"Hmm," diye mırıldandım.

Aras bakışlarını yüzümde gezdirdi. "Eee? Ateş'le nasıl gidiyor?" Böyle bir soru sorması beni şaşırtmıştı ama bozuntuya vermemek için tebessüm ettim. "İyi," demekle yetindim.

"Seni üzecek bir şey yapıyor mu?"

"Hayır. Gayet güzel anlaşıyoruz."

Aras omuzlarını silkti. "Mutluysan, gerisi önemli değil." Onaylarcasına başımı salladım. Mutlu muydum? Evet, öyleydim. Her şeye rağmen mutluydum. Ateş çok zor bir adam olabilirdi. Aynı gün içinde derin bir üzüntüye sokarken beni yine aynı gün içinde derin bir mutluluğa da sokabilirdi ama mutluydum işte. Onun varlığını yanımda hissetmek, onun hayatında bir yerimin olduğunu bilmek bana iyi geliyordu.

"Melisa bak, biz seninle artık iki yakın arkadaş sayılırız. Eğer olur da ailene anlatamadığın bir derdin veya bir sıkıntın olursa, ben buradayım. Her zaman seni dinlerim."

"Sağ ol," dedim ve minnetle Aras'a baktım. "Ama bir derdim yok. Eğer olursa, söylerim."

Aras gülümsedi. "Her zaman buradayım."

Ona gülümseyerek karşılık verdim. "Şey... ben artık kalksam iyi olur. Annemlere dokuz gibi evde olurum demiştim."

"Tek başına mı gideceksin?"

Başımı evet anlamında salladım.

"Hava karardı Melisa. Bu saatte tek gitmene izin veremem. Ben bırakırım." Aras yatakta doğrulunca gözlerimi kocaman açıp ona baktım. Gerçekten bu hasta haliyle dışarı mı çıkmayı düşünüyordu?

"Saçmalama Aras. Hastasın," dedim hemen.

"Düşündüğün için teşekkür ederim ama olmaz. Tek yollamam seni."

"İyi ama yaptığım çorbanın etkisini dışarı çıkarak göremezsin ki?" diye bahane sundum. Aras gülümsedi. Ağzını aralayıp bir şey diyeceği sırada ikimiz de farklı bir ses işittik.

"Aras, oğlum yukarıda mısın?"

Bu Aysun Teyze'ydi. Oturduğum yerden panikle ayağa kalkıp elimi ağzıma götürdüm. Beni Aras'ın odasında görürse yanlış anlayabilirdi. Hatta kesin yanlış anlardı. "Aras annen geldi," dedim panikle. "Şimdi ne yapacağız?" Heyecanlanmıştım. Kesin bizi yanlış anlayacaktı. Hangi anne oğlunun odasında bir kız görünce doğru anlardı ki zaten?

Aras gülümsedi. "Melisa sakin olur musun? Annem sanki bizi yatakta basmış gibi davranıyorsun." Öyle mi davranıyordum? Ağzımı açıp ona cevap veremeden odanın kapısı açıldı. Gelen kişi elbette Aysun Teyze'ydi. Bakışları çok kısa odanın içinde dolaştıktan sonra bende sabitlendi. "Melisa?"

Utançtan yerin dibine girmek istediğimi hissettim. Neden gelmeden önce haber vermemiştim ki sanki! Aysun Teyze şaşkınlıkla bir bana bir de Aras'a bakınca, "Şey... merhaba," dedim.

"Me-merhaba. Kusura bakma ben biraz şaşırdım." Kekelemenden belli oluyor zaten Aysun Teyze.

"Ben Aras hasta diye ona çorba yapmıştım," dedim hemen. Bakışlarım onaylaması için Aras'a çevirdim. Gülümseyerek bana bakıyordu. "Evet anne. Melisa bana çorba pişirdi," dedi.

"Ah, öyle mi? Çok ince bir davranış bu. Teşekkür ederim." Tebessüm ettim.

"Anne, ben Melisa'yı evine bırakacağım." Aras yataktan kalkıp yanıma gelince bir şey diyemedim. Çünkü ne dersem diyeyim itiraz edecekti.

"Oğlum iyi misin bu halde? Hem zaten saat de geç oldu. Melisa bu gece bizimle kalsın?" Bu gece Aras'ların evinde kalmak mı? Şaşkınlıkla gözlerimi kırpıştırdım. Aras bir cevap vermemi bekler gibi yüzüme bakınca, "Şey... ben gitsem daha iyi. Hem annemler izin vermez," dedim. Daha önce böyle bir şey için hiç izin istememiştim ama yine de vermeyeceklerini biliyorum. Vermesinler de zaten. Aras'ın evinde kalmam doğru olmazdı.

"Ben Hülya ile konuşurum canım, sen merak etme. Hem zaten eve gidince de yatmayacak mısın? İtiraz istemiyorum Melisa bu gece bizimlesin." Aysun Teyze bir cevap vermemi beklemeden odadan çıktı. Öylece arkasından baktım.

"Annem birazcık inatçıdır," dedi Aras çekingen bir ifadeyle. Bir şey demedim. Umarım annemler izin vermez diye içimde geçirdim. Burada kalamazdım. Doğru olmazdı çünkü.

Aras tekrar yatağına oturdu. Ben de daha fazla ayakta dikilmek yerine yatağın bir kenarına oturdum. Ellerimi kucağımın üzerine koyup beklemeye başladım. Aras gülümseyerek bana bakıyordu. "Ne?" deyip bir şey söylemesini istediğimde omuzlarını silkti.

Bir müddet sonra odanın kapısı açıldı ve Aysun Teyze gülerek içeriye girdi. "Tatlım annenler izin verdi. Bu gece bizimlesin. Ah, bu harika! Ben şimdi akşam yemeğini hazırlayayım. Siz burada oturun."

Zoraki bir şekilde gülümsedim. Ah anne! Ne diye izin verirsin ki? Gerçi vermemesi mucize olurdu ya... Acaba Ateş burada kaldığımı öğrenirse nasıl bir tepki verirdi? Hayır, burada kaldığımı ona kesinlikle söylemeyecektim ama yine de vereceği tepkiyi merak ediyordum doğrusu. Hem zaten bugün de hiç aramamıştı beni. En iyisi yatmadan önce ona mesaj atmaktı. Böylece bugün neler yaptığını öğrenebilirdim.

Akşam yemeğimiz gayet eğlenceli, gayet güzel geçmişti. Ali Amca -Aras'ın babası- beni gördüğünde tıpkı Aysun Teyze gibi şaşırmıştı. Ama daha sonra burada olduğum için memnun olduğunu söylemiş, oğlu ile ilgilendiğim için teşekkür etmişti.

Yemek sonrası Aras odasına giderken ben ve Aysun Teyze sofrayı topladık. Tabii bu sırada laflamayı da ihmal etmemiştik. En azından o bana sorular sormuş ben de cevaplamıştım. Kendisi konuşacak bir sürü muhabbet açmıştı. Sofrayı topladıktan sonra Aysun Teyze beni üst kata çıkardı. Kendisi önden ben arkadan ilerlerken beyaz kapılı bir odanın önünde durduk. Daha doğrusu Aras'ın hemen karşısındaki odanın önünde durduk. İçeriye girdiğimizde buranın misafir odası olduğunu anlamam uzun sürmedi. Tek kişilik bir yatak, giysi dolabı, ayna, çekmeceler... Bir odada olması gereken her şey vardı içeride.

"Canım bu gece burada kalırsın diye düşündüm. Beğendin mi?"

Elbette."

"Bak burada senin için hazırladığım eşofman takımı var. Belki biraz büyük gelebilir ama bu gecelik idare edersin." Yatağın üzerindeki mor eşofman takımını görünce gülümsedim. Büyük ihtimalle Aysun Teyze'nin eşofman takımıydı. "Teşekkür ederim," dedim.

"Ne teşekkürü kızım? Duymamış olayım. Hadi sen giyin." Aysun Teyze kapıya doğru yürümeye başlayınca arkasından seslendim. "Öncesinde Aras'a iyi geceler dememin bir sakıncası var mı?"

Aysun Teyze bana içten bir şekilde gülümsedi. "Bu çok güzel olur," dedi. Kim bilir şu an aklından neler geçiyordu? Belki de oğluyla beni evlendirmeyi bile düşünmüş olabilirdi. Aklıma gelen düşünceleri bir kenara bırakıp benim için hazırlanan odadan çıktım. Aras'ın odası hemen karşımda olduğu için çok oyalanmadan kapısını tıkladım.

"Gel?"

Kapı kulpunu aşağı indirip kapıyı araladım. Aras yatağına uzanmıştı. Beni görünce hemen doğruldu. "Gelebilir miyim?"

"Elbette."

İçeri girip kapıyı arkamdan kapattıktan sonra Aras'a doğru yaklaşıp yatağın kenarına oturdum. "Ben sadece iyi geceler demek için gelmiştim," dedim, bu sırada dikkatimi komodinin üzerindeki portakal suyu çekti.

"Teşekkür ederim. Yaptığın çorbadan mı bilmem gayet iyi hissediyorum." Gülümsedim.

"Sanırım annen senin için hazırlamış." Göz ucuyla portakal suyunu işaret ettim. Aras gösterdiğim yere baktıktan sonra yüzünü buruşturdu. "Öyle ama hiç içesim yok," diyerek cevap verdi.

Oturduğum yerden kalktım. "C vitamini iyi gelir ama." Portakal suyunu elime aldım.

"Melisa cidden içmek istemiyorum." Aras başını iki yana sallayınca ne kadar tatlı göründüğünü fark ettim.

"Biraz iç bari?" deyip elimdeki bardağı Aras'a doğru uzattım. Yenilerek, "Peki," dedi ve portakal suyunu eline alıp içmeye başladı.

Üçüncü yudumdan sonra, "Al," deyip bardağı bana uzattı. Her ne kadar itiraz etmek istesem de içerken nasıl zorlandığını gördüğüm için bir şey demedim ve bardağı elime aldım.

"Ben artık gideyim, yarın görüşürüz."

"Burada olduğun için teşekkür ederim."

Aras'a -önemli değil- bakışlarımı attıktan sonra, "İyi geceler," dedim ve kapıya doğru yürümeye başladım. Ama birden ayağım sendelendi ve kendimi halıyla burun buruna buldum. Ah. Sakar Melisa!

Aras yataktan fırlayıp hemen yanıma geldi. Dizlerinin üzerinde yere çökerek, "İyi misin?" diye sordu. Bakışlarımı üzerime dökülen portakal suyuna çevirdiğimde, "Çok aptalım," dedim. Beyaz gömleğim resmen turuncuya dönmüştü!

"Bir yerin acıyor mu?"

Bakışlarımı Aras'a çevirdiğimde yüzündeki endişeyi gördüm. Benim için mi endişelenmişti?

"Yok yok. Ben iyiyim. Sadece üstüm battı."

Aras elimi tutarak ayağa kaldırdı beni. Kendi de giysi dolabına doğru yürüyüp kapaklarını açınca ne yaptığını meraklı gözlerle beklemeye başladım. Aras eline aldığı beyaz gömlekle yanıma geldi. "Al," Bu okulumuzun gömleğiydi. "Bende 2 tane var zaten. Yarın bunu giyersin." Gömleği elime aldım. "Teşekkür ederim," dedim. Aras'ın gömleğini giyecek olmak... Eskiden olsa yemin ederim düşüp bayılırdım ama şimdi gayet normalmiş gibi geliyordu.

Aras'ın odasından çıkıp kendi odama girdiğimde elimdeki gömleği tekli koltuğa bırakıp eşofmanların yanına gittim. Üzerimdeki okul formamdan kurtulduktan sonra Aysun Teyze'nin eşofmanlarını giyip yatağın içine girdim. Değişik bir gün olmuştu benim için.

Telefonumu elime alıp mesaj var mı diye kontrol ettiğimde boş bir ekran görmemle hayal kırıklığı yaşadım. Hiç mi merak etmemişti beni? Burukça gülümsedim. Sevmediği birini neden merak etsin ki zaten?

Ama ben öyle yapmayacaktım. Tuş kilidimi açıp mesaj bölümüne girdim.

Kime: Ateş Arsoy
Mesaj: Merhaba.

Mesajı attıktan sonra dudağımı ısırıp cevap beklemeye başladım. Odanın içindeki saat 23.15'i gösteriyordu. Başka biri olsaydı uyuduğunu düşünebilirdim ama söz konusu Ateş olunca bu saatte uyumuş olmayı ona yakıştıramıyordum.

Bir süre sonra mesaj sesi işittim. Kalp atışlarım birden deli gibi çarpmaya başlarken hemen mesajı açtım.

Mesaj: Merhaba. Uyumadın mı sen?

Merhabanın yanına bir iyi misin cümlesi daha güzel olabilirdi.

Kime:Ateş Arsoy
Mesaj: Uyumadım. Bana cevap verebildiğine göre sen de uyumamışsın? Ne yapıyorsun?

Çok geçmeden cevap geldi.

Mesaj: Benim senin gibi bir sorumluluğum yok. Bardayım.

BAR MI? Ayrıca sorumluluktan kastı okulum muydu? Hemen cevap yazdım.

Kime: Ateş Arsoy
Mesaj: Erken yatmak bir sorumluluk değildir. Ve ayrıca neden bardasın?

Mesaj: Hesap mı soruyorsun?

Merak etmek de suç!

Kime: Ateş Arsoy
Mesaj: Sadece nedenini merak etmiştim ama boş ver. Bir açıklama yapmak zorunda değilsin. Ben kimim ki zaten...

Mesaj: Bardayım çünkü yapacak daha iyi bir işim yok. Eğer sevgilim yanıma gelebilseydi elbette onu tercih ederdim. Kendini bir hiçmiş gibi görmekten vazgeç. Sen benim SEVGİLİMSİN.

Kime : Ateş Arsoy
Mesaj: Özür dilerim :(

Mesaj: Tamam, geç oldu. Yat artık. Yarın seni görmeye gelirim.

Kime: Ateş Arsoy
Mesaj: Peki, iyi geceler. Seni sevmiyorum.

Sevmiyorum... Madem ona göre sevgi diye bir şey yoktu, ben de ona bu tarz şeyler söylerdim. Her ne kadar içimden tam tersini söylemek gelse de o böyle istediği müddetçe ona istediğini vermekten hiç çekinmezdim.

Mesaj: Sevmiyorum?

Kime: Ateş Arsoy
Mesaj: Evet sevmiyorum DEĞER VERİYORUM. Sen böyle adlandırıyordun sonuçta.

Mesaj: Sen beni boş ver, demek istediğini söyle.

Kime: Ateş Arsoy
Mesaj: O zaman... Seni çok çok çok çok çok çok seviyorum :) <3333333

Mesaj: Bir tane üç yetmedi mi? Neyse hadi yatağa.

Kime: Ateş Arsoy
Mesaj: Yetmedi. Ve ayrıca neden yatıyormuşum? Yatmayacağım işte. Hem uykum gelmedi ki.

Mesaj: Beni oraya getirme Melisa. Gelirsem boş dönmem haberin olsun.

Ben evde bile değildim ki...

Kime: Ateş Arsoy
Mesaj: Tamam be yatıyorum! Hep tehdit hep tehdit!

Mesaj: Sen tehdit ne görmemişsin güzelim. Göstermekten büyük zevk alacağıma emin ol ;)

Kime: Ateş Arsoy
Mesaj: Bir de ZORBA! Neyse ben yatıyorum, sen de daha fazla o pis kokulu yerde durma eve git. Bunu emir olarak düşünme, sadece bir öneri :) İyi geceler. Seni seviyorum <3

Yüzümde aptal bir sırıtış vardı. Ben bu adamı gerçekten çok seviyordum. Telefonu yastığımın altına koyup gözlerimi kapattım.

***

Ertesi sabah uyandığımda güneş pırıl pırıl parlıyordu gökyüzünde. Yatağımda doğrulup esnedikten sonra yorganı üzerimden atıp ayağa kalktım. Ev halkı uyanmış mıydı acaba? Eşofmanlarımı çıkarıp katladıktan sonra okul formamı giymeye başladım. Üzerimdeki gömlek Aras kokuyordu... Bu durum biraz tuhafıma gitse de üstesinde durmadım ve odadan çıktım. Banyo hemen koridorun sonundaydı. Oraya girdikten sonra kapıyı arkamdan kapatıp lavabonun yanına gittim.

Aynadaki görüntüm fena sayılmazdı. Elimi yüzümü soğuk su ile yıkadıktan sonra banyodan çıktım. Aşağıdan gelen seslere bakılırsa Aysun Teyze mutfakta olmalıydı. Merdivenlere yönelip alt kata indim. Yanılmadığımı biliyordum. Aysun Teyze kahvaltı hazırlıyordu. Gülümsedim. "Günaydın."

"Ah. Melisa, uyandın demek? Günaydın."

Gülümseyerek Aysun Teyze'nin yanına yaklaştım ve elindeki bıçağı işaret ettim. "Yardım edeyim ben de?" dedim. Aysun Teyze memnuniyetle gülümsedi. "Çok memnun olurum." Elindeki bıçağı alıp ekmekleri dilimlemeye başladım. Annem bu halimi görse, "Zaten sadece el alemin yanında hamarat ol," deyip azarlardı beni.

Kahvaltı masası hazır olduğunda Aras ve Ali Amca da bize katıldı. Birlikte güzel bir kahvaltı yaptık. İyi insanlardı, bunu bugün bir kez daha anlamıştım. Ailem dışında ilk kez birilerinin yanında kasılıp çekinmediği mi hissediyordum ve bu benim için büyük bir gelişmeydi.

Aras'la evden çıkıp okula gitmek üzere taksiye bindik. Aras düne oranla gayet dinç görünüyordu. Bir de çorbamı eleştirmez mi...

"Gömleğim sende çok güzel durmuş." Aras'ın sesini işitince başımı camdan çekip ona çevirdim ve gülümsedim. "Biraz bol olmuş sanki?" Bol olduğunu göstermek için kollarımı havaya kaldırdığımda Aras başıyla onayladı beni. "Yine de güzel duruyor ama..."

"Teşekkür ederim."

"Asıl ben teşekkür ederim," dedi Aras. "Dün için. Yanımda olduğunu bilmek gerçekten güzeldi."

"Arkadaşlar bu günler için vardır."

"Öyle."

Taksi okulumuzun önünde durunca ücreti ödeyip aşağı indik Aras'la. Birlikte geldiğimizi görenler şaşkın bir ifadeyle bize bakıyorlardı. Okulun iki sessiz tipi, birlikte okula gelmişti... Bugünün konusu eminim bu olacaktı.

"İnsanlar uzaylı görmüş gibi neden bize bakıyor?"

"Sanırım bu durum tuhaflarına gitti."

"Hangi durum?" diye sordum merakla. İkimiz de yolun ortasında durmuş konuşuyorduk.

"Bilirsin," dedi Aras. "İkimiz de bu okulda kimseyle arkadaşlık yapmıyoruz. Bizi birlikte görenlerin şaşırması normal."

Başımı onaylarcasına salladım.

"Hem sen şu çorbanın tarifini versene bana. Baksana bir günde ayağa kaldırdı beni?"

"Birileri zehirlenirim diye şüphe ediyordu ama..." deyip tek kaşımı havaya kaldırınca Aras gülümseyip elini omzuma attı. "Güzel yemek yaptığını bilmiyordum. Özür dilerim." Aras'ın bana olan yakınlığı biraz tuhafıma gitse de bozuntuya vermedim. "Önemli değil," dedim.

Okula doğru Aras'ın kolunun altında ilerlerken bakışlarım üzerimdeki gömlekteydi. Cidden hangi ara böyle samimi olduk biz? Bir ay öncesine kadar o benim platoniğimdi. Yanına gitmeye çekiniyordum. Ama şimdi... Onun gömleğini giymiş, kolunun altında okula doğru yürüyordum. Tuhaf.

"Şu Ateş değil mi?"

Aras'ın sorusunu işitince panikleyerek işaret ettiği yere baktım. Gerçekten oydu. Tam karşımızdaydı ve öfkeli bakışlarının hedefinde Aras vardı. Bakışları öyle sert görünüyordu ki... Yutkunmaktan kendimi alıkoyamadım.

"Şey... Aras. Ben gitsem iyi olur." Aras'ın bir cevap vermesini beklemeden adımlarımı Ateş'e doğru ilerlettim. Yanına vardığımda tam karşısına geçip, "Selam," dedim. Sesimin tatlı çıkmasına özen göstermiştim ama nafile. Sesim yavru bir kedi gibi çıkmıştı.

Ateş, sinirli bakışlarını bana dikti. Birkaç saniye yüzme baktıktan sonra sağ kolumu sıkıca kavrayıp sürüklemeye başladı beni. Ayaklarım birbirine dolandı ve düşmekten son anda kurtuldum. Ah, cidden çok sinirlenmişti.

Ateş arabasının ön koltuğun kapısını açtıktan sonra beni içeri fırlattı. Doğrulup düzelene kadar kendisi de çoktan arabaya binmiş, gazı son sürat köklemişti. Kalp atışlarım korkudan temposunu arttırmaya başladı. Araba fırlamış bir ok gibi hızla ilerliyordu ve bir yere çarpıp, hasar görmesi olası bir ihtimaldi.

"Ateş, yavaşla lütfen," deyip koltuğa sindim. Ana caddede olsaydık belki o kadar korkmazdım ama ara sokaktaydık. Bir çocuğun aniden yola atlamayacağını nereden bilebilirdi?

Ateş beni dinlemedi ve vitesi arttırıp biraz daha yüklendi gaza.

"Derdin bizi öldürmek mi? Yavaşlasana!" Sesim arabanın içinde yankılanmıştı resmen. Onu bu kadar sinirlendiren ben miydim? Beni Aras'la bir arada görmek mi sinirlendirmişti onu? Yoksa dün gece barda bir şeyler oldu, o yüzden mi böyleydi? Belki de ailesi Amerika'dan döndüğü için bütün sinirini benden çıkarıyordu.

"Ateş, lütfen." Ağzımdan küçük bir hıçkırık kaçınca ağladığımı anladım. Ateş beni dinlemedi tabii. Ana yola girip arabaların arasından şimşek gibi ilerlemeye devam edince gözlerimi sıkı sıkı kapattım. Kalbim deli gibi atıyordu...

Ateş bir süre sonra arabayı durdurdu. Nereye geldiğimizi anlamak için etrafa bakmak istedim ama daha sonra cesaret edemeyeceğimi fark edip bakışlarımı yerde tutmaya devam ettim.

"Başını kaldır." Ateş'in sesi oldukça sertti. Demir gibiydi ama hayır. Onunla göz göze gelmeye henüz hazır değildim.

"Melisa!" Ateş sesini yükseltti. "Hemen başını kaldır!"

Başımı iki yana salladım tekrar.

Ateş çenemi sertçe tutup ona bakmaya zorladı beni. Kullandığı güç orantısızdı ve ona bakmama neden olmuştu. "Dün gece seninle konuştuktan sonra sabah seni evden almak için plan yaptım. Birlikte güzel bir kahvaltı, sonra da seni okuluna bırakırım dedim kendi kendime. Ama bil bakalım ne oldu? Evine geldiğimde kapıyı bana annen açtı. Senin evde olmadığını, dün gece Aras'larda kaldığını söyledi!"

Sustum. Bütün kelimeler tükenmiş gibiydi sanki. Bir şey söylemek için ağzımı açmalı mıyım? Yoksa susup beklemeli miyim? Hiç bilmiyordum.

"Söylesene Melisa, bu ne boktan bir iş?"

"Ateş... Şey... Ben..."

"Ben şey ne? Hangi siktiğimin aklıyla dün geceyi o çocuğun evinde geçirirsin?" Ateş 'in ettiği küfür kısa bir şok yaşamama neden olsa da üstesinde durmadım ve konuşmaya başladım.

"Bak. O hastaydı ve ona çorba pişirecek kimsesi yoktu. Ben dün okul çıkışı gittim onlara. Geri evime dönecektim ama Aysun Teyze, yani Aras'ın annesi izin vermedi."

Ateş bakışlarını yüzümde gezdirdi. Yalan mı söylüyorum yoksa gerçek mi onu anlamaya çalışır gibiydi.

"Sen iyilik meleği değilsin!" dedi konuştuğunda. "Söylesene? Dün gece o çocukla beraber mi uyudun?" Ağzım şaşkınlıkla aralandı. "Saçmalama!" dedim hemen. Nasıl böyle düşünürdü?

"Saçmalık senin onun evinde kalman! Benimle mesajlaşırken yanında o mu vardı?"

"Hayır tabii ki. Ben Aysun Teyze'nin hazırladığı misafir odasında kaldım!"

"Aysun Teyzen senin için oğlunun yatağını mı hazırladı?"

"Ne münasebet! Onlar öyle insanlar değil!"

İkimizde deli gibi bağırarak konuşuyorduk. Tamam, ben zaten Aras'ların evinde kalmanın doğru olmadığını biliyordum ama Ateş'in ima etmeye çalıştığı şeyler...

"Bir daha o çocuğun yanında görmeyeceğim seni! Duydun mu?"

Ağzımdan bir 'hah' sesi çıkardım. "Kusura bakma ama o benim tek arkadaşım! Sen istiyorsun diye onunla görüşmeyi kesecek değilim!"

"Kızım benim asabımı bozma! O çocuğa on metre yaklaştığını duyursam çok fena olur!"

"Ne olur? Döver misin yoksa? Ben sadece ona çorba pişirdim! Ne var bunda?"

"Gitmeyeceksin! Benim sevgilimsen başka erkeklerin evine gitmeyeceksin!"

"Eğer arkadaşımsa giderim!"

"Demek gidersin?" diye mırıldandı Ateş tehlikeli bir sesle. Sonra arabada kısa bir sessizlik oluştu. Ne o ne de ben tek kelime konuştuk. Sonra Ateş elini kontağa götürdü ve arabayı çalıştırdı. Beni okuluma götürmediğini biliyordum.

"Nereye gidiyoruz?" Ateş herhangi bir cevap vermedi ve arabayı hareket ettirip sürmeye başladı.

"Hey? Kime diyorum ben? Nereye götürüyorsun beni?"

"Sen iyi bir dersi hak ettin ufaklık. Zorba sevgilin seni alıkoyuyor..."

Bölüm 20

Eskiden gayet normal, gayet sıradan bir hayatım vardı benim. Monoton. Aynen öyle de denilebilir. Okul-ev. Ev-okul. Hayatım hep böyle devam ederdi benim. Ailem dışında hiç kimseyle vakit geçirmez, kimseyle uzun soluklu sohbet etmezdim. Çocukken bile hiç arkadaşım olmamıştı ki benim. Bu durum elbette benden kaynaklanmıyordu. Bana göre çevremde 'arkadaş' diye adlandırabileceğim hiç kimse olmamıştı o kadar. Her zaman sessiz ve kendi halinde takılan biri olmuştum. Kimseye karışmaz, kimse hakkında yorumda bulunmazdım. Bunun zararlarını yaşamadım mı? Elbette yaşadım. Derdimi, sıkıntımı, mutluluğumu, birileriyle paylaşamamak o kadar zor bir şeydi ki. Her zaman böyle devam edecek, hiçbir zaman arkadaşım olmayacak diye düşünürdüm. Veya biriyle konuştuğumda iki kelimeyi bir araya getiremeyeceğimi sanırdım. Korkuyordum çünkü. Anlamsızca birileriyle muhabbet etmeye çekiniyordum.

Ama şimdi bir şeyler değişmişti sanki. Bunu hissedebiliyordum. İnsanlarla aramda ördüğüm duvar biraz da olsa saydamlaşmış gibiydi ve bunu hissedebilmek benim için güzeldi. Çok güzeldi. O duvarın tamamen yıkılacağı günü sabırsızlıkla bekliyorum.

"Beni nereye götürüyorsun?" diye sordum Ateş'e. Yol boyu tek bir kelime etmemişti. Sinirliydi ve bu yüzünün her yerine yansımış, kendini belli ediyordu. Tabii ben bunu pek umursamayıp yol boyu sürekli sorular sormuştum ama beyefendi bir cevap vermemişti.

Ne olmuş sanki Aras'ın evinde kalmışsam? Kötü bir şey yapmamıştık ki. O kendi odasında uyumuştu, ben ise başka bir odada. Çok fazla konuşamamıştık bile. Ateş'in verdiği tepkiyi hak edecek bir şey yaptığımızı sanmıyordum. Kesinlikle ama kesinlikle sanmıyordum.

Ateş'in yine cevap vermediğini fark edince kollarımı göğsümün altında birleştirip camdan dışarı bakmaya başladım. Yollar tanıdık geliyordu bana. Ateş'in evine giden yoldu. Acaba niye gidiyorduk? Hem zaten devamsızlığım kaç gün olmuştu benim? On günü geçtiğine emindim. Bu adamın yüzünden sınıfta kalmazsam iyiydi.

Ateş bir süre sonra arabayı yavaşlatınca geldiğimizi anladım. Taşlı yokuştan geçip düz bir yere ulaştık önce. Sonra araba garajdaki yerine alınca emniyet kemerimi çıkartıp Ateş'e doğru döndüm. Mavi-yeşil gözleri az da olsa sakinleşmiş gibiydi. Öfkesi durulmuştu. Ama yüzündeki kasların gerginliği, işte o aynı şekilde durmaktaydı.

"Bak eğer yine bana bağıracaksan-"

"İn," dedi Ateş, sesi bıçak kadar sertti. Pekâlâ, öfkesi falan durulmamıştı.

"İnmiyorum!" deyip kollarımı göğsümün altında birleştirdim.

"Sana aşağı in dedim!" Ateş sesini yükseltti. İtiraf etmem gerekirse bu ses tonu beni fazlasıyla ürkütmeye yetmişti, ama dediğini yapmadım. "Hayır."

Bu cevap Ateş'i iyice sinirlendirdi. Alnının ortasındaki damarın belirginleştiğine şahit oldum. Ateş arabanın kapısını açıp aşağı indi. Birkaç büyük adım atarak arabanın ön tarafından dolaşarak benim kapımı açtığında yüzünün kaskatı olduğunu fark ettim.

Ateş bileğimi tutup beni dışarı çıkarttı. Bunu öyle hızlı yapmıştı ki az daha yere düşecektim. "Ne yapıyorsun ya?" diye sordum sinirlenerek. Bileğimi kelepçe gibi kavramış, kavradığı yere inanılmaz baskı uygulamıştı. Farkında değildi belki ama canımı yakıyordu.

"İlk başta yapmam gerekeni," dedi Ateş kupkuru bir sesle ve beni çekiştirmeye başladı. "Sana matematik dersi vereceğim."

"Ne matematiği?" Ateş bir cevap vermedi. Çok geçmeden bahçedeki büyük havuzun yanında durduk. Ateş bileğimi serbest bıraktı. Boştaki elimi hemen bileğime götürüp Ateş'in baskısından dolayı sararan yerleri ovuşturmaya başladım. Bir yandan da ona öfkeli bakışlar atmayı ihmal etmiyordum. Gerçi bu konuda o benden daha başarılıydı ama elimden gelenin fazlasıyla yapıyordum.

"Gir," dedi Ateş sert bir sesle.

Anlamayarak yüzüne baktım. "Neye gireyim?"

Ateş bana doğru bir adım attı. "Havuza," dedi. "İlk dersin bu."

Şok olmuş bir ifadeyle ona baktım. Ciddi olamazdı. "Şaka yapıyorsun, değil mi?"

"Hiç bu kadar ciddi olmamıştım."

Ensemde bir ürperti hissettim. Tamam. Bana herhangi bir ceza veya o tarz bir şey vereceğini düşünmüştüm. Ama bu kadarı... cidden fazlaydı. "Bana havuzda ne yapacaksın?" diye sordum korkarak ve etrafa kaçamak bir bakış attım. Bahçe, sabahın erken saatleri olduğundan dolayı fazla sessizdi. Çıt çıkmıyordu. Yine de Ayşe Teyze'nin ve kocasının evde bir yerde olduklarını bilmek biraz da olsa bana güven veriyordu.

"Ne kadar nefessiz kalabildiğini ölçeceğim," dedi Ateş. Sesi öyle normal, öyle olağandı ki. Adımlarımı yavaş yavaş geriye doğru atıp Ateş'ten uzaklaşmaya başladım. Havuza falan girmeyecektim. "Ama ben yüzme bilmiyorum ki," dedim kirpiklerimin arasından ona bakarak. Yalan söylüyordum. Yüzme biliyordum. Hatta çok iyi. Ama onun bu bilgiyi öğrenmesine gerek yoktu.

"Bu ders çok daha eğlenceli olacak o zaman." Ateş bana doğru bir adım atınca ellerimi öne uzattım. "Bak yaklaşma," dedim panikleyerek. "Yemin ederim seni polise şikâyet ederim. Ve hatırla diye söylüyorum; çok yakinen tanıdığım bir polis memuru var." Babam.

"Acaba kim?" diye sordu Ateş alayla.

"Yaklaşmasana ya! Ciddiyim seni şikâyet eder, ömür boyu hapiste kalmanı sağlarım."

"Seninle işim bittikten sonra hâlâ hayatta kalırsan yaparsın." dedi Ateş, gözlerimi kocaman açıp ona baktım.

"Ha beni öldüreceksin yani?"

"Dünyayı senin gibi bir gevezeden kurtarıyorum işte, fena mı?"

Ateş üzerime yürümeye devam edince bu işin böyle olmayacağını anladım. Nereye kadar geri geri yürüyebilirdim ki? Tek çıkış yolum eve girmek, sonrada Ayşe Teyze'yi bulmaktı. Onlar bana yardım edebilirdi. Adımlarımı hızlandırdım ve arkama bile bakmadan koşmaya başladım.

"Nereye kaçabilirsin ki? Burası benim evim," diye seslendi Ateş arkamdan.

Onu duymazdan geldim. Elbet kaçacak bir yer bulurdum ben.

Bahçe kapısına ulaştığımda sürgülü kapıyı hızlıca açıp içeriye girdim ve boğazımı acıtacak şekilde bağırdım. "Ayşe Teyze, lütfen yardım et!" Oda boştu. Ayşe Teyze ortalarda görünmüyordu. Kahretsin, neredeydi? Bulunduğum odada kimseyi göremeyince içerideki kapıyı açıp hemen dışarı çıktım. "Ya biri bana yardım etsin. Peşimde bir zorba var ve beni öldürecek!"

Panikle kaçacak bir yer ararken Ateş'in adım seslerinin yaklaştığını duydum. "Sana kimse yardım edemez ufaklık," diyordu.

Çabucak mutfağa doğru koştum ve içeri girdim. Çekmeceleri hızlıca karıştırıp silah olarak kullanabileceğim herhangi bir şey ararken büyük, gri bir kepçe dikkatimi çekti. Elime aldım. Bununla kendimi koruyabilirdim sanırım.

Ateş mutfağın kapısından içeriye girdi. Mavi-yeşil gözleri girer girmez bende sabitlenince kepçeyi hemen havaya kaldırdım. "Yaklaşma," dedim endişeyle. Elim tir tir titriyordu.

Ateş elimdeki kepçeye baktı. Yüzünde şaşkın bir ifade oluştu önce. Daha sonra bakışlarını bana çevirip gülmeye başlayınca gülüşü nedense gözüme çok psikopatça görünmüştü.

"Melisa cidden, o elindeki şey seni kurtarır mı?"

"Uzak dur benden."

Ateş bana doğru bir adım attı. "Durmazsam?" Sesindeki tını tüylerimi diken diken etmeye yetti. Silahımı havaya kaldırdım. "Havuza falan girmek istemiyorum," dedim. Yarım saat önce öfkeden deliye dönen ama şimdi gülümseyen bir dengesizin ne yapacağı belli olmazdı. Psikopatlar bile bu kadar çabuk ruh hali değişikliği yaşamıyorlardı. Ateş yavaş adımlarla bana yaklaşıp tam karşımda durdu. Yutkundum.

"Bana davranışlarını göz önünde bulundurursak... Tabii bana bağırmalarını ve sözümü dinlememelerini de. Sen iyi bir dersi çoktan hak ettin ufaklık."

"Ama..." Ne söyleyeceğimi bilmediğim için sustum.

"Bak. Bir cevap bile veremiyorsun," dedi Ateş usulca.

"Özür dilerim," diye mırıldandım başımı öne eğerek.

"Ne için özür diliyorsun?"

"Sana haber vermeden Aras'larda kaldığım için."

"Bir daha yapacak mısın?" Başımı iki yana salladım. "Hayır. Sana haber vermeden bir daha hiçbir şey yapmayacağım," dedim. "Ama Aras'la olan arkadaşlığıma lütfen karışma."

Ateş'in çenesi kasıldı. "Melisa,"

"O benim tek arkadaşım."

"Erkekten arkadaş falan olmaz," deyip sertçe cevap verdi Ateş. Hayretle ona bakmak istesem de yapmadım. "Ama o iyi biri."

Ateş ellerini bel boşluğuma yerleştirip beni kendine doğru çekti. Beklemediğim bu hamle, kalp atışlarımı anında normal seviyenin üzerine çıkartınca nefesimi tuttum. "Sen bir insanın iyi olup olmadığını anlayabiliyor musun?" diye sordu Ateş, yüzüme doğru fısıldayarak konuşmuştu.

"E-evet." Yüzlerimizin arasında santimlik mesafe vardı. Yüzüne baktığımda sadece gözlerini ve burnunu görebiliyordum. Bu yakınlıkta onunla nasıl konuşabilirdim ki? Ayrıca herkes bir insanın iyi mi yoksa kötü mü olduğunu anlayabilirdi. Yüzde yüz olmasa da kimin ne olduğunu herkes az çok tahmin edebilirdi.

"O halde cevap ver?" diye sordu Ateş. "Ben nasıl bir insanım?"

"İyi," dedim hemen. Kelime, düşünmeme fırsat kalmadan çıkmıştı dudaklarımın arasından.

"İyi?" diye sordu Ateş emin olmak ister gibi. Konuşmak yerine başımı sallamayı tercih edince Ateş elini yanağımın üzerine çıkarttı ve dudaklarını dudaklarıma bastırdı. Beklemediğim bu sıcak dokunuş ayaklarımı yerden keserken elimdeki kepçe gürültülü bir şekilde yere düştü ve evin içinde yankı yaptı.

Ateş belimi sıkıca kavrayıp dudaklarımı sömürürcesine öpmeye başladı. Dudakları aceleciydi. Hızlı ve talepkar. Elimden geldikçe ona karşılık verdim ve parmak uçlarımda yükselip ellerimi Ateş'in boynunda birleştirdim.

"Senin düşüncelerindeki gibi bir olmayı isterdim ufaklık." Ateş alnını alnıma yasladı. "Gerçekten bunu isterdim."

Göğsüm hızlı hızlı inip kalkarken güçlükle konuştum. "Sen benim düşüncelerimdeki gibi bir adamsın zaten."

"Değilim," diye diretti Ateş ve dudaklarını tekrar dudaklarıma bastırdı. Yanılıyordu. Kendisi bunun farkında değildi ama Ateş iyi bir adamdı. Ne kadar aksini savunsa da benim gözümde bu gerçek değişmeyecekti.

Ateş dudaklarıma yaptığı baskıyı arttırıp beni kendine bastırdıktan sonra başını yana eğip o şekilde öpmeye başladı dudaklarımı. Kollarımı sıkıca onun boynuna doladım. Sanki biraz gevşetsem yere düşecekmiş gibi hissediyordum. Ateş ellerini kalçama götürüp beni hızlı bir hareketle tezgâhın üzerine oturttu. Afalladım. Böyle bir hareketi hiç beklemiyordum. Soğuk mermer ürpermeme neden olsa da bedenimin ısısı daha ağır basıyordu. Şu anda cayır cayır kavruluyordum. Ateş beni yakıyordu.

Ateş, dudaklarını dudaklarıma bastırıp tekrar öpmeye başlayınca beni ellerimi onun kaslı göğsüne koydum. Onun da vücudu tıpkı benimki gibi sıcaktı. Ateş, ellerini çıplak bacağıma götürüp okşamaya başlayınca ağzımdan kısık bir inleme kaçtı.

Ama o bunu umursamadı ve dilini ağzımın içinde büyük bir açlıkla dolaştırmaya devam etti. Öyle sert, öyle hızlı öpüyordu ki, ona uyum sağlamak cidden çok zordu.

Nefes almak için geri çekildiğimde göğsüm hız hızlı inip kalıyordu. "Şey... tezgâhın üzerine oturduğum için çarpılmam, değil mi?"

Ateş nefes nefese sorduğum soru üzerine gülümsedi ve dudaklarını boynuma bastırdı. Ateş'in dudakları yavaşça aşağılara doğru inince gözlerimi sıkı sıkı kapattım. Böyle yapmak daha kolaydı benim için. Ateş boynumun sol kısmını öpmeye, hatta emmeye başlayınca ağzımdan bir inleme daha kaçtı. Şu anda hissettiğim duygular... Öyle garipti ki. Tarif edilemezdi.

Boynumun morarmaması için içimden dua ederken Ateş alev alev yanan dudaklarını köprücük kemiğime bastırdı. Birkaç saniye orayı öpmüştü ki Ateş beklemediğim bir şey yaptı ve koyulaşan gözlerini bana çevirdi. İkimiz de nefes nefeseydik.

"Sen..." dedi Ateş tehlikeli bir sesle. "Bu gömlek sen kokmuyor?"

Ateş soran gözlerle bana bakınca seslice yutkundum. Üzerimdeki gömleğin Aras'a ait olduğunu öğrenirse... Hiç iyi tepki vermezdi.

"Şey... benim değil de o yüzden." Lütfen kimin diye sorma. Lütfen. Lütfen.Lütfen.

"Kimin?" Kahretsin! Kalbim korkudan deli gibi atmaya başlayınca doğruyu söylemenin en mantıklı karar olduğuna vardım. "Ateş... Şey... Benim üzerime portakal suyu döküldü ve..."

"Lafı dolandırma!"

Yutkundum. "Aras," dedim bir solukta. "Üzerime portakal suyu dökülünce bu gömleği bana ödünç verdi. Ama inan kötü bir niyeti yoktu."

"Üzerinde onun gömleği var!"

Ateş sesini yükseltince bakışlarımı yere indirdim. Sinirlendiği zaman oluşan yüz ifadesi beni korkutuyordu. Ne diyebilirdim ki? Üzerimde Aras'ın gömleği vardı ve hiçbir sebep Ateş'i tatmin etmezdi.

Birden Ateş gömleğin uçlarından tuttu ve hızlı bir hareketle yukarı çekti. Bunu o kadar hızlı yapmıştı ki 'Dur, ne yapıyorsun?' bile diyememiştim.

Ateş belimi kavrayıp beni kendine bastırdı. Sırtım yay gibi gerilirken Ateş öfkeyle konuştu. "Bedenini onun veya başka birinin kıyafetleri değil. Ben ve benim kıyafetlerim sarabilir sadece. Duydun mu?" Ateş onay vermemi bekleyince başımı salladım. Konuşamıyordum. Şu anda karşısında sutyenimle olmak çok utanç vericiydi çünkü.

"Bana cevap ver Melisa!"

Derin bir nefes alıp, "Tamam," dedim. Sesim yavru bir kedi gibi çıkmıştı dudaklarımın arasından. Ateş, "Güzel..." diye mırıldandı. Sonra kollarını belime dolayıp beni kucağına alınca bacaklarım otomatik olarak onun kalçalarına dolandı. Ateş adımlarını hareket ettirip yürümeye başladı. Göğüslerime hiç bakmamıştı. Ya çok küçük bulmuş ve bakmaya değer görmemişti ya da gerçekten çok sinirliydi.

Birlikte mutfaktan çıkıp merdivenlere yönelince sadece ikimizin nefes alış verişleri duyuluyordu koca evde. Merdivenlerden çıkıp geniş koridorda yürüdükten sonra Ateş açık olan kapıdan içeri girdi ve kapıyı ayağıyla kapattı. Şu anda onun kollarında, onun odasında, sadece sutyenim ve okul eteğimle durmak çok utanç vericiydi. Ve içimi saran endişe bu işin hiç de iyi bir yerde bitmeyeceğini söylüyordu.

Ateş sırt üstü yatağa uzanmamı sağladı. Sesimi çıkarmadım ve öylece durmaya başladım. Göğsüm heyecandan hızlı hızlı inip kalkarken Ateş yavaşça yanıma uzandı ve yüzüme bakmaya başladı. Onu tatmin etmek istiyordum. Gerçekten bunu çok istiyordum ama nasıl yapacağımı bilmiyordum. Ateş'in başka bir kıza gitmesini de istemiyordum. O benim sevgilimdi, eğer biriyle beraber olacaksa o sadece ben olmalıydım. Ama şöyle de bir şey vardı ki ben henüz biriyle beraber olmak istemiyorum.

"Sana kızgınım Melisa. O itin evinde kaldığın için, onunla ilgilendiğin için, onun kıyafetini giydiğin için kızgınım." Ateş yüzüme doğru konuşmaya başlayınca bakışlarımı kaçırmamaya özen gösterdim.

"Ateş, ben-"

"Lafımı kesme. O çocuktan hoşlandığını sen kendin itiraf etmiştin bana. O çocuk için heyecanlandığın zamanları da unuttuğumu sanma. İlk başta seni ondan uzak durman konusunda uyarmıştım ama sen sözümü dinlemedin." Ateş yüzünü bana doğru yaklaştırdı. Burunlarımız birbirine değiyordu. "Sence de iyi bir dersi hak etmedin mi ufaklık?"

Ateş ne sinirliydi ne de eğleniyor gibiydi. Anlayamadığım bir ifade ile yüzüme bakıp bir cevap vermemi bekliyordu. "Şey," diyerek konuşmaya başladım. "Ben senin sevgilinim. Bana zarar veremezsin ki?" dedim. Bu özgüvenin nereden geldiğini inanın hiç anlamamıştım.

"Veremem demek?" Ateş kaşlarını havaya kaldırdı. "Zarar benim için geniş bir kavramdır ufaklık. Çok fazla geniş. Neyle, nasıl yapacağım hiç belli olmaz."

"Yani bana zarar mı vereceksin?" diye sordum endişeyle.

"Eğer beni kızdırırsan..." Ateş, sıcak dudaklarını dudaklarıma bastırdı. "Evet, sana zarar veririm." dedi, elini bel boşluğuma yerleştirip kendini bana bastırdığından birden midemin bulandığını hissettim. Ben sadece otobüsteki parfümlerin kokusunu alınca kusardım ama şimdi, sanırım biraz daha ileri gidersek heyecandan kusacaktım.

Ateş tekrar dudaklarımızı birleştirdi. Dudaklarım, yaptığı baskıdan ötürü aralanıp onun dili için davetiye çıkarırken Ateş bunu hemen fırsata çevirdi ve dilini ağzımın içine kaydırıp öpüşmemizi derinleştirdi. Kendimi geri çektim. "Ateş... duralım," dedim nefes nefese. Zorlukla söylediğim bu cümleyi Ateş duymamış gibi yapıp dudaklarını boynuma, oradan göğüslerime indirip öpmeye başladı. Sutyenimin açıkta bıraktığı yerleri öpen dudakları kalbimin göğüs kafesimden çıkacakmış gibi olmasına neden olurken güçlükle konuşmayı denedim tekrar."Ateş.. Lütfen..." Durmasını istiyordum. Üstelik hemen, şimdi.

Ateş başını yukarı kaldırıp bana baktı. "Seni istiyorum Melisa," dedi gözlerimin içine bakarak. "Şimdi."

Yutkundum. Beni istiyordu. Hem de şimdi. Ama ben hazır değildim. "Şey...ben... Ateş... biz-" Düzgün bir cümle kuramıyordum. Harfler ağzımdan kısa kısa kelimeler olarak çıkıyordu. Ne diyecektim, bilmiyorum.

"Hoşuna gitmeyen bir şey olursa dur demen yeterli?" Hoşuma gitmeyen bir şey? Ne hissettiğimi tam olarak bilmiyordum ki... Başımı yavaşça tamam anlamında salladım. Onu kızdırıp gücendirmek istemiyordum çünkü. Ateş küçük bir tebessüm ettikten sonra dudaklarını tekrar benim dudaklarımla buluşturdu. Bu öpücükleri... Hem tutkulu hem de nazikti. Öpüşmemiz tuhaf bir ritim halinde ilerlerken aşağıdan gelen tıkırtılar geri çekilmeme neden oldu.

"Ateş? Üst katta mısın?"

Duyduğum erkek sesi kalbimin sıkışmasına neden olurken Ateş herhangi bir tepki vermedi ve dudaklarını göğsümün açıkta olan kısmına koyup öpmeye devam etti. Elleri ise bacaklarımı okşamakla meşguldü.

"Ateş biri geldi," dedim nefes nefese.

"Siktir et."

Ağzım Ateş'in umursamazlığı ile aralandı. "Ne demek siktir et? Ya bizi böyle görürlerse?"

Ateş bir cevap vermedi ve dudaklarını boynumda gezdirmeye devam etti.

"Ateş, ne olur dur. Biri geldi." Kalbim sıkışmaya başlamıştı. Aynı anda hissettiğim duygular öyle fazlaydı ki.

"Abi neredesin? Sakın uyuyorum deme bu saatte?"

Erkek sesi yavaş yavaş yaklaşmaya başlayınca Ateş'i zar zor geri ittirdim. "Buraya geliyor."

Ateş kas katı bir ifadeyle yüzüme baktı. "Sikeyim böyle işi." Homurdandı.

"Hem evine çağırıyorsun hem de ortalarda yoksun."

Adım sesleri merdivenlerden gelmeye başlayınca hızlı bir

şekilde yatakta doğruldum. "Eyvaah. Geldi," dedim. Ateş sessiz bir küfür mırıldandıktan sonra yataktan kalkıp tişörtünü çıkarttı.

"Al. Giy bunu. Sonrada aşağı gel," dedi.

Çekinerek elimi uzattım ve siyah yarım kollu tişörtü kavradım. Ateş -üstsüz- bir şekilde odadan çıktıktan sonra kapıyı arkasından kapattı. Acaba gelen kişi kimdi?

"Ateş..." Kısa bir sessizlik oldu. "Abi ben uyuyorsun sanıyordum. Affedersin." Duyduğum tanıdık ses pişman olmuş gibiydi. Kim bilir ne anlamıştı? Benimki de soru. Yatak odasından üstsüz çıkan birini görünce ne anlayabilir ki insan? Üstelik nefes nefese?

"Hadi aşağı inelim." Ateş'in isteği ile adım sesleri uzaklaşmaya başladı. Nefesimi usulca dışarı verdim. Çok şükür ki bir rezillik olmamıştı. Gelen kişiye minnettardım. Hayır, Ateş'i seviyordum. Çok ama çok seviyordum ama onunla birlikte olmak... Hem de bu yaşta. Bana hiç doğru gelmiyordu. Hem ben ne yapacağımı bile henüz bilmiyordum ki. Deneyimsiz, tecrübesiz bir kızdım. Ateş ise benim tam aksimdi. Tecrübeliydi, hatta oldukça fazla tecrübeliydi ve biz iki zıt karakter ne yapacaktık hiç bilmiyorum.

Nefesimi düzene soktuktan sonra yataktan kalkıp ayaklarımı yere bastım. Üzerimde Ateş'in tişörtü vardı ve böyle inersem aşağı gelen kişi her kimse iyi şeyler anlamayacaktı. Keşke Aras'ın gömleğini mutfakta bırakmasaydım. O zaman onu üzerime geçirebilirdim. Odanın içindeki aynanın karşısına geçip nasıl göründüğüme baktım. Saçlarım biraz dağılmıştı. Dudaklarım pembe pembe olmuştu. Yanaklarım ise kırmızı bir boya kutusuna batırılmış gibiydi. Elimi saçlarımın arasına daldırıp düzeltmeye başladım. Artık ne kadar düzelirse, o kadar düzelttim.

Boş odada bir süre oyalandıktan sonra daha fazla burada kalamayacağımı fark ettim ve adımlarımı kapıya doğru ilerletip kapalı kapıyı araladım. Aşağıdan bir takım sesler geliyordu. Ama ne olduğunu tam ayırt edemiyordum doğrusu. Derin bir nefes aldıktan sonra dışarı çıkıp ürkek adımlarla merdivenlere doğru yürümeye başladım.

"Bilseydik gelmezdik Ateş."

Duyduğum kız sesi şoka girmeme neden oldu. Maya? Ne yani o da mı buradaydı? Utancımdan yerin dibine girmek istediğimi fark ettim.

"Biz motosikletinin anahtarlarını alıp kaçalım o zaman." Sesini tanıdığım ama kim olduğunu ayırt edemediğim çocuğun sesiyle merdivenlere ulaşmıştım. Yavaşça aşağı doğru inerken kalbimde deli gibi atıyordu.

"Bekleyin getireyim."

Merdivenin 5. basamağına geldiğimde Maya, Ateş ve de Kuzey görüş alanıma gidi. Sesin tanıdık olduğunu biliyordum zaten. Demek ki Kuzey'e aitmiş.

Merdivenlerden inmeye devam edince bütün bakışlar bir anda bana çevrildi. Kuzey ve Maya'nın ağzı 'O' şeklini alırken Ateş'in yüzünde muzip bir gülümseme vardı. Tamam. Sakinim. Bunu yapabilirim. Adımlarımı hareket ettirdim ve merdivenlerden inip onlara doğru yaklaştım. "Merhaba." dediğimde sesimin tatlı çıkmasına özen göstermiştim. Neyse ki başarılı da olmuştum.

"Melisa... Merhaba?"

"Merhaba."

Kuzey ve Maya şaşkın bir ifadeyle beni selamlayınca daha çok gerildiğimi hissettim. Neden böyle tepki veriyorlar ki?

"Yanıma gel Melisa." Ateş'in isteğiyle, "Peki," diye mırıldandım ve yanına oturdum. Bakışlarım yerdeydi.

"E biz artık kaçalım." Kuzey ellerini dizine koyup ileri geri sürtünce başımı yukarı kaldırıp, "Hayır!" dedim hemen. Gitmelerini istemiyordum. Biraz daha kalsalar hiç fena olmazdı. Hatta harika olurdu. Salondaki herkes bana tuhaf bakışlar atınca bir açıklama yapmam gerektiğini fark ettim. Onlara Ateş'le yalnız kalmak istemiyorum diyemezdim ya.

"Şey... O kadar yoldan geldiniz. İçecek bir şeyler ikram etmeden bırakmam."

Maya ve Kuzey birbirlerine baktılar. Bakışlarımı göz ucuyla Ateş'e çevirdiğimde bana 'Ne halt yiyorsun?' der gibi baktığını fark ettim. Umursamadım ve Kuzey'lere baktım tekrar.

"Aslında biz kalksak iyi olur," dedi Kuzey, yüzümü astım. Onlar giderse Ateş'in elinden kurtulamazdım ki ben.

"Ya da kalalım sevgilim. Soğuk bir şeyler gerçekten iyi olabilir," dedi Maya, gülümsedim ve oturduğum yerden kalktım. "O zaman ben hemen hazırlayıp geleyim." Sesim oldukça neşeli çıkmıştı. Koşarak mutfağa doğru ilerledim. Salondan çıktığımda Ateş'e hiç bakmamıştım ama kaşlarını çattığına bahse girerim.

Ama ne yapayım? Dur diyemiyordum. Dersem kızar diye korkuyordum. Devam etmek istiyordum. Edersek pişman olacağımdan korkuyordum. Bu kadar karmaşık duygular hissederken nasıl onunla birlikte olabilirdim ki?

Mutfağın kapısından içeri girince yerde duran gömleği fark ettim ve oraya doğru hızlı adımlarla ilerleyip gömleği elime aldım. Neyse ki Ateş gömleği parçalamamıştı da eve gidince tekrar giyebileceğim.

Siyah renkteki buzdolabına yaklaşıp ikili kapaklarını açtım. İçinde yok yoktu... Gözlerim içecek bir şeyler ararken birinci bölmede gördüğüm kolayı elime aldım. Bunu servis edebilirdim.

"Yardıma ihtiyaç var mı?"

Duyduğum ses kısa bir panik yaşamama neden olsa da gelen kişinin Maya olduğunu fark edince gülümsedim. "Buz çıkartabilirsin?" dedim. Maya onaylarcasına başını salladı. Gerçekten çok güzel bir kızdı. Sert yüz hatlarına rağmen sürekli gülümseyen tatlı bir kız. 4 tane bardağı tezgâhın üzerine koyduktan sonra kolanın kapağını açıp doldurmaya başladım. Bu sırada Maya, elinde tuttuğu buz kalıbı ile hemen yanıma gelmişti.

"Melisa ben hem kendi adıma hem de Kuzey adına özür dilerim. Rahatsız etmek istemezdik." Ah Maya. Bana nasıl yardım ettiğinizi bir bilsen... Gülümsedim. "Hiç problem değil," dedim.

"Aslında biz Ateş'i öyle nefes nefese, üstsüz falan görünce ne yapacağımızı bilemedik." Kızardım.

"Maya... gerçekten önemli değil. Bu konuyu kapatabilir miyiz artık?" Maya gülümsedi. "Tamam tamam. Kapattım bile," dedi.

Onunla beraber gülümsedim ben de. Günlerdir aklımı kemiren soruları hazır Maya da buradayken sorsa mıydım acaba? Ama ya beni yanlış anlarsa? Ama öyle çok merak ettiğim şeyler vardı ki... Derin bir nefes alıp elimdeki kolayı tezgâhın üzerine bıraktım ve bakışlarımı Maya'ya çevirdim. Dikkatle yüzüme bakıyordu.

"Maya sana bir şey sorabilir miyim?"

"Elbette tatlım?"

Mutfak masasındaki sandalyeleri işaret ettim. "Oturalım mı?" Maya başı ile onaylayınca birlikte sandalyelere doğru yaklaşıp oturduk. Nereden başlayacağımı bilmiyordum. Direkt konuya mı girmeli yoksa dolaylı yoldan mı sormalıyım, hiç bilmiyorum.

"Evet? Nedir bakalım seni meraklandıran konu?" Maya soran gözlerle yüzüme bakınca derin bir nefes aldım.

"Aslında şey, nasıl söylesem bilemiyorum. Hani sen geçen gün bir şeyler anlatmıştın ya bana? Onunla ilgili konuşmak istiyorum."

Maya gülümsedi. "Dinliyorum?"

"Ateş..." diyerek başladım konuşmaya. "O sevgiye ve aşka inanmıyor. Ama sen bana o kıza çok âşık olduğunu söylemiştin?"

"Evet, öyle dedim. Çünkü öyleydi. Ateş'in inanması veya inanmaması kimin umurunda?" Kalbimin acıdığını hissettim. O kızı gerçekten çok mu seviyordu?

"Peki o kız..." Yutkundum. "Şimdi nerede?"

Maya, sandalyesinde geriye doğru yaslandı. "Melisa benimle konuşmayı sen istedin. Haklısın da. Bazı şeyleri bilmen gerek ama daha ilk sorudan sonra gözlerin dolmaya başladı. Lütfen yapma böyle. Eskide kalan şeyler için üzülme yoksa sana hiçbir şey anlatmam." Maya'nın tehdidi paniklememe neden oldu. Sorularımın cevabını almak istiyordum.

"Tamam, tamam. Söz üzülmeyeceğim," dedim. "Lütfen anlat?"

"Bak şimdi. Ateş ve Melek çocukluktan beri arkadaştı. Birlikte büyüyüp, birlikte oyunlar oynayan, birlikte okula giden iki yakın arkadaş. Melek çok güzel bir kızdı. Ama sadece bununla sabit değildi. Akıllı, zeki, kabiliyetli, eğlenceli. Kısacası bir sürü güzel özelliği vardı ve Ateş'i fazlasıyla etkiliyordu. Ben de onunla lisede tanışmıştım zaten. Öyle çok samimi değildik ama karşılaşınca arada sırada konuşurduk. Sonra lise sonda mezuniyet balosu oldu. Melek neredeyse okuldaki tüm erkeklerden teklif aldı ama o sadece Ateş'in teklifini kabul etti. Birlikte geldiler baloya. Tüm gece dans edip, gülüştüler. Ateş o zamanlarda -sevgi diye bir şey yok- der dururdu ama o geceden sonra herkes Melek ve Ateş'in artık sevgili olduğunu konuşmaya başladı. Sonra üniversiteye başladık. Ben Kuzey'le aynı okula gitmek istediğim için Sancaktar Üniversitesi'ne kayıt oldum. Orası Melek'in anne ve babasına ait. İşte Ateş ve diğer çocuklar da aynı okula kayıt yaptırdıktan sonra hep beraber orada okumaya başladık. Ateş ve Melek gün geçtikçe daha iyi anlaşıyorlardı, böyle birbirlerinin yanından hiç ayrılmıyordu. Melek biraz şımarık bir kızdı. Ya da biraz mı dedim? Çok fazla şımarık bir kızdı. Ama ne hikmetse bu şımarıklığını hiç Ateş'e göstermezdi. Kız, Ateş'in yanındayken tıpkı ismi gibi davranıyordu. Ama Ateş dışında birinin yanındayken şeytan kesiliyordu... Sonra bir gün Melek, Paris'e gideceğini, orada tiyatro ve dans eğitimi alacağını söyledi. Bu habere içimizde en çok üzülen kişi Ateş oldu haklı olarak. Herkes Ateş'in de Melek'in peşinden gideceğini düşündü ama tam tersi oldu. Melek gittikten sonra Ateş, 'Bir daha ondan bahsetmeyeceksiniz,' diyerek ciddi ciddi uyarıda bulundu. Biz de o günden beri hiç Melek'ten bahsetmeyiz."

Gözümü bir kere bile kırpmadan Maya'nın söylediklerini dinledim. Çocukluk aşkı? Lise aşkı? Üniversite aşkı? O kız Ateş'in hayatında yıllarca yer kaplamış, Ateş'le uzun seneler geçirmişti. Sayısızca güzel anıları olmuştur muhtemelen. Bir oturup konuşsalar, günlerce susmayacak kadar çok anı. Çok yaşanmışlar.

Kıskançlık. Benim henüz onunla parmaklarla sayılacak kadar az anım varken o kız yüzleri geçmişti. Ne şanslıydı. Diğer yandan aptaldı. Ne diye gitmişti ki başka bir ülkeye? Ateş'i geride bırakacak kadar önemli miymiş okulu? Ama iyi ki de gitmişti. Eğer o gitmeseydi ben ve Ateş belki de olmazdık. Belki mi dedim? Kesin olmazdık.

Maya'nın anlattığına göre Melek gerçekten mükemmel bir kızmış. Tam da Ateş'e layık. O varken Ateş beni görmezdi ki... Ya tekrar gelirse buraya? Ya Ateş'in karşısına tekrar çıkarsa? Ve en kötüsü Ateş beni bırakıp koşa koşa ona giderse?

"Melisa iyi misin?"

Gözümden bir damla yaş süzüldü. "Değilim," diye itiraf ettim. Dilim benden bağımsız bir şekilde söylemişti bu kelimeyi. Ama doğruydu. İyi değildim.

Maya oturduğu yerden kalktı. Kollarını bana dolayınca kıpırdamadan olduğum yerde durmaya devam ettim. "Ah benim güzelim ya... Bak kendimi suçlu hissettim şimdi. Lütfen üzülme. Melek dört yıldan beri hiç gelmedi. Bundan sonra da gelmez. Hem gelse bile Ateş artık onu sevmiyor ki." Sevmiyor mu? Geri çekilip Maya ile bakışlarımızı birleştirdim. "Nasıl bu kadar emin olabiliyorsun?"

"Çünkü fıstık, Ateş'in sana olan bakışlarını gördüm. Ve tabii Kuzey'in de anlattığı bir bar olayı var. Yani Melisa, Melek tekrar Türkiye'ye gelse bile Ateş'i etkileyebileceğini sanmıyorum." Burukça gülümsedim. Keşke Maya'nın söylediği gibi olsaydı her şey.

"Teşekkür ederim. Anlattığın şeyler için ve vaktini benimle kaybettiğin için." Maya içten bir şekilde gülümseyip kollarını sıkıca bana doladı. "Hiç önemli değil kuzum. Senin için her zaman vaktimi kaybederim ben."

Bu yakınlık biraz tuhafıma gitse de gülümseyip geri çekildim.

"Artık salona geçsek iyi olur."

"Bence de."

Maya ile birlikte kolaları elimize alıp mutfaktan çıktık. İkimizin de yüzünde gülümseme vardı. Gerçi kalbim hâlâ kırıktı ama eski şeyleri kafama takmak istemiyordum. En azından şimdilik. Akşam yatağa girdiğimde bütün bu anlatılanları tek tek düşünüp ağlayacaktım.

"Hele şükür."

Bizi ilk fark eden Kuzey olmuşu. Maya elindeki kolanın birini sevgilisine uzattıktan sonra yanına oturdu. "Geldik işte," dedi. Kuzey sağ kolunu Maya'nın omzuna atıp saçlarına öpücük kondurunca gülümseyerek onları izledim. Gerçekten çok yakışıyorlardı birbirlerine. Gerçek bir çifttiler.

"Yanıma gel."

Ateş'in sesi ile bakışlarımı Maya ve Kuzey'den çekip ona çevirdim. İfadesiz gözlerle yüzüme bakıyordu. Adımlarımı hareket ettirip Ateş'e doğru yaklaştım ve aramıza birazcık mesafe koyarak yanına oturdum. Hayır ona trip atmıyordum ama daha az önce aşk hayatı hakkında birçok bilgi edinmiştim. Biraz soğuk davranmam elbette normaldi.

Ateş elimde tuttuğum kolanın birini kendine alıp içmeye başlayınca bakışlarımı yere eğip ben de kendi kolamı içmeye başladım.

Aradan kaç dakika geçmişti bilmiyorum ama Kuzey ve Maya ayaklanınca ben de onlarla beraber ayağa kalktım. "Biz artık gidelim. Kola için teşekkür ederiz Melisa."

"Şey... Otursaydınız biraz daha. Yemek falan yerdik?"

"Sevgilinin sabrını daha fazla zorlamayalım istersen?" dedi Kuzey. Bir şey demedim. Maya ve Kuzey'i kapıdan geçirdikten sonra tekrar salona girdim. Ateş bıraktığım gibi, koltuğa yayılmış oturuyordu.

"Ateş beni evime bırakır mısın?" Saat cidden geç olmuştu.

"Buraya gel." Ateş söylediğim şeyi duymamış gibi davranınca istediği şeyi yapmak üzere ona doğru yaklaştım ve yanına oturdum. Aramızda bir karış kadar mesafe vardı yine.

"Sen benden kaçıyor musun?" Ateş bakışlarımızı birleştirip bir cevap vermemi bekleyince, "Hayır," dedim tek nefeste. Aslında yaptığım şey kaçmak değildi, kendimi korumaktı.

Ateş bana doğru yaklaşıp aramızdaki mesafeyi sıfıra indirince nefesimi tuttum ve yapacağı hamleyi beklemeye başladım. "O halde ben neden öyle seziyorum ufaklık?"

"Bilmem ki," dedim kendimi geriye doğru çekip aramızdaki mesafeyi açmaya çalışırken. "Belki de yanlış erişim olmuştur?"

"Ne?"

"Hani bazı insanlar erer ya? Böyle evliyalar falan? Sen de yanlış sezdiğin için yanlış ermişsindir. Yani sen ermemişsin. Çünkü sen evliya değilsin. Buda yanlış erişim olmuş oluyor."

"Anlamıyorum ufaklık. Türkçe konuş?"

Omuzlarımı silktim. "Boş ver. Ben de anlamadım zaten..."

Ateş gülümsedi ve başını onaylamaz şekilde iki yana salladı. Daha sonra kollarını bana dolayıp beni göğsüne bastırdı. Öyle sıkı sarılmıştı ki... "Seninle ne yapacağım ben ufaklık?" Bunu bir soru olarak değil kendi kendine mırıldanarak söylemişti.

"Memnun değilsen bir cami avlusuna bırakabilirsin?" diye önerdim. Ateş'in gülümsemesi biraz daha genişledi ve elini saçlarımın arasına götürüp karıştırmaya başladı. "Ya," dedim hemen ve başımı geri çektim.

"Yağ bakkalda güzelim."

Yüzümü buruşturdum. "Iy. Espri mi yaptın sen şimdi?"

"Yapamaz mıyım?"

"Bilmem, şu soğuk adam kalıbınla pek özdeştiremedim de."

Ateş saçlarımı karıştırmaya devam etti ve sırtüstü koltuğa uzanmamı sağladı. "Hmm," diye mırıldandı. İkimizin de yüzünde bir gülümseme vardı. Benimki daha genişti ama bu bir şeyi değiştirmezdi. "Benden kaçma ufaklık. Ben sana istemediğin bir şeyi zorla yaptırmam zaten." Dudağımı ısırdım. "Teşekkür ederim." Ateş ısırdığım dudağıma baktı. "Tabii beni tahrik etmediğin sürece..." diyerek konuşmasına devam etti. Tahrik. Öyle mi yapıyordum?

Gülümsedim ve tekrar dudağımı ısırdım. "Böyle mi mesela?"

Ateş böyle bir hamleyi beklemediğinden olsa gerek şaşırmış bir ifadeyle bana baktı. Tekrar ısırdım dudağımı. Tek fark bu sefer dişlerimi daha uzun tutmuştum alt dudağımın üzerinde. "Ya da böyle mi?"

"Beni sınıyor musun sen?" Ateş yüzünü bana doğru yaklaştırdı. "Eğer beni baştan çıkarmak gibi bir amacın varsa, dişlerini dudaklarına değil. Boynuma bastır. Çünkü o zaman fazlasıyla başarılı oluyorsun." Ateş dudaklarımızı birleştirdi. Gözlerimi kapattım ve kendimi onun öpücüklerine teslim ettim. Ateş'i seviyordum. Ve her ne olursa olsun hep sevecektim. Geçmişi, geçmişindeki kız umurumda bile değildi. Ateş ve ben şimdi beraberdik ve böyle devam etmesi için sonuna kadar çabalayacaktım.

Koltukta ileri geri tuhaf bir ritim almış öpüşmeye devam ederken dudaklarımı Ateş'ten ayırdım ve nefes nefese konuştum. "Eve gitmeliyim."

Ateş burnunu burnuma sürttü. "Burada kal?"

"Annemler izin vermez ki," dedim nefes nefese.

Ateş çenemi öptü. "İstersem çok ikna edici olabilirim?"

"Eminim ama iki gün üst üste dışarıda kalmama izin vermezler." Ateş'in kaşları çatıldı. Ne dediğimi sonradan fark edince, "Ama söz. Bir gün seninle de kalacağım," deyip konuşmaya devam ettim.

"Sadece kalacak mısın?"

"Şey... İstersen film de izleriz?"

Ateş gülümsedi ve yüzünü bana doğru yaklaştırdı. "İstediğim şeyin film izlemek olduğunu sanmıyorum ufaklık."

***

Ateş'in arabasına binip evime doğru ilerlerken bedenimin

yorgun olduğunu hissettim. E tabii. Bugün o kadar şey yaşadım ki kendimce bu durum gayet normaldi. Hele ki evden çıkmadan önce tekrar Aras'ın gömleğini giymem... Ateş'le kavga etmiştik. Neyse ki ailemin yanında zor bir duruma düşmemem için zar zor kabul ettirmeyi başarmıştım.

Arabayla ana yolda ilerlemeye devam ederken telefon melodim arabanın içinde yankılanmaya başladı. Çantamın ön fermuarını açıp ekrana baktıktan sonra telefonu kulağıma götürdüm. Annem arıyordu.

"Söyle anne?"

"Neredesin sen? Eve yaklaştın mı?"

"10 dakika sonra evde olurum. Ne oldu ki?"

"Yok kızım, bir şey olduğu yok. Ben seni gelirken markete uğra, bir şeyler al diye aramıştım."

"Sen niye almadın?"

"Kızım ben malzemeler yeter sandım. Bak ellerim unlu seni bekliyorum haberin olsun."

"Un mu?"

"Tabii senin haberin yok. Mahalledeki kadınlarla altın günü yapmaya başladık. Ve ilk sıra bizde. Ne şanslıyım ama."

"Of anne ya, neresi şans bunun? Şimdi bir sürü temizlik yap dur. Neyse, ne lazım?"

"5 kilo un, bir paket nişasta, 3 paket kabartma tozu, 2 tane süt, 3 kilo yoğurt, 1 kilo da toz şeker al. Çikolata parçacıkları da alsan çok iyi olur, kekin içine serperim."

"Anne bu saydığın malzemelerin hepsini almam mümkün değil. Biliyorsun, hafta sonu geldi ve harçlığım bitmek üzere."

"Ne demek bitmek üzere? O paralar nereye gidiyor Melisa? Neyse, sen un ve şekeri al hemen eve gel. Diğer malzemeleri de sonra gidersin almaya."

"Tamam anne, görüşürüz."

"Görüşürüz. Çabuk gel."

Gözlerimi devirip telefonu çantamın içine koydum. Şimdi işin yoksa eve git temizlik yap... Nefesimi sesli bir şekilde dışarı verdikten sonra Ateş'e doğru döndüm.

"Yarın bizde altın günü olacakmış da, beni yol üstündeki marketin önüne bırakır mısın? Almam gereken bir iki şey var?"

Ateş başını onaylarca salladıktan sonra arabayı kısa bir sürede marketin önüne park etti. Çok büyük bir yer değildi. Emniyet kemerimi çıkardıktan sonra Ateş'e doğru döndüm ama onun da aynı şeyi yaptığını fark edince, "Nereye?" diye sordum.

"Canım alışveriş yakmak istedi. Yapamaz mıyım?" Ateş soran gözlerle yüzme bakınca, "Elbette yaparsın," dedim. Yapabilirdi. Neden yapamasın ki?

Arabadan indikten sonra markete doğru yürümeye başladık Ateş'le. Evimin hemen üst sokağında kalıyordu. İçeriye girdiğimizde marketin kendine has kokusu hemen burnumu doldu. Ateş iç içe geçirilmiş market sepetlerinden birini eline alınca gözlerimi kırpıştırıp ona baktım. "Aslında ona gerek yok."

"Lazım olur. Yürü."

Ateş market sepetiyle yürümeye başlayınca ne kadar tatlı göründüğünü fark edip gülümsedim. Birlikte raflara bakına bakına yürürken un ve şeker satılan yerde durduk. Kırklı yaşlarında adam yanımıza gelip, "Buyurun?" deyince, "Biz 5 kilo un 1 kilo da şeker alacaktık," dedim.

Adam eline aldığı kürek tarzı şeyi un bidonuna daldırdıktan sonra naylon bir poşetin içine un koymaya başladı. Aynı işlemi şekerde yapınca, "Teşekkür ederiz," deyip tartılan un ve şekeri sepetin içine koydum.

Ateş'le yürümeye başlayınca, "Benim alacaklarım bu kadar, seninkilere geçelim istersen?" dedim.

"Alacaklarının bu kadar olduğuna emin misin ufaklık?" Ateş tek kaşını havaya kaldırıp yüzüme bakmaya başlayınca, "Aslında bir iki şey daha var ama onları eve gidip para aldıktan sonra alacağım," dedim.

"Ne lazımsa yürü alalım. Bir daha git gel yapma." Öylece yüzüne baktım. Ne demek yürü alalım? O mu ödeyecekti parasını?

"Teşekkür ederim ama hiç gerek yok."

Ateş arabayı durdurup yüzüme baktı. "Melisa beni sinirlendirmek istemezsin. Ne lazımsa söyle gidip alalım işte."

"Hayır." İtiraz ettim. "Senin paranı istemiyorum ben."

"Senin benim diye bir şey yok. Söyle?"

"Hayır!" Sepetin içindeki şeker ve unu elime alıp yürümeye başladım. Zengin diye bana para harcamasına izin verecek değildim ya.

Ayaklarım, kolumu tutan el yüzünden durunca bakışlarımı Ateş'e çevirdim. Kaşlarını çatmıştı. "Bir daha sakın bana sırtını dönme," dedi tehdit dolu gözlerle bana bakarak. "Şimdi uslu bir kız ol ve ne lazım söyle? Yoksa marketteki her şeyden satın alırım. Emin ol bunu yaparım ufaklık."

Ağzımdan bir 'Hah' sesi çıkardım. "Bak, paran var diye benim için harcamak zorunda değilsin. Hem zaten ihtiyacım yok ki benim. Eve gidip para aldıktan sonra gerekli şeyleri alacağım."

"Ne gerek var?"

"Ne demek ne gerek var? İstemiyorum işte Ateş, neden bu kadar ısrar ediyorsun ki?" Sevgilisine para ödetmeyen erkeklere hep gıcık olmuşumdur.

Marketin ortasında durmuş Ateş'le birbirimize laf yarışı yaparken telefon melodim yankılanmaya başladı. Çantamın ön kısmını açıp telefonumu elime aldıktan sonra ekrana bakıp cevapla tuşuna bastım.

"Kızım neredesin sen? Ellerim unlu demedim mi sana?"

"Marketteyim anne, birazdan gelirim."

"Acele et. Yapacak bir sürü işimiz var daha."

"Hatırlatmasan olmaz sanki," deyip gözlerimi devirdiğim sırda Ateş hızlı bir hareketle telefonumu elimden alıp kulağına götürdü. Şaşkınlıkla ona baktım.

"Merhaba efendim. Ben Ateş. Sizin için gerekli olan malzemeler neler?"

"Ateş mi? Sen benim kızımın yanında mısın?" Annemin sesini telefon hoparlörde olmadığı halde işitebilmiştim.

"Evet. Şimdi malzemeleri söyler misiniz?"

"Ah. Ben bilemedim ki şimdi..."

"Melisa'nın git gel yapmasını istemiyorum. Söyleyin?"

"Hmm. O halde söyleyeyim. 3 paket kabartma tozu, bir paket nişasta, 2 tane süt, 5 kilo un, 3 kilo yoğurt, 1 kilo da toz şeker."

"Bu kadar mı?"

"Evet."

"Tamam. 10 dakika içinde Melisa evinde olur."

"Peki."

"İyi günler."

"İyi günler çocuğum."

Ateş telefonu elime verdikten sonra sinsice gülümseyip yürümeye başladı. Annem nasıl olur da ona malzemeleri söyler? Derin bir nefes aldım ve Ateş'in peşine takıldım. Market sepetine dört paket süt koyuyordu.

"Yalnız o iki paket olacak,"deyip hatırlatma da bulundum ama Ateş bir cevap vermedi ve diğer malzemeleri almaya başladı. Tamam sakinim. Sakin olmak zorundayım. Neden her şeyden fazla fazla alıyor ki? Nefesimi usulca dışarı verdim. Ateş'in yanına yaklaşıp aldığı şeylere baktım. Annemin istediği malzemelerin yanı sıra kuru gıda ve kahvaltılık bir ton şey daha almıştı.

"Bunlara gerek yok." Sepetteki sosisi elime aldım. Ateş ise bir cevap vermeyerek eline gelen şeyi sepete atmaya devam etti. Sinirden delirmek üzereydim. Market sepeti öyle doldu ki hayatımda bu kadar şeyi aynı anda görmemiştim.

Kasaya geldiğimizde elimdeki şeker ve unu siyah, koşu bandına benzeyen şeyin üzerine bıraktım. Bunların parasını ben ödeyecektim. Kendi paramla. Yirmili yaşlarındaki esmer kız benim aldıklarımı geçirdikten sonra marketin adının yazdığı poşeti bana verip, "6 lira 20 kuruş,"dedi.

Ateş hemen arkamdaydı ve sinirli sinirli bana bakıyordu. Umursamadım ve okul çantamdan çıkardığım 10 lirayı kıza uzattım. Kız, fiş ve para üstünü bana verdikten sonra gülümseyip, "Yine bekleriz," dedi. Ona sadece tebessüm ettim.

Marketten çıkıp Ateş'i beklemeye başladım. Kim bilir ne kadar para ödeyecekti? O kadar çok utanıyorum ki... Ama bir yandan da sinirliyim. Tamam, sevgilimsin ama ne gerek vardı onca şey almana?

Ateş büyük market poşetleriyle dışarı çıkınca ona bakmamaya özen gösterdim. Trip? Evet, ona trip atıyordum. Haklıydım da.

Poşetler arabanın bagajındaki yerini alınca sinirli bir şekilde ön koltuğa geçip elimdeki un ve şekeri kucağıma aldım. Ateş sürücü koltuğun oturup arabayı çalıştırınca yüzüne yüzüne bağırmak istedim. Ama annemin evde beklediği aklıma gelince sustum. Ateş kısa bir sürede evimin önüne getirince beni emniyet kemerimi çözdüm. "Aldıklarının parasını getireceğim bekle," dedim. Elim kapının kulpundaydı.

"İstemez."

Ateş'in söylediği kelime kaşlarımın daha çok çatılmasına neden oldu. Ona doğru döndüm. "Ne demek istemez?" diye bağırdım.

Ateş umursamazca omuzlarını silkti. "Param var. Sevgilim için bir şeyler almak istedim ve aldım. Bunu neden bu kadar uzatıyorsun ki?"

"Paran varsa ne olmuş yani? Sevgililer birbirine çiçek alır, hediye alır. Evi için gerekli malzemeler almaz!"

Ateş gülümsedi. "Sana çiçek mi almamı istiyorsun?" Öyle bir şey istiyor muydum?

"Hayır istemiyorum. Sen onu da toptan alırsın!" dedim.

Ateş güldü. "İlla karşılığını vereceğim diyorsan... Bir gün ödersin."

"Ben şimdi ödemek istiyorum!"

"Bir gün," diye diretti Ateş.

"Nasıl olacakmış o?"

Ateş, yüzünü bana doğru yaklaştırdı. Aramıza bir santim mesafe koyduktan sonra alnıma düşen saçımı geriye ittirdi. "Vakti gelince öğrenirsin," dedi. Ama ben ne dediğinden değil, şu anki yakınlığımızdan dolayı donup kalmıştım.

Ateş market poşetlerinin hepsini evime kadar taşıdı. Böyle bir kibarlığı yapması hayli şaşırtmıştı beni. Gerçi Ateş onca poşeti bana taşıtacak biri de değildi ama... Ateş anneme, "Kolay gelsin," deyip sonra gitmişti. Annem ise şaşkın gözlerle alınan şeylere bakıyordu.

"Melisa sanırım bu çocuğu sevmeye başladım."

Bölüm 21

"Melisa uyan artık. Saat kaç oldu hâlâ uyuyorsun. Daha yapacak bir ton işimiz var."

Annemin üzerimdeki pikeyi çekiştirmesiyle gözlerimi araladım. Yorgun gözlerim ne olduğunu anlama çalışır gibi etrafa bakınırken uyku sersemliğiyle homurdandım. Uyanmak? Bir ton iş? Şaka falan mıydı bu? Daha uyuyalı dört-beş saat olmuşken bu saatte uyanacağımı falan düşünüyorsa yanılıyordu. Hiç niyetim yoktu doğrusu.

"Kime diyorum ben?" Annem pikeyi çekiştirmeye devam edince uykulu bir sesle konuştum. "Ya anne git başımdan. Çok uykum var benim." Dün gece geç saatlere kadar altın günü için çeşit çeşit yiyecekler hazırlamıştık annemle. Kek, poğaça, kurabiye, börek. Yatağa girdiğimde saat gece yarısını epey geçiyordu. Haliyle uykumu daha alamamıştım. Öğlene kadar uyusam anca ayılırdım.

"Uykusu varmış." Annem homurdandı. "Beş dakika içinde kahvaltı masasında olmazsan ben göstereceğim sana uykuyu."

"Hı-hı."

"Melisa beni sinir etme de hemen yataktan kalk! Saçından sürükler öyle çıkartırım vallahi." Yapar mı yapardı. Daha önce birkaç kez yapmıştı, oradan biliyordum. Sonra günlerce saç diplerimin acısından kurtulamamıştım.

"Ya ben bu dünyaya temizlik yapmak için mi geldim acaba?" Yastığı başımın üzerine bastırdım. Belki nefessiz kalarak bayılabilirdim ve böylece temizlik yapmaktan kurtulmuş olurdum. Gerçi annemin elinden kurtulmak için nefessiz kalmak yetmezdi. Bir şekilde beni ayıltır, o temizliği illa yaptırırdı.

"Süren başladı."

Annemin adım seslerini duyunca başımın üzerindeki yastığı yavaşça kaldırıp odaya kısa bir göz attım. Gitmişti. Giderken ardında güzel de bir tehdit bırakmıştı. Harika! Acı ama gerçek.

Kaçamayacaktım bu temizlikten. Üzerimdeki yorganı atıp istemeye istemeye yataktan çıktım. Az önce öğlene kadar diyordum ama hayır. Bir on dakika daha uyuyabilmek için her şeyi yapardım.

Banyoya gidip elimi yüzümü defalarca yıkadıktan sonra dağınık saçlarımı tepeden topladım. Uykum biraz daha açılmıştı, ama sadece biraz. Mutfağın kapısından içeriye girdiğimde annemi babama çay doldururken buldum. Hafta sonu olduğu için babam bugün evdeydi. "Günaydın," diyerek yanlarına yaklaştım ve masadaki yerime oturdum. Babam bakışlarını okuduğu gazeteden ayırıp bana çevirdikten sonra, "Günaydın," diyerek karşılık verdi. Sesinde anlayamadığım bir ton vardı. Ciddi? Pek üstesinde durmadım.

Annem kocaman bir bardak portakal suyunu önüme bıraktıktan sonra yerine oturdu. Bakışlarımı sinirle ona çevirdim ama onun bana baktığı yoktu. Önüme dönüp kahvaltımı etmeye başladım ben de. Kahvaltı masasında derin bir sessizlik hâkimdi. Sadece çatal-bıçak sesleri duyuluyordu. Normalde gündelik de olsa bir şeyler konuşulurdu. Bu sessizliğin altından bir şey çıkacağını hissettim.

"Melisa?"

Babam otoriter sesiyle bana seslenince bakışlarımı ona çevirdim. "Efendim babacığım?"

"Annen bir şeylerden bahsetti," dedi babam. "O çocuk dün bir takım şeyler almış eve?" Ve hislerim yine beni yanıltmamıştı.

O çocuk derken Ateş'ten bahsediyordu. Ve annemin elbette bu durumu babama anlatmasını bekliyordum. Anlatmazsa şaşardım. "Öyle oldu baba. Ben hiç istemedim gerçi, itiraz bile ettim ama beni dinlemedi."

"Yaptığı şey pek doğru gelmedi bana. Ama konumuz bu değil. O çocuk neden senin yanındaydı?" Kalp atışlarım ufaktan hızlanmaya başlarken, "Şeyden..." diye mırıldandım. Onlara yalan söylemek istemiyordum ama söylemek zorundaydım. Ne diyebilirdim ki? Okula adımımı atar atmaz kolumdan tuttuğu gibi beni sürükledi ve kendi evine götürdü mü? Diyemezdim.

"Ateş okuldan sonra beni aldı. Yani eve bırakmak için. İşte sonra annem de o sırada arayınca benimle birlikte markete geldi."

"Okuldan sonra?" Babam soran gözlerle yüzüme bakınca başımı salladım hemen. "Hı-hı."

"Melisa o çocuk için okuldan kaçmıyorsun, değil mi?"

Hemen karşı çıktım. "Yok. Vallahi yok baba. Zaten o da okulumu aksatmamı hiç istemiyor." Yalanlar, yalanlar...

"İyi madem," dedi babam. "Okuluna önem veriyorsa, güzel."

Derin bir nefes aldım. Şimdilik olsa bile babam inanmış gibi görünüyordu ve bunun uzun bir süre devam etmesini umuyordum. Bir bilse okuldan kaçtığımı... Ne yapar Allah bilirdi. Babamın devamsızlığımı öğrenmemesi gerekiyordu. Hem benim iyiliğim için hem de Ateş'in iyiliği için. Babam eğitimime çok fazla önem verirdi. Üstelik kız çocuk olduğum için daha bir titiz davranırdı okumam hakkında. Günün birinde ayaklarımın üzerinde durabilmem, onun için çok önemliydi ve bu önemi sıklıkla dile getirip benimle paylaşmaktan hiç çekinmezdi.

"Onu tekrar görmek istiyorum. Öyle bir akşam yemeğiyle olmaz. Hatta ailesiyle de tanışıp görüşmek istiyorum. En yakın zamanda söyle, gelsinler." Aile? Ateş'in ailesi? Ateş'in isimlerini bile ağzıma almama izin vermediği ailesi? Şaşırarak babama baktım. Ateş'in bu durumdan hoşnut olacağını sanmıyordum.

"Ateş'in ailesi yurt dışında yaşıyor baba. Yani gelemezler."

"Ben anlamam. Söyle ona en kısa zamanda ailesini alsın getirsin." Babam sesini yükseltince bir şey diyemedim. Ateş'e babamın ailesiyle görüşmek istediğini söylesem vereceği tepkiyi kestiremiyordum. Sinirlenirdi. Çok sinirlenirdi ve aramızdaki ilişkiye son bile verebilirdi. Bu düşünce beynime bir balyoz gibi indi. Aramızdaki ilişkinin son bulması bir anda paniklememe neden oldu.

Ateş'e söylemeyecektim. Ne olursa olsun bir şekilde babamı bu isteğinden vazgeçirecektim.

Mutfaktaki saat 11.05'i gösterdiğinde kahvaltımız bitmişti. Babam evden çıkıp Ali Amca'nın yanına gidince annemle baş başa kalmıştık. İlk önce çıkan bulaşıkları makineye dizdim. Allah'tan çok kalabalık bir aile değildik. İşim yaklaşık on beş dakika içinde bitmişti. Elektrik süpürgesiyle bütün evi güzelce süpürdükten sonra mutfağa, annemin yanına gittim.

"Bitti. Gidebilir miyim artık?" Annem bakışlarını bana doğru çevirdi. Mutfak masasına oturmuş, domates dilimliyordu. "Nereye?" diye sordu otoriter bir sesle. Aslında ben de bilmiyordum nereye gideceğimi. Büyük ihtimalle Ateş'i arar ve buluşmak istediğimi söylerdim. Dünkü olay yüzünden hâlâ kızgındım ama yapacak bir şey yoktu.

"Ateş'le buluşurum?"

"Olmaz. Hem daha yerler viledalanacak. Ayrıca tozlar da duruyor." Kaşlarımı çattım. "Ya anne of!" Sırf Ateş'le buluşmayayım diye yaptırmıyorsa, ben de Melisa değildim.

"Anneye of denmez. Git ve söylediklerimi yap. Misafirler bir-iki saate gelir." Acıyla yüzümü buruşturdum. Altın gününden nefret ettiğimi söylemiş miydim? Ya da temizlik yapmaktan? Söylüyorum işte. Temizlik yapmaktan nefret ediyorum!

Mutfaktan çıkıp söylene söylene banyoya doğru ilerlemeye başladım. Mahsur kalmıştım bugün evde, annem hiçbir yere çıkartmayacaktı beni. Belki annemin söylediği yerleri temizledikten sonra sessizce tüyebilirdim ama akşam eve geldiğimde annemin gazabından korkuyordum. Bu yüzden bu düşünceyi başıma geleceklerden korkarak eledim.

Telefonumun melodisini işittim. Doğru duyup duymadığımdan emin olmak için sesin geldiği yöne kulak kabarttım. Doğruydu. Benim telefonum çalıyordu. Banyoya yönelen adımlarımın istikametini değiştirip koşarak odama doğru ilerledim. Komodinin üzerinde duran telefonumu elime aldıktan sonra hemen cevapla tuşuna bastım. "Alo?"

"Selam tatlım. Benim, Maya. Nasılsın?" Maya mı?

"İyiyim sen?"

"Ben de iyi. Numaranı Ateş'ten aldım ama inan alana kadar akla karayı seçtim. Ne inatçı bir çocuk. İki saat soru yağmuruna tuttu beni. Ne yapacaksın? Neden istiyorsun? Vıdı vıdı." Dudağımı ısırıp gülümsedim.

"İyi yapmışsın."

"Ben seni şeyden aradım. Bugün bizim kızlarla alışverişe çıkacağız da, ben sen de gelir misin diye soracaktım? Hatta sormuyorum direkt gel."

"Maya şey... çok isterdim ama bugün evden çıkabileceğimi pek sanmıyorum."

"Neden ki?"

"Bugün bizde altın günü var. Yani temizlik falan yapıyorum."

"Altın günü mü? Ciddi misin?"

"Evet."

"Kızlar alışveriş iptal." diye seslendi Maya birilerine. "Hep beraber altın gününe gidiyoruz."

"Ne?"

"Nasıl yani?"

"Duydunuz işte. Hadi hazırlanın."

"Tatlım sana sormadım ama biz de gelebilir miyiz kızlarla?"

"Şey... Elbette gelebilirsiniz."

"Ay harika! O zaman biz hemen hazırlanıp gelelim. Evinin adresini bu numaraya mesaj atar mısın?"

"Tabii."

"O zaman görüşürüz. Bak çok heyecanlandım şimdi."

"Şey... Görüşürüz," dedim ve telefonu kapattım. Yüzümde şaşkın bir ifade vardı. Bu zamana kadar bir kez bile arkadaş olarak adlandırabileceğim kimse evime gelmemişken daha yeni tanıdığım bu kızların gelmesi tuhaftı. Fazla tuhaftı.

Ben hep yalnızdım. Bu zamana kadar hiç arkadaşım olmamıştı. Okulda bile bu gerçek hiç değişmemişti. En iyi arkadaşlıklar lisede kurulur diyorlar ya? Bana göre bu külliyen yalandı. Üç senelik lise hayatım boyunca sadece tek bir arkadaş edinebilmiştim, o da daha yeniydi. Bu seneydi. Paralı bir okula gidiyordum. Anneme ve babama göre nedeni, çevremde iyi insanların olması ve daha iyi eğitim alabilmemdi. Evet, belki özel bir okula giderek daha iyi eğitim alabilirdim ama iyi arkadaşlıklar böyle okullarda olmazdı ki. En azından benim okulumda öyle arkadaş canlısı insanlar yoktu. Herkesin kendine göre bir çıkarı vardı. Kimi daha popüler olmak istiyordu, kimi sadece tanınmak. Kimi öylesine vakit geçirmek. Kimi de gerçekten iyi bir eğitim almak istiyordu. Bunları göze alırsak ben hangi kategorideydim? Veya hangi kategoriye girersem gerçek arkadaşlara sahip olabilirdim? Belki de ailem paralı değil de bir devlet lisesine gönderseydi beni, birçok arkadaş edinebilirdim? En azından öyle umuyordum.

Odamdan çıkıp mutfağa gittim. Annem bakışlarını bana çevirdi. "Ne çabuk sildin yerleri?"

"Yok henüz silmedim," dedim. "Anne ya, ben sana şey soracağım. Bu altın gününe 3 tane arkadaşım gelebilir mi?" Bu cümleyi kurmak bile hayli tuhaf hissettirmişti. Ben ve arkadaş? Vay be. Bu günleri de görecekmişim demek.

Annem gözlerini irileştirdi. Yüzü şaşkın bir ifadeye büründü. E kadın da haklıydı. Bu zamana kadar bir tane bile 'arkadaşım' dediğim kimse gelmemişti ki eve.

"Ne dedin sen? Arkadaş mı?" Başımı onaylarcasına salladım. "Biraz tuhaf ama evet."

"Kimmiş bu arkadaşlar? Okuldan mı?"

"Değil. Biliyorsun, okulda kimseyle arkadaşlık yapmıyorum."

Annem tek kaşını şüpheyle havaya kaldırdı. "Nerede tanıştın o zaman?"

"Of anne ya. Niye bu kadar uzatıyorsun ki? Bir yerde tanıştık işte. Sorgulamak yerine direkt onaylasan olmaz mı?" diye sordum baygın bir sesle. Annem ayağındaki terliği hızlı bir şekilde çıkartıp bana fırlattı. Çıkartması ve fırlatması aynı saniye içinde gerçekleşmişti. "Laflara bak laflara. Anneyle öyle mi konuşulur?"

Diz kapağımın üzerine gelen terlik neyse ki canımı çok yakmadı. "Tamam, özür dilerim. Gelebilirler mi?" Yavru köpek bakışlarımı anneme atmaya başladım. Bu bakışlarıma pek dayanamazdı kendisi. Kendimi acındırmakta iyiydim doğrusu. "İyi madem, gelsinler," dedi annem. Yüzümde kocaman bir gülümseme oluştu. Mutfaktan çıktım ve koşarak banyoya girdim.

***

Annemin söylediği her yeri güzelce temizledikten sonra kendimi ılık suyun altına attım. Yorgunluğuma iyi gelen ılık suyun içinde yaklaşık yirmi dakika kadar durduktan sonra banyodan çıkıp odama gittim. Banyoya girmeden önce giyeceğim kıyafetleri yatağın üzerine bırakmıştım. Bu yüzden oyalanmadan yatağın üzerine bıraktığım kıyafetlerimi elime aldıktan sonra giyinmeye başladım. Misafirler birazdan gelmeye başlayacaklardı ve benim hazır olmamam ev sahipliğinin temel görevlerine aykırıydı.

İlk önce iç çamaşırlarımı giydim. Daha sonra buz rengi, yırtık, dar parçamı bacaklarımdan geçirdim. Hava bugün sıcak olduğu için kolsuz bir tişört giyebilirdim. Bu yüzden turkuaz rengi tişörtümü üzerime geçirdim. Tişörtün üzerinde abartılı bir şekilde şu cümle yazıyordu. "Cmon Baby. KISS ME!"

Makyaj masamın önüne oturdum. Islak saçlarımı hızlıca kurutup sıcak havayı bir süre saçlarımın üzerinde gezdirdim. Zaten düz olan saçlarım iyice dümdüz oldu. Bugün biraz makyaj yapmak istiyordum. Gözlerime siyah bir kalem çektim önce. Mavi gözlerim iyice belirgin bir hal alırken kirpiklerime de güzelce rimel sürdüm. Dudaklarıma bir şey sürüp sürmemekte kararsız kalırken parlatıcılarıma göz gezdirdim. Çilekli, kirazlı, muzlu. Üç parlatıcım vardı, hepsinin de kokusu bir harikaydı. Çilekli olanında karar kıldım ve onu dudaklarıma sürdüm. Hazırdım.

Misafirler yavaş yavaş evi doldururken annem ve Aysun Teyze mutfakta, servisleri hazırlıyorlardı. Hazırladıkları servisleri içeri götürüp misafirlere servis eden de elbette bendim. Bütün teyzeler büyüyüp, güzelleştiğimle ilgili bir ton iltifatta bulunmuşlardı. Onlara kibarca gülümseyerek karşılık vermekten başka bir şey yapmamıştım.

Aşağı yukarı yarım saat sonra zil çaldı. Heyecanla kapıyı açmaya gittiğimde görüş alanıma giren Maya ve diğer kızlar kocaman gülümsememe neden oldu. Onları görmek harikaydı. Eve, arkadaşım sıfatıyla birilerinin gelmesi gerçekten harikaydı. Bu kadar güzel hissettireceğini tahmin etmemiştim. Hepsiyle sarılıp görüştükten sonra salona doğru ilerledik. Bütün teyzeler bakışlarını bize çevirdi ve kızları baştan aşağı süzmeye başladılar.

"Bu tatlı kızlar kim Hülya?"

Meraklı bir teyzenin sorusuyla annem bakışlarını Maya, Sinem ve Nazlı'nın üzerinde gezdirdi. O da tanımıyordu ki. "Kızımın arkadaşları," demekle yetindi.

"Maşallah, pek güzeller," dedi Nuriye Teyze abartılı bir sesle. Gözlüklerini burnunun ucuna getirmiş, alıcı gözüyle kızlara bakıyordu. Orta yaşlı, saçları gri olan bir kadındı. Saçlarını her zaman ensesinin üzerinde toplar, lastik bir tokayla bağladı. Bu kadını yıllardır tanıyordum ama bir kez bile saçlarını açık görmemiştim.

Maya gülümsedi ve annemin yanına gitti. "Öpeyim efendim?" dedi. Annem birkaç saniye tepkisiz kalsa da sonra elini Maya'ya uzattı. Maya annemin elini öpüp alnını da değdirmeyi ihmal etmeyince bütün teyzelerin olumlu bakışlarını üzerine aldı. Nazlı ve Sinem de Maya'nın yaptığını yapıp başta annem olmak üzere içerideki herkesin elini öptükten sonra boş yerlere oturdular. Tabii ki ben de.

"Eee kızım, okuyor musun bakayım?" Şebnem Teyze'nin sorusu Maya içindi.

"Evet efendim. Üniversite son," dedi Maya kibarca.

Annemin bakışlarını üzerimde hissedince başımı tereddüt

ederek ona çevirdim. Bana 'Sonra konuşacağız,' der gibisinden bakıyordu. Konuşmazsak şaşardım. Sanırım Maya ve diğer kızların yaşıyla ilgili konuşacaktık. Ciddi bir konuşma yapacağımızı hissedebiliyordum. Yine de bugünün sorunsuz geçmesini istediğim için anneme tatlı tatlı gülümseyip tekrar kızlara doğru döndüm.

"Annenler nasıl kızım?" Adını bilmediğim bu teyzenin sorusu ise Sinem içindi.

Sinem kızıl-kahve saçlarını sağ omzunun üzerinde topladıktan sonra gülümsedi. "İyiler efendim. Sağ olun," dedi. Üzerinde sarı, kolsuz bir elbise vardı. Elbise dizinden iki karış kadar yukarıdaydı ve düzdü. Hiçbir deseni yoktu. Saçlarıyla oldukça uyumlu görünüyordu ve güzeldi.

"Senin anneler nasıl yavrum?"

"Onlarda iyiler teyzecim, çok sağ olun." Nazlı da diğer kızlar gibi oldukça samimi cevap vermişti. Kahverengi saçlarını tepeden toplayıp atkuyruğu yapmıştı. Üzerinde beyaz, kolsuz bir tişört vardı. Altında ise aynı renk pantolon. Sportif şıktı. Güzeldi. Tıpkı Sinem ve Maya gibi o da bir ortama girince dikkatleri üzerine çekebilecek bir genç kızdı.

Ben öyle değildim. Bu zamana kadar bir ortama girip de tüm dikkatleri üzerimde topladığım hiç olmamıştı. Dikkat çekecek bir yanım yoktu, sanırım bu yüzdendi. Kendimde sevdiğim tek şey mavi gözlerimdi. Onun dışında sıradan, normal bir kızdım.

"Melisa sen neler yapıyorsun? Duyduğuma göre sınav haftasına girmişsiniz?" Aysun Teyze'nin sesini işitince bakışlarımı ona çevirdim.

"Evet," dedim samimi olduğuna inandığım bir sesle.

"Aras çalışmaya başladı. Sende durumlar nasıl bakalım?"

"Şey... ben de çalışıyorum." Henüz başlamamış olsam da en kısa zamanda çalışmaya başlayacaktım. Lise üçüncü sınıfı kötü bir ortalamayla tamamlamak istemiyordum.

"Aferin sana," dedi Aysun Teyze ve gülümsedi. Aynı şekilde ona karşılık verdim. Bakışlarımı göz ucuyla Maya ve Şebnem

Teyze'ye çevirdiğimde Şebnem Teyze'nin, oğlunu Maya'ya kakalamaya çalıştığını fark ettim. Oğlunu tanıyordum. Bizim mahallede oturan, ağır abinin tekiydi. Kendisinden pek hazzettiğimi söyleyemem doğrusu.

"İşte kızım benim de oğlum askerden yeni geldi," dedi Şebnem teyze.

"Ne güzel," dedi Maya ve gülümsedi.

"Oğlum diye demiyorum kendisi pek bir delikanlıdır. E çalışkan da bir çocuk."

Naciye Teyze kenardan atladı. "Bu devirde delikanlı birini bulmak zor," dedi. Bütün teyzeler başıyla onu onayladı. Herkes susmuştu, Şebnem Teyze ve Maya ikilisine bakıyordu.

"Fatih'im hem akıllı, hem çalışkan, hem de yakışıklı çocuktur. Oğlum diye demiyorum pek de bir yeteneklidir hani. Neydi sizin beğendiğiniz biri vardı. Justin Bieber mi ne? İşte o, yanında halt etmiş." Dudaklarımı birbirine bastırıp gülümsememi engellemeye çalıştım. Fatih Abi ve Justin bieber, öyle mi? Fatih Abi'yi eline gitar alıp İngilizce bir şarkı söylerken düşünemiyordum. Pala bıyıklarına tersti bir kere.

"Ah Şebnemcim haklısın vallahi. Benim kız da o çocuğa hayran. Ne buluyorlar hiç anlamıyorum."

"Benim kız da pek bir sever. Resmini de gördüm, bir şeye benzese gam yemeyeceğim."

Bence gayet tatlı bir çocuktu. Sesi de güzeldi. Hayranı falan değilim. Ama telefonumda birden fazla şarkısı vardı. Onu dinlemek bana keyif veriyordu ve işini gayet de iyi yapıyordu.

Şebnem Teyze, Maya'nın elini tuttu. "Siz bi' tanışın be kızım. Oğlum sarışınları da pek sever. Bence çok iyi anlaşacaksınız."

"Teyzem." Maya gülümsedi. "Sen çok tatlısın ama benim zaten bir nişanlım var."

Sessizlik. Tüm bakışlar Maya'ya çevrildi. Nişanlı derken Kuzey'den bahsediyor olmalıydı. Aralarında bir nişanlılık söz konusu değildi ama Şebnem Teyze'yi geçiştirmek için daha iyi bir yol olamazdı. Ayrıca Maya'nın bunu söylerken gözlerinden geçen parıltı da dikkatimden kaçmış değildi. Kuzey'i çok seviyor olmalıydı. Bunu söylemek bile onun gözlerinin içini gülümsetiyorken gerçekte olsa kim bilir nasıl sevinirdi.

Aynı şey Şebnem Teyze için geçerli değildi ama. Hayal kırıklığına uğraşmış gibi Maya'ya bakıyordu. "Nişanlın var demek?" diye sordu bozulmuş bir ifadeyle.

"Evet ve onu çok seviyorum," dedi Maya.

Şebnem Teyze yüzünü astı. Bakışlarını Sinem ve Nazlı'ya çevirdi. "Bunlar da olmaz ki. Benim oğlan sarışın sever. Ah ah," dedi yakınarak. Herkes Şebnem Teyze'ye gülerken Sinem ve Nazlı 'Çok üzüldük,' der gibisinden mırıldandılar.

Sonraki dakikalar bol kahkaha ve bol eğlenceli diyaloglarla geçti. Hatta dans etmiş, çalan mezdeke parçasında kurtlarımızı bile dökmüştük. Maya ve diğer kızlar uzun zamandır bu kadar eğlenmediklerini, sonraki günün ne zaman olacağını sormuşlardı. İlk başta şaka yaptıklarını düşünmüştüm ama sonra ciddi olduklarını fark edip onlara gerçekten cevap vermiştim. Sonraki gün, Hayriye Teyze'nin evindeydi ve kızlar kesinlikle oraya da gideceklerini söylemişlerdi. Onların eğlenmiş olması nedense beni çok mutlu etmişti. Henüz arkadaşlarım değillerdi belki ama arkadaşlığa yakın bir bağ vardı aramızda.

"Melisa odan çok güzel. Kütüphanene bayıldım!" dedi Nazlı. Şu anda kızlarla benim odamda, yatağımın üzerinde oturuyorduk. Misafirlerin hepsi gitmiş, ben de onları odama getirmiştim.

Gülümsedim. "Teşekkür ederim."

"Bugün senin sayende çok eğlendik. En son ne zaman bu kadar güldüm, hatırlamıyorum."

"Aynen."

"Ayrıca seninle vakit geçirmek de harikaydı."

"Sinem haklı. Şahsen ben çok sevdim seni. Ateş seninle birlikte olduğu için çok şanslı."

Ne diyeceğimi bilemedim. Şanslı olan Ateş miydi? Yoksa

ben mi? Bana kalırsa bendim şanslı olan. Ateş'e sahip olduğum için, beni yanında istediği için kendimi dünyanın en şanslı kızı hissediyordum.

"Kızlar size bir şey sorabilir miyim?"

"Elbette?"

"Maya..." diyerek konuşmaya başladım. "Kesinlikle rahatsız olduğumdan değil ama bana karşı biraz fazla yakın değil mi?" Bu soruyu kısık bir sesle sordum. Maya'nın duymasını istemezdim çünkü. Yanlış anlayabilirdi. Hazır o da tuvalete gitmişken kızların bir cevap vermelerini bekledim merakla.

"Şey...Tatlım. "Nazlı çekinerek konuşmaya başladı. "Sanırım Maya seni kardeşinin yerine koyuyor. Bu yüzden sana karşı bu kadar yakın."

"Kardeşi mi?"

"Evet. Maya'nın bir kız kardeşi vardı. Adı Masal. Hastalığı dolayısıyla birkaç sene önce vefat etti. Yaşasaydı seninle aynı yaşta olacaktı." Şimdi anlamıştım. Taşlar şimdi yerine oturmuştu. Bana yakın davranmasının nedeni buydu. Beni kardeşi gibi görüyordu.

"Ben, çok üzüldüm," dedim. Benim bir kardeşim yoktu ama eminim felaket bir şey olmalıydı. Kim bilir Maya ne kadar üzülmüştür?

Kızlar içten bir şekilde gülümsediler. Bu sırada odamın kapısı açıldı. Bakışlarımızı gelen kişiye çevirdiğimizde onun Maya olduğunu fark ettik.

"Oh be. Rahatladım vallahi. Ne çok yemişim öyle," dedi Maya. Onun bu söylediğine kızlar içtenlikle gülümserken ben sadece tebessüm etmekle yetindim. Kim bilebilirdi ki sürekli gülümseyen bu kızın derinlerden bir yara aldığını? Yaşadığı acıya rağmen bu kadar güçlü görünmesi örnek alınacak bir davranıştı.

Hava kararmaya başladı. Ama biz hiç ara vermeden konuşup gülmüştük kızlarla. Hepsi öyle sıcakkanlıydı ki. Hiç çekinip, hiç kasılmamıştım. Bu kadar iyi olacaklarını tahmin etmemiştim.

Ya da benim onların yanında kendimi rahat hissedeceğimi... Hepimiz başımızdan geçen komik anıları anlattık. Dakikalar, bol kahkaha eşliğinde ilerleyip gitti.

Odanın içinde mesaj sesi duyulunca hepimiz konuşmayı bıraktık ve mesajın kime geldiğini anlamak için telefonlarımıza baktık. Mesaj Maya'ya gelmişti.

"Kızlar, Kuzey bizi kulübe çağırıyor. Ateş'in galibiyetini kutlayacakmışız." Maya bana baktı. "Ve Melisa, Ateş senin de gelmeni istiyormuş." Ateş'in adını işitmek içimde bir şeyleri harekete geçirdi. Bugün maçı vardı ve bana haber vermemiş miydi?

"Sanırım ben gelemem," dedim. Daha doğrusu gitmezdim. O beni arayıp bir ne yapıyorsun bile dememişken yanına gidecek değildim.

"Neden?" diye sordu Maya. "Hem Ateş'i tebrik de edersin?"

"Maya gerçekten hiç istemiyorum. Hem annem de bu saatte dışarı çıkmama izin vermez."

"Merak etme, ben ondan izin alırım."

Hep beraber odamdan çıktık ve salona gittik. İstemediğimi söylediğim halde Maya ısrar edip, bana itiraz etme şansı vermemişti. Tek ümidim, annemin her zamanki otoriterliğini kullanarak şimdi de yapıp dışarı çıkmama engel olmasıydı.

"Merhaba Hülya Teyze." Maya'nın neşeli sesiyle annem ve Aysun Teyze bakışlarını bize çevirdiler. Üçlü koltuğa oturmuş gülüşerek bir şeyler konuşuyorlardı.

"Merhaba kızım?" dedi annem.

"Ya ben şey diyecektim. Acaba Melisa bizimle bir yere kadar gelebilir mi? Söz, çok gecikmeyiz." Annem bana baktı. "Nereye?"

"Şey," deyip konuşmaya başladım. Bir gece kulübü, hatta Ateş'in de olacağı bir gece kulübü. Böyle söylersem annem kesin kemiklerimi kırardı.

"Bir parti," dedi benim yerime Maya. "Arkadaşım mesaj attı, evinde doğum günü partisi varmış. Biz de Melisa'yı alıp gidelim dedik. Tabii siz izin verirseniz?"

"Hmm. Sen gitmek istiyor musun Melisa?"
"Aslında-"
"Elbette istiyor!" dedi Nazlı.
"Evet, evet. İstiyor," dedi Maya.
"İyi madem. Telefonunu kapatmamak ve eve erken gelme şartıyla gidebilirsin."
Zora ki bir şekilde gülümsedim. "Teşekkür ederim."
***
Gece kulübüne vardığımızda ücreti ödeyip taksiden aşağı indik kızlarla. Kapıdaki görevliler hemen kendilerine çekidüzen verip ellerini karınlarının üzerinde birleştirdiler. Buraya bir defa gelmiştim. Ve gecenin sonunu Ateş'in evinde geçirmiştim. Umarım yine aynı şey olmazdı. "Hoş geldiniz efendim," dedi görevlilerden bir tanesi. Maya'yı ve diğer kızları tanıdıklarını anladım. Maya onlara gülümseyerek karşılık verip kibarca, "Hoş bulduk," dedikten sonra hep beraber içeriye doğru ilerlemeye başladık.
Karanlık koridordan geçtikten sonra merdivenlere yönelip üst kata çıktık. Sanırım büyük lobide oturacaktık yine. Büyük; siyah kapının yanına geldiğimizde Sinem eliyle kapıyı açtı. Işıklar gözümü kamaştırırken sigara kokusu da hemen doldu burnuma.
İçeriye girdiğimizde büyük L şeklindeki koltuk hemen dikkatimi çekti. Bakışlarım Ateş'i görmek için etrafı taramaya koyulurken onu koltuğun başköşesine oturmuş olarak gördüm. Ve hemen arkasında, bir kız tarafından omuzlarına masaj yapıldığını... Olduğum yerde öylece kalakaldım. Ayaklarım sanki yere çivilendi birden. Kıpırdayamadım. Karşımdaki manzara içimde bir şeyleri sızlattı. Kız ellerini maharetli bir şekilde Ateş'in omuzlarında, sırtında, boynunda gezdiriyordu ve Ateş de halinden gayet memnun görünüyordu.
"Biz geldik!"
Maya'nın sesiyle bütün bakışlar bize çevrildi. Ateş dahil. Ateş, başını yasladığı koltuktan ayırıp bana çevirince gözlerimiz

birleşti. Bir toparlanır, bir kendine çekidüzen verir sandım ama hayır. Ateş hiç istifini bozmadı ve ifadesiz gözlerle bana baktı. Sanki yanında bir kız yokmuş da, gidip boynuna atlamamı bekler gibi bir hali vardı.

Bakışlarımı Ateş'in yüzünde gezdirdim sonra. Dudağının kenarında kurumuş kan izi vardı. Saçları dağılmıştı ve pek de enerjik göründüğünü söyleyemezdim. Oldukça yorgun görünüyordu. Daha sonra kıza baktım. Kız esmerdi. Üzerinde mini, siyah bir elbise vardı. Fazla iddialıydı. Yüzü o kadar güzel değildi ama bu açığı bedeninin çekiciliğiyle örtüyordu.

Maya kolumu tutup hareket etmemi sağlayınca ayaklarımı hareket ettirmek zorunda kaldım. Koltuktaki boş yere oturdum. Hemen bakışlarımı yere indirdim ve kimseyle göz teması kurmamaya özen gösterdim.

"Sen artık gidebilirsin," dedi Ateş soğuk bir sesle kıza. Başımı yerden kaldırmadım ve yere bakmaya devam ettim.

"Emin misin?" diye sordu kız cilveli bir sesle. Yumruklarımı sıktım. Onun bir sevgilisi var, seni sürtük!

"Kaybol!" dedi Ateş sertçe. Kız adımlarını hareket ettirdi ve yürümeye başladı. Bakışlarımı yerden kaldırıp göz ucuyla ona çevirdiğimde uzun bacaları ve dolgun kalçaları olduğunu fark ettim. Aman ne güzel!

Bir süre sonra içkiler gelince herkes içkisini eline alıp içmeye başladı. Bir şey içmeyen tek kişi bendim. Batuhan burada alkolsüz içecekler de olduğunu söylemişti ama canım bir şey istemediği için bu teklifi kibarca reddetmiştim. Bakışlarımı göz ucuyla Ateş'e çevirdim. Ama onun zaten bana baktığını fark edince başımı hemen önüme çevirdim. Geldiğimden beri benimle hiç konuşmamıştı. Nedenini bilmiyordum. Sadece yüzüme bakıyordu. Madem konuşmuyorsun, her sana baktığımda niye bana bakıyorsun ki?

"Kuzey, bugün öyle bir eğlendik ki..." Maya başını Kuzey'in omzundan kaldırıp gözlerinin içine baktı.

"Ah evet. Daha önce hiç altın gününe gitmemiştik," dedi Sinem.

"Altın günü mü?" diye sordu Batuhan şaşkınlıkla.

"Evet, altın günü. Melisa'nın evinde oldu. O kadar eğlenceliydi ki."

Batuhan yüzünü astı. "Aşk olsun kızlar. Bana niye haber vermediniz?"

Dudaklarım yukarı kıvrıldı. Bir erkeği altın gününde düşünemiyordum. Hele hele bizim mahallede yapılan altın gününde asla. Teyzeler Batuhan'ı terlikle kovalarlardı. "Niye güldün Melisa? Beni evinde istemiyor musun yoksa?" Batuhan'ın sorusuyla başımı hızla iki yana salladım. Sanırım yanlış anlamıştı.

"Şey yok. O yüzden gülmedim. Altın günü kadınlar arasında olur ve eğer sen gelseydin teyzelerin pullu terliklerini kafana yerdin," dedim birazcık çekinerek. Masada sesli bir kahkaha koptu. Bakışlarımı Ateş'e çevirdiğim de ifadesiz bir yüzle bana baktığını fark ettim. Derdi neydi bunun? Hem neden benimle konuşmuyordu ki? Umursamamaya çalıştım.

"Merak etme Melisa. Batuhan'ın bünyesi dayak yemeye alışık. Birkaç pullu terlik ona etki etmez," dedi Doğukan.

"Bünyem sağlam diye kıskanmayın."

"Oğlum biz senin neyini kıskanalım?"

Batuhan kendinden emin bir ifadeyle cevap verdi. "Bak işte kendi ağzınla dedin. Biz senin neyini kıskanalım? Yani siz ve ben. Ben tek bir kişiyim. Ve benden sen diye bahsediyorsanız kıskanılacak çok şey var demektir."

"Ve Batuhan'ın beyni bugünkü limitini bitirip, uykuya dalar arkadaşlar..." dedi Güney. Masadaki herkes, ben de dahil kahkaha atıp gülmeye başlayınca Batuhan küçümseyici bir ifadeyle arkadaşlarına baktı. "Benim beynim uykudayken bile sizinkilerden daha zekidir be," dedi. Batuhan sanırım gruptaki en sıcakkanlı kişiydi. Bunu onunla ilk tanıştığım gün anlamıştım zaten. En soğukkanlı olanı da benim müstakbel sevgilimdi. Bunu da ilk tanıştığımızda anlamıştım ve hâlâ bir değişiklik yoktu. Ateş aynı Ateş'ti. Soğukkanlı, konuşma düşmanı, zorba.

Kulağımın kenarında sıcak bir nefes hissettim. Yüzümdeki gülümseme yavaşça kaybolup yerini karıncalanan bir tene armağan ederken Ateş usulca konuştu. "Bakıyorum da keyfin yerinde?" Bir şey demedim. Dilim damağım birden kurumuş gibiydi. Ateş burnunu yanağıma sürttü. Yutkundum. Neden şimdi yakınlaşmıştı ki?

"Neden bugün beni aramadın?" Sonunda dudaklarımı hareket ettirebilmiştim.

"Sen de aramadın?" dedi Ateş, kulağıma doğru fısıldayarak konuşmuştu. Birden sıcakladığımı hissettim.

"Ben aramadım çünkü çok meşguldüm. Bütün gün temizlik yaptım."

"Temizlik?" diye sordu Ateş kaşlarını havaya kaldırarak.

"Altın günü için," diye açıkladım. Masadaki herkes kaçamak bakışlar atıyordu bize.

"Ben de bütün gün antrenmandaydım."

"Dün haber verebilirdin?"

"Evet," dedi Ateş. "Ama haber vermek zorunda değilim."

Öylece yüzüne baktım. "Haklısın! Sevgililer birbirine haber vermeden hareket eder zaten!"

"Ne yapıp ne yapmayacağımı sana soracak değilim," dedi Ateş baygın bir sesle.

Kaşlarımı çattım. Sözleri kalbime dokunup, canımı acıtıyordu. "Elbette değilsin. Beni ciddiye alıp adam yerine koyduğun mu var sanki?"

"Seni ciddiye alıyorum," dedi Ateş sertçe. "Aksi olsa şu anda burada olmazdın."

Sustum. Bağırıp, biraz daha diklenebilirdim ama susmayı tercih ettim. Zihnim, Ateş'in bir zamanlar sevdiği kızın gerçeğiyle yankılanıp duruyordu ve ben o gerçeği zihnimden atamadan rahata erecek gibi değildim.

Ateş'le gece kulübünden çıktıktan sonra valenin kapıya kadar getirdiği siyah, son model arabaya bindik. Emniyet kemerimi bağladıktan sonra Ateş arabayı hareket ettirip sürmeye başladı. Yüzü kaskatıydı. Sinirliydi. Tek bir kelime etsem beni arabadan atacak gibi bir hali vardı. Bu yüzden çenemi kapalı tutmaya özen gösterdim.

Ateş'e sormam gereken bir sürü soru vardı gerçi. Bir tek o cevaplayabilirdi bu soruları ve bir tek onun verdiği cevaplar beni tatmin edip içimi ferahlatırdı. Belki de tam aksi, üzüp yaralardı. Ateş, değişik bir adamdı. Neyi ne yapacağı hiç belli olmuyordu. Onu tam çözdüm diyordum, sonra bambaşka bir yüzünü görüp, yanıldığımı fark ediyordum. Günün birinde onu tam anlamıyla çözebilecek miyim merak ediyordum.

Bir süre sessiz sessiz arabayla ilerledikten sonra başımı camdan ayırıp Ateş'e çevirdim. Yüzü hâlâ ifadesizdi ama az önceki katılık biraz körelmişti. Ben de bunu fırsata çevirip, "Maç nasıldı?" diye sordum.

"Güzeldi."

"Rakibin yine kel miydi?"

"Hayır."

"Seyirciler çok muydu?"

"Evet."

Klasik Ateş. Kısa cevaplar, mümkün olduğunca tek kelimeli cevaplar... "Tebrik ederim o zaman. Yani galibiyetin için." Omuzlarımı silktim. "Gerçi bilemiyorum. Birini dövdüğün için tebrik etmem pek doğru değil, sonuçta bu çok acımazsızca ve-"

Ateş ani bir fren yaparak arabayı durdurdu. Emniyet kemeri sayesinde öne doğru savrulmaktan son anda kurtuldum. "Ne dedin sen?" Ateş sinirle yüzüme bakınca yutkunmak zorunda kaldım. Ne demiştim ki? "Şey... bilmiyorum."

"Acımasız dedin!" Ateş arabanın içinde sesini yükseltince oturduğum koltuğa biraz sindim ve başımı öne eğdim. Niye bu kadar sinirlendi ki? Doğru değil miydi? Acımasızdı işte. Öyle olmasaydı tanımadığı adamları hastanelik edene kadar döver miydi? Ateş acımasız biriydi.

Ateş öfkeyle soludu. "Kucağıma gel!" Bakışlarımı tereddüt ederek yerden kaldırdım ve Ateş'in sinirden koyulaşan gözlerine çevirdim. Kucağıma gel de ne demekti?

"Neden?" diye bir soru döküldü dudaklarımın arasından.

"Melisa dediğimi yap. Hemen kucağıma gel!" Ateş öyle bir bakıyordu ki bana, seri katil gibiydi bakışları. Ürkütücü ve tehlikeli. Dediğini yaptım. Emniyet kemerimi çıkartıp koltukta doğrulduktan sonra çekinerek Ateş'in kucağına oturdum. Bacaklarımı iki yandan ayırdım. Yüzlerimiz arasında kısacık bir mesafe vardı ve onu öpmeyi ne kadar çok istediğimi fark ettim. Kahretsin! Bu da nereden çıktı şimdi?

"Beni acımasız olarak mı görüyorsun?" diye sordu Ateş. Pürdikkat bana bakıyordu. Evet anlamında başımı salladım. Ateş başını geri atıp koltukla birleştirdi ve inledi. Acaba yanlış mı yaptım dedim kendi kendime ama öyleydi. Ateş bence hem acımasız hem de tehlikeliydi. Ve ben buna rağmen hâlâ onunla birlikteyim.

"Melisa ben acımasız değilim," dedi Ateş. "Acımasız olan Bu dünya. Bu düzen. Herkes hak ettiğini yaşar. Hak ettiği muameleyi görür. Birilerine zarar veriyorsam bu, hak ettikleri içindir. Aynı şey benim içinde geçerli. Eğer bu boktan hayatı yaşıyorsam sonuna kadar hak ettiğim içindir." Sustum. Boktan hayat derken neyi kastetti? Hiçbir fikrim yoktu. Derdi ne olabilirdi? Hayatı boktan görmesinin sebebi ne olabilirdi? Ateş, zengin ve her şeye sahip bir adamdı. Dilediği her şeyi başarabilecek biriydi. Hayatı boktan görmesinin nedeni neydi?

Zihnimdeki soru işaretlerini bir kenara bırakıp bakışlarımı Ateş'in yüzünde gezdirdim. Bu cümleleri kurarken gözlerinden geçen hüzün dikkatimden kaçmamıştı. Ateş'in kalbinde çok derin yaralar vardı. Bunu hissediyordum ve bunu hissetmek bile kalbimin sızlamasına neden oluyordu. Kollarımı havaya kaldırdım ve Ateş'in boynuna doladım. Sıkıca sarıldım ona. Belki bir annenin oğluna şefkatle sarılması gibi. Belki de bir arkadaşın arkadaşa sarılması gibi. Şefkatle kollarımın arasına aldım Ateş'i.

"Özür dilerim. Ben öyle demek istemedim. Aslında istedim ama... Bana anlatmak istersen dinlerim?"

Ateş kollarını bana doladı. Başını saçlarımın arasına gömdü.

Gözlerimi kapattım. "Anlatmak yeniden yaşamakla aynı ufaklık. Bırak ben sadece bir kez yaşamış olarak kalayım."

"Ama dertler anlattıkça azalır derler?"

"Dertler unutmaya başladıkça azalır."

"O zaman hemen unut onları, olur mu? Sil, at hafızandan bütün kötü şeyleri. Bundan sonra ileriyi düşün. Hayatının geri kalanını hayatının en güzel günleri yapmayı hedefle. İstersen ben sana yardımcı olurum. Birlikte yapabiliriz bunu."

Ateş, belimin etrafına doladığı kollarını biraz daha sıkılaştırıp kafasını boyun girintime gömdü. Yüzündeki ifadeyi göremiyordum ama tebessüm ettiğini hissetmiştim. Bir süre hiç konuşmadan öyle durduk Ateş'le. Sadece birbirimize sarıldık. Aradan ne kadar zaman geçti bilmiyorum. On dakika? Yirmi dakika? Yarım saat? Önemli değildi gerçi. Ateş'le sonsuza dek bu şekilde kalırdım ben.

Geri çekilen kişi Ateş oldu. Bakışlarını tişörtüme indirdi ve gülerek konuştu. "Cmon Baby. Kiss me öyle mi?" Gülümsemek ona çok yakışıyordu. Her zaman gülümsemeliydi. Bir ressamın kesinlikle onu gülerken resmetmesi gerekiyordu. Eğer öyle bir ressam yoksa, günün birinde onu gülümserken resmeden kişi olmaktan gurur duyardım.

"Yazan şeyi uygulamak ister misin?" diye sordum, birden ağzımdan çıkan soruyu fark edince elimi hemen ağzıma götürdüm. Ne dedim ben? Sapık zannedecekti beni. Aptal Melisa!

Ateş'in gülümsemesi iyice yüzüne yayıldı ve yüzünü bana doğru yaklaştırmaya başladı. "Şey... öyle demek istemedim-" Ateş sıcak dudaklarını dudaklarıma bastırınca cümlem havada asılı kaldı. Sustum. Söylediğim cümle için pişmandım ama şimdi Ateş'i ne kadar çok öpmek istediğimi fark edip pişmanlığı geride bırakmıştım. Ellerimi Ateş'in omzuna koydum ve dudaklarına karşılık vermeye başladım. Ateş ellerini kalçama götürdü ve sıktı. Ağzımdan dökülen kısık bir inleme Ateş'in az önce yaptığı hareketi tekrarlamasına neden olurken ikinci defa inlemekten kendimi alıkoyamadım. Dudaklarımı geri çekip Ateş'ten ayırdım.

"Ne oldu?" diye sordu Ateş.

"O kız kimdi? Neden sana masaj yapıyordu?"

Ateş sorduğum soruyu göz ardı edip dudaklarını tekrar dudaklarıma bastırdı. Bu sefer daha hızlı öpüyordu beni. Aceleci ve sertti. Ağzım Ateş'in yaptığı baskıdan dolayı aralanınca dilini devreye sokup bütün ağzımı aceleci bir şekilde öpmeye başladı. Onunla aynı hızda olmak benim için imkânsızdı. Dudaklarımı zar zor ayırıp Ateş'le bakışlarımızı birleştirdiğimde nefes nefese kalmıştım. "Bir cevap vermedin?"

Ateş ellerini kalçama indirdi. "Öğrenmeyi çok mu istiyorsun?"

Başımı evet anlamında salladım.

"O zaman bir anlaşma yapalım. Kucağımda dans et. Eğer bunu yaparsan kim olduğunu söylerim?" Ağzım ve gözlerim şaşkınlıkla kocaman açıldı. Dans mı? Hem de kucağında?

"Ama-"

"Aması yok ufaklık. Yapacaksın." Ateş elini radyoya götürdü ve bir düğmeye bastı. Kalbim deli gibi atmaya başladı. Bu çocuk neler yaptırıyordu bana? Kucak dansı çok sürtükçe bir hareketti. Sürtüklerin para karşılığında erkeklere yaptığı iğrenç bir hareket! Arabanın içinde Big Sean-I do it şarkısı çalmaya başladı. Gözlerimi kırpıştırıp Ateş'e baktım. Ciddiydi.

"Başla bakalım," dedi Ateş ve başını geri atıp koltukla birleştirdi.

Sessizce yutkundum. "Ama ben ne yapacağımı bilmiyorum ki,"

"Ritme göre hareket et," dedi Ateş, gayet rahat bir ifadeyle. Kolaydı sanki. Ateş beklentili gözlerle beklemeye başlayınca başımı iki yana salladım ve kollarımı sıkıca Ateş'in boynuna dolayıp başımı göğsüne yasladım. İstediğini yapamazdım. "Ateş ben çok özür dilerim ama yapamam."

Arabanın içinde yankılanan müzik sesi durdu. Ateş'in radyoyu kapattığını anladım. Israr etmediği için mutlu olmuştum. Ateş'in göğsünde yatmaya devam ederken kokusunu içime çektim. Ateş saçlarımı okşamaya başladı. Bu öylesine güzel bir histi ki. Keşke hiç bitmese.

"Sabah 5'ten beri antrenman yapıyorum. Gözüme bir gram uyku bile girmedi. Maçtan sonra eve gidip uyuyacaktım ama çocuklar kulübe gelmem için ısrar edince onları kırmadım ve senin de gelmen şartıyla kulübe gittim. O kızı tanımıyorum. Masaya gelip kendini pazarlamaya çalışınca bana masaj yapmasını istedim. Biraz gevşemeye ihtiyacım vardı çünkü."

Geri çekilip Ateş'in yüzüne baktım. O kızı tanımıyordu. Ve en önemlisi bana açıklama yapmıştı. İstediği şeyi yapmadığım halde. "Ateş ben özür dilerim. O kızı ve seni bir arada görünce değişik şeyler hissettim."

Ateş ellerini belime dolayıp beni mümkünmüş gibi kendine bastırdı. "Kıskandın mı?" Bu soruyu yüzüme fısıldayarak sormuştu.

"Aslında birazcık kıskanmış olabilirim,"

Ateş alnıma uzun bir öpücük kondurdu. "Kıskanma," dedi bütün ciddiyetiyle. "Bu dünyada değer verdiğim birkaç kişi var ve onlardan biri de sensin." Dudağımı ısırdım. Bana değer veriyordu. Bu dünyada çok az kişiye değer veriyordu ve ben bunların içindeydim. Az önce bedenimi kaplayan hüzün yerini saf mutluluğa bırakırken kollarımı Ateş'in boynuna doladım. Yüzümde aptal bir gülümseme vardı. Ateş ne yaptığı mı anlamaya çalışır gibi gözlerimin içine bakınca ona doğru eğildim ve dudağına hızlı bir öpücük bırakıp geri çekildim.

"Bu kadarcık mı?" diye sordu Ateş. Gülümsedim. Aklımdaki şeyi uygulamak için daha fazlasını yapamazdım.

"Seni seviyorum," dedim Ateş'in gözlerinin içine bakarak. Sonra tekrar ona doğru yaklaştım ve dudağına hızlı bir öpücük daha bırakıp geri çekildim. "Seni seviyorum." Aynı işlemi tekrar yaptım. Tekrar ve tekrar. Ateş'in gülümsemesi iyice yüzüne yayılmaya başladı. Belki habire öptüğüm için belki de art arda seni seviyorum dediğim için.

Arabanın içinde Ateş'in ve benim gülme seslerimiz yankılanınca durmadım ve hızlı öpücüklerime devam ettim. Tabii ki her öpücüğün sonunda seni seviyorum demeyi de ihmal etmiyordum.

"Seni seviyorum."

Öpücük

"Seni seviyorum."

Öpücük

Ateş hem gülümsüyor, hem de yüzünü kaçırıyordu. Şu anda öyle tatlıydı ki. O soğukkanlı adam gitmiş, yerini sanki bu tatlı adama bırakmış gibiydi. Tatlı ve güler yüzlü. Onu bu şekilde izlemek her ne kadar eğlenceli olsa da durmadım ve onu öpmeye devam ettim. Dudaklarına hızlı hızlı öpücükler kondurdum. Artık Ateş'in gülümsemesi kahkahaya dönünce üzerine biraz daha eğildim ve ellerimi saçlarının arasından geçirip karıştırdım. Onu güldürebildiğim için öyle mutlu hissediyorum ki kendimi. Ateş'in dudaklarını tekrar tekrar öpmeye devam ettiğimde ikimizin de kahkaha sesi boş arabada yankılanıyordu.

"Melek, dur artık," dedi Ateş gülümseyerek.

Zaman kavramı bir anda durdu. Saatler işlemeyi bıraktı. Bedenim kaskatı kesilip öylece kalakalırken doğru duyup duymadığımı sorguladım. Doğru duymuş olamazdım, değil mi? Kulaklarım yanlış işitmiştir? Ateş bana o kızın adıyla hitap etmemiştir? Yavaşça geri çekilip Ateş'in yüzüne baktım. Gülmeyi kesmiş, demir kadar sert bir ifadeyle bana bakıyordu. Sert. Tıpkı boğazıma oturan yumru gibi. Doğru duymuşum demek.

Az önceki kahkaha sesleri yerini derin bir sessizliğe bıraktı. Boğucu bir sessizlikten fazlası değildi. Bir açıklama, bir özür, belki de bir savunma yapması için Ateş'in gözlerinin içine baktım. Ümitle, umutla, istekle. Ama o bir şey demedi. Az önce aşkla öptüğüm dudaklarını aralayıp bir şey demedi.

Yavaşça kucağından indim ve ön koltuğa oturdum. Başımı cama doğru çevirdim. Kalbim paramparça, gözlerim dolu dolu olmuştu. Ağlamak istiyordum. Deli gibi, hıçkırarak saatlerce gözyaşı dökmek istiyordum. Ama yapmadım. Yapmamayı diledim. Ağlarsam onun gözünde güçsüz duruma düşerdim ve bunun olmasını istemediğim içim kendimi zorladım, bir tek damla bile akıtmamak için dua ettim.

Ateş arabayı çalıştırıp sürmeye başladı. İfadesi çelik gibi sertti. Yüzündeki kaslar gerilmişti. Bana o kızın adıyla seslenmesinin nedeni hâlâ onu düşünmesi, belki de sevmesi olabilir miydi? Ateş bu dünyada sadece birkaç kişiye değer veriyorum demişti. O listede Melek var mıydı acaba? Kahretsin Melisa! Elbette var! O kız Ateş'in geçmişi. Çocukluk aşkı. İnkâr etse de ilk sevdiği. O olmayacak da kim olacak? Kim bilir, belki de listenin en başında yer alıyordur?

Kendimi öyle kötü hissediyorum ki. Az önce iki âşık gibi kahkahalar atarak gülerken, tamam demiştim. Ateş'le artık normal bir ilişki yaşayabileceğiz. Artık biz olmayı başaracağız. Ama şimdi yanıldığımı fark ediyorum. Ateş'in aklında, belki de kalbinde hâlâ o kız vardı. Onu düşünüyordu. Ben onun için bir hiçtim. Bir özür dileyip, bir açıklama yapmaya değer görmediği biri. Bir çöp.

Eve girdiğimde kol çantamı yere atıp koşarak odama gittim. Kapıyı ardımdan gürültülü bir şekilde kapattım ve kendimi yüzüstü yatağa attım. Aptal! Aptal! Aptal! Ben kimim ki Ateş gibi bir adamın beni seveceğini düşünüyorum? Benim neyimi sevsin? Sevilmeye değer bir yanım var mı ki sanki? Aptal. Sürekli konuşan. Sinir bozucu. Ateş'in gözünde sadece buydum, ne bir adım ileri, ne de başka bir şey. Ben asla Ateş'in kalbine girmeyi başaramayacaktım. Asla beni sevmeyecekti. Benim onu sevdiğim gibi o beni hiç sevmeyecekti.

Odamın kapısı açıldı ve içeri biri girdi. "Melisa? İyi misin kızım?" Annem endişeyle yanıma gelip yatağın kenarına oturdu. Bir şey demedim. Konuşmadım.

"Melisa bir cevap ver, ne oldu?"

"Yok bir şey," dedim gözyaşlarımın arasından.

"Niye ağlıyorsun o halde?"

"Anne sabah konuşalım mı?" Hıçkırdım. "Lütfen?"

"Kızım adamı deli etme de söyle? Yoksa babanı çağırırım?"

"Anne, lütfen."

"Melisa,"

Ağzımdan minik bir hıçkırık kaçınca annem derin bir nefes aldı. "Peki madem. Yarın anlat," dedi ve saçımı okşadı. "Ama gözyaşlarını, şimdi, şu saniye durdurmak şartıyla?"

Aksini yapacak olsam da beni yalnız bırakması için onaylarcasına başımı salladım. Annem saçlarımı öptü ve yataktan kalktı. "Ha bu arada unutmadan, yarın ailecek pikniğe gidiyoruz. Aysun Teyzenler de bize katılacak. Baban diyor ki, Ateş de gelsin. Onu daha yakından tanımak için iyi bir fırsat olabilirmiş." Ateş'in adını duymak kalbimde bir sızı hissetmeme neden oldu.

"Haber veririm," dedim kısık bir sesle.

Annem odadan çıktı. Bir süre gözyaşlarımı akıttıktan sonra doğrulup yatakta oturur pozisyona geldim. Ne olurdu sanki bana o kızın adıyla değil de Melisa olarak hitap etseydi? O zaman mutlu bir şekilde uyurdum. Ama söz konusu, Ateş Arsoy'du. O ne zaman mutlu etmişti ki şimdi etsin?

Telefonu elime alıp tuş kilidini açtım. Mesaj bölümüne girdim. Gelmeyeceğine emindim. Gelmezdi ve beni terslerdi. Buna rağmen yine de mesaj atıp cevabı ondan işitmek isteyecek kadar aptaldım.

Kime: Ateş Arsoy

Mesaj: Rahatsız ettiğim için özür dilerim. Biz yarın pikniğe gidiyoruz ve babam senin de gelmeni istedi. Biliyorum, kabul etmeyeceksin. Ben de zaten öylesine söyledim.

Gönder tuşuna bastıktan sonra gözyaşlarımı silip başımı dizlerimin üzerine koydum ve cevap beklemeye başladım. Ondan nefret etmem gerekirken neden sanki şimdi özür dilese affedecekmiş gibi hissediyorum?

Aradan yaklaşık 5 dakika kadar bir süre geçti. Mesaj yazmayacağını anlayıp burukça gülümsedim. Asıl cevap beklemem aptallıktı zaten.

Telefonumu sinirle komodinin üzerine bıraktım. Ama tam bu sırada zil sesi melodim yankılanmaya başladı. Ekranda, 'ZORBA' yazısını görünce ne yapacağımı bilmedim. Derin bir nefes alıp gözlerimi kuruladıktan sonra cevapla tuşuna bastım.

"Beni rahatsız ettiğini mi düşünüyorsun?" Ateş'in sesi sinirli geliyordu.

"Ha-hayır."

"Ne diye öyle yazıyorsun o zaman?"

"Yoldasın ve araba kullanıyorsundur diye öyle dedim."

"Değilim. Eve yeni girdim."

"İyi."

"Ne pikniğinden bahsediyorsun sen?"

"Piknik işte. Ama gelmek zorunda değilsin."

"Beni istemiyor musun?"

"Ondan değil. Gelmeyeceğini biliyorum çünkü."

"Haklısın gelmem. Size iyi eğlenceler."

"Sağ ol! Emin ol sensiz çok eğleniriz!"

"Eğlenceniz bol olsun o halde."

"Sen var ya!" Dişlerimi birbirine bastırdım. "Hiçbir şey demiyorum sana! Zaten annem ve babam sevdiğim adamla niye vakit geçirsin ki? Gelme tamam. Sakın gelme! Ben onlara senin beni bir hiç olarak gördüğünü söylerim!" Bir şey demesini beklemeden telefonu sinirle kapattım. Bana azıcık bile değer vermiyordu. Verse böyle yapar mıydı? Gözyaşlarım tekrar süzülmeye başlayınca pikeyi başıma kadar çekip ağlamaya başladım. Bundan sonra Ateş'e nasıl davranacaktım, hiç bilmiyordum.

Duyduğum mesaj sesi pikeyi başımdan çekmeme neden olurken doğrulup yastığımın altına koyduğum telefonu elime aldım.

Kimden: Ateş Arsoy
Mesaj: Adresi mesaj atarsın.

Ne yani, gelecek miydi? Sanırım gelecekti. Kararını değiştiren neydi peki? Bir cevap yazsam mı yazmasam mı diye düşünürken telefonu tekrar yastığımın altına koydum. Bu adam dengesizdi. Cidden başka bir açıklaması olamazdı. Nasıl bir düşünce yapısı var, beyni nasıl çalışıyor merak ediyordum. İlk önce gelmem deyip sonra geleceğini söylemesinin bir başka açıklaması olamazdı. Bir damla daha yaş süzüldü gözlerimden. Gözyaşım yastığa temas etti ve oraya ıslak bir darbe daha bıraktı. Ve bunun tüm gece devam edeceğinin bilincindeydim. Bu gece gözyaşlarım, tanımadığım bir kızın adını, sevdiğim adamın ağzından işittiğim için akacaktı.

Bölüm 22

Giysi dolabımı açıp bugün ne giysem diye askılara göz gezdirmeye başladığımda aklım birazcık karışıktı. Ormana gidecektik ve ne tür bir kıyafet giyeceğimden pek emin değildim. Hava güneşliydi. Gökyüzü hiç olmadığı kadar canlıydı bugün. Bir süre giysi dolabımı karıştırıp kıyafetlerimi altüst ettikten sonra nihayet pembe renkteki şortumda karar kıldım. Gerçi şort seçimi orman için pek mantıklı değildi ama gideceğimiz yerde fazla çalı, diken olmadığını umuyordum. Üzerime beyaz, askılı bir tişört aldıktan sonra kıyafetlerimi giymeye başladım.

Sabah uyandığımda yaptığım ilk iş babamdan gideceğimiz yerin adresini alıp Ateş'e göndermek oldu. Adresi Ateş'e mesaj attıktan sonra herhangi bir cevap gelmemişti. Umursamadım, çünkü dün geceyi -bana Melek demesini- unutmaya çalışıyordum. Belki dili sürçmüştü ve o yüzden öyle demişti. Olabilirdi. Dün geceyi kafama takıp daha fazla üzülmeyecektim. Zihnimden o anı tamamen silip, önüme bakacaktım. Bu kararı dün, saatlerce ağladıktan sonra vermiştim ve umarım böyle yaparak doğru yapıyordum.

Kıyafetlerimi giydikten sonra aynanın karşısına geçip saçlarımı taradım. Nasıl bir şekil versem diye düşünürken atkuyruğu yapmakta karar kıldım. Saç ve kıyafetim tamamdı. Makyaj yapsam mı yapmasam mı diye kararsızlığa düşerken ikinci seçenekte karar kılıp odamdan çıktım.

"Şu çatalları da koy sana zahmet."

"15 çatal fazla değil mi Hülya?"

"Ya koy sen. Lazım olur belki."

Annem ve babam piknik için bir şeyler hazırlıyordu mutfakta. Yanlarına yaklaştım ve neşeyle, "Günaydın," dedim.

"Sana da günaydın güzel kızım." Babamın yanına gidip yanaklarını öptükten sonra geri çekilip sepete ne koyduklarına baktım. Çatal, tabak, bıçak, bardak. Piknik için gerekli olan her şey var gibi duruyordu.

"O çocuğa haber verdin mi?" diye sordu babam. Ateş'e 'O' diye hitap etmeleri her ne kadar siniri mi bozsa da sakin olmaya özen gösterdim. "Verdim." Daha sonra hiç konuşmadık ve hazırlıklara devam ettik.

Oturma odasına geçip televizyonu açtım. Sabahın körü olduğu için izlenecek doğru dürüst bir şey yoktu. Ben de çizgi film kanalında karar kılıp ekranda oynayan çizgi filmi izlemeye başladım. Ateş dün gece attığı mesajla geleceğini ima etmişti. Kararını değiştiren sebebi merak etmiyor değilim. Gelmeyeceğini söylerken oldukça ciddi görünüyordu çünkü. Gerçi Ateş'in dengesiz bir adam olduğunu düşünürsek bu yaptığı o kadar da garip değildi. Acaba Aras'ın da geleceğini söylese miydim? Gerçi ne gerek vardı ki? Gelince öğrenecekti zaten.

Aradan ne kadar zaman geçti bilmiyorum ama annem hazırladıkları piknik sepetini kapının önüne koyunca gitme vaktinin geldiğini anladım.

"Melisa, hadi kapat televizyonu çıkıyoruz," dedi annem. Başımı onaylarca sallayıp televizyonu kapattım. Ayakkabılarımı giydikten sonra elime hazırlanan torbalardan birini alıp asansöre yöneldim. Sanırım çatal, bıçak gibi ıvır zıvırları taşıyordum. Apartmandan çıktığımda güneş ışığı gözümün kamaşmasına neden oldu. Elimi güneş gelmesin diye gözüme siper ederken, keşke güneş gözlüğümü de almayı akıl etseydim diye içimden geçirdim.

"Melisa?"

Tanıdık ses başımı hızlı bir şekilde sesin geldiği tarafa çevirmeme neden oldu. Kalp atışlarım yavaşça hızlanmaya başlarken neden geldiğini merak ettim. Ben ona sabah nereye gideceğimizi mesaj atmıştım zaten.

Ateş iki numaralı siyah arabasına yaslanmaktan vazgeçip bana doğru yürüyünce onu inceleme fırsatı buldum. Her zamanın aksine mavi, kaslarını belli eden yarım kollu bir tişört, altına da siyah bir pantolon giymişti. Hayırdır inşallah?

"Neden geldin? Ben sana adresi mesaj atmıştım?"

Ateş karşıma geçti. "Birlikte gideriz diye düşündüm?" dedi, sesi hafif uykulu geliyordu. Tabii dün bütün gün antrenman yap, daha sonra adamın biriyle dövüş, gece olunca da bir kulübe git... Kim bilir nasıl yorgundu?

"Ateş istersen sen gelme. Ciddiyim. Git dinlen," dedim. Ateş bana doğru bir adım atıp aramızdaki mesafeyi sıfıra indirdi. Bakışlarım onun göğsündeydi. Boy farkımız olduğu için otomatik olarak oraya bakmak zorundaydım. Tabii başımı yukarı kaldırmadığım sürece.

"Gözlerime bak ufaklık."

Ateş'in isteği ile başımı yavaşça yukarı kaldırdım ve onun mavi-yeşil gözlerinin içine baktım. "Ailenin sevdiğin adamla vakit geçirmesini istemiyor musun?"

Dün sinirle söylediğim cümleyi aklında tutmasına şaşırdım. "E-elbette istiyorum. Ama yorgun görünüyorsun diye ben öyle dedim." Ateş'in dudakları yukarı kıvrıldı. Yüzlerimiz arasında santimler vardı sadece.

"Sen beni mi düşünüyorsun?"

"Niye düşünmeyeyim? Zorba falan olsan da benim sevgilim değil misin?"

Ateş kaşlarını havaya kaldırdı. "Zorba?"

"Hödük de olur," dedim ve gülümsedim.

Ateş'in dudakları biraz daha yukarı kıvrıldı. Gülümsemek gerçekten ona çok yakışıyordu.

"Öhö-Öhö."

Duyduğum yapay öksürük sesi başımı sesin geldiği yöne çevirmeme neden olurken annemin ve babamın çatılı kaşlarıyla karşı karşıya geldim. Çok fazla olmasa da sinirli bir şekilde Ateş'e bakıyorlardı. Bir adım geri atıp Ateş'le aramızdaki mesafeyi açtıktan sonra gülümseyip elimi Ateş'e yönlendirdim. "İşte Ateş de geldi," dedim, sesimin neşeli çıkmasına özen göstermiştim.

"Görüyoruz kızım," diye homurdandı babam. "Neyse, hadi arabaya. Geç kalmayalım." Babam arabaya binmem için bakışlarını bana dikince bakışlarımı Ateş'e çevirdim. Ne yapacaktık şimdi? Babam onunla gitmemi istemezdi ki.

"Murat Bey, Melisa'nın benim arabamla gelmesini istiyorum," dedi Ateş. Babam bakışlarını Ateş'e dikti. "Olmaz öyle şey," dedi kesin bir dille. Ateş babamın verdiği cevaba gülümseyince neden güldüğünü merak etmiştim.

"Beni bu pikniğe siz davet ettiniz. Yol boyu yalnız olmak sıkıcı olabilir. O yüzden Melisa'yı yanımda istiyorum." Babam ne diyeceğini düşünürken annem lafa girdi. "Bırak gitsin. Zaten aynı yere gidiyoruz." Gözlerimi şaşkınlıkla kocaman açtım. Annem Ateş'le gitmem için babamı ikna mı ediyordu? Babam bir süre düşündükten sonra, "İyi madem," deyip nefesini dışarı üfledi. Yüzümde aptal bir gülümseme oluşmasına mani olamadım. "Yalnız peşimizden ayrılmak yok."

Arabalara bindiğimizde ister istemez dün yaşanan olay gelmişti aklıma. Aynı yer, aynı araba. Aradan 24 saat bile geçmemişken benim tekrar burada olmam doğru muydu?

"Emniyet kemerini bağla." Ateş'in sesi dikkatimi ona vermeme neden olurken istediğini yaptım ve emniyet kemerimi bağladım. Annemler beyaz Ford Fiesta ile önden ilerlemeye başlayınca Ateş de arabayı hareket ettirdi ve peşlerinden sürmeye başladı. Acaba ona Melek hakkında sorular sorsam bana kızar mıydı? Sonuçta Maya ne demişti? 'Ateş o kız hakkında konuşmamızı yasakladı.' Ama neden? Sevdiği kızı hatırlamak istemediği için mi? Yoksa onu unutmak istediği için mi?

"Şort giymişsin?" Başımı yasladığım camdan çekip Ateş'e çevirdim. "Evet?" dedim neden böyle bir şey söylediğine anlam vermek isteyerek.

"Bir daha giyme." Ateş'in sesi de duruşu da gayet ciddi gözüküyordu. Ağzımdan 'Hah' diye bir ses çıkardım. "Sana soracak değilim," dedim. Benim de sesim net ve ciddi çıkmıştı. Tıpkı onun gibi. Ateş eliyle kavradığı direksiyonu sıkmaya başladı, onu sinirlendirdiğimi fark ettim. Ama geri dönmeyecektim. Ne giyip ne giymeyeceğime karışmasına izin verecek değildim. Özgürlüğümü kısıtlayamazdı.

Kırmızı ışık yanınca Ateş arabayı durdurmak zorunda kaldı. Bakışlarımı camdan dışarı çevirip annemleri aramaya başladığımda onların iki araba önümüzde olduklarını fark ettim.

"İstemiyorum."

"Efendim?" diyerek Ateş'e doğru döndüm tekrar.

"Kısa şeyler giymeni." Gözlerimi kırpıştırıp ona baktım. Cidden bu kadar geri kafalı mıydı? Kız arkadaşına şort ve mini etek giydirmeyen adamlar gibi?

"Kusura bakma ama sen benim kıyafetlerime karışmazsın." Babam bile ne giyeceğime karışmazken o nasıl izin vermiyorum derdi? Yeşil ışık yandı.

"Eğer sevgilimsen karışırım!" dedi Ateş sert bir ifadeyle. Gözlerimin içine bakıyordu. Sessizce yutkundum, sinirliyken oluşan bakışları beni inanılmaz korkutuyordu. Korna sesleri yükselmeye başladı. "Ateş, yeşil ışık yandı," dedim sakin bir dille.

"Giymeyeceksin." Ateş uyarıcı bakışlarını son kez yüzümde gezdirdikten sonra arabayı hareket ettirdi ve sürmeye başladı. Ses tonu tehditkârdı, cidden bir daha kısa kıyafetler giyersem ceza kesecekmiş havası vardı. Zorba herif.

Dün gece yaptığı şeyi hiç yaşanmamış gibi sayıyordu. Bana o kızın ismiyle hitap edişi sanki hiç gerçekleşmemiş, hiç var olmamış gibiydi. Belki şimdi neden öyle söyledin diye sorsam bile inkâr eder, aksini savunurdu. Ama ben biliyordum. Gerçek olduğunu çok iyi biliyordum. Bana o kızın ismiyle hitap edişi hâlâ kulaklarımdaydı ve asla ama asla unutmayacaktım.

"Babanı ara." Ateş zihnimdeki düşünceleri yarıda bölünce başımı ona doğru çevirdim. Buz gibiydi ifadesi, soğuk ve karanlık. "Neden?"

"Bir şey lazım mı sor öğren." Gözlerimi devirmek gelse de içimden yapmadım ve oturduğum koltukta doğrulup ona baktım. "Gerek yok. Her şeyi aldık biz." Aslında mangal için pişireceğimiz şeyleri almamıştık.

"Her şey?" Ateş soran gözlerle kısa bir an yüzüme baktıktan sonra tekrar önüne döndü. "İşte çatal, bardak, tabak," dedim açıklayarak.

"Onları mı yiyeceğiz?"

"Hayır. Babam yiyecekleri yoldan alacak."

"Gerek yok," dedi Ateş net bir ifadeyle. "Söyle almasınlar. Ben hallederim."

"Bak. Babam varken senin bir şeyleri alman doğru olmaz," dedim haklı olarak. Hem babam da zaten izin vermezdi ve işler gereksiz yere büyümek zorunda kalırdı.

Ateş bir süre sessiz kaldıktan sonra, "Orada ne yapacağız?" diye sordu farklı bir konuya geçerek. Açıkçası bu soruya şaşırmıştım. Piknikte ne yapıldığını bilmiyor mu?

"Klasik şeyler," dedim ve omuzlarımı silktim.

"Klasik derken?"

"İşte erkekler önce mangalı yapar, sonra semaverde çay demlenir. Kadınlar da bu sırada salata ve közlemek için biber patlıcan gibi malzemeleri hazırlar. Eğer her şey güzel giderse belki top oynayıp ip bile atlarız."

Ateş beni dikkatli bir şekilde dinledikten sonra, "Bu kadar mı?" diye sordu. Ne bekliyordu ki? Başımı aşağı yukarı salladıktan sonra, "Bu kadar," dedim.

"Ben ip falan atlamam. Baştan söyleyeyim." Gülümsedim. Onu ip atlarken görmek cidden komik olabilirdi.

"Neden bana piknikte ne yapacağımızı sordun ki?"

Ateş omuzlarını silkti. "Benim için bir ilk olacak." İlk mi?

"Nasıl yani?"

"Küçükken anneannem bir parka götürmüştü beni. Ama öyle salıncaklı kaydıraklı bir park değil. Etrafta bir sürü insan vardı. Kimi evden getirdiği termosla çay içiyordu. Kimi de ekmek arası bir şeyler yiyordu. Hayatımda ilk o zaman piknik diyebileceğim bir yere gitmiştim. Ama senin anlattıklarına bakılırsa gerçek bir pikniğe şimdi gidiyorum."

Ateş konuşmasına bitirdikten sonra gülümsedi. Ama bu buruk bir gülümsemeden başka bir şey değildi. Birden ona sarılmak istediğimi fark ettim. Kollarımın arasına alıp küçük bir çocuk gibi saçlarıyla oynamak istiyordum. Onun hayatını öyle merak ediyorum ki. Nasıl bir geçmişi olduğunu? Neler yaşadığını? Neden anne ve babasıyla değil de anneannesi ile yaşadığını?

Telefon melodim arabanın içinde yankılanmaya başlayınca Ateş'e bakmaktan vazgeçip kol çantamdan telefonumu çıkarttım. Arayan babamdı.

"Melisa?"

"Söyle babacığım?"

"Kızım Ali Amcanlar piknik alanına varmış. İsterseniz siz dümdüz ilerleyin, biz annenle kasaba uğrayıp gerekli malzemeleri alacağız."

"Şey, yok baba. Biz de sizinle gelelim,"

"Emin misin?"

"Evet evet. Hep birlikte gitmemiz daha iyi olur."

"Madem öyle istiyorsun tamam. İleriden sağa döneceğiz, Ateş'e haber verirsin."

"Tamam babacığım." Telefonu kapattım. Aras'lar gelmişti ve biz önden gidip onlarla karşılaşsaydık Ateş'in hiç de iyi bir tepki vereceğini sanmıyordum. Bence böylesi daha iyiydi. En azından babamlar varken bir şey yapmazdı.

"Ne oldu?"

"Şey... babam diyor ki ileriden sağa dönüp kasaba uğrayacakmışız."

Ateş başını onaylarcasına sallayınca derin bir nefes aldım. Umarım bu piknik herkes için güzel ve eğlenceli geçerdi. Kısa bir süre sonra kasaba vardığımızda Ateş arabayı durdurdu. Babamlar hemen önümüzdeydi. Babam arabadan inip kasaba doğru yürüyünce ona gülümsedim. Çünkü bakışları benim üzerimdeydi.

Ateş emniyet kemerini çıkartıp arabayı açınca şaşkınlıkla ona baktım. "Nereye?" diye sorduğumda Ateş bir ayağını çoktan dışarı atmıştı bile.

"Ne lazım gidip bakacağım." Hemen kolunu tuttum. "Olmaz!" Ateş bana 'neden' gibisinden bir bakış atınca ona açıklama yapmam gerektiğini fark ettim.

"Babam bu konularda biraz hassastır. Yani sen ondan küçüksün ve şimdi gidip bir şeyler satın alırsan babam hem kızar hem de üzülür."

Ateş bir süre sessiz kaldı. Ama daha sonra arabadan çıkıp kapıyı kapattıktan sonra başını açık olan camdan uzatıp konuştu. "Sadece ne alıyor ona bakacağım," dedi ve kasaba doğru yürümeye başladı. Ben ise arkasından öylece bakakaldım. Sanırım bu çocuğu hiçbir zaman anlayamayacaktım.

Ateş ve babam ellerindeki torbalarla kasaptan çıkınca ikisinin de yüzünde gülümseme olduğunu fark ettim. Bu durum beni şaşkına uğratırken sürücü koltuğunun kapısı açıldı ve Ateş içeriye girdi.

"Niye dışarı gülerek çıktınız?" diye sordum hemen. Ateş arabayı çalıştırıp babamların peşinden sürmeye başladı. "İçeriye girdiğimizde kasap, çırağını azarlıyordu. Daha sonra bizi fark etti ve onu rahatsız ettiğimiz için bizi de aynı şekilde azarlamaya başladı." Ateş'in verdiği cevaba gülümsedim. Ama anlattığı şeyden dolayı değil, babamla ufak da olsa güzel bir şeyler paylaştığı için.

Orman yoluna girdiğimizde geldiğimizi anladım. Arabayla bir süre ilerledikten sonra etrafta birçok insan olduğunu fark ettim. Belli ki kalabalık olacaktı. Babam arabayı boş bir yere park edince Ateş de aynı işlemi yapıp arabayı ustaca park etti. Emniyet kemerimi çıkardıktan sonra dışarı çıkıp ayaklarımı toprak zemine bastım. Acaba Aras neredeydi?

"Gelin yardım edin çocuklar." Babam bagajı açıp poşetleri dışarı çıkarmaya başlayınca Ateş'le birlikte oraya doğru ilerleyip yerde duran torbaların bir kısmını elimize aldık. "Sen bırak," dedi Ateş.

"Taşıyabilirim." Ateş itiraz etmek için ağzını açacağı sırada arkama döndüm ve yürümeye başladım. Zaten çok ağır değillerdi.

Geldiğimiz yer uzun ağaçlarla dolu insanlar piknik yapsın diye ahşap masaların olduğu bir yerdi. Etrafta balon, çiçek, hamak, sanırım mangal yapmak için kömür satan bir sürü insan vardı. Piknik alanında yürümeye devam ederken Aysun Teyzeleri ahşap masaların birinde otururken görmemle gülümseyip onlara doğru yaklaştım.

"Geldiler." Beni ilk fark eden Aysun Teyze olmuştu. Ayağa kalkıp bana içten bir şekilde gülümseyince elimdeki torbaları yere bırakıp ona sarıldım. "Merhaba." Aysun Teyze sırtımı sıvazlayıp, "Merhaba canım. Hoş geldiniz," dedi. Geri çekildiğimde ikimiz de gülümsüyorduk.

"Babanlar nerede kızım?" Ali Amca soran gözlerle bana bakmaya başlayınca Aras yanıma gelip kollarını bana doladı. "Onlar arkadaydı," dedim ve elimle arkamı işaret ettim. Ali Amca başını onaylarca salladı.

"İyi ki geldin," dedi Aras. Ben de kollarımı ona doladım. "Elbette geleceğim. Kaçırır mıyım?"

"İşte... Hülya'lar da geldi." Aras'tan ayrılıp arkamı döndüm. Babam Ali Amca'yla tokalaşırken annem de Aysun Teyze'ye sarılıyordu. Ateş ise öfke saçan gözleriyle Aras ve bana bakıyordu. "Bu adamın burada ne işi var?" diye sordu Aras. Dudaklarımı aralayıp bir cevap veremeden Ateş çoktan yanımıza gelip bileğimden tutarak beni kendine doğru çekmişti bile. "Aynı soruyu ben soracaktım," dedi Ateş öfkeli bir sesle.

İki çift mavi göz bana bakıp bir açıklama yapmamı ister gibi beklemeye başlayınca sessizce yutkundum. "Şey, Ateş bu pikniği babam ve Ali Amca organize ettiler. Yani o yüzden Aras'lar burada." Aras'a baktım. "Ve Aras, Ateş'i de babam davet etti. Yani o yüzden o da geldi," dedim. İkisi de bir tepki vermeden yüzüme bakmaya devam ettiler. Aramızda tuhaf bir sessizlik oluşurken Aras elini bana doğru uzattı. "Gel, sana etrafı gezdireyim."

Gözlerim Aras'ın eline kayınca ne cevap vereceğimi düşünmeye başladım. Hayır dersem Aras üzülecekti. Ama evet dersem de Ateş kim bilir ne yapardı? Elimin içinde hissettiğim sıcak dokunuş başımı sağa doğru çevirmeme neden oldu. Ateş elimi sıkıca kavramış Aras'a öfkeli bakışlar atıyordu. "Gerek yok. Ben gezdiririm."

"Bak. Ateş misin her nesin-"

"Abi!"

"Efendim?"

"Diyorum ki Ateş değil, Ateş Abi diyeceksin!"

Aras gülümsedi. Ortamdaki gerginlikten bir an bile olsa kurtulmak istercesine annemleri görmek için etrafa bakınmaya başladım. Onları ahşap masaların birine oturmuş olarak gördüğümde derin bir nefes aldım. Neyse ki dikkatleri bizde değildi.

"Demek yaşının büyük olduğunun sen de farkındasın? Melisa da benimle aynı yaşta olduğuna göre sanırım onun da sana abi demesi gerekecek?" Aras'ın verdiği cevap oldukça cesurcaydı. Yani ben onun yerinde olsam asla böyle bir şey diyemezdim.

Ateş gülmeye başladı, ama bu gülümseme sadece sinirlendiğinin bir göstergesiydi. "Melisa benim sevgilim. Abi demesini gerektirecek hiçbir şey yok!" Ateş Aras'a doğru bir adım attı. "Ama sen abi diyeceksin," dediğinde artık gülmüyordu.

"Demezsem ne olur? Döver misin mesela?"

"Evet, sanırım öyle yaparım."

Gerginlik gitgide artmaya başlayınca devreye girmem gerektiğini fark ettim. İşlerin saçma sapan bir yere gitmesini istemiyordum. "Artık yeter. Annemler buraya bakıyor," dedim, cidden annemler şüpheli şüpheli bize doğru bakıyor ve ne olduğunu anlamaya çalışıyor gibiydiler. Ateş bileğimi sıkıca kavradı ve bakışlarını son kez Aras'ın yüzünde gezdirip yürümeye başladı. Tabii ki ben de peşinden. Ahşap masanın yanına geldiğimizde bütün bakışların bizde olduğunu fark edip başımı hızlıca yere eğdim. Bu çok utanç vericiydi.

"Şöyle oturun çocuklar,"

Babamın isteğiyle masadaki boş yerlerden birine oturduk. Aras da yanımıza gelip tam karşımıza oturunca Ateş bileğimi iyice sıkmaya başladı. Canımı yakıyordu ama bunun farkında değildi. "Ah," diye inledim sessizce. Ateş bakışlarını önce bana sonra masanın altında tuttuğu bileğime çevirdi, ne olduğunu birkaç saniye sonra idrak ettiğinde elini öyle hızlı çekmişti ki, bileğim hemen serbest kaldı. Benden henüz bir özür bile dilememişken bu yaptığı kıskançlıklar oldukça saçmaydı bence. Saçma olan bir şey daha benim ona hiçbir şey sormamamdı! Ve hiçbir şey olmamış gibi yüzüne bakıp onunla konuşmam!

"Selam millet!"

Duyduğum cırtlak ses başımı sesin geldiği yöne doğru çevirmeme neden olurken teyzemi görmek oldukça şaşırmama neden oldu. Onu uzun süredir görmüyordum.

"Sonunda gelebildin," dedi annem sitemle. Ne yani teyzem de gelecekti ve bana söylememiş miydi?

"Valla yolda çalışma mı ne varmış, anca gelebildim."

Oturduğum yerden kalktım. Ona doğru yaklaştım ve kollarımı sıkıca bedenine doladım. "Hoş geldin teyzeciğim."

"Teyze mi? Demek sonunda bir teyzen olduğu aklına geldi?" Geri çekilip bakışlarımı teyzemle birleştirdikten sonra gülümsedim. "Ya öyle deme. Biliyorsun dersler, sınavlar falan oldukça zorlaştı. Bu yüzden yanına uğrayamadım." Teyzem kulağıma eğildi. "Sevgili bulmayı biliyorsun ama," diye fısıldadı. Bakışlarım otomatik olarak Ateş'e kayınca onun da bana baktığını fark edip gülümsedim.

***

Annem, teyzem, Aysun Teyze ve ben getirdiğimiz malzemeleri masaya koyduktan sonra doğranması gereken şeyleri doğramaya başladık. Erkekler mangalı yakmak için az ilerimizdeydi. Ateş ve Aras her ne kadar birbirlerinden uzak durmaya özen gösterseler de babam ve Ali Amca sürekli buna engel oluyordu.

"Baya yakışıklı çocukmuş ha," dedi teyzem Ateş'e bakarak. Gülümsedim ve ben de Ateş'e baktım. Gerçekten çok ama çok yakışıklıydı. Annem ve Aysun Teyze ciddi bir ifadeyle bana bakınca bakışlarımı hemen Ateş'ten çektim ve tekrar işimin başına döndüm. Salata için ilk önce domatesleri dilimlemeye başladım. Daha sonra marul, salatalık, soğan gibi sebzeleri de ince ince doğradıktan sonra işim bitmişti. Annemler közlemek için patlıcan ve biber temizliyordu. Bakışlarımı bilmem kaçıncı kez tekrar Ateş'e çevirdiğimde onu babamla birlikte mangal ateşini hazırlarken buldum. Elindeki şeyi o kadar hızlı sallıyordu ki kol kasları gitgide daha belirgin bir hal alıyordu. Ah. Şimdi gidip onlara dokunmak vardı. Aklıma gelen bu düşünceleri hızlıca yok ettim ve Aras'a baktım. Ali Amca'yla birlikte mangalda pişireceğimiz kanat, but ve ızgaralık diğer şeyleri hazırlıyordu.

"Melisa, ileride çeşme var. Gidip şu bidonları doldur," dedi annem. Elinde 2 tane 5 litrelik su bidonu vardı. "Tamam," diye mırıldandıktan sonra anneme doğru yaklaşıp elindeki boş bidonları aldım ve orman yolunda yürümeye başladım. Etrafta bir sürü insan vardı. Oldukça kalabalıktı. Kimi bizim gibi mangal yapıyordu, kimi çekirdek çıtlıyordu, kimi de ip atlıyordu. Birkaç metre ilerledikten sonra 'Çeşme' levhası gözüme ilişti. O yöne doğru yürümeye başladım.

"Abi ya lütfen."

"Kızım bir git başımdan. Maç oynuyorum görmüyor musun?"

"Ama bir kişi eksiğimiz var,"

"Bana ne."

Dikkatimi küçük bir kız çocuğu çekince yürümeyi bıraktım ve onu izlemeye başladım. Elinde bir tane ip vardı ve karşısındaki çocuğa dudaklarını büzmüş bakıyordu. Öyle sevimliydi ki.

"Abi lütfen. Bir kerecik salla bari?"

"Yağmur, git başımdan. Hayır diyorum. Ha-yır." İnsafsız şey ne olacak! Abisi olduğunu anladığım çocuk kardeşini başından defetmeye çalışınca elimdeki bidonları yere bırakıp onlara doğru yürümeye başladım.

"Ben seninle ip atlarım." Konuşmaya başlamak için biraz hızlı bir cümleydi ama küçük kızın dikkatini çekebildiğime göre başarılı olmuştum demek ki. "Gerçekten mi?" Sarışın, yemyeşil gözleri olan kız inanmayarak yüzüme bakınca, "Gerçekten," dedim ve gülümsedim. Uzun zamandır ben de ip atlamıyordum zaten.

"Bak. Kendine bir oyun arkadaşı buldun, hadi git şimdi." Abisinin söylediği cümle kaşlarımı çatmama neden oldu. "Sen ne biçim bir abisin?" Karşımda en fazla 18 yaşında bir çocuk duruyordu.

"Yakışıklı, tatlı, komik. Daha saymamı ister misin?"

"Bence duyarsız, acımasız, bencil, bir de egoist bir abisin!"

Çocuk gülmeye başladı. İki yanağında da gamzeler oluşmuştu. "Affedersin de sen kim oluyorsun çilli?" Ağzım çocuğun bana söylediği cümleyle aralanınca işaret parmağımı ona yönlendirip sallamaya başladım. "Birincisi ben çilli değilim. İkincisi kardeşinle ip atlasan ne olurdu sanki?" Sesim birden yüksek çıkmıştı. Evet, çillerim vardı ama dalga geçilecek kadar fazla değildi.

"Birincisi çillisin. İkincisi kardeşim istiyor diye onunla ip atlayacak değilim."

"Egoist!"

"Çilli!"

"Ukala!"

"Maydanoz!"

Maydanoz mu? Ağzımdan 'Hah' diye bir ses çıkardım. "Bencil!" Karşımdaki çocuğa kötü kötü bakmaya başladım. O da aynı şekilde bana bakıyordu.

"Abla, hadi gel biz gidelim. Abim biraz gıcıktır." Küçük kız elimi tutunca bakışlarımı ona çevirdim. Abisinin aksine sarışın, oldukça tatlı bir kızdı. "Tamam tatlım," deyip yürümeye başladığımızda yanımıza bir tane daha küçük kız geldi ve o da diğer elimi tuttu.

"Hey, çilli?"

Arkama dönüp ismini henüz bilmediğim çocukla bakışlarımızı birleştirdim. "Ne var?" Sesim sinirli çıkmıştı.

"Hangi okula gidiyorsun?" Sora sora bunu mu soruyordu

cidden? İçimden sana ne demek gelse de derin bir nefes alıp, "Çırağan Koleji," dedim. Çocuk gamzelerini belirtecek şekilde gülümseyince neyi komik bulduğunu merak etmiştim. "Ya sen?"

"Semt Lisesi." Öyle bir okul ismi duymadığıma eminim.

"Nasıl yani?" Çocuk omuzlarını silkti. "Semtin ve İstanbul'un en olaylı okuludur. Bir gün beklerim," dedi.

"İsmi cidden semt lisesi mi?" diye sordum. Çocuk gülümsedi.

"Ah kolejli, cidden safsın. Öyle okul ismi mi olur?" Kolejli mi? Bu çocuğun lakapları gitgide sinirimi bozmaya başlamıştı. "İsmini boş ver. Bildiğini sanmıyorum. Devlet liselerinden bir tanesi." Omuzlarımı silktim. Haklıydı. İsmini söylese bile bilmezdim.

İsimlerinin Yağmur ve Beyza olduğunu öğrendiğim iki kız ipin ucundan tutunca gülümsedim. En son Ankara'da kuzenlerimle oynamıştım. Erkek kuzenlerimle ve o da üç sene falan oluyordu. "İlk benim mi atlamamı istiyorsunuz?" diye sordum, kızlar başlarını aşağı yukarı salladılar.

"Nasıl oynadığını görmemiz gerek." Yağmur'un söylediği cümleyle, "Peki," dedim ve dizlerimi hafifçe kırıp atlamak için beklemeye başladım. Umarım bir sakarlık yapıp yere düşmezdim. Yoksa rezil olurdum. Kızlar ipi sallamaya başlayınca yerimde sıçradım ve ilk atlayışımı yaptım. Başarılı bir atlamaydı. Demek ki unutmamışım.

"Laleli bir, içeriye gir. Laleli iki, ormandaki tilki. Laleli üç, atlaması güç. Laleli dört, eteğini ört. Laleli beş, beş kardeş. Laleli altı, altınımı çaldı. Laleli yedi, yemeğimi yedi."

İpin ayağıma takılmasıyla sekizinci sayıya geçemeden yandım. Kahkaham nedensiz yere yankılanmaya başlayınca kızlar, "Yandı-Yandı," deyip yerlerinde zıplamaya başladılar. Öyle tatlılardı ki. Onları mutlu ettiğim için ben de mutlu olmuştum. Bakışlarım birden bana bakan bir çift, pardon düzeltiyorum öfkeli bir çift mavi-yeşil gözle karşı karşıya gelince, gülümsemem yavaş yavaş sönmeye başladı. Neden öyle kesecekmiş gibi bakıyordu ki?

"Abla, hadi sıra bende." Tişörtümün çekiştirilmesiyle başımı yere doğru eğdim ve Beyza'yla göz göze geldim. Öyle güzel bakıyordu ki bana. Hayır deyip gidemezdim. "Tamam," deyip ipin ucunu tuttuktan sonra Ateş'e bakmamaya özen gösterip ipi sallamaya başladım. Beyza 3 yapamadan yanmıştı. Sıra Yağmura gelince o da en fazla 4 yapabilmişti. Kızlar hemen yandıkları için yüzlerini asınca gülümsedim ve morallerini bozmamaları için, "Ben küçükken 1 bile yapamıyordum," dedim. Onlar bu söylediğime gülümserken Ateş yanıma gelip bileğimi sıkıca tutmuş, beni çekiştirmeye başlamıştı bile. "Yürü!" dediğinde adeta tıslar gibi konuşmuştu. İtiraz etmedim ve beni peşinden sürüklemesine izin verdim. Kızların arkamdan, "Ya nereye?" dediklerini duymuştum ama geri dönüp bir şey diyemezdim.

Ateş'le insanların arasından geçip yürümeye başladığımızda, "Kolumu bıraksana," dedim. Cidden oldukça fazla sıkıyordu. Kangren olma ihtimalim vardı. Ateş herhangi bir şey demedi ve yürümeye devam etti. İnsanlar gitgide azalmaya başlayınca nereye gittiğimizi daha çok merak etmiştim. Diğer yandan korkuyordum da. Ateş'le uzun uzun ağaçların arasından geçip tenha diyebileceğim bir yere geldiğimizde, "Bak. Babamlar merak eder," dedim son bir kaçış yolu olarak. Ateş, sonunda yürümeyi bırakıp öfkeli bakışlarını bana çevirince yutkundum. Cidden oldukça sinirli görünüyordu. Ama neden?

"Ne yaptığını zannediyorsun sen?" Ateş yüzüme doğru bağırınca bir adım geri attım. Ama bileğimi tutmaya devam ettiği için pek başarılı olamamıştım.

"Ne yapıyormuşum?" dediğimde benim de sesim yüksek çıkmıştı.

"Bir de saf ayağına mı yatıyorsun? Etrafta onca erkek varken hangi akılla hoplayıp zıplarsın?" Gözlerim şaşkınlıkla kocaman açılırken gerçekten bu yüzden mi sinirli diye içimden geçirdim. Ateş bir cevap vermemi ister gibi yüzüme bakınca, "Kolumu bırak," dedim. Resmen sapsarı olmuştu. Ateş bakışlarını koluma çevirdikten sonra istediğimi yaptı ve kolumu sıkmayı bıraktı. Boşta kalan elimle kolumu ovuştururken, "Hoplayıp zıplamışsam ne olmuş sanki?" diye sordum. Gözlerim dolu doluydu ve her an ağlamaya meyilliydi. Canımı yakıp bileğimi sıktığı için değil ama. Dün gece arabada söylediği anlık cümlenin kalbime verdiği inanılmaz acının şimdi yeniden canlanması yüzünden. Bana nasıl o kızın adıyla hitap edebilirdi?

"Ne demek ne olmuş lan? Her zıpladığında şortunun biraz daha yukarı çıkması, göğüslerinin aşağı yukarı hareket etmesi. Amacın beni deli mi etmek?" Ağzım Ateş'in söyledikleriyle aralanırken cidden tarif ettiği gibi bir görüntümü oluşmuştu diye içimden geçirdim. Ama bir dakika. Benim göğüslerim o kadar büyük değildi ki. Yani her zıpladığım da o kadar fazla hareket ettiklerini sanmıyordum.

"Hiç de bile," deyip kollarımı göğsümün altında birleştirdim. Yalan söylüyordu.

Ateş beklemediğim bir şey yapıp belimden tutarak sırtımı ağaca yaslayınca gözlerimi kırpıştırıp ona baktım. Bu değişken ruh hali beni korkutuyordu. "Bir daha giymeyeceksin." Bakışlarım yerde olduğu için Ateş'le göz göze değildim. "Neyi?" Ateş ellerini belime dolayıp bedenini bana bastırdı. Karnıma tuhaf bir sancı girmişti.

"Şort, mini etek. Kısacası bacaklarını güzel gösteren hiçbir şeyi." Başımı yerden kaldırdım ve onun mavi-yeşil gözlerine baktım. Öyle yakındık ki... Nefeslerimiz çoktan birbirine karışmıştı bile. "Ama..." Yutkundum. "Yaz geldi ve ne giyeceğim o zaman?" Sesim nefes nefese çıkmıştı. Ateş mümkünmüş gibi kendini biraz daha bana bastırdıktan sonra üzerime eğildi. "Bacaklarını güzel göstermeyecek kıyafetlerin olduğuna eminim," diye yüzüme fısıldadı. Hadi ama bu kadar etkileyici bir ses tonu olması mı gerek?

"Bana ne. İstediğimi giyeceğim," dedim diklenerek. Bu özgüvenin nereden geldiğini anlayamamıştım.

"İnat edeceğim diyorsun yani? Peki. Bakalım senin bu inadını kırabilecek miyim." Ben Ateş'in ne demek istediğini anlamaya çalışırken o çoktan dudaklarını benimkilere bastırmıştı bile. Beklemediğim ani teması ürpermeme neden olsa da parmak uçlarımda yükselip kollarımı Ateş'in boynuna doladım. Karnıma giren sancı gittikçe artıyordu. Umursamadım ve Ateş'in istekli dudaklarına karşılık vermeye başladım. Öyle sert, öyle hızlı öpüyordu ki dudaklarımı adeta sömürüyordu. Ateş, belimi sarmaladığı ellerini biraz daha sıkılaştırıp sırtımı ağacın gövdesini bastırınca Ateş'in ağzına doğru inledim. Çünkü bacaklarımın arasında hissettiğim sertlik çok fazla belirgindi. Ateş dilini devreye sokup ağzımın içinde keşfe çıkınca yaptığım tek şey ona beceriksizce karşılık vermekti.

"Giymeyeceksin."

Ateş geri çekilip dudaklarımın üzerine fısıldayınca duymamış gibi yaptım ve bu sefer ben başladım onu öpmeye. Ateş ilk başta şaşırsa da daha sonra hemen karşılık verdi. Elleri bacaklarımın açıkta olan kısmını okşamaya başlayınca ağzımdan bir inleme daha kaçtı. Bu yaptığım şey Ateş'i deli etmiş olacak ki bedenini biraz daha bana bastırıp yüzümü ellerinin arasına aldı. Dudakları, dudaklarımı hem ısırıyor hem de emiyordu. Bunların hepsini öyle sert öyle hızlı yapıyordu ki nasıl karşılık vereceğimi bilmiyordum.

"O zaman sadece arada sırada?" diye teklif sundum. Ateş söylediğim bu cümleye gülümsedikten sonra, "İyi pazarlıkçısın," dedi ve dudaklarını tekrar benimkilere bastırdı. Beni kucağına alıp havaya kaldırdığında bacaklarımı onun kalçasına doladım ve bedenlerimizi tamamen birleştirdim. Aramızda hiç mesafe yoktu. Ellerim onun saçlarında, ensesinde, sırtındaydı. Bilinçsizce ona karşılık veriyordum. Diğer yandan tüm isteğimle.

Ateş sırtımı ağaca yaslayıp kendinden geçmiş gibi dudaklarımı inanılmaz bir tutkuyla öpmeye devam ederken kendimi güçlükle geri çektim ve nefes nefese konuştum. "Artık gitmeliyiz," dedim.

Ateş hızlı hızlı soluk alıp verirken konuştu. "Ne var biliyor musun?" dedi. "İstediğim en çok şey şu an burada kalmaya devam edip, seninle birlikte olmak." Sustu. "İstemediğim en çok şey ise seninle böyle bir yerde birlikte olmak. Gitsek iyi olur."

***

Çeşmeden doldurduğumuz sularla birlikte piknik alanına tekrar geldiğimizde herkesin kendi halinde olduğunu görüp derin bir nefes aldım. Çok şükür kimse yokluğumuzu fark etmemişti. Ateş, babamların yanına gidince ben de annemlerin yanına gittim. İşlerini bitirmiş olacaklar ki ahşap masaya oturmuş sohbet ediyorlardı.

"Melisa da nihayet geldi."

Beni ilk fark eden teyzem olmuştu. Ona gülümsedim ve yanındaki boş yere oturdum. "Çeşmede birazcık sıra vardı da," diye mırıldandım. İnanmaları için içimden dua ettim. Herhangi bir tepki almadığımı fark edince başarılı olduğumu anladım. Annemler kendi aralarında konuşmaya başlayınca bakışlarımı Ateş'e çevirdim. Ali Amca ve babamı öyle dikkatli izliyordu ki... Hiçbir hareketlerini kaçırmamak ister gibiydi. Oysaki babamların yaptığı tek şey ızgaraya kanat ve but dizmekti. Onun bu haline tebessüm ettim. Belki de kendi babasını özlediği için böylesine dikkatli inceliyordu onları?

"Nereye bakıyorsun sen?"

Annemin sesi bakışlarımı ona çevirmeme neden olurken, "Hiç," diye mırıldandım.

"Kime bakacak, yakışıklı sevgilisine bakıyordur," dedi teyzem gülümseyerek. Utandığımı hissettim. Daha önce bu tarz şeyler hakkında hiç konuşmamıştık ki.

"Yakışıklı yakışıklı olmasına da keşke biraz daha tanısaydınız birbirinizi," dedi Aysun Teyze. Bir cevap vermeli miyim yoksa susmalı mıyım kararsız kalmıştım. En iyisi omuzlarımı silkmek diye düşündüm ve öyle yaptım. Sonuçta Aras'ın annesiyle sevgilim hakkında tartışacak değildim.

Aradan ne kadar zaman geçti bilmiyorum ama mangallar nihayet pişmişti. Masayı annemlerle birlikte güzelce kurduktan sonra yaptığım salatayı ortaya koydum. İçeceklerde bardakların içindeki yerini alınca her şey hazır olmuştu.

Ben, annem ve teyzemin arasında oturuyordum. Ateş ise hemen karşımda, Aras ve babamın arasındaydı. Ateş ile bakışlarımız birleştiğinde bana muzipçe gülümsedi. Bunun nedeni sanırım ormanda yaptığımız şey yüzündendi. Gözlerimi ondan kaçırdım ve oldukça lezzetli görünen kanatlardan birini elime alıp yemeye başladım. Herkesin yüzünde bir gülümseme vardı.

"Eee Aysun'cum, siz tatile nereye gidiyorsunuz?"

Aysun Teyze kolasından bir yudum alıp bardağını masaya bıraktı ve anneme baktı. "Valla her yıl olduğu gibi yine İzmir'e gideceğiz. Biliyorsun, bizim akrabalar orada. Hem tatil hem de hasret. İkisini bir arada yapmayı düşünüyoruz," dedi. Açıkçası İzmir benim de gidip tatil yapmak istediğim şehirlerden bir tanesiydi.

"Murat ya, siz nereye gideceksiniz? Malum okulların kapanmasına şunun şurasında 1 ay kaldı."

"Biz de her yıl Ankara'ya gidiyoruz. Benim de Hülya'nın da bütün akrabaları orada. Ama sanırım bu geleneğimizi bu sene bozacağız." Babam ve Ali Amca konuşurken masadaki herkes susmuş, onları dinliyordu. Ayrıca geleneği bozacağız da ne demek?

"Nasıl yani? Bu sene Ankara'ya gitmiyor muyuz?" Teyzemin sesi oldukça meraklı çıkmıştı. Gerçi o her zaman öyledir. Babam peçeteyle ağzını sildikten sonra bakışlarını bana çevirdi. "Eğer Melisa şöyle güzel bir karne getirirse Antalya'ya gitmeyi düşünüyorum," dedi. Gözlerim şaşkınlıkla kocaman açılırken, "Gerçekten mi?" diye sordum hayretle.

"Gerçekten," dedi babam. Elimi ağzıma götürüp gülmeye başladım. Antalya demek mükemmel bir tatil demekti ve ben 3 senedir denize girmiyordum.

"Hemen sevinme, her şey karnene bağlı," dedi annem otoriter bir sesle, hevesim kursağımda kalırken bakışlarımı hızla Aras'a doğru çevirdim. "Sınavlar daha bitmedi ve eğer işin ucunda Antalya varsa Aras bana ders çalıştırır. Çalıştırırsın, değil mi?" Aras gülümsedi. "Zevkle." Şu an içimden kalkıp dans etmek geliyordu. Öylesine mutluydum ki. Antalya'ya gidecektim. Antalya!

Bakışlarım Ateş'e kaydı birden. Buz gibi bir ifadeyle yüzüme bakıyordu, gülümsemem yavaş yavaş silindi yüzümden. Sanırım Aras'la ders çalışacağım için bozulmuştu. Ama ne yapsaydım? Birilerinden yardım almam gerekliydi. Yoksa sınavlarda tökezlerdim ve öyle olunca karnemdeki notlarımı düzeltemezdim.

"Bizim kız su hastasıdır. Deniz, havuz gördü mü dayanamaz," dedi annem; susması için ona bir bakış attım. Ateş yüzme bilmediğimi sanıyordu ve şimdi annem anlatmaya başlarsa Ateş yüzme bildiğimi öğrenecekti.

"Bizim oğlan da yüzmeyi pek sever. İzmir'e gittiğimizde saatlerce eve gelmediğini bilirim," dedi Ali Amca, Aras'ı kastederek.

"Melisa da öyledir. Hatta bir keresinde Bodrum'a tatile gitmiştik. Hava kararmış falan, akşam yemeğine ineceğiz. Ama Melisa ortalarda yok. O telaşla biz güvenliğe haber verip her yerde Melisa'yı aramaya başladığımızda onu sahilde kumların üzerine uzanmış olarak bulduk. Kızım burada ne yapıyorsun diye sorduğumda bana verdiği cevap, 'Akşamlanıyorum anne,' olmuştu."

Masadaki herkes annemin anlattığı şeye gülmeye başlayınca başımı utançla yere eğdim. Niye küçüklük anılarımı anlatıyordu ki?

"Sonra ne oldu?" Aras'ın sorusuyla annem bakışlarını bana çevirip yanağımı sıktı. "Ben ne dediğini anlamadığım için, 'O da ne demek?' diye sordum. Ama benim akıllı kızım verdiği cevapla zekâ seviyesini bir kez daha kanıtladı. Neymiş efendim, hava güneşli olunca güneşleniyorum deniliyorsa, akşam olunca da akşamlanıyorum denilmesi gerekmiş." Masadaki herkes tekrar sesli bir şekilde kahkaha atınca masanın altına girip yüzümü saklamak istedim. Rezil olmuştum. Bakışlarımı hemen karşımda oturan Ateş'e çevirdiğimde onun da güldüğünü gördüm.

"Tamam, hadi gülmeyin artık. Benim kızım biraz fazla akıllı hepsi o kadar." Babam gülmesinler diye masadakileri uyarıyordu ama o da gülüyordu! Gerçekten harika!

***

Yemeğimiz bittiğinde derin bir nefes aldım. Neyse ki benim küçüklüğüm hakkında daha fazla konuşmamışlardı ve daha fazla rezil olmaktan kurtulmuştum. Annemlerle birlikte masayı çabucak toparladıktan sonra işimiz kısa bir sürede bitmişti. Babam semaver için sıcak su kaynatıyordu. Çayın olmasına yaklaşık 15 dakika kadar süre olduğuna göre oyun oynamanın güzel bir fikir olduğunu düşündüm.

"Baba hep beraber yakar top oynayalım mı?" Sesim oldukça hevesli çıkmıştı. Bütün bakışlar bir anda bana çevirilince verecekleri cevabı merakla beklemeye başladım.

"Topu nereden bulacağız kızım?"

"Şu ileride satılıyor. Lütfen oynayalım. Lütfen. Lütfen. Lütfen." Babam bakışlarını Ali Amca'ya çevirdi. "Ne diyorsun Ali? Kadınlara karşı oynayıp yenmeye var mısın?" Ali Amca başını onaylarca sallayınca annem yapay bir kahkaha attı. "Güleyim bari," dedi.

"Siz yakar top oynamaktan ne anlarsınız ki?" diye teyzem araya girince bu işin daha eğlenceli olacağını anladım.

"Yandığınız da veya bizi vuramadığınızda bu söylediklerinizi hatırlatırım." Babam bakışlarını annemlerden çekip Aras'a çevirdi. "Oğlum git şuradan güzel bir top al da kim kimi yeniyor görelim." Aras gülümseyip bana göz kırptıktan sonra arkasını dönüp yürümeye başladı. Sanırım o da bizi yeneceğini düşünüyordu.

Kulağımın kenarında hissettiğim sıcak nefes olduğum yerde donmamı sağlayınca yutkundum.

"Bugün yaptığın her şey için ayrı ayrı ceza vereceğim sana. Şimdi sabrediyorum. Ama yarın... Benim için güzel bir gün olacak." Ateş yanağıma küçük bir öpücük bıraktıktan sonra hemen geri çekildi. Yaptığım her şey için ayrı ayrı ceza derken? Hem ben ne yapmıştım ki? Bunun cevabını sonra alacağımı aklıma not ettim. Ama şimdi oynamamız gereken bir oyun vardı.

Aras elinde tuttuğu futbol topuyla aramıza katılınca kızlar ve erkekler olarak iki grup olduk. Sayılarımız zaten dörde dörttü ve eşitti. Yazı-tura atarak ilk kimin ortada olacağını kararlaştırdık. Yazı çıkmasıyla kızlar ortaya, erkeklerde ikili ikili konulan mesafelere geçti.

Annem ve Aysun Teyze ilk olarak ortaya geçmişlerdi.

"Hazır mısınız?" Babam elinde tuttuğu topu çevirip onay vermesi için anneme bakınca annem "Hazırız," dedi heyecanla. Onların bu haline gülümsedim. Babam Ali Amca'yla yan yanaydı. Aras'la da Ateş. Umarım bir sorun olmazdı.

Babam topu annemlere doğru fırlatınca Aysun Teyze ve annem gülerek kenara kaçtılar. Top Ateş'in eline gelmişti. Acaba o da yakar top oyununda iyi miydi? Ateş tuttuğu topu oldukça hızlı bir şekilde annemlere fırlatınca topun Aysun Teyzenin sırtına değmesiyle Aysun Teyze yandı. Demek ki Ateş bu oyunda oldukça iyiydi. Birde bir yaptığına göre.

Teyzem ortaya geçince önüme düşen saçımı kulağımın arkasına ittirip gelen atışı bekledim. Top Ali Amca'daydı. Ali Amca topu annemlere doğru fırlatınca teyzem ve annem hemen kenara kaçtılar. Top Aras'ın eline gelince hızlı bir şekilde annemlere doğru fırlattı ama maalesef başarısız olmuştu. Babam topu eline alıp anneme fırlatınca annem gülerek kaçmaya çalıştı ama top sırtına değdiği için yandı. "Aşk olsun Murat. Niye oraya atıyorsun?"

"Hayatım bu bir oyun. Kazanmak da var kaybetmek de."

Annemin ve babamın arasında geçen konuşmaya gülümsedikten sonra ayaklarımı biraz tereddütle hareket ettirdim ve teyzemin yanındaki yerimi aldım. Umarım hemen yanmazdım.

"Hazır mısın?" diye sordu Aras gülümseyerek.

"Hazırım," dedim ve derin bir nefes aldım. Aras elinde tuttuğu topu bana doğru fırlatınca hemen kaçtım ve toptan kurtuldum. Ali Amca topu tekrar bize doğru atınca gülümseyerek ondan da uzaklaştım. Top Ateş'in elindeydi. Kalp atışlarım bir anda hızlanmaya başlayınca derin bir nefes alıp sakin olmaya özen gösterdim.

Ateş topu bana baktığı halde teyzeme atınca teyzem dalgın anına gelip yandı. "Ya ama hile var!" Teyzem itiraz etmeye başlayınca babam gülümseyip, "Hadi hadi mızmızlanma," deyip teyzemi geçiştirdi. Sahada sadece ben kalmıştım. Eğer saydırmalara geçip on yapabilirsem oyuna tekrar başlayabilirdik. Gerçi Ateş varken bu biraz imkânsızdı ama.

"Hazır mısın kızım?" diye sordu babam.

"Evet," dedim ve dikkatimi topa verdim. Babam topu oldukça nazik bir şekilde bana atınca kolayca kurtuldum. O bana hiç kıyamazdı ki zaten. Top Aras'ın eline geldi. Topu bana doğru atınca kıvrak bir hareketle yanmaktan son anda kurtuldum. Ali Amca babama oranla biraz daha sert bir şekilde topu bana atınca ondan da sıyrıldım.

Ve şimdi Top Ateş'in elindeydi. Her attığını vurduğunu göze alırsak kesin şimdi yanacaktım. Ama belki bir umut bana kıyamayacağını umuyordum. Ateş topu yere vurup sektirmeye başladı. "Hazır mısın?" dedi. Az önce Aras'ın sorduğu gibi sormuştu. Onu taklit ediyordu. "Hazırım," dedim ve dikkatimi topa verdim. Başarabilirdim. Yanmadan toptan kurtulabilirdim. Ateş bana sinsi bir gülüş gönderdikten sonra topu bana doğru fırlattı. Bacaklarımın hemen üzerine -sertçe- gelen top yanmama neden oldu. Kaşlarım usulca çatılırken, "Of!" diye mırıldandım ve ayaklarımı yere vura vura annemlerin yanına gittim. Sırf şort giydiğim için bacaklarıma atmadıysa ben de neyim!

Sıra erkelere gelince annem ve ben bir köşede, teyzem ve Aysun Teyze de bir köşedeydi. Ortaya ilk önce babam ve Ateş geçmişti. Ne olursa olsun Ateş'i ben vurmak istiyordum. Topu elime aldım ve hızlıca Ateş'e doğru fırlattım. Ama top Ateş'in yakınına bile gelmemişti!

Aradan ne kadar zaman geçti bilmiyorum ama babam, Ali Amca ve hatta Aras bile yanmıştı. Sahada sadece Ateş kalmıştı. Öyle iyi oynuyordu ki, gelen toplardan kolaylıkla kurtuluyordu. Ve bu da beni sinir ediyordu.

Top tekrar bana gelince, "Ya artık yan," dedim. Birazcık yorulmuştum çünkü. Ateş halime acıdığı için olsa gerek, "Tamam at," dedi. Gözlerim ona 'ciddi misin' bakışları atarken Ateş ellerini iki yandan açıp beklemeye başladı. Yüzümde kocaman bir sırıtış oluşurken topu Ateş'e fırlattım.

Erkeklerin kahkaha sesi bir anda gür bir şekilde yankılanmaya başlayınca yaptığım hatanın farkına vardım. Kahretsin! Ateş'e can vermiştim! Nasıl olur da ona can verirdim?

"Erkek gücü diye ben buna derim!"

Babam yüzündeki mükemmel gülümsemeyle Ateş'e sarıldı. Ateş'in oldukça şaşırdığını fark ettim. Olduğu yerde donmuş gibiydi. Yüzünde anlayamadığım, daha doğrusu hiç görmediğim bir ifade oluştu. Hüzün.

Oyun bittikten sonra çaylarımızı içip eşyaları toparlamaya başladık. Ateş babamın ona sarıldığı andan beri tek kelime edip konuşmamıştı. Hatta gözlerini belli bir noktaya sabitleyip dalıp gitmişti. Bunu yalnız kaldığımızda konuşacağımızı aklıma not ettim ve elimdeki torbaları bagajın içine koydum.

"Baba ben Ateş'le gelebilir miyim eve?"

Babam başını onaylarca salladı. "Tamam ama oyalanmak yok. Doğru eve."

Gülümsedim. "Merak etme."

Ateş çoktan arabaya binmişti. Ayaklarımı hareket ettirip ben de ön koltuğa geçtikten sonra kapıyı kapatıp emniyet kemerimi bağladım. Ateş sessizliğini hâlâ koruyordu. Araba hareket edince başımı cama yaslayıp dışarıya bakmaya başladım.

Ormandan çıkıp ana yola girdiğimizde başımı cama yaslamaktan vazgeçip Ateş'e doğru döndüm. Pürdikkat yola bakıyordu. "Ateş, sen iyi misin?" Yüzüne bakıp bir cevap vermesini ümitle beklerken bir şey dememesi hayal kırıklığına uğratmıştı beni. Peki. Konuşmak istemiyorsa ben de konuşmazdım.

Aradan ne kadar zaman geçti bilmiyordum ama güneş batmak üzereyken Ateş arabayı evimin önünde durdurdu. Emniyet kemerimi çıkartıp ona doğru döndüğümde onun da bana baktığını fark edip tebessüm ettim. "Bıraktığın için teşekkür ederim." Ateş hafifçe omuzlarını silkti. Önemli değil demek ister gibi.

"O zaman ben gidiyorum?" dedim. Ama neden durgun olduğunu bana anlatmasını çok isterdim. Ateş öylece yüzüme baktıktan sonra kucağımın üzerinde duran elimi tuttu. "Teşekkür ederim," dedi. Ne demek istediğini anlayamadığım için, "Niye ki?" diye sordum merakla.

"Normal bir gün geçirmemi sağladığın için." Ona doğru yaklaştım ve yanağına küçük bir öpücük kondurdum. " Önemli değil. Ama illa bana teşekkür edeceğim diyorsan yarın vereceğin cezaları yok ederek başlayabilirsin?" Ateş'in dudakları yukarı kıvrıldı. Sonunda gülümsemişti.

"O cezaların hepsi gerçekleşecek ufaklık, ama şimdi git. Yarın seni ararım." Yüzümü buruşturduktan sonra 'Hah,' deyip arabadan indim. Cezaymış! Hoşuna gitmeyen bir şey yaptığımda bana ceza verecekse ben de ona ceza vermeliydim o zaman.

Apartmandan içeriye gireceğim sırada arkama dönüp son defa Ateş'e baktım. Gülümsüyordu! Şu an her ne kadar sinirli gözüksem de aslında mutluydum. Çünkü sevdiğim adamla birlikte mükemmel bir gün geçirmiştim. Üstelik ailem de bizimleydi. Apartmandan içeriye girip asansöre doğru ilerlediğimde aklımda birden fazla soru işreti vardı. Ve ben bunların cevabını öğrenmek için elimden gelen her şeyi yapacaktım...

Bölüm 23

"70,3 mü?" Çıkan sonuç şaşırmama, birazda heyecanlanmama neden olurken sınıfın ortasında resmen cırladım. Elimi ağzımın üzerine götürdüm ve emin olmak ister gibi Aras'a baktım.

"Bence güzel bir ortalama," dedi Aras. "Bir sonraki sınavdan da iyi bir not alırsan teşekkür belgesini garantiliyorsun."

"O zaman Antalya tatiline kesin gideceğim."

Aras mavi gözlerini kısarak gülümsedi. "Gideceksin."

Kollarımı sevinçle Aras'ın boynuna dolayıp sarıldım. Kendimi öylesine mutlu hissediyordum ki. Bu sene hiçbir belge alamayacağımı zannediyordum, hatta bundan o kadar emindim ki aileme nasıl açıklama yapacağımı bile düşünmüştüm. Ama şimdi öyle bir şey söz konusu değildi. Bu sene de tıpkı diğer senelerde olduğu gibi belge alacaktım.

"Ya ben hâlâ inanamıyorum Aras. Nasıl olur da ortalamam 70 olur? Kesin bugünkü sınav yüzünden oldu."

"Belki de."

Geri çekilip Aras'a baktım. "Hadi ama. Bu kadar alçakgönüllü olma. Senin sayende oldu işte hepsi."

"Alçakgönüllü olmakla alakası yok," dedi Aras. "Aldığın not senin kendi başarın."

"Yine de sen olmasaydın bugünkü sınavdan asla 85 alamazdım." Bu sabah okula geldiğimde bahçede Aras'la karşılaşmıştım. Dün verdiği sözü ona şakayla karışık hatırlattığımda teklifimi kabul etmiş ve zil çalana kadar bahçede zorlandığım dersleri anlatmıştı. O kadar iyi, o kadar açıklayıcı anlatmıştı ki. Bir sene boyunca anlayamadığım konuları Aras 20 dakika içinde anlatmıştı sanki.

"Benim için zevkti. Ama bu kadar sevineceğini bilseydim dönemin başından beri anlatırdım."

"Seneye artık," dedim ve gülümsedim. Aras da benim gülümsememe karşılık verince sıranın üzerindeki çantamı elime alıp omzuma astım. Okul bitmişti. "Şey, o zaman ben gidiyorum. Yarın görüşürüz."

Aras sıranın üzerinde duran kitaplarını eline aldı. "Saat henüz erken. İstersen bir şeyler yapalım?" diye önerdi. Ne cevap vereceğim konusunda kararsız kaldım. Tamam diyemezdim. Çünkü sınavda aldığım notu bir an önce Ateş'e söylemem lazımdı. Evine gidip ona haber vermeliydim. Acaba sevinir miydi? Ya da ne bileyim belki tebrik falan ederdi? Sonuçta sevgilisinin başarısı söz konusuydu. Teşekkür belgesi aldığım için gururlanmalıydı. Ama şimdi Aras'a da böyle söyleyemezdim ki. Bugünkü yardımından sonra onu reddetmem doğru olmazdı.

"Aras aslında ben, yani, gelirim ama işte-"

Aras lafımı kesti. "O adamın yanına mı gideceksin? Ateş'in?" Aras'ın yüzünde hoşnutsuz bir ifade vardı, bozulmuş gibiydi. Dünkü piknikte de zaten Ateş'e karşı oldukça soğuktu. Yıldızları pek barışmamıştı anlaşılan.

"Evet," dedim özür dileyen gözlerle ona bakarak. Sonra hızla ekledim. "Hem biliyorsun birkaç hafta içinde okullar kapanacak ve 3 ay boyunca onu görmeyeceğim." Ani bir panik duygusu bedenimi sarmaladı. Bir el sanki boğazımı sıktı. Bu gerçeği şimdi fark ediyordum. Bu zamana kadar fark etmek istemediğim bir gerçekti bu. Ben 3 ay boyunca Ateş'i göremeyecektim ve ondan ayrı kalacaktım. Sesinden, gülüşünden, gözlerinden ve en çok da sevdiğim kokusundan. Bunlar olmadan geçireceğim üç ay hayal edemiyordum. Hem olmazdı zaten. Yaz tatiline giriyoruz diye Ateş'le ayrılacak halimiz yoktu ya. Yine görüşmeye devam ederdik.

"Peki," dedi Aras nefesini dışarı üflerken. "Sen nasıl istersen öyle olsun."

Taksi, Ateş'in evinin önünde durunca ücreti ödeyip aşağı indim. Umarım beyefendi evdedir, diye düşündüm. Dünkü piknikten sonra yorgun olduğunu ve bugünü de uyuyarak geçirdiğini umuyordum. Yoksa onu nerede bulurum, pek emin değildim. Omzumdaki çantamı düzelttikten sonra taşlı yolda yürümeye başladım. Etraf o kadar sakindi ki ağzımı açıp bir şey desem sanki bütün mahalle beni duyacakmış gibiydi. Çıt çıkmıyordu resmen. Oysa bizim mahalle olsa çocukların sesleri her yerde olurdu. Bu, zengin semtlerine ait bir özellikti sanırım. Kötü bir özellik.

Bir mahalleyi mahalle yapan sokakta oynayan çocukların sesleriydi. Kimi zaman futbol maçı oynayan erkek çocuklarının sevinç çığlıkları. Kimi zaman da ip atlayan kızların neşeli sesleri.

Evin kapısına gelince zile bastım ve beklemeye başladım. Geçen gelişim aklıma gelince kalbim ister istemez sıkışmıştı. Büyük kahverengi kapı açılınca Ayşe Teyze görüş alanıma girdi.

"Merhaba Ayşe Teyze."

"Merhaba kızım. Gel, geç içeri." Ayşe Teyze eliyle geçmem için yol verince içeriye girdim ve gülümseyerek ona doğru döndüm. "Nasılsınız efendim?"

"İyiyim güzel kızım, sen?"

"Ben de. Şey, Ateş evde mi acaba?"

"Ev de ama uyuyor." Merak duygularım bir anda harekete geçti. "Niye ki?" diye sordum. Saat öğleden sonrayı çoktan geçiyordu. Onu uyumak dışında evde başka şeylerle ilgilenirken bulmayı beklemiyordum ama yine de niye uyuduğunu merak etmiştim.

"Dün biraz geç geldi kızım. Geldiğinde güneş doğmak üzereydi. Sabah olunca kendisini kahvaltıya çağırdık ama rahatsız edilmek istemediğini söyledi."

"Sabaha karşı, öyle mi?" Dün beni eve bıraktıktan sonra nereye gitmiş olabilirdi ki? "Neyse. Ben bir gidip bakayım." Ayşe Teyze'nin bir şey demesini beklemeden merdivenlere yöneldim ve üst kata çıkmaya başladım. Eve sabaha karşı gelmesini gerektirecek sebebi merak etmiştim. Üstelik dün oldukça yorgundu. Önemli bir işi vardı anlaşılan.

Ateş'in odasına geldiğimde kapıyı yavaşça açtım. İçeriye girdiğimde onu yüzüstü uyurken buldum. Başının üzerinde gri bir yastık vardı. Yatağa doğru sessiz adımlarla yaklaştım ve yatağın kenarına oturdum. Yüzünü göremediğim için onu inceleyemiyordum. Elimi kaldırıp Ateş'in omzuna dokundum ve dürtükledim. Üzerinde hiçbir şey yoktu.

"Ateş?"

Burnuma yoğun sayılacak bir biçimde alkol kokusu geldi. Koku, her saniye biraz daha işliyordu genzime. Anlaşılan Ateş dün gece içki içmiş, daha sonrada duş almakla uğraşmayıp kendini yatağa atmıştı. Neredeydi bu adam?

"Ateş?" Bu sefer biraz daha sert sarstım onu. "Ateş, uyan!"

Ses yok.

"Kime diyorum ben, uyansana!"

Ses yok.

"Bak uyanmazsan başından aşağı su dökerim," diye tehdit savurdum bu sefer. Yapacağımdan değil ama acaba gerçekten yapsam ne yapardı?

"Ateş bak bu son uyarım," diye yakındım. Ama manzara aynıydı. Ölü gibi uyuyordu ve onu bu şekilde uyandırmam imkânsızdı. Oturduğum yerden sinirle kalktım. Odadan çıktıktan sonra merdivenlerden aşağı inip mutfağa girdim. Ayşe Teyze mutfaktaki masaya oturmuş, pirinç ayıklıyordu. İçeri girdiğimi görünce bakışlarını bana çevirip gülümsedi. "Uyandı mı Ateş bey oğlum?"

Başımı olumsuz anlamında iki yana salladım. "Hayır,"

"Ah güzel kızım, uyanması mucize olurdu zaten." Ayşe Teyze sır verir gibi öne eğildi. "Benden duymuş olma ama eve geldiğinde çok sinirliydi. Sabahleyin odasının kapısını öyle sert çarptı ki, ne yalan söyleyeyim bir an için gök gürledi sandım."

Sert,öyle mi? Ateş'i neyin bu kadar sinirlendirdiğini daha çok merak ettim. "Şey, bardaklar nerede acaba?" Onu uyandırmayı başarabilirsem neden sinirli olduğunu da öğrenebilirdim. Aklımdaki yöntem ve birazdan bizzat uygulayacağım şey sağlığım açısından pek yararlı olmayacaktı ama bir başka seçeneğim yoktu.

"Bir şey mi istiyorsun kızım? Dur ben hazırlayayım." Ayşe

Teyze elindeki tepsiyi masaya bırakıp oturduğu yerden kalkınca, "Hiç gerek yok. Yerini söyleyin ben alırım," dedim hemen. Kendimden yaşça büyük birini çalıştıracak kadar merhametsiz değildim. Hem bence çok saygısızca bir şeydi bu. Ayşe Teyze annemden bile büyüktü ve ne için olursa olsun bana hizmet etmesine müsaade edemezdim.

"Olur mu kızım öyle, sen misafirsin."

"Ne olmuş misafirsem? Lütfen oturun yoksa giderim." Ayşe Teyze o sıcacık gülümsemesiyle gülümseyip, "Peki madem," dedi. Sandalyesine tekrar oturduktan sonra eliyle beyaz mutfak dolabını işaret etti. "Bardaklar orada." Gösterdiği yere doğru ilerleyip mutfak dolabının kapağını açtım. Renk renk bir sürü bardak vardı. Mavi renkte olanı elime aldıktan sonra musluğa yaklaşıp içine su doldurmaya başladım. Ama daha sonra vazgeçip suyu lavaboya geri döktüm. Ayşe Teyzeye meraklı gözlerle beni izliyordu.

"Soğuk su var mı?" Bu soruyla Ateş'in beni öldürme ihtimalini resmi olarak göze almış bulunuyordum. Kesin öldürecekti beni. Ama yine de geri adım atmayacaktım.

"Dolapta olacaktı." Ayşe Teyze'den aldığım cevapla buzdolabına doğru yaklaşıp ikili kapağı açtım. Meyveler, sebzeler, içecekler derken ağzına kadar dolu olan bir sürahi su dikkatimi çekti. Gülümsedim ve onu elime alıp dolabı kapattım.

Bir bardak buz gibi suyla üst kata çıktıktan sonra Ateş'in odasına girip kapıyı da sonuna kadar açık bıraktım. Belki kaçmam gerekebilirdi. Hatta kesin kaçmam gerekecekti ve kapının açık olması benim yararımaydı.

Ürkek adımlarımı yavaş yavaş Ateş'e doğru ilerletmeye başladım. İçimden çok fazla tepki göstermemesi için dua ediyordum. Göstermezdi, değil mi? Söz konusu Ateş'se tepkinin en büyüğünü bile gösterebilirdi. Ama ne yapayım, onu uyandırmak ve dün gece nerede olduğuyla ilgili sorular sormak istiyordum.

Derin bir nefes aldım. Kararım kesindi ve geri dönmeyecektim. Ateş'in başının üzerinde duran yastığı kenara ittirip bardağı havaya kaldırdım. Bunu yaptıktan sonra geri dönüşüm olmayacaktı ve ben bunu bile bile soğuk suyu Ateş'in başına dökmekte hâlâ kararlıyım. Kalbim korkudan deli gibi atmaya başlamışken suyu pat diye Ateş'in yüzüne boşalttım.

"Siktir!"

Ateş sesli bir küfür savurup yatakta doğrulunca meraklı gözlerle vereceği tepkiyi beklemeye başladım. Ateş ilk önce ne olduğunu anlamaya çalışır gibi üzerine baktı. Daha sonra bakışları beni bulunca kaşlarının çatık, yüzünün de sinirden kasıldığını fark edip yutkundum.

"Sen..." dedi Ateş dişlerinin arasından.

"Şey, selam." Adımlarımı geri geri atmaya başladım.

"Sen başımdan aşağı su mu döktün?" Ateş hayretle yüzüme bakınca bir cevap veremedim. Cidden sinirlenmişti. Korku gitgide bedenimi ele geçirmeye başlamıştı. İtiraf etmeliyim ki onu daha önce hiç bu kadar sinirli bir yüz ifadesiyle görmemiştim.

"Ben aslında seni normal bir şekilde uyandırdım. Vallahi bak. Ama sen uyanmayınca başka çarem kalmadı," deyip yüzüme tatlı olduğunu düşündüğüm bir gülümseme yerleştirdim. Belki böyle yaparsam bana kızmazdı. Ateş yüzündeki su damlalarını tişörtüyle sildikten sonra, "Sen öldün," deyip çarşafı üzerinden attı.

Öldüm mü?

Gözlerimi şaşkınlıkla kocaman açılırken, "Ama sadece şakaydı," dedim ve ayaklarımı hareket ettirip açık olan kapıdan dışarı çıktım. Merdivenlerden aşağı indiğimde keşke yapmasaydım diye içimden geçirdim ama iş işten çoktan geçmişti.

"Ayşe Teyze bana yardım et!" deyip telaşla mutfaktan içeriye girdim. Ama mutfağın boş olduğunu gördüğümde hayal kırıklığı yaşadım. Nereye gitmişti? Hemen mutfağın içindeki sürgülü kapıyı açtım ve kendimi bahçeye attım. Etrafta kimse görünmüyordu. Ne yapsam, ne yapsam diye etrafa bakınırken bahçenin sonundaki kalın gövdeli ağaç dikkatimi çekti.

"Ayşe Hanım, ne olursa olsun evden dışarı sakın çıkmayın." Ateş? "İşim bitince ambulansa haber verirsiniz."

Ağzım korku ve şaşkınlık karışımıyla aralandı. Ambulans mı? Ayrıca sakın dışarı çıkmayın derken? Panik içinde ayaklarımı hareket ettirip ağaca doğru koşmaya başladım. Tırmanmayı başarırsam belki kurtulabilirdim. Kalın gövdesi olan ağacın yanına geldiğimde nefes nefese kalmıştım ama umursamadım ve ayağımı ağacın dalına attım. Herkesin kolaylıkla tırmanabileceği türden bir ağaç olduğu için şanslıydım.

"O ağaç cidden seni kurtarır mı?" diye sordu Ateş. Hızla arkamı döndüm. Kaşları hâlâ çatıktı ve bana doğru yaklaşıyordu.

"Şakadan da hiç anlamıyorsun," deyip ona kötü kötü baktığımda Ateş'in daha kötü baktığını fark edip adımlarımı hızlı hızlı ağacın dallarına attım. Tepeye ulaştığımda hemen önümdeki ince dala sıkı sıkı tutunmuştum. Düşüp bir yerimi kırmak istemiyordum çünkü.

"Şaka? Uyuyan birinin başından aşağı su dökmek sence komik mi?" Ateş ağacın dibine gelip başını yukarı doğru kaldırdığında bakışlarımız birleşti. Yutkundum. Cidden çok sinirli duruyordu.

"Komik tabii. Hem ne olmuş su dökmüşsem? Sayemde ice bucket challenge yaptın."

"Sen in aşağı ben sana göstereceğim ice bucket'i."

"Hah! İneyim de beni öldür, değil mi? Bütün konuşmalarınızı duydum. Ayşe Teyze'ye ambulansı çağır diye tembihte bulunuyordun. Ölürüm de inmem."

"Melisa." Ateş dişlerini birbirine bastırdı. "Hemen aşağı in."

"Ya, altı üstü minik bir şakaydı. Gülüp geçsen olmaz mı?"

"Eğer 1 dakika içinde aşağı inmezsen oraya gelirim ve seni aşağı atarım." Gözlerim korkuyla iri iri açılırken gerçekten yapar mı ki, diye içimden geçirdim.

"Bana ne. İnsem de yapacaksın zaten."

"İnsen de inmesen de sana güzel bir ders vereceğim. Ama birazcık aklın varsa hemen aşağı in ve kaderine razı ol."

"Yok ya. Kadermiş!" deyip Ateş'e kötü kötü bakmaya devam ettim. Neymiş efendim, bana güzel bir ders verecekmiş. Altı üstü bir bardak su. Niye bu kadar abartıyordu ki?

Ateş'in dudakları yukarı kıvrılınca bakışlarım şaşkın bir hal aldı. Az önce sinirli olan adam durduk yere niye gülüyordu ki şimdi? "Şizofren falan mısın acaba? Ne diye sırıtıyorsun?"

"Sarı, öyle mi? Hiç tercihim değil ufaklık." Ne demek istediğini anlamamıştım. Şu anki konumuzun sarı ile ne alakası var ki? 1 dakika! Sarı mı? bakışlarım tereddütle bacaklarıma doğru kayarken çorap giymediği mi fark edip kendime küfürler yağdırdım. Hadi ama ya! "Seni pis sapık! Bakmasana!" dedim uyarıcı bir sesle.

Ateş'in bakışları eğlenir bir ifadeye dönüştü. Lanet olsun. Eteğimi de kapatamıyorum ki. Ellerimi kullansam anında yere kapaklanırdım.

"Bak keyfim yerine gelmeye başladı. Sana iki seçenek ufaklık. İstersen öyle dur ve seni dikizlememe izin ver. Ya da aşağı in ve beni bundan mahrum et." Ateş'in teklifi her açıdan zararlıydı. İnersem kim bilir bana ne yapacaktı. Belki havuza götürüp boğardı. Ama inmezsem çaresizce beni dikizlemesine izin vermiş olacaktım. Sanırım en iyisi Ateş'in de dediği gibi kaderime razı olmaktı.

"Pis fırsatçı! Tamam, iniyorum," dedikten sonra kaşlarımı çatıp ayağımı bir altta olan dala attım.

"Sana yapacaklarımı bilsen böyle kelimeler eder miydin acaba," diye mırıldandı Ateş. Aldırış etmedim ve aşağı doğru inmeye devam ettim. Ayağımı sağ taraftaki dala atmak için hamle yapacağım sırada eteğim esen rüzgâr yüzünden havalandı. Ellerim otomatik olarak onu kapatmaya çalışırken dengemi kaybettim ve pat diye yere düştüm.

"Ah!" Acıyla inledim. Kalçam öyle ağrıyordu ki dayanılmaz bir şeydi bu.

"Ne diye acele ediyorsun?" Ateş sitem eder gibi yanıma gelip tepeme dikilince kaşlarımı çatıp ona baktım. "Senin yüzünden. Beni korkutmasaydın böyle olmazdı!" dedim.

"Düz yolda bile yürüyemezken ağacın tepesine hangi akılla çıktın şaşıyorum." Kalçamdaki acı gitgide artmaya başlayınca yüzümü buruşturup alt dudağımı aşağı sarkıttım. "Çok acıyor," dedim sızlanarak. Popomun üzerine düşmeyi nasıl becerdim hiç bilmiyorum.

Ateş ne dediğimi anlamak ister gibi yüzüme bakmaya başladı. Daha sonra "Kalk," deyip elini bana doğru uzatınca tutsam mı tutmasam mı diye kararsızlığa düştüm. "Nereye?" Dudaklarımdan dökülen bu soruya Ateş bir cevap vermedi ve sol bileğimi kavrayıp ayağa kalkma mı sağladı.

Zorba!

Ateş'le birlikte yürümeye başladığımızda endişe bütün hücrelerimi sarmış gibiydi. Nereye gidiyorduk? Ve en önemlisi bana ne yapacaktı? Yuvarlak, oldukça büyük havuzun yanında durunca yutkundum. Kim bilir aklından neler geçiyordu.

"Bana burada ne yapacaksın?"

"Kıyafetlerini çıkart," dedi Ateş buz gibi bir sesle.

Gözlerimi kırpıştırdım ve hayretle ona baktım. "Ya benim burada popom acıyor. Sen bana kıyafetlerini çıkart diyorsun. Bana ne, yapmayacağım işte," deyip kollarımı göğsümün üzerinde birleştirdim. Bu hareketimle küçük bir kız çocuğunu anımsattığımı biliyordum.

Ateş bana doğru bir adım atıp aramızdaki mesafeyi sıfıra indirince nefesimi tutup yapacağı hamleyi beklemeye başladım. "Demek popon acıyor? Suyun temasıyla bu acıdan kurtulacağına eminim." Ateş üzerime eğilip saçlarımın arasına fısıldayınca kalbimin sıkıştığını hissettim.

"Sen de insaf yok mu?" dedim güçlükle. "Az önce ağacın tepesinden düştüm!"

"Bir bardak suyu başımdan aşağı dökerken sendeki insaf neredeydi? Şimdi uzatma ve kıyafetlerini çıkart. İstediğimi aldıktan sonra bir yere gideceğiz." İstediğimi almak derken neyi kast etmişti acaba?

"Ben senin yanında soyunmam. Ya git ya da başka bir ceza ver."

Ateş'in dudakları yukarı kıvrıldı. Yine neyi komik buldu acaba? "Ona kadar sayacağım ufaklık. Eğer kıyafetlerini çıkarmazsan havuza okul formanla girmek zorunda kalırsın. Ha unutmadan, havuzdaki işimiz bittikten sonra hemen dışarı çıkacağız. Umarım ıslak kıyafetlerle üşütüp hasta olmazsın." Resmen benimle oynuyordu! Pis zorba! Ben nasıl onun karşısında iç çamaşırlarımla duracaktım ki? Tamam, denize girince de bikini giyiyordum ama aynı şey değildi.

"Bir."

Yutkundum. Ciddiydi. Gerçekten beni havuza atacaktı ve hiçbir çıkış yolum yok gibi duruyordu.

"İki."

Derin bir nefes aldım ve sakin olmaya özen gösterdim. Korkacak bir şey yoktu. Sadece havuza girecektim. Sadece.

"Üç."

Bir kaçışımın olmadığını bildiğimden gömleğimin düğmelerini yavaşça açmaya başladım. Ellerim, bunu Ateş'in karşısında yaptığım için terlemeye başlayıp titriyordu. Çok utanç verici bir şeydi bu. Yine de bütün düğmeleri açmayı başardım. Gömleği üzerimden çıkardım ve yere bıraktım. Ateş susmuştu. Kalp atışlarım belki heyecandan belki de korkudan hızlı hızlı atmaya başlamışken ne zaman kapattığımı bilmediğim gözlerimi açtım ve eteğimin fermuarını yavaşça aşağı indirdim. Bakışlarımı Ateş'e çevirdiğimde pürdikkat bana baktığını fark ettim.

"Devam et," dedi Ateş boğuk bir sesle. Sanki mümkünmüş gibi kalp atışlarım iyice hızlanmaya başlarken eteğimin bacaklarımın arasından kaymasına izin verdim. Bedenim heyecandan tir tir titriyordu. Kalbim çıktı çıkacaktı. Daha önce bu kadar hızlı attığını hatırlamıyordum. Şu anda sarı bir külot ve pembe bir sutyenle Ateş'in karşısında olmak, çok utanç vericiydi. Çok, çok, utanç verici.

Ateş bana doğru bir adım atıp tam karşıma geçti. Yüzüne bakmamaya özen gösterdim ve başımı öne eğdim. "Seninle ne yapacağım ben?" diye sordu Ateş sakin bir sesle. Ardından Yanağımın üzerinde hissettiğim yumuşak dokunuş başımı yerden kaldırmama neden oldu. "Titriyorsun..." Ateş bakışlarını dudağıma indirip başparmağını usulca dudağımın üzerinde gezdirdi. Yutkundum. Bu kadar yakınken, üstelik kıyafetlerimin büyük bir kısmı üzerimde yokken nasıl konuşabilirdim ki?

"Dün sergilediğin davranışlar için, bugün bana yaptığın şaka için ve biraz da aklının başına gelmesi için sana ders vereceğim," dedi. Bugünkü şaka için bir ders vermesini hak etmiş olabilirim. Aynı şekilde belki aklımın başına gelmesini de. Ama dünkü davranışlarımda bir yanlışlık olduğunu sanmıyordum. Ne yapmıştım ki dün sanki? Ateş ağzımı aralamama fırsat vermeden ani bir hareketle beni itekledi ve bir anda kendimi soğuk suyun içinde buldum. En son duyduğum cümle şuydu: Ne kadar masum olursan ol güzelim...

Beklemediğim bu hamle beni gafil avlamıştı. Burnumun içine giren sular genzimi yaktı. Bu his o kadar berbattı ki kendimi toparlayıp suyun üzerine çıktığımda kalbim deli gibi atıyordu.

"Seni adi pislik!" diye bağırdım öfkeyle. Su resmen buz gibiydi. O da yetmiyormuş gibi beklemediğim bir anda beni iteklemesi afallamama neden olmuştu.

"Az sonra nefessiz kalacak birine göre fazla cesursun."

"Ne saçmalıyorsun be! Zaten buz gibi suyun içine attın. Yetmedi mi?"

Ateş başını iki yana salladı. Dudaklarım titremeye başladı. "İnsafsız!" diye mırıldandıktan sonra havuzun içindeki merdivenlere doğru yüzmeye başladım. Bir an önce çıkıp buradan gitmek istiyordum.

"Yüzme bilmediğini sanıyordum?" diye sordu Ateş. Aldırış etmedim ve yüzmeye devam ettim. Merdivenlere ulaştığımda ayaklarımı yere basıp ilk basamağa adımımı attım.

"Sana kim çık dedi?" Sinirli bakışlarımı Ateş'e çevirdiğimde gözlerimi iri iri açmaktan kendimi alıkoyamadım. Tişörtünü çıkartıyordu.

"Ne yapıyorsun sen?" diye sordum şaşkınlıkla. Sesimdeki

panik duygusuna mani olamamış ve kekelemiştim. Ateş herhangi bir cevap vermeden suya atlayınca gözlerimi kırpıştırıp ona baktım. Kesin öldürecekti beni. Ateş'in kaslı vücudu bana doğru yaklaşmaya başlayınca kaçmak için etrafıma bakındım. Tek çarem önümde duran merdivendi ama ona da çıksam Ateş hemen yakalayıp tekrar suya atardı beni. Derin bir nefes alıp sakin olmaya özen gösterdim. Belki kendimi acındırabilirdim.

Ateş tam karşımda durdu. "Konuşmakta olduğu kadar suyun altında da iyi misin merak ediyorum," dedi.

"Ateş, lütfen. Bak çok üşüdüm. Vallahi bir daha yapmayacağım." Adeta yalvarıyordum.

"Onu başımdan aşağı buz gibi suyu dökmeden önce düşünecektin."

"Ya ama ben sadece şaka yapmak istemiştim." Alt dudağımı sarkıttım. "Özür dilerim."

"Özrün kabul edilmedi." Ateş kafamı suyun içine soktu. Burnumun içine dolan sular genzimi sızlatırken ellerimi çırpıp durması için işaret verdim. Lanet olsun! Nefes alamıyordum.

Ateş bir süre sonra elini çekince hızla suyun içinden çıkıp temiz havayı içime çektim. Ağzımı Ateş'e küfür etmek için açtığımda Ateş buna izin vermedi ve başımı tekrar suyun içine soktu. Eli öylesine baskı uyguluyordu ki çıkmam mümkün değildi. Onun gücü karşısında hiçbir şansım yoktu.

Aradan ne kadar zaman geçti bilmiyorum ama bir süre sonra Ateş elini çekince suyun içinden çıkıp, "Hayvan herif!" diye bağırdım. Oksijen yavaş yavaş burnuma dolunca kendimi biraz daha iyi hissettiğimi fark ettim.

"Sen hiç akıllanmaz mısın?" Ateş soran gözlerle yüzüme bakınca alnımın üzerine gelen saçları sinirle geriye ittirdim. "Hayır!" dedim ve merdivenlere doğru yüzmeye başladım. Ona karşı öylesine öfkeliydim ki.

Belimde hissettiğim güçlü el durmamı sağlayınca ayaklarımı çırpıp ondan kurtulmak istedim. "Bırak beni!" dediğimde kolunun arasından çıkmak için resmen çırpınıyordum.

"Rahat dur."

Ateş'in otoriter sesiyle verdiği emre karşı daha çok hareket ettim. "Bırak! Senden nefret ediyorum!" Gerçekten çok sinirliydim. Bir an önce buradan çıkmak istiyordum ama Ateş beni bırakmak yerine iki kolunu da belime dolayıp kendini bana bastırınca gözlerimi kocaman açıp olduğum yerde durdum ve kıpırdanmayı kestim. Ensemde hissettiğim sıcak nefes karnıma sancıların girmesine neden oluyordu. "Sana bir ders daha vereceğim ufaklık..." Ateş kulağımın kenarına doğru bu cümleyi fısıldayınca, "Ne dersi?" dedim panik içinde.

Ateş sırtımı havuzun beyaz duvarına yasladıktan sonra bakışlarımızı birleştirip yüzünü bana doğru yaklaştırdı. "Öğreneceksin."

Kalbim ağzımda atmaya başlamışken bütün bedenimin karıncalandığını hissettim.

"Sen çok küçüksün. Deneyimsizsin, tecrübesizsin, utangaçsın... Seni hazırlayacağım Melisa. Kendim için hazırlayacağım."

"Nasıl yani?" diye merakla sorduğumda Ateş ellerini bel boşluğuma yerleştirdi.

"Sana şimdi dokunacağım," dedi.

Ağzım şaşkınlıkla aralanırken gerçekten bunu yapar mı, diye içimden geçirdim. Beni hazırlayacaktı. En önemlisi bana şimdi dokunacaktı. Peki ben böyle bir şeye hazır mıydım? Sanırım değildim.

"Ateş, hayır," dedim; az önceki cesur halimden eser kalmamıştı.

"Korkma. Canın yanmayacak." Ateş oldukça sakin bir ses tonuyla söylemişti bu cümleyi. Fazla sakindi.

Ateş sağ elini yavaşça aşağı doğru indirince bedenimin kasıldığını fark ettim. Kendimi öylesine çaresiz hissediyorum ki. "Ateş, istemiyorum." Azıcık çıkan sesime karşı Ateş alnını alnıma yasladı ve herhangi bir cevap vermeyerek elini karnımın üzerinde gezdirmeye başladı. Dokunduğu yerler ağrımaya başlamıştı. Ve sanrım biraz daha ileri giderse heyecandan kusacaktım.

"On sekiz yaşına girene kadar seninle birlikte olmayacağıma dair kendi kendime söz verdim. Ama Melisa... beni zorluyorsun. Vücudunun dikkat çekici en ufak bir özelliği olmamasına rağmen beni sürekli tahrik ediyorsun."

Ağzım kurumuş gibiydi. Ateş'in söylediği şeyler öylesine fazlaydı ki. Böyle düşünceleri olduğunu hiç tahmin etmiyordum. Ateş burnunu burnuma sürtüp, "Rahatlamaya çalış," diye mırıldandı ve elini aşağı indirip tam o bölgede durdu. Kalbim çıktı çıkacaktı. Kalp atışlarımın sesini duyuyor olmam normal miydi? Gözlerimi sıkıca kapattım.

"Bacaklarını arala," dedi Ateş.

Başımı iki yana salladım.

"Melisa, dediğimi yap. İstediğimi alana kadar buradan çıkmak gibi bir niyetim yok." Gözlerimi yavaşça açıp Ateş ile bakışlarımızı birleştirdim. Ateş'in gözleri koyulaşmış, mavi-yeşil gözleri laciverte dönüşmüş gibiydi. Yutkundum. "Acıyacak mı?" Utancımdan yerin dibine girip bir daha çıkmamak istiyordum.

"Hayır," dedi Ateş yatıştırıcı bir sesle. Başımı tereddütle salladım ve birbirine bastırdığım bacaklarımı yavaşça araladım. Ateş elini yavaş, oldukça yavaş hareketlerle o bölge de dolaştırmaya başlayınca kollarımı sıkıca boynuna doladım ve gözlerimi sıkıca kapattım.

"Fazla pürüzsüz," dedi. Karnımdaki sancı gitgide artarken utancımdan ölmek istediğimi fark ettim. Bugünden sonra Ateş'in yüzüne bakabilir miyim, hiç bilmiyordum. "Şimdi sana dokunacağım. Ama öncesinde sormak istediğim bir şey var." Ateş geri çekilip bakışlarımızı birleştirince başımı öne doğru eğdim. Neden yüzüme bakıyordu ki?

"Bakire misin?"

Gözlerim şaşkınlıkla kocaman açılırken başımı yerden kaldırdım. Oldukça ciddi görünüyordu. Ama bu soruyu nasıl sorabilir ki bana?

"E-elbette."

Ateş memnun olmuş gibi gülümseyip alanımı öptü. "Biliyordum," dedi. "Sadece emin olmak istedim," diye konuşmaya devam edince herhangi bir cevap vermedim. İlk öpücüğümü bile ondan almışken bu soru cidden fazlaydı.

"Şimdi rahatla."

Ateş, kulağıma doğru bu cümleyi fısıldadıktan sonra parmağını yavaşça içime itti. Ağzımdan güçlü bir çığlık sesi yükselince Ateş dudağıma küçük bir öpücük bırakıp, "Şşş," dedi susmamı ister gibi. Acı bütün bedenimi ele geçirince, "İstemiyorum," diye bağırıp onu geri ittirdim. Ama Ateş geri gitmek yerine kendini biraz daha bana bastırıp elini o bölgede tutmaya devam etti.

"Kasma kendini." Ateş dudaklarımın üzerine doğru bu cümleyi fısıldadıktan sonra parmağını tekrar içime itti. Çığlık sesim bu sefer daha güçlü çıkmıştı ağzımdan. Canım yanıyordu... "Ateş bırak. İstemiyorum," diye tekrar bağırmaya başladığımda gözyaşlarım akmak için hazırda bekliyordu.

Ateş, sıcak dudaklarını benimkilere bastırıp sertçe öpmeye başladı beni. Dudakları öyle talepkar, öyle aceleciydi ki, elimle onu geri ittirdim. "Hayır istemiyorum!" deyip başımı iki yana salladım. Bu hareketim Ateş'i sinirlendirmiş olacak ki boşta kalan eliyle çenemi tutup bakışlarımızı birleştirdi. "İstiyorsun. Bedenin şu anda beni istiyor ama sen bunun farkında değilsin. Gözlerini kapat Melisa. Kapat ve sana zevk vermeme izin ver."

"Korkuyorum," diye mırıldandım, sesim azıcık çıkmıştı. Ateş çenemi kavradığı elini serbest bırakıp yanağımı okşamaya başlayınca gözlerimi kapattım. Bu yaptığı şey daha iyi hissettiriyordu aslında.

"Alışacaksın güzelim. Alışacaksın," dedi sakince. "Sana her şeyi öğreteceğim. Vakti geldiğinde birbirimize en yoğun şekilde zevk vereceğiz. Ben seni mutlu edeceğim, sen de beni." Yutkundum. Ateş oldukça ciddi görünüyordu. Ciddi ciddi beni kendisi için hazırlayacaktı ve bunun için şimdiden sabırsızlandığını gözlerinden anlayabilmiştim. Ateş benimle birlikte olmak istiyordu.

Sakince konuştum. "Şey, ben biraz üşüdüm. Artık çıkalım

mı?" Aslında hiç üşümüyordum. Hem zaten bedenim alev alev yanarken nasıl üşüyebilirdim ki?

Ateş derin bir nefes aldı. "Havuzdan çıkmakla hiçbir şeyden kaytarmış değilsin," dedi. Elini çamaşırımın içinden çekti. Karnımdaki sancı tekrar hareketlendi. Ama en azından şimdilik kurtulmuş sayılırdım...

***

Ateş arabayı restoran gibi bir yerin önünde durdurunca geldiğimizi anladım. Emniyet kemerimi çıkardıktan sonra göz ucuyla Ateş'e baktım. "Önce bir şeyler yiyelim, daha sonra seni bir yere götüreceğim," diye açıklamada bulundu. Başımı tamam anlamında salladım ve arabadan aşağı indim. Yol boyu onunla tek bir kelime bile konuşmamıştım. Yüzüne bile bakamıyordum ki. Havuzda olanları bir süre hazmedemeyecektim.

Restorandan içeriye girdik. Her yerin kahverengi eşyalarla dekore edilmesi hemen dikkatimi çekmişti. Asil ve pahalı bir yere benziyordu. Ateş'le birlikte cam kenarında bir masaya oturduktan sonra garsonun gelmesini bekledik. Bakışlarım masadaki çatal-bıçakların üzerindeydi.

"Hoş geldiniz efendim."

Yirmili yaşlarında, kısa saçları olan garson yanımıza gelince başımı yerden kaldırdım ve ona çevirdim. Üzerinde smokin tarzı bir kıyafet vardı.

"İskender sever misin?" Ateş'in sorusuyla başımı evet anlamında salladım. Kim sevmezdi ki?

"İki tane tam porsiyon iskender." Garson elindeki küçük not defterine siparişlerimizi yazınca şaşkınlıkla Ateş'e baktım. Fiyatını öğrenmeden nasıl sipariş verirdi?

"Şey durun lütfen," deyip garsonun bakışlarını bana çevirmesine neden oldum. "Acaba biz menü alabilir miyiz?" dediğimde garson, "Elbette efendim," dedi ve yanımızdan ayrıldı.

Bakışlarımı Ateş'e çevirdiğimde ne yaptığımı anlamaya çalışır gibi yüzüme bakıyordu. "Farkında mısın bilmem ama bir iskender salonundayız. Ne diye menü istiyorsun ki?" Omuzlarımı silktim ve garsonu beklemeye başladım. Çok geçmeden elindeki siyah menülerle garson yanımıza gelmişti. Birini bana diğerini de Ateş'e verdikten sonra tepemizde dikilmeye devam etti.

Menüyü açtım ve yemeklere göz gezdirmeye başladım. Bakışlarımı hemen kenarda duran fiyatlar çekince gözlerimin büyümesine mani olamamıştım. Tam porsiyon iskender 55 TL mi?

"Yuh!" deyip menüyü Ateş'e işaret ettiğimde ne dediğimi anlamaya çalışır gibi yüzüme bakıyordu. "Bence kalkalım," deyip menüyü masaya bıraktım. Başka yerde de iskender yiyebilirdik. Üstelik daha az bir paraya.

"Otur oturduğun yerde." Ateş sinirli bakışlarını üzerimde gezdirdikten sonra garsona doğru döndü. "İki iskender, iki tabak patates kızartması, salata, içecek olarak da ayran getir," dedi. Garson siparişleri not defterine yazınca önümde duran menüyü hızlıca elime alıp içini açtım.

Kızartma, salata, ayran. Bunların fiyatları da oldukça yüksekti. Hayır, bu kadar para ödemek kerizlik değildi de neydi?

"Ben yemeyeceğim," deyip kollarımı göğsümün altında birleştirdim. Garson bakışlarını Ateş ve benim üzerimde gezdiriyordu.

"Hele bir yeme. Bak neler yapıyorum sana," dedi Ateş. Ama inat değil mi? Yemeyecektim işte. Menüyü Ateş'e uzattım.

"Fiyatları görmüyor musun? Resmen insanları kazıklıyorlar. Bir ayran nasıl bu kadar pahalı olur?"

"Küçükhanım, ürünlerimiz son kalitededir," dedi garson. Gözlerimi devirdim. "Kullandığınız malzeme su ve yoğurt değil mi? Ne kadar kaliteli olabilir ki?" Garson bir cevap vermeyerek sustu. Bir dakika! Sadece garson değil. Şu anda herkes susmuş beni izliyordu. Başımı utançla yere doğru eğdiğimde biraz fazla abarttığımın farkına vardım.

"Aferin sana. Kendini rezil etmeyi başardın." Ateş'in sitemli sesine aldırış etmeden başımı yerde tutmaya devam ettim. Niye ben rezil oluyormuşum ki? Asıl rezil olan onlardı.

"Koçum sen az önce ki siparişleri getir bize."

"Derhal efendim."

Garson yanımızdan ayrılınca başımı yavaşça kaldırdım ve Ateş'e baktım. Ama o bana değil camdan dışarıya bakıyordu. Kim bilir hakkımda ne düşünüyordu.

Aradan yaklaşık 10 dakika kadar bir süre geçince garson siparişlerimizi masaya bırakıp gitmişti. Açıkçası oldukça lezzetli görünüyorlardı.

"Başla hadi."

"Yemeyeceğim."

"Melisa! Beni deli etme ve yemeğini ye."

"Bana ne. İstemiyorum," deyip bakışlarımı Ateş'e doğru çevirdiğimde elindeki çatalı sıktığını fark ettim.

"Senin inadını da sana da... Tamam yeme." Ateş oturduğu yerden kalktı. "Senin bu yüzünü çekeceğime gider şu masada afiyetle yemeğimi yerim." Başımı hızlıca işaret ettiği yere çevirdiğimde yirmili yaşlarında bir kızın o masada oturduğunu, hatta Ateş'e baktığını fark ettim. Kaşlarım çatılmaya başlarken, "Hayır gidemezsin," dedim. Benim de sesim sinirli çıkmıştı. Ateş bana 'neden' gibisinden bir bakış atınca, "Yiyeceğim," deyip önümde duran çatalı elime aldım. Ateş ben kazandım der gibi gülümseyince kocaman bir çatal iskenderi ağzıma teptim. Ağzımın salça olması umurumda değildi.

Yemeklerimiz bittiğinde Ateş lavaboya gitmek üzere masadan kalktı. Restoran hâlâ doluydu. Bu kadar kazık olmasına rağmen nasıl böyleydi, hiç anlamamıştım. Duyduğum melodi sesi bakışlarımı etraftan çekmeme neden olurken bu sesin Ateş'in telefonundan geldiğini fark ettim. Acaba açsa mıydım?

Telefon ısrarla çalmaya devam edince masanın ucuna uzandım ve büyük ekranlı telefonu elime aldım. İsim yazmıyordu. Cevapla tuşuna basmak için elimi ibreye götürdüm ve sağa doğru sürükledim. Telefonu kulağıma götürdüm. Ses gelmiyordu. Alo demek için ağzımı açacağım sırada karşı taraf daha önce davrandı ve konuşmaya başladı.

"Merhaba Ateş, ben Melek."

Bölüm 24

Bazı kızlar vardır hani. İstediği şeyler olana kadar bıkmadan, usanmadan savaşan. Sırf istediği olsun diye önüne çıkan bütün engelleri ne pahasına olursa olsun aşan. Kendinden emin, adımlarını yere sağlam basa basa atan. İşte o kızlar öyle cesurlardır ki hayatları boyunca her şeyi yapabilecek güce sahiptirler. Her konuda, her işte. Çünkü kendilerine güvenirler. Çünkü güçlüdürler ve sonunda istediklerini mutlaka elde ederler.

Ama ben asla o kızlar gibi olamayacaktım. Çünkü cesur değildim. Güçlü değildim. Kendime güvenim yoktu. Aksine ben korkağın tekiydim. İnsanların 'Acaba ne der?' demesini ciddi anlamda kafama takan biriydim. O kızlar sevdikleri adamı paylaşmamak adına her şeyi yapabilirken benim yapabileceğim hiçbir şey yoktu. Çaresizdim ve tam şimdi sevdiğim adamı kaybetme korkusu bütün bedenimi ele geçirmiş durumdaydı. O kız telefonun diğer ucundayken öyle çok korktum ki. Ne yapacağımı bilemedim. Konuşsam, 'Ateş yok ben sevgilisiyim,' desem kızın, 'Ateş beni seviyor, seni değil,' demesinden korktum. Öyleydi. Ateş o kızı yıllarca sevmişti ve onunla sayısızca güzel vakit geçirmişti.

Bu yüzden herhangi bir cevap vermedim ve telefonu yüzüne kapattım. Belki yanlış yapmışımdır ama o an en mantıklı gelen şey buydu benim için. Zihnim sonunu düşünmeden hareket etmişti ve şimdi bir kuşku uyuşturucu gibi içime işlemeye başlamıştı. Ya tekrar ararsa? Ve en önemlisi Ateş ya onunla konuşursa? Umarım olmazdı. Umarım o kız Ateş'in hayatına tekrar girmezdi. Yoksa geri çekilmek zorunda kalırdım. Çünkü biliyordum ki savaşırsam kaybederdim.

Ertesi gün okula vardığımda ilk işim Aras'ı bulmak oldu. Onunla dertleşmeye ihtiyacım vardı. Bana akıl vermesine, benimle konuşmasına inanılmaz ihtiyaç duyuyordum. Okul binasına girdikten sonra merdivenlere yönelip üst kata çıktım.

Bahçede yoktu. 11-A sınıfına geldiğimde kapalı olan kapıyı açıp içeriye göz gezdirdim. Aras'ı sırasına oturmuş, telefonuyla uğraşırken buldum. Yüzümde anlamsız bir gülümseme oluşurken adımlarımı Aras'a doğru ilerlettim ve tepesine dikildim.

Selam, nasılsın gibi rutin sorularımızı birbirimize sorduktan sonra Aras'ın yanına oturdum.

"Dün Ateş'le görüştün mü?" diye sordu Aras, sesi ifadesizdi. Dün onu ektiğim için epey bir bozulmuştu sanırım. Diğer yandan Ateş'in adını duymak her ne kadar kasılmama neden olsa da bozuntuya vermemeye çalıştım. "Görüştük," dedim.

Dün restorandan çıktıktan sonra Ateş'e beni eve bırakmasını rica etmiştim. O kızın sesinden sonra kendimi ciddi anlamda kötü hissetmiştim çünkü. Gerçi Ateş her ne kadar beni bir yere götüreceğini söyleyip bana konuşma hakkı vermemiş olsa da ilk kez ona kesin bir dille karşı çıkıp söylediği yere gitmek istemediğimi söylemiştim. Ve tuhaf ama o da benim sözümü dinleyip beni eve bırakmıştı. Arabadan indiğimde kapıyı öyle sert çarpmıştım ki, içimden bir canavar çıkmıştı adeta.

"Ama anlaşılan görüşmeniz pek iyi geçmemiş?" dedi Aras bir varsayım yaparak.

"Yo, güzeldi," dedim. En azından o kız arayana kadar güzel sayılırdı. Ama bundan sonrası için bir karar vermiştim. Nasıl ki Ateş benim gözümde mükemmel bir adamdı. Nasıl ki onu her zaman mükemmel olan şeylere yakıştırıyordum. Bundan sonra ben de ona layık olmaya çalışacaktım. Mükemmel biri olacağım demiyordum ama en azından Ateş'in yanına yakışabilecek biri olacaktım. Bunun içinde elimden gelen her şeyi yapacaktım. Kararlıydım.

"Öyle diyorsan. Eee hangi üniversiteye gideceğini karar verdin mi bakalım?" Konuyu farklı bir yere çekmesine karşı ona minnetle baktım.

"Verdim. Yani eğer başarabilirsem giyim üzerine okumak istiyorum." Küçüklüğümden beri hep elbise tasarlayıp sonra da o elbiseleri satmak isterdim. Tabii bunun için epey bir yetenekli olmak gerekir ama ben de çizim konusunda fena sayılmazdım.

"Moda tasarım okuyacaksın yani? Böyle bir alana ilgi duyduğunu bilmiyordum," dedi Aras, sesinde şaşkın bir tını vardı.

Gülümsedim. "Ya sen?"

"Ben de eğer kazanabilirsem polis akademisine gitmek istiyorum ama bakalım."

"Ciddi misin?" diye sordum. "Yani polis mi olacaksın?"

Aras gözlerini kısarak gülümsedi.

"E bu mükemmel! Umarım istediğin yeri kazanırsın. Senden çok iyi bir polis olur."

"İyi derken?"

"İşte cesur, kabiliyetli, mesleğini seven, adaletli bir polis."

"Sağ ol. Umarım dediğin gibi olur."

"Umarım. Aras ya, o değil de akademiye gidersen polis üniforması giyeceksin. Böyle kemerler, silahlar falan. Eminim sana çok yakışır." Aras gülümsedi. Cidden yakışırdı. Sarı saçlarının üzerine lacivert bir şapka. Gözlerinin maviliğini ortaya çıkartacak bir üniforma...

"Aslında babamı bahane ediyor olabilirim," dedi Aras. "Belki de o üniformanın içine girmek için polis olmak istiyorumdur?" Aras'ın gülerek söylediği bu cümleye karşı elimi yumruk yapıp omzuna vurdum. "Vatanı senin gibi gösteriş meraklılarına mı emanet edeceğiz biz?"

"Tamam, tamam," dedi Aras gülümseyerek. "Daha fazla yakışıklı olmak için değil, gerçekten iyi bir polis olmak için polis olacağım." Zaten tam tersi olamazdı ki. Aras hayatımda tanıdığım en cesur, en dürüst, en adaletli insandı. Onun gibi birinin bu vatana büyük katkı sağlayacağına adım kadar emindim.

Ders zili çalınca Aras'la vedalaşıp kendi sınıfıma gittim. Okulların kapanmasına 1 aydan daha az bir süre kalmıştı. Dün yaptığımız hesaplamada teşekkür belgesi alacağımı öğrenmiştim ama bu cuma yapılacak son sınavdan da iyi bir not alıp ortalamamı yükseltmem, yararıma olurdu. Sonuçta ailemin benden beklentileri vardı. Onları hayal kırıklığına uğratmak, isteyeceğim en son şeydi.

Bütün dersler bittikten sonra okul binasından çıkıp taksi durağına doğru yürümeye başladım. Ateş'le gün içerisinde hiç konuşmamıştım. Hadi benim aklım karışıktı, aramadım. O niye aramıyordu ki? Hiç mi aklına gelmiyordum? Ya da ne bileyim hiç mi özlemiyordu beni? Sana değer veriyorum demek böyle oluyorsa, değer vermiyorum dese kim bilir neler yapardı?

Telefon melodim aklımdaki düşünceleri bir rüzgâr gibi sağa sola savururken çantamın ön kısmından çıkardığım telefonu elime alıp ekrana baktım. Arayan Maya'ydı.

"Alo?"

"Melisa benim Maya, nasılsın?"

"İyiyim. Sen?"

"Ben de iyiyim. Tatlım şey, bu akşam bütün çocuklar benim evimde toplanacak da, sen de gelir misin diye sormak için aradım."

"Çocuklar derken?"

"İşte Doğu, Güney, Batu, Kuzey, Ateş, bir de bizim kızlar."

"Maya ben gelmesen daha iyi."

"Ya neden ama?"

"Annemler. Evet, annemler izin vermez."

"Sen dert etme. Ben Hülya Teyze'yi arar izin koparırım. Akşam sekizde bizde ol."

"Maya ger-"

"Adresi mesaj atarım. Hadi öptüm."

Maya telefonu yüzüme kapatınca birkaç saniye kıpırdamadan durdum. İtiraz bile etmeme izin vermemişti. Bu Maya iyi hoştu da sanırım biraz emrivakiciydi. Nefesimi usulca dışarı verdim. Aslında bu akşam oraya gitmem benim için iyi olabilirdi. Sonuçta Maya ve diğer kızlar Melek meselesini biliyordu ve onlara aklımı karıştıran soruları sorarsam bir çıkış yolu bulmama yardımcı olabilirlerdi. Ben de böylelikle içime düşen kurtları yok etmiş olurdum.

Evin önüne geldiğimde ücreti ödeyip taksiden aşağıya indim. Hava neredeyse kararmak üzereydi. Apartmana doğru ilerlerken acaba annemler izin vermişler midir, diye içimden geçirdim. Sonuçta Maya arayıp izin alacağını söylemişti. Apartmana girdikten sonra asansöre binip 3 yazan düğmeye bastım. Kısa sürede duran asansörden inip evimin kapısına gelince zile basıp annemin kapıyı açmasını bekledim.

Çok geçmeden annem kapıyı açtı. "Hoş geldin kızım."

"Hoş buldum anne. Babam salonda mı?" İçeriye girip ayakkabılarımı çıkartmaya başladım.

"Baban bu akşam vardiyada. Hayırdır?" Annem sağ elini beline koyup bana tepeden bir bakış atınca ayakkabılarımı çıkartıp doğruldum.

"Ya şey, Maya var ya hani? Altın gününe gelmişlerdi? İşte o bu akşam beni evine davet ediyor."

"Neden?"

Maya'nın henüz haber vermediğini anladım. Mecburen ben kapacaktım izni. "Nedeni yok. Aslında var. Ya anne işte hep beraber oturup sohbet falan edeceğiz. Ben de tam bilmiyorum."

"Edeceğiz? Kim kim?" Annem şüpheyle yüzüme bakınca pot kırmamaya özen gösterdim.

"Kim kim olacak? Ben, Sinem, Nazlı bir de Maya." Ateş ve diğer çocuklar da olacaktı ama onları ne yazık ki söyleyemezdim.

"Olmaz, izin vermiyorum," dedi annem hemen. "Öyle bilmediğim yerlere göndermem seni."

"Ya anne ne olacak? Söz çok gecikmem," deyip yavru köpek bakışlarımı anneme attım. Aslında gitmeyi ben de hiç istemiyordum ama sorularımın cevabını almam için bu akşam oraya gitmem gerekirdi.

"Hiç öyle bakma. Onlar gelsin, sen niye gidiyorsun ki?"

"Onlar bir kere gelmişti zaten. Anne ya lütfen, zaten benim için de bir değişiklik olur. Ne olur gideyim?"

Annem düşünür gibi yaptı. Kısa bir sessizliğin sonunda annem nefesini sesli bir şekilde dışarı verip, "İyi madem, git," dedi. "Ama telefonunu kapatmak ya da sessize almak yok. Her aradığımda sana ulaşacağım." Gülümsedim ve kollarımı anneme dolayıp yanaklarına sulu sulu öpücükler kondurdum. "Çok sağ ol annem. Söz seni meraka sokacak bir şey yapmayacağım." Annem böyleydi işte. Ne kadar soğukkanlı gibi görünse de bana asla kıyamazdı.

Giysi dolabımı açıp askılara göz gezdirmeye başladım. Akşam olduğu için hava biraz soğuktu. Kısa şeyler giymemin mantıksız kaçağını düşündüğüm için siyah kotumu elime aldım. Üzeri içinde mavi ve kırmızı çizgileri olan gömleğimi aldıktan sonra giyinmeye başladım.

Kıyafetlerimi giydikten sonra aynanın karşısına geçip dağınık saçlarımı taradım. Nasıl bir şekil versem diye düşünürken her zaman yaptığımı yapıp, mavi renkteki tacımı toka kutusundan çıkardım ve saçlarıma geçirip geri ittirdim. İşte oldu. Makyaj yapmayacaktım. Odamdan çıktıktan sonra annemin yanına gidip onunla vedalaştım. Her ne kadar bu durumdan memnun gibi görünmese de sesini çıkartmamıştı. Evden çıkıp annemin çağırdığı taksiye bindikten sonra Maya'nın mesaj olarak attığı adresi şoföre tarif ettim. Yola koyulduğumuzda bedenimi sarmalayan endişe duygusu gitgide artıyordu. Ya Melek benden sonra yine aradıysa? Ya Ateş onunla konuştuysa? Hem o kız niye aramıştı ki zaten? Sen yıllar önce çek git sonra da, 'Merhaba Ateş, ben Melek,' diyerek telefon et! Yüzsüz!

Bir süre sonra araba durdu. Ücreti ödeyip aşağıya indiğimde kocaman bir villayla karşı karşıya geldim. Aksini zaten beklemiyordum. Maya da Ateş kadar zengindi elbette. Anneme taksiden indiğime dair kısa bir mesaj attıktan sonra telefonu kol çantamın içine atıp eve doğru yürümeye başladım. Siyah, demir kapıdan içeri girdikten sonra taşlı yolda ilerlemeye devam ettim. Bu bahçede de tıpkı Ateş'in bahçesindeki gibi kocaman bir havuz vardı. Aklıma ister istemez dün yaptığımız şey gelince kızardım.

Evin kapısına gelince derin bir nefes alıp zile bastım. Çok geçmeden Maya gülümseyerek kapıyı açtı. Birbirimize sarıldıktan sonra merdivenlere yönelip üst kata çıkmaya başladık.

"Tatlım ben anneni aradım ama senin çoktan izin alıp evden çıktığını söyledi," dedi Maya açıklamada bulunarak.

"Evet, öyle oldu."

"Neyse. Buradasın ya önemli olan bu. Gel hadi, kızların yanına gidelim." Maya elimi tuttu ve beni sürüklemeye başladı. Birlikte geniş bir koridorda yürüdük. Daha sonra büyük beyaz kapının yanına gelince Maya kapının kolunu aşağıya indirip kapıyı araladı. Sinem ve Nazlı odanın içinde bulunan yatağa bağdaş kurmuş oturuyorlardı.

"Biz geldik."

Maya'nın neşeli çıkan sesiyle kızlar bakışlarını bize doğru çevirip gülümsedi. "Hoş geldin Melisa," dediler aynı anda.

"Hoş buldum," dedim ve gülümsedim. İçeriye girdikten sonra Maya ve ben de tıpkı kızlar gibi yatağa oturup bağdaş kurduk.

"Evi kolay buldun mu?"

"Valla taksici getirdi. Ona sormak lazım," dedim. Kızlar gülümsediler.

"İyi ki geldin. Bu akşam çok eğlenceli olacak," dedi Nazlı heyecanla. Kızlar onu onaylar şekilde kafalarını salladılar. Ne olacağını merak etmiştim. Yani Ateş'in olduğu bir yerde eğlence olması bence imkânsızdı da. Aklıma bir şey gelmiyordu.

"Durun ben bir mesaj atayım, neredelermiş öğrenelim." Sinem sehpanın üzerinde duran telefonunu eline aldıktan sonra tuş kilidini açıp bir şeyler yazmaya başladı. Bakışlarımı Sinem'de gezdirirken Maya'nın sorusu dikkatimi ona vermeme neden oldu. "Eee Melisa, Ateş'le nasıl gidiyor?"

Ona baktım. "İyi. Yani iyi gibi işte."

"Nasıl yaptın bilmiyorum ama Ateş şu son birkaç haftadır acayip mutlu. Onu daha önce bu kadar gülümserken hiç görmemiştim," dedi Nazlı.

"Evet ya. Etrafta buzdolabı gibi dolaşıp duran çocuk şimdi gülümsüyor. Hem de sürekli," dedi Maya da Nazlı'ya destek çıkarak. Şaşırmıştım. Evet, Ateş biraz sertti ama hiç gülmezlikte yapmıyordu ki. Yeri geldiğinde tüm yüzünü kaplayacak şekilde sırıttığı bile oluyordu.

"Eskiden gülmez miydi?" diye sordum. Sesim oldukça meraklı çıkmıştı.

"Çok az. Yani en fazla tebessüm ederdi."

"Neden ki?"

Kızlar birbirlerine baktılar. Sanki bir şey söyleyip söylememekte kararsız kalmış gibiydiler. Sinem elindeki telefonu masanın üzerine bıraktıktan sonra bakışlarını bana çevirip konuştu. "Melisa Ateş biraz zordur. Daha doğrusu yaşadıkları hiç kolay değildi. Yani bu yüzden hiç gülümsemez, hatta gerekli olmadıkça konuşmazdı."

"Bana anlatır mısınız?" dedim sakince.

"Melisa şey... aslında bizim anlatmamız pek doğru olmaz. Yani Ateş anlatsa daha iyi," dedi Maya biraz çekinerek.

"Ona hiçbir şey söylemem. Yemin ederim," dedim hemen, kızlar tekrar birbirine baktılar.

Nazlı bakışlarını bana çevirdikten sonra dizüstü oturup elimi tuttu. "Melisa seni kırmak istemeyiz ama Ateş'in anlatması gerçekten daha doğru olur. Lütfen bize darılma." Başımı anlayışla salladım. Belli ki çekiniyorlardı. Acaba Melek yüzünden mi zor şeyler yaşamıştı? Onun gidişi mi Ateş'i derinden yaralamıştı? Bedenimi adlandıramadığım bir duygu sarmalarken derin bir nefes alıp Maya'ya doğru döndüm. "Peki bana Ateş'in ailesini anlatır mısınız?" Sorum üzerine kızlar tekrar birbirlerine baktılar.

"Aslında." Maya derin bir nefes aldı. "Peki, anlatayım. Ateş'in annesi ve babası doktor. İkisi de kendi alanında oldukça başarılı, saygın insanlardır. Uzun bir süredir Amerika'da yaşıyorlar ama Türkiye'ye de arada sırada geldikleri oluyor." Demek Ateş'in anne ve babası doktordu, öyle mi?

"E bu mükemmel bir şey," dedim Ateş'in ailesine birden hayranlık duyarak.

Kızlar tebessüm ettiler. "Öyle. Ateş'in annesi Damla Hanım

çok kibar, çok da güzel bir kadındır. Babası da aynı şekilde. Hayatım boyunca onlar kadar birbiriyle uyumlu bir çift görmedim." Merak duygularım iyice harekete geçti. Acaba Ateş kime benziyordu?

"Ateş annesine mi benziyor, babasına mı?"

Kızlar gülümsediler. "Aslında her ikisine de benziyor," dedi Nazlı. "Gözleri tıpkı Damla Teyze'ninki gibi ne mavi ne yeşil."

"Siması falan da aynı babası," dedi Sinem. "Boyunu falan hep Kenan Amca'dan almış."

"Peki neden Ateş onlarla değil de anneannesiyle yaşadı?" Odanın içinde derin bir sessizlik hâkim oldu. Maya, Sinem ve Nazlı birbirlerine baktılar. Aralarında anlık bir bakış geçti ama bu bakışın anlam yüklü olduğunu anlamak zor değildi. Bir süre sonra evin zili çalmaya başlayınca kızlar oturdukları yerden apar topar kalktılar.

"Bu konuyu anlatması gereken kişi Ateş, biz değiliz," dedi Maya ve diğer kızlarla beraber odadan çıktılar. Arkalarından bakakaldım. Bu konu derken neyi kastetmişti ki? Ateş'in zor şeyler yaşamasına neden olan şey ailesi miydi yani? Aklımda birden fazla soru işareti belirirken bunların cevabını nasıl alacağımı düşünmeye başladım...

★★★

Batuhan Cihan

Salona geçip tekli koltuklardan birine attım kendimi. Bugün epey yorulmuştum. Biraz da başım ağrıyordu. Ne vardı sanki eski kırıklarımdan biri bugün yeni tanıştığım kızla randevumu basmasaydı? Öylece bassa bir şey de demeyeceğim ama kız çantasıyla başımda ciddi hasar oluşturmuştu. Çantasının içinde ne olduğunu merak etmedim değil. Balyoz mu, kaya mı? Kız her neyle doldurmuşsa çantasını başım hâlâ ağrıyordu.

Bakışlarımı hemen yan koltuğumda oturan Ateş'e çevirdiğimde dikkatli bir şekilde merdivenlere baktığını fark edip ben de bakışlarımı o yöne çevirdim. Melisa? O da mı bu akşam burada olacaktı?

Melisa merdivenlerden inerken bakışlarımı onda sabitleyip, onu incelemeye başladım. Siyah bir dar paça, belinin inceliğini ortaya çıkartan bir gömlekle hem çocuksu hem de nasıl oluyor bilmiyorum ama gayet seksi görünüyordu.

"Yanıma gel," dedi Ateş. Onun bu isteğiyle, pardon emriyle Melisa çekingen adımlarını Ateş'e doğru ilerletip hemen yanına oturdu. Ellerini bacaklarının arasına sıkıştırmış, başını da öne eğmişti. Küçük bir çocuk gibiydi.

"Nasılsın?" diye sordu Melisa Ateş'e.

"İyi," deyip kestirip attı Ateş. Bir anda lafa atlama isteği duydum.

"Bize selam vermek yok mu?"

Melisa yanlış bir şey yapmış gibi hemen konuştu. "Şey, yok. Nasılsın?" Bu kızın utangaç hallerine bayılıyordum. Keyifli bir şekilde gülümsedim. "Seni gördüm daha iyi oldum." Ateş'in sert bakışlarına maruz kaldım. Umursamadım ve Melisa'ya bakmaya devam ettim. "Sen nasılsın?"

Melisa göz ucuyla Ateş'e baktıktan sonra mavi gözlerini bana çevirdi. "Fena sayılmaz," dedi. Ateş, artık nasıl bir etki bırakmışsa kız ona bakmadan cevap bile veremiyordu. E ben de Batuhan'sam Ateş'in sinir ayarlarıyla biraz oynar, keyfimi yerine getirirdim.

Öne doğru eğilip dikkatli bir şekilde Melisa'nın yüzüne baktım. "Sen yüzüne bir şey mi yaptın?"

Melisa elini yanağına çıkarttı. "Hayır neden ki?"

"Bilmem. Bugün bir farklı göründün gözüme." Gülümsedim. "Daha bir güzelsin sanki?"

Melisa başını utanarak öne eğdi. Ateş kaşlarını çatıp önce bana, sonra da Melisa'nın yüzüne baktı. Öyle bir baktı ki, kızın yüzünün her bir milimini inceledi. Yüzüne bir şey sürmediğinden emin olduktan sonra bana baktı. "Bir şey sürdüğü falan yok," dedi sertçe. "Şimdi çeneni kapat ve bakışlarını sevgilimin üzerinden çek. Yoksa çok kötü olur."

Ellerimi teslim olur gibi havaya kaldırdım ve gülümsedim.

Eskiden Melek'le olan samimiyetimi umursamayan adam şimdi Melisa'yla konuşmama bile tepki gösteriyordu. Bu küçük kız, Ateş'in deyimiyle ufaklık, cidden Ateş'i mutlu etmeyi başarıyordu. Uzun zamandır Ateş'i böylesine mutlu görmemiştim çünkü. Adamın resmen gözlerinin içi gülümsüyordu. Melek varken de böyleydi ama sanki Melisa daha iyi geliyordu ona.

Ateş küçüklüğünden beri sorunları olan bir çocuktu. Yaşadığı şeyler hiç kolay değildi. Adamın ismi bile onun için bir ceza iken hayatı nasıl normal olsun ki? Doğruyu söylemem gerekirse Ateş'in yerinde olmayı hiç istemezdim. Eğer olsaydım büyük bir ihtimalle kendimi bir köprüden aşağı atar, ya da kafama sıkar intihar falan ederdim. Cidden bunu yapardım, bir çıkış yolum yoktu çünkü. Tüm kapılar yüzüme kapatılmıştı. Ama Ateş bir şekilde dayanıp bu güne kadar gelmeyi başarmıştı. Kesinlikle saygı duyulacak biriydi.

***

Melisa Özsoy

Ateş'in kolunun altında oturmuş pizzamın biberlerini ayıklamaya devam ederken kaşlarım çatılmıştı. Neden biber katıyorlar ki sanki? Herkes biber yiyecek diye bir kaide yoktu. Biber sevmeyenleri de düşünmeliydiler. Eminim ki benim gibi onlarca daha kişi pizza yerken bu eziyete maruz kalıyordu.

"Ne yapıyorsun Melisa?"

Bakışlarımı pizzamdan ayırıp Ateş'e çevirdim. Kaşlarını hafifçe çatmış ne yaptığımı anlamaya çalışıyordu. "Ben biber sevmem. O yüzden onları ayırıyorum," dedim.

Herkes gülümsedi.

"Olmaz öyle şey. Hepsini yiyeceksin." Kaşlarım Ateş'in isteğiyle iyice çatılmaya başlarken omuzlarımı silktim. "Bana ne." Her pizza yediğimde biberlerini mutlaka ayırırdım. Şimdi mi ayırmayacağım?

"Beni ikiletme Melisa." Ateş uyarıcı gözlerle yüzüme bakınca itiraz ettim. "Niye yiyecekmişim?"

"Yemeklerin ayırt edilmesi hoşuma gitmiyor çünkü." Zihnim neden böyle söylediğiyle ilgili tahminlerde bulunurken Ateş omzuma koyduğu elini aşağıya indirip belimde sabitledi. Bedenimin sıcakladığını hissettim. Ne yapıyordu bu? "Bu yüzden ye," dedi harflerin üzerine basa basa. "Yoksa seni üst kata çıkartıp ilk dersimizi başlatırım." Gözlerim korkuyla kocaman açılırken karnımın da ağrıdığını hissettim. Cidden yapar mıydı?

"Siz ne konuşuyorsunuz öyle fısır fısır?" Batuhan bakışlarımı ona çevirmeme neden olurken Ateş araya girip, "Sen işine bak," dedi. Sesi oldukça sert çıkmıştı. Söz konusu Ateş ise dediğini mutlaka yapardı. Kaçışımın olmadığını bildiğim için sadece iki ısırık aldığım pizzanın üzerine ayırdığım biberleri tekrar koyup yüzümü buruştura buruştura yemeye başladım. Ateş'in yüzünde görülmeye değer bir gülümseme oluşmuştu.

Pis zorba, ne olacak!

Eğlenceli ve bol kahkahalı geçen pizza sonrası boş kutuları kızlarla toparlayıp mutfağa bıraktık. Tekrar salona girdiğimizde Batuhan ayakta bir şeyle uğraşıyordu.

"Hayırdır Batu?" diye sordu Maya.

"Twister'ı hazırlıyorum," dedi Batuhan.

"Harika!" Maya gülümseyerek sevgilisinin yanına gidince bakışlarımı Ateş'e çevirdim. Biz de oynar mıydık acaba? Daha önce oynamamıştım doğrusu ve merak ediyordum.

Batuhan Twister bezini düzgünce sardıktan sonra, "Hadi grupları yapalım," dedi.

"Herkes sevgilisiyle olsun işte." Doğukan'ın söylediği cümleye herkes onay verince Batuhan kaşlarını çattı. Onun bu hali beni gülümsemişti. "Oyunu ben kuruyorum, oyun dışı kalan yine ben oluyorum hay anasını satayım."

"Tamam tamam sen de oynayacaksın. Hadi ilk kim başlıyor?" Maya'nın sorusuyla Kuzey, "Biz başlayalım," dedi. Maya başını onaylarcasına sallayınca iki sevgili ortaya geçip pozisyon aldılar. Çark, Güney'in elindeydi.

"Daha önce oynadın mı?" Ateş'in nefesini kulağımın hemen

kenarında hissedince kasıldığı mı fark ettim ama bozuntuya vermemeye çalışarak, "Oynadım," dedim.

Ateş tek kaşını şüpheyle havaya kaldırdı. "Kiminle?" Omuzları mı silktim. "Boş ver." Bakışlarımı Kuzey ve Maya'ya çevirdiğimde tuhaf bir şekil aldıklarını görüp gülümsedim. Cidden eğlenceli görünüyordu.

"Kiminle oynadın?" Ateş sorusunu yineledi. Sinirlenmeye başlamıştı. Umursadım. "Bir arkadaş," diyerek cevap verdim.

"Nasıl bir arkadaş? Erkek mi?"

"Evet."

"Kim?"

"Seni ilgilendirmez."

"Ufaklık." Ateş kaşlarını çatıp bir cevap vermemi ister gibi yüzüme bakınca bakışlarımı ona çevirdim. "Fark eder mi?"

"Hayır ama merak ettim. Söyle?"

"Bizim mahalleden," dedim tamamen uydurarak. "Kendisi komşumuz sayılır. Bir akşam onlara oturmaya gittiğimizde kuzenleri de oradaydı ve birlikte twister oynadık. Ben onunla eş olmuştum ve gayet başarılıydık. Tam yirmi dakika boyunca yere düşmedik."

Ben anlattıkça Ateş'in yüzü biraz daha kasıldı. Biraz daha ve biraz daha. Gözlerinden karanlık bir ifade geçti. Dişlerini sıktığını hissedebiliyordum. "Sen elin herifiyle yirmi dakika iç içe mi durdun yani?"

"Sadece yirmi dakika değil. Ondan sonra tekrar oynadık ve onda da bir yarım saat kadar ayakta durmayı başardık. Doğrusu çok iyi oynuyordu."

Ateş'in çenesi seğirdi. Yüzünde öyle bir ifade belirmişti ki normal bir zaman olsa kesin korkar kaçardım. O derece ürkütücüydü. Ama şimdi böyle bir tepkiyi beni kıskandığından verdiğini bildiğim için korkmak yerine sadece gülümsedim ve kollarımı Ateş'in boynuna doladım. "Sadece şakaydı seni kıskançlıkta mastır yapmış adam. Daha önce hiç oynamadım. Nasıl oynandığıyla ilgili bir fikrim bile yok," dedim.

Ateş bir süre hareketsiz kalsa da daha sonra kollarını belime dolayıp başını boynuma gömdü. Nefesimi tenime çarpınca değdiği yerin eridiğini hissettim. "Şaka demek? Dün yaptığın şakanın sonucunu hatırlıyorsundur umarım?" Ateş kulağıma doğru bu soruyu fısıldayınca yüzümdeki gülümsemem yavaş yavaş silindi. Geri çekilip Ateş'le bakışlarımızı birleştirdiğimde bu sefer onun gülümsediğini fark ettim. "Şey... özür dilerim." Azıcık çıkan sesime karşı Ateş, "Oyundan sonra ufaklık," dedi. Ne demek istediğini anlayınca kızardım.

Kuzey ve Maya tuhaf şekillerinden kurtulup yere düşünce ikisi de kahkaha atmaya başladı. Oyun sırası şimdi bir başkasındaydı.

"Melisa bana eşlik eder misin?" diye sordu Batuhan.

Bakışlarımı yer de yatan Kuzey ve Maya'dan çekip ona çevirdim. İki kaşını da havaya kaldırmış bir cevap vermemi bekliyordu.

"Olur,"

"Olmaz."

Ateş sert sesiyle konuşunca bütün bakışlar ona çevrildi.

"Altı üstü bir oyun. Merak etme yemem sevgilini," dedi Batuhan. Sesi sitem eder gibi çıkmıştı. Haklı çocuk. Ben olsam ben de sitem ederdim.

Ateş herhangi bir cevap verme gereğinde bulunmayıp elimi tuttu. Twister bezine çıkmamı sağlayınca itiraz etmedim ve ona uyum sağladım. "Oyunu başlat Güney."

Ateş'in isteği ile Güney, "Tamam," dedi ve çarkı çevirmeye başladı. Bildiğim kadarıyla bu oyun soru kartlarıyla oynanıyordu ama bu biraz farklı gibiydi.

"Melisa, sol ayak kırmızıya."

Gelen talimatla ayağımı söylenen yere koydum.

"Böyle çok sıkıcı. Ortaya bir iddia koyalım. Kaybeden kazananın istediği bir şeyi yapsın." Doğukan'ın önerisine herkes başıyla onay verdi. Tamda sıra bizdeyken!

"Ateş, sağ el yeşile."

Gözlerim hemen haritadaki yeşil halkayı arayınca ağzım aralandı. O rengin bacağımın arasında ne işi vardı? Ateş memnun olmuş gibi gülümseyip elini söylenen yere koydu. "Ya," deyip yerimde kıpırdandım. "Rahat dur." Ateş'in sesiyle kaşlarımı çatıp derin bir nefes aldım. Peki. Sakin olmalıydım. Sakin olup oyunu kazanmalıydım. Hem böylece Ateş'e istediğim bir şeyi yaptırmış olurdum.

Bir süre sonra Ateş'le karmaşık bir hal alınca artık dayanamayacağımı fark ettim.

"Melisa, sol el sarıya."

Ateş'in kahkahası bir anda yankılanmaya başlayınca bakışlarımı haritadaki sarı halkaya çevirdim.

"Oraya uzanman imkânsız ufaklık." Ateş haklıydı. Zaten tuhaf bir şekildeydik, bir de oraya uzansam daha beter bir hal alırdık.

"Bence yapabilirsin Melisa."

"Bence de."

Kızlar beni destekleyen cümleler kurunca derin bir nefes alıp söylenen yere yavaşça uzandım. Ama elim maalesef tam yetişmiyordu!

"Uğraşma. Yapman imkânsız." Ateş oldukça keyifli bir şekilde söylemişti bu cümleyi. Ama benim de adım Melisa ise oraya uzanırdım. Derin bir nefes alıp sarı halkaya doğru tekrar uzandım. Bunu yaparken dişlerimi de birbirine bastırmak zorunda kalmıştım. Nihayet istenilen yere zar zor ulaştığımda odanın içinde alkış sesleri yükselmeye başladı. Ateş'in yüzünü göremiyordum ama kapak olduğu için eminim yüzünü buruşturmuştur.

"Ateş, sol el kırmızıya."

Güney'in talimatı ile Ateş kalçama sürtünüp söylenilen yere elini koydu. "Yavaş olsana ya!" deyip sesimi yükselttim.

"Oyununu oyna ufaklık," dedi Ateş uyarıcı bir sesle.

"Melisa, sağ ayak yeşile."

Bacağımı söylenen yere çekinerek attığımda Ateş'le burun

buruna gelmiştik. Öylesine yakındık ki... Girdiğimiz tuhaf şekillerden dolayı hızlanan nefes alış verişlerimizi birbirimizin yüzünde hissediyorduk.

"Ateş, sol bacağını mavi halkaya koy."

Güney'in sesi artık bir uğultu gibi geliyordu kulağıma. Ya sağır olmaya başlamıştım, ya da Ateş'in bende bıraktığı etki bunu gerektiriyordu. Ateş'le birbirimize bakmaya devam ederken, "Hadisene," dedim. Sesim nefes nefese çıkmıştı. Zaten zar zor duruyorum. Ateş herhangi bir kıpırdama yapmadan yüzüme, daha doğrusu gözlerime bakmaya devam edince yutkundum. Neden öyle bakıyordu ki?

"Abi sol bacak maviye."

Güney'in uyarıcı sesiyle bakışlarımı Ateş'ten ayırıp ona çevirdim. "Sanırım ben kazandım. Çün-" Cümlem Ateş'in dudakları yüzünden yarıda kalınca afalladım. Ateş dudaklarıma sert baskı uygulayınca ellerimi belirlenen yerlerden çekip yere düşmek zorunda kaldım. Ateş'te benim gibi ellerini belirlenen yerlerden çektikten sonra üzerime eğilip, "Ben kazandım," dedi. Sesi nefes nefese çıkmıştı. "İstediğim bir şeyi yapacaksın." Ama bu haksızlık!

İtiraz etmek için ağzımı açacağım sırada Ateş, sıcak dudaklarını benimkilerle buluşturup sert baskılarına devam etti. Az önce renk renk halkaların üzerinde duran ellerim şimdi onun omuzlarının üzerindeydi. Dudaklarımı yavaşça hareket ettirdim ve Ateş'e karşılık vermeye başladım. Yapabildiğim tek şey buydu çünkü.

"Ay çok şekerler."

"Ya şunlara baksana."

"Yukarıda oda var," dedi Batuhan.

Duyduğum sesler kısa bir şok geçirmeme neden olurken Ateş'i panikle geri ittirdim. "Dur," dedim nefes nefese. Ateş bakışlarını yüzümde gezdirdikten sonra ani bir hareketle beni kucağına alıp ayağa kalktı. Başımı öne doğru eğmiştim. Nasıl olur da onların burada olduğunu unuturdum?

Ateş ayaklarını hareket ettirip yürümeye başlayınca bedenimin alev alev yandığını hissettim. Evin kapısına gelince Ateş kapıyı açtı ve yürümeye devam etti. Kim bilir nereye gidiyorduk?

Ateş'in kucağında ilerlemeye devam ederken sadece ikimizin nefes alış verişleri duyuluyordu. Çok geçmeden siyah demirli kapıdan çıktıktan sonra ıssız sokakta biraz daha yürüyüp durduk. Bakışlarım yerde olduğu için nereye geldiğimizi görememiştim. Ateş beni yavaşça yere bıraktıktan sonra cebinden çıkardığı anahtarın düğmesine bastı. Araba anahtarı olduğunu anlamam uzun sürmemişti.

"Bin."

Ateş sürücü koltuğuna doğru yürüyünce benimde ön koltuğa oturmam gerektiğini fark ettim ve kapıyı açıp ön koltuğa yerleştim. Bu arabayı daha önce görmediğime emindim. Acaba kimindi?

Ateş, sürücü koltuğuna oturup arabayı çalıştırınca ona bakmamaya özen gösterip başımı cama yasladım. Kim bilir Maya ve diğer çocuklar hakkımda ne düşünmüştü? Ayrıca Ateş nasıl ben kazandım diyebiliyordu ki? Beni pat diye öpen kendisiydi. Onun yüzünden dengemi kaybedip düştüm.

İstanbul caddelerinde ilerlemeye devam ederken aklımda birden fazla soru vardı. Ve bunların hepsinin cevabını doğrudan verebilecek kişi hemen yanımdaydı. Keşke birazcık cesaretli olsaydım da merak ettiğim her şeyi Ateş'e sorabilseydim.

Bir süre sonra araba durunca geldiğimizi anladım. Bakışlarımı Ateş'e çevirdiğimde onun da bana baktığını fark ettim. "Şey... Bıraktığın için teşekkür ederim."

Ateş ifadesiz gözlerle yüzüme baktı. "Ne istediğimi öğrenmek istiyor musun?" diye sordu. Öğrenmek istediğim başka şeyler var ama neyse.

"Bir kere sen kazanmadın ki. Birden öpünce ben dengemi kaybettim."

Ateş yüzünü bana doğru yaklaştırıp aramıza sadece birkaç santim mesafe koydu. "Sonuçta düştün," dedi. Ateş'in nefesi yüzüme çarpınca yutkundum. Bu kadar yakınken konuşamazdım ki. "Ve şimdi ne istediğimi söylüyorum." Ateş konuşmaya devam edince başımı aşağı yukarı salladım. Merakla, birazda endişeyle Ateş'in ne isteyeceğini beklerken hissettiğim sıcak dokunuş bütün dengemi alt üst etti. Ateş belimden tutarak kucağına oturmamı sağladı, kollarımı düşmemek için onun boynuna doladım. Ateş, dilini ağzımın içinde dolaştırmaya başlayınca karnıma giren sancı gitgide artmaya başlamıştı.

"Bu gece benimle uyu."

Ateş, dudaklarımın üzerine bu cümleyi fısıldayınca bir cevap vermedim ve nefesimi düzene sokmaya başladım. Onunla uyumamı mı istiyordu?

"İsteğin bu mu?"

Ateş başını onaylar şekilde sallayınca, "Yapamam," dedim. "Annem evde yalnız ve bu gece dışarıda kalamam."

"Yalnız?"

"Babam vardiyada."

Ateş, sıcak dudaklarını benimkilere bastırıp hızlı ve istekli bir şekilde öpmeye başlayınca yaptığı bu ani temas şaşırmama neden olmuştu. Belimi sarmalayan ellerini aşağı doğru indirince bu işin iyi bir yerde bitmeyeceğini anladım ve geri çekildim.

"O halde ben gelirim."

Ateş'in söylediği şeye bir anlam vermediğim için, "Nereye?" diye sordum. Kalbim çıktı çıkacaktı. Hissettiğim duygular öylesine yoğun ki.

"Senin yanına." Gözlerim şaşkınlıkla kocaman açılırken, "Olmaz!" dedim. Sesim telaşlı çıkmıştı. Hem annem görürse kemiklerimi kırıp elime verirdi.

"Neden?"

"Çünkü... Ateş bak, annemi biliyorsun. Yani anlarsa benim açımdan hiç de iyi olmaz." Ateş alnıma bir öpücük bırakıp geri çekildi. "Bir şey anlamayacak. Söz veriyorum..."

***

Aradan 1 saat kadar süre geçtikten sonra annem televizyonu kapatıp yatak odasına gitti. Eve girdiğimde anneme yalanlarla karışık bir ton şey anlatmak zorunda kalmıştım. Neyse ki çok fazla üstelememişti.

Annemin uyuduğunu Ateş'e mesaj atarak bildirdikten sonra aynanın karşısına geçip saçlarımı düzelttim. Üzerimde pembe askılı bir atlet, altımda ise aynı renk bir şort vardı. Bu yaptığım ne kadar doğru bilmiyorum ama Ateş bir şekilde ikna etmeyi başarmıştı beni. Hem istediği şey böylesine masum iken nasıl hayır derdim ki? Diğer yandan onunla birlikte uyumayı her şeyden çok seviyordum. Onun sıcaklığını hissetmeyi, kokusunu, nefesini... O uykudayken tüm bunları kolaylıkla hissedebiliyordum. Bu yüzden Ateş'le uyumak benim en, en, en sevdiğim şeydi.

Aradan geçen dakikaların sonunda birtakım tıkırtılar duymamla oturduğum yerden telaşla kalktım. Odamın kapısı yavaşça aralanınca Ateş bir hırsız edasıyla tam karşımda belirdi.

"Keşke mesaj atsaydın. Kapıyı açardım," dedim. Mümkün oldukça kısık sesle konmuştum. Ateş içeri girip kapıyı kapattıktan sonra bana doğru yürümeye başladı. Bakışları vücudumu süzüyordu. Birden utandığımı hissettim.

"Geldim işte." Ateş bana doğru yaklaşmaya devam edince panik bedenimi istila etti. Neden böyle bir duyguya kapıldığımı bilmesem de hemen gardırobunun yanına gidip kapaklarını açtım. Ateş için bir tane yastık almak üzere ilk rafa eğildim ve bir tane yastığı elime alıp doğruldum. "Bir dakika." Bakışlarımı Ateş'e çevirdim. "Sen kapıyı nasıl açtın?" Ateş sorumu duymazdan geldi. Belki de gerçekten duymadı, bilemiyorum. Bakışları dikkatliydi ve vücudumu süzüyordu.

"Çakıyla," dedi sonunda konuştuğunda. Bunu nasıl yaptığını merak etsem de sormadım ve çenemi kapalı tutmayı başardım. Ateş bir kez daha evime girmişti ve sanırım o zaman da aynı yöntemi kullanmıştı. Kapıyı çakı yardımıyla açmıştı.

Ateş bana doğru yaklaştı ve hemen karşımda durdu. "Bu kıyafetleri giymen hiç akıllıca değil ufaklık," dedi.

"Niye ki?" diye sordum bir adım geri atarak. Ateş bileğimden tutarak beni kendine çekti ve aramızdaki mesafeyi kapattı. Gövdelerimiz birbirine değdi. "Seni nasıl istediğimi bilmiyorsun çünkü," dedi fısıltıyla konuşarak. Kalp atışlarım deli gibi atmaya başlarken geri çekildim ve Ateş'in elini tuttum. Ateş ne yaptığımı anlamaya çalışır gibi önce birleşen ellerimize baktı. Daha sonra bakışları beni bulunca bir açıklama yapmam gerektiğini fark ettim.

"Şey, uyusak mı artık?"

Ateş'in dudakları yukarı kıvrıldı. Kim bilir yine niye gülümsüyordu?

Ateş başını onaylar şekilde sallayınca birlikte yatağıma doğru ilerledik. Daha öncede birlikte uyumuştuk ama şimdi kalbimin çıkacağını hissediyorum. Ateş'le birlikte yatağıma uzandıktan sonra başımı onun göğsüne yaslayıp hayran olduğum kokusunu derin derin içime çektim. Öyle güzel kokuyordu ki. Bu kokuyu bir şişeye doldurup ömrümün sonuna kadar saklamak istiyordum. Her istediğimde açıp koklamak, içime çekmek.

Onu seviyordum. Onun her şeyini çok seviyordum. Karakterini, nadir de yapsa gülümseyişini, sesini, bana olan zorba tavrını, kokusunu, bana sarılmasını, ona sarılmayı. Kısacası o ve ona ait her şeyi çok seviyordum. Her ne olursa olsun sevmeye de devam edecektim. Ateş benim ilkimdi. İlk aşkım, ilk sevgilim. İlkler zamanla geçerdi belki. Her şeyin geçip gittiği gibi ilkler de bir zaman sonra yok olurdu. Ama son olmak. İşte o asıl kalıcı olandı. Son olmayı başarabilmek her şeyden güzeldi. Güzel olan her şeydi. Ateş ve ben için, sonuna kadar gitmek, sonunda da birbirimizi ilk günkü gibi sevmek istiyordum. İlk ve sonu bir arada istiyordum.

"İyi geceler," diye fısıldadım. Ateş belimde olan ellerini sıkılaştırıp beni kendine çekti. "İyi geceler ufaklık," deyip saçlarıma öpücük kondurdu. Gülümsedim ve başımı onun boynuna gömüp gözlerimi kapattım. İyi geceler zorba sevgilim.

Bölüm 25

Bu cuma matematikten sınav olacağımız için Aras sabah okula geldiğimde bana ders çalıştırmayı teklif etmişti. Matematik benim en çok zorlandığım dersti, bu yüzden teklifini hiç düşünmeden kabul etmiş, bahçedeki banklardan birine oturarak ders çalışmıştık. Dakikalar yavaş yavaş ilerliyordu... Aşağı yukarı yirmi beş soru çözmüştük. Aras her sorunun çözümünü ayrı ayrı anlatıp, daha iyi öğrenmem için elinden geleni yapıyordu ve başarılı olduğunu da itiraf edebilirdim. Kesinlikle çok başarılıydı. Aras öyle güzel öyle açıklayıcı anlatıyordu ki. Sabaha kadar sıkılmadan dinleyebilirdim.

"Şimdi sen çöz." Aras uçlu kalemi bana doğru uzatınca biraz tereddüt ettim. "Şey... yapabilir miyim ki?"

"Elbette yaparsın," dedi Aras ve bana güven verircesine gülümsedi. Kalemi elime aldım ve soruyu çözmeye başladım. Sonucu kitaba yazdıktan sonra, "110?" deyip bakışlarımı Aras'a çevirdim. Onaylamasını beklerken sonuçtan pek de emin değildim.

Aras gülümsedi. "Yaptın işte," dedi.

"Cidden doğru mu?" diye sordum şaşkınlıkla.

"Kendine güven Melisa. Cevabı doğru bildin."

Kendime güvenmekle ilgili ciddi bir sorunum olduğunu biliyordum. Ama bunu tek arkadaşım olan kişiden bir nasihat işitir gibi işitmek tuhafıma gitmişti. Alınmamıştım kesinlikle. Sadece biraz tuhaf hissetmiştim.

Ders zili çalınca Aras'la beraber oturduğumuz yerden kalkıp okul binasına doğru yürümeye başladık. Tam tamına kırk yedi tane soru çözmüştük ve her birinin nasıl çözüleceğini ayrı ayrı öğrenmiştim. Aras gerçekten çok iyi bir öğreticiydi. Neden sanki daha önce böyle bir özelliği olduğunu fark edememiştim ki?

Öğle arası olunca kantine inip boş masalardan birine oturdum. Sıcak çikolatamı ve bisküvimi almayı da ihmal etmemiştim tabii. Bisküvi, ağzımdaki yerini alınca sıcak çikolatamdan bir yudum alıp içmeye başladım. Kantin fazla kalabalık değildi. Öğrenciler öğle arası olunca zaten okulun çevresindeki kafelere gitmeyi alışkanlık haline getirmişlerdi. Aras da yoktu. O da bir işi çıktığı için okuldan çıkıp gitmişti ve ben yine bir başımaydım. Yine yalnız. Yine tek.

Duyduğum mesaj sesi dikkatimi dağıtırken masanın üzerinde duran telefonumu elime alıp tuş kilidini açtım.

Kimden: Ateş Arsoy
Mesaj: Okulun önündeyim. Dışarı çık.

Yüzümde aptal bir gülümseme oluştu. Elimde değildi. Onu görme ihtimali bile gülümsememem için yeterli bir sebepti. Oturduğum yerden hemen kalktım ve koşarak kantinden çıktım. Koştuğum için birkaç öğrenci durup bana tuhaf bakışlar atmıştı ama hiçbirini umursadığım söylenemezdi.

Okul binasından çıktığımda siyah bir araba hemen dikkatimi çekti. Yalnız bu araba Ateş'in arabalarından farklıydı. Daha önce hiç görmemiştim. Ama sokakta tanıdık bir başka araba da göremeyince adımlarımı mecburen o arabaya doğru ilerlettim. Onun dışında sokakta iki tane daha araba vardı ama onların renkleri bile Ateş'e ait olmadığını bariz haykırıyordu. Vişne çürüğü ve yeşil.

Siyah arabanın yanına geldikten sonra başımı camdan uzatıp içeriye baktım. Cam, filmli olmadığı için içerisi apaçık görünüyordu. Ateş sürücü koltuğundaydı ve ne yaptığımı anlamaya çalışır gibi yüzüme bakıyordu.

Ne? ilk defa gördüğüm bir arabanın içine pat diye girecek değildim ya.

Ön koltuğun kapısını açıp krem rengi koltuğa oturduktan sonra kollarımı hemen Ateş'e doladım ve sarıldım. Ateş yaptığım bu hareket karşısında şaşırmış gibi dursa da kollarımı ona dolamayı bırakmadım. Dün gece onunlayken çok güzel bir uyku çekmiştim. Onun kolları arasında olmak benim için çok güzel bir şeydi ve sırf bunun için bile ona sıkıca sarılabilirdim.

Bir süre sonra geri çekilip Ateş'e baktım. Yüzümde kocaman bir sırıtış vardı. Onun tam aksiydim ama bunu pek umursadığım söylenemezdi.

"Bu ziyaretini neye borçluyum bakalım?" diye sordum gülümseyerek.

Ateş ifadesizce cevap verdi. "Seni görmek için bir nedene mi ihtiyaç duymalıyım?"

"Hayır ama nedensiz de olmaz şimdi."

"Canım istedi. Geldim. Oldu mu?" Ateş her bir kelimeyi vurgulayarak söyledikten sonra arabayı çalıştırdı ve hareket ettirdi. Hemen doğruldum. "Hey," dedim uyarıcı bir sesle. Zaten yeterince devamsızlığım vardı. Bugün de yok yazılırsam iyice çoğalacaktı. Doğrusu bunu hiç istemiyordum. "Nereye gidiyoruz?"

"Evime."

"Neden? Hem bak okulların kapanmasına çok az kaldı. Zaten bir sürü devamsızlığım var, iyice çoğaltıp arttıramam onları."

"Bir şey olmaz," dedi Ateş gram umursamadığını belli eden bir sesle. Hayretle ona baktım. Devamsızlığım falan azıcık bile umurunda değildi. Sınıfta kalsam gayet normal karşılardı. Geleceğimi ilgilendiren şeyler hakkında böyle sorumsuz davranmasına inanamıyordum. Onun beni destekleyip yönlendirmesi gerekirken o iyice çıkmaza girmemi sağlıyordu. Gerçi o Ateş Arsoy'du. İstediği her şeyi öyle ya da böyle yaptıran zorbanın ta kendisiydi. Benim iyiliğimi neden düşünsündü ki? Hem ayrıca neden evine gidiyorduk? Yoksa bana bir ders mi verecekti yine? Bu düşünce telaşlanmama neden oldu.

"Bu cuma önemli bir sınavım var," dedim bir kaçış yolu sunarak. Yeni bir derse hiç ama hiç hazır değildim.

"Emin ol daha önemlisini birazdan yaşayacaksın."

Yutkundum. Birazdan yaşamak. Neden bu cümle bana kötü

bir şey olacakmış gibi hissettirmişti ki? Ateş on sekiz yaşıma girene kadar bana dokunmayacağını itiraf etmişti. Boşu boşuna korkup, kalp atışlarıma zarar vermeme gerek yoktu.

"Bu araba kimin?" diye sordum farklı bir konuya hızlı bir giriş yaparak.

Ateş bakışlarını yoldan ayırmadan cevap verdi. "Benim." Gözlerimi kırpıştırıp ona baktım. Ne yani? 3 tane son model arabası mı olmuştu şimdi?

"Benim bildiğim insanlar para, kitap, CD gibi şeylerin koleksiyonunu yapar. Arabaların değil."

Ateş gülümsedi. Oysaki ciddi bir şey söylemiştim. "Koleksiyon yaptığımı da nereden çıkarttın?"

"3 araba, bir motosiklet. Koleksiyon değil de ne?"

Kırmızı ışık yanınca Ateş arabayı durdurdu ve bakışlarını bana çevirdi. "3 değil ufaklık, 6 arabam var," dedi. Gözlerimi iri iri açtım. "Ayrıca koleksiyon yapsaydım hiçbirini kullanmaz, öylece paslanmasını beklerdim." Durdu ve ekledi. "Ama ben hepsini kullanıyorum." Şaşkınlığım bir seviye daha atladı. 6 tane araba mı? Eminim diğerleri de tıpkı bu araba gibi son modeldir.

"Nesin sen?" diye sordum şüpheyle. "Bir Arap şeyhi falan mı?"

Ateş gülümsedi. "Evet," dedi gözlerimin içine bakarak. "Ve sen de benim gözde cariyemsin." Göz kırptı ve arabayı hareket ettirip tekrar sürmeye başladı. Afalladım. Sadece cariye değil, gözde cariyemsin demişti. Aptal aptal sırıtmaktan kendimi alıkoyamadım.

"Başka cariyelerin de var yani?"

Ateş'in gülümsemesi biraz daha genişledi. "E bir oda dolusu kadar. Koskoca Arap kralı tek cariyeyle yetinmemeli sonuçta."

"Allah, Allah," dedim inanmıyormuş gibi ona bakarak. "Yetinsin, neden yetinmiyormuş?"

"Sürekli aynı meyveyi yemek bir süre sonra sıkar da o yüzden."

"Ha farklı lezzetleri de tatmak gerek diyorsun yani?"

"Aynen öyle diyorum."

Kaşlarımı çatmaktan kendimi alıkoyamadım. Şaka olarak başladığımız konuşma nedense şimdi canımı sıkmıştı. Ateş'in bir başkasıyla birlikte olması düşüncesi beni gerçekten deli ediyordu! Şaka bile olsa.

Ateş burnuma dokundu. "Ama merak etme, Özsoy. Senin tadına bakıp, doymadan, bir başkasına gitmem."

'Doyduktan sonra?' diye sormak üzere dudaklarımı araladım ama sonra ne dediğimi fark edince sustum. Benimle seviştikten sonra bir başkasına gider misin peki? Anlamı buydu ve ben bu soruyu ona soramazdım.

"Bugün okula gitmedin mi?" diyerek farklı bir konuya geçiş yaptım. Bu konuşmadan bir an önce uzaklaşmak istiyordum.

"Dersim yoktu," dedi Ateş umursamazca. Birden merak duygularım harekete geçti. Ateş hangi bölümde okuyordu? Bu zamana kadar neden bu soruyu sormadım, hiç bilmiyorum.

"Sen hangi bölümde okuyorsun ki?"

"Mimarlık." Ateş önemsiz bir şeyden bahseder gibi söylemişti bu kelimeyi. Ama ben onun kadar umursamaz davranamadım. Gözlerimi iri iri açtım. "Ciddi misin? Yani sen mimarlık mı okuyorsun?" Şaşırmıştım. Mimarlık okumak her yiğidin harcı değildi. Tıpla yarışan bir meslekti ve oldukça zordu. Sayısal içerikli bir bölümdü.

Ateş bana baktı. "Okuyamaz mıyım?"

"Yok, okursun da ben sadece şaşırdım."

Ateş alayla güldü. "Şaşırmadın," dedi karşı çıkarak. "Sadece mimarlığı bana yakıştıramadın. Yakıştırma da zaten. Öylesine okuyorum. İleride mimarlık yapacağımdan değil."

Bir şey demedim. Ateş oldukça kararlı görünüyordu. Aynen söylediği gibi okuduğu mesleği ileride yapmayacaktı. Öylesine okuyordu ve sadece diploma almayı hedefliyor gibiydi. Diploması da boru değildi ama. Mimar. Kesinlikle çok havalıydı. Ateş'in yapmak istediği iş yasadışı dövüşlere devam etmekti belki de? O alana ilgi duyuyordu. Bana soracak olursanız Ateş boksörlüğe fazlasıyla yakışıyordu da. Ama şimdi düşünüyorum da Ateş'e mimar olmak da çok yakışırdı. Toplantılar, geniş bir ofis, alınan projeler ve yapılması gereken sayısızca çizim. Üstelik Ateş'in sürekli takım elbise de giyeceğini göz önünde bulundurursak... Kesinlikle nefes kesici görünürdü.

Araba taşlı yokuştan geçip garajdaki yerini alınca emniyet kemerimi çıkartıp aşağı indim. Temiz hava, anında çarpmıştı yüzüme. Ateş de tıpkı benim gibi arabadan aşağı indikten sonra otomatik kilitle kapıları kilitledi. "Yürü," dedi. İstediğini yaptım. Birlikte evin kapısına gelince Ateş cebinden çıkardığı anahtarla kapıyı araladı ve geçmem için eliyle yol verdi. Gülümsedim. "Teşekkür ederim." İçeriye girince Ateş kapıyı arkamızdan kapatıp, "Çık bakalım," dedi. Merdivenleri kastediyordu.

"Nedenmiş?" diye sordum, sesimdeki heyecanı gizleyememiştim. Aptal kalp atışlarım yine hızlanmaya başlamıştı.

"Öğreneceksin," dedi Ateş.

"Neyi?"

"Öğrenmen gerekenleri."

Yutkundum. "Neymiş onlar?"

Ateş nefesini dışarı verdi. "Çok soru soruyorsun." Sesi sitem eder gibiydi. Ama ne yapayım? Gergindim. Havuzda olan şeyden sonra onunla bir arada olmak beni korkutuyordu. Kötü bir anlamda değildi bu. Sadece onunla yalnız kalmak istemiyordum. Belki bir şeyler için kendimi hazır hissetmediğimden, belki de ileride pişman olacağım bir şey yapacağımdan.

Bakışlarım kaçamak için etrafı tararken, "Şey... ben susadım," dedim. Zaman kazanıyordum. Birkaç dakika da birkaç dakikadır sonuçta. Ateş sıkıldığını belli edercesine gözlerini devirdi ve mutfağa doğru yürümeye başladı. Ben de peşine takıldım ve temkinli adımlarla Ateş'in peşinden mutfağa girdim. Ayşe Teyze ortalarda görünmüyordu.

"Evde kimse var mı?"

Ateş siyah buzdolabının yanına gitti ve kapaklarını açtı. "Yok," dedi sertçe. Sinirlenmişti. Dolaptan meyve suyu çıkarttı ve aynı sertlikte tezgâhın üzerine koydu. Az daha meyve suyunun kutusu patlayacaktı. Ben ondan su istememiş miydim?

Ateş karışık meyve sularını büyük bardaklara doldurduktan sonra mutfaktaki masayı gözüyle işaret etti. "Otur," dedi. Söylediğini yaptım ve hemen mutfaktaki sandalyeye oturdum. Onu daha fazla kızdırmak istemezdim. Ateş'te tam karşıma oturduktan sonra meyve sularımızı içmeye başladık. Buz gibiydi.

"Ayşe Teyzeler nerede?"

"İzinliler."

"Ne zamandır burada yaşıyorlar?"

"Çok oldu."

"Ne kadar çok?"

"14 sene."

Ağzım şaşkınlıkla aralanırken gözlerimin de iri iri açıldığına eminim. 14 koca sene, öyle mi? Vay be, diye içimden geçirdim. Bunca sene burada yaşamışlarsa Ayşe Teyze, Ateş hakkında birçok şeyi biliyordur. Hem de en ince ayrıntısına kadar... Bir ara onunla konuşmam gerektiğini aklıma not ettim.

"O zaman Ayşe Teyze'yi ve eşini çok seviyorsundur?"

Ateş ne alaka der gibi yüzüme baktı. "Hani yıllardır bir aradasınız ya?"

"İyi insanlar," dedi Ateş ifadesizce. "Üzerimde emekleri var. Bu yüzden evet, onlara değer veririm." Elbette, değer.

Ateş meyve suyunu tek seferde kafasına diktikten sonra oturduğu yerden kalkıp bakışlarını bana dikti. "Ne?" diye sordum anlamamış gibi yaparak. Meyve suyu bardağı hâlâ ağzımdaydı.

"Yukarı çıkıyoruz ufaklık." Kalbimin sıkıştığını hissettim. "Burası gayet iyi aslında?" Ateş beni duymazlıktan gelip sol bileğimi tutunca ayağa kalkmak zorunda kaldım ve beni peşinden sürüklemesine izin verdim. Merdivenlerden çıkıp Ateş'in odasının önüne gelince kalp atışlarım normalinden daha fazla hızlı atmaya başladı. Ateş eliyle kapıyı açtıktan sonra beni içeriye çekti ve kapıyı arkamızdan kapattı.

O ses... kapının kapanma sesi öylesine ürkütücü gelmişti ki

bana sanki bir gerilim filmindeymişim gibi hissettim.

Tamam, sakin ol Melisa.

İç sesimin önerisine abartıyla gözlerimi devirdim. O kadar basitti sanki! Ateş odanın içindeki büyük pencerenin yanına gitti. Cebinden bir paket sigara çıkartınca onu izlemeye başladım. Sigara içmesi bana ders vermesinden çok çok iyiydi. Zaman kazanıyordum en azından. Ateş, kare bir çakmak yardımıyla sigarasının ucunu yaktı ve uzun bir nefes aldı. Hafifçe içeri gömülen yanakları neden bilmem çok etkileyici görünmüştü gözüme.

"Yanıma gel." Ateş başıyla yanına gitmemi işaret edince adımlarımı çekinerek ona doğru ilerlettim ve tam karşısına geçip bakışlarımızı birleştirdim. Ne ifade ettiğini anlayamadığım gözlerle öylece yüzüme bakıyordu. Sinirli değildi. Keyfi yerinde gibi de durmuyordu. Tuhaf bir ifade vardı yüzünde ve öylece bana bakıyordu. Ateş, uzun ve kemikli parmaklarının arasına sıkıştırdığı sigaradan bir nefes daha alıp dumanı serbest bıraktı. Duman yüzüme çarptı ve yayıldı. Peş peşe öksürdüm.

"Sorun yok. Ben iyiyim," dedim sanki Ateş bana nasıl olduğumu sormuş gibi. Elim boğazımdaydı ve hiç de iyi değildim. Sigara kokusu beni rahatsız ediyordu. Buna rağmen kısa süreli öksürük krizim sona erdikten sonra Ateş'e baktım. Bakışları bendeydi ama yüzünde o her zamanki ifadesiz maskesi vardı. Pek aldırış etmemeye çalıştım.

"Ben de içebilir miyim?" diye sordum. Evet, sigarayı kastediyordum. Amacım beni küçük bir kız çocuğu gibi değil de yetişkin biriymişim gibi görmesiydi çünkü. Ya da belki güçlü biri gibi? Böyle görünmenin sigara içip içmemekle alakası olmadığını biliyordum ama sigara, küçük kız çocuklarının içmeyeceği bir şeydi, değil mi? Bu yüzden Ateş'e küçük biri olmadığımı kanıtlamak için ben de sigara içebilirdim.

Ateş beklemediğim bir şey yapıp ani hareketle belimi sıkıca kavrayınca gözlerimi kırpıştırıp ona baktım. Yüzlerimiz oldukça yakındı ve Ateş'in kaşları çatılmıştı. "Sakın Melisa," dedi; sesi tehditkardı. Ve tehlikeli. "Bunun bahsini bile yapayım deme."

"Ama sen içiyorsun?"

"Beni mi örnek alıyorsun?"

"Hayır ama-"

Ateş lafımı kesti. "Bunu sana bir kez söyleyeceğim ufaklık. Bu yüzden beni iyi dinle. Ben senin yapmaman gereken şeyleri yaparım, sen de bunlardan uzak durursun. Anlaştık mı? Benim yaptıklarım senin masumluğuna zarardan başka bir şey vermez. Ve ben senin masumluğunun zedelenmesini istemiyorum."

Başımı aşağı yukarı salladım. "Peki."

Ateş, belimi biraz daha kavrayıp vücutlarımızı birbirine değdirdi. Sigarasından uzun bir nefes alıp dumanı dudaklarımın üzerine doğru üflediğinde gözlerim bilinçsizce kapanmıştı. "Her zaman masum kal güzelim," dedi.

Ateş geri çekilip komodinin üzerinde duran kül tablasına sigarasını bastırdı. Bakışlarını bana çevirip birkaç adım atarak tekrar yanıma geldikten sonra elini çeneme koydu ve yüzlerimizi aynı hizaya getirdi. "İkinci derse hazır mısın bakalım?"

Ensemde bir ürperti hissettim. İkinci ders? Havuzda olanların tekrar yinelenmesi? "Şey, aslında-" Ne diyeceğimi bilemeyerek konuşmaya çalıştığım sırada Ateş dudaklarını dudaklarıma bastırıp bütün dengemi altüst etti. Ayağımın altındaki zemin sanki hareket edip başımı döndürdü.

Ateş'in sıcak dudakları belli bir ritimde benimkileri öpmeye başlayınca gözlerimi sıkıca kapattım ve ona karşılık vermeye başladım. Dudaklarımı her hareket ettirdiğimde az önce içtiği sigaranın tadını daha iyi alıyordum. Peki iğreniyor muyum? Kesinlikle hayır. Acı bir tattı ama buna rağmen çok güzeldi.

Ateş yatağın kenarına oturup beni de kucağına çekince düşmemek için omuzlarına tutundum. Yan bir şekilde kucağında oturuyordum. Göğsüm heyecandan hızlı hızlı inip kalkarken Ateş'in bir eli sırtımda, diğer eli bacağımın üzerindeydi.

"Gözlerini aç," dedi Ateş usulca. Ne zaman kapattığımı bile hatırlamadığım gözlerimi çekinsem de yavaşça araladım. Yüzüm Ateş'in yüzüne çok yakındı. "İkinci ders, birinci bölüm.

Kollarını boynuma dola." Ah, cidden bana ders veriyordu.

Derin bir nefes aldım ve ellerimi yavaşça kaldırıp Ateş'in boynuna doladım.

"Aferin... Şimdi birbirine bastırdığım dudaklarımı arala." Ateş öyle rahat, öyle normal davranıyordu ki sanki günlük bir konuşma yapıyormuş gibiydik. Diğer yandan bunları söylerken gözlerinden geçen parıltı da dikkatimden kaçmamıştı. Bana bir şeyler öğretmesi hoşuna gidiyor gibiydi. Öğrettiği şey her ne kadar benim kalp atışlarımın çıkacakmış gibi olmasına neden olsa da Ateş bunu pek umursuyor gibi değildi.

"Milli eğitim bile bizi ders konusunda bu kadar zorlamıyor," dedim biraz saçmalayarak.

Ateş gülümsedi. "Benim gibi öğretmeni hiçbir yerde bulamazsın. Başla." Egoist şey! Benim burada kalbim çıktı çıkacak beyefendinin söylediğine bakın. İstediği şey aslında onu öpmemden başka bir şey değildi. Bunu daha önce de yapmıştım. Ama neden sanki şimdi çok zor bir şey yapacakmışım gibi geliyordu ki?

Sakin olmam gerektiğini kendi kendime hatırlattım ve yavaşça Ateş'in üzerine eğildim. Gözlerimi sımsıkı kapattım ve dudaklarımı çekinerek Ateş'in dudaklarına değdirdim. Bu cidden çok tuhaftı. O beni öptüğünde ansızın yakalandığımdan olsa gerek, dudağının o yumuşaklığını hissedemiyordum ama ben yapınca durum tam tersiydi. Ateş'in dudaklarını hissedebilmek, ona dokunmak çok farklıydı. Dudaklarımı çekinerek hareket ettirip dudaklarını öpmeye başladım. Ne yaptığımı bilmeyerek, bilinçsizce dudaklarını öptüm. Bir süre sonra bana karşılık vermesini bekledim ama Ateş hiç karşılık vermedi.

Geri çekilip bakışlarımızı birleştirdiğimde Ateş'in gülümsediğini fark ettim. "Ne?"

"Daha iyisini yapabilirsin."

Sanki mümkünmüş gibi iyice kızardım. "Ben ne yapacağımı bilmiyorum ki," dedim, ardından hemen başımı yere eğdim. Ateş çenemi tutup gözlerine bakmamı sağlayınca artık gülmediğini fark ettim. "Öğreneceksin. Ben sana öğreteceğim."

"İlla böyle mi olması gerek? Benim bildiğim, bu tarz şeyler kendiliğinden oluyor?" Söylediğim şeye anında pişman olurken Ateş tek kaşını şüpheyle havaya kaldırdı. "Benim bildiğim?"

Aptal Melisa! Yanlış anladı işte!

Hemen açıklama yaptım. "Yok yok öyle değil. Ben bir şey bilmiyorum. Ama okuduğum kitaplarda bazen anlatıyorlar ve hepsi kendiliğinden gerçekleşiyordu," dedim. Hızlı hızlı konuşmuş, bana inanmasını ümit etmiştim.

"Ne tür kitaplar okuyorsun?" diye sordu Ateş.

Hızlıca düşündüm. Cin Ali serisi desem inanmayabilirdi. Kırmızı başlıklı kız? Bu da olmaz. Pamuk prenses? İyice saçmaladım. "Şey, roman?"

"Roman?"

Başımı evet anlamında salladığım sırada Ateş, sıcak dudaklarını benimkilere bastırıp öpmeye başladı beni. Bu teması beklemediğim için afallamıştım ve hiçbir tepki verememiştim. Ateş belimi kavradığı ellerini aşağı indirip kalçam da sabitleyince ağzımdan bir inleme kaçtı. Ateş bunu fırsata çevirip dilini devreye sokunca ne yapacağımı bilemeden karşılık vermeye başladım. Ateş hızlıydı. Hem hızlı hem sert. Ama ben öyle değildim. Oldukça yavaş hareket ettiriyordum dudaklarımı.

Aradan ne kadar zaman geçti bilmiyorum ama nefes almaya ihtiyaç duyunca geri çekilip Ateş'le bakışlarımızı birleştirdim. Zaten nefes almak için de ayrılmasam, Ateş'in durmaya hiç niyeti yoktu. Ben maraton koşmuş gibi hızlı hızlı nefes alırken o sanki hiçbir şey olmamış gibi yüzüme bakıyordu.

"Şimdi sen yap," dedi Ateş.

Ne dediğini anlamadığım için, "Neyi?" diye sordum.

"Ben nasıl senin dudaklarını araladıysam şimdi de sen yap." Karnıma giren sancı gitgide artarken acaba yapsam mı diye içimden geçirdim. Onu kızdırmak veya gücendirmek istemiyordum. Başımı tereddütle salladıktan sonra Ateş'in üzerine eğilip birbirine bastırdığı dudaklarını öpmeye başladım tekrar.

Öylesine lezzetliydi ki...

Ateş en ufak bir kıpırdama dahi yapmadan öylece durunca bu işin böyle olmayacağını anladım. Hem o değil miydi bana ders veren? Nasıl yapacağımı öğretmek de onun işiydi. Geri çekilip bakışlarımızı birleştirdim. "Bana öğret," dedim. Bu cümlenin ağzımdan çıktığına inanmamıştım. Ateş gözlerini kısarak gülümsedikten sonra alnıma gelen saçlarımı geriye ittirip, "Öğreteceğim," dedi. Yüzünde daha önce görmediğim bir ifade vardı. Heyecan?

Ateş gözlerimin içine bakarak konuşmaya başladı. "Kalça bir erkeği baştan çıkartan en önemli unsurdur. Onu kullanmalısın. Bunu doğru yaptığın takdirde etkileyemeyeceğin bir erkek olduğunu sanmıyorum." Böyle bir konuşmayı yaptığımız için utancımdan yerin dibine girmek istiyordum. Ayrıca onu kullanmak derken? Nasıl?

"Kalçanı bana değdir," dedi Ateş, sanki aklımdan geçeni duymuş gibiydi. Ona değdirmekten kastı, gerçekten ona değdirmek miydi yani? Karnıma bir kramp girdi. Sanki birisi bıçak saplamıştı karnıma. Yine de Ateş'in üzerine eğildim ve dudaklarımızı tekrar birleştirdim. Ellerim onun boynunu sarmalarken oturduğum yerden -Ateş'in kucağından- kalktım ve ata biner gibi kucağına oturdum. Bunu yaparken bir kez bile dudaklarımı ayırmamıştım ondan.

Söylediği şeyi uyguladım. Ona sürtündüm. Ve bunu yapar yapmaz Ateş'in bedeni kaskatı oldu. Taş kesildi sanki. Bunu elimin altındaki omuzlarının gerilmesinden anladım. Dudaklarım Ateş'in dudaklarını öpmeye devam ederken kalçamı tekrar hareket ettirdim ve Ateş'in bana değdir dediği yere değdirip, sürtündüm. Bu sefer ilkine göre daha fazla bastırmıştım kendimi.

Ateş, "Siktir!" diye haykırdı boğuk bir sesle. Bu kadar çabuk tahrik olacağını bilmiyordum. Yüzümde kocaman bir gülümseme oluşurken Ateş'in ayrık olan dudaklarına yönelip büyük bir açlıkla öpmeye başladım. Dilimi ağzının içine kaydırdım ve diline dokundum. Demek ki söylediği şey -kalça- gerçekten oldukça önemliymiş.

Ateş ani bir hareketle sırtüstü yatağa uzanmamı sağlayınca şaşırmama fırsat bile vermeden sıcak dudaklarını benimkilere bastırıp sertçe öpmeye başladı beni. Elleri çıplak bacağımı okşarken kendini mümkünmüş gibi iyice bastırıyordu bana. "Bu öğrettiklerimi bir başkasında denersen önce onu, sonra da seni öldürürüm," dedi. Gayet ciddiydi. Başka bir erkek? Nedense bu cümle çok yabancı gelmişti bana. Kendimi Ateş dışında biriyle birlikteyken düşünemiyordum.

Kollarımı Ateş'in boynuna doladım ve nefes nefese iken konuştum. "Ben seni seviyorum. Ömrümün sonuna kadarda bu hep böyle olacak," dedim.

"Ömrünün sonu?" Başımı aşağı yukarı salladıktan sonra, "Ömrümün sonu," diyerek doğruladım. "Hem zaten sen benim erkeğimsin. Kimseyi senin gibi sevemem ki ben."

Ateş'in dudakları yukarı kıvrıldı. Bu tarz şeyler duymak hoşuna gidiyordu belli ki. "Erkeğin vakti gelince sana neler yapacak bir bilsen."

Karnıma giren sancı biraz daha ileri boyuta gidip midemi bulandırınca elimi ağzımın üzerine bastırıp yüzümü buruşturdum.

"Ne oldu?"

"Sanırım kusacağım."

Ateş kaşlarını çatıp üzerimden kalktı. Ben de yatakta doğrulup ayaklarımı aşağı doğru sarkıttım.

"Midenin bulanmasına neden olan ben miyim?" diye sordu Ateş, bozulmuş bir ifadeyle yüzüme bakıyordu. Ah, yanlış anlamıştı. Hemen başımı iki yana salladım. "Seninle alakası yok. Ben sadece senin yanındayken heyecanlanıyorum ve bu da midemin bulanmasına neden oluyor." Ağzıma gelen ekşimsi tat yüzümü biraz daha buruşturmama neden oldu. Ateş ayağa kalkıp bileğimi tuttu. Birlikte yatak odasından çıkıp banyoya girince ellerimi beyaz lavaboya dayadım ve başımı aşağı öne doğru eğdim. "Sen git."

Ateş gitmek yerine bana doğru yaklaştı ve bir elini sırtımın üzerine koydu. "Kus hadi," dedi. Onunla tartışacak halim yoktu, zorla bastırdığım kusmuğumu serbest bıraktım. Bu iğrençti. Ateş'in bunu görmesi ise ayrı bir iğrençlikti. Lavaboya eğilmiş kusmaya devam ederken alnımın üzerine düşen saçlarım geriye doğru toplandı. Ateş hemen arkamda saçlarımı tutmaya devam ederken son defa öğürdüm ve kusma işlemini sonlandırdım. Ağzımdaki iğrenç tadın gitmesi için ağzımı defalarca çalkaladıktan sonra suyu kapatıp doğruldum.

"Al." Ateş beyaz bir havluyu bana uzatınca çekinerek elime kaldırdım ve havluyu alıp ağzımı silmeye başladım. Bakışlarım yerdeydi.

"Bu ne zamandır devam ediyor?"

"Bir süredir," diyerek cevap verdim. Sesim azıcık çıkmıştı.

"Heyecanlandığın için kusman çok saçma. Hastaneye gitmeliyiz."

Başımı hızlıca yerden kaldırıp Ateş'le göz göze geldim. "Gerek yok!" dedim hemen. Hastanelerden nefret ederdim. Boş yere oraya gidip vakit kaybetmek istemiyordum.

"Rica ettiğimi hatırlamıyorum ufaklık."

"Ama gerçekten hiç gerek yok,"

"Uzatma. Gideceğiz dediysem gideceğiz." Ateş gözüyle kapıyı işaret etti. "Şimdi dışarı çık, duş alacağım. Daha sonra da hastaneye gidip neyin varmış onu öğreneceğiz." İtiraz etmek için ağzımı açacağım sırada Ateş tişörtünün uçlarından tuttu ve üzerinden sıyırıp lavabonun üzerine koydu. Olduğum yerde kalakaldığımda Ateş bakışlarını bana çevirdi. "Eğer bana eşlik edeceksen sen de kıyafetlerini çıkart."

Gözlerim Ateş'in söylediği cümleyle kocaman açılırken ayaklarımı hareket ettirdim ve koşarak banyodan çıktım. Ona eşlik etmek... Düşüncesi bile karnıma bıçak saplanıyormuş gibi hissettirirken gerçek olması bayılmama neden olurdu sanırım.

Ateş'in odasına girip yatağın kenarına oturduktan sonra kollarımı karnıma dolayıp beklemeye başladım. Böyle yapmak biraz daha iyi hissettiriyordu. Mide bulantım sanki geçiyor gibiydi. Acaba Ateş haklı olabilir miydi? Ben heyecandan midemin bulandığını zannederken başka bir hastalığım olabilir miydi? Yok canım. Neden olsun ki? Tamam, biraz fazla narin olduğum için çok çabuk hastalanıyor olabilirdim. Arada sırada adetim gecikiyor da olabilirdi. Ateş'in yanında heyecanlandığım için midem de bulanıyordu ama tüm bunlar benim hasta olduğumu göstermezdi. Göstermezdi, değil mi?

Aklıma gelen olumsuz düşünceleri bir kenara itip ayağa kalktım. Hiç de hasta değildim bir kere!

Adımlarımı hareket ettirip plazmanın hemen altında duran dolabın yanına gittim ve bağdaş kurarak yere oturdum. Ateş çıkana kadar odasını karıştırsam bir şey olmazdı sanırım. Dolabın kapaklarını açtım. Onlarca oyun kaseti, film, CD... Bir süre onları karıştırdıktan sonra ayağa kalktım ve Ateş'in giysi dolabının yanına gittim. Siyah,oldukça büyük gardırobunu açtım. Buram buram Ateş'in kokusu hemen dolmuştu burnuma. Tişörtler, gömlekler, ceketler, pantolonlar. Hepsi öyle özenle dizilmişti ki raflara, kendi giysi dolabımdan utandım. Acaba Ateş bir tane tişörtünü ödünç almama izin verir miydi? Bunun cevabını banyodan çıktıktan sonra soracağımı aklıma not ettim.

Giysi dolabını kapattıktan sonra odanın içinde, dikdörtgen şeklindeki diğer bir dolabın yanına gittim. Bu dolap duvarın içine monte edilmişti. Kapaklarını çekinerek açtığım sırada bir sürü kitapla karşı karşıya gelip gülümsedim. Demek ki Ateş de kitap okuyormuş... Ne okuduğuna bakmak için kitaplara göz gezdirdiğimde daha çok dünya klasikleri okuduğunu fark ettim. Benim kitap zevkimden çok çok uzaktaydı. Ağır olduğu için pek tercih etmiyordum. Ama kitap kitaptır. Önemli olan okumaktı. Ne tür olduğu hiç fark etmezdi.

Aynı hizaya dizilmiş kitapları incelemeye devam ederken dikkatimi beyaz; yuvarlak bir kutu çekti. Kitapların hemen arkasındaydı. Uzanıp kutuyu elime aldım. Ne vardı ki içinde? Kararsızlık. Ne yapsam diye bir süre düşünürken açmakta karar kıldım ve kutunun kapağını yavaşça havaya kaldırdım. CD'ler?

Bir sürü CD üst üste dizilmiş, bana bakıyordu. Acaba içlerinde ne var, diye içimden geçirdim. Film olamazdı. Eğer olsaydı böyle bir kutuyla kitapların arkasına değil, plazmanın altındaki film CD'lerinin arasında yer alırdı. Önemli bir şeydi belki de?

Aç hadi.

Hayır açma.

Kararsızlık bedenimi istila ederken aç diye haykıran yanıma uydum. Hem zaten Ateş de banyodaydı. Nereden haberi olacaktı ki? Hemen bakar sonrada kapatırdım.

Kutunun içinde duran CD'lerden en üstte olanı elime aldıktan sonra masanın üzerindeki laptopun yanına gittim. Kapalı olan laptopun açılmasını beklerken acaba yanlış mı yapıyorum, diye içimden geçirdim. Laptopun açıldığını belli eden ses dikkatimi ona vermeme neden olurken CD'yi laptopa taktım.

Kalbim meraktan, birazda korkudan hızlı hızlı atmaya başlarken CD'nin olduğu klasöre tıkadım. Görüş alanıma bir dosya girdi. Dosyanın üzerinde yazan isim beynime bir balyoz inmiş hissi uyandırırken kalbimin sızladığını hissettim.

Meleğim...

Gözlerimin dolmasına mani olamadım. Meleğim, Melek olabilir miydi? Korkarak dosyaya tıkladım. Onlarca fotoğraf vardı. Açsam, üzüleceğimi biliyordum ama açmasam belki de o kızı görme şansını elimle geri ittirmiş olacaktım. Sakin olmaya özen gösterdim ve ilk fotoğrafa tıkladım.

Çimenlerin üzerine bağdaş kurarak oturmuş güzel, çok güzel bir kız görüş alanıma girdi. Kızın saçları sarıydı ve omuzlarının hizasındaydı. Mavi gözleri vardı. Yüz hatları fazla mükemmeldi ve kız tek kelimeyle kusursuzdu.

İkinci fotoğrafa geçtim.

Yine aynı kızı salıncakta sallanıyordu. Üzerinde sarı bir elbise vardı. Yüzündeki kocaman sırıtış kızın gözlerinin içine de aynen yansımıştı.

Üçüncü fotoğrafa geçtim.

Bir damla gözyaşı usulca yanağımdan süzüldü.

Ateş o kıza arkadan sarılmış yanağını öpüyordu. Kolları kızın ince belini sıkıca sarmalamıştı ve öylesine mutlu görünüyordu ki... Kızın üzerinde az önceki fotoğraftaki sarı elbise vardı, bu fotoğrafın aynı gün içerisinde çekildiğini anlamam uzun sürmedi. Belki de az önce bu kızı salıncakta sallayan kişi de, fotoğrafını çeken kişi de Ateş'ti. Bu düşünce kalbimi acıttı.

Gözyaşlarımı hızlıca sildikten sonra dördüncü fotoğrafa geçtim.

Ateş ve Melek. Ellerindeki dilek fenerini gökyüzüne bırakıyordu. İkisi de öyle güzel bakmışlardı ki birbirinin gözlerine, sanki 'Seni diledim,' demiş gibiydiler.

Boğazıma oturan yumru kendini iyice belli ederken daha fazlasına dayanamayacağımı fark edip dosyayı kapattım ve en altta duran videolardan birine tıkladım.

Güzel giyinmiş bir sürü insan videoda hareket ediyordu. Bunun bir parti videosu olduğunu anladım.

"Okulumuzun gözde kızı, sorum sana. Partideki en yakışıklı kişiyi bana gösterir misin?"

"En yakışıklı kişiyi göstermek yerine ona sarsılsam?" Melek kaşlarını havaya kaldırıp gülümseyince onu incelemeye başladım. Mavi gözleri, tatlı mimikleri, güzel gülümsemesi, kusursuz yüz hatları. Giydiği elbiseyle de ismine yakışır, melek gibi karşımda duruyordu. Melek, Maya'nın bahsettiğinden çok daha güzel bir kızdı.

"O da olur," dedi kamerayı tutan kişi. Melek gülümsedi ve kollarını kamerayı tutan kişiye dolayıp sarıldı. "İşte gecenin en yakışıklı erkeği," dedi. "Ve bu erkek sadece bana ait."

Şaşkınlıkla ekrana baktığım sırada kamera masanın üzerine konuldu ve Ateş görüş alanıma girdi. Melek kollarını sıkıca ona dolamış, başını göğsüne yaslamıştı. Aynı şekilde Ateş de ona sarılmıştı. Sıkı sıkı. Az önce kamerayı tutan kişi Ateş'ti.

Gözyaşlarım artık damla damla değil de hızlı hızlı akmaya başlayınca ekranı kapatmak için çarpıya bastım. Daha fazla izlemeyecektim. Daha fazlasını kaldıramazdım çünkü. Hissettiğim tek şey saf acıydı. Acı hissediyordum. Kalbim korkunç bir acının kurbanı olmuştu ve ben acı çekiyordum.

Kapanmayan ekran sinirlerimi iyice altüst ederken tekrar çarpıya bastım. Tekrar ve tekrar. Kapanmıyordu! Melek ve Ateş'in gülüşme sesleri odanın içinde gürültüyle yankılanırken telaşla oturduğum yerden kalktım. Ne yapacağımı bilmeksizin videoyu kapatmaya çalıştığımda odanın kapısı açıldı. Ve o an bedenim buz kütlesi kesildi. Dondum, kaldım. Kıpırdayamadım. Ateş önce yatağın üzerinde duran laptopa ve CD kutusuna baktı. Kaşları çatılıp, çenesi kasılırken bakışlarını bana çevirip gözlerimin içine baktı. Bakışları karanlıktı. Çok fazla karanlıktı.

Sessizce yutkundum. "Ateş, ben-"

Ateş hızlı adımlarla yatağa yaklaşıp laptopu eline aldı. Ne yapacağını endişeli gözlerle beklerken Ateş bana doğru yaklaştı ve tam karşımda durdu. Adeta burnundan soluyordu. "İzledin mi?" dedi gözlerimin içine bakarak. Mavi-yeşil gözleri öfkeden kararmış, dipsiz bir kuyudan farksızdı.

"Ben," diyerek konuşmaya başlayacak gibi oldum.

"İzledin," dedi Ateş benim bir cevap vermemi beklemeden ve ardından hiç beklemediğim bir şey yaptı. Laptopu duvara fırlattı. Öyle bir fırlattı ki ağzımdan ufak çaplı bir çığlık yükseldi, odanın içinde yankılandı. "İzledin!" dedi Ateş tekrar, sert sesi mümkünmüş gibi beni iyice korkuttu. "Aptal merakına yenik düştün ve izledin!" Ateş bağırdı. "Sanki içinde önemli bir bok varmış gibi açtın, izledin!" Ateş bakışlarını bana doğru çevirdi ve birkaç adım atarak yanıma gelip kolumu kavradı. "İzlediklerinden memnun kaldın mı?" diye sordu öfkeyle. Bileğimi inanılmaz bir güçle sıkıyordu. En kötüsü bunun farkında bile değildi.

"Ateş," dedim gözyaşlarımın arasından.

Ateş beni duymazdan geldi. "Merakını yenebildin mi?" Ateş, karanlık bir ifadeyle yüzüme bakınca ondan korktuğumu fark ettim. Ateş'in gözleri ilk kez beni korkutmuştu. Ateş bileğimi serbest bıraktı. "Çık git evimden," dedi, beni bir paçavra gibi savurdu. "Bir süre sakın karşıma çıkayım deme!" Sonra ekledi. "Sakın."

Gözyaşlarım iyice hızlandı. "Ateş, ben-"

"Sana git dedim!"

Ateş sinirli sesiyle konuşmamı yarıda kesince bir şey diyemedim ve koşarak odadan çıktım. Ben sadece o kızın yanındayken de benim yanımda olduğu gibi miydi, onu öğrenmek istemiştim. Ama koca bir hayal kırıklığı! Aptal merakım yüzünden Ateş yüzümü dahi görmek istemediğini söyledi. Ya beni bir daha hiç affetmezse?

Bölüm 26

Büyük bir kayaya oturmuş, başını ellerinin arasına alan kız figürleri vardır ya? Çaresiz, dışarıdan bakıldı mı bir zavallıyı anımsatan kızlar? Yardıma muhtaç? İşte şu anda aynı öyleydim. Karşımdaki denizin güzelliğini umursamadan başımı yere eğmiş ağlıyordum. Hıçkıra hıçkıra. Çaresizdim, zavallıydım ve yardıma muhtaçtım.

Ateş'in o sözleri söylemesi, üstelik bağırarak ve gözlerimin içine baka baka, kalbimi paramparça etmişti. Üstelik ben bir şey de yapmamıştım. Ya da boş verin. Belki de hayatımın en büyük hatasını yaptım, farkında bile değilim. Ama ben sadece merak etmiştim. O CD'nin içinde ne olduğunu. Tamam. CD'yi açtıktan sonra hemen kapatmam gerekirdi belki ama o kızı karşımda gördükten sonra bunu yapamazdım ki. Ateş'in âşık olduğu kızdı o, onu ilk kez görme fırsatı yakalamışken öylece kapatıp, görmezden gelemezdim.

Dalgaların sesi bir uğultu gibi kulaklarımı doldururken gözyaşlarımı silip çantamın ön kısmını açtım. Ne yapacağımı, nasıl davranmam gerektiğini birinden duymaya ihtiyacım vardı. Çünkü biliyordum ki eğer ben kendi aklıma uyarsam yanlış yapardım. Telefonumun tuş kilidini açtıktan sonra rehbere girip Maya'nın numarasına tıkladım. Maya benim arayabileceğim tek kişiydi. Bir arkadaş, diğer yandan bir abla gibiydi. Bu durumda ondan başka kimseyi arayamazdım.

"Tatlım?"

"Maya, benim."

"Melisa? Sesin iyi gelmiyor, ne oldu?"

"Maya ben rahatsız etmiyorum, değil mi?"

"Saçmalama. Neyin var?"

"Maya ben-"

"Ya da boş ver. Nerede olduğunu söyle hemen yanına geliyorum."

"Sahildeyim,"

"Hangi sahil?"

"Ateş'in evinin oradaki."

"Tamam. Sen sakın bir yere ayrılma ben on beş dakikaya orada olurum."

"Teşekkür ederim."

Telefonu kapattıktan sonra başımı dizlerimin üzerine koyup gözyaşlarımı akıtmaya devam ettim. Eskiden olsa arayabileceğim kimse olmazdı. Beni dinleyecek, bana tavsiyelerde bulunacak kimsem yoktu hayatımda. Ailem vardı ama onlar bir yere kadardı. Bir yere kadar konuşabilirdim onlarla. Çoğu zaman onları üzmemek için bazı sıkıntılarımı içimde tutmak zorunda kaldığım zamanlar bile olmuştu. Sonra onları hiç olmayacak zamanda dışarı akıttığım. Ama şimdi Maya vardı ve yanıma geliyordu. Hem de hiç tereddüt etmeden.

Kuşların cıvıltıları etrafta yankılanıyordu. Deniz ise dalgalarını yavaş yavaş kıyıya çarptırıyordu. Normalde gülümseyerek izlediğim manzarayı şimdi ağlayarak izlemem, hayatta her şeyin olacağının bir göstergesi miydi? Yoksa insanların büyümesiyle birlikte üzüntülerinin de çoğalacağının bir belirtisi mi? Annem başkalarının eşyalarını izinsiz kullanma, diye sürekli uyarırdı beni. Haklıymış. Keşke annemin sözünü dinleseydim de o kutuyu hiç açmasaydım. Zamanı geriye alma gücüm olsaydı o kutuyu hiç açmazdım. Yemin ederim açmazdım. Ama öyle olsaydı da Ateş ve o kızı birlikte görme şansımı yok etmiş olurdum. Kafam öylesine karışıktı ki... Bu karmaşadan nasıl çıkacağımı hiç bilmiyorum.

"Melisa?"

Duyduğum endişeli ses başımı dizlerimin üzerinden kaldırıp bakışlarımı sesin geldiği tarafa doğru çevirmeme neden oldu. Maya hızlı adımlarla yanıma gelip kollarını bana doladı. Hiç düşünmeden ben de ona sarıldım. "Maya, biz galiba ayrıldık," dedim gözyaşlarımın arasından.

"Şş, tamam." Maya geri çekilip bakışlarımızı birleştirdikten sonra alnımın üzerine gelen saçlarımı geri ittirdi. "Sakin ol," diyerek yatıştırmaya çalıştırdı beni. Nasıl sakin olabilirdim ki? Aptal merakım yüzünden Ateş yüzümü görmek istemediğini söylemişti.

Maya elimi tutup orada bulunan banklardan birine oturmamı sağlayınca itiraz etmedim ve ona itaat ettim.

"Lütfen ağlama. Bak ben de kötü hissediyorum kendimi."

"Nasıl ağlamayayım?" deyip burnumu çektim. "Ben aptalın tekiyim!"

"Ne olduğunu anlatmak ister misin?" Maya gözlerimin içine şefkatle bakınca başımı onaylarcasına salladım.

"Ben Ateş'in odasındaydım," diyerek konuşmaya başladım. "Sonra etrafı incelemek istedim. Kötü bir niyetim hiç yoktu, sadece odasını incelemek istemiştim. İlk önce oyun kasetlerine ve müzik CD'lerini baktım, sonra da giysi dolabına... Dikkati mi bir başka dolap çekince oraya gittim ve kapaklarını açtım." Gözyaşlarım hızlı hızlı yanaklarımdan süzülürken onları sildim ve konuşmaya devam ettim. "İlk başta bir sürü kitap fark ettim. Onları birer birer incelerken dikkatimi kitapların arkasında duran beyaz bir kutu çekti. Maya, o kutunun içinde ne varmış, biliyor musun?" Hıçkırdım. "Melek ve Ateş'in fotoğrafları. Hatta videoları. Hani Ateş o kızı artık sevmiyordu? Sevmese saklar mı?" Sesimi birden yükselttim. Suçlu sanki Maya'ymış gibi onun yüzüne doğru bağırdım. "Ben şimdi ne yapacağım?" dedim isyan edercesine. "Ateş o fotoğraflara baktığım için yüzümü görmek istemediğini söyleyip beni evinden kovdu. Asla beni affetmeyecek."

Maya kollarını bana dolayıp saçlarımı okşamaya başladı. "Tatlım, ağlama lütfen. Bak her şey düzelir. Ben eminim ki Ateş bir anlık sinirle öyle söylemiştir. Hem o seni seviyor, inan bana buna defalarca şahit oldum."

Geri çekilip Maya'yla bakışlarımızı birleştirdim. "Nasıl bu kadar eminsin?"

"Ateş'in seni sevdiğini görmemek için kör olmak gerekir.

Sana olan bakışları inan âşık bir adamın bakışları gibi."

"Gerçekten mi?"

Maya içten bir şekilde gülümsedi. "Gerçekten."

Gözyaşlarımı silip tebessüm ettim. Âşık bir adamın bakışları... Keşke bunu ben de fark edebilseydim.

"Ha şöyle. Gülümse biraz. Ağlamak sana hiç yakışmıyor. Hem ben eminim ki Ateş sakin bir kafayla düşündükten sonra seni mutlaka arayacaktır."

"Umarım," diye mırıldandım. Sesim azıcık çıkmıştı. Buna neden olan şey birkaç saat önce bana öfkeyle bağıran adamın görüntüsünü hâlâ unutamamış olmamdı.

"Umarım falan yok. Arar diyorsam arar. Hadi kalk şimdi gidip bir şeyler yiyelim. Kurt gibi açım." Maya ayağa kalkıp elini bana doğru uzatınca elini tutup oturduğum yerden kalktım.

Bu sahile ağlayarak ve ne yapacağımı bilemeyerek gelmiştim. İçimde tek bir umut bile yoktu. Çünkü Ateş'in beni hiç affetmeyeceğini düşünüyordum. Ama şimdi Maya'nın sayesinde birazcık da olsa rahatlamış hissediyordum. Sanırım bu arkadaşlık bağını yavaş yavaş öğreniyor ve seviyordum.

***

Eve girdiğimde gözyaşlarım tamamen durmuştu artık. Burnumdaki hafif kızarıklıktan başka bir şey yoktu yüzümde.

"Kızım sen mi geldin?" Annemin sesi mutfaktan geliyordu. Ayakkabılarımı çıkartmaya başladım. "Evet." Sahilden ayrıldıktan sonra Maya'yla birlikte önce karnımızı doyurmuştuk. Daha sonra da birazcık dolaşıp o evine gitmişti, ben de kendi evime gelmiştim.

"Yemek birazdan hazır olur. Üstünü değiştir de gel sofrayı kur."

"Tamam," deyip odama doğru ilerlemeye başladım. İçeriye girdikten sonra kapıyı arkamdan kapatıp çantamı yere bıraktım. Sabah bu odadan çıkarken oldukça mutluydum. Çünkü Ateş ile beraber uyumuştum. Daha sonra okula gittim ve öğle arası olunca Ateş beni okulumdan alıp evine götürdü. Orada da mutluydum. Ama o CD olayı... Uzun zamandır böylesine üzüldüğümü ve böylesine ağladığımı hiç hatırlamıyordum. Ben zaten o kızla resimlerini gördüğüm için üzgünken bir de Ateş'in bağırması iyice üzmüştü beni. Kırmıştı, yaralamıştı. Ama şimdi her şeye rağmen biraz daha rahatlamış hissediyordum. Maya'nın söyledikleri endişeyle kaplı olan bedenime biraz da olsa huzur getirmişti.

Annemle birlikte sofrayı güzelce kurduktan sonra onlara tok olduğumu söyleyip tekrar odama girdim. Maya sağ olsun birçok şeyi zorla yedirmişti zaten. Eşofmanlarımı giyip yatağıma girdikten sonra, sırtımı yatağın başlığına yaslayıp ellerimi havaya kaldırdım.

"Allah'ım ben senden çok özür dilerim. Hayatım güzel olunca sana dua etmeyi kestim. Ben hep sana dua ederdim ve senden bir şeyler isterdim. Bu aralar etmediğim için ne olur affet beni. Ben hep sevilmek istedim. Değer görmek istedim. Ateş bunları yaptı. Belki beni sevdiğini hiç söylemedi ama bana değer verdiğini birçok kez söyledi. Ne olur bizi ayırma. Birlikte çok mutlu olmayı bize nasip et. Söz veriyorum her gece sana dua edeceğim ve iyi bir insan olacağım. Lütfen dualarımı kabul et. Amin..."

***

"Neredeyse gelirler. Melisa git, çayın altını kapat." Başımı tamam anlamında salladıktan sonra mutfağa girip ocağın üzerinde fokur fokur kaynayan çayın altını kapattım. Bu sabah oldukça erken kalkmıştım. Nedeni ise Aysun Teyzelerin bu sabah bize kahvaltıya gelmesiydi.

Oturma odasına girdiğimde annemi sehpanın üzerindeki bibloları düzeltirken buldum. Babam da televizyonun karşısına oturmuştu. Ayaklarımı hareket ettirip babamın yanına oturduktan sonra başımı onun göğsüne koydum. Geçirdiğim bu 3 gün benim için 3 aydan farksızdı. Ölüm gibiydi. Ateş bir kere bile arayıp, sormamıştı beni.

"Baba, bir süre tahminen kaç gün sürer?" Başımı babamın göğsünden kaldırdıktan sonra vereceği cevabı merakla beklemeye başladım.

"Tuhaf bir soru," dedi babam. "Ama sen de pek normal sayılmazsın zaten."

"Ya, baba."

"Tamam tamam, asma hemen suratını. Kızım bu kişiye göre değişir. Bazen birkaç gün. Bazen de birkaç ay sürer. Demek istediğim, bu zaman kavramını söyleyen kişiden başka kimse bilemez." Demek ki belirli bir gün yoktu. Ateş'e bağlıydı her şey.

Zilin çalması aklımdaki düşünceleri yarıda keserken derin bir nefes alıp oturduğum yerden kalktım. "Geldiler." Annem koşarak kapıyı açmaya gitti.

Salonun girişinde Ali Amca'yı ve Aras'ı görünce gülümsemeye çalışıp, "Hoş geldiniz," dedim. Babam, Ali Amca'yla tokalaşırken Aras yanıma gelip kollarını bana dolamıştı bile. "Günaydın."

"Günaydın," deyip ben de ona sarıldım. "Nasılsın?"

"Ben iyiyim de asıl sen nasılsın?" diye sordu Aras. Geri çekilip bakışlarımızı birleştirdim. Aras bu 3 gün boyunca hep yanımda olmuştu. Ona her şeyi anlatmıştım ve bana üzülmemem gerektiğini, haklı olan tarafın ben olduğumu söyleyip durmuştu.

"Sanırım iyiyim," dedim ve tebessüm ettim. Sanırım iyiydim.

Hep beraber kahvaltı masasına oturduktan sonra büyükler kendi aralarında sohbet etmeye başladı. Aras ve ben ise yan yana oturmuş, onları dinliyorduk.

"Okullar da iki haftaya kapanıyor," dedi Ali Amca.

Babam çayından bir yudum aldıktan sonra, "Öyle," deyip Ali Amca'yı doğruladı.

"Duyduğumuza göre Melisa matematik sınavından oldukça

yüksek bir puan almış?" Aysun Teyze'nin söylediği şey utanmamı sağlarken, annem gurur duyan gözlerle bana baktı. "Aldı vallahi."

"Aferin sana Melisa," dedi Ali Amca takdir edercesine.

Açıklama yapma gereği duydum. "Aslında her şey Aras sayesinde oldu. Sağ olsun zorlandığım konuları birer birer anlattı. O olmasaydı o puanı alamazdım."

"Ben sadece ufak bir yardım ettim."

Ona ters bir bakış gönderdim. "Fazla alçak gönüllüsün." Aras ve masadaki herkes bu söylediğime gülümsedi.

Kahvaltı bittikten sonra sofrayı annem ve Aysun Teyze'yle beraber toparladık. Onlar salona, ben ve Aras da benim odama geçtik.

"Hâlâ aramadı mı?"

Aras kütüphanemin oradan bana bakıp bir cevap vermemi isteyince başımı hayır anlamında salladım. Yatağın kenarına oturmuş parmaklarımla oynuyordum.

"Haksız olduğunu kendi de biliyor."

"O kadar da haksız sayılmaz aslında," diye mırıldandım, Aras bana sert bir bakış yolladı. "Sonuçta onun özel eşyasıydı ve ben izinsiz kurcaladım."

"Senin bir suçun yok," dedi Aras. "İnsanlar neden sevgili olur? Dertlerini, sevinçlerini, üzüntülerini veya mutluluklarını beraber paylaşıp sorunları birlikte halletmek için, değil mi?" Başımı yavaşça aşağı yukarı salladım. "E o zaman? Ateş bir CD'yi bile seninle paylaşmıyorsa sevgili olmanızdaki amaç ne? Tamam. Belki onun için önemli bir şeydi ama yine de sana bağırması veya aramaması hiç doğru değil." Aras'ın söyledikleri birer birer beynime kazınırken söylediklerinin aslında doğru olduğunun farkına vardım.

"Önerin nedir peki?"

Aras omuzlarını silkti. "Gidip yüzleşmen. Onun aramasını bekleyerek her gün üzüleceğine bugün git ve onunla konuş." Bunu yapabilir miydim?

"Ya bana hâlâ öfkeliyse?" diye sordum ihtimal sunarak. "O zaman daha çok üzülmez miyim?"

"Her gün üzülmektense bir kez üzül, daha iyi."

Derin bir nefes aldım. "Peki," Öyle ya da böyle yüzleşmek en doğru karardı.

Evden çıkıp otobüse bindikten sonra Ateş'in evine gitmek üzere yola koyuldum. Kalbim birçok duygudan dolayı hızlı hızlı atıyordu. 3 gün. Saat olarak hesaplarsak 72 saattir Ateş'i görmüyordum ve onu deliler gibi özlediğimi şimdi daha iyi fark ediyordum. Ne zaman, hangi ara ona bu kadar bağlandım, hiç bilmiyordum. Umarım evdedir ve bana olan siniri tamamen geçmiştir.

Yaklaşık yarım saat sonra Ateş'in evine geldim. Bahçe kapısından girdikten sonra eve doğru yürümeye başladım. Kalbim hem hızlı atıyor hem de sıkışıyordu. Bu nasıl bir ikilemdi, hiç bilmiyorum. Evin kapısına geldikten sonra derin bir nefes alıp zile bastım.

Çok geçmeden Ayşe Teyze görüş alanıma girdi. "Merhaba," dedim oldukça utangaç çıkan sesimle. Ayşe Teyze herhangi bir tepki vermeyip donmuş gibi yüzüme bakmaya devam edince, "Merhaba?" dedim tekrar. Neden şaşırdığını anlamamıştım. Ayşe Teyze titreme edasıyla kendine geldikten sonra "Merhaba kızım," dedi. Bir cevap almanın mutluluğuyla gülümsedim.

"Nasılsınız?"

"İyiyim kızım sen?"

"Ben de iyiyim."

Ayşe Teyze geçmem için elini uzattı. Adımlarımı hareket ettirip içeriye girdim ve Ayşe Teyze'ye doğru döndüm. "Ayşe Teyze biliyor musun matematik sınavından 90 aldım. Ve bu sene teşekkür belgesi alıyorum." Sesim oldukça neşeli çıkmıştı.

Ayşe Teyze içten bir şekilde gülümsedikten sonra kollarını bana doladı. Bu durum birazcık şaşırmama neden olsa da bozuntuya vermedim ve ben de ona sarıldım. "Aferin sana güzel kızım. Hep başarılı olursun inşallah." Gülümsedim ve, "İnşallah," diyerek karşılık verdim.

Merdivenlerden gelen ayak sesleri kalp atışlarımı hızlandırırken yüzümdeki gülümseme biraz daha genişledi. Ayşe Teyze'den ayrılıp bakışlarımı merdivenlere çevirdim. Ve o an hayatımın şokunu yaşadım. Gözlerim ve ağzım şaşkınlıkla aralanırken yüzümdeki gülümseme yavaş yavaş söndü. Yok oldu. Gördüğüm manzara gerçek değildi. Hem olamazdı ki. O gitmişti ve dört senedir gelmemişti. Şimdi neden Ateş'in yanında durmuş bana bakıyor olsun ki? Olamazdı.

"Bu kız kim Ateş?"

Kulaklarımı dolduran ince ses afallamama neden olurken gözümün karardığını hissettim. Gerçekti. Melek geri gelmişti.

"Ay yoksa Ayşe Hanım'ın köyden gelen kızı mı?" Melek onaylaması için bakışlarını Ateş'e çevirince gözümden istemsizce bir damla yaş süzüldü. Köy kelimesini iğrenerek söylemişti ama gözyaşımı akıtan sebep bu değildi. Sebep, Ateş'in yüz ifadesinin kaya gibi sert olmasıydı. Neden hayır demiyordu ki? O kız benim sevgilim, neden demiyordu? Ateş ifadesiz bakışlarını benden ayırıp Melek'e çevirdikten sonra konuştu. "Ayşe Hanım'la bir alakası yok," dedi.

"Hmm," diye homurdandı Melek. "Neyse, hadi biz çıkalım. Geç kalıyoruz." Melek, Ateş'in kolunu kavrayıp başını onun göğsüne koyunca kalbimin ikiye bölündüğünü hissettim. Birisi oraya yakıcı bir madde boşaltmıştı sanki. Canım yandı.

Ateş elini Melek'in beline koyduktan sonra ifadesiz bakışlarını bana çevirdi. Ama benim gözlerim onun elinde takılı kaldı. Daha düne kadar beni sarmaladığı eli şimdi o kızın belindeydi. Onun yanındaydı. Ona dokunuyordu. Ateş beni bir çöp gibi kenara atmıştı.

Gözlerinin içine baktım ve güçlükle konuştum. "Ne kadar önemli bilmiyorum ama eşyanı izinsiz kullandığım için özür dilerim."

Daha sonra bir cevap vermesini beklemeden koşarak evden çıktım ve gözyaşlarımı serbest bıraktım.

Bölüm 27

Ateş kollarını başının altında birleştirmiş karanlık odasında uzanırken aklını kurcalayan onlarca soru işareti vardı. Hepsi birbirinden karışıktı ve Ateş ne yapacağını bilmiyordu. Mesela Melek. Ateş onu kayıtsız şartsız seviyordu. Her ne kadar bunu değer vermek diye adlandırsa da Ateş Melek'i gerçekten seviyordu ve şu son üç gündür Melek, Ateş'in aklına düşmüştü. Uzun zamandır hatırına gelmeyen kız, şimdi aklındaydı ve bir türlü gitmiyordu.

Melek ve Ateş sekiz yaşından beri birlikteydiler. Birlikte okula gittiler, birlikte oyunlar oynadılar, birlikte sohbet ettiler. Birlikte gülüp, birlikte ağladılar. Sanki hiçbir zaman ayrılmayacaklarmış gibiydiler. Ama olmadı. Bu düşünce Melek üniversiteye başladığında yok oldu.

Melek günün birinde gitmek istediğini söyleyerek çekip gitmiş, ardında bıraktığı Ateş'i derin bir üzüntüye sokmuştu. Ateş ona o kadar çok alışmıştı ki gideceğini öğrenince ne yapacağını bilemedi ve aklına gelen ilk fikri uyguladı. Melek'e havaalanında evlenme teklifi etti. Yaşının genç olması umurunda bile değildi. Çünkü korkuyordu. Tek sırdaşı ondan uzaklaşırsa bu dünyada bir başına kalıp, yaptığı hataları tekrar tekrar hatırlamaktan korkuyordu. Ateş'in geçmişi beyaz değildi. Aksine, Ateş'in geçmişi tam olarak siyahtı ve o her gün vicdan azabı çekiyordu.

Melek, Ateş'in ani evlenme teklifini hiç düşünmeden reddetmiş ve uçağa binerek Paris'e gitmişti. Ardında hayal kırıklığına uğrayan bir adam bırakması umurunda değildi.

Melek gittikten sonra Ateş iyice kendi kabuğuna çekildi ve sessiz adam rolüne devam etti. Gerekli olmadıkça kimseyle konuşmamaya yemin etmiş gibi etrafta öylece dolanıyordu. Üzgündü, perişandı, biraz da korkuyordu. Melek, onun için bir kuyu gibiydi. Dertlerini o kuyuya atıp, sadece o kuyunun içine dolduruyordu. Ama Melek o kuyunun kapağını kapatıp, Ateş'i kendinden mahrum etmişti.

Ateş günün birinde sevdiği kızın onu eğitim için değil de bir başka erkek için bıraktığını öğrendi. Melek İstanbul'daki dans hocasıyla birlikte Paris'e gitmişti ve orada yeni bir hayat kurmuştu. Ama unuttuğu bir şey vardı. O da Ateş'in ne kadar detaycı biri olduğuydu. Ateş bir şekilde bunu öğrenince öfkeden deliye döndü. Sevdiği kızın bir başkasıyla olmasını kendine yediremedi. Bu yüzden etrafındaki herkese Melek hakkında konuşma yasağı çıkardı. Çünkü onu hatırlamak istemiyordu. Ona dair hiçbir şey duymak istemiyordu.

Evinde, hatta odasının bir köşesinde onun fotoğraflarını saklıyordu ama bir gün bile açıp bakmamıştı. Sadece orada olduklarını bilmek ona tuhaf bir şekilde iyi hissettiriyordu. Onlar oraya aitmiş gibiydiler sanki. Ama olmadı. Melisa o CD kutusunu açarak her şeyi mahvetti Ateş'e göre. Ateş sinirlenmişti. Ben bile açıp bakmazken Melisa hangi cesaretle o CD'leri açıp izler, diyerek çok sinirlenmişti.

İşte o günün üzerinden tam 3 gün geçti. Ateş ne yapacağını düşünerek odasından bir kere bile dışarı çıkmamış, sürekli içki içmişti. Melisa'nın onun yüzünden ağlaması gözünün önüne gelince kendine olan nefreti bir kez daha artıyordu. Ateş Melisa'ya değer veriyor, hatta önemsiyordu evet, ama sanki duygularının yetersiz olduğunu düşünüyordu. Melisa ona göre küçük bir kız çocuğu gibiydi. Ateş her ne kadar aksini düşünmeye çalışsa da aralarındaki ilişki ağabey-kardeş ilişkisinden daha ileri gidemez gibi geliyordu Ateş'e. Evet onu öpüyordu, hatta dokunuyordu. Ama bunun nedenini Ateş de bilmiyordu. Bildiği bir şey varsa o da Melisa'yı sadece koruması gerektiğiydi. Çünkü Melisa hayatında gördüğü en saf, en savunmasız kişiydi. Bilinçsizce sanki onu korumakla görevlendirilmiş gibi hissediyordu kendini.

Ateş Arsoy

3 gündür tıkılı kaldığım odadan çıkıp merdivenlerden aşağı indikten sonra mutfaktan içeri girdim. Ayşe Hanım beni görünce şaşkın bir ifadeyle bana baktı. İlgilendiği işi hemen bıra-

kıp toparlandı. "Bir şey mi istemiştiniz?" diye sordu.

"Hayır. Bugün izinlisiniz, onu haber vermek için geldim," dedim. Melisa'yı evinden alıp buraya getirecektim. Konuşma vaktimiz çoktan gelmiş, hatta geçmişti bile. O aptal CD olayı daha fazla uzamamalıydı. Ona benden özür dilemesi için bir fırsat verecektim ve o da bu fırsatı değerlendirecekti. Sonrada barışıp, eski halimize geri dönecektik.

"Peki oğlum. Biz birazdan çıkarız o zaman." Ayşe Hanım aklına bir şey gelmiş gibi durdu ve ekledi. "Anneanneniz sizi çok merak ediyordu. Dün aradı ve sizi sordu."

"Bir ara ararım," dedim geçiştirerek ve cevap vermesini beklemeden mutfaktan çıktım. Ayşe Hanım ve eşi, anneannem sayesinde burada yaşıyorlardı. Bana bir zararları hiç olmamıştı ama yalnız yaşamayı tercih ederdim. Evimin içinde yaşlı bir çiftin yaşaması çok da isteyeceğim bir şey değildi en nihayetinde. Buna rağmen onlara saygı duyardım. Yıllardır birlikteydik ve üzerimde çok fazla emekleri vardı. Annem ve babam olacak şahıslardan çok daha fazla.

Merdivenlere yönelip üst kata çıkmaya koyulduğumda işittiğim kapı zili adımlarımı durdurmama neden oldu. Acaba, dedim kendi kendime. Melisa gelmiş olabilir mi? Ona karşıma çıkma dediğim için üç gündür evime gelme cesaretinde bulunmadığını biliyordum ama belki şimdi bu cesareti kendinde toplamayı başarmıştır? Yüzümde hafif bir gülümseme oluşurken kapıya yöneldim. Eğer gelen kişi Melisa ise beni hazırlanıp evden çıkmaktan kurtarmıştı.

Kapının yanına geldiğimde yüzümdeki gülümsemeyi sildim. Onun yerine ifadesiz maskemi takınıp soğuk bakışlarımı gözlerime kondurduktan sonra kapıyı araladım.

Mavi gözler?

Evet.

Ufaklığın mavi gözleri?

Hayır.

Ağzım şaşkınlıkla aralandı, gözlerim yıllardır onu görmemenin etkisiyle irileşti. Şu anda karşımda duran kişinin gerçek olma ihtimali var mıydı? Onca seneden sonra yeniden gelmiş miydi cidden?

"Ateş?" Melek gülümseyerek boynuma atladı ve bana sarıldı. Öyle bir sıktı ki boğazımı, bir an için nefes alamadım. Şaşkınlığım biraz daha arttı. Biraz daha ve biraz daha. Gerçekti. Melek gerçekten burada, karşımdaydı. Ve bana sarılıyordu.

"Sensin?" dedim afallamış bir şekilde.

"Evet, benim," dedi Melek neşeyle. "Bu sabah temelli olarak İstanbul'a kesin dönüş yaptım."

Melek'le beraber benim odama çıktıktan sonra kapıyı arkamızdan kapattım. Tuhaf... oldukça tuhaf hissediyordum kendimi. Öfke, özlem, biraz da kırgınlık. Ama içlerinden en belirgini hiç şüphesiz öfkeydi.

"Odan hâlâ aynı." Melek odamın içinde dolaşırken yatağımın köşesine oturup onu inceledim. 18 yaşındaki genç kız gibi durmuyordu karşımda. Olgunlaşmış, güzel bir kadın gibi duruyordu. Saçları eskiye göre biraz daha kısaydı ve rengi açık kahverengiye yakın bir tondu. Kıyafetleri eskiden olduğu gibi iddialıydı. Kısacık bir şort, üzerinde de göbeğini açıkta bırakan bir tişört vardı. Bakışları aynıydı. O mavi gözler her zaman olduğu gibi ışıl ışıl, kendinden emindi. Genel olarak eski Melek gibi karşımda duruyordu işte.

"Ama ben değilim," dedim buz gibi bir ifadeyle. Öyleydi, değildim. O ne kadar aynıysa ben o kadar değişmiştim. Gerek görünüm olarak, gerek his olarak, gerekse karakter olarak aynı değildim.

Melek gözlerini gözlerimden ayırmadan bana doğru yaklaştı ve aramıza azıcık bir mesafe koyarak hemen yanıma oturdu. "Ateş," dedi adımı usulca söyleyerek. "Biliyorum bana hâlâ kızgınsın ama bunu konuşarak halledebiliriz."

"Neyi halledeceğiz Melek?" dedim öfkeyle. "Onca zaman sonra tekrar karşıma çıkıp her şeyin eskisi gibi olacağını mı düşünüyorsun?"

Melek sağ elimi tutup bana doğru biraz daha yaklaştı ve aramızdaki mesafeyi kapattı. "Özür dilerim." dedi. Sesindeki pişmanlığı ayırt edebilmiştim. "Ben bir hata yaptım. Bunu kabul ediyorum ama şimdi buradayım ve senin yanındayım."

"Hayır Melek. Sen bir hata yapmadın. Birçok hata yaptın ve şimdi benden özür dileme!" Elimi Melek'in elinden kurtardıktan sonra oturduğum yerden sinirle kalktım.

"Dileyeceğim," diye diretti Melek. "Çünkü hatamın farkındayım. İstersen bana bağır, çağır. Bütün bunları hak ettim ama lütfen şimdi sana sarılmama izin ver. Seni çok özledim."

Sustum.

"Biliyorum, sen de beni özledin. İlk önce birbirimize sarılıp, sonra konuşsak olmaz mı?"

Bir şey demedim yine. Bakışlarım duvara odaklanmış, öfkeyle düz duvara bakıyordum. İlk önce sarılmak... Lanet olsun! Ona sarılmayı istiyordum. Üstelik deli gibi. Onu kollarımın arasına almak, kır çiçeği kokusunu yeniden derin derin içime çekmeyi çok istiyordum.

"Hâlâ beni sevdiğini biliyorum," dedi Melek, sonra hemen düzeltti. "Pardon, değer verdiğini. Öyleyse neden sarılmıyoruz?" Duvara doğru bakan bakışlarımı Melek'e çevirdiğimde güldüğünü fark ettim.

"Sana değer verdiğimi düşündüren nedir?" Melek oturduğu yerden kalkıp bana doğru yaklaştı ve gözlerimin içine bakarak konuştu. "Çünkü senin kalbin bana ait," dedi, sonra kollarını bana doladı. Kendiden emin çıkan sesi gülümsememe neden oldu. Yenilerek kollarımı Melek'e doladım ve saçlarının kokusunu derin derin içime çektim. Bu durum oldukça tuhafıma gitmişti. Şu an Melek'e sarılıyor olmam... Garipti ve bu gariplik hoşuma gitmişti. O kadar yıl, o kadar ay. Yıllardır ona öfke beslediğimi sanırken aslında yanılıyor muymuşum? Sanırım öyleymiş.

Bir gün onunla karşılaşacağımı biliyordum. Yollarımız illa ki bir yerde kesişecekti. Ama tepkimin böyle olacağı, onu hemen kollarımın arasına alıp sarılacağımı hiç düşünmemiştim.

"Parfümünü değiştirmişsin," dedim eskisi gibi kır çiçeği kokmadığını fark edince. Melek kollarımda kıpırdanıp başını göğsüme yasladı. "Evet," dedi. "Yeni bir parfüm keşfettim." Sessiz kalmayı tercih ettim. Ben eski kokusunu daha çok seviyordum. Alıştığım kokusu oydu çünkü. Bu, yabancı gelmişti bana. Yine de pek üstesinde durmadım. Kokusunun değişmesinden çok daha önemli şeyler vardı.

Bir süre Melek'le birbirimize sarıldıktan sonra geri çekildik. "Çocuklar ne yapıyor? Onları da çok özledim," dedi Melek.

"Aynı. Yanlarına gitmek ister misin?"

Melek başını olumsuz anlamda salladı. "Yarın," dedi. "Annem ve babamla tam olarak görüşemedim."

"Nasıl istersen. Seni bırakmamı ister misin?" Melek bütün yüzünü kaplayacak şekilde gülümsedi. "Neden olmasın?"

Arabamın anahtarlarını alıp odamdan çıktıktan sonra merdivenlerden aşağı inmeye başladık. Melek yanımdaydı. Kolunu belime dolamıştı ve başını göğsüme yaslamıştı. Şaka gibiydi ama gerçekti. İstemsizce sırıtmaktan kendimi alıkoyamadım.

"Ayşe Teyze biliyor musun matematik sınavından 90 aldım. Ve bu sene teşekkür belgesi alıyorum." Duyduğum tanıdık ses, bende kısa bir şaşırma hissi yaşattı. Melisa. Buradaydı ve gülümseyerek Ayşe Hanım'la konuşuyordu. Yürümeyi kestim ve olduğum yerde durdum.

"Aferin sana güzel kızım. Hep başarılı olursun inşallah."

Ayşe Hanım, kollarını Melisa'ya doladı. Melisa da hiç tereddüt etmeden ona sarılınca sessiz olmaya özen gösterdim. Belki de bu Melisa'yı son görüşümdü? Bir daha onu hiç göremeyecektim? Nedense onu biraz izlemek istediğimi fark ettim. Aklıma kazınması için dikkatli bir şekilde baktım yüzüne.

Masum yüzü. Uzak bir mesafeden bakıldığında bile masum olduğunu belli eden bir yüzü vardı. Belki de gözleriydi onu masum gösteren. Mavi parlak gözleri hiç kimseye benzemiyordu. Eşsizdi ve sadece Melisa'ya aitti. Ufaklığa ait.

Saçlarını açık bırakmıştı. Siyah saçları omuzlarının hizasındaydı. Kömür rengi saçlarını beyaz bir taçla bütünleştirmişti. Taç takmak ona yakışıyordu. O düz plastik şey Melisa'nın saçlarının üzerinde nedense çok güzel duruyordu.

Dudakları. Gülümsediği için yukarı kıvrılmış dudaklarının rengi pembeydi. Şeker pembesi gibi. Daha önce defalarca tadına baktığım için tadı da aynen rengi gibiydi. Şeker gibi tatlıydı.

Melisa, Ayşe Hanım'dan ayrılıp merdivenlerde birinin olduğunu fark ederek bakışlarını bana ve Melek'e doğru çevirince yüzündeki gülümsemesinin yavaş yavaş söndüğünü fark ettim. Gülümsemesi yerini donuk bir ifadeye bıraktı ve gözlerinde şaşkınlıktan çok, darmadağın bir ifade gördüm.

"Bu kız kim Ateş?" Melek'in sorusu ile bakışlarımı Melisa'da tutmaya devam ettim. Hayran olduğum mavi gözleri dolu dolu olmuştu. Dudakları titriyordu. Keşke böyle olmak zorunda olmasaydı ama olmak zorundaydı. Melek artık yanımdaydı ve Melisa ile olan saçma ilişkim bitmek zorundaydı.

"Ay yoksa Ayşe Hanım'ın köyden gelen kızı mı?"

Kan birden beynime sıçradı. Bakışlarımı Melisa'dan ayırıp Melek'e çevirdim. "Ayşe Hanım'la bir alakası yok!" dedim sertçe. Nasıl olur da onu hizmetçinin kızı zanneder?

Melek sesimdeki siniri anlayıp gözlerini benden kaçırdı. "Hmm," dedi. "Neyse, hadi biz çıkalım. Geç kalıyoruz." Kolumu sıkıca kavrayıp başını göğsüme koydu. Yaptığı bu harekete karşı sessiz kalmayı tercih ettim ve elimi yavaşça Melek'in beline koydum.

Normalde bıdı bıdı konuşup başımın etini yiyen kızın şimdi sessiz kalması dikkatimi çekince bakışlarımı tekrar Melisa'ya çevirdim. Gözleri ağlamak üzere hazırda bekliyordu ve umutla bana bakıyordu. Üzgünüm güzelim ama senin bana göre olmadığını en başında söylemiştim. Senin masumluğuna karşı benim boktan hayatım... Hiç adil değil. Kendine göre birini bulmalısın. Veya bulma. Evet evet, bulma.

Melisa güçlükle dudaklarını araladı. "Ne kadar önemli bilmiyorum ama eşyanı izinsiz kullandığım için özür dilerim," dedi. Daha sonra koşarak evden çıktı ve görüş alanımdan kayboldu. Gözyaşlarını akıttığına bahse girerim. Biliyorum, yaptığım şey tam bir adilikti ama böyle olmak zorundaydı.

"Bu kız kim Ateş? Neden sana öyle dedi?"

Melek'in meraklı bakışları benden bir cevap isteyince, "Gidelim," dedim ifadesiz bir sesle ve birlikte evden çıktık. Bana öyle söyledi çünkü o kız, hatalı olan kişi ben olmama rağmen kendini bir suçlu gibi ortaya atacak kadar saf ve benim için kör olmuş vaziyette....

***

Melek'i evine bıraktıktan sonra çocuklarla takıldığımız bara gitmek üzere yola koyuldum. Garip bir şekilde mutlu hissediyordum kendimi. İçimde bir şeyler kıpır kıpırdı. Bunun nedeni elbette Melek'ti. O geri gelmişti ve artık gitmeyecekti. Sorunlarımı ona anlatacaktım ve birlikte -eski günlerdeki gibi- hepsinin üstesinden gelecektik. Melek benim tek sırdaşımdı ve artık yanımdaydı.

Barın önüne geldiğimde arabayı her zamanki yerine park edip aşağı indim. Saat henüz erkendi ama çocukların burada olduğuna neredeyse emindim. Kapıya doğru yürürken korumalar beni selamladılar ve bugün bir farklılık yaparak onlara cevap verdim. Yüzlerindeki şaşkın ifade gülümsememe neden olurken içeriye doğru yürüdüm.

Yanılmadığımı biliyordum. Kuzey, Doğu, Güney ve Batu her zamanki yerimizde oturuyorlardı. Onlara doğru yürürken Batuhan'la göz göze geldim. "Ooo Ateş beyimiz sırlar odasından çıkabilmiş," diyerek takıldı. Umursamadım ve masadaki yerime oturdum.

"Nasılsınız millet? Keyifler yerinde mi?" diye sordum sırıtarak.

Çocuklar şaşkınlıkla birbirine baktı.

"Abi... iyi misin sen?" diye sordu Kuzey.

"Hiç bu kadar iyi olmamıştım," dedim ve masadaki çerezlerden birkaç tanesini ağzıma attım.

"Üç gündür telefonlarımıza çıkmadın. Evine geldik, görüşmek istemedin. Ama şimdi oldukça keyifli görünüyorsun. Hayırdır?"

"Keyifliyim, çünkü..." Çocuklar konuşmamın devamını merakla bekleyince sesli bir kahkaha atıp, "Melek geldi!" dedim.

"Me-Melek mi?" Güney'in sesinde hayret vardı. Diğer çocukların ise ağızları şaşkınlıkla aralanmıştı. "Evet, Melek. Üstelik temelli. Sizce de harika değil mi?"

"İyi ama o Paris'te değil miydi?" diye sordu Güney.

"Öyleydi," dedim sırıtarak. "Ama bu sabah geri döndü." Çocuklar aynı şaşkınlıkla birbirlerinin yüzüne bakınca, "Ne?" dedim bir şey söylemelerini isteyerek. Doğukan, boğazını temizleyip bakışlarını bende sabitledikten sonra konuştu. "Ateş," dedi. "Yanlış anlamam ama senin bir sevgilin var. Bu kadar keyifli olman sence normal mi?"

"Sevgilim?" deyip tek kaşımı havaya kaldırdım.

"Melisa. Senin deyiminle ufaklık. Hatırladın mı?" Batuhan'ın sorusu bende gülme hissi uyandırsa da yapmadım ve ciddi ifademi yüzüme takındım.

"Melisa'yla sevgili olduğumuza gerçekten inandınız mı? Evet, belki öyle görünüyorduk ama değildik. En azından bana göre." Baygın bir bakış attım. "Hadi ama, o kız bana göre değil. Bunu birkaç hafta önce siz söylemiştiniz."

"Onu öylece bırakacak mısın yani?"

"Melek geri geldi ve artık gitmeyecek. O varken Melisa'yla olmamı beklemeyin. Zaten saçma bir ilişkiydi. Bitti gitti işte." Oturduğum yerden kalktım. "Size iyi eğlenceler. Yarın tüm gün Melek'le olacağım. Belki akşam uğrarız," dedim ve bir cevap vermelerini beklemeden yürümeye başladım.

***

Melisa Özsoy

Yüzüstü yatağa uzanmış, gözyaşlarımı çaresizce akıtmaya devam ederken terk edilmişlik hissi tüm bedenimi kuşatmıştı.

His, her yerdeydi. Tüm iliklerimde, tüm hücrelerimde. En büyük korkum şimdi gerçeğe dönüşmüştü. Ne yapacaktım ben? Nasıl davranacaktım? Kalbim acıyordu. O kız ve Ateş'in görüntüsü bir türlü gözümün önünden gitmiyordu. Ateş'in onu sahiplenir gibi elini beline koyması, o kızın başını Ateş'in göğsüne yaslaması...

Aptal Melisa!

Aptal! Aptal! Aptal!

Sen kimsin ki Ateş gibi biriyle ilgili hayaller kuruyorsun? O kızın ne kadar mükemmel olduğunu görmedin mi?

Hıçkırdım ve gözyaşlarımı akıtmaya devam ettim. O kız kadar güzel değilim diye Ateş'i sevmeye hakkım yok muydu benim? Peki ya Ateş? Hani bana değer veriyordu? Hani bu dünyada çok az kişiye değer veriyordu ve ben de onların içindeydim? Değer verse o kızın yanında sevgili olduğumuzu söylemez miydi? Ya da gururumu azıcık okşayacak bir şey yapmaz mıydı? Ama doğru. Melek'in yanında böyle bir şey diyemezdi ki. Sonuçta o Ateş'in ilk aşkıydı. Değer verdiği kişilerin listesinde ilk sıradaydı.

Ateş benim ilkimdi. Ateş'in ilki ise o kızdı.

"Melisa, baban diyor ki-" Odamın kapısının açılması ve annemin şaşkın sesi bir saniye arayla kulaklarıma doldu. "Bu halin ne?" diye sordu annem.

"Konuşmak istemiyorum," deyip başımı iyice yastığa gömdüm. Konuşmak, yemek yemek, okula gitmek, birini görmek. Hiçbirini istemiyordum. Uzun bir süre uyumak ve mümkünse kendimi uyku mahzeninde hapsetmek istiyordum.

Yatakta bir çöküntü hissettim. "Kim üzdü seni güzel kızım? Hadi söyle anneye?" Annem şefkatle saçlarımı okşamaya başlayınca ağzımdan minik bir hıçkırık kaçtı. "Biz, ayrıldık," dedim. Bu cümleyi kurmak bile boğazımı acıtmıştı. Ama elimde değildi ki. Ben ona alışmıştım ve şimdi yaşadıklarım canımı yakıyordu.

"Demek ayrıldınız..."

Uzandığım yerden doğruldum. "Evet anne, ayrıldık. Bunu

yüzüme karşı söylemedi ama daha beterini yaptı. Ben burada ondan bir haber beklerken o eski aşkıyla beraber vakit geçirmiş." Elimle gözyaşlarımı sildim."Anne ben onu çok seviyorum. Neden böyle oldu? Neden kendimi güzel bir rüyadan uyanmış gibi bir boşlukta hissediyorum?"

"Geçecek kızım."

"Geçmeyecek. Geçmesin. Anne kalbim acıyor. Birisi sanki oraya hançer saplıyormuş gibi hissediyorum... O kız Ateş'e benim kim olduğumu sorduğunda Ateş ne dedi biliyor musun? Hiçbir şey. Ağzını açıp tek bir kelime bile etmedi. Bana bir tek sıfatı layık görmedi. Bu kız benim sevgilim demedi. Biliyorum, güzel bir kız değilim ama böyle mi olmak zorundaydı?"

"Hayır. Tabii ki böyle olmak zorunda değildi," dedi annem karşı çıkarak. "Hem sen çok güzelsin. Seni kaybettiği için asıl o üzülmeli!" Sinirden gülümsedim. Beni kaybettiği için Ateş üzülmeli, öyle mi? Ateş hiç de üzgün gibi görünmüyordu ama.

Elimle kendimi işaret ettim. "Allah aşkına şu halime bir baksana anne? Çillerim var. Burnum yassı. Dudaklarım bir tuhaf. Ön dişlerim tavşan gibi. Vücudum desen zaten biçimsiz. Söylesene nerem güzel?"

Annem sağ elini kaldırıp kalbimin üzerine koydu. "Buran güzel," dedi. "Kızım dış görünüş geçicidir. Ne kadar güzel olursa olsun bir gün mutlaka bozulur. Ama kalp? Kalp asla ama asla çirkinleşmez. Bozulmaz. Ve Melisa senin kalbin bu dünyadaki birçok kişiden daha güzel."

"Ama anne..." Hıçkırdım. "Bir görsen, o kız çok güzeldi."

"O çocuğu sevmediğimi biliyorsun Melisa. Ama Ateş fark edecektir. Senin ne kadar mükemmel bir kız olduğunu, seni kaybettiği için dünyanın en aptal erkeği olduğunu er ya da geç fark edecektir." Burukça gülümsedim. Umarım annemin dediği gibi olurdu.

Annem odadan çıktıktan sonra kıyafetlerimi çıkartıp eşofmanlarımı giydim. Yatağa girdikten sonra sırtımı yatağın başlığına yaslayıp ellerimi havaya kaldırdım.

"Allah'ım... Şu anda beni de görüyorsun Ateş'i de. Ne olur

şimdi o kızın yanında olmasın. Ben onu çok seviyorum. O kız ne kadar seviyor bilmiyorum fakat ben çok, ama çok seviyorum. Lütfen bizi ayırma. Belki şimdi ayrıyız ama ne olur tekrar birleştir. Ateş tıpkı benim onu sevdiğim gibi günün birinde beni sevsin. Hatta daha çok sevsin. Öyle bir sevsin ki artık bıkayım. Sevgisi beni bunaltsın. Ama ben hiç bıkmam ki... Lütfen tekrar sevgili olalım. Amin..."

Yüzümü ellerimle kapladıktan sonra derin bir nefes aldım. İnşallah dualarım kabul olurdu.

Bir yerde dualarla ilgili bir şey okumuştum. Dualar sadece istemekle kabul olmazmış. Onun için önce çaba sarf edip, uğraşmak gerekirmiş. Bunun için çok güzel bir de örnek vermişlerdi. Bir insan acıktığında, yemeği sadece istese karnı doyar mı? Kalkıp o yemeği hazırlaması, sonra da onu yemesi gerekirdi. İşte dua da aynen böyleydi. Kabul olması için sadece istemek yerine kalkıp gerçekleşmesi için çalışmak gerekiyordu.

Komodinin üzerindeki telefonumu elime alıp tuş kilidini açtım. Mesaj bölümüne girip Ateş'in numarasına tıkladım. O aramazken benim mesaj atmam yüzsüz olduğumu gösterir miydi? Hayır, dedim kendi kendime. Vazgeçme. Duamın gerçek olması için çabalamam gerekirdi. Ve öyle de yaptım. Parmaklarımı dokunmatik klavyeye götürdüm ve şunları yazdım.

Mesaj: Yarın buluşabilir miyiz?

Mesajı gönderdikten sonra kalbim sıkışmaya başladı. Ya cevap vermezse? Ya en kötüsü beni terslerse? Olumlu şeyler düşünmeye çalıştım. Ben sadece yarın buluşmak, aramızdaki her şeyi açığa kavuşturmak istiyordum. Kesin bir cevap duymaya ihtiyacım vardı. Eğer gerçekten ayrıldıysak bunu ondan işitmek istiyordum. Onun ağzından bitti kelimesini duymak istiyordum.

Aradan on dakikadan daha uzun bir süre geçti. Ekran boştu. Ateş herhangi bir cevap yazmamıştı. Zorla durduğum gözyaşlarım yeniden yanaklarımdan süzülmeye başlarken işittiğim mesaj sesi kısa bir şaşırma hissi yaşattı. Hemen tuş kilidini açtım ve mesajı okudum.

Kimden: Ateş Arsoy
Mesaj: Daha önemli işlerim var.

Bölüm 28

Daha önemli işlerim var... Daha önemli işlerim var...

Gözyaşlarım yanaklarımdan süzülmeye devam ederken titreyen ellerimi dokunmatik klavyeye götürdüm. İyi ama ne yazacaktım ki? Veya ne yazmalıyım? Ateş açıkça reddetmişti zaten beni. Bunun üzerine bir mesaj daha atamazdım ki. Atar mıydım yoksa? Acaba o kızla mı buluşacaktı? O yüzden mi daha önemli işlerim var demişti? Sonuçta Melek, Ateş için daha önemliydi. Benim aksime...

Odamın içinde yankılanan ikinci mesaj sesi aklımdaki düşünceleri yarıda keserken hemen mesajı açtım.

Kimden: Ateş Arsoy

Mesaj: Ya da buluşalım. İstediğin bir yer seç ve adresi bana mesaj at.

İstediğin bir yer seç. Buluşalım. Adresi bana mesaj at.

Mesajı tekrar tekrar okuduktan sonra yüzümde oluşan aptal gülümsemeye mani olamadım. Buluşalım demişti. Yani teklifimi kabul etmişti ve daha önemli işlerini benim için iptal etmişti. Bir cevap yazsam mı yazmasam mı diye kararsızlığa düştüğümde ikinci seçeneği seçtim. Yazmadım.

Belki de Ateş hâlâ beni önemsiyordu?

Biraz üzüntü birazda umutla gözlerimi kapatıp uykunun kollarına teslim ettim kendimi. Yarın güzel bir gün olacaktı. Umarım.

***

"Millet? Benim yavruyu gören oldu mu?"

"Her zamanki yerindeydi."

Okul binasının arka tarafında bulunan küçük tepeye çıkıp dizlerimi kendime çektim. Üzerimde bir üniforma vardı. Ama benim okulumun üniforması değildi. Ayakkabılarım, farklıydı. Her zaman kullandığım spor ayakkabılar yerine yüksek topuklu bir ayakkabı giymiştim. Saçlarım her zamanın aksine daha farklıydı. Düz değil, kıvırcıktı. Dudağımda koyu kırmızı bir rujun varlığını hissedebiliyordum.

"Yavrum?"

Başımı sesin geldiği tarafa doğru çevirince onunla karşı karşıya geldim. Bu, esmer çocuktu. Sürekli peşimden dolanan, beni asla bırakmayacağını söyleyip duran esmer çocuk.

"Siktir git başımdan," dedim baygın bir sesle.

Esmer çocuk gülümseyerek bana doğru yaklaşıp hemen yanıma oturduktan sonra gözlerini gözlerime sabitledi. Yüzü korkutucuydu ama nedense bana oldukça yumuşak bakıyordu.

"Küfür yakışmış. Tıpkı..." Gözüyle dudağımı işaret etti. "Dudağının kenarına yaptırdığın piercing gibi."

"Derse girmeyeceğim, tamam mı? Bunun için geldiysen-"

Hemen lafımı kesti. "Hayır yavrum, onun için gelmedim. Aksine, seni okuldan kaçırmaya geldim."

Gözlerimi kırpıştırıp ona baktım. "Ciddi misin?"

Gülümsedi. Gülümseyince çok daha yakışıklı görünüyordu. "Evet. Hadi kalk bakalım."

Esmer çocukla birlikte okuldan çıkıp yürümeye başladık. Çocuk elini omzuma atmıştı ve ben de ona sarılmıştım. Yakındık. Çok fazla yakındık. Bu yakınlık sadece bedenlerimizde değil, hislerim için de aynen geçerliydi ve neden bilmem bu his hoşuma gidiyordu. Onunla yakın olmayı seviyordum.

"Melisa?" diye seslendi biri. Bakışlarımı sesin geldiği tarafa doğru çevirdiğimde Ateş'le karşı karşıya geldim. Yumruklarını sıkmış bana bakıyordu. Yine niye gelmişti bu?

"Buyur paşam?" dedim en umursamaz çıkan sesimle. Esmer çocuk dudaklarını birbirine bastırıp gülmeye başladı.

"Düş önüme!" Ateş bana doğru yaklaşıp kolumu sıkıca kavrayınca tek kaşımı havaya kaldırdım. "Nedenmiş o?"

Ateş öfkeyle bağırdı. "Ne demek neden lan? Şu haline bir

baksana. Gözlerin, saçların, kıyafetin, aptal piercing'in! Bu musun sen? Hani benim masum sevgilim? Hani benim ufaklığım?"

Ateş yüzüme yüzüme bağırmaya başlayınca gülümsedim ve ona doğru yaklaşıp gözlerinin içine baktım. Mavi-yeşil gözleri sinirden koyu bir hal almıştı. "Ufaklığını mı arıyorsun?" dedim gözlerinin içine bakarak. "Çok geç kaldın be aslanım. Senin ufaklığın öleli çok oldu. Cesedi toprağın altına girdi bile."

"Hayır," dedi Ateş karşı çıkarak. "Hâlâ buradasın, karşımdasın."

"Ben senin aradığın ufaklık değilim."

"Sensin." Ateş bileğimi kavradı. "Sen benim ufaklığımsın. Şimdi düş önüme. Seni şu kıyafetlerden kurtarmam gerek."

Bağırdım. "Beni hiçbir şeyden kurtarman falan gerek değil!"

"Kurtarmam gerek." Ateş diretti. "Bu kıyafetler sana ait değil."

Kolumu sinirle Ateş'in elinden kurtardım. "Ne var biliyor musun? Tam bir zavallısın. Sana acıyorum." Ateş'e iğrenircesine baktıktan sonra arkamı dönüp sinirle yürümeye başladım. Nefes alış verişlerim hızlanmıştı, göğsüm hızlı hızlı inip kalkıyordu. Esmer çocuğun yanına varmama birkaç adım kala Ateş arkamdan seslendi.

"Seviyorum lan seni!"

Yürümeyi kestim ve ona döndüm. "Sevgi diye bir şey yoktur."

"Var," dedi Ateş gözlerimin içine bakarak. "Bunu bana sen öğrettin. Şimdi lütfen benimle gel." Ateş umutla yüzüme bakıp bir cevap vermemi isteyince gülümsedim.

"Ne derler bilirsin. Geçti Bor'un pazarı sür eşeği Niğde'ye. Sen beni kendi ellerinle buraya bıraktın. Tutmam için uzattığın o elinle beni sen yok ettin. Şimdiyse beni kurtarmaya çalışma, çünkü artık bitti. Sen beni artık kaybettin..."

Sıçrayarak uykumdan uyandım. Tüm yüzüm ter damlacıklarıyla kaplanmıştı. Az önce gördüğüm rüya, ben, Ateş. Ne kadar da farklıydık. Ve en önemlisi her şey ne kadar da gerçekçiydi. Ateş bana seni seviyorum demişti ve ben ona hiçbir şey dememiştim. Bağırıp, aksini iddia etmiştim. Yataktan çıkıp koşarak aynanın karşısına geçip kendime baktım. Rüyamda nasıl göründüğümü hatırlamıyorum ama Ateş çok farklı olduğumu söylemişti. Saçlarım, yüzüm, kıyafetlerim, farklıymış. Ben gibi değilmişim. Ateş'in gözlerinden geçen ifade bana inanamıyormuş gibiydi. Nasıldım ki?

Derin bir nefes aldım ve düşünmemeye çalıştım. Altı üstü bir rüyaydı. Kafamı yormam gereken daha önemli konular varken rüyamı düşünmem oldukça anlamsızdı. Sadece aptal bir rüya.

Odamdan çıkıp banyoya girdikten sonra elimi yüzümü soğuk su ile yıkayıp gözlerimin kızarıklığını yok etmeye çalıştım. Öyle aşırı bir kırmızılık yoktu ama ağladığım belli oluyordu. Banyodan çıkıp tekrar odama girdiğimde giysi dolabımın yanına gidip kapaklarını açtım. Bu gün günlerden pazartesiydi ve okulun son haftasıydı.

Elbette ki okula gitmeyecektim.

Askılara göz gezdirip ne giysem diye düşünürken açık mavi, belden oturtmalı eteğimi elime aldım. Üzeri içinde beyaz, yarım kollu bir tişört aldıktan sonra giyinmeye başladım. Etek, dizimin iki karış kadar yukarısındaydı. Tişörtü eteğin içine sıkıştırıp elbise gibi görünmesini sağladım. Aynadaki aksim hoş görünüyordu. Sıra saçlarımdaydı. Nasıl bir şekil versem diye bir süre aynayla bakışıp kararsızlık diyarlarına kalsam da saçlarımı maşa yardımıyla dalga dalga yapmakta karar kıldım. Omuzlarımın üzerine dalga dalga dökülen siyah saçlarımı, eteğimle aynı renk taçla tamamladıktan sonra yüzüme hafif bir makyaj yaptım. Rimel, göz kalemi, allık, dudak parlatıcısı.

Odamdan çıktım. Annemin yanına gittiğimde bakışları kıyafetlerimi tarıyordu. Ve yüzümü. Okula gitmeyeceğim için bir sürü söylenecekti şimdi.

"Günaydın," dedim.

"Sana da günaydın da bu hal ne?" Annem tek kaşını şüpheyle havaya kaldırıp bir cevap vermemi isteyince, "Şey," dedim. "Anne biliyorsun sınavlar falan bitti. O yüzden ben de okula gitmeyeyim dedim,"

"Okula gitmeyeceksen ne diye erken uyandın?"

Başımı öne eğdim. "Şey, Ateş... Onunla buluşacaktım," diye mırıldandım. Kalbim hızlı hızlı atmaya başlamıştı. Onun ismini bile söylemek heyecanlanmama yetiyordu.

"Sakın öyle bir delilik yapayım deme," dedi annem uyarıcı bir sesle. "Hem sen biz ayrıldık demedin mi? Bu nereden çıktı şimdi?" Ne diyeceğimi bilemedim. Benim için haklı olarak endişeleniyordu.

"Evet, öyle dedim ama... Anne ya ne olur izin ver. Dün biz konuştuk ve bugün buluşmak üzere karar aldık. Hem belki tekrar barışırız?" Bu ihtimali söylemek gülümsememe neden olmuştu.

"Gidip ondan af mı isteyeceksin yani?" Annem hayretle yüzüme bakıyordu.

Karşı çıktım. "Hayır. Ben sadece konuşacağım."

"Hayır Melisa. Daha fazla üzülmene izin veremem."

"Anne lütfen? Lütfen izin ver."

"Neden kızım? Neden seni yaraladığı halde onunla buluşmak istiyorsun?"

"Çünkü yaralarımı sarabilecek tek kişi o."

Annem öylece yüzüme baktı. Sonra nefesini sesli bir şekilde dışarıya verdi ve "İyi madem, git," dedi. "Ama eğer bu eve dünkü gibi ağlayarak gelirsen o çocuğu çok fena yaparım."

Gülümsedim ve kollarımı sıkıca anneme doladım. "Çok, çok teşekkür ederim anne!"

Annem sırtımı sıvazladı. "Güçlü ol."

"Olacağım..." Hem içimde bir his vardı. Güzel bir histi bu. Ateş'le buluştuktan sonra her şey güzel olacakmış gibi hissediyordum.

Evden çıkıp otobüs durağına doğru ilerlerken çantamdan çıkardığım telefonumu elime alıp Ateş'e buluşacağımız yerin adresini mesaj attım. O bir yer söylemediği için seçme işi bana düşmüştü haklı olarak. Okulun oradaki parkı seçmiştim. Ateş'le gerçekten sevgili olduğumuz yerdi orası. Benim için anlamı çok büyük, Ateş'le orada sevgili olduğum için en sevdiğim yerdi.

Çok geçmeden gelen otobüsle otobüse binip öğrenci kartımı okuttum. Boş bir yer olmadığı için ayakta duracaktım. Otobüsün ortasında duran sarı direğe tutunduktan sonra telefonumu kontrol ettim. Ekran boştu. Ateş bir cevap yazmamıştı. Olsun, diye içimden geçirdim. Sonuçta Ateş geleceğini söylemişti. Bir mesaj atması o kadar da önemli değildi.

Acaba Ateş'e ilk olarak ne sorsam? Veya konuşmaya nasıl başlasam? Aklımda o kadar çok şey vardı ki. Bunları karıştırıp saçmalamaktan çok korkuyordum. Ona neden beni hiç aramadın veya o kızın yanında neden bir şey demedin diye sorsam başlamak için güzel bir konuşma olur muydu? Ya da direkt seni hâlâ çok seviyorum desem? Belki de sadece susup onu dinlemeliydim. Tabii Ateş konuşursa.

Yaklaşık yirmi dakika sonra otobüs durunca orta kapıdan inip temiz havanın yüzüme çarpmasına izin verdim. Benimle birlikte birkaç kişi daha inmişti otobüsten. Parka doğru yürümeye başladığımda karnımın ağrımaya başladığını hissettim. Sanırım strestendi. Birazdan geçmesini temenni ettim. Gerçi Ateş'i görünce bu temennim yerle bir olacaktı ya... Öyle de oldu. Taşlı yolda yürümeye devam ettiğimde Ateş'i görmek karnımdaki ağrının hızla artmasına neden oldu. Ağrı, öyle bir şiddetlendi ki regl olduğum zaman hissettiğim ağıyı anımsatıyordu. Sakin olmaya özen gösterdim. Ateş gelmişti ve şu anda karşımdaydı. Odaklanmam gereken tek şey buydu.

Ateş'e doğru ilerlemeye devam ederken işittiğim mesaj sesi dikkatimi dağıttı. Avucumun içinde olan telefonumun tuş kilidini açıp mesajı okudum.

Kimden: Aras Güngör
Mesaj: Neden okula gelmedin?

Mesajı okuduktan sonra başımı telefonumdan kaldırıp Ateş'e baktım. İfadesiz gözlerle bana bakıyordu. Ona gülümsedim ve elimi hızlıca klavyeye götürüp cevap yazdım.

Mesaj: Önemli bir işim var o yüzden. Yarın geleceğim, o zaman konuşuruz.

Mesajı gönderdikten sonra telefonumu sessize alıp Ateş'e doğru yürümeye başladım. Bakışları dikkatliydi ve üzerimdeydi. Kendimi hiç olmadığım kadar heyecanlı hissediyordum. Buna rağmen Ateş'in yanına vardığımda soğukkanlılığı mı korumaya özen gösterdim. "Merhaba," dedim.

"Merhaba." Ateş eliyle parktaki bankı işaret etti. "Oturalım mı?"

Başımı onaylarcasına salladıktan sonra Ateş'le birlikte orada bulunan banklardan birine oturduk. Aramızda bir karış kadar mesafe vardı ve kokusunu çok iyi alabiliyordum. Hayran olduğum yağmur kokusu.

"Nasılsın?" diye sordu Ateş.

Darmadağın. "Bilmiyorum. Sen?"

"Sanırım iyiyim."

Burukça gülümsedim. "Sevindim. Yani en azından birimiz iyi."

"Yüzüme bak Melisa." Ateş'in isteği ile başımı yavaşça yerden kaldırıp onunla göz göze geldim. Mavi-yeşil gözlerine hem yakın hem de uzak olabilmek çok garipti. Ve neden bilmem, şu anda duygu karmaşası yaşadığımı fark ettim. Bir yanım ona deliler gibi sarılmak istiyordu, diğer bir yanım tokat atmak. Tuhaf.

"Bu da ne demek?" diye sordu Ateş ciddi bir ifadeyle.

"Hiç... Hiç bir şey demek değil. Ben sadece, bilmiyorum tamam mı? Ne hissettiğimi, nasıl davranmam gerektiğini bilmiyorum. Şu an seninle ne konuşacağım, onu bile bilmiyorum." Sesimi farkında olmadan yükselmiştim. Gerçekten duygu karmaşası yaşıyordum.

Ateş dikkatli bir şekilde yüzüme baktıktan sonra konuştu. "Bilmen gereken bir şey yok," dedi. "Yapman gereken beni aklından çıkartman ve hayatına devam etmen."

"Bu kadar basit mi?" diye sordum hayal kırıklığı içinde.

"Elbette basit. Sonuçta bana saplantılı değilsin."

Ağzım Ateş'in söyledikleri ile aralanınca ne diyeceğim konusunda kararsız kaldım. Evet ona saplantılı değildim ama seviyordum. Ve hatta âşıktım. Nasıl bu kadar hafife alırdı duygularımı?

"Seni sevdiğimi görmüyor musun?" dedim. Gözyaşlarım akmak için hazırda bekliyordu.

"Görüyorum."

"O zaman?" deyip bir şey söylemesini istediğimde Ateş, "Unutursun," dedi umursamazca. Ama yapamazdım ki. Beni öpüşünü, bana sarılmasını, benimle uğraşmasını öyle bir çırpıda unutamazdım.

"Sen... unuttun mu? Yani birlikte bir sürü şey yapmıştık?" Vereceği cevabı merakla bekledim. Hayır demesini istiyordum. Hayır, unutmadım demesini.

Ateş gülümsedi ve başını iki yana salladı. "Unutmadım," dedi. "Unutmayacağım da."

Bir nebze. Sadece bir nebze de olsa rahatlamış hissettim. Beni unutmayacaktı. Tıpkı benim onu unutmayacağım gibi o da beni unutmayacaktı. "Teşekkür ederim," dedim. Beni ne kadar süre hafızasında tutar, emin değildim ama beni unutmayacağını söylemişti. Güçlükle yutkundum ve düşüncesi kalbimi sızlatan soruyu sormak üzere dudaklarımı araladım. "Şimdi biz ayrıldık. Öyle mi?" Bu soruyu sormak kalbimi acıtmıştı. Ama ne yapayım? Her şey o kadar ani olmuştu ki hâlâ inanamıyordum. Kabul. Ateş'le sevgili olmamız da oldukça ani olmuştu ama ikisi aynı şey değildi.

Ateş herhangi bir cevap vermeyip başını aşağı yukarı sallayınca gözlerimi sıkıca kapattım. Bu yaşadıklarımın bir rüya olmasını ve bir hafta öncesine geri dönmeyi istiyordum. Oysaki gayet güzel gidiyordu ilişkimiz. Gülüyorduk, eğleniyorduk. Bazen de tartışıyorduk ama yine de güzeldi işte.

"Melisa gözlerini aç." Ateş'in sesi otoriterdi.

Gözlerimi yavaşça araladım.

"Sana en başında bana göre olmadığını söylemiştim ufaklık. Hatırladın mı? O gün barda karşıma geçip sevgili olmamızı istediğin zaman bana göre değilsin demiştim. Tamam, seninle birtakım şeyler yaptık. Zaman geçirdik ama hepsi bu kadardı. Daha ileriye gidemezdik."

Gözyaşlarım akmaya başladı. "Neden? Yanına yakışmadığım için mi?"

"Öyle bir şey değil."

"O zaman neden Ateş? Neden benimle birlikte olamazsın?"

"Çünkü bana göre değilsin." Ateş'in cevabı netti.

"Ama sen demiştin ki sana değer veriyorum. Doğru değil miydi?"

Ateş bir süre sessiz kaldıktan sonra bağırdı. "Lanet olsun ağlama!" dedi. "Vermedim, tamam mı? Sana hiçbir zaman değer vermedim. Ben hep Melek'i düşündüm. Sanki onunlaymışım gibi hayal ettim."

Kalbim duyduklarım yüzünden acırken gözyaşlarımı silip oturduğum yerden sinirle kalktım. "Ben o kız değilim, tamam mı? Beni o gibi hayal edemezsin! Ben Melisa'yım." Elimi saçlarımın arasına daldırdım. "Bu saçlar benim." Gözlerimi işaret ettim. "Bu gözler benim. Kendime ait bir kokum var. Kendime ait özelliklerim. Asla onun gibi görünmem. Onun gibi davranmam. Keşke... Keşke benimleyken onu düşünmeseydin. O zaman nasıl biri olduğumu fark ederdin." Aptalım. Hem aptal hem de salağım!

"Değilsin..." diye mırıldandı Ateş. "Melisa, bak. Bana bağır, küfret, tokat at ama ağlama." Evet ağlıyordum. Elimde değildi. Resmen duygularımla oynamıştı.

"Sinemaya gittiğimiz günü hatırlıyor musun? Hani korku filmiydi?" Ateş'in sorusu ile başımı aşağı yukarı salladım. Elbette hatırlıyordum. Aras ve onun arkadaşlarıyla gitmiştik. Sonra da Ateş gelmişti.

"Orada da ağlamıştın ve ben sana hiçbir şey için ağlama demiştim. Özellikle de birisi için." Doğru. Bunları söylemişti ve ben de tamam demiştim. Nereden bilebilirdim ki o gün bunu söylediğinde, gün gelecek ve ben onun için gözyaşı dökecektim?

Gözyaşlarımın arasından konuştum. "Aptal! Senden nefret ediyorum! Duygularımla oynadığın için seni dövmek istiyorum. Ama tüm bunlara rağmen salak gibi seni hâlâ seviyorum. Bu yüzden de ağlıyorum."

"Biliyorum," dedi Ateş sakince. "Ama ağlama. Benim için bile olsa ağlama. Çünkü ben o masum gözyaşlarını hak etmiyorum."

"Hiç de bile," deyip Ateş'in omzuna yumruk attım. Kendini bir hiçmiş gibi görmesi beni sinir ediyordu. Ateş önce omzuna, daha sonra da bana baktıktan sonra gülmeye başladı. Gülüşü çok güzeldi ve bir daha göremeyecektim.

"Bu dengesizlikleri özleyeceğim ufaklık," dedi. Özlemek, bir daha görememek demekti. Onu bir daha göremeyecek olma ihtimali kalbimi küle çeviriyordu.

"Yani şimdi bitti, öyle mi? Hiç görüşmeyeceğiz?"

"Görüşmeyeceğiz."

"Peki beni düşünmez misin? Belki birkaç erkek bana sarkıntılık yapar?"

"Kendine dikkat etmeyi öğrenmelisin." Yani düşünmeyecekti.

Dilim damağım kurumuş gibiydi ama sormak istediğim birkaç şey daha vardı. "Eğer bir sevgilim olursa kıskanmaz mısın?" Vereceği cevabı endişeyle bekledim. Önceden kısa kıyafetler giymeme karışınca salak gibi sinirleniyordum ama şimdi keşke eskiye dönseydik de bana karışsaydı.

"Hayır. Kıskanmam," dedi. Sesi normaldi. Oldukça normal. Ve bu beni deli ediyordu.

"Peki o kız." Sessizce yutkundum. "Seni mutlu edecek mi?"

Ateş sorduğum soruya bir cevap vermedi. Ağzını bir şey söylemek için açtı ama daha sonra vazgeçmiş olacak ki kapattı. Ben ona, o bana bakmaya devam ederken zamanın durduğunu hissettim. Öylece birbirimize bakıyorduk.

"Artık gitsen iyi olur." Ateş'in söylediği şey gözyaşlarımı hızlandırırken, "Senden son bir şey isteyebilir miyim?" diye sordum. İsteyeceğim şeyin oldukça yüzsüzce olduğunu biliyordum ama umurumda değildi. Bu onu son görüşümdü ve yapmak istiyordum. Gururumu hiçe saymak pahasına olsa bile yapmak istiyordum.

"İste başımın belası, iste."

Islak kirpiklerimin arasından ona baktım. "Sana sarılabilir miyim?" Vereceği cevabı küçük bir kız çocuğunun babasından balon istemesi gibi bekledim.

Ateş bir süre sessiz kaldıktan sonra kollarını araladı. Yani bu demek oluyor ki sarılabilirsin. Gözyaşlarımı hızlıca sildim ve Ateş'e sıkı, oldukça sıkı bir şekilde sarıldım. Onu seviyordum. Onu her şeye rağmen hâlâ seviyordum. Beni o kız gibi hayal etse de seviyordum. Benden ayrıldığını dile getirse de seviyordum. Ateş kollarını belime dolayıp üzerime doğru eğilince saçlarımın kokusunu içine çektiğini fark edip gülümsedim. Ben de aynı işlemi ona uyguluyordum. Hayran olduğum kokusunu derin derin içime çekiyordum.

"Şey... derslerimiz de yarım kaldı," dedim. Bir anda ağzımdan çıkan cümleye hayret etmiştim. Giderayak sapık zannedecekti beni.

"Öyle oldu," dedi Ateş. Sesinden, gülümsediğini anlamıştım. Kızardım ve başımı iyice göğsüne yasladım. Keşke zaman şimdi, şu anda dursaydı. Yemin ederim sesimi çıkartmaz, öylece dururdum. Sanırım sevgi böyle bir şeydi. Nefret etmek gerekirken, edememek.

"Ateş?"

"Söyle?"

"Ben senden çok özür dilerim. O kutuyu izinsiz açtığım için. Yemin ederim kötü bir niyetim yoktu. Sadece merak etmiştim."

"Önemli değil ufaklık."

"Tamam, biz belki ayrıldık ama lütfen bana kızgın olma. Kırgın da olma. Bu beni daha çok üzer."

Ateş geri çekilip bakışlarımızı birleştirdi. Kollarım hâlâ onun boynundaydı. "Sen nasıl bir kızsın böyle?" Yanlış bir şey mi söyledim diye düşünürken Ateş konuşmaya devam etti. "Senin bana kırgın olman gerekirken sen benim sana kırgın olmamdan endişe ediyorsun."

"Ben de kırgınım," dedim azıcık çıkan sesimle.

"O zaman sadece kendini düşün. Beni umursamama."

Burukça gülümsedim. "Umursamaz olan kişi sensin, unuttun mu? Ben ısrarcı olanım."

Ateş güldü. "Ve geveze olan..."

Aramızda uzun ve derin bir bakışma geçti. Onun mavi-yeşil gözleri benim mavilerle bir bütün olup karıştı. Benim içimde fırtınalar kopuyordu, denizler taşıyordu. Ateş'te durumlar nasıldı? O neler hissediyordu? İçinde sakin ve sessiz bir deniz mi vardı yoksa benimki gibi taşan, kıyıya çarpan hırçın bir deniz mi?

"Şey... Hani biz hastaneye gidecektik?"

"Aklımdan çıkmış. Bulantıların hâlâ devam ediyor mu?" Ateş'in sorusu ile hızlıca, "Evet!" dedim. Belki benim için endişelenirdi ve beni hastaneye götürürdü. Her ne kadar hastanelerden nefret etsem de Ateş'le birlikte gideceksek lunaparka gidiyormuş gibi sevinirdim. Ateş yeni çıkmak üzere olan sakallarını sıvazladıktan sonra konuştu. "Pekâlâ. Gidip bakalım neyin varmış." Gözlerimi kocaman açıp ona baktım. "Gerçekten mi? Şimdi mi?" Sesimdeki heyecana engel olamamıştım.

"Başka bir işin mi vardı?"

"Yok yok. Başka bir işim yok. Gidebiliriz," dedim ve Ateş'le birlikte parktan çıkıp yürümeye başladık. Arabaya bindiğimizde içimde oluşan kelebeklere mani olamıyordum. Mutluydum. Nedeni elbette ki Ateş'ti. Her ne kadar ayrılmış olsak da şimdi birlikteydik ve yan yanaydık.

Ateş arabayı çalıştırıp sürmeye başlayınca emniyet kemerimi takıp başımı ona doğru çevirdim. Son birkaç gündür beni hüngür hüngür ağlatan adam şimdi on beş santim uzağımdaydı. Bana hiç değer vermediğini söylemişti. Beni o kızın yerin koyduğunu söylemişti. Ayrıldık, bunu da o söylemişti. Ama neden ondan tam olarak nefret edemiyordum? Neden ona kızamıyordum? Belki de bunu istemediğim içindi? Ben Ateş'ten nefret etmek istemiyordum ki. Şimdi onun arabasındayım. Evet. Belki şu an burada olmam yanlıştı ama daha iyi bir seçeneğim yoktu ki. Eve gidip, ağlayıp, isyan edeceğime burada olup Ateş'i izlemek daha güzeldi bana göre. Çok daha güzeldi.

"Ateş? Benim bir ay ömrüm kalmışsa ne yaparsın?" Oldukça alakasız bir soru sorduğumun farkındaydım ama sonuçta filmlerde falan görüyorduk, değil mi? Olma ihtimali vardı. Ateş kısa bir süre bana baktıktan sonra bakışlarını tekrar yola çevirdi. "Saçmalama," dedi. Sesi sertti.

"Ben sadece merak etmiştim," deyip başımı öne eğdim. Parmaklarımla oynamaya başladığımda içimde tuhaf bir duygu oluşmuştu. Bunun nedeni hastane stresi mi yoksa Ateş miydi, bilemiyordum. Arabayla bir süre daha ilerledikten sonra tekrar Ateş'e doğru döndüm. Profili bile mükemmeldi.

"Peki hamile olabilir miyim?"

Ateş sorduğum soru üzerine öyle bir fren yaptı ki az daha camdan dışarı fırlayacaktım. Emniyet kemeri olmasaydı, olabilirdi. "Ne dedin sen?" diye bağırdı Ateş. Öfke saçan gözleri benden bir cevap isteyince yutkundum. Çenesi sinirden kasılmıştı.

"Şey, hamile-"

"Biriyle mi yattın!?"

"Ha-hayır." Kekelemiştim. Bunun nedeni sanırım korkuydu. Ateş öyle bir bakıyordu ki bana her an dövecekmiş gibiydi.

"O zaman nereden çıktı bu?" Ateş kaşlarını çatıp bir cevap vermemi ister gibi yüzüme bakınca tekrar yutkundum. Cidden oldukça sinirlenmişti.

"Şey, bir keresinde bir kitapta okumuştum. Kız diyordu ki

bir adam varmış. İşte onun bakışları bile insanı hamile bırakabiliyormuş. Ben de sandım ki belki ben de öyle olmuşumdur." Ateş beni dikkatli bir şekilde dinledikten sonra homurdandı. "Okuduğun kitaplar da senin gibi saçma." Arabayı hareket ettirip tekrar sürmeye başladı. Ben de başımı cama yasladım ve yolculuğun uzayabildiği kadar uzamasını diledim.

Büyük bir hastanenin önüne gelince kalbim sıkışmaya başladı. Biraz da karnım ağrıyordu. Çocukluğumdan beri hep nefret ederdim buradan. Nedenini hiç bilmiyorum ama bilinçaltımda hastanelere karşı hep bir nefret vardı. Her seferinde ağlayan veya acı çeken insanlar görmek pek zevk alınacak bir şey değildi en nihayetinde. Ben de onlarla beraber üzülüyordum. Elimden başka bir şey gelmiyordu. Keşke zengin olsaydım da bazılarına yardım edebilseydim.

"İn."

Ateş'in isteğiyle emniyet kemerimi çıkartıp kapıyı açtım ve aşağı indim. Özel bir hastaneydi. Şaşırmadım. Ateş ile birlikte hastaneye girip beyaz koridorda yürümeye başladığımızda gözlerim etrafı tarıyordu. Çeşit çeşit, bir sürü insan vardı. Hepsinin de birer hastalığı. Acaba benim neyim vardı?

"Sen burada bekle. Ben sıra alıp geliyorum."

Başımı aşağı yukarı salladıktan sonra, "Tamam," dedim ve Ateş'in gidişi seyrettim. O gittikten sonra ben de orada bulunan krem rengi deri koltukların yanına gittim ve oturdum. Hastanenin kendine has ilaç kokusu çoktan dolmuştu burnuma. Ellerimi kucağıma koyduktan sonra Ateş'i beklemeye başladım. Hayat o kadar tuhaftı ki. Sabah Ateş'le kesin olarak ayrıldığımızı konuşmuştuk ama şimdi birlikteydik ve beni hastaneye getirmişti. Neden? Hani bana değer vermiyordu? Onun gözünde madem bir hiçim neden hamile miyim diye sorduğumda öfkeden deliye döndü?

Sanırım tuhaf olan hayat değildi. Tuhaf olan Ateş ve bendim.

Sıra bize gelmişti. Doktor bizi görmek istediğini söyleyince

Ateş'le birlikte büyük beyaz kapının yanına geldik. Derin bir nefes alıp sakin olmaya özen gösterdim. Korkmuyordum. Sadece biraz gergindim. Hem zaten yanımda Ateş vardı. O beni bütün kötülüklerden korurdu. Ateş kapıyı açtıktan sonra eliyle geçmem için yol verdi. Ona tebessüm ederek karşılık verdim ve içeriye girdim. Oda beyaz ve yeşil renklerle döşenmişti. Elbette ki böyle olacaktı. Sonuçta bir hastaneydi. Siyah ve kırmızıyla döşenecek değildi ya.

Karşımda otuzlu yaşlarında kumral bir doktor vardı. Odanın içindeki koltukları eliyle işaret edince oraya oturduk. Ateş hemen karşımdaydı.

"İsmim Ali," diyerek kendini tanıttı doktor. Gülümsedim ve, "Melisa," dedim. Ateş bir şey demeye tenezzül etmemişti. Klasik Ateş.

"Memnun oldum küçükhanım. Sizi dinliyorum? Nedir sıkıntınız?" Doktor ellerini iç içe geçirip bir cevap vermemi isteyince, "Şey..." dedim. Konuşmaya nasıl başlayacağımı bilmiyordum.

Ateş lafa girdi. "Bulantıları var. Ortada bir şey yokken kusuyor," dedi. Konuşmamı yarıda kestiği için ona kötü kötü baktım. Derdimi ben de söyleyebilirdim. Ağzım vardı sonuçta.

"Hmm... hamile olma ihtimaliniz var mı?"

Gözlerim şaşkınlıkla kocaman açılırken, "Yok!" diyerek cevap verdi Ateş. Sesi net ve sertti.

"Siz hastanın abisi mi oluyorsunuz?" Doktorun sorusu Ateş'eydi. Ve ayrıca abisi derken? Ateş kaşlarını çattı. "Hayır." Adeta tıslar gibi konuşmuştu.

"Anlıyorum... Peki, şöyle yapalım o zaman. Melisa Hanım siz şuradaki yatağa geçin. Önce sizi muayene edeyim."

Başımı tamam anlamında salladıktan sonra oturduğum yerden kalktım. Umarım iğne falan yapmazdı. Zaten gergindim. Bir de iğneyi kaldıramazdım. Sedye tarzı, beyaz yatağın yanına gittikten sonra kenarına oturup ayaklarımı aşağı sarkıttım. Ateş'in gözü üzerimdeydi. Her bir hareketimi dikkatle inceliyordu.

"Sizi dışarı alacağım," dedi doktor Ateş'i kastederek.

"İşine bak sen." Ateş'in verdiği cevap ortamdaki gerilimi arttırırken doktor nefesini sıkılarak dışarıya verdi. "Beyefendi lütfen. Hasta doktor mahremiyeti denilen bir şey var."

"O hasta beni alakadar ediyorsa mahremiyeti ortadan kaldırırım." Ateş uyarıcı gözlerle doktora baktı. "Şimdi işine bak."

Ağzım Ateş'in söylediği cümleyle aralanırken gülümsemeden edemedim. Hasta diyerek beni kastetmişti ve onu alakadar ettiğimi söylemişti. E hani bana değer vermiyordu bu? Yaptığı şey kıskançlık değildi de neydi?

"Peki, kalın," diyerek memnuniyetsizce cevap verdi doktor. Dikkatimi ona verdim. Boynuna taktığı stetoskop ile karşıma dikilip bana tepeden bakmaya başlayınca gerildiğimi hissettim. Sanırım korkmaya başlamıştım.

"Öncelikle kontrol edeceğim. Tişörtünüzü çıkartır mısınız?" Dudağımı dişlerimin arasına aldıktan sonra başımı aşağı yukarı salladım. Sadece muayene edecekti sonuçta. Korkma mı gerektiren hiçbir şey yok.

"Neden?"

Ateş'in sert sesiyle sorduğu soruya karşı doktor bakışlarını ona çevirdi. "Dediğim gibi muayene edeceğim."

"Tişörtün altından da yapabilirsin?"

"Beyefendi bakın. Hastanın kalp atışlarını dinlemem lazım."

"Dinlemek için tişörtü çıkartmaya ne gerek var?"

Doktor nefesini sesli bir şekilde dışarıya bıraktıktan sonra, "Ayrıca görmem de gerek," dedi. Bu cevaba karşı Ateş kaşlarını çattı. "Neyi?" Gerçekten neyimi görecekti?

"Hastamızın nefes alış verişlerini. Bakın. Bu stetoskoplar bazen bizi yanıltabiliyor. O yüzden görmem gerekli."

Ateş doktorun söylediklerine karşı ağzında bir şeyler homurdandı. Ne dediğini anlamadım. Sanırım küfür etmişti. "İyi."

Ellerimi tişörtümün uçlarına götürdükten sonra yavaşa yukarıya kaldırdım ve başımdan çıkartıp yanıma koydum. Siyah sutyenimle iki adamın yanında durmak çok utanç vericiydi.

Gerçi bunların biri doktor, diğeri de eski sevgilimdi ama olsun. Yine de rahatsız olmuştum. Bakışlarımı tereddütle Ateş'e çevirdiğimde sinirli gözleriyle karşı karşıya geldim. Alnının ortasındaki damar belirginleşmişti. Ne? Yine ne yapmıştım ki?

"Tamam... şimdi şu perdeyi çekelim," dedi doktor ve eliyle önümüzde duran beyaz perdeyi kapatıp Ateş'le bakışmamızı yarıda kesti. Derin bir nefes aldım. Umarım bir hastalığım yoktur. Gerçek aşkı yaşamadan ölmek isteyeceğim en son şeydi. Ve hatta benim en büyük korkularımdan biriydi. Doktor arkama geçince gözlerimi sıkıca kapattım. İlk sırtımı muayene edecekti belli ki.

Sırtıma değen soğuk metal ağzımdan 'Ahh!' diye bir ses çıkartınca Ateş önümdeki beyaz perdeyi bir hışımla açıp delici bakışlarını doktora çevirdi. Her an dalacakmış gibi doktora bakıyordu.

"Bu perde açık duracak!" dedi. Sesi itiraz kabul edilecek tonda değildi.

"Peki. Kalsın." Doktorun sıkıldığını sesinden anlayabiliyordum. Adam haklıydı. Ben olsam çoktan güvenliğe haber vermiştim bile.

Doktor stetoskop denilen aleti sırtımda gezdirmeye başlayınca başımı yere eğdim. Ateş'in ayakkabılarını görebiliyordum. Stetoskop, sırtımın her bir santimini dolaştı. Doktorun verdiği nefes alın-verin talimatlarıyla dudaklarımı belli aralıklarla aralayıp istediğini yaptıktan sonra doktor stetoskobu sırtımdan ayırdı. "Şimdi de kalp atışlarını dinleyeceğim." Doktor arkamdan dolaşıp yanıma geldikten sonra durdu ve Ateş'e baktı. "İzin verirsen işimi yapacağım?" Ateş bir şey demeyip bir adım sağa kayınca doktor, "Teşekkür ederim," dedi. 'Bir zahmet' demiş gibi. Onların bu haline gülümsemek istedim ama yapmadım.

Doktor stetoskobu kulağına taktıktan sonra ucundaki şeyi kalbimin üzerine koydu. Soğuk metal ürpermeme neden olmuştu. "Nefes alın-Nefes verin."

İstenileni yapmak üzere dudaklarımı araladım ve yavaşça nefes alıp sonra verdim. Ateş'in gözü üzerimdeydi. "Güzel... Şimdi 'aaa' diye bağırın." Nedenini anlamasam da başımı tamam anlamında sallayıp bağırmaya başladım. Öyle yüksek sesle değil. Sadece a harfini uzatmıştım.

Doktor stetoskobu kalbimden çektikten sonra bakışlarını bende sabitledi.

"Görünürde bir şeyiniz yok ama röntgen çektirmekte fayda var." Doktor odanın içindeki kahverengi dolabın yanına gitti ve kapaklarını açıp içinden bir ilaç çıkardı. "Bunu size sürmem gerek," deyince elindekinin bir krem olduğunu anladım.

"Ben sürerim." diyerek lafa girdi Ateş. Gerçekten onu anlamıyordum. Artık sevgili olmadığımızı kendi söylemişti ve şimdi yaptığı gerçekten çok tuhaftı.

"Beyefendi lütfen. Bırakın rahatça işimi yapayım."

"İnanır mısın?" diye sordu Ateş. "Seni gördükten sonra tıp okumak istedim. Güzel iş. İstediğini yaptır, istediğini gör. Sonra da hasta-doktor ilişkisi de. Vermiyorum lan izin. O kremi Melisa'ya süremezsin."

Dudağımı dişlerimin arasına aldıktan sonra doktorun yapacağı hamleyi beklemeye başladım. Kesin bizi dışarı attıracaktı.

"Peki. Siz kremi sürerken ben röntgen odasını hazırlamalarını söyleyeceğim," Doktor kremi masasına bıraktıktan sonra odadan çıktı. Gel şimdi buradan yak. Boş bir oda. Sadece sutyenimle. Ateş ve ben. Yutkunmaktan başka bir şey yapmadım. Kalp atışlarım yine hızlanmıştı işte.

Ateş masanın üzerindeki kremi eline aldıktan sonra bana doğru yaklaşıp yatağın ucuna oturdu. Yüzü az önceye göre daha sakindi. Bunun nedeni doktoru dışarı postalaması mı yoksa başka bir şey miydi, bilmiyordum.

"Sırt üstü uzan," dedi Ateş. Söylediğini yaptım ve yavaşça geriye doğru uzanıp sırtımı yatakla birleştirdim. Kalbim çıktı çıkacaktı. Öylesine heyecanlıyım ki. Bunun nedeni birkaç gündür Ateş'ten uzak olup şimdi bu kadar yakın olmamız mı bilmiyorum.

Ateş elindeki kremin kapağını açtıktan sonra bir miktarını parmağına sıktı. Derin bir nefes aldım ve sakin olmaya özen gösterdim. Sakin ol Melisa. Hissetmemeye çalış. Ateş parmaklarındaki kremi göğsüme temas ettirince ürperdim. Ama Ateş bunu fark etmedi. Belki de umursamadı ve işine devam etti. Parmakları yavaşça göğsümün açıkta olan kısımlarını okşayınca gözlerimi kapattım. Bu yaptığım doğru değildi. O bana hiç değer vermiyordu. Ve şimdi bu yaptığına izin vermem çok yanlıştı. "Ateş... dur," dedim. Nefes alış verişlerim hızlanmıştı. Buydu işte. Bende bıraktığı etki buydu.

"Daha bitmedi."

Ateş elini göğsümden çektikten sonra kremi yatağın kenarından aldı ve bolca, oldukça bolca parmaklarına sıkıp tekrar göğsüme yöneldi. Soğuk kreme alışmıştı bedenim. Bu yüzden ürpermemiştim bu sefer. Ama Ateş'in eli... İşte ona ne bedenim ne de kalbim tepki vermeden duramıyordu.

Ateş iki eliyle göğüslerime masaj yapmaya devam etti. Parmaklarıyla yuvarlak daireler çizmiyordu, avuç içleri yuvarlak daireler çiziyordu ve bu göğüslerimi kavramaktan farksızdı. Ateş göğüslerimi avuçluyordu. Nefes alış verişlerim iyice hızlandı. Dudaklarımın arasından bir inilti çıkmak üzere hazırda bekliyordu. Göğüslerime yaptığı şey hoşuma gidiyordu.

Konsantre ol Melisa.

Ateş'in elleri yavaşça aşağılara inip mideme ulaşınca yerimde kıpırdanıp istemsizce gülümsedim. Benim tikim vardı ve birisi karnıma dokunduğunda ani tepki vermekten kendimi alıkoyamıyordum.

"Hey?" dedi Ateş. O da anlamıştı.

"Oraya sürmesen daha iyi. Gerçekten çok huylanıyorum,"

Ateş yüzüne sinsi bir gülümseme takındı. "Olmaz," dedi. "Doktoru sinirlendirmek istemem."

"Sen mi istemezsin?" deyip hızlı bir şekilde yerimde doğruldum ama Ateş buna izin vermedi ve sırtımı tekrar yatakla birleştirip gıdıklamaya başladı beni. Ve o an bütün odayı dolduracak şekilde kahkahalar atmaya başladım.

"Ateş... dur... ya... lütfen-"

Ateş'in elleri karın bölgemi gıdıklamaya devam ederken çaresizce onu uzaklaştırmaya çalıştım. Resmen altında kıvranıyordum ve Ateş'in hiç de durmaya niyeti yok gibiydi. Gülmekten yanaklarım ağrımıştı. Boş odada sadece benim kahkahalarım yankılanıyordu. Tabii bir de Ateş'in. Evet, doğru. Ateş kahkaha atarak gülüyordu ve ilk kez onu böyle gülerken görüyordum. İçten ve samimi.

Bir süre sonra Ateş ellerini karnımın üzerinden çekince nefesimi düzene sokmaya çalıştım. Gerçekten çok fazla gülmüştüm. Sanki Ateş birkaç gündür ağladığımı biliyordu ve bunu telafi etmek istemişti. Gözlerimi kapattım ve sesli bir şekilde nefes alıp vermeye devam ettim. Yüzümde hissettiğim sıcak nefes kasılmama neden olurken gözlerimi yavaşça araladım. Ateş üzerime eğilmişti ve burunlarımız neredeyse birbirine değiyordu. Yutkundum.

"Bana öyle bakma Melisa," dedi Ateş. Ne demek istediğini anlamamıştım. Şu anki yakınlığımız öyle mükemmeldi ki beynim, hatta tüm organlarım işlevini yitirmiş gibiydi.

"Nasıl?" diye sordum. Sesim nefes nefese çıkmıştı.

"Masum... Bana böyle masum bakma." Ateş gözlerini dudaklarıma doğru indirince karnıma bir sancı girdiğini hissettim. Beni öpmezdi, değil mi? Belki de öperdi. Sonuçta o Ateş Arsoy'du ve istediği her şeyi yapardı. "Ve beni öp der gibi." Ateş yüzüme doğru fısıldamıştı bu cümleyi. İyi ama ben öyle mi bakıyordum? Ne yaptığımın farkında değilim ki.

"Ben öyle bakmıyorum tamam mı? Beni öpmeni falan istemiyorum," dediğimde Ateş ellerini iki yandan sabitleyip beni kendi vücuduyla yatak arasına mahsur etti. "Demek istemiyorsun... Şimdi öpsem karşılık vermez misin?"

"Vermem."

"Çok net konuştun."

"Çünkü çok netim."

"Deneyelim mi?" Ateş yüzünü bana doğru yaklaştırıp burnunu burnuma sürtünce kalbimin yerinden çıkacağını hissettiğim. Neden böyle bir etki yaratıyordu ki bende?

Güçlükle, "Denemeyelim," dedim. Denersek, her şey daha da çıkmaza girerdi çünkü. Beni kullanmasına artık izin veremezdim.

Ateş kapalı tuttuğu gözlerini açıp bakışlarını bende sabitleyince yutkundum. Sinirli bir ifade vardı yüzünde. Sanırım onu reddettiğim içindi. Ama böyle olmak zorundaydı. En doğrusu buydu. Ateş bir şey demeyerek üzerimden kalktı ve kremi vücudumun boşta kalan kısımlarına sürmeye devam etti. Bozulduğu her halinden belliydi ama umursamamaya çalıştım.

Doktor tekrar odaya girdiğinde üzerime yeşil bir önlük giydirdi ve beni röntgen odasına götürdü. Oradaki işlerimiz yaklaşık on beş dakika sonra bitmişti. Ateş'le birlikte bu süre zarfında hiç ama hiç konuşmamıştık. Doktorun odasında koltuklara oturmuş sonuçları beklerken hemşire içeriye girdi ve elindeki sarı zarfı doktora uzattı. İşte her şey o zarfın içindeydi. Hasta mıyım yoksa sağlıklı mıyım birazdan öğrenecektim.

"Bakalım neyiniz varmış." Doktor zarfı açtıktan sonra içinden çıkardığı röntgen sonucumu plazmaya benzeyen ekranın üzerine koyup incelemeye başladı. Bakışlarımı hemen karşımda oturan Ateş'e çevirdiğimde onun da ekrana baktığını fark ettim. Dikkatliydi.

"Melisa Hanım." Doktorun sesi başımı ona doğru çevirmeme neden olurken, "Evet. Dinliyorum?" dedim.

"Sonuçlarınız gayet temiz görünüyor. Bulantılarınızın nedeni büyük bir ihtimalle stres. Kendinize biraz daha zaman ayırıp bol bol yürüyüş yapmanızı tavsiye ederim."

"Peki kalbim?"

Doktor gülümseyip bakışlarını Ateş'e çevirdi. "Kalp atışlarınızın hızlanma nedeni de sanırım fazla aşk." Bana baktı. "Aşkınızı düşürmenizi söyleyemeyeceğime göre biraz daha kontrollü olmanızı tavsiye edebilirim." dedi. Kızardım ve başımı utançla öne eğdim. Fazla aşk, öyle mi? Tıpta böyle bir hastalık olduğunu bilmiyordum. Ayrıca doktor nereden anladı ki benim Ateş'e âşık olduğumu? Alnımda mı yazıyordu?

Hastaneden çıkıp arabaya bindiğimizde ikimiz de sessizliğimizi korumaya devam ediyorduk. İnsan bir geçmiş olsun falan derdi, değil mi? Ateş arabayı çalıştırıp hareket ettirince başımı geriye doğru yaslayıp onu izlemeye başladım. Her ne kadar sinirli olsam da doya doya izlemek istiyordum onu. Hem ben bugün bir şey keşfetmiştim. Ateş ne kadar umursamıyormuş gibi görünse de beni umursuyor ve hatta kıskanıyordu. Tamam, önceden Melek yoktu ve beni Melek'in yerine koyduğu için kıskançlık yapıyor olabilirdi. Ama şimdi Melek gelmişti ve beni onun yerine koymasında hiçbir anlam yoktu. Bugün beni, ben olduğum için kıskanmıştı.

Ben olduğum için. Melisa olduğum için.

Güneş batmak üzereyken Ateş evimin önüne park etti arabayı. Sanırım her şey bitmişti artık. Emniyet kemerimi çıkarttım ve Ateş'e doğru döndüm. Bakışları benden tarafa, gözleri gözlerimdeydi. O âşık olduğum mavi-yeşil gözlere bakarak güçlükle konuştum. "Sağ ol. Her şey için."

"Doktorun söylediklerini yap. Kendine zaman ayır. Üzülme. Ağlama. Beni düşünme ve yeni bir hayat kur. Eğer beni düşünürsen her gün ağlarsın ve ben bunu yapmanı istemiyorum."

"Ya yapamazsam?" diye sordum.

"Yapmak zorundasın Melisa. Emin ol bir ay sonra her şeyi unutmuş olursun."

"Sanmıyorum." O kadar kolay değildi. Onu unutamazdım. Hele ki 1 ay kadar kısa bir sürede, asla.

"Ben artık yokum. Kendinle başa çıkmayı öğrenmelisin."

Ateş'in söyledikleri gözyaşlarımı harekete geçirirken, "Tamam," deyip derin bir nefes aldım. "Madem sen istemiyorsun beni, ben de seni istemem ve unuturum. Hiç de düşünmem. Belki her gün ağlarım ama sonra unuturum. Sen de rahat edersin." Kapıyı açtım ve bir şey demesine izin vermeden aşağı indim. Ondan nefret ediyordum! Belki şimdi değil ama bir gün nefret edecektim.

***

Ateş dün gece Melisa'nın attığı buluşma mesajını görünce şaşırmıştı. Melisa'nın ondan nefret ettiğini düşünürken bu mesaj Ateş için oldukça garip gelmişti. Bir süre cevap yazıp yazmamakta kararsız kaldı. O da buluşmak istiyordu aslında. Buluşup her şeyin bittiğini Melisa'nın yüzüne söylemeyi. Ama daha sonra vazgeçti ve 'Daha önemli işlerim var' diyerek geçiştirdi. Amacı Melisa'yı umursamıyormuş gibi görünmekti. Aslında başardı da. Melisa o mesajı görünce Ateş'in gerçekten umursamadığını düşünüp gözyaşlarına teslim etti kendini. Sonra düşündü Ateş. Böyle olmaması gerektiğini. En azından bir vedayı hak ettiğini. Bunu Melisa için yaptığını kendi kendine itiraf etse de aslında kendisi içinde yapıyordu.

Ertesi sabah Ateş her şeyi kafasında tasarlamıştı. Melisa'nın kendisinden nefret etmesini sağlamak için bugün biraz daha umursamaz olacaktı, biraz daha kırıcı cevap verecekti sorulara. Çünkü istemiyordu. Melisa'nın kendisi için ağlamasını, üzülmesini istemiyordu.

Ateş yapmak istediği her şeyi yaparak amacına ulaştı. Melisa'nın kalbini kıracak birçok cümle kullandı. Özellikle de onu, Melek'in yerine koyduğunu söyledi... Ama bu doğruydu. Ateş en başından beri Melisa'yı Melek'in yerine koymuştu. Öyle davranmıştı. Öyle hissetmek istemişti. Çünkü Melek'in 17 yaşındaki masum hallerini Ateş, Melisa'ya benzetiyordu. Ama olmadı. Ateş yapamadı.

Melisa yaptığı her şeyle Ateş'in düşüncelerine her seferinde mani oldu. Ateş bir kere bile işte Melek diyememişti Melisa için. Çünkü öyleydi. Melisa aklı havada, sorumsuz, konuşkan, cıvıl cıvıl, inatçı ve fazlasıyla utangaç bir kızdı. Ama Melek öyle değildi. O her zaman daha mantıklı ve daha aklı başında hareket ederdi. Utangaç değildi mesela. Bu özellik bile ikisi arasındaki en büyük farktı.

Belki de ikisinin masum olmasını benzetiyordu Ateş?

Ama öyle olmadığını kendi de biliyordu. Melek bütün masumiyetini Ateş'in gözünün önünde 18 yaşında yitirmişti. Lise balosunda Melek ile ilk defa birlikte olan Ateş, o gece Melek'in bakire olmadığını görünce bütün masumiyetini silip yok etmişti gözünde ve hatta aklında. Bu durum elbette ki garipti Ateş için. Şaşkındı da. Nasıl olur da o yaşta, biriyle birlikte olmuş diye kendi kendine sorup durmuştu. Kızgın değildi. Kırgın hiç değildi. Tuhaf bir şekilde oldukça umursamazdı. Buna kendisi de şaşırsa Ateş, Melek'in bekâretini hiç umursamamıştı. Hiç.

***

Maya Güner

Yakışıklı sevgilimin kolunun altında oturmuş içkimi yudumlarken kendimi oldukça huzurlu hissediyordum. Sevdiğim adamın kollarının arasında olmaktan daha güzel ne olabilirdi ki? Elbette hiçbir şey. Masamız her zamanki gibi kalabalıktı. Tüm çocuklar buradaydı. Ateş dışında tüm çocuklar.

"İşte sonra kızın abisi yatakta bastı bizi. Ben de o anlık korkuyla Huriye'nin abisi tarafından yatakta basılan damat Ferit gibi kendimi dışarı attım."

Masadaki herkes, ben dahil, Batuhan'ın bu söylediğine sesli bir kahkaha atarken yaptığı benzetme gözümün önüne geldi. Bu çocuk gerçekten çok komikti. Bir gün bu çapkınlığı yüzünden başı derde girmese iyiydi.

"Ya onu bunu bırakın da size söylememiz gereken bir şey var," dedi Güney biz kızları kastederek.

"Yine ne oldu?" deyip gözlerini devirdi Nazlı. Gerçekten. Yine ne olmuştu?

Güney öne eğildi ve konuştu. "Biz dün burada takılıyorduk. Sonra Ateş geldi. Oldukça keyifli görünüyordu. Bakın altını çiziyorum, oldukça keyifli. Sonra ona hayırdır falan diye sorunca tahmin edin bize ne cevap verdi?" Masada birkaç saniye sessizlik oluşurken Güney konuşmaya devam etti. "Melek'in Türkiye'ye geldiğini söyledi!"

Ağzımdaki içki dışarıya püskürürken öksürmeye başladım.

Melek mi? Türkiye'ye mi?

Kuzey sırtıma vurup sakinleşmemi sağladıktan sonra, "Nasıl olur?" diye sordum. Sesimdeki şaşkınlığa mani olamamıştım. Melek geldiyse Ateş onunla birlikte olurdu ve Melisa çok üzülürdü. Kız kardeşimin yerine koyduğum kızın üzülmesine dayanamazdım ki.

"Dönmüş vallahi," dedi Güney. Hâlâ inanmıyordum. Acaba Melisa'nın haberi var mıydı? Telefonumu çantamdan çıkartıp ekrana baktığımda saatin çoktan gece yarısını geçtiğini fark edip ofladım. Çoktan uyumuştur. Sabah onunla konuşmam gerektiğini aklıma ciddi ciddi not ettim.

"Gördüğün gibi aynı manzara. Bir değişiklik yok." Ateş'in sesi bakışlarımı hemen ona doğru çevirmeme neden oldu. Yalnız değildi. Gerçekten Melek gelmişti ve şu an ultra mini bir elbiseyle hemen karşımdaydı. Ateş'le sarmaş dolaştı.

"Selam," dedi Melek ve bize el salladı.

Masadaki herkes onunla tokalaşıp sarılmaya başladı. Tepkisiz kalan tek kişi bendim. Ne diye tepki verecektim ki zaten? Yıldızlarımız bir türlü barışamamıştı. Bakışlarımı onda gezdirdim. Yıllar ona yaramıştı. Daha güzel, daha seksi görünüyordu. O çocuksu siması gitmişti. Karakterinde bir değişiklik var mı, merak etmiştim.

"Merhaba Maya," diyerek elini uzattı Melek. Zorla gülümsedim. "Merhaba," deyip elimin ucuyla tokalaştım. Zaten hiçbir zaman arkadaş olamamıştık. Bundan sonra hiç olmazdım. Benim Melisa'm vardı.

"Paris nasıldı Melek?"

Batuhan'ın sorusu üzerine Melek içki bardaklarından birini eline alıp içti ve konuştu. "Mükemmel!"

Bakışlarımı göz ucuyla Ateş'e çevirdim. Gayet rahat bir şekilde koltuğuna yayılmış, gülümseyerek Melek'e bakıyordu. Yanağımın içini ısırdım. Melisa'yı nasıl hemen bırakırdı! Oysaki ben onu sevdiğine inanmıştım!

"Gördüğüm kadarıyla herkesin sevgilisi var. Batuhan sen hâlâ sap mısın?" diye sordu Melek.

Batuhan koltuğunda geriye yaslandıktan sonra, "Aradığım özelliklerde birini henüz bulamadım," dedi. Masadaki herkes onun bu söylediğine gülümserken ben öylece Melek ve Ateş'i gözlemliyordum. Ateş Melisa'nın kısa bir kıyafet giydiğini görüp kıskançlıktan deliye dönerken Melek için niye bir şey yapmıyordu? Üstelik Melek daha kısa giyinmişti şu an.

"Lan yıllardır aynı bahane," diyerek takıldı Doğukan. "Sen aradığın özelliklerde bir kızın var olduğuna inanıyor musun cidden?"

"Aslında biri var," dedi Batuhan. "Daha doğrusu özelliklerini beğendiğim biri." Masadaki herkes, ben de dahil meraklı bakışlarını Batuhan'a çevirdik. Bu tuhaftı. Batuhan'ın birinden hoşlanması veya buna benzer bir şey hissetmesi oldukça tuhaftı.

"Bakmayın lan öyle. Sadece hareketleri hoşuma gidiyor ve eğer bir sevgilim olursa onun gibi olmasını isterdim."

"Çok merak ettim. Kim olduğunu söylesene?" dedi Nazlı.

"İnan ben de merak ettim." Kuzey kaşlarını havaya kaldırdı. "Dinliyoruz Batu?"

"Yok öyle bir şey ya. Sadece davranışlarını beğeniyorum."

"Tamam, söyle işte."

"Hadi lan çatlatma!"

Erkekler -Ateş hariç- Batuhan'dan bir cevap isteyince Batuhan oturduğu koltukta doğruldu ve bakışlarını Ateş'e çevirdi. "Melisa."

Ağzım ve gözlerim şaşkınlıkla kocaman açılırken masadaki herkesin aynı tepkiyi verdiği fark etmem uzun sürmedi. Az önce doğru mu duydum? Melisa mı demişti cidden? Göz ucuyla Ateş'e baktığımda elindeki içkiyi içmekle meşgul olduğunu gördüm. Oldukça umursamaz görünüyordu.

"Melisa kim?" Melek'in sorusu ile herkes birbirine baktı. Belli ki Ateş söylememişti ona. Hem hangi yüzle söyleyecek ki?

"Geçen gün evimde gördüğün kız," diyerek cevap verdi Ateş. Cidden mi? Melek ve Melisa karşılaşmış mıydı? Şaşkınlığım gitgide artarken Melisa'nın iyi olması için içimden dua ettim. Umarım çok fazla üzgün değildi. Ya da boş verin. Kendimi onun yerine koyuyordum da... gerçekten felaket bir şeydi.

"Ay o kız mı? Hadi ama Batuhan. Ben de seni zevkli zannederdim. Emin ol ondan daha iyilerini bulabilirsin. Hatta şu an bile etrafına bakınırsan bulacağına eminim."

Melek'in söyledikleri sinirlenmeme neden olmuştu. Daha iyileri derken kimi kastediyordu? Kendini mi? Tamam, Melisa'dan daha güzel olabilirsin ama onun gibi bir kalbe asla sahip olamazsın.

Batuhan öne eğildi ve konuştu. "İnan bana Melek. Birçok kızla beraber oldum. Sarışın, esmer, manken, şarkıcı, dansçı. Ama hiçbiri Melisa kadar etkilemedi beni. Hayır, ondan hoşlanmıyorum. Ama hareketleri, masumluğu ve en çok sevdiğim utangaçlığıyla Melisa burada bulunan tüm kızları ezer geçer."

Masada derin bir sessizlik oluşurken Melek'in morarmasını izledim zevkle. Batuhan resmen laf sokmuştu ona.

"Eski sevgilimi bu kadar beğendiğini bilmiyordum." Ateş'in buz gibi çıkan sesiyle bakışlarımı ona çevirdim. Yayılarak oturduğu koltukta ifadesiz bakışlarını Batuhan'a sabitlemişti.

"Beğenmek... Evet beğeniyorum. Bunu inkâr edecek değilim ama hissettiğim sevgi veya aşk değil. Yanlış anlama."

"Ay bir dakika." Melek araya girdi. "Ben yanlış mı duydum? O kız ve sen sevgili miydiniz? Hani bildiğimiz sevgili?" Melek'in şaşkın bir hali vardı.

"Ben anlayacağımı zaten anladım. Ama gram umurumda değil. İstersen şimdi yanına da gidebilirsin, zaten boşta."

Dudağımı dişlerimin arasına alıp bir sonraki hamleyi bekledim. Ateş, Melek'in sorusuna cevap vermemişti ve pür dikkat Batuhan'a bakıyordu. Sinirliydi. Bunu çenesinin kasılmasından anlayabiliyordum.

"Umurunda olmadığı gayet açık zaten. Ama hayır. Yanına gitmeyeceğim."

"Yo, git," dedi Ateş. "Çok ciddiyim. Hatta benim arabamı bile alabilirsin."

Batuhan güldü. "Madem bu kadar ısrar ediyorsun, yarın onu arar ve buluşmak istediğimi söylerim," dedi. Ateş'in gözlerinden öyle bir ifade geçti ki. Karanlık, tehlikeli, vahşi. İçki bardağını tek seferde kafasına dikti. Bunun üzerine masada derin bir sessizlik oluştu. Oldukça yüksek sesle çıkan müzik ortamdaki gerginliği atacak gibi durmuyordu.

"Bana bir cevap vermedin?"

Melek soran gözlerle Ateş'e bakınca Ateş, Melek'in kulağına eğildi ve bir şeyler fısıldadı. Merak duygularım harekete geçmişti. Kim bilir ne söylüyordu? Bir süre sonra Ateş geri çekilince Melek'in gülümsediğini fark ettim. Böyle sinsi bir gülümsemeydi. Ne söylemişti ki?

"Ay inanmıyorum. Belli olmuş!" Sinem telefonunu bize doğru uzattı.

"Ne belli olmuş?" diye sordu Doğukan.

"Mezuniyet balosu," dedi Sinem. "Bu perşembe." Sinem'in açıklaması üzerine herkes ağzında bir şeyler homurdanmaya başladı. Mezuniyet balosu. Aslında bu hayalini kurduğum gecelerden biriydi. Sonuçta mezun oluyorduk ve yeni bir hayata geçmeden önce bu balo eğlenceli olabilirdi. En azından öyle umuyordum...

Bölüm 29

Ateş Arsoy

"Bize müsaade."

Ellerimi ileri ve geri olacak şekilde dizime sürttükten sonra oturduğum yerden kalktım. Yüksek seste çalan müzik çoktan ağrıtmıştı başımı. Eve gidip bir an önce uyumak istiyordum. Ancak uyku temizlerdi beni. Diğer yandan Batuhan'ın yüzüne sağlam bir yumruk atmamak için kendimi zor tutuyordum. 'Yarın arar ve buluşmak istediğimi söylerim.' Piç kurusu! Melisa'da gözü olduğunu önceden bilseydim yemin ederim şu anda bakacak göz bırakmazdım. O, benimdi. Bana aitti ve benden başka hiç kimse ona bakamazdı. Arkadaşım olarak gördüğüm kişinin böyle bir düşünce içerisinde olduğunu bilmek beni şaşırtmıştı. Ya da siktir edin. Batuhan Batuhan'dı işte. Gözüne kestirdiği biri varsa onu dile getirmekten hiç çekinmezdi. Aksine, gurur duyardı. Kafasına taktığı kızları genelde etkiler, yatağına atmayı başarırdı da. Piç, yakışıklıydı ve işini çok iyi biliyordu.

Melisa, diye içimden geçirdim. Ya Melisa da Batuhan'ın yatağına giren kızlardan biri olursa? Ama yok. Olmaz öyle şey. Melisa yapmazdı. Saftı, aklı havada, sorumsuz falandı ama yapmazdı. Yapmazdı, değil mi?

"Otursaydınız?" dedi Doğukan. Biraz daha oturursam Batuhan'a dalacağımdan habersizdi.

"Yok yok kalkalım. Bugün de erken uyanmıştım zaten," diyerek lafa girdi Melek. İnce parmakları çoktan kavramıştı kolumu.

"İyi geceler o zaman," dedi Güney. Başımı aşağı yukarı salladım ve Melek'le birlikte yürümeye başladık. Maya'nın bakışlarını üzerimde hissedince göz ucuyla ona baktım. Sinirli bir hali vardı. Elbette umursamadım. Geldiğimizden beri hareketleri bir tuhaftı zaten.

Arabaya bindiğimizde ilk işim klimayı açmak oldu. Yaz

gelmişti ve arabanın içi oldukça sıcaktı. Sıcaklarla arası pek iyi olmayan birine göre klima benim için harika bir icattı. Bakışlarımı hemen yanımda oturan Melek'e çevirdiğimde koltukta yayılır pozisyonda oturduğu fark ettim. Zaten kısacık olan elbisesi iyice yukarıya kıvrılmıştı. Uzun ve dolgun bacakları dikkatimi dağıtıyordu. "Uyuyacaksan arkaya geç."

"Böyle iyiyim."

Bu cevaptan sonra daha fazla üstelemedim ve arabayı çalıştırıp sürmeye başladım. Saat sabaha karşı 4'e geliyordu. Yolların boş olması benim için artı bir puandı.

"Ateş?" Melek'in sesi yorgundu.

"Söyle?" Ne söyleyeceğini az çok tahmin ediyordum. Melisa ve onunla olan ilişkim...

"Bir sevgilin olduğuna hâlâ inanamıyorum."

Yanılmamıştım. Melek'i uzun yıllardır tanıyorum ve Melisa hakkında detaylı bir bilgi almadan pes etmeyeceğine emindim.

"Oldu ve bitti," dedim ayrıntıya girmeyerek.

"O senin tipin değil, gerçekten onunla sevgili olmuş olamazsın, değil mi?"

"Melek gerçekten konuşmak istemiyorum." Sesim sert çıkmıştı. Etrafımdaki insanların Melisa'dan bahsetmesini artık istemiyordum. Özellikle Batuhan'ın yaptığı itiraftan sonra...

"Öyle istiyorsan. Tamam, konuşmam." Melek başını cama doğru çevirip bacak bacak üstüne attıktan sonra kollarını göğsünün altında birleştirdi. Nefesimi sıkılarak dışarıya verdim. Trip atma zamanı mıydı gerçekten? Bir şey demedim. Özür falan dileyecek değildim. Veya 'tamam tamam anlatacağım' deyip pişmanlık duyacak da.

Eve geldiğimizde arabayı garaja park edip emniyet kemerimi çıkarttım. Aynı işlemi Melek de uyguluyordu. Onu kendi evine bırakmamıştım çünkü konuşmak istediğim, daha doğrusu anlatmak istediğim birçok şey vardı ona. İşte Melek'te sevdiğim özelliklerden bir tanesi. Her ne olursa olsun beni sıkılmadan dinler ve iyi hissetmem için elinden gelen her şeyi yapardı. Eve girdiğimizde merdivenlere yönelip üst kata çıktık. Odama girdikten sonra kapıyı arkamızdan kapattım. Melek çoktan giysi dolabımın yanına gitmişti.

"Imm yeni tişörtler görüyorum burada," dedi. Gülümsemeden edemedim.

Yatağımın kenarına oturdum. "İstediğini seçebilirsin," dedim. Sırtı bana dönük olduğu için bakışlarım ister istemez kalçasına inmişti. Melek kıyafetlerime uzandıkça kalçası hareket ediyordu ve bu görüntü hoşuma gidiyordu.

"Sanırım buldum."

Melek eline aldığı mavi bir tişörtle bana doğru dönünce bakışlarımı yüzüne çevirdim. "Giyin o halde," Burada giyineceğini biliyordum. Hep yapardı. Hiç çekinmeden veya utanmadan yanımda soyunup giyiniyordu. E bu durum hoşuma gitmiyor dersem yalan söylemiş olurdum.

"Elbisemin fermuarını açar mısın?"

Melek bana doğru yaklaşıp yatağımın yanına gelince, "Olur," dedim. Melek gülümsedi ve sırtını bana dönüp saçlarını eliyle havaya kaldırdı. Siyah renkteki fermuara uzandım ve yavaşça aşağı indirdim. Melek'in kokusu çoktan dolmuştu burnuma. Uzun, oldukça uzun fermuarı en aşağı indirdiğimde Melek'in pürüzsüz sırtıyla karşı karşıya geldim. Bütün sırtı şu anda açıktı ve sadece beş santim uzağımdaydı.

"Teşekkür ederim," dedi Melek ve benden bir kaç adım uzaklaşıp elbisesini yere bıraktı. Gözleri, vereceğim tepkiyi tartar gibiydi ve üzerimdeydi. Tekrar yatağıma oturdum. Bakışlarım elbette ki Melek'teydi. Mankenlere taş çıkartacak vücudu her erkeği baştan çıkartacak boyuttaydı. Göğüsleri dolgundu. Beli incecik, kalçası kıvrımlıydı. Dilimi alt dudağımda gezdirdim. Melek bu hareketime karşı gülümsedi ve oldukça yavaş hareketlerle tişörtümü giymeye başladı.

Nihayet tişörtüm Melek'in üzerindeki yerini alınca Melek bana doğru yaklaşıp hemen yanıma oturdu ve gözlerini gözlerime sabitledi. Elleri kucağındaydı. "Dinliyorum?" İşte bu soru. Uzun zamandır duymak istediğim soru şu an kulaklarıma çalınmıştı. Öyle çok özlemiştim ki bu soruyu duymayı. Birinin benimle dertleşmesini... Tuhaf ama stresli olmama rağmen içimdeki heyecanı da hissedebiliyorum. Bunun nedeni Melek'ti. Bu etkiyi bir tek o yaratabilirdi bende.

"Bu yaz buraya geleceklermiş," dedim isimlerini söylemeyerek. Damarlarımdaki kanın hızlandığını hissedebiliyordum.

"Görüşecek misin peki?" Melek tedirgin bir yüz ifadesi ile gözlerime bakıp bir cevap vermemi isteyince ona ters bir bakış yolladım. Ama gerçek güneş gibi yüzüme vuruyordu. "Maalesef," dedim. "Anneannem kendisinin de geleceğini söyleyince..."

"Emir büyük yerden ha?"

"Sorma," deyip gözlerimi devirdim. Anneannem bizzat arayıp kendisi haber vermişti. Her zaman yaptığım gibi itiraz ettim. Bağırdım. Onlarla görüşmek istemediğimi kesin bir dilde anneanneme söyledim. Ama o ne yaptı. 'Ben de geleceğim. Onlarla konuşmak istediklerim var. Eğer beni görmeye gelmezsen hakkımı helal etmem. Yüzümü de bir daha göremezsin,' diyerek adeta tehdit etti beni. 12 sene. 12 koca sene anneannemle yaşamıştım ben. Ve o yılların hatırına teklifini mecburen kabul ettim. Beni o büyütmüştü. Yanımda her zaman sadece o vardı. Bu dünyada sevgimi itiraf ettiğim tek kişiydi. O benim ailemdi ve onu üzmemek pahasına her şeyi yapardım.

"Ateş, bence... aslında bu görüşme senin içinde iyi olabilir." dedi Melek. Kaşlarım benden bağımsız bir şekilde çatılırken, "Ne saçmalıyorsun?" dedim. Yaşadıklarımı, bana yaşattıklarını bildiği halde böyle bir cümleyi nasıl kurabilirdi?

"Bak. Bana kızma ama Damla Teyze'yi çok üzüyorsun. O senin annen Ateş. Neden bir fırsat vermiyorsun ki?"

"Melek!" Oturduğum yerden sinirle kalktım. "Ne saçmaladığının farkında mısın? Fırsat ne lan? Onlara olan nefretimin nedenini bilmiyor musun?" Sesim odanın içinde adeta yankılanmıştı.

"Her gün seni arıyor, öyle değil mi? Bıkmadan usanmadan her gün seni arıyor."

"Umurumda değil. İsterse her saniye arasın bir şey fark etmez."

"Biliyorum. Yaptıkları çok yanlıştı ama yıllar oldu be Ateş. Ne olur sanki öfkeni biraz daha yumuşatsan?"

Melek şefkatle yüzüme bakıyordu. Ama hayır. Bu bakışlar annem ve babam denilen kişilere beslediğim nefreti yok edemezdi. "Babam denilen şerefsizi gram umursamıyorum. Ne yaptığı, ne bok yediği azıcık bile umurumda değil. Ama annem... Gözümün önünden gitmiyor, anlıyor musun? Kapının kenarına yaslanmış, ümitle gözlerinin içine bakmama rağmen o kâğıda imza atması gözümün önünden gitmiyor. Bunu kendi elleriyle yaptı Melek! Nefretimi kendisi kazandı. Şimdi onu affetmemi bekleme."

"Haklısın," diye fısıldadı Melek ve sonra ayağa kalkıp bana doğru yaklaşmaya başladı. "Söylediklerinde, yaptıklarında birer birer haklısın. Ben sadece bu öfke sana zarar veriyor diye endişeleniyorum."

Melek kollarını bana dolayıp başını göğsüme yaslayınca gözlerimi kapattım. Nefes alış verişlerim sinirden hızlanmıştı. Onlardan bahsetmek bile bu denli sinir ederken beni, yüzleşmem... Kollarım hareketsizce iki yanımda dururken onları yavaşça kaldırdım ve Melek'e doladım. Gözlerim hâlâ kapalıydı. "O kadının çığlıklarını yıllarca duydum Melek. Çocukluğum boyunca her uykuya daldığımda o kadının çığlıklarıyla uyandım. Yanımda sarılabileceğim bir annem yoktu. Söylesene, yaptığım tek bir hatanın sonucu böyle mi olmalıydı? Uğruna annemi kaybetmem mi gerekirdi?"

"Değildi Ateş..."

"Ama öyle oldu," diyerek Melek'in saçlarına doğru fısıldadım. "Yaptığım tek bir hata bana annemi kaybettirdi."

Melek bedenimi saran kollarını biraz daha sıkılaştırdı. "Geçti. Ben buradayım."

"Buradasın..." dedim sessizce. Buradaydı ve yanımdaydı. Geçen yıllar, onunla konuşurken hissettiğim huzuru yok edememişti.

"Hem onlar da hatalarını anlamış olacaklar ki seninle konuşmak için fırsat kolluyorlar."

"Bu o kadar kolay değil," dedim ruhsuzca. "İsmimi benden alıp her gün vicdan azabı çekmeme neden olan anne ve babamı asla affetmem."

Melek geri çekilip bakışlarımızı birleştirdi. "Ne yaparsan yap, ben hep yanındayım," dedi. Bedenimi saran sinir sanki bu cümleyi duymak ister gibi yavaşça yok olmaya başladı. Birinin yanımda olmasını bilmek, güzel bir duyguydu. Bana destek olan birinin varlığını bilmeye ihtiyacım vardı.

"Uyuyalım mı?" dedim. Güneş doğmak üzereydi ve bu konuşmadan bir an önce kurtulmak için uyku güzel bir kaçış yoluydu.

"Olur."

Melek'le birlikte yatağıma girdikten sonra çarşafı ikimizin üzerine örttüm. Melek aramıza sıfır denilecek bir mesafe koyup bedenini bana yaklaştırınca onu kollarımın arasına aldım ve gözlerimi kapattım. Gözlerim, kapanır kapanmaz mavi bir parıltıyı önüme sermişti. O parıltı bir çift gözdü. Melisa'nın gözleriydi. Kendimi uykunun kollarına teslim etmeden önce zihnim elimde olmadan o parıltıyı düşünüyordu sadece.

***

Melisa Özsoy

Ertesi sabah uyandığımda okula gitmeyeceğim için mutlu hissediyordum kendimi. Ama annemin bütün evi temizleteceğini nereden bilebilirdim ki?

"Mutfak dolaplarını silmeyi unutma," diyerek salondan seslendi annem. Gözlerimi devirdim ve bulaşıkları makineye dizmeye devam ettim. Ne güzel uyuyacaktım öğlene kadar. Ne vardı ki sanki bu kadar erken uyandıracak? Mutfaktaki işim -dolapları silmek dahil- bittikten sonra kendimi direkt banyoya attım. Oldukça terlemiştim ve sıcak su çok iyi gelirdi.

Keza öyle oldu. Banyoda yarım saat kadar oyalandıktan sonra bornoza sıkıca sarıldım ve odama girip kapıyı arkamdan kapattım. Okullar iki gün sonra kapanacaktı ve lise son sınıf olacaktım. Açıkçası bu durum heyecanlanmama neden oluyordu. Hangi ara liseye başladım, hangi ara son sınıfa geçtim, gerçekten bilmiyordum. Zaman su gibi akıp geçiyordu.

Kot bir şort, üzerime de kolsuz mavi bir tişört giydikten sonra saçlarımı da güzelce kurutup tek örgü haline getirdim. Saç lastiğim saçımın ucundaki yerini alırken kapı zili çalınmıştı. Acaba kim gelmiş olabilirdi?

Odamdan çıktım ve temkinli adımlarla salona doğru yürümeye başladım.

"Hoş geldin oğlum."

"Hoş buldum Hülya Teyze. Nasılsın?"

"Ne olsun oğlum, ev işi falan uğraşıyorum."

Tanıdık ses kulaklarımı doldururken salondan içeriye girdim. Yüzümde ufak bir tebessüm oluşmuştu. Aras'ı görmeyi hiç beklemiyordum. Yanına yaklaşıp kollarımı ona doladım. Nasılsın gibi rutin sorularımızı birbirimize sorduktan sonra geri çekildik.

"Ah kızım. Siz geçin şöyle oturun ben de çay koyayım," dedi annem.

"Hülya Teyze aslında ben Melisa'yı bugün dışarı çıkarmak için gelmiştim. Tabii kendi de isterse." Aras soran gözlerle yüzüme bakıp bir cevap vermemi isteyince, "Şey..." dedim. Bugün dışarı çıkmak hiç aklımda yoktu. Planım kendimi odama kilitleyip müzik dinlemekti.

"İster ister. Hem o da evde durmaktan sıkılmıştı." Hayretle anneme baktım. Sırf Aras'la çıkmam için resmen evden kovuyordu beni. Normalde itiraz ederdim ama şimdi benim de içimden geliyordu dışarı çıkıp gezmek ve aklımdaki düşünceleri bir kenara bırakmak. Hem böylesi daha iyi olabilirdi.

"Ben o zaman telefonumu alıp geleyim," dedim ve salondan çıkıp tekrar odama doğru yürümeye başladım. Verdiğim cevaptan sonra Aras'ın yüzünde oluşan gülümseme gözümden kaçmamıştı.

Aras'la beraber taksiye bindiğimizde nereye gittiğimizden habersizdim. "Aras?" dedim bakışlarımı hemen yanıma çevirerek. "Nereye gidiyoruz?"

"Bir arkadaşımı ziyaret edecektim. Düşündüm ki sen de benimle gelirsin?"

"Şey, tabii. Zaten geliyorum," deyip gülümsediğimde Aras da benim gibi gülümseyip gözlerini gözlerime sabitledi. Aramızdaki bakışma uzayıp normal bir süreyi geçince utandığımı hissettim. "Ne?" deyip bir şey söylemesini istediğimde Aras, "Hiç," diyerek omuzlarını silkti ve başını cama doğru çevirip dışarıya bakmaya başladı.

Bundan sonrada zaten hiç konuşmadık ve taksiyle ilerlemeye devam ettik.

Bir süre sonra taksi durunca ücreti ödeyip aşağı indik Aras'la. Taksim Meydanı'ndaydık. Bakışlarım kalabalık meydandaki insanları genişçe tararken, "Arkadaşın İzmir'den mi?" diye sordum.

"Aynı mahalledeydik. Üniversite için gelmiş buraya."

"Sen de bir uğramak istedin," dediğimde Aras onaylar şekilde başını salladı.

Birlikte yürümeye başladık. Saat öğleden sonra dördü gösterdiği için meydan oldukça kalabalıktı. Bir sürü insan, bir sürü farklı kişilik vardı. Kestane satanlar, fal bakanlar, müzik yapanlar... Herkes kendi alemindeydi, onları gözlemlemekten kendimi alıkoyamadım.

"İşte orada."

Aras yürümeyi bırakıp gözüyle bir yeri işaret edince bakışlarımı etraftan çekip gösterdiği yere bıraktım. Gördüğüm şey, taburenin üzerine oturmuş bir çocuk, elinde gitarı ve önünde ayaklı bir mikrofon olan, bizim yaşlarımızda kumral bir çocuktan başka bir şey değildi.

"Ciddi misin?" dedim.

"Evet. Hadi gidelim."

Aras elini belime koyup yürümemi sağlayınca ayaklarımı

hareket ettirdim ve beni yürütmesine izin verdim. İnsanların arasından geçerek arkadaşının yanına vardığımızda çocuk bizden habersiz başını öne eğmiş, gitarını akort etmekle meşguldü.

"Kolay gelsin İzmirli."

Aras'ın gülümseyerek söylediği cümleye karşı çocuk başını hızlıca yerden kaldırdı ve gözlerini iri iri açıp Aras'a baktı. "Hadi lan. Cidden sensin."

"Benim," dedi Aras ve çocuğa sarıldı. Yakın arkadaş oldukları ikisinin de gözünden belli oluyordu. Gülümsedim ve onları izlemeye devam ettim.

"Geldiğini niye haber vermiyorsun? Kerem'den öğrendim," dedi Aras. Geri çekilip bakışlarını çocukla birleştirdi.

"Ne bileyim oğlum. Ev, okul derken hiç fırsatım olmadı."

"Neyse. Gitar ne iş?"

"Valla İstanbul'da her şey ateş pahası. Bir yerden para kazanmam gerekliydi. Ben de en iyi yaptığım şeyi işe çevirdim," dedi. Bakışları beni bulunca sustu ve "Arkadaşın kim?" diyerek farklı bir soru sordu.

"Melisa. Okuldan arkadaşım." dedi Aras ve bana baktı. "Tanıştırayım. Melisa, bu Yavuz." Gülümsedim. "Memnun oldum. Ve şey, gitarınız çok güzelmiş," dedim. Siyah renkteki gitar gerçekten hem havalı hem de oldukça gösterişliydi. Keşke benim de böyle bir yeteneğim olsaydı ama yoktu.

"Ben de memnun oldum. Ayrıca teşekkür ederim," dedi Yavuz. Gülümsediği için iki yanağında da gamzeler oluşmuştu. Açık kumral bir tene sahipti. Kahverengi saçları vardı. Boyu benden beş-altı santim kadar uzundu ve yakışıklı sayılırdı.

Yavuz, bakışlarını benden çekip tekrar Aras'a çevirdi. "Eee Aras, ne dersin? Şöyle güzel bir parça çalıp insanları etrafımıza toplamaya var mısın?"

Gözlerim şaşkınlıkla kocaman açılırken Aras'ın gerçekten öyle bir yeteneği mi var diye içimden geçirdim. Daha önce hiç müzikle ilgilendiğini duymamıştım.

"Tamam," dedi Aras ve gitarı eline aldı.

“Cidden çalacak mısın?” diye sordum. Sesimdeki heyecana engel olamamıştım.

“Sen de bize eşlik edersen…” Aras kaşlarını havaya kaldırdı.

Başımı hemen iki yana salladım. “Ben almayayım.” Şu anda kimse bizi izlemiyor olabilirdi ama müzik çalmaya başlayınca birçok insanın durup bize bakacağına emindim.

“Hadi ama Melisa. Kırma beni.”

“Aras haklı. Hem ne olabilir ki?”

“Gerçekten yapamam,” dediğimde bakışlarım etrafı tarıyordu. Çeşit çeşit bir sürü insan vardı. Kim bilir hakkımda nasıl eleştiri yaparlardı. Hem ben ne anlardım ki şarkı söylemekten? Daha önce odamda aynanın karşısına geçip kendi kendime söylediğim şarkılardan daha fazlasını yapmamıştım.

“Kendine güven Melisa.”

“İnsanları boş ver. Eğlenmek için yap. Kafanı dağıtmak için.”

Yavuz ve Aras iki yandan beni sıkıştırmaya başlayınca dudağımı dişlerimin arasına aldım. Kafamı dağıtmak için. Bu sıralar buna ihtiyacım vardı. “Olur mu ki?” diye sordum karamsarlıkta kalarak. Aras gülümseyip mikrofonu bana doğru uzattı. “Hem de bal gibi olur,” dedi. Kalp atışlarım heyecandan hızlanmaya başladı. Ben ve sokak ortasında şarkı söylemek ha?

“Sakin ol...” dedi Aras yatıştırıcı bir sesle. Başımı tereddütle salladıktan sonra derin bir nefes aldım. Yapabilirdim. Aras parmaklarını gitarın tellerine götürdükten sonra şarkıyı çalmaya başladı. İlk başta ne çaldığını anlamasam da sonra hemen anladım ve gözlerimi kapatıp şarkıyı söylemeye başladım.

Sen beni boşuna hiç
Kalbinin oralara koyma
Kollarını bana sarma
Kalamam oralarda

Ateş'le karşılaştığım ilk gün aklıma gelince gülümsedim ve öyle devam ettim şarkıyı söylemeye...

Sen de gül eğlen
Öyle acıklı konuşma
Hayat ne ki sonuçta
Anlık bir buluşma

"Bakar mısınız?"
"Evet?"
"Şey, bu sanırım sizin?"
"Nereden buldun bunu?"
"Yerden."

Lalala la ben de böyleyim
Lalala la hep de böyleydim
"Merak etmeyin içinden bir şey almadım."
"Onun için bakmadım."
"Neyse işte, bir dahaki sefere dikkat edin."
Geçmişe gitmem
Küsüm gözyaşlarıyla
Daha güçlüyüm ben
Hatalarımla
Beni kendi yoluna çağırma
Benim yolum başka
Gittiğim yer başka
Yokuşlarım başka

Alkış sesleri kulaklarımda yankılanmaya başlayınca gözlerimi yavaşça araladım. Oldukça kalabalık bir topluluk etrafımıza toplanmıştı ve bizi alkışlıyordu. Gülümsememe bütün yüzüme yayılırken arkamı döndüm. Yavuz ve Aras da aynı şekilde gülümsüyorlardı. Elimdeki mikrofonu bıraktım ve koşarak Aras'ın yanına gidip kollarımı ona doladım. "Aras, ben... insanlar alkışlıyor ve ben rezil olmadım," dedim.

"Olmadın. Hem nasıl olabilirsin ki. İnsanlar sesine bayıldı."

Geri çekilip Aras'la bakışlarımızı birleştirdim. "Senin sayende," dedim. "Sen ve Yavuz bana cesaret vermeseydiniz, yapamazdım."

"Yine yapardın," dedi Aras ve boynuna taktığı gitarı çıkartıp taburenin üzerine bıraktı. Ama hayır. Yapamazdım. Kendimi tanıyorum ve Aras olmasıydı asla cesaret edip yapamazdım.

"Hem şuraya baksana. Sayende Yavuz birkaç aylık kirasını çıkartacak gibi görünüyor." Bakışlarımı Aras'ın işaret ettiği yere çevirdiğimde insanların gitar kutusuna para attıklarını gördüm. Bu durum gülümsememe neden olurken Aras elimi tuttu ve Yavuz'un yanına sürükledi beni.

"İşler iyi gibi?"

"Ben nasıl teşekkür edeceğimi bilmiyorum. Gerçekten çok sağ olun. Melisa, sesin mükemmel ve bu kadar parayı senin sayende topladım," dedi Yavuz. Minnetle bana bakıyordu.

Başımı hemen iki yana salladım. "Önemli değil." Hâlâ inanamıyordum. Nasıl oldu da herkesin içinde şarkı söyleyebildim? Üstelik utanmadan, kasılmadan? Belki de sadece Ateş'i düşündüğüm içindi...

"Bir Nil olamasan da sen de fena değilsin."

Başımı hızlıca sesin geldiği tarafa çevirdiğimde gülümsemem yavaş yavaş silindi yüzümden. Rüya mıydı bu? Onun ne işi vardı ki burada?

"Beni hatırladın, değil mi şekerim? Ateş'in evinde karşılaşmıştık hani?" Hiç unuttun mu diye sorsana? Veya o mükemmel yüzünü hiç aklından çıkardın mı diye. Başımı yavaşça aşağı yukarı sallamakla yetindim. Boğazım birdenbire kurumuş, tek kelime edebilecek gibi değildi. Diğer yandan onunla konuşmak hiç de isteyeceğim bir şey değildi zaten.

"Demek şarkı söyleyip para kazanıyorsun? Bu sıcaklarda zor olmalı?" Bir şey diyemedim. Öylece onun yüzüne bakıyordum. "Neyse..." dedi Melek ve cüzdanını açıp içinden 50 TL çıkarttı. Para önümde duran gitar kutusundaki yerini alınca ağzımın aralanmasına mani olamadım. O kız önüme para mı atmıştı gerçekten?

"Bunu hak ettin," dedi Melek ve gülümsedi. Gülerken sol yanağında bir gamze belirmişti. Normalde gamzesi olan insanların özel olarak yaratıldığına inanırdım ama nedense bu kıza gamzeyi hiç yakıştıramamıştım. Belki gülümsemesi samimiyetten çok, çok uzakta olduğu içindi? Emin değildim.

Derin bir nefes aldım. Sonuçta ben utanılacak bir şey yapmamıştım ve bu para Yavuz içindi. Utanıp, kendimi aşağılanmış hissetmemi gerektiren hiçbir şey yoktu. "Sağ ol," dedim

"Ne demek," dedi Melek ve yapmacık bir şekilde gülümseyip yürümeye başladı. Üzerinde mini, mavi bir elbise vardı. Sarı saçlarını tepeden toplayıp atkuyruğu yapmıştı. Elleri alışveriş torbalarıyla doluydu ve sanki yolda değil, bir podyumda yürür gibi yürüyordu.

"Artık gidelim mi?"

Aras'ın nefesini kulağımın kenarında hissedince başımı panikleyerek ona doğru çevirdim. Çok hızlı döndüğüm için başım Aras'ın göğsüne çarpmıştı. "Hey?" dedi Aras bu kadar ani tepki vermeme şaşırır gibi.

"Affedersin, ben-"

"Bir şey mi oldu?"

"Yok. Bir şey olmadı. Gidelim mi?"

Aras başını onaylarcasına salladıktan sonra Yavuz'la vedalaşıp eve gitmek üzere yola koyulduk. Az önceki neşeli ve mutlu halimden azıcık bile eser kalmamıştı. Hem nasıl kalsın ki? O kız resmen aşağılamıştı beni. Küçük görmüştü. Bir de yüzsüz yüzsüz, 'Ne demek?' demez mi! Geri zekâlı!

Aras evime kadar bıraktıktan sonra 'Bugün çok eğlendiğini, sesimin harika olduğunu bir de tekrar düet yapmak istediğini' söyledi ve gitti. Ama ben maalesef Aras gibi düşünmüyordum. Evet, başta eğlendiğimi kabul edebilirim ama o kız karşıma çıkınca her şey, daha doğrusu bütün neşem uçup gitmişti.

Eve girdiğimde ayakkabılarımı çıkartıp salona, annemin yanına gittim.

"Hoş geldin kızım. Günün nasıldı? Aras oğlumla güzel vakit geçirdiniz mi? Nereye götürdü seni?"

Annem sorularını ardı ardına sıralarken tekli koltuğa attım kendimi. "Güzeldi," dedim. Sesim mırıldanır gibi çıkmıştı.

"Bu kadar mı?"

"Evet anne. Ne bekliyorsun ki?" dedikten sonra gözlerimi devirdim.

"Aman! Senle de konuşulmuyor. Hem senin telefonun niye kapalı? Arkadaşın evi aradı ve sana ulaşamadığını söyledi?"

"Kim aradı ki?" Sesimdeki heyecana engel olamamıştım.

"Maya mıydı ne?" dedi annem. Oturduğum yerden hızlıca kalktım ve odama doğru yürümeye başladım. Acaba neden aramıştı? Dertleşmek için olabilir miydi? Neden olmasın ki. Sonuçta Maya arkadaşımdı benim. Odama girdikten sonra kapıyı arkamdan kapatıp hemen prizin yanına gittim. Çantamdan çıkardığım telefonumu elime aldığımda gerçekten şarjının bittiğini fark edip ofladım. Oysaki dün gece doldurmuştum.

Şarjı telefonumun alt kısmına taktıktan sonra açma tuşuna basıp beklemeye başladım. Kısa sürede açılan telefonla ekranda 7 cevapsız çağrı olduğunu görüp merak duygularımı harekete geçirdim. Hayırdır inşallah?

Çağrıları sırasıyla açtığımda dördünün Maya'ya ait olduğunu gördüm. Peki diğer üçü kimdi? Rehberimde olmadığı için sadece numara olarak görünüyordu. Ve üç defa aradığına göre bana ulaşmak isteyen biri olmalıydı. Numaraya tıkladım ve telefonu kulağıma götürdüm. Bakalım kimmiş?

"Alo?" diyerek yanıt verdi karşı taraf. Bir erkek sesiydi.

"Merhaba. Beni aramışsınız ve ben kim olduğunuzu merak ettim?"

"Kim? Ben mi aramışım? Bir yanlışlık olmalı?"

"Yok hayır. Bir yanlışlık falan yok. Tam 3 kez aramışsınız."

"Bakın hanımefendi. Benim sizi aradığım falan yok. Utanmıyor musunuz iftira atmaya?"

"Ama..." Ne diyeceğimi bilemeyerek sustum. Ne diyordu bu adam böyle?

"Bak. Daha konuşamıyorsun bile. Sapıklık yapmaya utanmıyor musun?"

"Kim? Ben mi sapığım? Bana bak hödük! Beni sen aradın, sen! Asıl sapık sensin! Hem arıyor hem de inkâr ediyor!"

"Hödük mü? Bir de terbiyesiz çıktın!"

"Sensin o! Ayrıca evet hödüksün. Ne o, zoruna mı gitti?"

"Hayır güzelim, zoruma falan gitmedi. Senin gibileri çok iyi bilirim ben."

"Yok ya! Nasıl oluyormuş benim gibileri?"

"Tarif edemeyeceğim valla. Bir aynaya bakman yeterli olur."

"Sen bana hakaret mi ediyorsun?"

"Ne olarak anlarsan artık... Neyse. Perşembe gecesi benimle olmaya ne dersin?"

"Ne? Ne diyorsun sen ya! Bir de sapık çıktı. Bana bak geri zekâlı, benim babam polis duydun mu? Telefon numarandan yerini tespit ettirebilirim ve yıllarca hapiste yatmanı sağlarım."

"Vuhuu. Çok korktum. Sen tespit ettirmeden ben söyleyeyim. Maksat baban yorulmasın. Sarıyer'de evimdeyim. Gelmek istersen adresi direk mesaj atabilirim."

"Geri zekâlı!" deyip telefonu sinirle yüzüne kapattım. Bir de adresi mesaj olarak atabilirim demez mi! Of! Bütün manyaklar beni mi bulmak zorunda?

Telefon melodim odamın içinde tekrar yankılanmaya başlayınca ekranda aynı numarayı görmemle bir hışımla cevapla tuşuna basıp, "Sen bir siktirip gitsene ya!" dedim. Normalde küfür etmezdim ama bununla anca böyle baş edebilirdim.

"Vayy... Küfür de edermişiz?"

"Sana ne be! İstediğimi yaparım. Ayrıca kimsin? Numaramı nereden buldun?"

"Bir tuvaletin kapısında. Ateş'li bir gece için arayın yazıyordu."

"Ne?" Beynimden vurulmuşa döndüm. "Ne tuvaleti ne araması?"

"Ya da dur. Tuvaletin kapısında yazan numara senin değildi. Seninkini... Hah, buldum! Senin numaranı Maya'dan aldım."

"Ma-Maya mı?" Az önce doğru duyum değil mi? Telefonun ucundaki sapık Maya demişti? Maya ne alakaydı ki?

"Evet Melisa. Maya'dan aldım. Aslında başta sadece şaka amaçlı takılmıştım ama sonra sen telefonu suratıma kapatınca şakayı ciddi bir boyuta taşıdın." Karşı taraf gülmekten yarım yamalak konuşmuştu ve bu sesin kime ait olduğunu sanırım anlamıştım. İnanmıyorum! Resmen rezil oldum.

"Sen... Batuhan sensin, değil mi?"

"Evet Melisa, benim. Bu kadar sert olduğunu bilmiyordum."

"Şey... Ben özür dilerim. Valla sen olduğunu bilmiyordum."

"Önemli değil. İnan uzun zamandır bu kadar eğlenmemiştim."

"Tekrar özür dilerim."

"Sorun değil. Gerçekten. Eee teklifime ne diyorsun?"

"Anlamadım. Ne teklifi?"

"Perşembe gecesi bizim okulun mezuniyet balosu var ve ben seninle beraber gitmek istiyorum. Gelir misin?"

Bölüm 30

"Anne ben çıkıyorum," dedim ayakkabılarımı ayağıma geçirirken.

"Çık bakalım çık. Büyümüş de balolara gidiyor."

"Ya anne abartma. Hem sen teyzeme haber verdin mi?" Ayakkabılarımı giydikten sonra ayağa kakıp tişörtümü düzelttim. Bakışlarımı anneme çevirdiğimde gözlerimi devirmeden edemedim. Elini beline koymuş, imalı imalı bana bakıyordu.

"Verdim verdim. Dört gözle seni bekliyor." Yüzünde hoşnutsuz bir ifade olsa da benim gibi heyecanlı olduğunu çok iyi biliyordum. E sonuçta annem. Bana kıyamaz, değil mi?

"Tamam o zaman ben kaçtım," dedim ve anneme öpücük atıp evden çıktım.

Salı günü Batuhan'la konuştuktan sonra o akşam odamdan hiç çıkmayıp derin derin düşüncelere dalmıştım. Acaba teklifini kabul etmekle doğru mu yapmıştım? Gidersem beni ne gibi sürprizler bekliyordu? Ateş beni görünce nasıl tepki verirdi? Sürekli bunları düşünmüştüm. Ertesi gün ise Maya ve diğer kızlarla beraberdim. Bir kafede buluşup saatlerce dertleşmiştik. Bu güzeldi. Yani en azından hiç yalnız hissetmemiştim kendimi. Belki onların arada sırada attıkları kahkahalara hiç katılmamıştım ama bir şekilde kafamı dağıtmayı başarmışlardı.

Teyzemin evine vardığımda otobüsten inip binaya doğru yürümeye başladım. Bu gece mezuniyet balosu vardı ve ben çok güzel olmak istiyordum. Bu konuda da bana yardım edebilecek tek kişi şüphesiz teyzemdi. Zile bastım ve beklemeye başladım. Çok geçmeden teyzem kapıyı aralayıp bütün yüzünü kaplayan gülümsemesi ile karşımda belirdi. "Hoş geldin kara kuzum. Ben de seni bekliyordum."

Onun bu her zaman neşeli olan haline hayrandım. "Hoş buldum teyzem," dedim ve içeriye girip ayakkabılarımı çıkarttım. Bizim ailede öyle ayakkabılarla falan eve girmek yoktu.

Eğer girersen ev sahibinden ciddi bir azar işitmeyi de göze alırdın. Hem ben de hiç anlam veremiyorum zaten. Dışarı da gez gez, sonra eve girip güzelim halıları kirlet. Çok saçma.

Teyzemin evi iki oda bir salondan oluşuyordu. Küçüktü ama bir o kadar da tatlıydı. Evin her yerinde pembe rengini görmeniz mümkündü. Koltuklarda. Perdelerde. Dolaplarda ve daha birçok yerde.

"Annen arayınca nasıl telaş yaptım bilemezsin. Benim küçük yeğenim bir baloya gidiyor, öyle mi?"

Salondan içeriye girdikten sonra teyzem bir cevap vermemi ister gibi yüzüme baktı. Başımı utançla öne eğdim. Annem neden her şey anlatır ki sanki?

Batuhan'ın teklifini duyduğumda ilk başta ben de şaşırmıştım. Ama daha sonra kendimi hemen toparlamış ve daha detaylı bir bilgi istemiştim. Bana perşembe gecesi olacağını, Maya ve diğer kızların da geleceğini, çok eğlenceli olacağını ve eğer gidersem Ateş'in kıskançlıktan deliye döneceğini söylemişti. Elbette ki ilgimi çeken tek şey Ateş'in kıskançlıktan deliye dönmesi oldu. Hem bu, Ateş'i görmek için de iyi bir bahane sayılırdı.

"Öyle ama gerçekten kötü bir amacım yok," dedim. Teyzem şefkatle yüzme bakıp gülümsedikten sonra elimi tuttu ve yatak odasına doğru sürüklemeye başladı beni. Teyzemin -pembe- eşyalarla döşenmiş yatak odasına girdiğimde dudağımı dişlerimin arasına aldım. Gerçekten güzel olabilecek miydim, çok merak ediyordum.

Teyzem gardırobunun yanına gidip kapaklarını açıp raflara bakındı. "Benim elbiselerim beden bakımından sana olmaz," dedi.

İyi ama benim bu gece için giyebileceğim güzel bir elbisem yoktu ki. Yüzümde üzgün bir ifade oluşurken teyzem, "Ama..." deyip yanıma geldi ve sinsice gülümsedi. "Bekle burada." Ben teyzemin ne yaptığını anlamaya çalışırken o çoktan yatak odasından çıkmıştı bile. Kısa bir süre sonra teyzem eline aldığı birden fazla elbiseyle kapıdan içeriye girince ağzımın aralanmasına mani olamadım. O kadar elbiseyi nereden bulmuştu ki?

"Bunlar geçen sene ve ondan önceki senelerden kalan elbiselerim. O zamanlar daha fit olduğum için bunların sana olacağına eminim," diyerek açıklamada bulundu. Elindeki elbiseleri yatağın üzerine bıraktı ve bakışlarını bende sabitledi. Tepkimi merak ediyordu.

"Teyze şey..." dedim. Nasıl söyleyeceğimi bilmiyordum. Çünkü teyzemin tarzı biraz iddialıydı. Daha bu sene düzeltmişti kendini. Yani kıyafet bakımından. Bundan önce hep ultra açık ve dekolteli şeyler giyerdi. Şimdi ise o elbiselerden birini benim giymemi istiyordu.

"Şey ne? İtiraz istemiyorum küçükhanım. Bu elbiseler denenecek," dedi teyzem ciddi bir ifadeyle. Genelde neşeli olsa da arada sırada gerçekten ciddi biri olabiliyordu. İtiraz etmedim ve boyun eğerek istediğini yaptım.

Dikkatimi ilk önce pırıl pırıl parlayan, altın sarısı elbise çekti. Elbiseyi elime aldım ve yatak odasından çıktım. Banyoda giyinecektim. Teyzemin yanında elbette giyinebilirdim ama az sonra giyeceğim elbise sutyensiz giyilmesi gereken bir elbiseydi. Bu yüzden banyoda giymem daha doğruydu.

Banyoya girdikten sonra üzerimdeki günlük kıyafetlerden kurtulup elbiseyi giydim ve kendimi incelemeye başladım. Dizlerimin iki karış üzerindeydi. Boğazına kadar kapalı olması sadece göz yanıltmasıydı. Çünkü derin, oldukça derin bir göğüs dekoltesi vardı. Aynadaki görüntüm yüzümü buruşturmama neden olsa da banyodan çıktım ve teyzemin yanına -yatak odasına- gittim. Teyzem benim için kombin yapmakla meşguldü.

"Giyindim," dedim. Teyzem bakışlarını bana doğru çevirdi ve iyice süzdü. "Olmamış," dedi. "Bu renk senin rengin değil. Değiştir." Başımı onaylarca salladım ve yatağın üzerinde duran başka bir elbiseyi elime alıp tekrar banyoya gittim.

Bu elbise petrol mavisiydi. Oldukça dardı ve bütün vücudumu tamamen sarmıştı. Boyu yine aynı şekilde dizimin iki karış yukarısındaydı. Sırtı fazla açık değildi ama göğüs bölgesi? Neredeyse göbek deliğim görünecek şekilde aşağı doğru iniyordu. Bu elbise her ne kadar içime sinmese de banyodan çıktım ve tekrar yatak odasına gittim. Teyzem dikkatlice süzdükten sonra beni, "Etrafında dön bakayım," dedi. Bugün patron oydu. İstediğini yaptım ve etrafımda bir tur döndüm. "Aslında güzel ama... Ben bunu denemeni istiyorum." Teyzem siyah bir elbiseyi bana uzatınca onu elime aldım ve tekrar banyoya doğru yürümeye başladım. Acaba saat kaç olmuştu? Batuhan beni akşam dokuz gibi alacağını söylemişti.

Banyoya girdikten sonra kapıyı arkamdan kapatıp üzerimdeki dar elbiseden zorlukla kurtuldum. Resmen ikinci bir deri gibi üzerime yapışmıştı. Nihayet elbise üzerimden çıkınca derin bir nefes aldım ve teyzemin istediği elbiseyi üzerime geçirdim. Bu daha rahattı. En azından deminki gibi yapışmamıştı.

Siyah, dizlerimin iki karış, belki daha fazla üzerinde biten elbise ön tarafı bakımından gayet hoştu. En azından göğüs dekoltesi yoktu. Ama sırtım? Neredeyse bütün sırtımı açıkta bırakan dekolte oldukça cesurdu ve ben bu cesurluğu kaldırabilir miydim, hiç bilmiyordum. Banyodan çıkıp yatak odasına doğru yürümeye başladığımda kendimi çıplak gibi hissetmiştim bile.

Yatak odasından içeriye girdiğimde teyzem oturduğu tekli koltuktan kalkıp fal taşı gibi açtığı gözleriyle beni süzdü. "Melisa... harika oldun!"

"Teyze bilemiyorum. Daha önce hiç bu kadar açık giyinmemiştim ve bu elbisenin içinde bir garip hissettim kendimi," dedim dürüstçe.

"Ne demek garip hissettim? Henüz saçını ve makyajını yapmadığımız halde ne kadar büyüleyici göründüğünün farkında mısın?"

"Ama her an kalçam görünecekmiş gibi hissediyorum?" Kalçamın üzerindeki fermuar açılırsa böyle bir şey gerçekten mümkündü.

Teyzem gözlerini devirip yanıma geldikten sonra eliyle yüzümü kapladı. "Annen her şeyi anlattı bana. O yakışıklı çocuk seni bırakıp eski sevgilisine dönmüş. Şimdi itiraz etme ve seni mükemmel yapmama izin ver. O çocuk neyi kaçırdığını görsün."

Eski sevgilisine dönmüş.

Kalbim teyzemin söyledikleri ile sıkışırken gözlerimi kapatıp, "Peki," diye mırıldandım. Aslında o baloya gitmeyi istediğimden pek emin değildim. Sonuçta Ateş ve o kız da orada olacaklardı ve ben bir yabancı gibi onları uzaktan izleyecektim. Bu durumu kaldırabilir miydim veya ne kadar süre katlanırdım, hiç bilmiyordum.

Teyzemin makyaj masasının önüne oturdum ve saçlarıma şekil vermesine izin verdim.

"Teyze, güzel olmak istiyorum. Çok güzel," dedim. Teyzem bakışlarımızı aynada birleştirdi ve içten bir şekilde gülümsedi. "Olacaksın," dedi. "Gecenin en güzel kızı sen olacaksın."

Dudağımı dişlerimin arasına aldım ve teyzemin saçlarımı taramasını seyrettim. Umarım bu gece istediğim gibi olurdu. Peki ben ne istiyordum? Ateş'in o kızı bırakıp bana gelmesini mi? Evet, belki bunu istiyor olabilirdim ama olmayacağını da çok iyi biliyordum. Hem Ateş artık onunla olacağını ve bana yeni bir hayat kurmamı söylemişti. Bu söylediği şey ona göre kolay olabilirdi ama bana göre hiç de kolay değildi. Beni hem kıskanması hem de yanında istememesi o kadar çok karıştırıyordu ki aklımı. Bazen tamam, Ateş hâlâ beni önemsiyor, değer veriyor diyordum. Ama bazen de hiç umurunda değilmişim gibi hissediyordum. Neden böyle zor biriydi ki sanki? Ama bu gece öyle olmayacaktı. Eğer beni kıskanırsa, gerçekten bana karşı sahiplenici bir tutum sergilerse karşısına geçip diyecektim ki: 'Bana ne istediğini söyle. Hem git kendine yeni bir hayat kur diyorsun, sonra kıskanınca da adını korumak diye adlandırıyorsun. Artık bir karar ver.'

Evet bunları ve daha fazlasını söylemeyi günlerdir düşünüyordum. Eğer bu gece beklediğim gibi olursa -Ateş beni kıskanırsa- çatır çatır her bir şeyi söyleyecektim.

Aklımdaki düşünceleri bir kenara bırakıp aynadaki yansımama baktığımda saçlarımın neredeyse tamamlandığını gördüm.

"Böyle oldu mu ki?" diye sordum. Sesim şüpheli çıkmıştı.

"Hem de fıstık gibi oldun," dedi teyzem kendinden emin bir ifadeyle. Saçlarımı maşa yardımıyla kıvır kıvır yapmıştı. Normal bir maşaya benzemiyordu. Biraz daha kabarık ve kadınsı bir modeldi. Bu yüzden yaşım biraz daha büyük görünmüştü.

Teyzem saçlarıma bolca sprey sıktıktan sonra önüme geçti ve makyaj işine başladı. Az. Oldukça az yaptığı makyajdan sonra geri çekildi ve dikkatlice yüzümü inceledi. "Tam da istediğim gibi oldu." Teyzem beğeni dolu gözlerle bana bakınca, "Sanki çok az oldu?" dedim. Gerçekten öyle olmuştu. Yanaklarımda hafif bir allık, gözlerimde rimel ve kuyruklu bir eyelinerdan başka bir şey yoktu.

"Tabii az olacak. Senin makyaja ihtiyacın yok ki. Sen zaten güzel bir kızsın." Uzanıp makyaj masasının üzerinden bir şey aldı. "Şimdi... bombayı patlatma zamanı."

"Ne bombası?"

Teyzem gülümsedi. "Elbisen oldukça cesur. Bu cesurluğa yakışması için de kırmızı bir ruj olmazsa olmaz."

Teyzem bu işlerden gerçekten anlıyordu. Kırmızı ruj özenli bir biçimde dudaklarıma sürülürken istediğim tek şey bu gecenin güzel geçmesiydi. Bir süre sonra teyzem geri çekilince makyaj işinin de bittiğini anladım. Umarım güzel olmuşumdur.

"Melisa... harika oldun!" dedi teyzem, sesinde hayranlık vardı. Biraz da şaşırmışa benziyordu. Onun bu tepkisi beni iyice meraklandırırken derin bir nefes aldım ve bakışlarımı aynadaki aksime çevirdim. Saçlarım, mavi gözlerim, giydiğim elbise ve koyu kırmızı ruj. Bu cidden ben miydim? Her şey o kadar farklıydı ki. Her şey o kadar ben gibi değildi ki. Birkaç saat içinde nasıl bu kadar değiştim, hiç bilmiyordum.

"Teyze, ben... farklı görünüyorum," dedim.

"Elbette farklı görünüyorsun. Amacımız da buydu zaten. Hadi şimdi ayağa kalk. Bir de öyle bakalım."

Başımı aşağı yukarı salladım ve oturduğum yerden kalktım. Teyzem memnun olmuş bir ifade ile beni inceliyordu. "Tıpkı 18 yaşındaki ben. Mavi gözler, siyah saçlar, beyaz bir ten. Ah ah. Hem zaten ne demişler? Oğlan dayıya, kız teyzeye çeker." Teyzemin bana imrenerek bakması gülümsememe neden oldu. "Ben 17 yaşındayım ve ayrıca o söz hala olacak," diye hatırlattım.

Teyzemin kaşları anında çatılırken söylediğim şeyin farkına sonradan vardım. "Halaymış! Neren ona benziyor senin?"

"Ya teyze yanlış anladın. O atasözü gibi bir şey," dedim toparlamaya çalışarak. Çünkü teyzem ve halam birbirine zıt iki kutup gibiydiler. Görünüşlerinden, huylarına kadar.

"Halan olacak o sarı çıyan Ankara'da kıçını büyütürken ben burada senin için uğraşıyorum. Ama görüyorum ki sen onu daha değerli buluyorsun."

"Çok ayıp teyze. Arkasından öyle deme. Hem ben onu daha çok değerli buluyorum mu dedim? Niye yanlış anlıyorsun. İkiniz de benim gözümde eşitsiniz."

"Ya tabii. Ne demezsin." Teyzem gözlerini devirip giysi dolabının yanına gidince hayretle ona baktım. Küsmüş olamazdı, değil mi?

Teyzem eline aldığı siyah topuklu ayakkabıları bana verdikten sonra, "Bunları giy," dedi. Sesi mesafeliydi. Sonra gönlünü alacağımı aklıma not ettim ve benim için getirdiği ayakkabıları ayağıma geçirdim. Boyum bir anda uzayıvermişti. Umarım bu gece sakarlık yapıp da düşmezdim.

"Şimdi oldu işte," dedi teyzem. Ona gülümsedim ve yanına gidip kollarımı sıkıca bedenine doladım. "Her şey için çok, çok teşekkür ederim. Sen olmasaydın ben ne yapardım bilmiyorum."

"Halanın yanına giderdin."

Gözlerimi devirdim ve biraz daha sıkı sarıldım teyzeme. "O asla senin gibi güzelleştiremezdi beni." Gerçekten öyle olurdu. Çünkü halam, teyzemin aksine daha doğal ve daha otoriterdi.

"Elbette güzelleştiremez. Neyse hadi salona geçelim de sana birkaç taktik vereyim." Hemen geri çekildim ve teyzeme anlamayan gözlerle baktım. "Taktik mi?"

"Evet güzelim, taktik. Bu elbiseyi giydiysen yapman gereken şeyleri de bilmelisin."

Teyzemin ne demek istediğini anlamasam da birlikte yatak odasından çıktık ve salona gidip karşılıklı bir şekilde krem-pembe karışımı koltuklara oturduk. Kim bilir neler söyleyecekti?

"Öncelikle... Melisa senden bu gece fazlasıyla cesur olmanı istiyorum. Bir de umursamaz. Eğer bu ikisini yaparsan her şey çorap söküğü gibi gelir zaten."

"Nasıl yani?" diye sordum bir şey anlamayarak.

"Bak şimdi. O çocuk seni bıraktı, değil mi? Umursama. Bırak ne yaparsa yapsın. Bu gece onu sürekli görmezden gel. Sanki o yokmuş gibi davran."

"Yapamam ki," dedim başımı öne eğerek. Gözlerim dolmak üzereydi. Ama yapamazdım. Ateş'i görmezden gelemezdim. Hele ki o kız yanındayken.

"Yapmalısın bir tanem. Yoksa bu gece başını yastığa koyduğunda ağlıyor olursun. O yüzden dediklerimi yap. Umursama. Bırak onu unuttuğunu hissetsin." Belli belirsiz başımı salladım.

"Hem seni alacak çocuk kimdi... Batuhan. İşte onunla gayet eğleniyormuş gibi görün. Sürekli gülümse ve ona bir şeyler anlat. Unutma, Ateş yok. Bunu sürekli kendi kendine hatırlat. İlgin sadece Batuhan'da olsun."

"Tamam."

"Ve şimdi en önemli şeyi söylüyorum. Dans. Melisa sakın ama sakın hareketli bir parçada dans etme. Çünkü bu elbise seni oldukça seksi gösterdi ve sen dans etmeye başlarsan bütün çekiciliğin yerini komik bir görüntüye bırakır. Seni tanıyorum. Dans ettiğinde kendinden geçiyorsun. O yüzden dans yok. Anladın mı?"

Teyzemin bu kadar şeyi bilmesi kısa bir şok geçirmeme neden olsa da, "Anladım," dedim.

"Aferin. Ama kavalyen slow bir parçada dansa kaldırırsa seni teklifini kabul et ve onunla sarmaş dolaş dans et. Bu Ateş'i deli edecektir. Emin ol."

"Teyze?" diye sordum hayretle. "Bu kadar şeyi nasıl biliyorsun?"

Teyzem gülümsedi. "6 tane nişan boşuna atmadım herhalde. Burada tecrübe konuşuyor küçükhanım. Söylediklerimi ciddiye al."

Gülümsedim. "Alacağım." Tam bu sırada telefonuma mesaj geldiğini haber veren ses işittim. Oturduğum yerden kalktım ve masanın üzerinde duran telefonumu elime alıp tuş kilidini açtım. Mesaj Batuhan'dan gelmişti.

Kimden:Batuhan Cihan
Mesaj: Aşağıdayım küçük küfürbaz. Umarım hazırsındır?

Küçük Küfürbaz mı?

Ona hazır olduğumu bildiren kısa bir cevap yazdıktan sonra telaşla teyzeme doğru döndüm. "Geldi." Bedenimi bir anda panik duygusu sarmıştı. Heyecanlanmıştım. Bunun nedeni birazdan Ateş'i görecek olmak mıydı, hiç bilmiyorum. Teyzem yanıma gelip saçlarımı düzelttikten sonra, "Şş. Heyecan yok," dedi. Keşke söylemek kadar basit olsaydı.

Teyzem benim için ayarladığı küçük çantayı elime verdikten sonra gitmek için hazır olduğumu anladım. Kapının önüne geldik ve boy aynasından son defa kendime baktım. "Teyze ya. Şu fermuar aklımı karıştırıyor. Ya açılırsa?"

Teyzem sorduğum soru üzerine sesli bir kahkaha attı. "Ah benim saf yeğenim. Bu fermuarı gerçekten gerçek mi sandın? Bu erkekleri etkilemek için minik bir oyun. Sanki fermuar her an açılacakmış gibi duruyor ve bu da onları tahrik ediyor. Ama öyle değil. Bu fermuar sadece kumaşın bir parçası."

Ağzım şaşkınlıkla aralanırken elimi hemen fermuara götürdüm. Gerçekten öyleydi. Kumaşın bir parçasıydı. Ucundaki demir dışında gerçeklik bir payı yoktu.

"Pes," diye mırıldandım ve kollarımı teyzeme doladım. "Bana şans dile," dedim. Teyzem sırtımı sıvazladıktan sonra geri çekildi. "Şansa ihtiyacın yok bir tanem." Ama ben şansa ihtiyacım olduğunu biliyordum. Ne diyeyim... Umarım bu gece şans benden yana olurdu.

Apartmandan çıktığımda kalbim hızlı hızlı atmaya başladı. Derin bir nefes alıp sakin olmaya özen gösterdim. Batuhan'ı görmem o kadar da uzun sürmemişti. Hemen karşımdaydı ve arabasına yaşlanmış, beni bekliyordu. Topuklarımın çıkardığı ses Batuhan'ın bakışlarını bana çevirmesine neden olurken omuzlarımı dik tutmaya çalıştım. Batuhan an itibariyle donmuş bir ifadeyle bana bakıyordu. Gülümsedim ve ayaklarımı hareket ettirip ona doğru yürümeye devam ettim.

Karşısına geçtiğimde Batuhan'ın hâlâ aynı pozisyonda olduğunu fark edip, "Çok mu kötü olmuşum?" diye sordum.

Batuhan titreme edasıyla kendine gelip boğazını temizledikten sonra, "Yo," dedi. "Çok, çok güzel görünüyorsun."

Kızardım. "Teşekkür ederim."

"Vay canına Melisa! Gerçekten mükemmel görünüyorsun."

Batuhan şaşkınlıkla bana bakmaya devam ederken, "Sadece bir elbise," dedim ve öyle olduğunu ispatlamak için etrafımda döndüm. Durduğumda Batuhan gözlerini değim yerindeyse fal taşı gibi açmış bana bakıyordu. "Ne?" dedim niye öyle olduğunu anlamayarak.

Batuhan şaşkınlıkla konuştu. "Sen, yani ben, balo ve sırtın amaan... Arabayla-" dedi.

"Hı?" Söylediklerinden hiçbir şey anlamamıştım. Batuhan derin bir nefes aldı ve, "Çok güzel görünüyorsun," dedi. Bunu az önce söylememiş miydi?

"Teşekkür ederim." dedim tekrar.

"Gidelim mi?"

Başımı yavaşça aşağı yukarı salladım ve Batuhan'ın benim için açtığı kapıdan içeri girip ön koltuğa oturdum. Elbisemin açılmaması için ciddi özen göstermiştim. Batuhan da sürücü koltuğundaki yerini alınca emniyet kemerimi bağladım ve derin bir nefes alıp gecenin güzel sonuçlanması için içimden tekrar dua ettim...

***

Balo salonu, pahalı kıyafetler giymiş bir sürü insanla doluydu. Sancaktar Üniversitesi'nin neredeyse bütün öğrencileri gelmişti. Salon, genel bir görüntü bakımından beyaz ve oldukça geniş bir alana sahipti. Etrafta yuvarlak masalar vardı. Duvarlarda ise çeşitli çeşitli süslemeler.

Maya, Nazlı ve Sinem en güzel hallerine bürünmüş sevgililerinin yanında dururken, Ateş eline aldığı ikinci içki bardağını kafasına dikmekle meşguldü. Gece daha başlamamıştı ama Ateş sarhoş olmak istiyor gibiydi. Bu aralar bedeninde adlandıramadığı bir his, bir boşluk dolanıyordu. Bu, Ateş için garipti. Çünkü daha önce hiç böyle hissetmemişti kendini.

"Hızlı gitmiyor musun?" diye sordu Melek. Ateş için endişeleniyordu.

"İyiyim ben. Sen işine bak."

Melek, Ateş'ten aldığı cevaptan sonra nefesini sıkılarak dışarıya üfledi. Onu anlamakta zorluk çekiyordu artık. Önceden böyle değildi. Sürekli onunla ilgilenir, etrafında olurdu. Ona hediyeler alır, birlikte vakit geçirmek için zaman kollardı. Ama şimdi fazlasıyla umursamazdı ve bu Melek'in canını sıkıyordu.

"Melek, harika görünüyorsun. Gecenin en güzel kızı şüphesiz sensin," dedi orada bulunan kızlardan bir tanesi. Melek dikkatini Ateş'ten çekip ona hayranlıkla bakan kıza verdikten sonra zorlukla gülümsedi. "Ah teşekkür ederim." Üzerinde kırmızı, mini bir elbise vardı. Düzgün fiziği tamamen ortadaydı ve bu görüntü birçok erkeği etkilemeye yetiyor, hatta artıyordu. Şu an bile birçok erkek beğeni dolu gözlerle Melek'i izliyordu.

Tabii Ateş henüz farkında değildi bunun. Aklındaki düşüncelere öyle bir dalmıştı ki gözlerini belli bir noktaya sabitlemiş, sadece içkisini içiyordu. Gerçi farkında olsa bile dönüp bir şey demezdi. Çünkü Ateş bu zamana kadar bir kere bile Melek'i kıskanmamış, bir kere bile onu kısıtlamamıştı.

"Millet, Batuhan'dan haberiniz var mı? Kiminle geliyor?" Kuzey'in sorusu üzerine kızlar sessizce kıkırdamaya başladı. Maya, Nazlı ve de Sinem Melisa'yla geleceğini biliyordu ama bunu sevgililerine söylememişlerdi. Çünkü biliyorlardı ki söyleseler onlar da direkt Ateş'e söylerlerdi.

"Güzel bir mankeni koluna takıp gelmezse ben de Güney değilim."

"Ben seksi bir turist bekliyorum," dedi Doğukan.

"Ben de dansçı bir kız diyorum."

Erkekler -Ateş hariç- Batuhan'ın kimi getireceği hakkında yorum yaparken Ateş oldukça umursamaz davranıyordu. İstediği tek şey bu gecenin bir an önce bitmesiydi. Çünkü çoktan sıkılmaya başlamıştı.

Saat 21.40'ı gösterdiğinde bütün salon neredeyse dolmuştu. İnsanlar çalan müzik eşliğinde dans ederken onlarca garsonda servis işleriyle uğraşıyordu. Kuzey, Güney, Doğukan ve Ateş, kız arkadaşlarıyla bir masanın yanında durmuş sohbet ederken salonun büyük beyaz kapısı açıldı. Batuhan ve Melisa kol kola içeriye girdiklerinde onları ilk fark eden Doğukan olmuştu. Doğukan şaşkın bir halde Melisa ve Batuhan ikilisine bakarken, "Güzel olduğu doğru ama manken değil kardeşim," dedi. Masadaki herkes onun bu söylediğine başta hiçbir anlam veremese de daha sonra anlayıp bakışlarını Doğukan'ın baktığı yere çevirdiler. Herkes'in gözü iri iri açıldı, ağızları aralandı. Ateş hariç. Çünkü o henüz bakmamıştı.

Ateş masadaki herkesin belli bir noktaya baktığını fark edince elindeki içkiden bir yudum alıp başını umursamazca arkadaşlarının baktığı yere çevirdi. Ve o an itibariyle Ateş dondu kaldı. Dudakları hafifçe aralanıp, gözleri irileşti. Bedeni kaskatı oldu. Elindeki bardak çoktan kayıp yere düşmüş, onlarca parçalara ayrılmıştı. Ama Ateş ayakkabılarının üzerine sıçrayan içkiden habersizdi.

"O gerçekten Melisa mı?" diye sordu Kuzey. Şaşkındı. Tıpkı herkes gibi.

"Evet, Melisa. Ne kadar mükemmel değil mi?" dedi Maya. Hayranlıkla kardeşinin yerine koyduğu kıza bakıyordu.

"Biraz makyaj ve bir elbise. O kadar abartmayın." Melek'in söylediği şeye kızlar gözlerini devirirken Ateş hiç kimseyi duymuyor gibiydi. Gözleri sadece Melisa'daydı. Onu daha önce hiç bu kadar... Güzel. Evet, hiç bu kadar güzel görmemişti.

İçinden 'Onun burada ne işi var?' diye geçirirken hemen yanı başında duran Batuhan, sorusuna cevap oldu. Ateş'in çenesi sinirden kasılmaya başlarken bu gecenin hiç de iyi bitmeyeceğini anlamıştı.

***

Melisa Özsoy

"Batuhan, burası çok kalabalık değil mi?" Gelmeden önce en fazla elli-yüz kişi olur diye tahmin etmiştim. Ama şimdi görüyorum da üç yüzden fazla insan vardı.

"E burası Sancaktar Üniversitesi güzelim."

"Neden herkes bize bakıyor peki?" diye sordum.

Batuhan otuz iki diş gülümseyip bir adım geri çekildikten sonra elimi tuttu ve beni kendi etrafımda döndürdü. Yüzümde ister istemez bir gülümseme oluşurken Batuhan, "Sence?" diye sordu. Kızardım.

Hareketli bir parça kulaklarımı doldurmaya başladığında teyzemin söyledikleri aklıma geldi. Dans etmek yok. Dans etmek yok. Bu gerçeği kendime hatırlattım ve bakışlarımı etrafta gezdirmeye başladım. Güzel giyinmiş bir sürü kız ve erkek vardı. Bazılarının sevgili olduğu belliydi çünkü oldukça yakın temasta bulunuyorlardı. Hatta bazıları öpüşüyordu. Bazıları ise kucak kucağaydı. Dikkatimi öpüşen sarışın bir kız ve sarışın bir çocuk çekince elimde olmadan onları izlemeye başladım. Oğlan kızın dudaklarına sert baskı uyguluyordu. Kız ise ellerini çocuğun boynunda birleştirmiş öyle karşılık veriyordu. Herkesin içinde yapmaya utanmıyorlar mı?

"İşte böyle terbiyesiz bir okuldan mezun oluyorum," dedi Batuhan.

Başımı panikle Batuhan'a doğru çevirdiğimde onun da aynı benim gibi öpüşen çifte baktığını fark ettim. Yanaklarım utancımdan kızarırken, "Ben onları dikizlemiyordum," dedim. Beni röntgenci sanmasını istemezdim.

Batuhan sırıttıktan sonra başını iki yana salladı. "Sorun değil," dedi. "Herkesin dikkatini çekerdi."

"Melisa?"

Duyduğum cırtlak ses yerimden sıçramama neden olsa da sesin sahibinin Maya olduğun fark edip derin bir nefes aldım. "İnanmıyorum... Ne kadar güzel görünüyorsun!"

"Melisa harikasın."

"Tek kelimeyle mükemmel."

Sinem ve Nazlı da Maya gibi beğeni dolu gözlerle beni inceleyince başımı utançla öne eğdim. "Teşekkür ederim." Böyle şeyler duymaya pek alışkın değildim.

"Kavalyemi utandırmayı bırakın kızlar. Bu arada söylemeden geçemeyeceğim. Siz de çok güzel görünüyorsunuz."

Kızlarla birlikte Batuhan'ın söylediği şeye gülümserken üzerimde hissettiğim delici gözler başımı yavaşça sağa doğru çevirmeme neden oldu. Ateş... Gözünü kırpmadan öylece bana bakıyordu. Yüzü ifadesizdi. Sinirli ya da öfkeli durmuyordu. Kaya kadar sert bir ifade takınmıştı ve mavi-yeşil gözleri dikkatli bir şekilde bana bakıyordu. Siyah bir takım elbise giymişti. Takım, ona inanılmaz yakışmıştı ve bütün yakışıklılığıyla hemen karşımda duruyordu. Ona karşı beslediğim özlem bir anda bedenimi sarmalarken başımı hemen ondan çektim ve Batuhan'a bakmaya devam ettim. Ona bakmak yok. Ona bakmak yok.

"Bizimkiler nerede?"

Maya elini bir yere yönlendirdi. "İşte oradalar," dedi. Batuhan bakışlarını bende sabitledi. "Gitsem sorun olur mu?"

Başımı hemen iki yana salladım. "Keyfine bak," dedim. Benim için arkadaşlarından ayrı durmasına izin veremezdim.

"Bu gece seninleyim küçük küfürbaz. Sadece uğrayıp geleceğim." Batuhan yanımızdan ayrılınca kızlarla baş başa kaldık.

"Küçük küfürbaz da ne demek?" diye sordu Nazlı.

"Uzun hikâye," dedim ve masadaki çerezlerden bir tanesini ağzıma attım.

"Melisa bilmem fark ettin mi ama Ateş'in gözü senin üzerinde." Maya masaya doğru eğilip oldukça sessiz bir şekilde söylemişti bu cümleyi. Omuzlarımı silktim. "Umurumda değil." Yalan söylüyordum. Gayet de umurumdaydı ama teyzem umursamaz ol demişti.

"Gerçekten mi?" diye sordu Sinem. Yüzünde şaşkın bir ifade vardı. Başımı aşağı yukarı salladım ve "Gerçekten," dedim. Sanırım umursamaz gibi görünmeyi başarıyordum. Aferin bana.

"E bu harika. Son görüşmemizde oldukça üzgündün. Ama şimdi gayet iyi görünüyorsun. Senin adına çok sevindim," dedi Maya. Zorla gülümsedim.

Aradan yaklaşık 20 dakika kadar bir süre geçti. Bu süreçte kızlarla salonda bulunan diğer kızların kıyafetlerini eleştirmiştik. Slow bir parça çalmaya başlayınca herkes kavalyesiyle dans pistine geçti. Maya ve diğer kızlar da dahil. Yuvarlak masanın yanında durmuş insanları seyrederken yanıma gelen kumral bir çocuk bakışlarımı ona çevirmeme neden oldu. Beni dansa kaldırmazdı, değil mi?

"Şey... acaba dans edebilir miyiz?"

Tahminim maalesef gerçeğe dönüşünce reddetmek için ağzımı açtım ama Batuhan çoktan benim yerime konuşmuştu. "Üzgünüm ama o benimle."

Kumral çocuk "Ya," diye mırıldanıp Halil Sezai moduna girince Batuhan elimi tutup dans pistine doğru yürütmeye başlamıştı beni. Piste vardığımızda Batuhan ellerini nazikçe belime koydu. Soğuk teni çıplak sırtıma değince ürpermeme neden olmuştu. Üstesinde durmadım ve kollarımı çekinerek Batuhan'ın boynuna doladım. Çalan yavaş parçanın ritmine göre bir sağa bir sola hareket etmeye başladığımızda Batuhan'ın dudakları bir anda yukarı kıvrıldı. Neden gülümsediğini anlam verememiştim.

"Ne oldu?" dedim bir açıklama yapmasını isteyerek. Ama Batuhan bir cevap vermedi ve yüzünü bana doğru yaklaştırıp dudaklarını hemen kulağımın kenarında sabitledi. "Ateş şu anda beni öldürmek istiyor," dedi. Batuhan'ın nefesi kulağıma çarpınca yutkundum. Bu kadar yakın olmamız doğru değildi. Yavaşça geri çekildim. "O halde niye yanımdasın?"

Batuhan gülümsedi. "Bazı şeyleri fark etmesi için."

Aldığım cevap aklımı karıştırırken Batuhan'la dans etmeye devam ettik. Slow müzik bitmişti ve yerini hareketli bir parçaya bırakmıştı. "Hadi bakalım küçük küfürbaz. Asıl dans şimdi başlıyor." Batuhan elimi tutup hareket etmemi sağlayınca, "Şey..." dedim. "Bu şarkıda dans etmesek daha iyi."

"Neden?"

"Çünkü şey. Gerçekten hiç edesim yok."

"Hadi ama. Bak bu çok güzel bir şarkı," dedi Batuhan. Elimi bırakmıştı ve müziğin ritminde dans edip beni ikna etmeye çalışıyordu. Ama hayır. Teyzemin söylediklerine uymam gerekirdi.

"Sen et. Ben seni izleyeyim?" diye öneride bulundum.

"Ama öyle hiç tadı çıkmaz ki. Hadi Melisa. Sadece müziğin ritmine uyacaksın. Bu kadar zor olmamalı."

Batuhan ısrarla yüzüme bakınca dudağımı dişlerimin arasına aldım. Özür dilerim teyzem.

Ariana Grande & Problem şarkısı, sesli bir şekilde salonda yankılanırken Batuhan'la karşılıklı dans etmeye başladık. Ellerim elbisemin eteklerindeydi. Ariana'nın mükemmel sesi içimdeki dans etme güdülerini harekete geçirse de kendimi güçlükle dizginlemeye çalışıp kontrolümü kaybetmemeye özen gösterdim. Birinci kıta bitti. Batuhan ani bir hareketle belimden tutup beni kendine doğru çekince bu yaptığı hareket karşısında afalladım ve ellerimi otomatik olarak onun omzuna koydum. Batuhan şarkıdaki erkeğin söylediği -seksi- kısmı kulağıma doğru fısıldayınca gülümsedim ve gözlerimi kapattım.

Erkeğin söylediği kısım bitince Batuhan geri çekildi ve gülümseyerek bana baktı. Ben ise utancımdan kızardığım için bakışlarımı hemen ondan kaçırdım. Ateş'le göz göze gelmek hiç de beklediğim bir şey değildi. Bakışları ölümcül derecede sertti ve üzerimdeydi. Ne? Sevgilim değildi ki o benim. Niye öyle bakıyordu? Bakışlarımı ondan çektim ve sanki -teyzemin de söylediği gibi- yokmuş gibi müziğin ritmine uyum sağlamaya devam ettim.

Yuvarlak masanın yanına geldiğimizde Batuhan da ben de gülümsüyorduk. Öyle çok coşmamıştım. Tam kararında dans ettiğim için sanırım rezil falan da olmamıştım. Maya ve diğer kızlar sonraki hareketli parçada dans etmeye devam ederken onları izlemeye başladım. Ama bir yandan Batuhan'la sohbet etmeyi de ihmal etmiyordum.

Bir süre sonra Batuhan alkolsüz bir içecek bulmak için yanımdan ayrıldı. Maalesef öyle bir huyum vardı. Alkollü şeyler içemiyordum. Gerçi daha önce hiç içmemiştim ama içersem dokunacağını biliyordum.

"Nihayet yalnız kalabildin."

Duyduğum tanıdık ses başımı panikle ona doğru çevirmeme neden olurken gözlerimin kocaman açılmasına mani olamadım. Neden yanıma gelmişti ki? Ayrıca o kız neredeydi? Geldiğimden beri hiç görmemiştim zaten.

"Ne istiyorsun?" dedim umursamıyormuş gibi görünerek. Ama kalbim sıkışmaya başlamıştı bile.

Ateş bir adım atıp aramızdaki mesafeyi kapattıktan sonra rahatsız edecek şekilde bakışlarını vücudumda gezdirdi. "Farklı görünüyorsun," dedi. Sesi bile karnıma sancı girmesine neden oluyordu. "Teşekkür ederim," dedim güçlükle.

"Neyse. Neden buradasın?" diye sordu Ateş. Sesi sakindi.

"Şey... Batu davet etti," dedim çekinerek. Umarım kızmazdı. Gerçi onun kızmasını neden önemsiyorum ki? Sonuçta benim hiç bir şeyim değildi artık!

Ateş eğlenmekten yoksun bir şekilde gülümseyip başını iki

yana salladı. "Batu, demek? Ne ara bu kadar samimi oldunuz, merak ediyorum."

"Samimi değiliz ki. Bazılarının aksine hemen iyi anlaştık," dedim. Sesimin iğneleyici çıkmasına özen göstermiştim.

"İyi anlaştığınız belli. Kulağına kulağına seni utandıracak şeyler fısıldadığına göre." Ağzım Ateş'in söylediği şeyle aralanırken "Ne saçmalıyorsun sen? Ayrıca sana ne!" dedim biraz bağırarak.

"Doğru. Bana ne!"

"Hem sen benim sevgilim değilsin ki. Neden geldiğimden beri kötü kötü bakıyorsun? Yoksa beni kıskanıyor musun?"

"Kıskanmak mı? Hayal görme Melisa. Azıcık bile umurumda değilsin. Kendini önemli biriymiş gibi görmekten vazgeç."

Ateş birden sesini yükseltince geriye doğru bir adım attım ve omuzlarımı düşürdüm. Umurunda değilmişim. Bunu ciddi bir şekilde yüzüme söylemişti.

"Güzellik?"

Batuhan elindeki meyve suyuyla yanımıza gelip bakışlarını Ateş ve benim üzerimde gezdirmeye başlayınca "Şey… sağ ol," diye mırıldandım meyve suyunu kast ederek.

"Önemli değil," dedi Batuhan ve bakışlarını Ateş'e çevirdi. Ateş'in çenesi kaskatıydı.

"Melek'i kızlar tuvaletine giderken gördüm. Kötü görünüyordu. Bir bak istersen."

Ateş ölümcül bakışlarını Batuhan ve benim üzerimde gezdirdikten sonra bir şey demedi ve yanımızdan ayrılıp yürümeye başladı. O kızın yanına gidiyordu! Gözyaşlarım akmak için hazırda beklerken onları geri postaladım. Ağlamak istemiyordum. O kızın yanına gitmiş olsa da ağlamak istemiyordum!

***

"İşte babamın mezuniyet hediyesi," dedi Batuhan. Şu an içinde bulunduğum son model spor arabayı kastediyordu.

"Baban epey cömertmiş," dedim. Yoksa kim oğluna böyle bir hediye alırdı ki?

"Öyledir," dedi Batuhan ve sırıttı.

Arabanın içindeki saat 23.30'u gösteriyordu. Mezuniyet balosu gayet sakin geçmişti. Yani en azından Ateş beni kıskandığı için birine -Batuhan'a- dalmamıştı. Buna sevinmeli miyim yoksa üzülmeli miyim bilmiyordum. Belki de söylediği gibi, gerçekten beni umursamıyordu.

Batuhan'la beraber salondan ayrılmak için bütün çocuklarla -Ateş ve Melek hariç- vedalaştığımızda bize gecenin daha bitmediğini söylediler ve buradan sonra deniz kenarına gidip sarhoş olana kadar içki içeceklerinden bahsettiler. Başta itiraz edip istemesem de Maya ve diğer kızların yoğun ısrarıyla kabul etmek zorunda kaldım. Ve şimdi buradaydım. Batuhan'la birlikte Kuzey ve Maya'nın içinde olduğu arabayı takip ediyorduk. Onların önünde Ateş ve Melek vardı. Bizim arkamızda ise Doğukan, Güney, Nazlı ve Sinem.

Araba bir süre sonra deniz kenarında durunca geldiğimizi anladım. Emniyet kemerimi çıkartıp kapımı açtığım sırada Batuhan sağ eliyle bileğimi tutup inmemi engelledi. Anlamayan gözlerle ona baktım. "Dışarı böyle çıkmayı mı düşünüyorsun?" diye sordu. Bu saatte deniz havası gerçekten çarpabilirdi beni. Üzerimdeki elbiseyi de düşünürsek (!)

"Al bunu giy," Ben daha ağzımı açıp bir şey söylemeden Batuhan üzerinden çıkardığı siyah ceketi bana uzattı. "Teşekkür ederim," dedim.

Batuhan gülümsedi ve "Hadi inelim," diyerek kendi kapısını açıp aşağı indi. Ben de aşağı indikten sonra ceketi üzerime geçirdim ve düğmelerini iliklemeye başladım. Batuhan ortaya çıkan görüntüme sırıtırken nasıl göründüğümü de merak etmiştim.

Kuzey, Maya, Güney, Doğukan, Nazlı, Sinem ve Melek ile Ateş kumların üzerine oturmuş, biçimsiz bir halka oluşturmuşlardı. Herkes kendi sevgilisinin yanındaydı ve bağdaş kurarak oturuyorlardı. Ateş ve Melek sevgili mi tam olarak bilmiyorum ama onlar da yan yanaydı ve hatta Ateş, Melek'i kolunun altına almıştı. Melek de başını Ateş'in göğsüne koymuş, bir şeyler anlatıyordu. Gördüğüm manzara beni şimdiden geldiğime pişman ederken Batuhan elini belime koydu ve yürümemi sağladı. Sakin olmalıydım. Bu gece kıskanan kişi Ateş olmalıydı, ben değil.

"Sonunda geldiler," dedi Güney. Bizi ilk fark eden o olmuştu.

Güney'in söylediği cümleyle bütün bakışlar bize çevirilince göz ucuyla Ateş'e baktım. Ama o bana değil vücuduma bakıyordu. Daha doğrusu Batuhan'ın ceketine. Çenesi kasılmaya başlayınca içimden söylediğim tek şey, oh olsun sana, olmuştu.

Batuhan'la birlikte bizim için ayrılan yerlere oturduğumuzda halka tamamlandı. Sol yanımda Maya ve Kuzey çifti vardı. Hemen sağımda Batuhan. Onun yanındaysa diğer çocuklar. Tam karşımda ise sanki her şey bilerek yapılıyormuş gibi Ateş ve Melek vardı. Her ne kadar o ikisine bakmak istemesem de bir şekilde onlara bakarken buluyordum kendimi.

"Şimdi biz mezun mu oluyoruz?" dedi Sinem heyecanla.

"Oluyoruz valla. İlkokul, lise derken üniversite de bitti," dedi Güney.

"Zaman su gibi akıp geçiyor..."

Kuzey'in söylediği cümle üzerine herkes başını aşağı yukarı salladı. Evet, zaman su gibi akıp geçiyordu cidden.

"Her birimiz artık yetişkiniz. Mesleğimizi elimize aldık," dedi Melek ve bakışlarını bende sabitledi. "Tabii Melisa hariç. Sen henüz 17 yaşındaydın, değil mi şekerim?" Melek kaşlarını havaya kaldırıp bir cevap vermemi isteyince, "Ya sabır," diye mırıldandım. Ne diye benimle konuşuyordu ki?

"Evet," dedim ve bakışlarımı hemen kaçırdım.

"Ay çok şeker," dedi Melek. Ateş'in kolunu biraz daha kavrayıp başını Ateş'in göğsüne yasladı ve aralarında mesafeye dair bir şey bırakmadı. Neredeyse kucağında oturuyor gibiydi.

Sakin olmaya özen gösterdim.

Aradan geçen dakikalarla beraber herkes ilerideki yaşamı hakkında konuşup durdu. Ben ise arada sırada -biri bir şey sorarsa- konuşmaya dahil oluyordum. Ama Ateş... geldiğimizden beri elindeki bilmem kaçıncı birayı kafasına dikiyordu. Arada bakışlarımız birleşince anlayamadığım bir ifade ile yüzüme bakıyordu ve ben bundan rahatsız olduğum için hemen bakışlarımı kaçırıyordum. Hayır anlamıyorum. O kadar içmesindeki amaç neydi?

"Üşüdün mü?" diye sordu Batuhan. Yüzü tamamen bana doğru dönüktü. Saat gece yarısına yaklaştığı için hava gerçekten buz gibiydi. Ama üzerimdeki ceket sanırım pahalı olmasından dolayı gayet sıcak tutmuştu beni. "Teşekkür ederim. Ceketin epey iyi iş çıkartıyor," dedim gülümseyerek.

Batuhan da gülümsedi. "Küçük bir küfürbaza göre teşekkür etmen büyük kibarlık," dedi. Gözlerimi iri iri açtım. Hakkımda yanlış şeyler düşünüyordu. Ben kim küfürbaz olmak kim? "Ya bak, iki de bir öyle diyorsun, küserim. Ben seni sapık sandığım için öyle dedim."

"Hı-hı ben de Justin Bieber. Beni tanımamaya devam etsen, ana bacı girerdin herhalde."

Şaşkınlıkla ağzımı araladım. "Hiç de bile. Hem suç sende. Niye başta adını söylemiyorsun ki?"

Batuhan güldü. "Fırsat verdin mi kızım sanki? Hemen babanın polis olduğunu söyleyip beni tehdit ettin."

"Hak ettin ama," dedim. Batuhan'ın sırıtışı biraz daha yüzüne yayılınca ben de onunla birlikte gülümsemekten kendimi alıkoyamadım.

"Neye gülüyorsunuz siz bakayım?"

Maya dahil herkes meraklı bakışlarını bizim üzerimizde sabitleyince, "Şey..." dedim. Ama ne diyeceğimi bilmiyordum. Telefon olayını en başından anlatamazdım ya.

"Aramızda bir şey," dedi Batuhan ve bana göz kırptı. Utanarak bakışlarımı ondan kaçırdığımda kendimi Ateş'e bakarken buldum. İşin tuhafı o da bana bakıyordu ve bakışları... ürkütücüydü. Çok fazla ürkütücü. Her an beni kesebilirdi. Veya Batuhan'ı. Hatta buradaki herkesi.

Bir süre sonra kızların isteği doğrultusunda doğruluk ve cesaret oynamaya başladık. Saat gece yarısını çoktan geçmişti ve soğuk iyice bastırmıştı. Üşümüştüm. Kollarımı birbirine doladım ve kendimi ısıtmaya çalıştım.

Bira şişesi ortada dönüp Batuhan ve Kuzey'in arasında durdu.

"Doğruluk mu cesaret mi?" diye sordu Batuhan. Yüzünde sinsi bir gülümseme vardı. Kuzey de gülümsedi ve "Senin eline asla koz vermem," dedi. Ne demek istediğini anlamamıştım. "Doğruluk tabii ki."

"Tüh lan," dedi Batuhan ve elini dizine vurdu. Onun bu hali beni gülümsetmişti. "Maya'yla birlikteyken başkasıyla yattın mı?"

Ne, diye haykırdı iç sesim. Bu ne biçim bir soruydu Allah aşkına?

"Yalan söyleyen matematik hocası olsun," diyerek konuşmaya devam etti Batuhan. Herkes onun bu söylediğine, "Tövbe tövbe," derken ben yine gülümsemiştim. Güzel bedduaydı.

"Böyle bir sarışına sahipken başka birini görür mü benim gözlerim?" Kuzey'in söylediği şeye herkes -Ateş hariç- "Ooo," derken Maya sessizce kıkırdayıp sevgilisine sarıldı. Onların bu haline imrenerek bakmıştım.

Bira şişesi tekrar dönmeye başlayınca göz ucuyla Ateş'e baktım. Ama o gözlerini belli bir noktaya sabitlemiş, yere bakıyordu. Elinde de içki şişesi! Niye bu kadar içtiğini hâlâ anlamamıştım. Sevdiği kız hemen yanı başındaydı ve hatta ona sarılır bir vaziyetteydi. Mutlu olması gerekmez miydi? Benim aksime?

"Doğruluk mu cesaret mi?"

Dikkatimi tekrar oyuna verdiğimde şişenin Doğukan ve benim aramda durduğunu fark ettim. Ve soru bana soruluyordu. Dudağımı dişlerimin arasına aldım. "Doğruluk," dedim. Kim bilir ne soracaktı? Gerçi az önceki soruyu göze alırsak pek de kolay bir soru sormayacağını tahmin etmem zor değildi.

"Kaç farklı kişiyle öpüştün?"

Al işte!

Ağzım Doğukan'ın sorduğu soruyla aralanırken ne diyeceğimi bilemedim. Eğer 1 dersem sadece Ateş'le öpüştüğümü belli edecektim ve bu da onun egosunu tavan yaptıracaktı. 'Of' diye haykırdı iç sesim. Neden böyle bir soru sormuştu ki sanki?

"Şey, dudaktan mı?" diye çekinerek sordum. Yanaktan da diyebilir sonuçta. Herkes sorduğum soruya sessizce kıkırdarken Doğukan, "Evet?" dedi. Derin bir nefes aldım ve gerçeği söyleyerek, "Bir," diye mırıldandım. Çünkü öyleydi. Yanaklarım çoktan kızarmaya başlamışken göz ucuyla Ateş'e baktım. Bakmaz olaydım. Çünkü o da bana bakıyordu ve gülümsüyordu! Hemen kaçırdım gözlerimi ve denize sabitledim. Kalbim hızlı hızlı atmaya başlamıştı yine.

Şişe tekrar dönmeye başlayınca bu sefer Güney ve Ateş'in arasında durdu. Soran taraf Güney'di.

"Doğruluk mu cesaret mi?"

"Doğruluk," deyip hemen cevap verdi Ateş.

"Bu gece biriyle sarılıp uyuyacak olsan aramızda olması şartıyla kimi seçerdin?"

Avucumun içindeki kumlar parmaklarımın arasından kayarken başımı öne eğdim ve Ateş'in vereceği cevabı beklemeye başladım. Önceden benimle sarılıp uyumayı sevdiğini söylüyordu. Yine öyle der miydi ki acaba?

"Melek," diyerek cevap verdi Ateş. Kalbim bu cevapla sıkışırken ağlamamak için gözlerimi kapattım. Ne bekliyordum ki? O kız yanındayken Melisa demesini mi?

Melek cilveli bir şekilde gülümseyip kollarını Ateş'e dolayınca bir anda kendimi onları izlerken buldum. Ateş de Melek'e sarılıyordu!

Ağlamak yok!

Ağlamak yok!

Ağlamak yok!

Şişe tekrar dönmeye başladı. Ama artık oynamak istemiyordum. İstediğim tek şey evime gidip saatlerce ağlamaktı.

"Doğruluk mu cesaret mi?" Sesin sahibi Melek'ti ve bana soruyordu.

Bana?

Bakışlarındaki küçümserlik sinirlerimi iyice bozarken omuzlarımı dikleştirdim. "Cesaret," dedim bütün kararlığımla. Her ne derse desin kesin olarak yapacaktım. Denize bile girebilirdim şu saatte. Beni küçük bir kız çocuğu gibi görmesine izin vermeyecektim. Melek verdiğim cevap üzerine yapay bir şekilde gülümsedi ve Ateş'in kolunu sıkıca kavrayıp bakışlarını bende sabitledi.

"Batuhan'ı dudaklarından öp."

Ağzım Melek'in isteği ile aralanırken etrafın bir anda sessizliğe dönüşmesi dikkatimden kaçmamıştı. Şu anda sadece dalgaların çıkardığı ses duyuluyordu. Kızlar ve erkekler pürdikkat yapacağım hamleyi beklerken göz ucuyla Ateş'e baktım. Elindeki bira şişesini yere koymuş bir sağa bir sola sallıyordu. Bakışları ise yerdeki şişedeydi. Şu anki görüntü bir psikopatı anımsatmıştı bana.

Derin bir nefes aldım ve Batuhan'a doğru döndüm. Tek kaşını şüpheyle havaya kaldırmış yüzüme bakıyordu. Sanırım o da yapıp yapmayacağım konusunda kararsız kalmıştı. "Tamam," dedim nefesimi dışarıya üfleyerek. Kalbim bilmediğim bir nedenden dolayı sıkışmaya başlamıştı.

"O halde öp," dedi Melek. Sesi oldukça neşeliydi. Ama neden? Bunu Ateş'in gözü önünde yapacağım için mi? Umursamamaya çalıştım ve yüzümü yavaşça Batuhan'a doğru yaklaştırdım. Aramızda çok fazla mesafe yoktu zaten. Yan yana oturuyorduk. Batuhan'da yüzünü bana doğru yaklaştırınca gözlerimi kapattım. Böyle yaparsam daha kolay olurdu belki.

Dudaklarım Batuhan'ın sıcak dudaklarıyla birleşince içimde bir şeylerin titrediğini hissettim. Ne yapacağımı bilmiyordum. Hep Ateş yönlendirirdi beni. Ama şimdi Batuhan sanki benim yapmamı ister gibi öylece bekliyordu. Batuhan elini belime koyup beni kendine çekince ellerim bir anda onun omuzlarına çıktı. Beceriksizce onu öpmeye başladığımda Batuhan tepkisiz kalmaya devam ediyordu. Aslında dudaklarını Ateş'in öğrettiği taktikle aralayabilirim ama bunu yaparsam öbür dünyaya gitmeyi kesin olarak garantilemiş olurdum. Batuhan'ın dudaklarını öpmeye devam ederken duyduğum çığlık sesleri panikle geri çekilmeme neden oldu.

Ateş?

Herkes oturduğu yerden kalkmış öfkeli gözlerle Ateş'e bakıyordu. Elindeki bira şişesine bakılırsa içindeki içkiyi ortada yanan ateşin üzerine dökmüş ve kocaman bir alev çıkartmaya neden olmuştu. Kıvılcımlar bir sağa bir sola sıçramaya başlarken Batuhan kolumdan tuttuğu gibi ayağa kaldırdı beni.

"Mal mısın oğlum sen?"

"Hepimizi öldürecek misin?"

Güney ve Doğukan, Ateş'e bağırınca ne kadar sinirli olduklarını fark etim. Ama Ateş ne onları ne de bir başkasını duyuyor gibiydi. Sert ve ölümcül bakışları sadece benim üzerimdeydi. Ateş attığı büyük adımlarla hemen yanıma gelip bileğimi tutunca hayretle ona baktım. Ama o çoktan çekiştirmeye başlamıştı beni.

"Bıraksana be kolumu!" diyerek Ateş'in kelepçe gibi sardığı parmaklardan kurtulmaya çalıştım. Ama nafile. Sanki beni duymuyormuş gibi peşinden sürüklemeye devam etti.

"Nereye götürüyorsun beni?" dedim bu sefer. Batuhan'ın ceketi yere düştüğü için üşümeye başlamıştım.

"Kime diyorum ben ya? Bıraksana!"

Ateş sessizliğini korumaya devam ederken siyah, son model arabasının yanına geldik ve ön koltuğun kapısını açıp bir şey dememe fırsat vermeden içeriye fırlattı beni! Ne yani bir yere mi gidiyorduk? Hem de ikimiz? Şaşkınlık, biraz da korku tüm bedenimi sararken sürücü koltuğunun kapısı açıldı ve Ateş tüm heybetiyle içeriye girip kapıyı kapattı.

"Nereye gidiyoruz?" dedim. Sesimi biraz daha sakin tutmaya özen gösterdim. Ama Ateş yine cevap vermedi. Tamam. Şimdi korkuyorum işte. Ateş arabayı çalıştırıp sürmeye başlayınca koltuğa biraz sindim. Çünkü sarhoştu ve az önce hepimizi neredeyse yakacaktı. Bu dengesizin işi belli olmaz diyerek çabucak emniyet kemerimi bağladım. Ama çoktan ana yola girip son sürat gitmeye başlamıştık. Bakışlarımı gösterge denilen alete çevirdiğimde rakamların hızla arttığını gördüm. 100. 110. 120. 130. "Biraz yavaşla," dedim panik içinde.

Ama Ateş sanki inadıma yaparmışçasına vitesi arttırıp biraz daha yüklendi gaza. Saat gece yarısını çoktan geçtiği için etrafta fazla araba yoktu. Ama bu kaza yapmayacağımız anlamına gelmezdi. "Ateş lütfen..."

Biraz daha sindim koltuğa.

Ateş arabayı bir sağ şeride geçerek bir de sol şeride geçerek sürüyordu. Arkadan gelen korna sesleri kaza yapacağımızın habercisi olurken, "Seni aptal! Amacın bizi öldürmek mi?" diye bağırdım. Bu kadar sessiz olması ürkmeme neden oluyordu. Normalde bağırıp çağırırdı. Ya da onun gibi şeyler yapardı. Ama şimdi burnundan solumasına rağmen oldukça sessizdi.

"Kapa çeneni!" dedi Ateş sonunda konuşurken. Sert sesi arabanın içinde resmen yankılanmıştı. Ama hayır! Susmayacaktım. Daha canıma susamamıştım ben. Ayrıca bu öfkesi, bu siniri nedendi? Batuhan'ı öptüğüm için miydi? Kendisi söylememiş miydi artık umurumda değilsin diye? Şimdi niye sinirleniyordu ki?

"Ateş, lütfen yavaşla... İkimizi de öldüreceksin," dedim. Gerçekten çok, ama çok hızlı gidiyorduk.

"Bu sikilmiş dünyadan kurtulmuş oluruz işte!"

Ateş biraz daha gaza yüklenip önümüzdeki arabaların arasından şimşek gibi geçince gözümden akan yaşa aldırmadan, "Ölmek istemiyorum," dedim. Ne ara ağlamaya başladım hiç bilmiyordum.

Ateş başını bana doğru çevirdi. "Bana bir neden söyle?" Sindiğim koltukta telaşla doğruldum. "Önüne bak!" dedim. Ne yapıyordu bu?

"Yaşamak. İçin. Bana. Bir. Neden. Söyle?" Ateş her kelimeye vurgu yapmıştı ve hâlâ bana bakıyordu. Yüzünde tek bir kas bile hareket etmemişti. Korku bütün bedenimi ele geçirirken duyduğum güçlü korna sesi gözlerimi sıkıca kapatmama neden oldu. Gördüğüm son şey ise bize çarpmak üzere olan bir kamyondu. "Siktir!" Ne olduğunu görememiştim. Hissettiğim tek şey arabanın bir sağa bir sola hızlı bir şekilde savrulmasıydı. Ölüyor olabilir miydik? Kalbim neredeyse çıkmak üzereyken ağzımdan çıkan hıçkırığa mani olamadım. Böyle mi olacaktı ölümüm? Oysaki ben hep sıcacık yatağımda yaşlı bir kadın olarak ölmek isterdim. Acısız ve huzurlu...

Arabanın hızı yavaşlayıp normal bir hıza inince ne olduğunu merak etmiştim. Kaza olmamış mıydı? Ama hâlâ hareket ediyorduk? Gözlerimi açıp ne olduğunu görmek istesem de yapmadım ve onları kapalı tutmaya devam ettim. Sanırım ölmekten son anda kurtulmuştuk.

Bir süre sonra araba asfalt zeminden toz çıkartacak şekilde durunca öne doğru hafifçe sendeledim. Emniyet kemeri gerçekten hayat kurtarıyordu. Gözlerimi araladım. Teyzemin evinin önündeydik. Ama nasıl? Aldırış etmedim ve sinirli bakışlarımı hemen yanımda oturan Ateş'e çevirdim. "Geri zekâlı! Az kalsın ikimizi de öldürüyordun!" dedim yüzüne yüzüne bağırarak. Kalbim hâlâ hızla atıyordu ve bunun sorumlusu Ateş'ti.

"O dudaklarını kesmek istiyorum," dedi Ateş.

Söylediği şeye bir anlam veremediğim için, "Hı?" diye bir ses çıkardım ağzımdan. Ne demek dudaklarını kesmek istiyorum? Psikopat mıydı bu?

"Duydun. Onları makasla kesmek istiyorum. Nasıl yaptın lan? Gözümün önünde nasıl öpebildin onu?"

Suçluluk duygusu hissetmem gerekir miydi? Ama hayır. Azıcık bile suçlu hissetmiyordum kendimi. Beni önemsemediğini söyleyen kendisiydi. Omuzlarımı dikleştirdim ve bedenimi Ateş'e doğru çevirdim. "Sen dememiş miydin artık seni umursamıyorum, kıskanmıyorum diyen? Ne oldu şimdi? Ne değişti?"

"Melisa!" diye bağırdı Ateş. "Seni umursamadığımı söylemem öyle olduğunu göstermez!"

"Nasıl yani?" dedim hayretle. Beni önemsiyor muydu?

Ateş ani bir hareketle belimden tutup kucağına oturmamı sağlayınca gözlerimi kırpıştırıp ona baktım. Bu kadar hızlı olması korkutuyordu beni. "Ne zamandır devam ediyor bu?" diye sordu Ateş. Ne dediğini anlamadığım için, "Ne, ne zamandır devam ediyor?" dedim. Ateş'in kucağına yan oturmuştum ve sırtım soğuk cama değiyordu. İrkildim. Kalbimin ne kadar hızlı attığını söylememe gerek yoktu sanırım.

"Benimle birlikteyken de onunla öpüştün. Kaç kere? 5,10? Belki daha fazla?"

Ağzım Ateş'in söylediği şeyle aralanırken böyle bir şeyi nasıl düşünür, hatta nasıl dile getirir diye içimden geçirdim. Beni hiç mi tanımamıştı? "Sözlerine dikkat et!" dedim sinirle. Kaşlarım çatılmıştı. Ayrıca benim onun kucağında ne işim vardı? Kalkmak için hemen hamle yaptım ama Ateş'in güçlü eli buna mani oldu. "Bırak beni!" dedim ve kalkmak için tekrar hareketlendim. Ama Ateş yine izin vermedi ve beni kendine bastırıp çenemi tutarak yüzüne bakmamı sağladı. Nefeslerimiz çoktan karışmıştı birbirine.

"Onun altına girdin değil mi? Ben seni bakire sanırken aslında değildin?"

Boğazım da bir yumru oluşurken elimi kaldırdım ve sertçe Ateş'in yüzüne vurdum. Attığım tokat arabanın içinde güçlü bir ses çıkartırken hayretle Ateş'e baktım. Böyle bir şeyi nasıl... nasıl söylerdi? Nasıl düşünürdü? Azıcık bile mi tanımamıştı beni? Ateş attığım tokadın etkisiyle sağa doğru dönen yüzünü bana doğru çevirdi ve sinirli bakışlarını gözlerime sabitledi.

"Ben seni herkesten üstün görmüştüm lan. Masumdun. Saftın. Ama sen en yakın arkadaşımı ayarttın!"

Ateş'in söyledikleri kalbimi bir ok gibi delip geçerken ikinci tokadı da yüzüne geçirmem uzun sürmedi. "Sözlerine dikkat et. Kimseyi ayartmadım ben!" dedim sinirle. Gözyaşlarım akmaya başlamıştı. Hayır anlamıyordum. Böyle bir şeyi nasıl düşünürdü, anlamıyordum.

Ateş sağ eliyle çenemi sıkıca tuttu ve başımı cama yasladı. Uyguladığı güç çok fazlaydı ve canımı yakmaya yetiyordu. "Ne bok vardı da bu gece evinde durmayıp siktiğimin balosuna geldin? Hem de yarı çıplak! Hem de en yakın arkadaşımla? O yetmedi, bir de onunla sarmaş dolaş dans ettin! Onun elleri senin sırtındaydı lan! Tenine dokunuyordu! Deli oldum, anlıyor musun? O görüntüyü gördüğüm zaman kan beynime sıçradı!" Ateş yüzüme yüzüme bağırmaya devam ederken, "Canımı yakıyorsun..." dedim azıcık çıkan sesimle. Çenemi nasıl sıktığının farkında değildi. Ama ben farkındaydım ve acıyı hissediyordum. Morardığına emindim.

"Her şey tamam. Onunla öpüştün lan! Hem de gözümün önünde! Söylesene sana zevk verdi mi? Dili diline değince benim sana verdiğim gibi zevk verdi mi?" Ateş çenemi tutan elini yanağıma çıkardıktan sonra dudaklarını dudağıma bastırıp sertçe öpmeye başladı beni. Beklemediğim bu temas hareketsiz kalmama neden olsa da hemen kendime geldim ve elimle onu geri ittirdim. "Bırak beni!"

Ateş bir milim bile yerinden kıpırdamadı ve diğer elini de yanağıma getirip yüzümü ellerinin arasına aldı. Bu süreçte dudaklarını bir kere bile ayırmamıştı benden. Dudakları dudaklarımı aralamaya çalışırken başımı iki yana sallayıp kurtulmak istedim. Bana söylediği kırıcı sözlerden sonra onunla öpüşemezdim. Bu yaptığı zorbalıktı.

"Ne o? Hoşuna gitmedi mi?" dedi Ateş tehlikeli bir sesle. Karşılık vermediğim için geri çekilmişti. "Batuhan gibi öpemedim mi seni?"

"Lütfen... bırak beni... Sarhoşsun ve ne dediğini bilmiyorsun," dedim. Gözyaşlarım hızlı hızlı süzülüyordu yanaklarımdan. Şu an karşımda öfkeli gözlerle bana bakan adam sevdiğim, âşık olduğum adam olamazdı. Olmamalıydı.

"Onun öpmesine izin var, bana yok öyle mi?"

Ben daha ne olduğunu anlamadan Ateş ayağa kalktı ve beni de kucağında tutarak arka koltuğa geçti. Sırtım deri koltuğa değerken Ateş üzerime çıkmıştı. Ne yapıyordu bu?

"Madem bakire değilsin. Madem beni boşu boşuna bekletmişsin. O zaman tadına bakmam da bir sorun yok." Dehşetle Ateş'e baktım. Yapmazdı, değil mi? Bana burada zorla sahip olmazdı? Telaşla konuştum. "Ateş ben bakireyim. Yemin ederim." Ağlamaktan sesim kısık kısık çıkmıştı. Böyle bir duruma geldiğimize inanamıyordum.

"Yalan söylüyorsun!" dedi Ateş. Bakışların da azıcık bile duygu belirtisi yoktu.

"Bak, yemin ederim. Lütfen..."

Ateş üzerime eğilip dudaklarımı öpmeye başlayınca kurtulmak istercesine yerimde kıpırdandım ve elimle onu omuzlarından geri ittirdim. Gitmiyordu işte. Azıcık bile geri gitmiyordu. Öylesine aciz ve güçsüzüm ki... "Seni hayvan! Bırak beni!" dedim. Ellerimi yumruk yapmış ona vurmaya devam ediyordum.

"Daha başlamadık bile güzelim," dedi Ateş ve ellerimi başımın üzerinde birleştirdi. Onun tek eli benim iki elimi de sıkıca kavrarken yerimde çaresizce hareket etmeye devam ettim. "İstemiyorum! Bırak!" Bu olamazdı. Bana böyle zorla sahip olamazdı. Ateş beni duymuyormuş gibi yaptı ve başını boynuma gömüp orayı emerek öpmeye başladı. Hıçkırarak ağlıyordum. Ateş'in böyle bir şeyi yaptığı gerçeği kalbimi binlerce parçalara ayırıyordu.

Kalçamda hissettiğim el ağzımdan güçlü bir çığlık çıkarırken, "Ateş, lütfen," dedim yalvarırcasına. Ama Ateş durmadı ve ellerini arsızca bacaklarımda dolaştırmaya devam etti. Dudakları boynumun açıkta kalan kısmını öpmeye devam ediyordu.

"Senden nefret ediyorum," dedim ağlamaklı çıkan sesimle. Sonra hıçkırdım ve ekledim. "Yemin ederim senden nefret ediyorum."

Ateş beni öpmeyi bıraktı. Gözleri gözlerime sabitlenirken ona iğrenç bir varlıkmış gibi bakmak istedim. Ama yaptığım tek şey ağlamaktan kısılan gözlerden ve çaresizlikten başkası değildi. Ateş üzerimden kalktı. Hissettiğim boşluk vakit kaybetmeden doğrulmama neden olurken gözyaşlarımı silmekle bile uğraşmayıp kendimi hızla dışarı attım. İnerken Ateş'in yüzüne bakmamıştım. Ve bundan sonra da ne olursa olsun bakmayacaktım.

Ateş arabasını garaja park ettikten sonra evine doğru yürümeye başladı. Hâlâ sinirli ve öfkeliydi. Ama bu sefer gecenin başında olduğu gibi Melisa'ya değil, siniri bizzat kendisineydi. Nasıl olmuş da bu kadar ileriye gitmiş, nasıl olmuşda kontrolünü bu denli kaybetmişti, hâlâ bilmiyordu. Eğer Melisa senden nefret ediyorum demeseydi Ateş telafisi olmayan bir hata yapacaktı. Ve bunu yapacağını düşünmek bile kendisinden iğrenmesine neden oluyordu.

Ateş evine girdikten sonra merdivenlere yönelip üst kata çıktı. Kapıyı açtığında Melek'i görmeyi hiç beklemiyordu. "Sonunda gelebildin," dedi Melek ve oturduğu yerden -Ateş'in yatağından- kalktı. Melisa'yı çekiştirerek götürmesi hâlâ gözünün önündeydi ve bu yüzden oldukça sinirliydi.

"Evine git Melek," dedi Ateş. Onun da kalbini kırmak istemiyordu.

"Hayır. Hiçbir yere gitmiyorum. Hem sen o kızla nereye gittin?"

Melek mantıklı bir cevap almadan gitmeyeceği konusunda kararlıydı. Ateş de bunu bildiği için "Konuşmak istemiyorum," dedi.

"O kızı kıskandın, değil mi? Batuhan'la öpüştüğü için sinirlendin?"

Melek'in sorusu üzerine Ateş öfkeli bakışlarını Melek'e çevirdi. Unutmak istediği manzara tekrar gözü önüne gelmişti. Yumruklarını sıkı sıkı sıktı.

"Doğru, değil mi? O birayı da o yüzden ateşe döktün. Hıncını çıkarmak için?"

"Kapa çeneni!" dedi Ateş. Sesinden bile ne kadar sinirli olduğu anlaşılıyordu. Ama Melek susmamakta karalıydı. Omuzlarını dikleştirdi ve Ateş'in tam karşısına geçti. Aralarında hiç mesafe yoktu. "O kıza sadece küçük olduğu için değer veriyorsun. Sadece korumak istediğin için. Aslında onun senin gözünde hiçbir değeri yok, Ateş. Bunu kendine itiraf etmelisin. Hem o, bu gece Batuhan'ın yanında oldukça cesur duruyordu. Bırak. Ne yaparsa yapsın. Senin değer verdiğin kişi o değil... Benim."

Melek'in tane tane konuşması üzerine Ateş bakışlarını Melek'in yüzünde gezdirdi. Söylediklerinin tamamına olmasa da bir kısmına hak vermişti. Melisa bu gece oldukça cesurdu.

"Şimdi..." dedi Melek ve bir adım geri gitti. "Lise balosunun gecesini hatırlıyor musun?" diye sordu. Sesinde seksi bir tını vardı. Ateş ve Melek o gece ilk defa birlikte olmuşlardı. Ateş tek kaşını havaya kaldırıp Melek'e bakınca Melek gülümsedi ve elbisesinin fermuarını aşağıya indirdi. Bu gece Ateş'e o kızı unutturmak konusunda kararlıydı. Ateş'in aklını meşgul edecek biri olacaksa o sadece kendisi olmalıydı. Başkası değil. Melek canının yanacağını bilse de çıplak bedeniyle Ateş'e yaklaşmaya başladı. Ateş seks konusunda oldukça acımasız ve sertti. Melek buna daha önce defalarca şahit olmuştu. Özellikle de Ateş sinirliyken onunla sevişmek her kızın kaldırabileceği türden değildi. Buna rağmen Melek kollarını Ateş'in boynuna doladı ve dudaklarını öpmeye başladı. Çok geçmeden Ateş de karşılık verince Melek amacına ulaşacağını sandı. Ama nereden bilsin ki Ateş'in şu anda sadece Melisa'yı düşündüğünü... Ve sanki onu öpüyormuş gibi hissettiğini...

Bölüm 31

Hayatımız 3 aşamadan oluşmaktadır sadece.

Doğmak

Yaşamak

Ölmek

Ne kadar garip, öyle değil mi? İnsanların ölüme aslında bu kadar yakınken, bu kadar uzakmış gibi davranıp yaşamalarına anlam veremiyordum. Birbirini kıranlar, incitenler, zarar verenler... Ölüme sadece tek bir adım var ve insanların yapabileceği daha iyi şeyler varken birilerini incitmeleri çok saçmaydı.

Her birimiz bir şekilde yaşamamıza devam ediyoruz. Bazılarımız mutluyken bazılarımız üzgün olabiliyor. Bazılarımız heyecanlıyken bazılarımız durgun. Kimi sevdiği bir şeyi yaparken kimi sevmediği bir şeyi yapmaya mahkûm oluyor. Evet, belki bu bizlere acımasızca gelebilir ama bu hayatın bir döngüsü ve bizler de bu döngüye ayak uydurmak zorundayız. Bir başka seçeneğimiz var mı?

"Karnenle bakışmanı bölmüyorum, değil mi?"

Duyduğum ses başımı panikle karnemden ayırmama neden olurken tanıdık bir yüz görmenin rahatlığıyla derin bir nefes aldım. "Sen miydin?" Aklımdaki düşüncelere öyle bir dalmışım ki Aras'ın sesi bir anda korkutmuştu beni.

"Başka birini bekliyorsan?" Aras tek kaşını havaya kaldırıp bir cevap vermemi isteyince başımı hemen iki yana salladım. "Yok yok," dedim. "Otur lütfen." Bugün günlerden cumaydı ve okulun son günüydü. Müdürün oldukça uzun ve sıkıcı geçen konuşmasının ardından karnelerimizi almıştık. Bütün öğrenciler kendi arkadaş grubuyla vedalaşıp hasret giderirken ben kantinde bir başıma oturmayı tercih etmiştim. Gerçi başkada bir ihtimalim yoktu ama neyse.

Aras karşımdaki sandalyeye otururken, "Teşekkür belgen nerede?" diye sordu. Kantinde ikimizden başka kimse yoktu.

"Çantamda," diyerek cevap verdim. Uğruna saatlerce ders çalıştığım belgem. "Seninki?"

Aras elinde tuttuğu rulo şeklindeki belgeyi açıp bana gösterince gülümsedim. "Takdir belgen de yakıyor hani," dedim. Evet, Aras her sene olduğu gibi bu senede takdir belgesi almıştı. Sözeller tamam da sayısallardan nasıl 5 alıyordu, hâlâ anlamış değildim.

"Durgun gibisin?" Aras soran gözlerle yüzüme bakınca omuzlarımı silktim. Durgundum, incinmiştim, kırılmıştım. Dün yaşadığım o iğrenç olay hâlâ aklımdaydı ve kolay kolay da hafızamdan silinecekmişim gibi durmuyordu. Ateş'in bu kadar ileriye gitmesi hayal kırıklığına uğratmıştı beni. Kalbimi parçalara ayırmıştı.

Dün gece arabadan indikten sonra koşarak eve gitmiştim. Teyzem kapıyı açınca yüzünde oluşan o tedirginlik iyice ağlamama neden olmuştu. Artık nasıl bir görüntüye sahipsem. Teyzemle yaptığımız uzun konuşmanın ardından aldığım tepki iki türlü oldu. Birincisinde çok sinirlenmişti. O çocuk nasıl sana zorla sahip olmaya çalışır diye. Ama ikinci tepkisi beni oldukça şaşırtmıştı. Neymiş efendim, Ateş bana deliler gibi aşıkmış da o yüzden öyle yapmış.

"Biraz uykusuzum," dedim aklımdaki düşüncelerden sıyrılırken. Aslında yalan da sayılmazdı. Dün gece anca sabah karşı uyuyabilmiştim ve uykumu tam olarak alabilmiş değildim.

"Anladım," dedi Aras ve oturduğu sandalyenin başlığına yaslandı. "Tatile ne zaman gidiyorsunuz?"

"Babamın buradaki işleri henüz bitmemiş. Yani sanırım iki hafta daha buradayız," dedim. "Siz?"

"Bu akşam."

"Hemen gidiyorsunuz yani?" dedim yüzümü asarak. Ben bu iki haftayı Aras'la vakit geçiririm diye düşünmüştüm ama onlar da hemen gidiyormuş.

"Maalesef. Ama bu kadar üzüleceksen sen de bizimle gel?"

"Şey, yok. Üzülmedim. Yani üzüldüm ama az. Hem babamlar da izin vermez ki," dedim birazcık saçmalayarak. Evet, İzmir kesinlikle gidip gezilecek bir yerdi ama şu anki karışık aklımla hiç de gitmek istemiyordum.

"Annemin ne kadar ikna edici olduğunu biliyorsun?" dedi Aras. Sırıtıyordu.

"Bilmez miyim? Ama gerçekten sağ ol," deyip tebessüm ettim. Aysun Teyze'nin Aras hasta olduğu zaman annemi nasıl ikna ettiğini hâlâ unutmamıştım. O gün Aras'larda kaldığım için Ateş'ten de ciddi bir azar işitmiştim üstelik. Az kalsın havuzda boğacaktı beni. Ama bir dakika. Ben şimdi neden onu düşündüm ki?

"Nasıl istersen," dedi Aras ve dikkatimi tekrar ona vermeme neden oldu. Üzerinde beyaz, düz bir tişört vardı ve mavi gözleri tişörtten dolayı daha bir belirgindi. Dönemin başında, hatta geçen iki seneden beri ondan hoşlandığımı sanıyordum ama öyle olmadığını anlamıştım. Aras mükemmel bir çocuktu. Ve onunla arkadaş olabildiğim için kendimi fazlasıyla şanslı hissediyordum.

"Aras, ben teşekkür ederim," dedim birden. Aras anlamayan gözlerle yüzüme bakınca gülümsedim ve masanın üzerinde duran elini tutup, "Arkadaşım olduğun için," diyerek konuşmaya devam ettim.

"O halde ben de sana teşekkür ederim," dedi Aras.

"Niye ki?" diye sordum merakla.

Aras omuzlarını silkti. "Yanımda olduğun için."

***

Okuldan çıktıktan sonra taksi durağına doğru yürümeye başladım. Uzun zamandır beklediğim 3 ay tatiline nihayet girmiştik. Her ne kadar babamın buradaki işleri iki hafta sonra bitecek olsa da yine de mutluydum. Çünkü işin ucunda Antalya tatili vardı. Ama keşke biz de Aras'ların ailesi gibi bu akşam yola çıksaydık. O zaman daha iyi hissederdim kendimi. Bir an önce bu şehirden uzaklaşmaya ihtiyacım vardı çünkü.

"Bu havada şort giymek sence mantıklı mı?"

Duyduğum tanıdık ses başımı hızlıca sesin geldiği tarafa doğru çevirmeme neden olurken karşı karşıya geldiğim mavi-yeşil gözler bütün bedenimi bir anda panikle kapladı. Birazcık da korku... Onun burada ne işi vardı ki?

Bir adım geriye gittim ve ellerimi kendimi korumak istercesine öne doğru uzattım. Aramızda çok az bir mesafe vardı ve ben oldukça korkuyordum. "Neden geldin?" dedim. Sesim sinirli ve biraz da telaşlı çıkmıştı.

Ateş, aramızdaki kısacık mesafeyi kapatıp büyük adımlarla yanıma geldikten sonra, "Konuşmamız lazım," dedi. Cidden mi? Dünkü olaydan sonra bir de karşılıklı oturup konuşacaktık, öyle mi? Kaşlarımı çattım. "Git buradan. Yüzünü görmek istemiyorum," dedim ve bir şey demesini beklemeden yanından geçerek hızlı hızlı yürümeye başladım. Çok değil. Sadece dört-beş adım atmıştım ki Ateş bileğimden tutup beni kendine doğru çevirdi.

"Ne var? Ne istiyorsun?" diyerek yüzüne yüzüne bağırdım. Boğazım bağırdığım için birazcık acımıştı ama şu anda bunu umursayacak değildim.

"Arabaya geç," dedi Ateş. Sesi oldukça sakindi.

Ağzımdan "Hah!" diye bir ses çıkardım. "Hayır!" dedim. "Dünkü hayvanlığından sonra seninle aynı havayı bile solumam artık." Cidden o arabaya bineceğimi düşünmüş müydü?

"Önce bir dinle," dedi Ateş. Sesi sabrediyormuş gibiydi.

"Ne dinle ya? Ne dinle? İstemiyorum tamam mı? Sesini duymak istemiyorum! Yüzünü görmek İstemiyorum! Seni dinlemek istemiyorum! Bırak beni!" diyerek ayağımı yere vura vura bağırdım ve bileğimi Ateş'in elinden kurtarmaya çalıştım. Ama Ateş buna izin vermedi ve bana doğru yaklaşıp aramızdaki mesafeyi sıfıra indirdi. Gözleri gözlerime sabitlenmişti. Yutkundum. Bu kadar yakınlık karnıma bir sancı girmesine neden oluyordu.

"Melisa bak... önce dinle. Ben dün gece sarhoştum ve ne

yaptığımın farkında değildim," dedi. Bileğimi tutmaya hâlâ devam ediyordu. Ama hayır! Sarhoş olması hiçbir şeyi değiştirmezdi. Ben dün gece saatlerce ağlamıştım ve bu boşuna değildi.

"Bana ne! Sarhoş olman umurumda değil. Bırak beni!" diyerek Ateş'in elinden kurtulmaya çalıştım. Ama nafile. Öyle sıkı tutuyordu ki debelenmem boşunaydı. "Kızım bir rahat dur," dedi Ateş.

"Ya bıraksana!" deyip elinden kurtulma çalışmalarıma devam ettim.

"Bırakmam."

"Ne demek bırakmam? İstemiyorum işte. Seninle konuşmak istemiyorum. Zorla mı?" diyerek bütün sinirimi dışarıya kustum.

Ateş, "Zorla," dedi ve boşta kalan diğer bileğimi de tutup hareket etmemi engelledi. "Melisa bak. Dün geceyi yarım yamalak hatırlıyorum." Sesi pişmanlık duyuyormuş gibiydi. "Ama yine de özür dilerim."

Hayır. Pişman olması hiçbir şeyi değiştirmezdi. Öfkeli bakışlarımı Ateş'e diktim ve "Ama ben her şeyi hatırlıyorum," dedim."Hem de en ince detayına kadar!" Dur dememe rağmen beni öpmesini, ellerini arsızca bacaklarımda dolaştırmasını, her şeyi hatırlıyordum.

"Bak... nasıl oldu bilmiyorum. Ben kontrolümü kaybettim ve... zaten bir şey de olmadı." Ateş'in bana açıklama yapıyor olması her ne kadar tuhafıma gitse de umursamadım.

"Ama olacaktı! Sen bana orada teca-"

"Hayır!" diye bağırdı Ateş. "Öyle bir şeyi asla yapmazdım." Ateş'in çatılan kaşları ve yükselen sesi sinirlendiğinin habercisiydi. Ve bu beni korkutmuştu. Omuzlarımı düşürdüm ve başımı öne doğru eğdim. "Lütfen git. Konuşmak istemiyorum," dedim. Az önceki bağıran halimden eser kalmamıştı. Ateş çenemi tutup başımı yukarıya kaldırdıktan sonra, "Benden korkma," dedi. "Sana asla zarar vermem." Mavi-yeşil gözleri şu an sıcacık bakıyordu. Ateş, çenemi tutan elini yanağıma çıkardıktan sonra yavaşça okşadı ve "Asla..." diyerek konuşmasına devam etti.

"Ama verdin..." dedim çatallaşan sesimle. Gözlerimi kapattım. Çünkü biliyorum ki biraz daha yüzüne bakarsam dün gece aklıma gelirdi ve ben kendime hâkim olamazdım. Ateş yanağımda olan elini yavaşça aşağı yukarıya hareket ettirdikten sonra "Senin bana verdiğin kadar değil," dedi. Ses tonundaki hüzün şaşırmama neden olmuştu. Ateş ve hüzün, öyle mi? Bu iki kelimenin yan yana gelmesi bile oldukça tuhaftı. Gözlerimi hemen açtım ve "Nasıl yani?" diye sordum. Ben de ona mı zarar vermiştim?

"Hatırlatmak istemezsin," dedi Ateş. Ses tonu bir anda ciddileşmişti. Derin bir nefes aldım ve hazır bileğimi de bırakmışken yanından geçerek yürümeye başladım. Sanırım Batuhan'ı öpmemden bahsediyordu. Tamam, Batuhan'ı öpmek tam bir aptallıktı ama o an onu öpmem oldukça mantıklı gelmişti bana.

İki. Evet, bu sefer sadece iki adım atmıştım ki Ateş bileğimden tutup beni kendine doğru çevirdi. "Arabaya geç ufaklık."

Ölürüm de o arabaya dün gece den sonra binmezdim! "Hayır!" dedim kesin çıkan sesimle. "Binmeyeceğim!"

"Omzuma mı atayım?"

"Hah. At da bak ne yapıyorum!" dedim. Sesim tehditkâr çıkmıştı.

Ateş kaşlarını havaya kaldırıp vereceğim cevabı alaylı gözlerle beklemeye başlayınca yanaklarımı şişirdim. Ne diyecektim ki? Seni döverim falan mı? Bir dövüşçüye söylenebilecek en saçma tehdit olurdu. Nefesimi sıkılarak dışarıya verdim ve "Çığlık atarım," dedim. "Derim ki bu hayvan zorla kaçırıyor beni."

"Hayvan?" deyip tek kaşını havaya kaldırdı Ateş.

"Evet hayvan. Hatta Zorba. Öküz. Maganda. Camış. Manda. Orangutan." Ateş'in gözleri şaşkınlıktan olsa gerek iri iri açılırken bir anlık cesaretle, "Bunlar sana az bile!" dedim.

Ateş öfkeli bakışlarını yüzümde gezdirdikten sonra, "Seni şu asfalta yapıştırmamı istemiyorsan düş önüme!" dedi. Pis tehditkâr!

"Bana ne. Ben seninle konuşmuyorum ve şuradan şuraya

gelmem," deyip kollarımı göğsümün altında birleştirdim. Sağ bacağım ritmik bir şekilde sallanmaya başlamıştı bile.

"Öyle bir şıkkımız yok. Geliyorsun. O lafları da sana ayrıca ödeteceğim."

"Hayır gelmiyorum!"

"Evet geliyorsun!"

Ateş bileğimden tutup çekiştirmeye başlayınca, "Bırak ya!" dedim. Dünkü olayın üzerinden 24 saat bile geçmemişken o arabaya tekrar binmek istemiyordum. Ateş siyah bir arabanın yanında durup cebinden çıkardığı anahtarla kapıları otomatik olarak açınca bu arabayı daha önce hiç görmediğimi fark ettim. Yeni bir arabaydı. "Bu araba kimin?"

Ateş cevap vermedi ve ön koltuğun kapısını açarak beni içeriye fırlattı. Resmen fırlattı! Bu fırlatmalar yüzünden bir gün bir yerimi kıracaktım ama hangi gün Allah bilir. Ateş, sürücü koltuğunun kapısını açıp arabaya binince hemen ona doğru döndüm ve, "Nereye götürüyorsun beni?" diye sordum. Bir anda telaşlanmıştım ve bu da sesime yansımıştı.

"Karne hediyeni vermeye," dedi.

Ağzım aldığım cevapla bir karış falan açılırken Ateş'e 'ciddi misin' bakışları attım. Ama o beni görmezden geldi ve arabayı çalıştırıp sürmeye başladı. Doğru mu duymuştum? Ateş bana az önce karne hediyeni vermeye mi dedi? Bildiğimiz karne hediyesi?

"İstemiyorum hediyeni. İndir beni," dedim. Kollarımı göğsümün üzerinde birleştirmiştim. Ama bir yanımda deli gibi merak ediyordu ne aldığını. Sonuçta Ateş ilk defa böyle bir şey yapıyordu.

"O fikri unut ufaklık. Hiçbir yere gidemezsin."

"Bana ne ya. Gelmek istemiyorum. Hem sen beni zorla alıkoyamazsın ki. Bu yaptığın insan kaçırmaya giriyor. Seni dava edeceğim!"

"Hı-hı. Edersin," dedi Ateş. Sesinde resmen eğleniyor gibi bir hava vardı.

"Ederim tabii! Ayrıca ne aldın ki bana? Hayır, istediğimden değil, sadece merak ettim." Bakışlarımı Ateş'e çevirip vereceği cevabı meraklı gözlerle beklemeye başladığımda onun dudaklarının yukarı kıvrılması iyice sinirlendirmişti beni. Kim bilir yine neyi komik bulmuştu? Hayır, anlamıyordum ki. Ben burada ona bağırıyorum. Ama o sırıtıyor!

"Gülme!" dedim dişlerimin arasından. Gerçekten oldukça sinirliydim ve hıncımı bir şeylerden almak istiyordum. Birini yumruklamak olabilir mesela. Hatta çok iyi olur!

"Durdur arabayı, ineceğim," dedim. Şansımı bir kez daha denemek istemiştim ama Ateş yine ve yine tepkisiz kaldı!

"Durdursana ya!"

Ateş başını iki yana sallayıp arabayı sürmeye devam edince "Zorbaganda!" deyip ona kötü kötü baktım. Resmen kaçırılıyordum!

"Zorbaganda?"

Ateş bir açıklama yapmamı ister gibi yüzüme bakınca, "Maganda ve zorbanın birleşimi!" dedim sinirle.

Ateş bütün yüzünü kaplayacak şekilde sırıttıktan sonra bakışlarını benden çekti ve tekrar yola bakmaya devam etti. Neden gülüyordu ki sanki? Hadi madem gülüyorsun. Bari bu kadar çekici olma! Sinirden dişlerimi sıktım ve başımı cama yaslayıp yoldan geçen arabaların markasını ayırt etmeye çalıştım. Belki bu birazcık aklımı dağıtırdı.

Ama bir süre sonra bundan sıkıldığımı fark edince arabalara bakmaktan vazgeçip başımı Ateş'e doğru çevirdim ve onu izlemeye başladım. Mavi-yeşil gözleri yola odaklıydı. Sakalları uzamıştı ve bu onu daha da çekici yapmıştı. Kömür rengi saçları dağınıktı ama bu dağınıklık ona inanılmaz yakışıyordu. Tarayıp şekil vermesinden çok daha iyiydi bu serseri havası. Ve dudakları. Düz bir çizgi halinde olan dudakları tam da öpülesiydi.

"Çok mu yakışıklıyım?"

Ateş'in sesi bir anda paniklememe neden olurken, "Hiç de bile!" deyip hemen önüme döndüm. Resmen onu izlerken ona yakalanmıştım. Rezillik! Derin bir nefes aldım ve sakin olmaya özen gösterdikten sonra, "Bu araba kimin?" diye sordum. Madem beni indirmiyor, sorularıma cevap versin.

"Benim," diyerek cevap verdi. Şaşkınlığımı gizleyemedim ve gözlerimi kocaman açtım. 7 tane son model arabası mı olmuştu şimdi? Yuh!

"Araba galerilerinde bile sendeki kadar araba yoktur," dedim.

Ateş gülümsedi. "Aslında anneannemin mezuniyet hediyesi."

Ateş'in anneannesine neden bu kadar düşkün olduğunu bir kez daha anladım. "Sizin cemiyette de araba almak moda herhalde," dedim. Batuhan'ın babası da ona hediye olarak araba almıştı sonuçta. Ateş kısa bir süre yüzüme baktıktan sonra bakışlarını tekrar yola çevirdi. "Başka kim aldı?"

Evet Melisa. Söz sende. Ver bakalım şimdi cevap.

"Şey..." dedim ve gözlerimi kaçırdım. "Batuhan'ın babası."

Ateş direksiyonu sıkıca kavradı ve parmak boğumları sararana kadar sıktı. Sinirlenmişti. Ama ne yapayım? Kendisi sordu. Derin bir nefes aldım ve başımı tekrar cama yasladım. Sözde ikimiz de birbirimize kızgındık ama yine birlikteydik ve yine yan yanaydık.

***

Araba otoparktaki yerini çoktan almıştı ama ben hâlâ şaşkın şaşkın etrafa bakmaya devam ediyordum. Hediye derken bundan mı bahsediyordu gerçekten? Gözlerimi bir kez daha kırpıştırdım. Belki yanlış görüyorumdur diye. Ama hayır, her şey gerçekti ve ben şu anda buradaydım. Bir lunaparkta.

"Akşama kadar seni bekleyemem."

Ateş'in sitem eden sesini duyunca ayaklarımı hareket ettirdim ve somurta somurta ona doğru yürümeye başladım. Gülmek istiyordum. Hatta kahkaha atmak. Ama bunu şimdi yapamazdım. Sinirliyim sonuçta. "Baştan söyleyeyim, hâlâ küsüm seninle," dedim. Kollarımı göğsümün üzerinde birleştirmiştim. Yüzüm ise hâlâ beş karıştı.

"Şu gömleğini çıkart, beline bağla," dedi Ateş benim söylediklerimle alakasız olarak. Sesi sertti. Ama hayır. Ne olursa olsun istediğini yapmayacaktım. "Nedenmiş?"

"El kadar şortla yanımda dolaşacağını mı zannediyorsun? Hem zaten neden yol üstünde durup bir pantolon almadım ki sana..." Ateş kendi kendine söylenmeye başlayınca bakışlarımı hemen üzerimdeki kıyafetlere çevirdim.

Beyaz, üzerinde tuhaf kız resmi olan askılı bir tişörtüm vardı. Onun üzerinde ise lacivert ve mavi çizgileri olan bir gömlek. Gömleğin kollarını dirseğime kadar katlamıştım. Altımda ise dizlerimin iki karış yukarısında biten kot bir şort vardı.

"Bana ne. Çıkartmayacağım işte," dedim. Bakışlarımı üzerimden çekip tekrar Ateş'e çevirmiştim. Hangi hakla bana karışabiliyordu ki?

Ateş kaşlarını tek bir çizgi olacak şekilde çatıp yüzüme bakınca korktuğumu fark ettim. Ama hayır. Geri dönmeyecektim. "Kızım beni deli etme. Çıkart diyorsam çıkart!"

"Yok ya," dedim. Sesim alay eder gibi çıkmıştı. "Deli olursan ne olurmuş?"

Ateş derin bir nefes aldı. "Tamam çıkartma," dedi. İşte bu! Yüzümde zafer kazanmışçasına bir gülümsemesi oluşurken Ateş işaret parmağını bana doğru yönlendirdi ve konuştu. "Ama seni uyarıyorum. Eğer birisi yanlışlıkla bile sana bakacak olursa o kişinin ağzını gözünü dağıtırım." Sesi oldukça ciddi çıkmıştı. Gülümsemem yüzümden yavaş yavaş silinirken gerçekten yapar mı diye içimden geçirdim. Yani birisi bana sadece baktığı için onu döver miydi? Tam 'Sen bana ne hakla karışıyorsun?' demek için ağzımı açmıştım ki Ateş, "Yürü," dedi ve bileğimden tutup çekiştirmeye başladı beni.

Neden bileğim?

"Off," diye mırıldandım ve Ateş'in beni sürüklemesine izin verdim. Ateş önden ben arkadan ilerlemeye devam ederken "Yürümeyi biliyorum," dedim. Sesim isyan eder gibi çıkmıştı.

"İki saat seni bekleyemem."

İki saatmiş! Gözlerimi devirdim ve Ateş'in arkasından yürümeye devam ettim. Şimdi sessiz kalıyordum ama içeride burnundan fitil fitil getirecektim. Lunaparkın giriş kapısından içeriye girdiğimizde yüzümde oluşan anlamsız gülümsemeye mani olamadım. Küçüklüğümden beri en sevdiğim şeylerden biridir lunapark. Uzun zamandır da gelmediğimi göze alırsak gerçekten oldukça mutlu hissediyordum. Etrafta göz gezdirdiğimde bir sürü insan olduğunu fark ettim. Geneli çocuktu ve onların yanında da aileleri vardı. Sanırım karne günü olduğu için bugün normalden biraz daha kalabalıktı.

"İlk neye binmek istiyorsun?"

Ateş'in sorusu bakışlarımı ona çevirmeme neden olurken yüzümdeki gülümsemeyi hemen sildim ve "Hiçbir şeye," dedim.

Ateş ellerini cebine koyup bana doğru bir adım attı. "Hadi ama ufaklık. Eğlen diye seni buraya getirdim," dedi. Aramızda çok az bir mesafe vardı ve bu kadar yakınlık kalp atışlarımın hızlanmasına neden oluyordu. Omuzlarımı silktim ve bakışlarımı Ateş 'ten çekip tekrardan etrafa bakmaya devam ettim. Gözüme ilk çarpan oyuncak atlıkarınca olmuştu. Şu anda çalışıyordu ve üzerinde beş ile sekiz yaş arası çocuklar vardı.

"Tamam," dedim tekrar Ateş'e doğru dönerek. "Seninle bir şartla barışırım." Aklımdaki sinsi fikir bende gülme isteği uyandırsa da yapmadım ve ciddi bir şekilde Ateş'e bakmaya devam ettim.

"Bu yüzünü çekmektense kabul. Ne istiyorsun?"

Ateş soran gözlerle yüzüme bakınca dudağımı dişlerimin arasına aldım ve vereceği tepkiyi umursamadan elimi atlıkarıncaya doğru yönlendirdim. "Ona binmeni istiyorum."

Ateş başını elimi yönlendirdiğim yere doğru çevirdikten sonra gözlerini iri iri açtı ve tekrar bana doğru döndü. "Saçmaladığının farkında mısın?" diye sordu. Evet, farkındaydım.

"Ya neden ki? Bence çok eğlenceli," dedim. Sesimin masum çıkmasına özen göstermiştim. Ateş'i oradaki atlara oturmuş olarak düşünmek bile kahkaha atarak gülme isteği uyandırıyordu bende.

"Hiçbir kuvvet o aptal oyuncağa bindirmez beni." Ateş'in sesi oldukça sinirli çıkmıştı.

"İyi binme. Ben de giderim o zaman," dedim ve arkamı dönüp geldiğimiz yolu tekrar yürümeye başladım. Ateş'in arkamdan ettiği küfrü duymuştum. Hayır, anlamıyordum. Binse ne olurdu ki sanki? Sadece karizması çizilirdi, o kadar.

"Bunun acısını çıkartırım ufaklık."

Ateş'in sesi olduğum yerde durmamı sağlayınca tedirgin bir şekilde ona doğru döndüm. Gördüğüm manzara ağzımın aralanmasına neden olmuştu. Cidden mi? Ateş şu anda jeton satılan yere doğru mu gidiyordu? Yüzümde anlamsız bir gülümseme oluşurken ayaklarımı hareket ettirdim ve Ateş'in peşine takıldım. Atlıkarıncaya binecekti... Jeton satılan yere geldiğimde durdum ve Ateş'i dinlemeye başladım.

"Evet... atlıkarınca için de bir jeton istiyorum." Ateş dişlerini sıkarak söylemişti bu cümleyi. Ben jetoncunun yerinde olsam korkar kaçardım valla. Ateş'in yüz ifadesi gülme isteği uyandırsa da yapmadım ve dudaklarımı birbirine bastırıp gülmemi zar zor engellemeye çalıştım. Ateş bunun intikamını elbette alacaktı. Ama pek de korktuğum söylenemezdi açıkçası.

Ben Ateş'i izlemeye devam ederken Ateş omzunun üstünden bana bakıp öfkeli bakışlarını yüzümde gezdirdi. Hemen gözlerimi kaçırdım ve sanki başka bir şeyle ilgileniyormuş gibi yaptım. Ama ilgilendiğim tek şey oydu.

Atlıkarıncanın yanına geldiğimizde oyuncak durmuştu ve üzerindeki çocuklar gülerek aşağı iniyorlardı. Binmek için sırada bekleyen diğer çocuklar sırasıyla görevlinin yardımıyla oyuncağa biniyorlardı. O çocukların arasında birazdan Ateş'in de olacağını düşünmek kahkaha atarak gülme isteği uyandırsa da yapmadım ve Ateş'e doğru dönüp, "Hadi bin. Oyuncak durdu," dedim.

"Bunun acısını çok kötü çıkartırım Melisa." Ne yapardı ki?

"Tamam binme. Ama binmeyeceksen söyleyeyim bütün gün asık suratımı çekersin."Ateş bir süre yüzüme baktıktan sonra sessiz bir küfür mırıldandı ve atlıkarıncaya binmek üzere yürümeye başladı. Ateş atlıkarıncanın önüne gelince durdu ve bakışlarını bana çevirdi. "Orada dikileceğine gelsene."

"Ben de mi?" diye sordum işaret parmağımla kendimi işaret ederek. Bu hiç planımda yoktu ama.

"Evet, sen de. Gel."

Omuzlarımı silktim. Ben atlıkarıncaya binmeyi zaten seviyordum. Önemli olan Ateş'in binmeseydi. Ayaklarımı hareket ettirdim ve Ateş'in yanına gittim. Ateş elinde tuttuğu jetonları görevliye doğru uzatınca çatılan kaşları dikkatimden kaçmamıştı. Her an birine dalacakmış gibi duruyordu. Ve eğer şanslıysam o kişi ben olmazdım. Görevli bize tuhaf tuhaf baktıktan sonra eliyle geçmemiz için yol verdi. Ateş'le birlikte atlıkarıncadaki yerlerimizi alınca koşarak boş bir atın yanına gittim ve atın gövdesindeki çıkıntıya basarak ata bindim.

"Çocuk musun sen?"

Ateş yanıma gelip tepeme dikildi. "Ne alaka?" deyip atımın boynundaki iplerini tuttum ve sallamaya başladım. Bu sırada atlıkarınca hareket etmeye başlamıştı. Ateş gözlerini devirip bir şeyler mırıldanınca küfür ettiğini anlamam uzun sürmedi. Şu anki görüntümüz: Ben onun kızıyım, o da ben düşmeyeyim diye yanımda duran babam.

"Sen niye ata binmedin?" Sırıtarak sorduğum sorunun üzerine Ateş başını bana doğru yaklaştırıp kulağıma fısıldadı. "Ben yatakta binmeyi tercih ediyorum."

Ağzım ve gözlerim Ateş'in verdiği cevapla kocaman açılırken başımı hemen başka tarafa çevirdim. İma ettiği şey... "Pis sapık!" diye kendi kendime mırıldandım.

Ateş yüzünü bana yaklaştırdı ve dudaklarını kulağımın yanında sabitledi. "Zorba ve hödük bitti. Şimdi de sapık mı oldum?" diye sordu.

"Dün geceden sonra sana pek de zıt durmadı aslında," dedim iğneleyici bir tonda.

"Ufaklık..." Ateş usulca konuştu. "Tamam, yaptığım büyük

bir hayvanlıktı ama özür diledim işte. Unutup devam edemez misin?" Ateş'in pişman olduğu sesinden ayırt edilebiliyordu. Ateş gerçekten pişmandı ve dünkü davranışı bilinçsizce yapmıştı. Ve şimdi onu affettiğimi söylememi bekliyordu. Daha doğrusu beklemekten daha öte, onu affetmemi istiyordu.

Gülümsedim. "Eğer top havuzuna girersen?"

Ateş geri çekilip bakışlarımızı birleştirdi. "Şu yer cücelerinin içine girdiği top havuzu mu? Asla."

Nedense içimden bir ses ısrar etsem ve onu affetmediğimi söylesem bunu yapacağını haykırıyordu. Ama ben zalim davranmadım. "Tamam, tamam. Top havuzuna girmeni istemiyorum," dedim. Atlıkarınca son turu dönerken "Şey... fotoğraf çekilelim mi?" diye sordum farklı bir konuya hızla geçiş yaparak.

Ateş bana 'Ciddi misin?' der gibi bir bakış atınca, "Valla kimseye göstermem," dedim. Atlıkarıncanın üzerinde bir Ateş resmi gerçekten komik olabilirdi ama gerçekten kimseye göstermezdim.

"Sence sana güvenmeli miyim?" diye şüpheyle sordu Ateş.

Şirince sırıttım. " Kesinlikle."

***

Atlıkarıncadan indiğimizde Ateş'le çekildiğimiz fotoğraflara gülümseyerek bakıyordum. Tam tamına 5 tane fotoğraf çekmiştik ve hepsi de çok iyiydi.

"Sıra bende."

Ateş'in sesi dikkatimi ona vermeme neden olurken başımı telefonumdan kaldırdım ve "Hı?" diye bir mırıltı çıkardım ağzımdan. Resimlere öyle bir dalmışım ki ne dediğini anlamamıştım. Ateş elini belime koydu. "Şimdi de benim istediğim bir oyuncağa biniyoruz," diyerek yürümemi sağladı. İtiraz etmedim ve ona uyum sağladım. Sonuçta artık barışmıştık.

Ateş bu lunaparkta binmeyeceğim iki oyuncaktan birinin önünde durunca gözlerimi kocaman açtım. "Asla!" diyerek resmen cırladım. Bir korku treninin önünde durmuştuk.

"Oyunbozanlık yok ufaklık. Ben senin istediğini yaptım. Sıra sende." dedi Ateş. Pis pis sırıtıyordu.

"Elbette yapacaksın!" dedim bilmiş bir sesimle. "Sonuçta sen benimle barışmak istiyordun ve yapmak zorundaydın. Ama ben oraya asla girmem."

"Yoksa korkuyor musun?" Ateş kaşlarını havaya kaldırıp bir cevap vermemi isteyince kollarımı göğsümün üzerinde birleştirdim. "Ne alakası var?" Aslında oldukça korkuyordum. Sonuçta karanlık bir ortamdı ve her yerden tuhaf tuhaf yaratıklar çıkıyordu.

"O halde sorun yok," dedi Ateş ve itiraz etmeme fırsat vermeden bileğimden tutup korku trenine doğru çekiştirmeye başladı beni. Gözlerimi kocaman açtım. "Ya Ateş, canım istemiyor. Hadi başka bir şeye binelim?" deyip ikna çalışmalarına başladım.

"Ben buna binmek istiyorum."

"Ya boş ver bunu. Daha iyilerini bulabiliriz," diyerek geri geri gitmeye devam ettim. Ama Ateş'in eli buna izin vermiyordu.

"Yok yok, sen korkuyorsun," dedi Ateş. Beni çekiştirmeyi bırakmıştı ve yüzüme bakıyordu.

"Hayır korkmuyorum. Sadece karanlık olması beni tedirgin ediyor," dedim. Bir de canavarların çıkması, ama elbette bunu ona söylemeyecektim.

Ateş bir süre yüzüme baktıktan sonra omuzlarını silkti. "Tamam, binmeyelim," dedi. İçime soğuk su serpilmiş gibi hissederken... "Ben de daha sonra Melek'le gelip onunla binerim," diyerek konuşmasına devam etti. O kızın ismini duymak kaşlarımın bir anda çatılmasına neden olurken dişlerimi birbirine bastırdım.

"İyi," dedim öfkeyle. "O zaman onunla bin! Hatta şimdi telefon aç da buraya gelsin. Anlaşılan benim işim bitmiş!" Arkamı dönüp sinirle yürümeye başladığımda gözlerim de dolu dolu olmuştu. Ateş'in o kızdan bahsetmesi bile canımı yakıyordu.

Ateş kollarını belime doladı. "Gel buraya başımın belası."

"Bırak!"

"Bırakmam..." Kulağıma fısıldadı. "Bugün benimsin."

"Senin falan değilim ben! Biz ayrıldık."

"Evet, ayrıldık," diyerek kabul etti Ateş. "Ama bugün ikimizin günü. O yüzden şimdi uslu dur ve benimle beraber gel. Ben yanındayken güvendesin."

Vagonların oraya vardığımızda boş olanlardan bir tanesine oturdum. Ateş'te yanıma oturup vagondaki yerini alınca ürkek bakışlarımı onda gezdirdim. Benim aksime gayet cesurdu ve korkuya dair minicik bir ifade bile yoktu yüzünde. Gözlerimi sıkıca kapattım ve beklemeye başladım. Tamam, sakinim.

Korkacak bir şey yok.

Korkacak bir şey yok.

Korkacak bir şey yok.

"Melisa?" Ateş'in nefesini kulağımın kenarında hissedince, "Hı?" diye bir mırıltı çıkardım ağzımdan.

"Tren daha hareket etmedi. Farkında mısın?"

"Evet."

"O zaman neden kolumu var gücüyle sıkıyorsun?"

Öyle mi yapıyordum? "Nabzın atıyor mu onu kontrol ediyordum." Ateş'in gülümsediğini görmesem de hissetmiştim. Güvenlik kalkanlarının bir anda kapanması küçük bir çığlık atmama neden oldu. Gözlerimi panikle açtım ve etrafa göz gezdirdim. Bütün vagonlar tamamen dolmuştu ve insanlar gülümsüyordu.

"Mal mı bunlar?" diye kendi kendime mırıldandığımda Ateş, "Mal olan onlar değil," deyip sırıtarak bana baktı. Ne yani beni duymuş muydu? Ve bir dakika! Mal olan onlar değil derken beni mi kastetmişti? Kaşlarım zaten çatılmaya yer ararken onları çattım ve işaretparmağımı Ateş'e doğru yönlendirdim. Tam ağzımı açıp söylenecektim ki trenin bir anda hareket etmesi telaşlanmama neden oldu ve kollarımı hemen Ateş'e doladım.

"Boğdun Melisa boğdun." Ateş'in sitem eden sesi kulaklarımı doldursa da umursamadım ve ona sarılmaya devam ettim.

Beni bu trene bindiren kendisiydi.

Tren yavaş yavaş ilerlemeye başlayınca derin bir nefes aldım ve sakin olmaya özen gösterdim. Ölecek değildim ya. En fazla bayılırdım sadece. Ateş'e doğru biraz daha sokuldum ve başımı boynuna gömdüm. Ah, kokusu. Kokusunu çok fazla yakından alıyordum ve kokusunu bu kadar yakından hissettiğim sayılı anlardan bir tanesindeydim. Belimde hissettiğim el yüzümde anlamsız bir gülümseme oluştururken başımı biraz daha Ateş'in boyun girintisine yerleştirdim. Dudağım tenine değiyordu. Ateş diğer elini de belimin etrafına doladıktan sonra beni kollarının arasına mahsur etti. Sanırım şimdi daha iyi hissediyordum.

Tren karanlık bir yere girince etrafa bakmaktan kendimi alıkoyamadım. Mağara gibi bir yerdeydik. Duvarlar yıkık dökküktü. Nereden çalıyor bilmiyorum ama bir yerden korkunç müzik sesi geliyordu. Bu birazcık ürkmeme neden olsa da yanımda Ateş olduğu için fazla korkmuyordum.

Trenle ilerlemeye devam ederken bir anda karşımıza çıkan iskelet başımı hemen Ateş 'in göğsüne yaslamama neden oldu. O nereden çıkmıştı ki?

"Bir de korkmuyorum demez mi..."

Ateş'in kendi kendine söylenmesi her ne kadar sinirlerimi bozsa da sessiz kalmaya tercih ettim. Sonuçta şu an ona muhtaçtım. Ürkütücü sesler gitgide artmaya başlayınca duyduğum kötü kız kahkahası da kalp atışlarımı harekete geçirmişti. Niye böyle ses efektleri koyuyorlardı ki! Kollarımı biraz daha Ateş'e doladım ve iyice ona sokuldum. Gerçekten korkuyordum.

Trenle ilerlemeye devam ederken trenin hızı bir anda normal seviyenin üzerine çıkınca bir şeylerin ters gittiğini anladım ve hemen geri çekilip Ateş'e baktım.

Bakmaz olaydım! Ateş'in arkasında gördüğüm mumya, güçlü bir çığlık atmama neden oldu. Ben boğazım yırtılırcasına bağırırken Ateş kulaklarını kapatıp,"Kızım bir sus!" dedi. Tabii o arkasında mumya olduğunun farkında değildi. Dudaklarımı zorlukla hareket ettirdim. "Mu-mu-mumya." dedim. Korkudan kekelemiştim. Ateş gözlerini devirip ellerini kulağından çektikten sonra alayla konuştu. "Bilmiyor musun? Filmin serisini burada çekiyorlar,"dedi. Resmen alay ediyordu benimle!

Mumyanın sahte olduğunu anlayınca kollarımı tekrar Ateş'e doladım ve başımı boynuna gömdüm. Kalbim resmen ağzımda atıyordu. Belimde hissettiğim boşluk kaşlarımı çatmama neden olurken "Sarılsana!" diye cırladım. Hem beni buraya getiriyor hem de sarılmıyor.

"Eğer deminki gibi bağırırsan seni aşağı atarım!"

Ateş'in ettiği tehdit gözlerimi kocaman açmama neden olurken gerçekten atar mı diye içimden geçirdim. Ne yapacağı belli olmazdı. "Tamam tamam bağırmayacağım. Sarıl," dedim. Ateş, kollarını belime dolayıp beni kendine doğru çekince hiç düşünmeden ona doğru biraz daha sokuldum.Gözlerimi kapatmıştım ve hiçbir şeyi görmüyordum. Böylesi kesinlikle çok daha iyiydi ama kolumun üzerinde hissettiğim yumuşak şey gözlerimi hemen açmama neden oldu. Gördüğüm manzara tekrardan çığlık atmama neden olurken, "Ateş, böcek!" diye cırladım. Gözyaşlarım artık yanaklarımdan süzülüyordu ve neden bilmem yerimde zıplıyordum.

"Ben sana cırlamak yok demedim mi?"

Ateş'in sorusu ile sinirli bakışlarımı ona doğru çevirdim. Ben burada ağlıyorum onun derdine bak! Öfkeli bakışlarım Ateş'in üzerindeyken Ateş'in başında gördüğüm kara böcek gözlerimi iri iri açmama neden oldu. "Sa-saçında!" dedim. Kekeleyerek söylediğim cümle üzerine Ateş gözlerini devirdi ve "Onlar oyuncak," diyerek açıklamada bulundu. Nasıl bu kadar rahat duruyor anlamış değilim.

"Lütfen al... Bak kolumda... hadi..."

Gözyaşlarımın arasından söylediğim cümle üzerine Ateş koluma uzandı ve böceği eline alıp rastgele bir yere fırlattı. Aynı işlemi kendi saçı içinde uygulayınca, "Tamam mı?" diye sordu. Başımı aşağı yukarı salladım ve kollarımı tekrar ona doladım.

Bir daha korku trenine binmek mi? Tövbe yarabbi!

Korku treni hızla ilerlemeye devam ederken bir anda durması telaşlanmama neden oldu. Panikle Ateş'e doğru döndüm. "Ne-ne-ne oldu?" Korkarak sorduğum soru üzerine Ateş, "Sakın önüne bakma," diyerek uyarıda bulundu. Ama ben sanki 'Bak' demiş gibi başımı hemen önüme doğru çevirdim. Ağzım ve gözlerim korkuyla kocaman açılırken "Zo-zo-zombi," diye kekeledim. Gerisi ise karanlık...

***

"Neden hâlâ baygın?"

"Beyefendi lütfen sakin olun. Kolonya birazdan etkisini gösterir."

Gözlerimi yavaşça araladığımda yüzüme çarpan güneş ışığı gözlerimi kısmama neden oldu.

"Bakın uyandı." Tanıdık gelmeyen bir kızın ince sesi kulaklarımı doldururken uzandığım yerden yavaşça doğruldum. Ne olmuştu bana? En son korku trenindeydim ve ah! Kanlar içinde bir zombi!

"Tamam. Bundan sonrasıyla ben ilgilenirim."

Adım sesleri yavaş yavaş uzaklaşmaya başlayınca başımı tereddütle yukarıya kaldırdım. Ateş öfkeli gözlerle yüzüme bakıyordu. Yutkundum. " Şey..." dedim çekinerek. "Bana ne oldu?"

"Ne mi oldu?" diye bağırdı Ateş. "Bayıldın! Seni uyardığım halde ne diye önüne bakıyorsun?" Başımı utançla öne doğru eğdim. Şu an babasından azar işiten çocuklar gibiydim. "Özür dilerim," dedim azıcık çıkan sesimle. Ateş sağ elini saçlarının arasından geçirdikten sonra, "Özür falan dileme!" dedi. "Bu şortu giymeseydin böyle olmazdı!"

"Şort mu?" diye şaşkınlıkla sordum. Giydiğim şort ne alakaydı ki?

"O tipini siktiğim güvenlik görevlisi ben emniyet kemerimi çıkartmakla uğraşırken seni kucağına aldı!" Ateş 'in siniri bütün yüzünden okunuyordu. Sanırım görevlinin beni kucağına almasına sinirlenmişti.

"Şey..." dedim önüme düşen saçlarımı kulağımın arkasına sıkıştırırken. "Sanırım gömleğimi belime bağlasam iyi olur." Oturduğum yerden kalktıktan sonra üzerimdeki gömleği çıkartıp belime bağladım. En azından kalçalarım kapanmıştı. Ateş'in kaşları biraz da olsa eski haline dönünce sinirinin geçtiğini anladım.

Ateş'le birlikte lunaparkta dolaşmaya başladığımızda ikimiz de sessizliğimizi koruyorduk. Hayır, anlamıyordum. Bana niye kızmıştı ki şimdi? Kendisi zorla bindirmişti o trene. Ayrıca görevlinin beni kucağına alması benim suçum muydu? Benim haberim bile yoktu. Yanaklarımı sıkılarak şişirdim ve nefesimi dışarıya erdim. Lunapark gitgide daha kalabalık oluyordu. Ateş'le birlikte yürümeye devam ederken dikkatimi çeken renkli kocaman bir çadır, olduğum yerde durmamı sağladı. "Ne oldu?" diye sordu Ateş.

Elimi çadıra doğru yönlendirdim. "Sence onun içinde ne var?"

Ateş başını elimle işaret ettiğim yere çevirdikten sonra omuzlarını silkti. Bu kadar umursamaz olması beni deli ediyordu. Ondan hayır gelmeyeceğini anlayınca ayaklarımı hareket ettirdim ve çadıra doğru yürümeye başladım. Kendim de öğrenebilirdim. Çadırın yanından gelen benim yaşlarımda bir kız dikkatimi çekince hemen karşısına geçtim. "Merhaba," dedim.

Kız beni dikkatlice süzdükten sonra,"Merhaba?" diyerek cevap verdi.

"Şey... acaba o çadırın içinde ne var?"

Kız nefesini sıkılarak dışarıya verdikten sonra, "Bilmiyorum!" dedi. Sesi sinirli çıkmıştı. "Öğrenmek için ben de gittim ama Çinli olmayanlar giremiyormuş."

Aldığım cevap şaşırmama neden olsa da kıza, "Teşekkürler," dedim ve tekrar Ateş 'in yanına gittim. "Öğrenebildin mi?"

"Evet. Yani hayır."

Ateş anlamayan gözlerle yüzüme bakınca açıkladım. "Sadece Çinliler girebiliyormuş."

"Tüh. Nasıl üzüldüm bilemezsin." Ateş yapay bir şekilde pişmanlık duyar gibi yapınca bileğinden tuttum ve insanların arasından geçerek onu çekiştirmeye başladım. Hep o yapacak değildi ya.

Ateş, "Nereye gidiyoruz ufaklık?" diye sorunca "O çadırın içinde ne olduğunu öğrenmeye," dedim. Aklıma gelen plan işe yararsa başarılı olacağımı da biliyordum. Ateş'le birlikte tenha diyebileceğim bir yere geldiğimizde yürümeyi bıraktım ve sırt çantamı elime alıp fermuarını açtım. Ateş dikkatli bir şekilde beni izliyordu. Kalemliğimden çıkardığım para bandını elime aldıktan sonra çantayı yere baktım ve şirince sırıtarak Ateş'e doğru döndüm.

"Bu ne?" diye sordu Ateş. Elimdeki banda tuhaf tuhaf bakıyordu.

Derin bir nefes aldım ve ellerimi çenemin altında yumruk yapıp yavru köpek bakışlarımı yüzüme takındım. "Ateş, bak. Biliyorum itiraz edeceksin, hatta saçma bulacaksın ama lütfen yapalım. Lütfen. Lütfen. Lütfen."

Ateş tek kaşını şüpheyle havaya kaldırdı. "Sen böyle yalvarıyorsan kesin atlıkarıncadan daha beter bir şey isteyeceksin. O yüzden hayır," dedi.

"Ya lütfen kırma beni."

"Hayır!"

"Ateş ne olur..." İkna çabalarım ümitsizce devam ederken bir yandan da masum bakışlar atmayı ihmal etmiyordum. Ateş nefesini sıkılarak dışarıya verdi ve "Söyle başımın belası. Söyle," dedi. Yüzümde kocaman bir gülümseme oluşurken bandı Ateş'e doğru uzattım. "Şimdi biz bu bantlardan küçük küçük koparıp gözümüze yapıştıracağız." Ateş anlamayan gözlerle yüzüme bakınca, "İşte Çinli gibi görünmek için," diyerek konuşmaya devam ettim.

Ateş bana tuhaf tuhaf baktıktan sonra, "Onlar da salak ya, hemen inanacaklar, değil mi?" diye sordu.

"Ya Ateş bir deneyelim? Belki inanırlar?"

"Unut gitsin Melisa."

"Ama ben o çadırda ne var çok merak ettim." Dudaklarımı büzüp yavru köpek bakışlarımı Ateş'e attığımda "Gerçekten çocuksun," diye söylendi Ateş.

"Lütfen?"

Ateş ellerini cebine koyup bakışlarını yüzümde gezdirdikten sonra "Peki benim bundan ne çıkarım olacak ufaklık?" diye sordu.

"Olması mı gerekiyor?"

Ateş başını aşağı yukarı sallayınca nefesimi sıkılarak dışarıya verdim. "Tamam. Eğer benimle birlikte o çadıra çakma Çinli olarak gelirsen sana pamuk şeker alırım?"

Ateş muzipçe sırıttı. "Sence benim pamuk şekere ihtiyacım var mı?"

"Ama o pamuk şekeri sana ben alıyorum?" deyip şirince gülümsemeye devam ettiğimde Ateş bana doğru bir adım attı ve aramızdaki mesafeyi sıfıra indirdi. Dudaklarını kulağımın hemen kenarında sabitledi ve konuştu. "İstediğim gibi yememe izin vereceksen olur," dedi.

Yutkundum. "Nasıl yiyeceksin ki?"

"Onu da o zaman görürsün."

Ateş geri çekilip bakışlarımızı birleştirince gözlerinin içinde bir parıltı olduğunu gördüm. Aklından her ne geçiyorsa onu oldukça heyecanlandıran bir şeydi. "Kabul," dedim. Altı üstü bir pamuk şeker, değil mi? En fazla ne olabilir ki?

***

Çadıra doğru yürümeye başladığımızda yüzümde anlamsız bir gülümseme vardı. İşin tuhafı Ateş de gülümsüyordu. "Çok mu komik görünüyorum?" diye sordum. Ateş, "Fazlasıyla," deyip sırıtmaya devam edince dudaklarımı dişlerimin arasına aldım. Nasıl göründüğümü gerçekten çok merak ediyordum.

Keşke Ateş de bant yapıştırsaydı. O zaman ben de onunla dalga geçerdim ama Ateş benim tercümanım olarak yanımda durmayı kabul etmişti. Hem ben de itiraz etmedim zaten. Bu bile onun için büyük bir adımdı. Çadırın yanına gelince gözümün kenarındaki bantları son kez kontrol ettim ve derin bir nefes aldım. "Çince biliyor musun bari?" diye sordu Ateş.

"Biliyorum," dedim. Ateş tek kaşını 'nereden biliyorsun' der gibi havaya kaldırınca omuzlarımı silktim. Karate Kid filmi sağ olsun. Defalarca izlemiştim.

Çadırın giriş kapısına gelince kalbim hızlı hızlı atmaya başlamıştı bile. Görevlilere gülümsedim ve "Nín hao (Merhaba)," dedim. Sesim Çinceyi yıllardır biliyormuşum gibi çıkmıştı.

Görevliler Ateş ve beni dikkatli bir şekilde süzdükten sonra kısa olanı konuştu.

"Merhaba mı? Oradan bakılınca aptal gibi mi görünüyoruz?" dedi kendi dilinde.

Çakma Jackie Chan'in bir anda senini yükseltmesi beni korkuturken Ateş'e doğru yaklaştım ve kimsenin duyamayacağı şekilde konuştum. "Galiba anladı. Tüyelim," dedim. İki görevli de oldukça sinirli duruyordu. Ateş öfkeli bakışlarını bana çevirdi. "Ne dediğini anladın mı?"

Yutkundum. "Şey, elbette anladım," dedim. "Merhaba. Türkiye çok güzel, yeniden geleceğiz dediler."

Ateş 'ya sabır' deyip gözlerini devirdikten sonra "Dur durduğun yerde. Sakın ağzını açma," dedi. Sesi oldukça ciddi çıkmıştı. Başımı salladım.

"Merhaba. Tuhaf göründüğümüzü biliyorum ama sakın bozuntuya vermeyin. Bu kız deli ve kendisini Çinli sanıyor. Bu çadıra girmek için benden yardım istedi ben de isteğini kabul ettim. Kendisini tanımıyorum. İzin verin girsin. Karşılığını size fazlasıyla öderim."

Ağzım ve gözlerim şaşkınlıkla kocaman açılırken Ateş'in bu kadar akıcı Çince konuşması beni hayrete düşürmüştü.

"Deli mi?" diye bir şey dedi görevlilerden uzun olanı.

Ateş bakışlarını bana çevirip, "Maalesef," deyince ne dediğini acayip merak etmiştim. Sanırım benim hakkımda bir şeyler konuşuyorlardı.

Kısa boylu olan Çinli bakışlarını üzerimde gezdirdikten sonra, "Deli olduğu belli zaten. Aval aval suratımıza bakıyor," dedi.

Bir dakika ya! Bunlar neden bana bakıp bakıp bir şeyler diyordu ki?

Gözlerim bantlardan dolayı zaten kısılmışken onları biraz daha kıstım ve Ateş'e doğru döndüm. "Ne konuşuyorsunuz öyle antin kuntin?"

Ateş bakışlarını bana çevirip alayla cevap verdi. "Çince biliyorsun ya. Ne dediğimizi de anlamışsındır." Resmen dalga geçiyordu benimle!

"Karşılığa gerek yok. Girebilirsiniz."

Uzun boylu Çinlinin konuşması dikkatimi tekrar ona vermeme neden olurken Ateş, "Teşekkürler," dedi ve elini belime koyup yürümemi sağladı.

Çadırdan içeriye girdiğimizde hemen Ateş'e doğru döndüm. "Çinceyi nereden biliyorsun? Onlarla ne konuştun? Benim Çinli olmadığımı anladılar mı?" diye telaşla ardı ardına sorular sordum.

"Herkes senin gibi kuş beyinli değil."

Ateş'in verdiği cevap kaşlarımın çatılmasına neden olurken bir anda çığlık atmam çadırdaki herkesin bakışlarının bana çevirmesine neden oldu.

"Ne cırlıyorsun yine?" Ateş 'in sorusu ile kollarımı göğsümün altında birleştirdim ve alt dudağımı sarkıttım. "Kaşlarımı çatamıyorum!" dedim. Lanet olası bantlar!

Ateş bütün yüzünü kaplayacak şekilde sırıttıktan sonra başını iki yana sallayıp, "Yürü başımın belası yürü..." dedi ve elimi tutup yürümemi sağladı. Hayret diye içimden geçirdim. İlk defa bileğimi değil de elimi tuttu.

Çadır oldukça büyük ve genişti. Başımı yukarıya kaldırdığımda yerle arasındaki ciddi mesafe şaşırmama neden olmuştu. Etrafta çeşitli resimler ve tablolar vardı. Çinin geleneksel kıyafetleri ve takıları da her yerdeydi. Ateş'le birlikte yürümeye devam ederken dikkatimi çeken küçük takı standı olduğum yerde durmamı sağladı. "Ateş çok güzeller," dedim hayran hayran renkli bilekliklere bakarken.

"Melisa yürü. Bir an önce gezelim şu çadırı, sonra da çıkalım."

Ateş sıkıldığı belli eden homurtular çıkartmaya başlayınca "Ya ama baksana. Şu çok güzel değil mi?" diyerek kırmızı taşları olan bir bilekliği işaret ettim. "Jackie Chan'in kız kardeşi de bundan takıyor."

Ateş bana sanki bir orangutan voleybol oynuyormuş gibi bakınca gözlerimi devirdim ve "Off," diye mırıldanıp onu beklemeden somurta somurta yürümeye başladım. Hayır, anlamıyordum. Onca şey yaparak bu çadıra girmiştik. Rahat rahat gezmeme izin verse ne olurdu sanki?

Çeşitli çeşitli liflerin satıldığı bir masanın önüne gelince durdum ve lifleri incelemeye başladım. Oldukça gariplerdi. Yani ben daha önce hiç yılan desenli bir lif görmemiştim.

"Şimdi de liflere mi merak saldın?"

Ateş'in sesi hemen arkamdan gelmişti. "Salamaz mıyım?" deyip Ateş'e doğru döndüğümde onun sırıtmaya başlaması kaşlarımı çatmama neden oldu. "Ne gülüyorsun?" dedim.

Ateş ellerini cebine koyup bana doğru yaklaştıktan sonra üzerime eğildi ve konuştu. "Sol gözündeki bant çıkmış," dedi. "Ve şu anda iki polis buraya doğru geliyor."

Gözlerim Ateş'in söylediği cümle ile kocaman açılırken, "Ne?" diye cırladım ve başımı öne eğip arkamdan boğa kovalıyormuş gibi çadırın çıkışına doğru koşmaya başladım. İnanmıyorum! Az kalsın yakalanacaktım. Çadırdan çıktığımda kapıdaki görevlilerin yüzüne bakmamaya özen gösterdim ve az önceki tenha yere doğru koşmaya devam ettim. Az kalsın Çinli olmadığım anlaşılacaktı. Ve ben bir sahtekâr olarak gözaltına alınabilirdim.

Tenha yere vardığımda temiz havayı içime çekip nefesimi düzene sokmaya başladım. Ateş olmasaydı kesin yakalanırdım. Ve belki de hapse girerdim. Aklıma gelen bu düşünce bile korkmama neden olurken temiz havayı tekrar tekrar içime çektim.

Aniden belimin etrafına dolanan güçlü bir el gözlerimi kocaman açmama neden olurken olduğum yerde kalakaldım. Yakalanmıştım. "Kaçabileceğini mi sanıyordun?"

Boynuma çarpan nefes bütün bedenimi korkuyla kaplarken "Şey..." dedim. Ama ne diyecektim ki? Aptal merakım yüzünden Çinli kılığına girdiğimi mi? Derin bir nefes aldım ve konuştum. "Yemin ederim bütün suç yanımdaki kaslı adamındı. Her şey onun fikriydi," diyerek bütün suçu Ateş'e attım.

Belimi sarmalayan eller biraz daha sıkılaşınca arkamdaki polisi sinirlendirdiğimi anladım ve gözlerimi kapalı tutmaya devam ettim. "İsmi Ateş. Muhtemelen şu anda kaçmıştır," diyerek telaşlı telaşlı konuşmaya devam ettim.

Arkamdaki adam nefesini boynuma üfleyip, "Demek kaçmıştır..." diye mırıldanınca başımı hemen aşağı yukarı salladım. Ama bir dakika! Bu ses? Gözlerimi hemen açtım ve arkama dönmek için bir hamle yaptım. Ama Ateş buna izin vermedi ve sesli bir kahkaha atıp bana sarılmaya devam etti. "Sen!" dedim kaşlarımı sinirle çatarak. "Nasıl korktum biliyor musun?" Kalbim resmen ağzımda atıyordu.

Ateş belimdeki kollarını biraz daha sıkılaştırıp beni kendine bastırdıktan sonra, "Demek gerçek bir polis olsaydı bütün suçu bana atacaktın?" dedi.

Başımı utançla öne eğdim.

"Ama unuttuğun bir şey var ufaklık. Eğer işin içine bir polis girmişse ortadan kaybolmakta üstüme tanımam." Ateş'in sırıtarak söylediği cümle kaşlarımı biraz daha çatmama neden olurken kollarından kurtulmak için çırpınıp, "Pisliksin!" dedim. Ama Ateş buna izin vermedi ve "Başka?" diyerek kulağıma fısıldadı. Bu kadar yakınlık olduğum yerde hareketsizce durmama neden olurken "Bir de hayvansın!" dedim.

Ateş burnunu yanağıma sürttü. "Başka?"

"Hödüksün!"

Ateş başını boyun girintime gömdü. "Başka?"

"Zorbasın!" dedim. Nefesim daha yeni yeni düzene girerken Ateş'in dudaklarını boyun girintime götürmesi ve de tüy kadar yumuşak öpücükler bırakması bütün bedenimin sıcaklamasına neden oluyordu.

"Ve bu zorba sana Jackie Chan'in kardeşinin bilekliğini aldı." Ateş'in kulağıma doğru fısıldadığı cümle gözlerimi kocaman açmama neden olurken hemen geri çekildim ve Ateş'le bakışlarımızı birleştirdim. Gerçekten almıştı. O beğendiğim kırmızı taşlı bileklik şu an Ateş'in elindeydi. "Şey, o bana mı?" diye sordum çekinerek.

"Evet, sana." Ateş bilekliği bileğime taktı. Kalbim mutluluktan hızlı hızlı atarken dudağımı dişlerimin arasına aldım ve "Ateş ben... çok teşekkür ederim," deyip kollarımı sevinçle Ateş'e doladım. İlk defa bana hediye alıyordu ve bu çok güzel hissettirmişti. Ateş belimi güçlü kollarıyla sıkıca kavradı. "Sadece bir bileklik. Abartma."

"Hayır," dedim hemen."Sadece bir bileklik değil. Senin bana aldığın çok güzel bir bileklik," diye konuşmaya devam edince Ateş belimi sarmalayan kollarını biraz daha sıkılaştırdı ve üzerime eğilip saçlarıma öpücük kondurdu.

***

"Kızım, düzgün nişan alsana!"

Ateş'in isyan eden sesi dikkati mi iyice dağıtırken, "Ya sen bir sus!" dedim. Silahı elime aldığımdan beri yok sağa kay, yok sola kay diyerek sürekli yönlendirmişti beni. Tamam, kendisi ustaca bir kere de vurup oyuncak tavşanımı hemen kazanmıştı ama birini yönlendirmek konusunda gerçekten berbattı.

"Bu son şansınız küçükhanım."

Görevlinin uyarısı dikkatimi ona vermeme neden olurken derin bir nefes aldım ve karşımdaki balonu hedef aldım.

Yapabilirim.

Yapabilirim.

Yapabilirim.

Bu gerçeği kendi kendime hatırlattıktan sonra tetiğe bastım. Duyduğum patlama sesi bir anda kahkaha atarak gülmeme neden olurken bakışlarımı hemen Ateş'e doğru çevirdim. 'Hele şükür,' der gibi bana bakıyordu. Tamam, sekizinci atışımda anca vurduğum için bu tepkiyi veriyor olabilirdi ama yine de vurmuştum işte.

"Hangi oyuncağı istiyorsunuz küçükhanım?"

Görevlinin sorusuyla boğazımı temizledim ve elimi oyuncak standına yönlendirip, "Şu ayıyı," dedim. Onu bizzat Ateş'e hediye edecektim. Görevli istediğim oyuncağı bana doğru uzatınca ona teşekkür ettim ve Ateş'e doğru döndüm. Ama o çoktan lunaparkın çıkışına doğru yürümeye başlamıştı. Omuzlarımı silktim ve peşine takıldım. Onun taktiğine uymadan kazandım ya, o yüzden şimdi böyle trip atıyordu. Gerçi Ateş ve trip kelimeleri yan yana gelince bile oldukça komik duruyordu ama yapığı şey şu anda tam olarak öyleydi.

Ateş'in yanına vardığımda resmen nefes nefese kalmıştım. Öyle hızlı yürüyordu ki koşarak anca yetişmiştim. E tabii sırtımdaki çanta ve elimdeki iki pelüş oyuncağı da düşünürsek yorulmam oldukça olasıydı.

Nefesimi düzene soktuktan sonra, "Tebrik etmek yok mu?" diyerek Ateş'e doğru döndüm.

Ama Ateş bakışlarını bana çevirmeye tenezzül bile etmeden, "Yok!" deyip yürümeye devam edince gözlerimi devirdim. Sırf onun taktiğine uymadığım için böyle yapıyordu! Ama olsun. Sonuçta iki tane oldukça sevimli oyuncağım olmuştu. Ve tabii bir de bilekliğim...

Arabaya bindiğimizde emniyet kemerimi bağladım ve Ateş'in benim için tek seferde atış yaparak kazandığı pembe tavşanı kucağıma aldım. Fazla büyük değildi. Orta boyluydu ve oldukça tatlıydı. Benim kazandığım oyuncak ayıyı da arka koltuğa koymuştum. Sonuçta o artık benden Ateş'e bir hediyeydi. Bakar bakar kendini hatırlardı artık.

Ateş arabayı çalıştırıp sürmeye başlayınca hâlâ sessiz olması canımı sıkmaya başlamıştı. Derin bir nefes aldım ve ona doğru dönüp, "Teşekkür ederim," dedim. Ateş'in bir cevap vermediğini fark edince, "Bugün için," diyerek konuşmaya devam ettim.

"Eğlendin mi bari?" Ateş'in sorusu ile gülümsedim ve "Hem de çok," diyerek cevap verdim. 'O' harfini uzatarak söylemiştim.

"Bu arada Hüsno artık senin."

Ateş anlamayan gözlerle yüzüme bakıp bir cevap vermemi isteyince, "Kazandığım oyuncak ayı," diyerek açıklama yaptım. Ateş bakışlarını tekrar yola çevirdi. "İsmini gerçekten Hüsno mu koydun?"

"Çok uyumlu değil mi?"

"Ne demezsin..."

Bir süre sonra arabayı bir benzinlikte durunca bakışlarımı hemen Ateş'e çevirdim. Ama o bana bir açıklama yapmadan sürücü koltuğunun kapısını açtı ve aşağıya indi. Tamam kabul. Benzinlikte durduğu için açıklama yapması oldukça gereksiz kaçardı ama yine de 'Burada bekle,' diyebilirdi. Gerçi bu cümle açıklama yapmasından daha saçma olurdu ama neyse. Bakışlarımı camdan dışarıya çevirdiğimde Ateş'in benzinci adama bir şeyler söylediğin fark ettim. Kesin 'Depoyu fulle,' demiştir.

Karşısındaki adamda başını onaylar şekilde sallayınca Ateş ellerini cebine yerleştirip markete doğru yürümeye başladı. İnsan bir sorar değil mi? Canın bir şey istiyor mu, veya acıktın mı diye... Ama nerede...

Kollarımı göğsümün üzerinde birleştirdim ve Ateş'i beklemeye başladım. El vitesinin yanındaki bölmede duran büyük ekranlı telefon dikkatimi çekince hiç düşünmeden oraya uzandım ve telefonu elime adım. Birazcık karıştırsam sorun olmazdı sanırım.

Tuş kilidi mi?

Ekranda gördüğüm görüntü hayal kırıklığı yaşamama neden olurken nefesimi sıkılarak dışarıya verdim. Acaba şifresi ne olabilirdi ki? Ellerimi dokunmatik klavyeye götürdüm ve ilk aklıma gelen şeyi korkarak yazdım.

Melek?

Yanlış pin yazısını görmem yüzümde kocaman bir gülümseme oluştururken acaba 'MelekAteş' olabilir mi diye içimden geçirdim. Ya öyleyse? Ellerimi korkarak klavyeye götürdüğümde İkinci yanlış pin yazısını görmem tekrar gülümsememe neden oldu.

Acaba 'Galatasaray' olabilir mi? Sonuçta Ateş, GS'liydi. Denemekten zarar çıkmaz diye içimden geçirdikten sonra klavyeye 'Galatasaray' yazdım. Ama sonuç yine başarısızdı!

Melisa?

Tamam, çok saçma bir düşünce olduğunun farkındayım ama elimi klavyeye götürdüm ve ismimi yazmaya başladım. Tam onayla tuşuna basacaktım ki Ateş sürücü koltuğunun kapısını açıp içeriye girdi ve elimdeki telefonuna bakmaya başladı.

"Şey... ben öylesine bakıyordum," diyerek panikle açıklama yaptım.

"Şifreyi bulursan bakarsın."

Ateş arabayı çalıştırıp sürmeye başlayınca kaşlarımı çattım ve telefonu yerine bıraktım. Çok da meraklıydım senin pahalı telefonuna!

Arabayla ilerlemeye başladığımızda başımı cama yasladım ve koltukta biraz daha rahat bir pozisyon aldım. Dünden beri sadece 4-5 saatlik bir uykuyla duruyordum. Bugünkü lunapark macerasını göz önünde bulundurursak gerçekten yorgun hissediyordum kendimi. Gözlerim yavaş yavaş kapanmaya başlayınca kucağımdaki tavşana biraz daha sarıldım. Onun yumuşaklığı iyice mayışmama neden oluyordu...

Bölüm 32

Hayran olduğum büyüleyici kokuyu oldukça yakınımda hissediyordum. Böyle sanki hemen yanı başımdaymış gibiydi. Bu his, yüzümde anlamsız bir gülümseme oluştururken ellerimi esnemek üzere başımın üzerine kaldırdım.

Kaldırdım...

Kaldırdım...

Kaldıramadım!

Gözlerimi panikle araladığımda gördüğüm tanıdık yüz oldukça şaşırmama neden oldu. Ateş, belimi ve hatta bacaklarımı kendi bacaklarının arasına mahsur etmiş hemen yanımda uyuyordu. Ve bir dakika! Allah'ım lütfen olmasın. Bacağımın üzerinde hissettiğim çıplak ten lütfen Ateş'e ait olmasın.

Üzerimizdeki ince pikeyi korkarak havaya kaldırdım. Bakışlarım Ateş ve benim bacaklarıma doğru kayarken verdiğim ilk tepki gözlerimi kocaman açmak, ikinci tepki ise "Hiiiiih!" diye bir ses çıkarmak oldu. Ateş baksırlıydı ve biz ikimiz aynı yataktaydık. Ama nasıl? En son eve gitmek üzere Ateş'in arabasındaydım ve... tabii ya. Arabada uyuyakalınca Ateş buraya getirmişti beni. Ama burası neresi? Bulunduğum yeri gözlerimin el verdiği kadar incelemeye başladığımda gördüğüm tek şey bir pencere ve pencereden içeriye sızan sokak lambası oldu.

Sokak lambası mı?

İnanmıyorum! Hava resmen kararmıştı ve ben burada Ateş'le birlikteydim. Annemler kim bilir nasıl merak etmişti beni. İçimi sarmalayan tedirginlik of diye mırıldanmamı sağlarken Ateş'in kollarından kurtulmak üzere hareketlendim. Bacaklarımı Ateş'in bacaklarının arasından çekmeye çalıştığımda Ateş, "Rahat dur ufaklık..." diye mırıldanıp kollarını biraz daha bana doladı.

"Ateş uyan!" dedim panik içinde. Ama kolay kolay uyanmayacağı her halinden belliydi -ki zaten Ateş uykusu ağır olan insanlardandı. "Ya Ateş uyan. Eve gitmem lazım."

Ses yok.

"Kime diyorum ben ya. Uyansana!" deyip Ateş'in kollarından çıkma çalışmalarıma devam ettim. Ama Ateş buna izin vermedi ve beni birazcık daha kendine çekti. "Boş ver."

"Ne demek boş ver? Babamlar kim bilir nasıl merak etmiştir."

Bir elim Ateş'in göğsünde iken diğer elim Ateş'in omzundaydı. Yüzlerimiz, hatta bedenlerimiz birbirimize doğru dönüktü ve nefeslerimiz çoktan karışmıştı birbirine. Ateş nihayet gözlerini aralayıp uykulu bakışlarını yüzümde gezdirince, "Hele şükür," diye mırıldandım. "Neredeyiz?" hâlâ birbirimize sarılır bir vaziyetteydik. Oda karanlıktı ama dışarıdan gelen sarı lamba oldukça iyi aydınlatıyordu içeriyi.

"Bir otel," dedi Ateş, sesi uykuluydu.

"Ne?" diye cırladıktan sonra -Ateş'in kollarından- çıkıp ayağa kalktım ve kolaylıkla bulduğum lambayı açıp sinirli bakışlarımı Ateş'e çevirdim. Şimdi daha net görüyordum her şeyi. Çift kişilik bir yatak, plazma, giysi dolabı, balkon ve sanırım bir banyosu olan geniş, bir o kadarda lüks bir otel odasındaydık. Bir elimi hesap sormak istercesine bel boşluğuma koydum ve bakışlarımı tekrar Ateş'e çevirdim. "Biz şimdi birlikte, aynı odada, aynı yatakta ve de bir otel odasında mı kaldık?" diye sordum, sesim sinirli çıkmıştı.

Ateş oldukça umursamaz bir şekilde esneyip yattığı yerden doğrulduktan sonra, "Tamamen iyi niyetimden," dedi. Hah! Tamamen iyi niyetindenmiş! Ateş'in esnemesi anlamsız bir şekilde beni de esnetirken, "Nasıl yani?" diye sordum.

"Arabamda uyuyakaldın. Ben de rahatça uyu diye seni buraya getirdim." Ateş konuşmasını bitirdikten sonra üzerindeki pikeyi kaldırıp ayaklarını yataktan sarkıttı. Gözlerim gördüğüm manzarayla kocaman açılırken "Ne yapıyorsun sen?" diye sordum şaşkın bir halde. Altında sadece baksır vardı ve bu görüntü hiç de alışık olduğum bir şey değildi.

"Böyle mi durmamı istersin?" Ateş muzipçe sırıtıp bir cevap vermemi ister gibi yüzüme bakınca "Hayır tabii ki!" dedim ve iki elimi de kullanarak gözlerimi sıkıca kapattım. Bir de ukala ukala 'Böyle mi durmamı istersin?' diye soruyor!

Bir müddet sonra Ateş, "Bakabilirsin," deyince gözlerimi araladım. Çok şükür ki giyinmişti ve yatağın üzerine oturmuş pürdikkat telefonuna bakıyordu. Ama bir dakika! Ateş'in telefonu beyaz değildi ki. Beyaz olan benim telefonumdu!

"Ne yapıyorsun sen ya?" diye cırladıktan sonra hızlı adımlarla Ateş'e doğru yaklaştım ve dizüstü yatağa tırmanıp telefonumu Ateş'in elinden almaya çalıştım. Ama Ateş telefonumu vermek yerine "Demir kim?" diyerek bir soru sordu. İnanmıyorum! Şu an mesaj bölümümdeydi ve mesajları mı okuyordu.

"Ateş ya. Versene şu telefonu."

"Demir kim ufaklık? Bir daha sormayacağım."

Ateş telefonumu havaya kaldırıp soran gözlerle yüzüme bakınca, "Kuzenim," diyerek açıklama yaptım ve telefonumu almak için hamle yaptım. Ama lanet olsun ki aramızda ciddi bir boy farkı vardı ve tam olarak ulaşamıyordum. Ateş mesajlarımı okumaya kaldığı yerden devam ederken, "Aras İzmir'e varmış. Niye sana haber veriyor?" diyerek imali imali yüzüme baktı.

"Sana ne. Versene telefonumu!" Sinirden yanaklarımın içini ısırmaya başlamıştım resmen.

"En son da onunla konuşmuşsun. Neden?"

Ateş telefonumu arkasına saklayıp soru soran gözlerle yüzüme bakınca, "Çünkü arkadaşım," diyerek cevap verdim ve tekrar telefonuma uzandım. Ben daha ne olduğunu anlamadan bir anda sırt üstü yatağa uzanırken Ateş üzerime çıktı ve mavi-yeşil gözlerini gözlerime sabitledi. Yutkundum. Böylesine yakın olmamız karnıma bir sancı girmesine neden oluyordu. Tabii bir de kalp atışlarımı hızlandırıyordu.

"Çok şanslı," diyerek yüzüme doğru fısıldadı Ateş. Neden böyle düşündüğünü merak etmiştim ama dudaklarımı aralayıp da soracak gücü kendimde bulamıyordum. Ateş yüzünü bana doğru yaklaştırdı. "Sana sahip olduğu için." Gözlerini kapattı ve burnunu burnuma sürttü. Aklımdaki sorunun cevabını ben sormadan vermişti. Yüzüme çarpan sıcak nefes bütün bedenimin karıncalanmasına neden olurken Ateş dudaklarını dudaklarıma bastırdı ve yavaşça öpmeye başladı beni. Gözlerimi sıkıca kapattım. Günler sonra onunla yeniden öpüşmek... Tuhaf hissettirmişti. Diğer yandan Ateş'in beni nazikçe, tadını çıkarta çıkarta öpmesi de normal değildi. Çünkü Ateş sürekli sert bir şekilde öperdi beni. Ona nasıl uyum sağlayacağımı hiç bilemezdim. Ama şimdi sanki hiç acelesi yokmuş gibi oldukça yavaş öpüyordu.

Ellerimi çekinerek havaya kaldırdıktan sonra Ateş'in ensesinde birleştirdim. Bu yaptığım şey ne kadar doğruydu bilinmez ama dudaklarımı araladım ve Ateş'e karşılık vermeye başladım. Dudaklarımız belli bir ritim tutturmuş birbirini örterken Ateş ellerini bel boşluğuma yerleştirdi ve kendini biraz daha bastırdı bana. Yaptığı bu şeye karşı ikimizin de ağzından ufak bir inleme sesi çıkarken Ateş hızını arttırdı ve dudaklarını oldukça talepkar bir şekilde hareket ettirmeye başladı. Dudaklarım beceriksizce ona karşılık verirken Ateş'in saçlarını çekiştirdim. Neden yaptığım konusunda hiçbir fikrim yoktu. Ateş bu yaptığım harekete karşı ağzıma doğru güçlü bir inleme yolladıktan sonra alt dudağımı emerek çekiştirmeye başladı.

Odanın içinde yankılanan telefon sesi telaşla geri çekilmeme neden olurken Ateş buna izin vermedi ve açtığım mesafeyi çabucak kapatıp dudaklarımı öpmeye kaldığı yerden devam etti. Bu sefer biraz daha hızlıydı. Sanki saniyeleri boşa harcamak istemiyor gibiydi. Telefon ısrarla çalmaya devam edince zorlukla geri çekildim ve "Ateş... dur lütfen," dedim. Nefes nefese söylediğim cümle üzerine Ateş homurdanarak geri çekildi ve koyu mavi gözlerini yüzümde gezdirdi. Bu bakışma sessizce yutkunmama neden olurken Ateş üzerimden kalktı ve yatakta oturur bir pozisyon aldı. Bir anda geri çekilmesi bir boşluktaymışım gibi hissetmeme neden olsa da üstünde durmadım ve ben de yatakta doğrulup telefonumu elime aldım. Ekranda gördüğüm isim kısa bir şoka girmeme neden olurken Ateş, "Kim?" diye bir soru yöneltti. Ses tonu oldukça sertti. Yutkundum.

"Şey..." dedim. "Batuhan." Neden aradığını açıkçası merak etmiştim. Ateş kaşlarını tek bir çizgi olacak şekilde çatıp bir şey söylemek için ağzını açacağı sırada izin vermedim ve işaret parmağımı 'sus' dercesine kaldırıp hemen telefonu cevapladım.

"Az kalsın kapatıyordum," dedi Batuhan. Derin bir nefes aldım.

"Şey... anca açabildim. Kusura bakma lütfen." Nefes alış verişlerim hâlâ hızlıydı. Nedeni az önce öpmüşmüş olmam mı yoksa Ateş'in sert bakışlarını üzerimde hissetmem mi, bilmiyordum.

"Neyse... Bu seferlik affediyorum. Bir daha olmasın." Batuhan şakayla karışık beni azarlayınca "Peki. Olmaz," dedim. Hâlâ ondan utanıyordum açıkçası. Nasıl olmuştu da onunla öpüştüm? Ateş sessiz bir küfür mırıldandıktan sonra az önce benim yaptığım gibi 'sus' işareti yapıp dizlerinin üzerinde bana doğru yaklaştı ve kulağını telefonuma dayadı. Hayretle ona baktım. Cidden mi? Konuşmamızı mı dinleyecekti?

"Eee? Ne var ne yok bakalım? Ben aslında seni merak ettiğim için aradım. Dün Ateş bir şey yapmadı değil mi?" Batuhan'ın sorusu dün geceyi tekrar hatırlamama neden olurken dudaklarımı zar zor hareket ettirip konuştum. "Yapmadı..." Ateş 'in gözleri gözlerimdeydi.

"Emin misin?"

"Evet, eminim. Sorduğun için sağ ol."

"İyi madem. Sen öyle diyorsan..."

Bir şeyden çok daha fazlasını yapmıştı aslında. Dün, hiçbir şeyden korkmadığım kadar korkmuştum. Az kalsın bana sahip zorla olacaktı ve bunu düşünmek bile beni ürpertmeye yetiyordu. Telefonum ben daha ne olduğunu anlamdan bir anda elimden çekilince şaşkın şaşkın Ateş'e baktım. Telefonumu kulağına götürmüştü ve kaşları da çatıktı. "Melisa şu anda benimle birlikte bir otelde. Hatta aynı yatakta olduğumuzu da söylemeden geçemeyeceğim. Eğer amacın onunla buluşup görüşmekse, boşu boşuna konuşup da vakit kaybetme. Çünkü Melisa şu anda oldukça meşgul." Ateş telefonu pat diye Batuhan'ın suratına kapattıktan sonra yatağa fırlattı ve bana baktı. "Hadi eve." Cidden mi?

Öfkeyle konuştum. "Sen ne yaptığını sanıyorsun? Çocuk kim bilir ne anladı!"

"Söylediklerim yalan değildi ufaklık." Ateş ayağa kalkınca dişlerimi sinirden birbirine bastırdım. "Sen var ya..." dedim. Ama maalesef söyleyecek bir şey bulmayınca, "Of!" diye mırıldanıp ben de ayağa kalktım. Telefonumu, çantamı ve oyuncaklarımı elime aldıktan sonra ayaklarımı yere vura vura odadan çıktım. Zorba herif ne olacak!

Arabadaki saat 20.15 'i gösterirken Ateş evimin önüne getirmişti beni. Yol boyunca ikimiz de tek kelime edip konuşmamıştık. Lunaparktaki eğlenceli halimizin aksine ikimiz de durgunduk. Sakin bir deniz gibiydik. Hırçın bir denizden çok daha iyiydi böylesi. Emniyet kemerimi çıkardıktan sonra ön koltuğun kapısını açıp Ateş'e doğru döndüm. "Bıraktığın için sağ ol," dedim. "Lunapark, bileklik ve pinki için de."

"Pinki?"

Ateş anlamayan gözlerle yüzüme bakıp bir cevap vermemi isteyince kucağımdaki tavşanı havaya kaldırıp ona gösterdim. Ateş gözlerini devirdi. "Biri Hüsno, biri Pinki. Çok uğraşıyor musun bu saçma isimleri bulmaya?"

"Hiç de saçma değiller bir kere. Sonuçta tavşanın rengi pembe ve ne koyacaktım ki? Black mi?"

"Daha asil olurdu en azından."

"Hiç de bile," deyip bir ayağımı dışarıya attım. "Ben gidiyorum." Ama neden bilmem birazcık daha kalmak istiyordum. Hiç konuşmasak da, duru, sakin bir deniz gibi sessiz olsak da onun yanında olmayı istiyordum. Tamam, otelde yaptığı şey yüzünden birazcık kızgındım ama yine de onun yanında olmayı seviyordum. Tıpkı hâlâ kendisini sevdiğim gibi...

"Yarın akşam doğum günü partim var," dedi Ateş ifadesiz bir sesle.

"Gerçekten mi?" diye sordum. Şaşırmıştım.

Ateş başını aşağı yukarı salladı.

"O zaman 24 yaşına giriyorsun."

"Evet."

"Şey... Benim de mi gelmemi istiyorsun?" diye sordum çekinerek. Bir anda heyecanlanmıştım. Sonuçta biz ayrıydık ve doğum gününde beni istemeyebilirdi. Bana haber vermesi bile benim için büyük bir şeydi.

Ateş gözlerini gözlerimden ayırmadan konuştu. "Gel diyorum ufaklık."

***

Kadıköy'de bir tane bile dolaşmadık hediye dükkânı bırakmamıştım. Ama yoktu işte. İstediğim tarzda bir hediye maalesef yoktu!

Dün akşam Ateş'in yanından ayrılıp eve girdikten sonra annem ve babamdan azıcık azar işitmek zorunda kalmıştım. Neden haber vermemişim de falan filan. Ama neyse ki kızgınlıkları, karne notlarımı ve teşekkür belgemi görünce hemen geçmişti.

O gece erkenden uyuduğumu söylemek isterdim ama maalesef saatlerce düşünmüştüm. Ateş bir itiraz etme hakkı bile tanımadan neden beni doğum gününe davet etti diye Bu durum elbette mutlu olmama neden oldu ama aklımı da karıştırmadı değil. Ama umursamadım. Sonuçta Ateş için önemli bir gündü ve beni de yanında istemişti. Her ne kadar birbirimizden ayrı olsak da dün gece mutlu bir şekilde uyumuştum.

Ateş'e nasıl bir hediye alacağımı bilmiyordum. Saat veya parfüm gibi basit şeyler alamazdım. Böyle hem farklı, hem de baktıkça beni hatırlamasını sağlayacak bir hediye istiyorum. Ama bunu hediyelik eşya satan bir mağazada bulamayacağımı geç de olsa anlamıştım. Aklıma gelen bir hediye vardı ama... Bunun için yeterli zamanım var mıydı, bilmiyordum. Sağ bileğimi havaya kaldırıp kol saatime baktığımda saatin 15.20 olduğunu fark ettim. Zaman ne kadar da çabuk geçmişti. Adımlarımı hareket ettirdim ve aklımdaki hediyeyi almak üzere bir mağazaya gittim. Oradaki görevli aşağı yukarı bir saate hazır olacağından bahsedince yüzümde tarifsiz bir gülümseme oluştu. Umarım Ateş de beğenirdi.

Hava kararmak üzereyken eve girip çantamı yere bıraktım ve hızlı adımlarla odama doğru ilerledim. Öylesine bir trafik vardı ki eve anca gelebilmiştim. "Sen mi geldin Melisa?" diye mutfaktan seslendi annem.

"Evet." Odama girip kapıyı kapattım. Neyse ki dün akşam -bir arkadaşımın doğum gününe- gitmek için izin almıştım ve bu yüzden bu akşam kolaylıkla çıkabilecektim.

Giysi dolabımı açıp askılara göz gezdirmekle uğraşmadan beyaz, kolsuz elbisemi elime aldım. Bu elbiseyi giyeceğimi dün gece kararlaştırmıştım. Elbiseye uygun beyaz platform topuklu ayakkabıları da dolaptan çıkardıktan sonra giyinmeye başladım. Beyaz, ince askıları olan dizlerimin bir karış yukarısında olan elbisemi oldukça seviyordum. Herhangi bir yerinde dekolte falan yoktu. Sadeydi ve bana göre şıktı. Ayakkabı ise platformlu olduğu için oldukça rahattı. Aynanın karşısına geçip saçlarımı maşa yardımıyla dalga dalga yaptıktan sonra makyaj işine başladım. Allık, pembe bir ruj, rimel derken en zor kısma geldim. Eyeliner!

Eyeliner'ın ucunu özenle kirpik diplerime sürdükten sonra geri çekilip kendime baktım. Resmen satanistlere benzemiştim! En iyisi hiç sürmemek dedikten sonra ıslak mendille eyeliner'ı temizledim. Ama daha sonra içgüdülerim tekrar sürmemi isteyince sakin olmaya özen gösterip eyeliner'ı tekrar sürdüm.

Sanırım bu seferki daha iyi olmuştu.

Aynadaki görüntüm yüzümde memnun bir ifade oluştururken yatağımın üzerinde duran hediye paketimi elime alıp odadan çıktım. Bu gece iki temennim vardı. Birincisi, umarım Ateş hediyemi beğenirdi. İkincisi ise umarım başımı yastığa koyduğumda gözyaşlarımı akıtmak yerine yüzümde bir gülümsemeyle uykuya dalardım.

***

Taksi, Ateş'in villasının önünde durunca ücreti ödeyip aşağı indim. Soğuk hava anında ürpermeme neden olmuştu. Keşke bir şal almayı akıl etseydim ama iş işten geçmişti artık. Elimdeki koyu mavi, parlak pakete son defa baktıktan sonra eve doğru yürümeye başladım. Yüzümde anlamsız bir gülümseme vardı. Nedeni olmayan, öylesine bir gülümsemeydi ama yüzümün tamamına yayılmıştı.

Müziğin sesi az da olsa kulaklarıma çalınmaya başlarken partinin başladığını anlamam çok uzun sürmedi. Siyah demir kapıdan geçtikten sonra taşlı yoldan geçerek bahçeye ulaştım. Gözlerim gördüğüm manzarayla bir anda kocaman açılırken, "Oha!" diye mırıldandım.

Bahçede kızlı erkekli bir sürü insan vardı ve bazıları havuzun içindeydi.

İçinde?

Şaşkınlık tüm bedenimi kaplarken bahçeye doğru yürümeye devam ettim. Dans edenler, içki içenler, kahkaha atarak gülenler, öpüşenler ve daha birçok çeşit insan bahçenin çeşitli yerlerindeydiler. Ateş'in bu kadar çok arkadaşı olduğunu açıkçası bilmiyordum.

"Melisa?"

Duyduğum ses başımı sesin geldiği tarafa doğru çevirmeme neden olurken gördüğüm tanıdık yüzlere içten bir şekilde gülümsedim ve adımlarımı onlara doğru ilerlettim. Maya ve diğer çocuklar yuvarlak bir masanın yanında durmuş bana bakıyordu.

Yanlarına vardığımda, "Selam," dedim. Ateş aralarında yoktu.

"Selam tatlım. Hoş geldin."

Maya kollarını bedenime dolayıp bana sıkıca sarılınca gülümsedim. "Hoş buldum." Geri çekildikten sonra diğer çocuklarla da görüşüp sarıldım.

"Yalnız mı geldin?" diye sordu Batuhan.

Bakışlarımı ona çevirdim. "Evet."

"Haber verseydin alırdım. Kavalyen olmaya alıştım zaten."

Gülümsedim. "Teşekkür ederim. Bir dahaki sefere artık."

"Sen hiç akıllanmayacak mısın?" Doğukan'ın sorusu Batuhan içindi. Neden öyle dediğini merak ederken Batuhan sırıttı. "Sanırım hayır," dedi, sonra da elindeki içkiyi kafasına dikti. Ne demek istediklerini açıkçası anlamamıştım. Hem umurumda da değildi zaten. Şu anda ilgilendiğim tek şey Ateş'in nerede olduğuydu.

Aradan belli bir süre geçti. Masadakiler havadan sudan sohbet ederken yaptığım tek şey onları sessizce dinlemek, arada da Ateş'in nerede olduğuna bakınmak oldu. Hayır anlamıyordum. Bir insan kendi doğum gününde neden ortalarda olmaz ki?

"Eğleniyor musunuz bakalım?"

Görmeyi istediğim en son kişi gülümseyerek yanımıza gelip soran gözlerle yüzlerimize bakınca ne yapacağımı bilemedim ve başımı panikle öne eğdim. Nedensizce beni fark etmesini istemiyordum.

"Evet, her şey çok güzel," diyerek cevap verdi Güney.

"Beğenmenize sevindim. Son anda anca bu kadar ayarlayabildim."

Nasıl yani? Bu partiyi Melek mi hazırlamıştı? Sanırım öyleydi. Kıskançlık bir anda tüm bedenimi kaplarken yanağımın içini ısırmaya başladım.

"Güzel olmuş güzel. Ellerine sağlık," dedi Batuhan.

"Teşekkür ederim..." dedi Melek ve sonra sustu. "Melisa?" Elbette beni fark edecekti. "Sen de mi buradasın?" Ses tonu şaşkındı. Beni burada görmeyi beklemediği her halinden belliydi. Derin bir nefes alıp omuzlarımı dikleştirdikten sonra bakışlarımı Melek'e doğru çevirdim. "Evet. Ateş davet etti," dedim gözlerinin içine bakarak. Ne sanmıştın ki? Ateş'in bana haber vermeyeceğini falan mı?

Melek, "Hmm..." diye mırıldandıktan sonra bakışlarını benden çekip Güney'e doğru çevirdi. "Eee Güney? Şirketteki işlere ne zaman başlıyorsun?" Benimle konuşmak istemediği her halinden belliydi. Aman! Ben de bayılıyordum sanki sana! Melek dikkatini hazır benden çekmiş, Güney ve diğer çocuklarla konuşmaya başlamışken bakışlarımı onda gezdirdim. Siyah, tüm vücudunu saran mini bir elbise giymişti. Makyajı oldukça hoştu. Sarı saçlarını düzleştirmişti ve her şeyiyle çok güzel görünüyordu. Konuşurken oluşan mimikleri bile göz alıcıydı. Ama sanki... burnu birazcık yamuktu?

Uydurma...

Of be tamam! Kız mükemmeldi. Benim aksime çok ama çok güzeldi!

Bakışlarımı Melek'ten çekip etrafta gezdirdim. Her biri yetişkin olan insanların keyfi oldukça yerindeymiş gibi duruyordu. Hepsinin yüzünde bir gülümseme vardı, hepsi dünyaya yaşamak için geldik moruk, havasındaydı. Nedense bu insanları Ateş'in değil de Melek'in davet ettiği kanısına vardım. Ateş'in böyle insanlardan pek hazzedeceğini sanmıyordum çünkü. Bir anda dikkatimi bahçedeki havuz çekti. Yanaklarımın ısınmaya başlarken dudağımı dişlerimin arasına aldım. Ateş'in orada yaptığı şey... Evet, hâlâ aklımdaydı ve düşüncesi bile utanmamı sağlıyordu.

"Doğum günü çocuğu da nihayet teşrif etti."

Batuhan'ın sesiyle telaşla Ateş'e baktım. Sonunda gelebilmişti. Üzerinde siyah bir tişört, altında da kot bir pantolon vardı. Tişörtü, kömür rengi saçlarıyla oldukça uyumlu görünüyordu. Gerçi Ateş çoğu zaman siyah giymeyi tercih ederdi ama bu gece daha bir mükemmel görünmüştü gözüme.

"Neredesin oğlum sen?" diye sordu Batuhan.

"Geldim işte." Ateş'in cevabı geçiştirir gibiydi.

"Hayır," dedi Batuhan. "Yanlış cevap. Buradayım aşkım demen lazımdı."

Masadaki herkes Batuhan'ın iğrenç esprisine yüzlerini buruştururken Ateş, "Seni kim davet etti lan bu partiye?" diye sordu. Kaşlarını çatmıştı. Batuhan ellerini cebine koyup sırıttıktan sonra sağ omzunu Ateş'in omzuna vurup konuştu. "Parti var dediler geldik. Davete lüzum yok."

Onların bu hali ister istemez gülümsememe neden olurken Ateş gözlerini devirip masadaki içkilerden birini eline alarak kafasını dikmeye başladı. Ben, gözümü dahi kırpmadan ona bakarken Ateş ona baktığımı fark ederek bakışlarını bana çevirdi. Onunla göz göze gelmek bile kalp atışlarımı hızlandırırken gülümsedim ve dudaklarımı hareket ettirerek, 'İyi ki doğdun,' dedim. Ateş bakışlarını dudaklarıma indirip bir süre oraya baktıktan sonra tepkisiz kalıp bakışlarını benden çekti. Yüzümdeki gülümseme yavaş yavaş silinirken acaba yanlış bir şey mi yaptım diye içimden geçirip başımı öne eğdim. Dün ne güzel barışmıştık. Şimdi ne olmuştu ki?

"Aaa geldiler!" dedi Maya.

"Kim?"

"Annemler. Melisa hadi gel, seni onlarla tanıştırayım."

Maya ağzımı dahi açmama izin vermeden bileğimden tutup çekiştirmeye başlayınca beni, "Olur," diye mırıldandım ve birlikte masanın oradan ayrılıp yürümeye başladık. Böylesi daha iyiydi. Biraz nefes almış olurdum. Hem zaten buna ihtiyacım vardı.

"Çok güzel görünüyorsun."

Tanıdık sesi hareket halinde olan adımlarımı havada asılı bıraktı. Yürümeyi kestim.

"Şey, teşekkür ederim. Böyle düşündüğünü bilmek çok hoş."

Kalbim bir anda sıkışmaya başlayıp yerine sığamıyormuşçasına bana ıstırap verirken gözlerimin dolduğunu hissettim. Ateş, Melek'e güzel olduğunu söylemişti. Çok güzel. Adlandıramadığım bir his kalbimin tam ortasına yerleşirken adeta donmuş gibiydim. Sadece dört-beş adım attıktan sonra Ateş'in böyle bir itirafı dile getirmesi, sanki benim duymamı ister gibi, normal miydi? Beni üzmekten başka bir şey yapmazdı ki bu itiraf. Keza yapmamıştı da zaten.

"Melisa? İyi misin?" Maya kaşlarını merakla havaya kaldırıp endişeyle yüzüme bakınca başımı aşağı yukarı salladım. Ama kötüydüm.

"Gidelim o halde." Maya elimi tutup insanların arasından geçerek yürümemi sağladı. Bir gözyaşı usulca sol gözümden aktı, yanağımdan süzüldü. Devamının gelmemesi için gözlerimi hızlı hızlı kırpıştırdım. Ağlamak yok Melisa. Ağlamak yok.

Aradan yaklaşık yarım saat kadar bir süre geçti. Bu süreçte Maya'nın ailesiyle tanışıp sohbet etmiştim. Erol Amca -Maya'nın babası- beni çok sevdiğini ve tekrar görmek istediğini söyledi. Aynı şekilde annesi de bir akşam ailemi ve beni evlerinde ağırlamak istediğini söyledi. Peki bu kadar mı? Tabii ki hayır. Batuhan. Evet o da kolumdan tutarak kendi ailesiyle tanıştırmıştı beni. Bu çok... çok fazla komikti aslında. Çünkü Batuhan'ın ailesi Karadenizliydi ve şiveleri beni benden almıştı.

"Ve şimdi de doğum günü çocuğunu piyanonun başına davet ediyoruz..."

Kuzey'in mikrofondan yankılanan sesi dikkatimi sahneye vermeme neden olurken gördüğüm manzara gözlerimi kocaman açmama neden oldu. Cidden mi? Ateş piyano mu çalacaktı? Böyle bir yeteneği olduğunu hiç bilmiyordum. Hiç.

Ateş alkışlar eşliğinde sahneye çıkıp piyanonun başındaki yerini alınca dudaklarımı ısırmaya başladım. Şu an öylesine mükemmel görünüyordu ki... Duruşu, parmaklarını piyanonun üzerine koyuşu tek kelimeyle harikaydı. Ona karşı beslediğim sevgi bir anda kendini belli edip kalp atışlarımı hızlandırırken elimi kalbime koyup sakin olmaya özen gösterdim. Heyecan yok.

Ateş piyanonun tuşlarından birine bastı. Piyanonun sesi yavaş yavaş bahçede yankılanmaya başlayınca hayran hayran Ateş'i izlemeye devam ettim. A Great Big World, Christina Aguilera - Say Something. Çaldığı şarkıyı biliyordum. Ama Ateş'in böyle bir yeteneğinin olduğunu... İşte onu hiç ama hiç bilmiyordum. Ateş'in sesi öylesine güzel, öylesine duruydu ki. Bana bağırıp çağıran zorba heriften böylesine kontrollü bir ses? Hayretler içindeydim.

Ateş bakışlarını bana çevirdi. Gözlerimin içine baktı.

Üzgünüm seni anlayamadığım için...

Bir şey söyle, senden vazgeçiyorum...

Şarkının bu sözleri kalbime batırılan bir hançer gibi bana acı vermişti.

Alkış sesleri tüm bahçede yankılanmaya başlarken gözümden akan bir damla yaşa mani olamadım. Hangi ara ağlamaya başladım, hiç bilmiyordum. Ateş bütün şarkıyı gözlerimin içine bakarak söylemişti ve bu çok farklı hissetmeme neden olmuştu. Gözlerimin içine bakarak senden vazgeçiyorum demişti. Vazgeçmek, yolun sonu demekti. Bitti, sona erdi. Öyle mi olmuştuk? Gerçekten artık bitmiş miydik? Adımlarımı hareket ettirdim ve bahçenin arkasına doğru koşmaya başladım. Bahçenin arka tarafına ulaştığımda elimi ağzıma götürdüm ve ağlamaya devam ettim.

Senden vazgeçiyorum...

Senden vazgeçiyorum...

Senden vazgeçiyorum...

Bu sözleri Ateş'in ağzından duymak... Hem de gözlerimin içine bakarak... Bir ok gibi yerleşmişti kalbime. Acaba bu şarkıyı söyleyerek beni tamamen bıraktığını mı söylemek istemişti? Gözlerimi sıkıca kapattım ve ağzımdan küçük bir hıçkırığın kaçmasına izin verdim. Oysaki dün ne güzel vakit geçirmiştik birlikte. Ateş'i atlıkarıncanın üzerinde görmek gerçekten çok komikti. Bana atış yaptırırken çileden çıkan hali de öyle. Korku treninde bana destek verircesine sarılması... Burukça gülümsedim. Ama bu gece... Ateş geldiğimden beri bir kez bile yüzüme bakmamıştı. Yok saymıştı beni. Ama neden? Dün her şey gayet normalken, gelip bana kendini affettirmeye çalışmışken bugün ne değişmişti? Oysaki ben dün gece ne güzel uykuya dalmıştım. Mutluydum.

"Melisa?"

Duyduğum tanıdık ses bir anda telaşlanmama neden olurken hemen gözyaşlarımı sildim. "Lütfen git," diye fısıldadım. Onunla konuşmak istemiyordum. Hele ki bu halde. Ama yaklaşan ayak sesleri gitmediğinin habercisiydi. Ateş kolumdan tutup beni kendisine doğru çevirdikten sonra başımı yukarı kaldırdı. "Neden ağlıyorsun?" diye sordu. Gözleri sıcacıktı. Şefkatli?

"Hiç," dedim hıçkırarak. "Sadece... Bilmiyorum. Çok güzel piyano çalıyorsun."

"Çok güzel piyano çaldığım için mi ağlıyorsun?"

Başımı iki yana salladım. "Ha-hayır," dedim. "Ben sadece biraz duygulandım."

Ateş derin bir nefes alıp başparmağını yanağıma çıkardıktan sonra gözyaşlarımı tüy kadar yumuşak dokunuşlarla sildi. "Ağlama..." dedi usulca. "Ne olursa olsun, kim için olursa olsun ağlama. Akıtma o inci tanelerini." Sustu. "Gözyaşları pırlantalar kadar değerlidir çünkü. Onları iki kuruşluk şeyler yüzünden boşa heba etme."

Ben senin için ağlıyorum...

"Ama..." deyip sustum. Susmak zorunda kaldım. Çünkü Ateş işaret parmağını dudağımın üzerine koyup, konuşmamı engelledi. "Gitmeni istiyorum Melisa. Şimdi." Ateş dudağımı yavaş yavaş okşamaya devam ederken, "Neden?" diye sordum çatallaşan sesimle.

Ateş gözlerini kapattı ve dudağımı okşamaya devam etti. "Gitmen gerek çünkü." Ateş'in sesindeki ifade oldukça tuhafıma gitmişti. Sanki hüzün gibiydi. Derin bir nefes aldım. "Peki." Alnımın üzerine düşen saçlarımı geriye ittirdim. Gitmemi istiyordu ve bunu açık açık yüzüme söylemişti. Giderdim ben de.

Elimdeki hediyeyi Ateş'e uzattım. "Bu senin. Umarım beğenirsin," dedim ve bir şey demesini beklemeden yanından geçerek hızlı hızlı yürümeye başladım. Siyah, üzerinde beyaz harflerle MR. ZORBA! yazan bir tişörttü. Yaptırırken heyecanlıydım. Acaba beğenir mi? Beğenmez mi? Lakin şimdi hediyemi çöpe bile atsa umurumda olmazdı. Çünkü o, beni çöpe atmıştı. Ondan nefret etmem gerekmez miydi? İyi ama neden edemiyordum? Beni bu kadar ağlatmasına rağmen neden ondan tam olarak nefret edemiyordum?

Bahçeye ulaştığımda Maya ve diğer çocuklara veda etmeli miyim diye içimden geçirdim. Bu halde kimseyle konuşamazdım, bu yüzden kimselere görünmeden bahçenin çıkışına doğru yürümeye başladım. Ama birden ağzıma gelen ekşimsi tat yüzümü buruşturmama neden olurken adımlarımın istikametini değiştirip eve girdim. Sanırım kusacaktım.

Banyoya girdikten sonra ellerimi lavaboya dayayıp, başımı öne eğdim. Dayanılır gibi değildi. Ben de daha fazla dayanamadım ve midemdeki iğrenç şeyleri dışarıya çıkartmaya başladım. Kusma işim bir süre sonra bitince ağzımdaki berbat tadın geçmesi için ağzımı defalarca çalkaladım. Şimdi daha iyi hissediyordum kendimi.

Banyodan çıkıp merdivenlerden aşağı indikten sonra evden çıkıp yürümeye başladım. Parti son hız devam ediyordu. Herkes kendi alemindeydi. Mutluydu. Gülüyordu. Ben dışında herkesin eğleniyor gibi görünmesi normal miydi? Bana kalırsa kesinlikle değildi.

"Herkese iyi akşamlar."

Ateş'in mikrofonda yankılanan sesi adımlarımın durmasını sağlarken bakışlarımı yavaşça sahneye doğru çevirdim. Ateş'in elinde bir mikrofon vardı ve gülümsüyordu... Ne yapıyordu ki orada o?

"Şimdi diyeceksiniz ki bu adam sahnede ne yapıyor? O halde şöyle açıklayayım. Sizlerin huzurunda, çocukluktan beri yanımda olan, üzüntümü, sevincimi, dertlerimi paylaştığım Melek Sancaktar'a bir şey sormak istiyorum."

Kalabalıktan uğultu sesleri yükselmeye başlarken Ateş bakışlarını sahnenin hemen önünde duran Melek'e çevirdi. "Melek," dedi gülümseyerek. "Seninle pek çok şey yaşadık. Güldük, eğlendik, bazen de tartıştık. Ama her ne olursa olsun birbirimize değer vermekten ikimiz de hiç vazgeçmedik. Seninle ben çocukluktan beri beraberiz. Zaman içinde birçok şey yaşamış olsak da sana şimdi soruyorum; Melek. Her şeyi, herkesi, tüm yaşanılanları geride bırakıp benimle evlenir misin?"

Karanlık. Gözümün önüne siyah bir perde çekildi. Tüm her şey karardı. Ayağımın altındaki zemin sanki hareket etti. Ellerim bir şeye tutunma ihtiyacıyla herhangi bir şey ararken boşluktan başka hiçbir tutanağım yoktu. Sadece boşluk, sadece hava. Kulaklarım insanların hep bir ağızdan, "Ooo," demesiyle çınlamaya başladı. Az önce duyduğum şey, Ateş'in ağzından çıkan kelimeler sahiden gerçek miydi? Ateş gerçekten o kıza evlenmemi teklif etmişti?

"Eveeet!" Melek sahneye çıkıp kollarını Ateş'e doladıktan sonra dudaklarını öpmeye başladı. Ateş Melek'in belini kavradı ve ona karşılık verdi. Saf acı. Hissettiğim şey tam olarak buydu. Acı tüm iliklerime kadar işlemişti ve bana ıstırap veriyordu. Canım yanıyordu. Ayaklarımı güçlükle hareket ettirdim ve nereye gittiğimi bilmeden koşmaya başladım.

"Benimle evlenir misin?"

"Melek Sancaktar'a bir şey sormak istiyorum."

"Üzüntümü, sevincimi paylaştığım."

"Eveeet!"

Ateş'in ağzından çıkan bu cümleler tüm gerçekliğiyle zihnimde yankılanırken adımlarımı biraz daha hızlandırdım.

"Çocukluğumdan beri yanımda olan."

"Melek, dur artık."

"Sana hiçbir zaman değer vermedim. Her zaman Melek'i düşündüm."

Yağmur bardak boşalırcasına yağmaya başladı. Koşmayı bıraktım ve geldiğim yere baktım. Bir otoban... Peki dedim kendi kendime.

Madem Ateş öyle istedi...

Madem Ateş benim gitmemi istedi...

Ben de giderdim... Adımlarımı hareket ettirip otoban şeridinin ön tarafına geçtikten sonra hıçkırarak saçlarımı çekiştirip boğazım acıyana kadar bağırmaya başladım.

"Senden nefret ediyorum Ateş! Seni sevmemi sağladığın için, ansızın hayatıma girdiğin için, kalbimin merkezi haline geldiğin için senden nefret ediyorum!"

Az önce gördüğüm manzara gözlerimin önüne tekrar tekrar gelirken gözyaşlarımı hızlıca sildim ve otobanın tam ortasına geçip kollarımı iki yandan açtım. Evet, birazdan gidecektim ve Ateş'in de istediği gibi geri gelmeyecektim. Ateş'in isteği gerçek olacaktı. Yağmur şiddetini arttırdı. Damlalar sertçe bedenime temas ederken gözlerimi kapattım sıkıca. "Senden nefret ediyorum Ateş," diye mırıldandım dudaklarımın arasından. Ve sonra her yer bir anda karanlığa büründü. Gördüğüm son şey bana çarpmak üzere olan beyaz bir otomobildi...

Bölüm 33

Salih

52 yaşında, yeni emekli olmuş bir aile babasıyım ben. Öyle varlıklı bir adam değilim. Çok şükür. Ne açıktayım ne de birisine muhtaç. Trafik kurallarına oldukça önem veririm. Ne kadar önemli bir işim olursa olsun kırmızı ışık yanmışsa durup, yeşil ışığın yanmasını beklerim. Bazı insanlar bunu fazla önemsemez. Eğer kırmızı ışık daha yeni yanmışsa hemen geçmeye bakarlar ama maalesef ki bu yaptıkları şeyin bir kazaya veya bir insanın canına sebep olacağını bilmezler.

Bu akşam... Her zamanki gibi 80'le otobanda ilerliyordum. Zaten 100'ün üzerine de kolay kolay çıkmazdım. Dediğim gibi trafik kurallarına oldukça önem veririm. Ama o kız... Ben daha ne olduğunu anlamdan bir anda karşıma çıkmıştı ve ben frene basamayarak onun ölümüne sebep olmaktan son anda kurtulmuştum. Her şey bir anda gerçekleşmişti. Tıpkı bir film şeridi gibiydi. Kızın yüzü, ellerini iki yandan açarak duruşu, benim kornaya basmam ve kızın son anda biri tarafından kenara çekilmesi.

Arabayı zar zor durdurduktan sonra hemen aşağı indim ve telaşlı bir şekilde kızın yanına gittim. Meraklı insanlar çoktan toplanmıştı etrafa. Onları aşıp kızın yanına geldiğimde baygın olduğunu fark ettim. Onu, ölümden son anda kurtaran kişinin kolları arasında öylece yatıyordu.

Bir ölü gibi...

Pişmanlık bu görüntüyle beraber tüm bedenimi aniden sarmalamaya başlayınca derin bir nefes aldım. Neredeyse kızımla aynı yaşta olan gencecik bir kızdı ve öylece yerde yatıyordu. Ya benim kızım... Ayşe'min de başına böyle bir şey gelirse? Düşüncesi bile bu denli kötü hissettirirken kim bilir bu kızcağızın ailesi ne yapacaktı.

"Melisa'm hadi aç gözlerini..." dedi oğlan. Genç kızın yanaklarına vurup kendine getirtmeye çalışıyordu. Elleri çekingendi. Bir nevi dokunmaya kıyamıyor gibiydi.

"Hadi yavrum. Aç şu güzel gözlerini. Aç da bana bak."

"Oğlum hastaneye götürmelisiniz," dedi çevredeki insanlardan bir tanesi. Benim söylemeye cesaret edemediğim şeyi çevredeki insanlardan biri söylemişti. Ya bu kızcağıza benim yüzümden bir şey olursa? İşte o zaman vicdan azabından kahrolurdum.

Oğlan kimseyi duymuyor gibi kızın saçlarını okşamaya devam etti. "Aç şu gözlerini. Hadi güzelim," dedi. Ayaklarımı korkuyla hareket ettirdim ve oğlanın yanına yaklaştım. "Evladım?" diyerek omzuna dokundum. "Ben... ben nasıl oldu bilmiyorum. Kız bir anda karşıma çıktı ve..."

Oğlan omzunun üzerinden bana bakıp sinirli bakışlarını yüzümde gezdirdikten sonra kızı yavaşça yere yatırdı ve bir hışımla ayağa kalkıp yakamı sıkıca kavrayarak yüzüme sert bir yumruk attı. Böyle bir hamleyi bekliyordum. Oğlan oldukça gençti ve gözleri öfkeden kararmış vaziyetteydi.

"Eğer... Eğer ona bir şey olursa senin ecdadını sikerim!" Oğlanın ettiği tehdit pişmanlığımı iyiden iyiye arttırırken, "Hastaneye gitmeliyiz," dedim onun aksine daha sakin bir dille. Oğlan adeta burnundan soluyordu. Genç oğlan, soğuk bakışlarını yüzümde gezdirip işaretparmağını göğsüme bastırdıktan sonra, "Dua et ona bir şey olmasın!" dedi. "Dua et." Yakamı bırakıp kızın yanına giderek onu kucağına aldı.

Hastaneye doğru arabamla her zamanın aksine hızlı bir şekilde ilerlerken vicdan azabı da tüm bedenimi kemirmeye başlamıştı. Eğer ki bu kızcağıza bir şey olursa işte o zaman kendimi asla affetmezdim. Birinin ölümüne sebep olmak, hele ki böylesine bir genç kızın... Tarif edilemeyecek kadar beter bir his olurdu.

Dikiz aynasından çocukları kontrol ettiğimde gördüğüm manzara iyice pişman olmama neden oldu. Biraz daha yüklendim gaza. Oğlan kıza sıkıca sarılmış saçlarını okşuyordu ve kulağına doğru bir şeyler fısıldıyordu. Ah Salih ah! Ne yaptın sen böyle?

"Sana bir şey olmayacak çilli. Bir şey olmayacak. Buna izin vermeyeceğim. Daha tanışamadık bile. Sen gözlerimin içine bakıp gülümsemedin ya da yüzüme bakıp bir şeyler anlatmadın. Bu kadar çabuk değil çilli. Tam karşına çıkmak için cesaret göstermişken bu kadar çabuk gidemezsin..."

Hastaneye vardığımızda kızı hemen muayene odasına aldılar. Doktorlar çoktan yanına gitmişlerdi. Ben ise oğlanla birlikte koridorda bekliyordum. Bakışlarımı yere çömelip başını ellerinin arasına almış oğlana doğru çevirdiğimde gözlerini belli bir noktaya sabitlemiş, oraya baktığını fark ettim. Baktığı şey beyaz bir duvardan başka bir şey değildi aslında ama oğlan öyle derin bakıyordu ki bir şeyler düşündüğü her halinden belliydi. Sanırım sevgilisine bir şey olacağı için endişeleniyordu. Haklıydı da. Belki bizim zamanımızda böyle sevgili olmak gibi şeyler yoktu. Bu yüzden onun ne hissettiğini anlayamam ama üzgün olduğunu çok iyi görebiliyordum.

Aradan 15 dakika kadar bir süre geçmişti ki doktor muayene odasından çıktı. Oğlan da hemen ayağa kalkıp yanımıza geldi.

"Hastayı siz mi getirdiniz?"

"O iyi mi?" Genç oğlan kaşlarını çatıp doktora öfkeli gözlerle bakınca, "Evet biz getirdik. Durumu nasıl?" diyerek daha sakin bir tonla soru sordum. Yoksa oğlanın öfkesi bizi hastaneden attırabilirdi.

"Siz hastanın ailesi misiniz?" Doktor bakışlarını benim ve oğlanın üzerinde gezdirmeye başlayınca, "Hayır," diyerek cevap verdim. Oğlan sinirle saçlarını çekiştirdi. "Ailesini siktirme bana! O nasıl?"

"Beyefendi lütfen. Burası hastane."

"Burayı başına yıkma mı istemiyorsan hemen cevap ver o halde!" Oğlan soğuk bakışlarını doktorda sabitleyince doktor nefesini dışarı üfledi. "Pekâlâ." Oğlanın gözündeki ciddiliği görmüş olmalıydı. Gerçekten de dediği gibi bu hastaneyi alt üst edebilirdi.

"Küçükhanımın ismi?"

"Melisa!" diyerek hemen cevap verdi genç oğlan.

"Melisa Hanım'ın durumu gayet iyi. Omzunda ve sırtında oluşan çatlaklar dışında hiçbir şeyi yok. Bu gece burada kalmasında fayda var. Zaten ağrı kesici de verdik. Bir sızlaması olacağını sanmıyorum. Sizler ailesine haber verir misiniz? Yoksa biz mi verelim?"

"Biz veririz!" dedi oğlan sertçe.

"Peki o halde. Çok geç olmadan verseniz iyi olur. Ben tekrar uğrarım." Doktor yanımızdan ayrıldıktan sonra derin bir nefes aldım. İyiydi ve bir şeyi yoktu. Bu sıralar aldığım en iyi haber diyebilirdim. Bakışlarımı oğlana doğru çevirdiğimde onun da yüzünde oluşan rahatlama tebessüm etmeme neden oldu. Zamane âşıkları diye içimden geçirmeden edemedim.

"Ailesine nasıl ulaşacağız?"

Oğlan bakışlarını bana doğru çevirdikten sonra ceketinin cebinden çıkarttığı telefona bir şeyler yazıp bana uzattı. "Al konuş. İntihar teşebbüsünde bulunduğundan sakın ama sakın bahsedeyim deme," dedi.

"Ama..." Böyle bir şeyi nasıl saklardım ki onlardan? "Ailesi bilmek isteyebilir."

"Dediğimi yap!"

"Saklamamız doğru değil evlat. Sonuçta onlar kızın ailesi."

Oğlan bana doğru bir adım atıp soğuk bakışlarını yüzümde gezdirdikten sonra, "Dediğimi yap!" dedi. "Bir bildiğim var."

Umarım diye içimden geçirdim ve telefonu elime alıp kulağıma götürdüm. Umarım gerçekten bir bildiği vardır.

"Alo?" diyerek yanıt verdi karşı taraftaki erkek sesi. Sanırım babasıydı. Derin bir nefes aldım.

"İyi akşamlar beyefendi."

"İyi akşamlar. Buyurun?"

"Öncelikle..." deyip sustum. Nasıl söyleyeceğimi bilmiyordum. Sonuçta ben de kız evladı babasıydım ve bu durum kaldırılabilir cinsten değildi. "Sizden sakin olmanızı istiyorum," dedim.

"Kimsiniz?"

"Bakın. Adım Salih ama kim olduğumun bir önemi yok. Sadece sakin olun."

"Ne diyorsun be adam? Ne sakinliği?"

"Bu nasıl söylenir bilmiyorum. Benim de bir kızım var ve..."

""Ne kızı?"

"Kızınız... Melisa küçük bir kaza geçirdi ve şu an hastanede." Gelecek cevabı endişeyle beklemeye başladığımda karşı tarafta oluşan sessizlikle ne yapacağımı bilemedim. Bir babaya verilecek en kötü haberlerden biri olmalıydı kızına bir şey olduğunu söylemek...

"İ-iyi mi? Yavrum, Melisa'm iyi mi?"

"Lütfen endişelenmeyin. Kızınız çok iyi. Sadece sırtında ufak bir çatlak oluşmuş. Detayları isterseniz siz gelince konuşalım?"

"Hangi hastane?"

"Kavacık."

Telefonu kapattıktan sonra stresten kaşınan ensemi kaşıyıp oğlana doğru döndüm. Ama oğlan ortalarda görünmüyordu. Belki de lavaboya gitmiştir diye içimden geçirdim ve hastanenin koltuklarına oturup genç kızın ailesini beklemeye başladım.

***

"Melisa'm... Sana bu kadar yakın olabilmenin hayalini öyle çok kurdum ki. Tahmin bile edemezsin. Acaba kokusu nasıl, gözleri yakından nasıl görünüyor, çilleri yüzünün hangi taraflarında daha yoğun, bunları hep sordum kendi kendime. Ve şimdi buradayım. Kötü bir sebepten dolayı olsa da hemen yanı başındayım. Kokunu da alabiliyorum, çillerini de inceleyebiliyorum. Ama güzelim, gözlerin... onları göremiyorum. O maviliklere dilediğim gibi bakamıyorum. O gözlerinin bana bakmasını veya benim için gülmesini öyle çok istiyorum ki... Karşına çıkmayı, seninle konuşmayı her gün çok istedim. Ama yapamadım çilli. Beni istemeyeceğini düşündüğüm için karşına çıkmaya korktum. Bu tuhaf. Benim birini sevmem, birine bağlanmam ve en garibi de bir şeyden korkmam oldukça tuhaf. Ama hayatım sen karşıma çıktığın andan beri zaten normal değil. Kendime yakışmayacak o kadar çok şey yaptım ki... Zamanı gelince her birini sana anlatacağım. Ama şimdi gitmem lazım. Ailen buraya geliyor. Onlara görünemem. Kim bilir? Belki bir gün bu saklambaç oyunu biter ve biz ikimiz hiç kimsenin olmadığı farklı bir oyun oynarız..."

***

Genç kızın bulunduğu odanın kapısı açılınca bakışlarımı hemen oraya doğru çevirip oturduğum yerden kalktım. Belki bir doktorun çıkmasını bekleyebilirdim ama oğlanın oradan çıkmasını açıkçası beklemiyordum. Hele ki tebessüm ederek.

"Telefonum?" dedi oğlan. Yanıma gelmişti ve sağ elini bana doğru uzatmıştı. Cebime sıkıştırdığım telefonu elime alıp oğlana doğru uzattıktan sonra, "Ailesi birazdan burada olur," dedim.

"Biliyorum," dedi genç çocuk. "Ve de gidiyorum. Sen de beni unutuyorsun ihtiyar."

"Nasıl yani?"

"Ben yokum. Hiç görmedin. Melisa bir anda karşına çıktı ve sen ona çarpmaktan son anda kurtuldun. Sonra da hastaneye getirdin. Ailesine aynen bunları söyleyeceksin."

"İyi de evlat. Bunları neden sen söylemiyorsun? Onu sen kurtardın."

Oğlan geriye doğru bir adım attı ve konuştu. "Çünkü ben görünmezim ve görünmezler kendini belli etmez," dedi. Durdu ve ekledi. "Bu akşam bir istisnaydı." Arkasını döndü ve beyaz hastane koridorunda yürümeye başladı.

***

Hülya Özsoy

Hastaneye vardığımızda görevlilerden öğrendiğimiz oda numarasıyla hızlıca üst kata çıktık. Haberi aldığımızdan beri ben de, Murat da iyi değildik. Hem nasıl iyi olalım ki? Melisa bizim tek göz ağrımız, evladımızdı. Onun başına gelen herhangi kötü bir şey bizi en derinden yaralıyordu. Üst kata ulaştığımızda söylenilen oda numarasına doğru yürümeye devam ettik. Görüş alanımıza giren kır saçlı bir adam ayağa kalkıp bize doğru yürümeye başlayınca, "Kızım?" dedim hemen. Gözyaşlarım akmaya devam ediyordu.

Adam, "O iyi," deyip sakin bir tonda açıklamada bulununca başımı iki yana salladım ve Murat'ın kolunu tuttum. "Görmek istiyorum." Kızımın iyi olduğunu kendi gözlerimle görmem lazımdı. Biliyorum. Onun canı tatlıdır. Şu anda acı çektiğini biliyordum.

"Doktor Bey şu anda yanında. İsterseniz biraz bekleyin-"

"Hayır!" deyip adamın yüzüne bağırdım. Sonra sordum. "Sen mi çarptın ona?"

Kır saçlı adam sessiz kalıp herhangi bir cevap vermeyince ona doğru bir adım attım. "Seni dava edeceğim, duydun mu beni?" dedim en sert çıkan sesimle. Böyle bir dikkatsizlik affedilir cinsten değildi.

"Hülya sakin ol." Murat kolumu tutup beni kendine doğru çekince öfkeli bakışlarımı ona diktim. "Kızımız bir hastane odasında ve sen bana sakin mi olmamı söylüyorsun?" Onun da içinin parçalandığını biliyordum ama böylesine sakin olmasına tahammül edemiyordum.

"Önce bir anlayalım. Ne olmuş, nasıl olmuş anlayalım."

Başımı iki yana salladım. "Ben kızımı görmek istiyorum." Melisa'ya bir şey olma korkusu öylesine fena hissettiriyordu ki... Murat kollarını bana dolayıp sırtımı sıvazladıktan sonra, "O iyi olacak," diyerek yatıştırmaya çalıştı beni. Başımı tereddütle salladım. Melisa'yı görmeden rahat etmeyecekti içim.

Murat, adının Salih olduğunu öğrendiğimiz adamla detayları konuşmak için hastanenin kafeteryasına inince ben de doktorun çıkmasını beklemek üzere orada bulunan krem rengi koltuklara oturdum. Haberi öğrendiğimizde başımızdan aşağıya kaynar sular dökülmüş gibi hissettik. Melisa bizim ilk göz ağrımızdı. Evimizin içine doğan güneşimizdi. Ona bir şey olursa ne ben ne de Murat bu durumu kaldırabilirdik.

Bir süre sonra Melisa'nın bulunduğu odanın kapısı açılınca hemen oturduğum yerden kalktım. "Kızım nasıl?"

"Siz annesi misiniz?" diye sordu doktor.

"Evet," dedim. Bir an önce bilgi almak istiyordum.

"Küçükhanım gayet iyi. Ucuz atlatmış diyebilirim. Omzunda oluşan ufak çatlaklar dışında pek bir şeyi yok. Ama..."

"Ama?"

"Bakın hanımefendi. Kızınızın fiziksel olarak bir şeyi yok. Gayet iyi. Ama ruhsal olarak... Kızınız sanırım ciddi sıkıntılar çekiyor."

"Ne sıkıntısı? Anlamıyorum?"

"Melisa duygusal olarak derin yaralar yaşamış. Bakın ben bir psikiyatrist değilim. Ama kızınızın üzgün olduğunu oldukça iyi görebiliyorum."

Doktorun söyledikleri aklımı iyiden iyiye karıştırırken, "Ne yapmamı önerirsiniz?" diye sordum.

"Ben bilemem," dedi doktor. "Annesi olan sizsiniz. Kızınızı herkesten daha iyi tanıyorsunuz. Bana kalırsa sorun her neyse onu bir an önce bulup çözün. Yoksa inanın daha ciddi sonuçlar ortaya çıkabilir."

***

Melisa Özsoy

Tik-tak...

Tik-tak...

Tik-tak...

Odanın içinde bulunan duvar saatinin çıkardığı rahatsız edici sesi dudaklarımı hareket ettirerek tekrar ettiğim sırada bulunduğum odanın kapısı açıldı. Hayır dönüp bakmadım... Hâlâ sol tarafıma doğru dönmüş öylece uzanıp karşımdaki pencereyi izlemeye devam ediyordum.

"Melisa Hanım?"

Gözlerim hipnotize olmuş gibi beyaz perdenin ucundaki ipi

takip ederken nerede olduğumu da merak ediyordum. En son ölmek üzereydim. Ama burası diğer dünyaya hiç benzemiyordu. Olduğum, bildiğim dünyadaydım.

"Demek uyandınız?"

Sessizlik...

"Bir yeriniz ağrıyor mu?"

Sessizlik...

"Melisa Hanım? Beni duyuyor musunuz?"

Erkek sesi gitgide yaklaşmaya başlayınca, "Neredeyim?" diyerek bir soru yönelttim. Sırtım hâlâ sol tarafıma doğru dönüktü. Kim bilir şu anda kiminle konuşuyordum? Belki bir hırsız, belki de bir psikopat? Ama kim olduğu umurumda değildi.

"Bir hastane. İtiraf etmem gerekirse ucuz atlatmışsınız."

Ucuz atlatmışım... Böyle bir şeyi kim istedi ki?

Herhangi bir cevap vermedim ve sessiz kalmaya devam ettim. Perdenin ucundaki ip yavaş yavaş sallanıyordu. Bir püskül gibiydi. Nereden geliyor bilmiyorum ama bir yerden esen rüzgârın etkisiyle hareket ediyordu.

"Ailenize haber verildi. Birazdan burada olurlar. Ben tekrar uğrarım."

Kapının kapanma sesiyle doktor olduğunu tahmin ettiğim adamın dışarı çıktığını anladım. Ve sanki onun çıkmasını bekliyormuşum gibi gözyaşlarım birdenbire akmaya başladı.

"Benimle evlenir misin?"

"Çocukluktan beri yanımda olan."

"Her şeyi, herkesi geride bırakıp."

"Mutluluğumu, üzüntümü paylaştığım."

Ateş'in sesi kulaklarımda yankılanmaya devam ederken boğazımın acıdığını hissettim. Nasıl oldu bu? Veya nasıl yapabildi bana? Tamam, kabul. O kızı önceden beri seviyordu ama neden benim görmemi, duymamı ister gibi doğum günü partisinde teklif etmişti? Beni üzeceğini bilmiyor muydu? Canımın ne kadar yanacağını? Nasıl yaralanacağımı? Belki ona göre sevgi diye bir şey yoktu ama bana göre vardı ve ben onu her şeyden çok seviyordum. Yutkunmak için dudaklarımı araladım. Ama olmadı. Yapamadım. Canım o kadar çok yanıyordu ki... Ağzımdan kaçan küçük bir hıçkırık gözlerimi kapatmama neden olurken kim bilir Ateş şu anda ne yapıyordur diye içimden geçirmeden edemedim. Belki de o kızla küçük bir kutlama?

Aptal Melisa!

Ne sanmıştın ki sahi? Senin gibi bir kızla Ateş'in birlikte olacağını mı? Onun gibi yakışıklı, her şeye sahip bir adamın senin yanında olacağını mı? Veya Ateş 'in gerçekten seni seveceğini mi?

Salaksın! Aptalsın! Ve de Safsın!

Ateş, senin gibi bir kızı ne yapsın ki? Onu sıkmaktan başka ne yapıyorsun ki? Başını şişirmekten, onu sinirlendirmekten başka ne yapıyorsun? Ama o kız öyle mi? Bir kere çok güzel. İnsanlar onun her şeyine hayran. Ateş o dururken neden seninle olsun ki?

Gözlerimi sıkıca kapattım. Kalbim acıyordu. Daha önce hiç hissetmediğim kadar acı çekiyordu bedenim. Bir boşluktaymışım gibi hissediyorum ama aslında öyle olmadığımı biliyordum. Sanki ayağa kalkarsam hemen yere düşecekmiş gibiydim. İliklerime kadar savunmasızlığı hissediyordum.

Aşk acısı denilen şey eğer buysa, ben acı çekmek de istemiyordum. Âşık olmak da.

"Kızım?" Duyduğum tanıdık, bir o kadar da şefkatli çıkan ses bir anda telaşlanmama neden olurken hızlıca gözyaşlarımı sildim ve yattığım yerden doğruldum. Annemin beni böyle görmesini istemiyordum.

"Kızım sen ağlamışsın?" Annem hızlı adımlarla yanıma gelip kollarını bana dolayınca hiç düşünmeden ben de ona sarıldım ve zorla durdurmaya çalıştığım gözyaşlarımı tekrar akıtmaya başladım.

"Anne ben çok özür dilerim. Sizi üzdüğüm ve endişelendirdiğim için."

"Şş. Tamam geçti," deyip saçlarımı okşamaya başladı annem.

Onun şefkati iyice ağlamama neden oluyordu. "Salih Bey her şeyi anlattı bize. Bir anda olmuş. Senin suçun yok güzel kızım." Annem saçlarımı okşamaya devam ederken söylediği şeye hiçbir anlam veremedim. Salih diyerek bana çarpan adamdan bahsediyordu büyük bir ihtimalle. Ve o adam benim intihar ettiğimi söylememiş miydi?

İyi ki de söylememiş diye içimden geçirdim. Yoksa annem de babam da çok üzülürdü. Gözyaşlarım hızlı hızlı yanaklarımdan süzülmeye devam ederken geri çekilip annemin yüzüne baktım. "Anne... biliyor musun, o gitti," dedim hıçkırıklarımın arasından. "Bir daha hiç gelmeyecek."

"Kim gitti kızım?"

"Ateş..."

"Nereye?"

"E-e-evleniyor. Hem de o kızla," deyip gözyaşlarımın arasından konuşmaya çalışırken annem alnımın üzerine düşen saçlarımı geriye ittirdi. "Şşş. Geçecek. Hepsi geçecek."

Başımı iki yana salladım. "Hayır anne. Hiçbir şey geçmeyecek. Ateş beni tamamen bıraktı anlıyor musun? Benden vazgeçti!" Hıçkırdım. "Söylesene anne neden böyle yaptı ki? Neden beni elinin tersiyle kenara itti? Ben sadece sevmiştim. Tamam. Belki Ateş'e lâyık bir kız değilim. Hiç de olmayacağım ama seviyordum işte. Onun beni hiçbir zaman sevmeyeceğini bile bile çok seviyordum." Burnumu çektim. "Ama doğru. Ateş beni ne yapsın ki? Etrafında daha güzel bir kız, Melek varken beni ne yapsın ki? Ama anne ben onu çok seviyorum. O kıza gözümün önünde evlenme teklif etmesi aklımdan hiç çıkmıyor. Hem de Ateş mutluydu biliyor musun? Onu ilk defa içten bir şekilde gülümserken gördüm. O kızın gözlerinin içine bakıp gerçekten gülümsediğini gördüm."

Annem beni dikkatli bir şekilde dinledikten sonra kollarını sıkıca bana doladı. "Sen çok güzel bir kızsın," dedi. "Tamam. Gözünün önünde bir başkasına evlenme teklifi etmesi çok kötü ama demek ki o kızı seviyormuş be kızım. Elden ne gelir ki?"

O kızı seviyormuş...

Küçük bir hıçkırığın ağzımdan kaçmasına izin verdim. Annem bile o kızı sevdiğini söylerken ben daha ne yapabilirdim ki? "Sen bizim her bir şeyimizsin Melisa. Ben de, baban da seni her şeyden çok seviyoruz. Yetmez mi? Salih denilen adam bize telefon açıp senin hastanede olduğunu söyleyince nasıl korktuk, biliyor musun?" Annem geri çekilip bakışlarımızı birleştirdikten sonra şefkatle gülümseyip gözyaşlarımı sildi. "Sana bir şey olma korkusu bile bizi paramparça etmeye yetiyor," dedi.

Başımı utançla öne eğdim. Yaptığım bir anlık aptallık yüzünden eğer bana bir şey olsaydı annem de babam da bunu kaldıramazdı. Başımı annemin omzuna yaslayıp gözlerimi kapattım. Gözyaşlarım nemli yanaklarımı ıslatmaya devam ediyor, zihnimin Ateş'i ve o kızı düşünerek kalbime acı çektirmesine engel olamıyordum.

"Babanla evlendiğimizde ben 20, baban 23 yaşındaydı." dedi annem, eli saçlarımın üzerinde dolanıyordu. "Öyle sevgili falan hiç olmadık. Ailelerimiz münasip gördü, evlendik ve birbirimizi de her geçen gün daha çok sevdik. Aradan 1 sene kadar süre geçtikten sonra ben hamile kaldım. Öyle çok sevinmiştik ki babanla... Tarif edemem. Bebeğimizin bir kız olmasını istedik. İsmini de Melisa koymak. Çünkü benim en sevdiğim çiçeğin ismiydi Melisa. Ama olmadı kızım. Hamileliğimin üçüncü ayında düşük yaptım. Öyle çok üzüldüm ki. İlk bebeğimi kaybetmek... Hayal bile edemeyeceğim kadar üzmüştü beni. Daha sonra aradan 2 sene geçti ve ben yine hamile kaldım. Bu sefer daha dikkatli ve daha bilinçli davranmaya özen göstermiştim. Çünkü babana ikinci bir evlat acısı yaşatmak istemiyordum. 5 ay oldu. Bebeğimizin cinsiyetini bile öğrenmiştik. Bir erkek. Doğumhaneye girdiğimde hissettiğim sancı korkunç derece de fazlaydı. Ama sonunda bebeğimi kucağıma alacağım için yüzümde anlamsız bir gülümseme vardı. Ve o an... Ben doğum başarılı geçti diye içten içe sevinirken aslında bebeğim ölü olarak dünyaya gelmiş. Bu, bir anneye verilecek en kötü haberdi

Melisa. Sonra aradan 5 yıl geçti. Anlamsız bir şekilde hamile olmaktan korkuyordum. Babana bir evlat acısı daha yaşatmak istemiyordum çünkü. Bu yıllar içerisinde her gecem dua etmekle geçti kızım.

'Allah'ım lütfen bir evladım olsun.'

'Yüzümüzü her daim güldüren bir evladımız olsun.'

Ve sonra sen doğdun. Hayatımıza bir güneş gibi girdin ve yüzümüzü güldürdün. Baban da, ben de seni her şeyden, herkesten çok sevdik. Gözümüzden sakındık. Babaannen seni ilk gördüğünde ne demişti biliyor musun?"

"Tıpkı su gibi berrak ve masum." Babamın sesi bakışlarımı kapıya doğru çevirmeme neden olurken babam yanıma geldi ve yatağın kenarına oturup saçlarımı okşadı. "Siz ona Melisa deseniz de ben ona hep su diyeceğim..." diyerek konuşmasına devam etti.

Gözyaşlarım yanaklarımdan süzülmeye devam ederken kollarımı sıkıca babama doladım. "Baba ben çok, çok özür dilerim. Sizi üzdüğüm ve endişelendirdiğim için. Ben böyle olsun hiç istemedim," dedim.

Babam saçlarımı okşamaya devam etti. "Tamam, kızım. Geçti artık."

Başımı babamın göğsüne yasladım. "Sizi çok seviyorum." İyi ki o kaza gerçek olmamıştı. İyi ki ben son anda kurtulmuştum. Tamam. Başta olmasını istedim. Ölüp, bu dünyadan ebediyen gitmek istedim. Ama artık istemiyordum. Beni böylesine seven bir annem ve babam varken artık istemiyordum.

"Biz de seni seviyoruz kızım," dedi babam. Burukça gülümsedim ve kollarımı birazcık daha sıkılaştırıp babama sarılmaya devam ettim.

Aradan ne kadar zaman geçti bilmiyorum ama geri çekilip babamla bakışlarımızı birleştirdikten sonra, "Şey..." deyip konuşmaya başladım. "Baba, ben Antalya'ya gitmek istemiyorum."

Bir anda söylediğim cümle üzerine babam soran gözlerle yüzüme baktı. "Bu tatili her şeyden çok istiyordun?" Haklıydı.

Çok istiyordum. Ama artık istemiyorum.

Başımı iki yana salladım. "Vazgeçtim. Antalya tatilini istemiyorum. Ben şey... Eğer izin verirseniz yarın sabah Ankara'ya gitmek istiyorum."

Babam bakışlarını anneme doğru çevirdi.

"Gerçekten," deyip gülümsemeye çalıştım. Bu halimle ne kadar becerebildim hiç bilmiyordum.

"Emin misin Melisa? Deniz deniz deyip başımızın etini şişiren sen, şimdi Ankara'ya mı gitmek istiyorsun?"

Annemin sorusu ile başımı aşağı yukarı salladım. Bu karar benim için çok daha iyi olacaktı. Biliyordum.

"Sonra pişman olma?" deyip tek kaşını havaya kaldırdı annem.

"Hayır anne. Olmam. Ben Ankara'ya gitmek istiyorum. Hem de hemen," deyip kendimden emin bir ifadeyle cevap verdim.

Babam elimi tuttu. "Kızım biliyorsun ki işlerim iki hafta sonra bitiyor-"

"Biliyorum babacım. Ama ben daha fazla burada kalmak istemiyorum. İzin verin yarın sabah Ankara'ya gideyim?"

"Öyle olsun," deyip derin bir nefes aldı babam. Tebessüm etmeye çalıştım.

***

"Kanki?"

"Ne var?"

"Reis seni görmek istiyor."

Gözlerimi devirdim."Sebep?"

Kumral çocuk bana doğru bir adım atıp aramızdaki mesafeyi sıfıra indirdikten sonra gözlerini gözlerime sabitleyip konuştu. "Seni özlemiş."

Ona baygın bir bakış gönderdim. "Saçma saçma konuşma da adamakıllı cevap ver. Yine ne istiyor?"

Kumral çocuk sırıttı. "Tamam tamam seni değil, bacaklarını özlemiş," dedi.

Kaşlarımı çattım ve elimi yumruk yapıp kumral çocuğun omzuna vurdum. Çocuk kendini korumak istercesine geriye kaçtı. "Tamam abla kızma. Sadece şaka yapmıştım," dedi.

"Adam ol!" deyip ona kötü kötü baktım.

"Sana da hiç şaka yapılmıyor. Sadece Melisa'yı bana yolla dedi o kadar."

"Neden ki?"

"Bacaklarını... "

Yerden aldığım taşı kumral çocuğa fırlatmak için bir hamle yapmıştım ki çocuk kahkaha atarak tabanları yağladı.

Sınıfa girip kapıyı arkamdan kapattıktan sonra en arka sırada oturan esmer çocuğun yanına gidip, "Beni çağırmışsın?" dedim.

Çocuk başını aşağı yukarı sallayıp sırasında benim için yer ayırınca oraya oturmamı istediğini anladım ve derin bir nefes alıp açtığı yere oturdum. "Dinliyorum?"

Esmer çocuk ben daha ne olduğunu anlamdan bir anda dudaklarıma yapışınca olduğum yerde şaşkınlıkla kalakaldım. Hemen onu geri ittirdim. "Ne yaptığını zannediyorsun?" diyerek yüzüne doğru bağırdım. Çocuk dilini dudaklarının üzerinde gezdirip muzipçe sırıttı. "Sigaram bitmişti. Ben de senin dudaklarınla idare edeyim dedim. Ne de olsa ikisine de bağımlıyım," dedi. Kaşlarımı çattım.

"Beni her istediğin zaman öpemezsin!"

"Öperim çilli."

"Öpemezsin!"

"Öperim."

"Öpemezsin!" dedim ve ne olduğunu anlamadan bir anda karşımdaki çocuğun dudaklarını öperken buldum kendimi. Çocuk çok geçmeden istekli dudaklarıma karşılık verince beni kucağına çekip öpüşmemizi derinleştirdi...

Gözlerimi araladığımda saçlarımın terden ıslandığını fark ettim. Boynum, yüzüm ter içindeydi. Aynı rüyayı ikinci kez görüyordum. Aynı çocuğu. Çocuğun yüzü hatırımda değildi ama onu ikinci kez gördüğümü biliyordum. Derin bir nefes alıp sakin olmaya özen gösterdikten sonra nerede olduğumu anlamak için etrafıma bakındım. Bir araba.

"Deniz bu sabah bize geldi. Melisa'nın durumunu öğrenince nasıl endişelendi bir bilsen."

"Kızın yanında lüzumsuz hareketler yapmamasını söyle. Zaten yeterince üzgün. Deniz de iyice üstüne gitmesin."

"Söylerim."

Annemin ve babamın arasında geçen konuşmaya kısa bir süre kulak misafiri olduktan sonra başımı iyice yastığa gömdüm ve gözlerimi tekrardan kapattım. Bugün İstanbul'da geçireceğim son günümdü. 3 ay. Tam tamına 3 ay boyunca gelmeyecektim. Acaba bu süre zarfında ne gibi olaylar yaşayacaktım? Gerçi ben planımı dün gece yapmıştım. 3 ay boyunca Ankara'da olup evden dışarıya hiç çıkmayacaktım. Hem böylelikle de yalnızlığımı kimseye sezdirmeden bir başıma yaşamış olacaktım.

Araba bir süre sonra evimizin önünde durunca yattığım yerden doğruldum ve arka koltuğun kapısını açıp aşağı indim. Aniden sırtıma giren sancı, "Ah!" diye sızlanmama neden olurken babam telaşlı bir şekilde yanıma gelip kolumu tuttu. "İyi misin kızım?"

Belli belirsiz başımı salladım. "İyiyim."

Babam endişeli bir ifadeyle yüzüme baktı. "Emin misin? Bak eğer sancın varsa söyle biletleri iptal edeyim?"

Hemen itiraz ettim. "Hayır baba. İyiyim. Gerçekten." Evet, sırtım birazcık ağrıyordu ama biletleri iptal etmesini göze alamazdım.

Eve girdiğimizde teyzem en sıcak gülümsemesiyle bizi karşıladı. "Nasılmış benim kara kuzum?" Kollarını bana doladı.

"İyiyim," diyerek kısaca cevap verdim ve ben de teyzeme sarıldım. Teyzem geri çekilip bakışlarımızı birleştirdikten sonra, "Bir yerin acıyor mu?" diye sordu. Başımı iki yana salladım. "Biraz sırtım ağrıyor o kadar."

"Ah benim güzel yeğenim ya. Kesin nazar değdi sana."

"Deniz!" diyerek sert sesiyle lafa girdi babam. Bakışlarımı

ona doğru çevirdiğimde çenesinin sinirden kasıldığını fark ettim. Ne olmuştu ki birdenbire?

"Melisa yorgun. İzin ver gidip dinlensin."

Teyzem şaşkın bir ifadeyle bir babama bir anneme baktıktan sonra, "Haklısınız," dedi ve bakışlarını bana doğru çevirdi. "Git dinlen güzelim sen. Sonra konuşuruz."

Başımı aşağı yukarı salladım ve odama doğru yavaş adımlarla yürümeye başladım. Odamın kapısına gelince durdum ve kulpu yavaşça aşağı indirip kapalı olan kapıyı araladım. İçeriye girmek için bir adım atmıştım ki gördüğüm şey bir anda olduğum yerde durmamı sağladı.

Pinki...

Ateş'in benim için kazandığı pembe tavşan hemen yatağımın üzerindeydi ve öylece bana bakıyordu. Gözlerim birdenbire dolmaya başlarken kalbimin de sıkıştığını hissettim. Bir anlık da olsa unuttuğum şeyler tekrar yankılanmaya başlamıştı beynimde. Gözyaşlarım yanaklarımdan süzülmeye başlarken hızlı adımlarla babamların yanına gittim.

Babam salondan içeriye girdiğimi görür görmez hemen oturduğu yerden kalktı. "Kızım?" deyip bana doğru yaklaştı. Annem ve teyzem de aynı şekilde ayağa kalkarken kollarımı babama dolamak üzere kaldırdım. Ama maalesef ki gözümün aniden kararması buna mani oldu ve ben bir anda yere yığıldım.

"Bu bayılmanın mantıklı bir açıklaması olduğunu sanmıyorum."

"Sakin olun Hülya. Hem sen değil miydin doktor bir çeşit depresyon olabilir diyen?"

"Evet öyle söyledim Deniz. Ama kızım için endişeleniyorum."

"Haklısın ama o aşk acısı çektiğini sanıyor. Zamanında biz de böyle şeyler hissedip ağlamadık mı?"

"Düşüncelerini kendine sakla Deniz!"

"Düşünce değil Murat. Gerçekler. Melisa, o çocuğa saplanmış vaziyette. Her genç kız gibi onsuz yaşayamayacağını falan düşünüyor."

"Yaşayacak. En başından beri zaten yanlış bir beraberlikti. Bittiği iyi oldu. Melisa o çocuğun bir başkasıyla evleneceğini kabullenip, yaşamına kaldığı yerden devam edecek."

Burnuma dolan kolonya kokusu gözlerimi aralamama neden olurken başıma giren ani sancı acıyla inlememe neden oldu.

"Uyandı!"

Teyzemin cırtlak sesi kulaklarımı doldururken yattığım yerden yavaşça doğrulup etrafıma bakındım. Annem, babam ve teyzem hemen yanı başımdalardı ve endişeli bir ifadeyle yüzüme bakıyorlardı. Başımı utançla öne eğdim. Onları üzdüğüm için kendimden nefret ediyordum.

"Daha iyi misin kızım?" diye sordu babam yumuşak bir sesle. Başımı salladım. Annemin, "Çok şükür..." diye mırıldandığını duymuştum.

"Kızım... bak, iyi görünmüyorsun sen. İstersen bugün dinlen yarın gidelim Ankara'ya?"

Babam tepkimi ölçercesine soru soran gözlerle yüzüme bakıp bir şey söylememi isteyince hemen başımı yerden kaldırdım. "Yok," dedim. "Baba gerçekten iyiyim. Sadece gözüm karardı o kadar. Hem zaten sen de yanımda olacaksın?"

"Elbette olacağım güzel kızım..."

"O zaman gidiyoruz?"

"Madem sen öyle istiyorsun... tamam. Otobüs bir saate kadar kalkacak. Annen ve teyzen senin valizini hazırlasın. Biz de yoldan önce birkaç şey atıştıralım."

Yüzümde ufak bir gülümseme oluşurken kollarımı babama doladım. "Teşekkür ederim," dedim. "İyi ki sizin gibi bir ailem var."

Babam saçlarımı okşayıp alnıma bir öpücük kondurdu. "Asıl bizim iyi ki senin gibi bir kızımız var."

Saat 13.05'i gösteriyordu. Babamla birlikte otobüsteki yerlerimizi almıştık. Evden çıkmadan önce Annem ve teyzemle bol gözyaşlı bir vedalaşma yaşasak da iki hafta sonra yanıma geleceklerini bildiğim için biraz da olsa iyi hissediyordum. Otobüs hareket etmeye başlayınca başımı babamın omzuna yaslayıp gözlerimi kapattım. Gidiyordum işte. 3 ay boyunca da hiç gelmeyecektim.

İpodumu açtım ve çalmaya başlayan parçaya kulak verdim. Şarkı birden kalbimin sıkışmasına neden olsa da değiştirmedim. Şarkıcı; En başından beri sen bir hırsızdın. Kalbimi çaldın ve ben senin istekli kurbanındım diyordu. Ve şimdi ben; Ateş'in istekli, kırılgan ve de artık yaralı kurbanıydım...

***

Ateş ellerini başının altında birleştirmiş sırt üstü şezlongun üzerine uzanıp gökyüzündeki güneşin tadını çıkartırken Melek havuzun içinde neşeyle yüzüyordu. Dün geceyi birlikte geçirdikten sonra bu sabahı da havuz keyfi yaparak geçirmeyi planlamışlardı. Ateş, dün geceden beri kendini oldukça farklı hissediyordu. Sanki... olgunlaşmış gibi. Evet, tam olarak hissettiği şey buydu. Olgunlaşmak.

Melek ise böyle bir teklifi beklemediği için oldukça şaşkındı. Evet. Ateş'in onu sevdiğini biliyordu ama Melisa ve Ateş'in arasında olanları görünce bu bilgisinden şüphe etmeye başlamıştı. Melek, hiçbir zaman Ateş'e âşık olmamıştı. Çünkü sürekli birlikteydiler ve ona âşık olsa bile bir şeyin değişmeyeceğini düşünüyordu. Gereksizdi. Nasıl olsa istedikleri zaman sevişip, istedikleri gibi birbirlerinin bedenlerine sahip olabiliyorlardı. Bu yüzden Melek Ateş'e hiç âşık olma çerçevesinde bakmamıştı. Ta ki dün geceye kadar. Ateş herkesin içinde Melek'e evlenme teklifi edip duygularını dile getirince Melek gizlenmiş duygularını açığa çıkarttı ve Ateş'i sevdiğini kendi kendine itiraf etti. Bunu geç de anlasa Ateş'i seviyordu ve bundan sonra onu kaybetmemek adına her şeyi yapmakta kararlıydı.

Melek, havuzdan çıkıp küçük havluyla bedenini kuruladıktan sonra gözlerini kapatmış, güneşin tadını çıkaran Ateş'in yanına sessiz adımlarla yürümeye başladı. Ateş her şeyden habersiz şezlongun üzerinde uzanırken dudaklarının üzerinde hissettiği yumuşak dokunuş gözlerini aralanmasına neden oldu.

Melek yüz üstü bir şekilde Ateş'in üzerine uzanmıştı ve dudakları Ateş'in dudaklarının üzerinde dans ediyordu. Ateş ise Melek'in bu ani temasına şaşırsa da dudaklarını araladı ve Melek'e karşılık verdi. Başının altında olan elleri, Melek'in kalçasına temas ederken Melek'in ağzından çıkan inleme Ateş'in gülümsemesine neden oldu.

Ateş ve Melek bir süre böyle öpüştükten sonra birbirlerinden ayrıldılar. Melek, başını Ateş'in omzuna koyup eline aldığı biscolata mood paketini açmakla uğraşırken Ateş öylece uzanıyordu. Düşünmesi gereken belki birçok şey vardı ama onların hepsini bugünlük ertelemişti. Bugün sadece anı yaşayacaktı.

"Seç bakalım."

Melek bir şekil seçmesi için kutuyu Ateş'e doğru uzatınca Ateş itiraz etmedi ve elini kutuya daldırarak ilk biscolata'yı eline aldı.

"Ne çıktı?" Melek'in sorusuyla Ateş elindeki şekli umursamazca inceledi. "Bir şemsiye," diyerek cevap verdi ve biscolata'yı ağzına atıp yemeye başladı. Melek şeklin anlamını kutunun arka kısmına bakarak bulmaya çalıştı. Çok geçmeden 'şemsiye' figürü gözüne çarpınca çıkan falı aynen okudu. "Sevdiğin kişiyle yağmurlu bir günde tanışacaksın," dedi ve yüzünü buruşturdu. Ama Ateş Melek'in söylediği cümleyle gözlerini kapatıp birkaç ay öncesini düşünmekten kendini alıkoyamadı.

"Bakar mısınız?"

Deri ceketimin üzerinde hissettiğim ince parmaklar bakışlarımı beni çekiştiren kıza çevirmeme neden olurken karşı karşıya geldiğim mavi gözler kısa bir şaşırma hissi yaşattı. Tesadüflere inanmazdım. Aynı şekilde kadere de. İnandığım tek şey; her insanın iradesini kullanarak bir şeyleri değiştirebileceğiydi ama bu kız şu anda karşımdaysa tesadüflere inanmam gerekebilirdi.

"Evet?"

Kız elini bana doğru uzattı. "Şey, bu sanırım sizin?" Bakışlarımı eline indirdiğimde cüzdanımı tuttuğunu fark edip sessiz bir küfür savurdum.

Cüzdanımı elime alıp içini açtım.

"Merak etmeyin. Bir şey almadım." Kızın sitem eden sesi bakışlarımı tekrar ona çevirmeme neden olurken, "Onun için bakmadım," dedim ve bakışlarımı elimde olmadan kızın yüzünde gezdirdim. Siyah saçlar, mavi parlak gözler, şeker pembesi dudaklar. Tüm bunlar aynıydı ama kızın değişen siması? Bu kadar değişmiş olması oldukça şaşırmama neden olmuştu. Onu en son gördüğüm zamandan bu yana epeyi değişmiş ve de büyümüştü... tabii bir de güzelleşmişti.

Ateş'in aklındaki düşünceler duyduğu zilin sesiyle yarıda kesilirken uzandığı yerden kalkıp kapıyı açmak üzere evin içine doğru yürümeye başladı.

Gelenler Kuzey ve Maya'dan başkası değildi.

Kuzey ve Maya içeriye girip salondaki koltuklara oturduktan sonra Kuzey açıklama yaptı. "Canımız sıkıldı. Öyle bir uğrayalım dedik," dedi. Aslında Maya'nın aklı dağılsın diye gelmişlerdi buraya. Çünkü Maya dün geceden beri oldukça stresliydi. Melek ve Ateş'in evleneceğini Melisa'ya nasıl söyleyeceğini hiç bilmiyordu.

"Kim gelmiş?"

Melek siyah bikinisiyle salondan içeriye girip bakışlarını Maya ve Kuzey de gezdirdikten sonra gülümsemeye çalıştı. "Ah. Hoş geldiniz," dedi. Maya'nın sert yüz hatlarını hiç sevmiyordu. Bir türlü ısınamamıştı ona.

Maya'nın kaşları Melek'in bu halde -yarı çıplak- sevgilisinin karşısına çıkmasından dolayı çatılırken Melek, Ateş'in yanına oturup bacak bacak üzerine atmıştı bile. "Biz de havuzdaydık. Tam zamanında geldiniz. Katılmak ister misiniz?"

Melek 'in sorusu üzerine Maya sevgilisinin kolunu sıkıca kavradı ve ölümcül bakışlarını Melek'e dikti. "İstediğim tek şey üzerine bir şeyler giymen," dedi, sesi oldukça sertti.

Ateş umursamaz bir şekilde kızların arasında geçen konuşmayı dinlerken Melek oturduğu yerden kalktı. "Zaten duş alacaktım." Merdivenlere yönelip üst kata çıktı. Banyoya girdiğinde, "Geri zekâlı, kıskanç kız!" diye içinden geçirmeden edemedi.

Kuzey ve Ateş salondaki üçlü koltukta yan yana oturup sohbet ederken Maya hemen karşılarındaki tekli koltukta oturmuş, ne yapacağını düşünüyordu. Melisa'nın evlilik haberini duyunca üzüleceğini biliyordu ama kız kardeşinin yerine koyduğu kızın bir saflık yapıp Ateş'in karşısına çıkmasını da istemiyordu. Derin bir nefes aldı Maya. Yapabilirdi. Önce Melisa'yı arayıp moralinin nasıl olduğuna bakacak, daha sonra da bir kafede buluşmak istediğini söyleyecekti. Evet, aynen böyle yapacaktı.

Maya, telefonunu cebinden çıkarttı ve Melisa'nın numarasını tıklayıp kulağına götürdü.

Aradığınız aboneye şu anda ulaşılamıyor. Lütfen daha sonra tekrar deneyin.

Telesekreterin sesi Maya'yı içten içe şüphelendirirken Maya Melisa'nın ev numarasını aradı. İkinci çalışta açılan telefon Maya'yı heyecanlandırırken Maya, "Merhaba," diyerek konuşmaya başladı.

"Merhaba kızım. Kimi aramıştın?" Karşı taraftaki kişinin Melisa'nın annesi olduğunu hemen anlamıştı Maya.

"İyi günler efendim. Ben Melisa'ya ulaşamadım da o yüzden aramıştım."

Melisa'nın ismini duyan Ateş dikkatini hemen Maya'ya verdi ve göz ucuyla konuşmalarını dinlemeye başladı.

"Sen Maya'sın değil mi? O oğlanın arkadaşı?"

"E-evet ama Melisa da benim arkadaşım."

"Arkadaşmış! Acaba arkadaşının dün gece bir trafik kazası geçirdiğini ve ölümden son anda kurtulduğunu biliyor musun?"

Maya dehşete düştü. "Ne? Nasıl? Ne trafik kazası? Durumu... durumu nasıl?"

'Kaza' kelimeni duyan Ateş hızlı bir şekilde oturduğu yerden kalkarken Kuzey de ağlamaya başlayan sevgilisinin yanına gidip onu sakinleştirmeye başladı.

"Durumu iyi. Bir daha kızımı aramayın. Ne sen, ne de o arkadaşın!"

Maya telefonun kapanma sesiyle kendine gelip gözyaşlarını sildi. "Melisa... Kaza geçirmiş," dedi çatallaşan sesiyle. Kuzey, sevgilisine sarılıp yatıştırmaya çalıştı. "Şşş," dedi. Ateş ise koşar adımlarla üzerini değiştirmek için odasına çıkmıştı bile.

Çok geçmeden siyah bir tişört ve siyah bir pantolonla aşağıya inen Ateş'i ilk fark eden Maya olmuştu. Oturduğu yerden hemen kalktı ve "Nereye?" diye sordu. Ateş herhangi bir cevap vermeyip arabasının anahtarlarını aldıktan sonra evden çıkıp yürümeye başladı.

"Ateş?"

Melek, saçlarını havluya dolamış şaşkın bir ifadeyle Ateş'in arkasından bakınca neler olduğunu da deli gibi merak etmişti.

"Sonra," dedi Ateş ve yürümeye devam etti. Ama Melek bir cevap almakta kararlıydı. Melek adımlarını hareket ettirip Ateş'in peşinden dışarıya çıktı. "Bu akşam annemler yemeğe bekliyor bizi. Nereye gidiyorsun?" diye sordu.

Ateş garajın oraya geldikten sonra otomatik kilitle arabasının kapısını açıp konuştu. "Ara ve gelmeyeceğimizi söyle," dedi.

Melek kaşlarını çattı. "Ne demek gelmeyeceğimizi söyle? Dalga mı geçiyorsun? Babam da annem de bu kutlama yemeği için tüm gün hazırlık yaptı!" diyerek bağırmaya başladı.

Ateş ölümcül bakışlarını Melek'e dikti. "O halde sen tek git," dedi ve Melek'in herhangi bir cevap vermesini beklemeden siyah arabasına binip gözden uzaklaştı...

"Bir şey olmamış olsun," diyerek kendi kendine mırıldanmayı ihmal etmemişti. Melisa'ya bir şey olma endişesi Ateş'i tuhaf bir şekilde korkutuyordu. Tamam. Belki onu üzüyordu ama yaptığı her şeyin Melisa'nın iyiliği için olduğunu da biliyordu. Çünkü Ateş, Melisa'yı yanında tutmaya devam ederse Melisa'nın daha çok üzüleceğini biliyordu. "Umarım iyisindir ufaklık..." diyerek içinden geçirdi Ateş ve biraz daha yüklendi gaza.

Ateş arabayı kısa bir sürede Melisa'nın evinin önüne park ettikten sonra hızlı adımlarla apartmana girip asansöre bindi. Yol boyu sürekli küfür etmiş, ona bir şey olmuşsa bütün sorumluların dersini en kötü şekilde vereceğini kendi kendine tembih etmişti. Ama en büyük sorumlunun kendisi olduğunu bilmiyordu.

Hülya Hanım ve Deniz Hanım salondaki koltuklara oturmuş, Melisa hakkında konuşurlarken duydukları sert yumruklama sesleriyle telaşlı bir şekilde oturdukları yerden kalkıp kapıyı açmaya gittiler. "Hayırdır inşallah," diye mırıldanmayı da ihmal etmemişlerdi.

Hülya Hanım kapıyı açtığında karşı karşıya geldiği öfkeli gözler oldukça şaşırmasına neden oldu. Aynı şekilde Deniz Hanım'ın da. Ama Ateş bu iki kadının şaşkınlığını umursamadan hemen içeriye girdi ve Melisa'nın odasına doğru yürüyüp kapalı olan kapıyı açıp odaya göz gezdirdi.

Boş bir odayla karşı karşıya gelen Ateş, "Nerede?" diye sordu hemen. Oldukça sinirliydi.

Hülya Hanım kaşlarını çatıp Ateş'e doğru yaklaştıktan sonra Ateş'in kolunu tuttu. "Evimden defol!" dedi. Sesi oldukça sert çıkmıştı. Deniz Hanım ortamdaki gerginliği anlayıp araya girdi. "Ateş lütfen git. Hiç zamanı değil."

"Melisa nerede? Bir daha sormayacağım!" diyerek sesini yükseltti Ateş. Bu ses, iki kadını da oldukça ürkütmüştü.

"Gitti!" diye bağırdı Hülya Hanım. "Bir daha da gelmeyecek. Şimdi defol!"

"Nereye gitti?"

"Seni ilgilendirmez. Kızıma yeterince acı verdin zaten. Daha niye onun peşindesin? Evlenme teklifi ettiğin kızın yanına gitsene sen!"

"Hülya Hanım!" diyerek dişlerinin arasından tısladı Ateş. "Neden yaptığımı bilmiyormuş gibi bana ahkâm kesmeyin. Melisa nereye gitti? Ve de o kaza nasıl gerçekleşti? Anlatın."

Hülya Hanım Ateş'in gözündeki öfkeyi görünce bu oğlanın

bir cevap almadan gitmeyeceğini anladı ve derin bir nefes alıp konuştu. "Ankara'ya," diyerek cevap verdi. "Babası da ben de bunu zaten istiyorduk ama Melisa kendi isteğiyle gitmek isteyince itiraz etmedik. Kaza da dün gece olmuş. Bir arkadaşının doğum günü partisinden dönerken."

"Durumu?"

"Çok şükür iyi."

"Ne zaman dönecek?"

"Hiç dönmeyecek. Belki Melisa 3 ay boyunca orada kalacağını sanıyor ama babası da ben de bunu istemiyoruz. Melisa artık temelli olarak Ankara'da yaşayacak."

Ateş, Hülya Hanım'ın söylediği cümleyle bedeninde tuhaf bir boşluk hissetti. "Yola ne zaman çıktı?"

Hiç kimse ufaklığımı benden koparamaz.

Ateş, içinden söylediği bu cümleye şaşırsa da bakışlarını Melisa'nın annesinde tutmaya devam etti.

"Neden soruyorsun?"

"Sadece söyleyin?"

"1 saat önce..."

Ateş duymak istediği cevabı duyduktan sonra herhangi bir şey söylemedi ve hemen evden çıktı. Acele etmesi gerekiyordu. Kapatması gereken bir saatlik mesafe vardı çünkü.

***

Ankara!

Türkiye'nin başkentine nihayet varmıştık. Hava karamak üzereydi. Otobüs yavaş yavaş park edilirken oturduğum koltukta doğrulup toparlandım ve babamın yüzüne baktım. Canım benim... Sadece beni bırakmak için onca yolu bir günlüğüne gelmişti.

Otobüsün kapıları açılınca babamla birlikte aşağı indik. Soğuk rüzgâr anında ürpermeme neden olmuştu. Babam valizimi almak için bagajın bulunduğu bölmede sıraya girerken ben de kollarımı göğsümün üzerinde birleştirmiş, onu bekliyordum. Ankara gerçekten soğuktu.

Birdenbire hissettiğim karanlık bir anda çığlık atmama neden olurken gözlerimin birisi tarafından kapatılması iyice tedirgin etmişti beni.

"Bil bakalım ben kimim?"

Duyduğum tanıdık ses birazcık da olsa içimi rahatlatırken derin bir nefes aldım ve "Şapşal," diyerek cevap verdim. Öyle çok korkmuştum ki...

Demir, ellerini gözümden çekip sırıtarak karşıma geçti. "Kuzenlerin en aptalı?"

Aptal?

Gözlerim ben daha ne olduğunu anlamadan bir anda dolmaya başlarken Demir, "Veya kuzenlerin en sulu gözü mü demeliydim?" deyip kollarını bana doladı. "Kızım ben sadece şaka yapmıştım. Antalya gibi bir tatili bırakıp buraya geldiğin için," diye konuşmasını devam edince omuzlarımı silktim ve sessiz kalmayı tercih edip kollarımı kaldırıp Demir'e doladım. "Seni özledim."

Demir güldü. "Bunu söyleyeceğim aklıma gelmezdi ama ben de seni özledim cadı."

"Çocuklar?"

Babamın sesi Demir'den ayrılmama neden olurken gülümsemeye çalıştım ve koşarak babamın yanına gidip koluna girdim. Beni üzgün görmesini istemiyordum.

"Öpeyim amca."

Demir de yanımıza gelip babamın elini öptükten sonra geri çekildi. "Welcome to Ankara," dedi. Babam onun bu söylediğine içtenlikle gülümserken ben de dudaklarımı zorlukla yukarı kıvırdım. Gelmiyordu işte. İçimden gülmek gelmiyordu.

Demir ve babam kendi aralarında dersler nasıl temalı ayaküstü sohbet etmeye başlarken bakışlarımı onlardan çekip etrafa bakınmaya başladım. Oldukça kalabalıktı. Kocaman valizleri olan bir sürü insan vardı etrafta. Sanırım bazıları yolcu etmeye gelmişti. Çünkü salya sümük ağlayan insanlar her yerdeydi. Tabii kusanlar da... Derken gözlerim bir anda belli bir noktaya takılı kaldı. Karşı karşıya geldiğim mavi-yeşil gözler ağzımı aralamama neden oldu.

Ateş?

Bölüm 34

Halüsinasyon.

Evet. Az önce gördüğüm şey kesinlikle bir halüsinasyondu. Başka türlü olması imkânsızdı. Ateş'in şu an, burada, Ankara'da olması imkânsızdı. Gözlerimi sıkıca kapattım. O İstanbul'daydı. İstanbul'da. Bu gerçeği kendi kendime defalarca hatırlattıktan sonra ona kadar sayıp derin bir nefes aldım ve kapalı tuttuğum gözlerimi yavaşça araladım. Tahminim doğruydu işte. Az önce Ateş'in bulunduğu yerde şimdi hiç kimse yoktu ve yerini bir boşluğa bırakmıştı. Ne bekliyordum ki sahi? Ateş'in benim peşimden buralara kadar geleceğini mi?

Amcamların evinin oraya vardığımızda taksi ücretini ödeyip hep beraber aşağı indik. Amcamlar 3 katlı, geniş bir meyve bahçesi olan, oldukça sevimli bir evde yaşıyordu. Birinci katta Demir'ler. İkinci katta ortanca amcam ve onun ailesi. Üçüncü ve en üst katta ise benim tatlı mı tatlı babaannem kalıyordu.

"Havasını bile özlemişim," dedi babam. Ses tonundan bile ne kadar mutlu olduğunu anlayabiliyordum.

Binaya girdikten sonra merdivenlerden yukarıya çıkıp birinci kata ulaştık. Herkesin bu akşam burada toplandığını Demir yolda söylemişti. Gülümsemeye çalıştım. Aylardır görmediğim akrabalarımı birazdan görecektim ve beni mutsuz görmelerini istemiyordum.

Demir, "Curcunaya hazır olun," deyip zile bastıktan sonra derin bir nefes aldım. Çok geçmeden bütün neşesiyle yengem kapıyı açmıştı. "Bakın size kimleri getirdim," diyerek Demir eliyle bizi işaret etti.

"Hoş geldiniz," dedi yengem gülümseyerek. "Hadi içeri geçin. Selvinur annem başta olmak üzere hepimiz sizi bekliyorduk."

İçeriye girip Demir'in önderliğinde salona doğru yürümeye başladığımızda; Gülümsemeye çalış Melisa diye içimden geçiriyordum. Kalbim paramparça, zihnim allak bullaktı belki ama burada, akrabalarımın yanında, bunu belli edemezdim.

"Sevgili ailem," diyerek anons yaptı Demir. "Sizleri şimdiden uyarıyorum. Melisa geldi diye beni dışlamak yok. Sonuçta ben sizin ilk göz ağrınızım. Neyse, işte karşınızda Melisa."

Demir salonun kapısında durup eliyle beni işaret edince tüm dikkatlerin bana çevrilmesini neden oldu. Yüzüme gerçek görünmesini umduğum bir gülümseme yerleştirdim ve salondan içeriye adımımı attım. "Herkese iyi akşamlar," dedim.

Amcamlar, yengemler, kuzenlerim ve de babaannem. Hepsi şu anda karşımdaydı ve içten bir ifadeyle bana bakıyordu.

"Su?" dedi babaannem. Kollarını iki yandan açmış, şefkatli gözleri parıl parıl parlıyordu. Ankara'daki herkes, babaannem başta olmak üzere bana Su diye hitap ederdi. Bu yüzden bana böyle seslenilmesine yabancı değildim.

Gülümsedim ve adımlarımı babaanneme ilerlettim. "Babaannem..." Kollarımı sıkıca bedenine dolayıp ona sarıldım. Babaannem bu dünyadaki en sevdiğim insandı. Zaten hep öyle olmaz mı? Her çocuk en çok annesini, babasını, sonra da ailedeki en yaşlı, en tonton kişiyi sevmez mi?

"Ah benim mis kokulu kızım," deyip sırtımı sıvazlamaya başladı babaannem. "Nasıl da büyümüş, güzelleşmiş. Seni o kadar çok özledim ki. Erken gelmene ne kadar sevindim bilemezsin." Babaannem geri çekilip yüzüme baktı. Mavi gözleri dolu dolu olmuştu. Babaannem beni gerçekten çok seviyordu ve bunu belli etmekten azıcık bile çekinmiyordu.

Ve benim bu sıralar sevildiğimi hissetmeye fazlasıyla ihtiyacım vardı. Özellikle de sevdiğim kişiler tarafından. Bu yüzden buraya gelmiştim ya zaten. Çünkü biliyordum ki buradaki herkes beni koşulsuz sever, iyi olmam için ellerinden geleni yaparlardı. Yüzüm gülsün diye uğraşıp, gözyaşı akıtmama dayanamazlardı.

"Ben de erken geldiğim için çok mutluyum babaanne," dedim.

Evet. Ben çok büyük bir hata yapmıştım belki. Bunun farkındayım. Sevgiye ve aşka inanmayan bir adamı, tüm kalbimle severek, onu kalbimin merkezi haline getirerek, hayatımın en büyük hatasını yapmıştım. Ve işin kötüsü hatamdan ders almam gerekirken o hatayı yapmaya hala devam ediyordum. Ve şu anda benden kilometrelerce uzakta olsa bile onu bir milimlik mesafedeymiş gibi çok seviyordum... Çünkü ben onun için buhar olmayı göze almış, Su'ydum. Yok olmamayı umuyorum.

Devam edecek...